U0910278

云檀——作品

如果不遇江少陵

[上册]

青岛出版社
QINGDAO PUBLISHING HOUSE

图书在版编目（C I P）数据

如果不遇江少陵 / 云檀著. — 青岛：青岛出版社，2017.8

ISBN 978-7-5552-4528-5

Ⅰ. ①如… Ⅱ. ①云… Ⅲ. ①长篇小说－中国－当代 Ⅳ. ①I247.5

中国版本图书馆CIP数据核字（2016）第211914号

书　　名　如果不遇江少陵
著　　者　云　檀
出版发行　青岛出版社
社　　址　青岛市海尔路182号（266061）
本社网址　http://www.qdpub.com
邮购电话　010-85787680-8015　13335059110
　　　　　　0532-85814750（传真）　0532-68068026
责任编辑　郭林祥
责任校对　耿道川
特约编辑　李文峰　孙小淋
装帧设计　千　千
照　　排　梁　霞
印　　刷　三河市航远印刷有限公司
出版日期　2017年8月第1版　2017年11月第2次印刷
开　　本　16开（700mm×980mm）
印　　张　33.5
字　　数　480千
书　　号　ISBN 978-7-5552-4528-5
定　　价　59.80元

编校印装质量、盗版监督服务电话　4006532017　0532-68068638

建议陈列类别：畅销·青春文学

目录［上册］

CONTENTS

目录 [下册]

CONTENTS

第一章
纽约：烟火寻常，斑驳如故

2014年1月30日，星期四，美国纽约。

纽约，这座名列全球第二大城市的“机遇之都”，在持续了将近一个月的阴天、雨天和大雪天之后，终于在中国传统春节前一日中雪转晴。

这座金融大城向来不缺少奇景奇观——

当纹身师在各个街区精心雕琢他人的皮肤，试图创造出他人眼中的那份独一无二；当灵媒在八十大街附近深度催眠抑郁症患者，试图解决心理上的疑难杂症；当街头音乐家站在人行道上不知疲倦地吹奏着萨克斯，试图解决三餐温饱……沈家的成员又在做些什么呢?

华裔富商沈家明早晨乘坐湾流G650私人飞机前往棕榈泉，只为和两位商友打一场酣畅淋漓的高尔夫。

沈家明的情人苏薇在下午两点零一刻来到了闻名世界的“第一购物天堂”第五大街，短短一小时内，她逛了不下八家顶级品牌店，拿着一张钯金卡随心所欲地大肆挥霍。

他的独生女沈慈刚结束一场异国旅行，此刻正在返回纽约的飞机上。明亮的机舱里有上佳干红，空姐服务周到，断断续续为沈慈续了六次杯，最后忍不住感慨女乘客好酒量。

他的女婿江少陵……

这一日黄昏，江少陵没有因公事出没于华尔街，更没有因应酬现身曼哈顿，他在天气放晴的1月末难得推掉繁忙的工作，于时代广场下车，迎着夕阳漫步前行，随从保镖郑睿紧随其后。

这里是时代广场，霓虹闪烁，各大屏幕依次播放着电视节目、新闻快讯和当代流行乐，而当江少陵在行人中静静穿梭时，这一刻惊艳行人眼球的，何止一座时代广场！

江少陵长得很好看，甚至用“完美”来形容他的颜值也不为过。当这个身高1米85、拥有黄金比例身材的男人穿着黑色中长呢外套，站在时代广场的大街上仰望天空时，这样的身影，即便只是远远窥视，也足以在日后被人一眼认出。

在纽约某些特定地点，比如华尔街、中央公园，或是时代广场，偶尔能看到一种原本栖息于悬崖的老鹰在天空盘旋，它们像是最高贵的战士悠闲地巡视着这座城。此刻数鹰出动，江少陵望鹰出神，殊不知自己姿容惊世，摄人心魄，引得行人纷纷驻足。

夕阳归家，数只飞鹰在时代广场上空盘旋片刻，忽然凌空而下，如飙风般掠过江少陵头顶，朝东南方向疾飞而去。

东南方，正是沈家庄园所在。

深夜11点，沈家庄园被黑夜无情地吞噬，巨鹰静静蛰伏在沈家庄园的一角，同样在暗夜里蛰伏不动的，还有一个江少陵。

明日便是春节，沈家大家长沈家明虽然自小生活在美国，却极为看重中国习俗，一句“春节本是合家团圆日”足以让沈家成员齐齐归巢。

这个时间段，沈家明早已从棕榈泉返家，也许此刻正搂着苏薇安然入睡。沈慈更是在深夜时分抵达沈家。据说沈慈回来时满身酒气，在洗手间大吐一场后，连晚饭都没吃，就直接回房睡觉去了。

唯有江少陵，从黄昏6点到深夜11点，整整五个小时，他推开了所有工作。在这段时间里，他都做了些什么呢？他用了两小时逛商场，用了两小时回私宅江水墅处理家务，另外一小时……

他在沈家庄园附近足足停留了一小时，他在等，等里面“那盏灯”熄灭，更在等那个“她”沉入梦中……

这一晚，江少陵迟归，仅惊动了数名门卫和守夜的大管家。

江少陵上了二楼，打开起居室的门，入目一片漆黑。卧室在起居室西南角，咫尺之近，他在门外却驻足了长达一分钟才开门入室。卧室大灯都关了，只留了一盏睡眠灯在漆黑中散发出柔和的光晕。

沈慈背对着他，睡得正熟。他一步步走近，虽无法看清她的睡容，却看到了她披散在枕上的长发，浓密之余却难抵发色寂寞……

再来说说沈慈。醉酒加空腹作祟，沈慈睡得并不安稳，数分钟前有脚步声欺近床畔她或许不察，但身上被子移动足以惊醒她了。

沈慈醒了，同她一起苏醒的，还有一把常年埋在枕头之下的史密斯威森M－10左轮手枪。

初春夜，当沈慈骤然坐起，迅速地取出枕下的手枪。黑洞洞的枪口对准江少陵时，朦胧的睡眠灯将夫妻两人的面容凝成了静止不动的惊悚画作，画面极其诡异。

他和她结为夫妻一年半，但夫妻情在这一刻竟是如此薄弱。

即便目睹床畔之人是江少陵，沈慈的握枪姿势依旧，她懒懒地注视着江少陵，脸上没有任何表情。

数秒前，沈慈睡眠中被子滑落，江少陵弯腰帮妻盖被，本是夫妻温情事，不料惊醒沈慈，短短一秒已将枪口对准了他的额头。

死机乍现时，江少陵的双手甚至还温存地贴放在被子上。

江少陵不惊也不躲。他的无动于衷，再加上沈慈的熟练、漠然，会让人产生一种错觉，好像这样的情形早已在夫妻之间上演了千百遍。

江少陵的目光没有在沈慈脸上过多停留，更不曾出言讽刺妻子有本事一枪打死他，他无视那把虎视眈眈的死亡之枪，慢慢地站起身，就那么步履从容地离开了卧室。

夫妻久别再见，竟是无话。

室内再次被沉寂充斥，沈慈轻描淡写地移开视线，把手枪放在枕头之下，重新躺下入睡。这次她入睡的时间很短，最重要的是，一觉天明。

未曾被她“注意”的床头柜上，有一只镶着七彩名钻的首饰盒，它在30日深夜被江少陵悄然安放，却在31日清晨被沈家用人在垃圾桶里找到。

用人打开首饰盒，那里面是一枚蓝钻古董胸针，市值几十万美金。用人私下咋舌：Sylvia挥霍败家的毛病这辈子怕是治不好了。

没有人知道，这枚蓝钻古董胸针曾在30日夜晚8点被江少陵购得。在此之前，从不逛商场的他，极为罕见地花费了两个小时来为妻子选购春节礼物，而妻子将礼物丢弃，短短两秒足矣。

至于盒中物，沈慈无心知，也终究再无所知。

翌日清晨，纽约阳光微露，因为太过温和，所以未能穿透云层，于是天色格外阴暗。这天是2014年1月31日，中国的春节。

在阴沉湿冷的天幕笼罩下，沈家庄园散发出它独有的冷艳气质。这是一座美如宫殿的豪华庄园，当应季小鸟飞过沈家数栋建筑群，飞过沈家网球场，最后停落在用人房顶上时，正是用人最为忙碌的时间段。

沈家庄园大管家名字叫马修，是一位不苟言笑看起来甚至有些严厉的英国人，迄今为止，他负责沈家日常运转已长达十六年，深得沈家明信任。

这天清晨，沈家的工作人员看似都在井然有序地忙碌着，谁承想庄园偏南侧的厨房里却是好一番惊心动魄。

春节期间，沈家菜单皆是大管家马修一手操办，有关于菜肴安排，马修分别征询过沈家成员的意见：沈家明口味偏淡，素食为主；苏薇口味偏甜，南方菜居多；江少陵对饭菜并不挑剔，各菜皆可；唯有沈慈……

昨晚沈慈回国，马修见她醉眼蒙眬，就把询问菜品的事挪到了今天清晨。谁知清晨马修尚未去见沈慈，沈慈就派她的保镖陆离送来了她的早餐食材。

那是一个捕蛇的笼子，笼子里装着一条眼镜蛇。那眼镜蛇还活着，虽然牙齿无法再渗出毒液，杀气却很重，马修近前查看时，眼镜蛇似是被激怒一般，蛇身前段竖起，颈部两侧膨胀，近乎仇恨地瞪着马修，发出呼呼声，吓得马修后背发凉，呼吸骤停。

沈慈要吃蛇羹，并且指明要吃眼镜蛇蛇羹。马修看着那条瘆人无比的眼镜蛇，暗中咬了咬牙，再次确定：Sylvia，她根本就是一个大变态。

她叫沈慈，英文名字Sylvia。

父亲当初为她取名“沈慈”，源自《说文》解析：慈，爱也。

女孩子取名“慈”，心怀慈善是好事，但对熟识她的人来说，“沈慈”这个名字更像是一种讽刺。如果闲暇时总结她的缺点，怕是两箩筐也装不完。

她的心理医生陶艾琳教授曾说过，在沈慈身上有着极其明显的“黑暗三性格”特征：自我中心（自恋者）、热爱冒险刺激且心狠手辣（心理变态者）、善于撒谎喜将人玩弄于股掌间（权谋者）。

医学调查显示，黑暗性格分数越高，异性缘就越好。“黑暗三性格”多是坏男人为代表人物，偏偏有一度被沈慈玩得炉火纯青，至于现在……据说，现在的她已有所收敛。

清晨六点左右，沈慈正在一楼书房挨训。训斥她的是一位中年男人，他有一张温和的脸庞，眉目精明而又警觉。他今天的情绪压制得还不错，虽然是在兴师问罪，但并未发火。

差不多十分钟之前，用人唤沈慈下楼见父亲，当时的她早预知挨训是必然，但来到书房却发现父亲的训斥焦点与她之前设想“三罪”全然不符。

第一罪：她原本任职美国知名大学脑研究院，却在2013年12月28日，未曾知会父亲，更不曾知会江少陵，毅然地选择了离职。

第二罪：离职后，她于2014年1月3日离开纽约，明知叙利亚国内局势持续动荡、战火纷飞，还是选择了一次为期27天的冒险之旅。

第三罪：昨天晚上，她醉酒归家。

然而这三罪一字不提，她反倒从父亲丢给她的数张照片里看到了她的“第四罪”，背景是帕尔米拉，女主角是她，男主角是林宣。

其中两张照片阐述的是同一件事情。帕尔米拉古城遗址凯旋门，那天游客不算太多，但也不算太少。她仰脸望着凯旋门，肩上披着一条超大的波西米亚风围巾，围巾下摆触及地面，再加上一头长发未经梳理，所以略显凌乱地披散在肩头，看起来很是邋遢。她正在观景，身后有人忽然用中文唤了一声“沈慈”，她下意识地转身，看到了互不往来多年的林宣，同时也迎来了林宣的一巴掌。林宣这一巴掌毫无征兆，脚下不稳的她不小心踩到了围巾下摆，当场狼狈摔倒。林宣居高临下地看着她，她以为他会说些什么，但他什么也没说，似乎风尘仆仆赶往帕尔米拉只是手痒难耐，只为一巴掌而来。

后面几张照片所要阐述的又是另外一件事情了：她和林宣住在帕尔米拉同一家酒店里，晨起吃饭时，林宣和服务生说话，她在邻桌听出他鼻音很重，猜他应该是感冒了，饭还没吃完，她就去了酒店厨房，按照记忆里的中药偏方，亲自用葱白、生姜片和红糖煮了一碗汤，给林宣端了过去。

尚在进食的林宣看也不看那碗汤，仅是薄唇开启：“端走——”

沈慈看着他，没有端汤离开的打算。

伴随着啪的一声脆响，她记忆中温柔平和的林哥哥竟用手背挥落了那碗汤。碗碎了，汤也流了一地，林宣笑意泛嘲，拿起餐巾拭手：“沈慈，你确定你没往汤里投毒下药吗？”

他的话至今言犹在耳，冰冷之余，似有憎恨积压，郁结难舒。她在原地站了一会儿，方才蹲下身体捡拾碎片。偷拍那人技术不错，至少精准地捕捉到了她的笑意难撑……

她每日的行踪都在他人的掌控之内，她却不能发火，还要微笑面对，谁让那个“他人”是沈家明，是她的父亲呢。

沈家明喜欢喝茶，专业习茶几十载，泡茶手艺在同辈富豪中可谓是无人能及。这天清晨，书房里茶香浓郁，沈家明坐在椅子上冲好第一道茶，一边烫杯，一边开口询问沈慈：“婚后，你和林宣还有联系？”

“没有。”沈慈再次低头翻看了一遍那几张照片，越看越悲愤，偷拍那人八成是和她有仇，把她拍得这么丑，害她骤然浮起将之销毁的冲动。

没有联系？关于信任值，沈家明有一位常年VIP拒绝往来户，那就是他的女儿沈慈。不管沈慈说什么，沈家明都会习惯性保持怀疑态度，如同此刻。

沈家明持壶倒茶，顺着沈慈的话问：“既然没有联系，那他忽然跑到叙利亚寻你，又是为什么？”

沈慈呼吸一顿，她抬头看着父亲。茶倒好了，父亲正在察言观色，品茶举动极为讲究。喜茶者多能修身养性，偏偏父亲素爱话里藏刀。

“我不知道。”沈慈的声音很平静。

不知道？沈家明端杯闻香，扯了一下唇，似是笑了：“叙利亚战火纷飞，林宣找到你之后，迎面就是一巴掌，我自认为这一巴掌打得很解气。不顾及自己或他人安危，你说这种人是不是活该被打？”

这种人？哪种人？今天是中国的春节，沈慈没有恶言相向的打算，她走向碎纸机，将手中几张照片放到进纸口处，按下开始按钮后，方才笑着说：“爸爸，对自己的女儿如此咄咄相逼，真的好吗？”

沈慈的话并没有影响沈家明，他啜汤品味，表情依旧，语气却颇为锐利：“Sylvia，身为人妻，你必须承认你失败透顶。江少陵对你已是处处忍让，不要再试图挑战他的底线，否则，就算是我，也救不了你的婚姻。”

沈家明说这话时，沈慈正背对着他站在窗前，窗户半开，她站的地方又是风口，清晨冷风袭面，刮得她眼睛生疼。沉默了片刻，沈慈看着窗外平静开口：“如果我已打算结束我的婚姻呢？”

她的声音不大，但她知道书房内的沈家明听到了，就连路过窗外的某人也听到了。

那茶原本润喉回甘，却让沈家明难得地皱了眉，谈话间一直没有正视沈慈一眼的他终于侧眸朝她望去，这一望方才察觉窗外有人，沈家明顿时有了火气，手中的茶碗更是被他啪的一声按在了桌上。

沈家明的书房步行百米便是一座私人图书馆，窗外伫立的男子不是别人，正是刚从图书馆取了两本书路过这里的江少陵。

身处美国，帅哥型男可谓是满大街都是，但像江少陵这么英俊的亚洲男人，若是明星、模特倒也罢了，作为一名商人，这等容貌无疑是凤毛麟角。

如今他就这样醒目地站在窗外的草坪上，似乎就连笔挺的白衬衫也能在瞬间迷人心思，只可惜他虽拥有令人惊艳的容貌，这天清晨却因纽约的天空太过阴沉，连带他本人也是寒气逼人。

沈慈关上窗。从头到尾她都不曾看向江少陵，但她知道江少陵在看她，就那么一直看着她……

书房里，沈慈无视沈家明隐隐显露的怒气，径直朝门口走去。

“你是故意的？”身后传来父亲隐忍着不悦的质问声。

她的手已经放在门把上，闻言转过身看着父亲，这一次她没笑：“不，我是认真的。”

这天早晨，沈慈刚回到卧室就接到了一通电话——陶艾琳来电，说是有事情找她。沈慈拨打内线给马修，吩咐马修备车，她要出门。

马修言语间有些犹豫：“可不可以延缓出门时间？我的意思是等吃完早餐您再出门。沈先生一向看重团圆餐，如果他知道您要出门，怕是会不高兴。”

沈慈之前按了免提，马修地地道道的伦敦腔在室内久久不散，沈慈保持沉默——她正在换衣服。

面对这份突如其来的沉默，马修心知沈慈脾气，不敢再规劝。

清晨雾气很重。沈慈戴着墨镜走出沈家主宅，她身穿藏蓝色中长款大毛领收腰呢大衣，腰带松系，里配素色大衣裙，衣裙前后不规则，裙摆翩飞，触及黑色长筒靴，让她显出罕见的名媛范，行走间出没于薄雾中，美得如梦似幻。

马修办事效率极高，早已安排车辆停在草坪不远处。有男子西装革履，外配一件黑大衣，伫立在车旁，颇像一幅画。

是陆离。

沈慈走近车身时，陆离已经打开了后车门，沈慈却绕过车头，直接打开了驾驶座车门，并抛给了陆离一句话：“今天你不随我出门。”

陆离倒也没多说什么，关上了后车门。他跟随沈慈一年多，自是知晓她的某些小习惯，比如，她若独自开车出门，多半是去见陶艾琳，而他不愿拂逆她。婚前，名媛Sylvia被父亲监视多年，婚后加倍，一边是父亲，一边是丈夫，她在双重监视之下，早已与自由绝缘。其实她心知肚明，就算他不跟随左右，她的行踪依然被她的父亲和丈夫牢牢地掌控在手，除非……除非她愿意花心思甩开那些跟踪者。

沈慈离开后，马修站在一旁询问陆离："蛇羹怎么处理？"

"温着吧！"陆离正说着话，手机适时地响了起来，是一条短信，只有再简单不过的四个字："二楼书房。"

源于那串无比熟悉的手机号码。陆离下意识地转过身子，遥望二楼某间书房，那里窗帘闭合，但也许……也许早有一双眼睛隐藏在窗帘之后，正以无比冷锐的姿态打量着他，抑或是打量着早已远去的沈慈。

马修私底下总说沈慈是一个大变态，但说到变态，又有几人知道，楼上那个成年富商才是真正的心理变态。

清晨6：45，沈家早餐开席在即，江少陵却在二楼书房里暴露出人性中的凶残面，他顺手抡起办公桌上的咖啡杯无比精准地朝陆离砸了过去。

咖啡杯被江少陵砸过来时，陆离刚走进书房不过五秒，虽然下意识地躲避咖啡杯，但额头上还是传来了一阵剧痛，与此同时，数张照片被江少陵甩了过来。陆离尚未反应过来，属于江少陵的阴戾声已如冰锥一般，带着杀伐之气，狠狠地扎进了陆离的听觉神经："如果不是我派人暗中盯着，你是不是打算一直把我蒙在鼓里？"

照片掉落在地，陆离弯腰捡起。此时，陆离的额头已出血，血珠一滴接一滴地砸落在被折揉过的照片上。

背景是叙利亚帕尔米拉某酒店。餐厅里，林宣低头用餐，混血的五官棱角分明，眼神优雅孤傲，良好的家世和生活品质通过用餐细节展露无遗。沈慈坐在林宣的右后侧餐桌上，用餐途中数次悄悄打量林宣……

鲜血模糊了陆离的眼睛，顺势屏蔽了他复杂的表情，更是染红了照片上林宣和沈慈黑白相间的头发。

是的，林宣和沈慈虽然都是黑发，但黑发中都或多或少掺杂着白头发，看起来时尚而又前卫，只不过一个是短发，一个是长发；一个是漂染而成，一个却是劳心用脑、过度消耗所致。

头发颜色一致，不知情的人十有八九会误以为两人是情侣，其实林宣和沈慈原本……

"帕尔米拉酒店，他们当时所有的谈话内容，复述一遍给我听。"书房内，突如其来的冷淡嗓音生生打断了陆离的思绪。陆离左眼已花，他抬起眸子，仅用右眼注视着江少陵。此时的江少陵虽不复先前的凶残暴戾，但坐在办公椅上面无表情地看着他血流半脸，是那般麻木冷漠，竟看得他心中直发毛。

这个青年富商，他的英俊已是亚洲男子少有，他的财富足以让他站在食物链顶端，可就是这样一个人生赢家，他可以一步步斩获他的事业王国，却无法斩获沈慈唇间一抹笑，哪怕是一分笑。

眼下看似伤了陆离，但施暴者呢？这个施暴者铁石心肠，冷漠凶残，他的愤怒究竟是来源于醋意和嫉恨，还是来源于内心最深处蠢蠢欲动的落寞和悲凉？

答案是什么并不重要，陆离只是在这一刻深深地意识到：江少陵由爱先生忧，由忧再生怖，他对沈慈长年累月的求而不得，导致了他的情感世界的病态扭曲，长此以往，江少陵不成疯，必成魔……

晨间用餐时，沈家明不见沈慈踪影，又得知她早已开车出门，若是往常发生这种事，他多半会亲自打电话喊她回来，但这日沈家明却觉得她不在也好，若是她在，有些话他怕是难以在餐桌上问出口。

“出了这种事，她早晨在书房里说的话，我想听听你是什么想法。”沈家明问的是江少陵。

沈家明问这话时，用人已在他的示意下被马修遣退。彼时沈家明坐主位，江少陵和苏薇分别坐在他的左右两侧，当他问出这番话时，苏薇不明情况，抬起眸子，把疑惑的目光落定在了对面男子的身上。

沈家明开口前，英俊的男子正翻看着报纸，不紧不慢地吃着早餐，听了沈家明的话，他似乎无动于衷。

许是角度原因，苏薇眼里的江少陵，他的眉眼、姿态看似心平气和，偏又带着几分紧绷和冷然。

沈家明正在等他回话。

江少陵翻过一页报纸，在浏览金融快讯的间隙终于回了一句话给沈家明：“小慈酒未醒，容易说胡话，您没必要放在心上。”

沈家明拿着刀叉分切着盘中煎蛋，吃了大半，这才开口：“少陵，你在回避我的问题。”显然，江少陵的回复，沈家明并不满意。

江少陵闻言笑了，他合上报纸抬起头，目光直视沈家明：“爸，您所谓的问题，在我看来，根本称不上是问题。‘江少陵’三个字出现在小慈的配偶栏里，如果不是丈夫，就只能是亡夫。”

至于离婚变前夫，她做梦。

此话一出，沈家明的情绪未见起伏，似是在预料之内。情绪外露的那个人是苏薇，她通过江少陵的话隐隐猜到了什么，一下子没有反应过来，才会看着江少陵忘了收回视线。

“薇薇？”

这时，沈家明唤了苏薇一声。苏薇受了惊，仓促移眸看向沈家明，只见沈家明正坐在椅子上看着她，眼眸中微有光华浮动，他笑着说：“别发愣，用完早餐，陪我出去见几个朋友。”

陶艾琳把约会地点定在了中国城，位于皇后区的法拉盛。

沈慈停好车，步行前往目的地。非节假日期间，缅街已是人来人往，更何况还是春节期间。一路上沈慈在熙熙攘攘的人群里穿梭，接踵摩肩是必然，等她终于奔赴“旺角28”，已经是十几分钟之后了。

“旺角28”的食客向来络绎不绝，陶艾琳在二楼。

陶艾琳今年36岁，美籍华人，祖籍广东，著名心理学家。陶艾琳素爱中国菜，自“旺角28”开业以来一直是这里的常客。沈慈开车途中，陶艾琳已通过电话征询过她的早餐意见，所以沈慈上楼看到陶艾琳时，早餐已全部上桌。

应是等她无聊，陶艾琳正低头翻看着杂志，并没有察觉她已近前。沈慈难得恶作剧，站在陶艾琳身后，慢慢弯腰，轻飘飘地叫了她一声：“艾琳——”

陶艾琳明显是受了惊，浑身哆嗦了一下，回头看向罪魁祸首，竟是哭笑不得。

沈慈轻轻地笑，走到陶艾琳对面坐下：“心理学家都像你这么胆小吗？”

“科学家都像你这么调皮吗？”陶艾琳没好气地回击她，顺手把手中的杂志丢在了餐桌上。

沈慈随手翻阅着那本杂志，问陶艾琳：“刚才在看什么，那么专注？”

陶艾琳拿起杯子，喝水时瞟了她一眼，没有回应她的话。其实无须回应，因为看杂志的那个人是沈慈，虽然沈慈翻阅杂志的速度很快，但陶艾琳很清楚，杂志里重要的信息怕是早已储存在她大脑的记忆库里……

那是一本金融杂志，沈慈来“旺角28”的时候，陶艾琳正盯着杂志里的一位亚洲男子反复探究。

图片里的青年男子，容貌太过英俊，眸色泛凉，虽孤绝，却格外有魅力。

他是江少陵，在美经商多年，虽是亿万富翁，却从不接受私人采访，所以有关他的一切，外界多是来源于听说。

听说他毕业于中国高等学府，2006年由他重组建立的互联网交流平台令他在23岁时一跃成为互联网巨头中的黑马，2007年成为新锐年轻富豪之一。

2008年，江少陵的互联网事业已趋于成熟化，他却在这一年11月出人意料地舍弃中国市场，只身前往美国从头来过。

2009年，江少陵因将John Anderson的软件公司推上市，在纽约华尔街一夜成名。

2010年，江少陵赢得超级富豪沈家明的赏识，顺利成为沈家明的座上宾，协助沈家明收购诺亚公司。这是一个环环相扣的交易骗局，江少陵和沈家明在收购事件上展现出了前所未有的阴险和狡诈。同年，江少陵成为沈家明旗下股东之一，接管诺亚，之后时常出入沈家庄园。

2011年10月，江少陵与沈家明联合创立Legend电讯公司，该公司于2012年上市。

2012年7月初，江少陵与沈家明的独生女沈慈结婚，婚讯震惊商界。

2013年年初，江少陵独自创立未世集团，通过并购不少中小型企业再一次闻名商界，逐渐成为“企业并购杀手”。

2013年年末，Legend电讯公司成立两年后，江少陵清算手中股份，以42亿美元的高价卖给岳父沈家明，紧接着清算股份，从诺亚卸职，正式脱离沈家明的家族企业。正在外界对沈、江二人是否闹僵众说纷纭之际，沈家明和江少陵却多次公开邀约打球，直接用行动粉碎了外界的不实传闻。

2013年至2014年，未世集团厚积薄发，旗下高端品牌实现多样化，旗下软件公司更是借助之前的名气成为美国最知名的科技公司之一。

2014年年初，据权威杂志保守估计，江少陵净资产至少在百亿美元左右。这一年，江少陵不过31岁，但他靠着自己的商业头脑，从中国到纽约，一步步白手起家。虽然为达目的不择手段，但他收获成功是不争的事实，这样一个国民老公级的富商，偏偏成了沈慈的丈夫，怎不令人感叹？

同性善妒，难怪时常有人私下腹诽沈慈好命：沈慈有父沈家明，有夫江少陵，命运何其不公平！

命运真的很不公平吗？

二楼餐厅里，邻桌有几位女性同胞正在打量沈慈黑白相间的长发，一个小女孩满是艳羡地指给同桌朋友看，并用中文小声说：“头发染成这样很特别，我也想染。”

陶艾琳放下水杯，看着沈慈与众不同的长发，心里很不是滋味。

多年前的某一个春日黄昏，纽约市一家中式茶餐厅里，林宣带着沈慈姗姗来迟。当时的沈慈从远处迈步走来，仿佛大病初愈，落在陶艾琳身上的眼神略显飘散，偏偏就是这么一个心不在焉的她，却奇异地撩人心弦，致使陶艾琳在长达八年的时间里，对沈慈这个女人又爱又恨，似是一种魔咒，无力挣脱。

那是2006年，沈慈癔症频发，林宣带沈慈来找陶艾琳之前，据说沈慈已心狠手辣地攻击过好几个心理治疗师。

林宣带沈慈来找陶艾琳是经过沈家明默许的。和沈慈的医患关系维持了八年以上，被陶艾琳视为孽缘一场。八年来，为了保护沈慈的隐私，不管是沈家明还是林宣，一直把防护措施做得滴水不漏，至于陶艾琳……

陶艾琳和林宣是同校好友，沈慈因为林宣的关系间接认识了陶艾琳，后来与之趣味相投，私下来往频繁，倒也不足为奇。

2006年，沈慈只有19岁，陶艾琳初见她的时候，她已有白发生，并非先天遗传，据林宣说，沈慈是丧母伤心所致。到了2014年的今天，沈慈27岁，已是长发半白……

陶艾琳不再看沈慈的头发，舀了一碗汤递给她："冬季滋补炖汤，特意给你叫的，快趁热喝。"

沈慈将杂志推还给陶艾琳，顺势接过汤碗："你最近怎么会对金融杂志感兴趣？"

陶艾琳半开玩笑："这本杂志是我一大早在缅街上买的，正所谓爱屋及乌，我这么爱你，自然要多关注一下情敌动向。"

沈慈喝着汤，微笑不语。基于林宣的关系，陶艾琳一直不喜江少陵，不仅不出席她的婚宴，甚至在接近一年的时间里视她如陌路，但聪明如陶艾琳，心里虽排斥江少陵，却从不会当着沈慈的面吐槽江少陵的任何不是。似是一种默契，沈慈从不向陶艾琳提及江少陵，陶艾琳也从不过问沈慈的婚后生活……

吃饭间隙，陶艾琳开口问："听说你已经离开脑研究院，未来的职业规划，你有什么打算？"

沈慈笑着说："我还以为你会问我为什么要离开脑研究院。"

"你知道的，有很多事，我虽好奇，但永远都不会问你为什么，除非你愿意告诉我，否则我不会张这个口。"说着，陶艾琳用手中的筷子敲了敲水杯壁，催促道，"你还没回答我的问题。"

"近期可能不会再出去工作，我有很多事情要做，比如外出旅行，闲暇时读书看报，如果条件合适，会多参加一些公益活动。"说到这里，沈慈抬头迎视陶艾琳，再度笑了笑，"艾琳，我很忙的。"

陶艾琳煞有介事地点了点头："沈博士未来的生活清闲潇洒，我等凡夫俗子可谓是望尘莫及。"

陶艾琳戏谑沈慈，沈慈不理，惦念着晨间陶艾琳在电话里的欲言又止，遂切入正题道："你在电话里说有事找我，什么事？"

"给你打电话的时候，我正在医院，纯粹是一时冲动，事后想反悔，你已经出门了。沈先生一向重视春节，我就这么把你叫出来，实在是不应该。”

陶艾琳在避重就轻，沈慈却听出了重点：“大清早去医院？”

陶艾琳放下筷子，略作斟酌，最终还是说道：“上个星期，林宣重感冒多日却一直不吃药，再加上疲劳过度，最终引发肺炎住院，至今还在医院里躺着。”

沈慈沉默着，因为她嘴里有食物。陶艾琳不再说话，她在等沈慈吃完嘴里的食物，然后开口说话，随便说什么都可以，至少不该这般无动于衷。

然而……

沈慈的下一筷子已经落在了某一道广东小吃上。

这就是沈慈。

陶艾琳把玩着水杯，淡淡地说：“半个月前，林宣来我家做客，看到了你邮寄给我的明信片，获知你在叙利亚。我猜想他可能会去叙利亚找你……”陶艾琳停了话，沉默了片刻才又说，“Sylvia，我本不该评价你的感情或你的婚姻。江少陵对你怎么样，我不知道，但林宣对你怎么样，我却是再清楚不过了。2012年，你舍弃林宣，选择江少陵，对林宣来说几乎是毁灭性的打击。你和林宣当年为什么分手，我不过问；至于你们在叙利亚究竟发生了什么不愉快，我更加不会过问；但今天我看着你逐年增多的白头发，忽然想替病房里的林宣问你一句话：现在的你，觉得自己幸福吗，开心吗？”

当时是纽约时间上午8：40，“旺角28”二楼餐厅里，沈慈终于停止进食，她静静地注视着陶艾琳，眼里闪烁着温柔的波光，她说：“艾琳，抛开你我的私交，身为我的心理医生，你曾见识过我太多的阴暗面……”说到这里，她垂眸笑了笑，淡淡地道出了一个事实，即使她知道这个事实一旦道出口，势必会造成她和陶艾琳之间的友情出现裂口，她还是说了。

沈慈说：“其实我心里很清楚，我的好朋友陶艾琳虽然说我和林宣是良配，但我的心理医生陶艾琳却觉得我太过病态，像我这样的人根本就不配和林宣在一起。”

沈慈的语气虽平静，却宛如惊雷之声，瞬间震得陶艾琳丧失了所有反应，脸上更是血色尽失，徒留苍白。

1月31日，沈慈手机关机，早晨出门时撇下保镖陆离，一直到了晚餐时间都不见其影。

江少陵找到她的时候，她早已在Standard酒店顶层和几位欧美男模喝得酩酊大醉。

她枕在一位外籍男模的腿上睡着了，身上甚至还盖着该男模的西装外套。男模单臂搂着她的腰，正靠坐在沙发上醉酒小憩……

灯光照耀下，江少陵紧抿着唇，漆黑的眼眸因为进驻了几分晦暗的光线，所以越发显得深不可测。

此时男模睡意正浓，手臂忽然被一股大力甩到了一旁，男模迷迷糊糊地睁开眼，还不待看清来人是谁，迎面就有黑物兜头罩来，紧接着腿上一轻。等男模扯下罩头黑物，方才察觉那是他的西装外套，至于酒友Sylvia……

男模抬眸朝出口望去，只来得及捕捉到一位黑发男子比例完美的背影，而被他抱着离开的女子，恰恰是醉酒未醒的Sylvia。

纽约到了深夜九点，高楼大厦七彩霓虹闪烁，各大街区繁华不减，这是一座光怪陆离的金融大城，同时也是一座纸醉金迷的不夜城。数辆豪车从错综复杂的街上飞驰而过，保镖郑睿无意中瞥了一眼后车座，竟是吓得噤若寒蝉。

后车座上，江少陵将沈慈搂抱在怀，宛如父辈照看熟睡幼女一般，本是温情之举，偏偏江少陵的手指正以无比扭曲的姿势贴放在沈慈的脖颈上，那姿势分明是……

江少陵是想亲手掐死沈慈吗？

对江少陵来说，这已经不是他第一次想要掐死沈慈了。只要他狠下心，终结沈慈的呼吸，似乎只是分分钟的事，但每当他想掐死她的时候，总会有一种蛰伏经年的剧痛狠狠地蚕食他的五脏六腑，导致他手指痉挛，无从下手，犹如此刻。

副驾驶座位上，郑睿松开冒着虚汗的手心，一场婚内的蓄意谋杀，让他的心情宛如潮起潮落。郑睿再次偷偷瞄了一眼后车座，神情复杂，不知是在庆幸江先生悬崖勒马，还是被江先生前后不一的举动搅得心绪迷乱。

作为商人，相信没有人会质疑江少陵是一位深谋远虑的霸主和成功者；但作为沈慈的丈夫，江少陵却是一个在挫败感中游走、时常将自己置身于分裂边缘的男人……

再说青年富商江少陵，他在放弃杀妻举动之后，抬手轻轻地抚摸着沈慈的脖颈肌肤。许是觉得有些痒，沈慈动了一下，把脸更深地埋在江少陵的怀里……

郑睿偷窥着江少陵，只见他靠着后车座闭目养神，面无表情，令人觉得有些琢磨不透，但就是这样一个看似漫不经心的他，却把沈慈抱得很紧。如此疼妻，仿佛之前的谋杀恶行只是郑睿一场夜间的错觉。

凌晨时分，寒风乍起，沈慈在睡梦中似听到有人踩着高跟鞋在卧室里走动。她从昏沉的意识里挣脱出来，缓缓睁开眼。卧室光线昏暗，仿佛被浓墨晕染，分外阴沉。

没有人，更不曾有高跟鞋的走动声，是错觉，亦是幻听。

宿醉头痛，沈慈闭上眼睛，试图重新入睡，却感觉脖颈肌肤被人轻轻触碰，刹那间竟感觉冰寒彻骨。沈慈猝然睁开眼睛，同时已被人用力地掐住了脖子……

沈慈呼吸艰难，她在昏沉的光线里直视行凶者，虽看不清行凶者的面容，却清楚地看到行凶者穿着一袭黑色绣花旗袍，头发梳得一丝不苟，并在脑后绾了一个髻，用木簪斜插着。

如此优雅端庄，却又如此心狠手辣。

幽暗的一角，行凶者不曾察觉沈慈在被她扼住呼吸的同时，早已伸手探向枕头底下。枕头底下放置着一把史密斯威森M－10左轮手枪，只要沈慈取出手枪，直接对着行凶者扣动扳机，行凶者必死无疑。

此时，行凶者手背上的青筋暴凸而出，森冷的杀意迫得沈慈无法呼吸……

沈慈的手顿了一下，她改变主意了。既然对方的杀机这么浓，她如果不陪对方玩玩，就实在是太说不过去了。

弃用手枪，沈慈在呼吸被阻断的情况下迅速地移动上半身。对方受惊一瞬，等反应过来时，发髻已被沈慈一把抓住。她在大惊之下想要反扑，沈慈却抢先一步利用双膝将她反压在床，随后更是快速地抽出了她发髻上的木簪，并在她开口想要说话时，伸出右手紧紧地捂住了她的唇。

床榻上，旗袍女子狼狈地趴伏在床褥间，沈慈穿着格子睡衣半跪在她的背上，右手捂住她的嘴，左手持木簪，尖利的簪头直指旗袍女子脆弱的脖颈。

“你说，我手里这根木簪究竟能不能刺穿你的颈部？”沈慈俯下身体，并凑近旗袍女子耳边，轻声细语道，“要不，我们试试？”

冷清压抑的卧室内，旗袍女子闷哼几声，无法言语，灼热的呼吸急促不安地喷洒在沈慈右手的手指和手背上，她看不到沈慈的表情，沈慈自然也看不到她的，也无心看……

床铺间，伴随着一根木簪缓缓穿透旗袍女子的脖颈，殷红的鲜血瞬间喷涌而出，不仅将被褥染得通红，跳跃的颜色更是衬得死者因为恐惧而圆睁的双眼宛如两团熊熊燃烧的大火，地狱之火。

洗手间有水流声哗啦啦作响，浓浓的鲜血在水流的冲击下打着旋儿，转瞬间消失不见。沈慈有条不紊地清洗着染血手指，因为不喜血腥味，她还多涂了两遍香皂，直到手指清洗干净，她才拿起毛巾慢条斯理地擦拭着手指。

镜子里，女子面容阴森，眸中杀意未退，她盯着镜子里的女子看了一会儿，随后抬手探向左眼角，那里有死者的鲜血，无意中喷在了她的眼角，她抬手一抹，鲜红的血液在她的脸上顿时被拉长，看起来异常香艳。

香艳？

沈慈被这个词汇给逗笑了。洗完脸走出洗手间，卧室内血腥味刺鼻，她扫了一眼床上的死尸，漆黑的眼眸里滑过一丝嫌恶。

晦气。

沈慈将死尸拖拽到床边，正准备一脚把她踹到床下时，却鬼使神差地打开床头灯，借助朦胧的光线俯下身子饶有兴致地观察着死尸面容。那面容原本很陌生，死者睁着一双血红的眼睛死死地盯着她，她也不觉得害怕，但那面容仿佛会活动一般，竟越看越熟悉，越看越……

沈慈大惊，忽然直起身倒退了好几步，背部紧紧地贴着墙壁，呼吸骤停，似是怕惊扰到地上那具死尸一般。

沈慈全身发凉，后背甚至沁出密密麻麻的冷汗，强烈的恐惧逼得沈慈从噩梦中惊醒。床头灯浅照，房间的摆设隐藏在光影里，虽然轮廓不清，却让她清楚地意识到，这是她在沈家的婚房，她一个人的婚房。

床铺上没有鲜血，没有死尸，刚才发生的一切，仅仅是她的噩梦。

梦中梦。

沈慈的呼吸又慢又轻，漆黑的眼里先是出现了极其细微的波动，但很快就归于平静，她低头查看时间，有几缕白发垂落眼前，沈慈愣了一下神。

凌晨三点左右。惯性使然，每次醉酒，她都会在凌晨三四点警觉苏醒。

适才的梦境记忆犹新，死者睁着血红的眼睛死死地盯着她的场景仿佛还在眼前，她忽然觉得有些口渴。

卧室虽有茶水，想必早已冰凉，这个时间段，沈慈无心惊动用人，干脆掀开被子下了床。

离开卧室时，她又回头看了一眼身后。身后无人，无死尸，是梦，她没有杀人……

二楼的起居室包括一间卧室、两间书房、一间茶话室以及健身房。沈慈和江少陵自结婚以后就一直分房睡，好在沈家起居室里房间多，沈家明至今还没发现异常。

茶话室的热水需要现烧，沈慈嫌麻烦，直接去了一楼。

她先是在茶水室倒了一杯温水，随后拿着水杯去了后院的独立厨房。她选的路径并不好走，属于鹅卵石小道，周遭灌木伫立，在夜色中略显狰狞。

去厨房，缘于沈慈有些饿，打算找一些食物填饱肚子。谁承想还没走进厨房，就看到有人端着托盘从厨房里走了出来，是一位穿着黑色睡袍的亚洲男子。那样的身形与容貌，除了江少陵还能是谁？

还要去厨房吗？

沈慈犹豫了瞬间，没想到这个时间段厨房里竟然还有人。就在江少陵走出厨房不久，有一位穿着白色睡袍的女子已快步追了上来，伸出手臂紧紧地抱住了江少陵的腰，而江少陵也因为女子突如其来的举动步伐明显一滞，摆放在托盘上的碗盘更是因此晃动了一下。

凌晨三点天色还很暗，厨房周围灯光闪烁，江少陵和苏薇仿佛披了一层朦胧的彩光。

沈慈下意识地隐身暗处，大概又觉得窥探不好，紧接着背过身去。距离有些远，她听不到江少陵和苏薇的对话，也看不到他们的一举一动，但她在转身的那一秒，目光无意中捕捉到了一个人。

那是位于一楼的某一个房间，室内黑暗，却有一道黑影伫立在窗前。那人的表情沈慈看不到，但当一束灯光扫过窗户时，沈慈分明看到了一张无比熟悉的脸庞。

那个房间是父亲的卧室，那个人……

沈慈握紧手中水杯，是父亲。

父亲有没有看到她，她不知道，但她清楚地意识到，父亲在凌晨时分将自己置身于旁观者的角度，宛如看戏一般注视着他的小情人和他的女婿。他是什么时候察觉到异常的？是今天凌晨，还是更早之前？

灯光消退，窗帘闭合的瞬间，那道黑影也骤然间消失了。

二月寒风刺骨，沈家隐身于景观之中，宛如一座旧时的宫殿……是的，沈家是宫殿，一个用金钱堆砌出的豪华囚笼。

至于她，沈慈，被父召回纽约仿佛还是昨日，但她在2014年的凌晨时分忽然惊觉，恍恍惚惚已是几年流走，她拼命保持的那份清醒，不过是为了成就生父眼里的一场冷眼旁观。

卧室门开着，沈慈不见踪影，江少陵端着托盘在卧室里站了几秒，随后离开卧室，敲了敲沈慈的书房门。

书房没锁，江少陵推门走了进去。他之前敲门似乎只是为了提醒沈慈，他会进来。

沈慈的书房很大，但颜色单一，紫檀家具为主，整整两面墙上塞满了书籍，办公桌很整洁，除了放着一件脑颅模型和一件人脑模型之外，还分立着两台已经停止运行的电脑。

江少陵走进书房时，沈慈正背对着他盘腿坐在宽大的飘窗上。窗户大开，夜风卷动着她黑白相间的长发。她的白发，她固执地不做任何处理，任它逐年增多。女子爱美，偏她顶着一头与众不同的发色，看得比任何人都要淡然，那样的心境仿佛早已如死水般无波无澜，静默得近乎可怕。

江少陵把夜宵摆放在桌上，短暂沉默后，方才开口，声音低沉："今天晚上有一个小型华人聚餐，都是一些商友，吃完饭我们一起回江水墅。"

这样的语气，无关商量，分明是敲定计划安排。

身后无声。

江少陵不抱期待，也就不存在失望，但……

"既然是商友聚餐，我就不去了。"书房内忽然响起沈慈的回复声，虽然清冷，却惊住了江少陵。

他有些发蒙，就那么愣愣地看着她的背影，一时之间仿佛有千军万马在血液里奔腾而过。

从2012年开始，她就不曾同他说过一句话，这天凌晨，她却开口说话了，仿佛只是他的一场幻听。

昨夜醉酒，至今还没清醒吗?

喉咙发紧的他心不在焉地摸了摸睡袍口袋，这时候如果有一支烟就好了。窗外一阵寒风迎面吹来，不仅吹灭了他的念想，也成功唤回了他的理智。看来，他是真的犯糊涂了，从不抽烟的他，睡袍口袋里怎么可能有烟?

"我晚上回来接你。"说话间，他已走近沈慈，并关上了窗户。

沈慈单手撑着飘窗，扭转身子跳了下去。许是疲于说话，她的发音极为僵硬："不必麻烦，陆离会开车送我回江水墅。"

江少陵面色不变，望着窗外暗夜的眸子却深了几分，他背对着沈慈，再次重复先前的话语，低沉的声音里带着难以化解的偏执和霸道："我晚上回来接你。"

华人注重春节，春节期间免不了会有大大小小的聚餐邀约。诸如此类的应酬，婉拒也要视人而定，若是推不掉，就只能无奈赴约，好比2月1日清晨连早饭都没吃就要乘车离开的沈家明。

大家长要离开，沈家成员和以马修为主的十几位家佣自是要放下手头工作出门送一送。

沈家明的座驾停在草坪附近，不远处还停放着两辆全黑的轿车，江少陵的男助理宋文昊和保镖郑睿正站在车身旁低声说话，显然是等候已久。

沈家明问江少陵："你要出门？"

"最近事情比较多。"江少陵很忙，就在春节前几日，他飞往加拿大，是为一桩生意；紧接着飞伦敦，是为了一场会议。即便是春节期间，也只能偷得几时闲，一旦涉及工作，快节奏的生活模式于他来说早已是家常便饭。

这个春节他注定要在忙碌中度过，清晨有一个重要会议要开，时间安排比较紧，出门是必然。

他看了一眼身旁。沈慈这日一如既往地邋遢，送沈家明出门前，她正穿着运动服在健身房里跑步，后来马修上来唤她，念及外面太冷，她这才临时取了一件毛呢大衣穿在外面，所以怎么看都有些不伦不类。

沈家上下对此早已习以为常，所以一个个颇为淡定。江少陵收回视线，适时地压下了唇角那道薄薄的上扬弧线，向沈家明提及晚上会带沈慈一起回江水墅。沈家明倒也没有反对，却在快走出草坪场时丢了一句话给沈慈，“Sylvia，我不希望我的女儿演变成一个酒鬼，你明白我的意思吗？”

沈慈没有应声，却忽然停下了脚步。沈家明不察，紧接着告诫女儿：“还有，像涉险叙利亚这样的事情，我不希望发生第二次。”

这次回应沈家明的，不仅仅是沈慈的沉默，他后知后觉地发现，除他之外，所有人都停下了脚步，几乎是目不转睛地注视着他那个举止怪异的女儿。

实在是太邋遢了。

只见沈慈抬起右脚，她刚才应该是不小心踩到了什么东西，否则也不会伸手从右脚鞋底上抠出一个物体来。

那是一只被沈慈踩得面目全非，流着绿色液体的毛毛虫。

沈慈也不嫌脏，原地蹲下，把毛毛虫的尸体放到了一旁的草地上，然后开始拔草挖坑……

有几位家佣离得近，瞬间石化。

马修更是面色发青，站在一旁犹豫着是否要加入“神经病”行列。

沈慈把那只被她踩死的毛毛虫小心翼翼地放在小坑里，掩埋之后用青草覆盖，随后双手合十，嘴里念叨着免其罪，息虫怨……

兴许是寒风呼啸，室外气温太低，马修的嘴角控制不住地抽动个不停。再看沈家成员各人反应：沈家明眉头直打结，似是不愿再看，寒着一张脸扭头就走；苏薇一向笑容亲和，但这日笑容却有些僵滞；至于江少陵……

马修看向江少陵的时候，江少陵已经迈步朝座驾走去，所以只来得及看到他的背影。可以理解，摊上这么一个脑回路与众不同的妻子，搁谁都觉得难堪。

丢人啊！

这日，马修没有看到江少陵的表情，但他的秘书和保镖都看到了：他们江先生不仅嘴角有着突如其来的笑意，就连冷漠的眉眼间也带着致命的吸引力。

这样的微笑，仅被他们几个大男人目睹实在是浪费，若是女子看了，必定会沦陷在这样的微笑里，简直是帅得令人直喷血。

宋文昊为江少陵打开后车门，顺带瞥了一眼郑睿，眼中饱含质疑。昨天晚上郑睿给他打电话，忧虑江先生差点掐死沈慈，但今天……

郑睿是在耍他吗？

面对宋文昊的质疑，郑睿百口莫辩。江先生如此反复如常，性格分裂似乎越来越严重了。

正是早餐时间，目送沈、江两人离去后，马修便带着用人回屋忙碌去了，只有沈慈、苏薇和陆离还留在草坪上。

适才人多，陆离又走在后面，所以沈慈并没有看到他，如今见他额头上贴着纱布，沈慈的眸色暗了一下，看着陆离正欲开口，却听苏薇淡淡发问："你要和少陵离婚，这事是真是假？"

离婚？

陆离看向沈慈，表情诧异。

沈慈没有回应苏薇，径直朝后院走去，陆离紧随其后。

"额头怎么回事？"沈慈开口问他。

"昨天出门见朋友，朋友开车马虎，不小心出了场小车祸。"陆离语气真诚，但撒起谎来毕竟有些心虚，偏偏沈慈还那么直直地盯着他。陆离怕她看出端倪，刚想避开她的目光，谁料苏薇竟"救了场"。

身后，苏薇声音发凉："伽蓝，当年你已经有了林宣，为什么还要祸害江少陵？投个好胎就代表你可以肆意抢人心头好吗？"

不知是不是"心头好"这个词逗笑了沈慈，她的嘴角隐有笑意。若是以她几年前的性子，她怕是会驳斥苏薇几句，定不让她爸爸这位小情人赢了嘴仗，但自离职以来，她没事看看佛经，内心平静，每日清欢自寻，至于那些俗人俗念，她的大脑早已形成了过滤系统。她有耳朵，耳力也很好，但有些话，她听不见啊。

这还是陆离第一次听人唤沈慈为"伽蓝"。

陆离的思绪，沈慈看不到，也摸不着，她并没有在陆离是否撒谎的问题上过多打转。沿途种植着十几棵桃花树，她慢吞吞地走着路，似是聊家常："陆离，你不能一直做我的保镖。"

陆离皱眉："是不是我做错了什么？"

沈慈笑着摇头："我是觉得你跟着我实在是有些可惜……"沈慈不说话了，因为她看到陆离将脸别到一旁，摆明了是因她的话有了坏情绪，却又不能发出来，所以只能自己生闷气。

沈慈不以为意，沉默了片刻，半开玩笑道："我只是随口这么一说，你不喜欢听，可以直接无视，但如果私底下偷偷骂我，就是你的不对了。"

一时之间，陆离气也不是，笑也不是，索性放缓脚步跟在她身后，什么也不说了。

前方的女子步伐极其缓慢，那样的龟速，活脱脱是一个老太太。

犹记得2012年初冬，他随一批保镖前去江水墅应聘，起初管家肖玟并没有注意到他。那天沈慈临时回来取文件，见肖玟正在招聘保镖，仅是扫视一眼就向主宅走去，但不知为何，她在走了几步之后，又踱了回来。众目睽睽之下，她走到了他面前，方向那么明确，若是说两人之前不认识，怕是没有人会相信，但他确实是第一次见到沈慈。

有别于其他豪门千金，他在沈慈身上完全看不出"优雅"这个词汇，除了发色另类之外，她还穿着白大褂，戴着护目镜……

殊不知，他在打量沈慈的时候，沈慈也在打量他。当时的他还不曾意识到，沈慈的"垂青"已在无形中帮他获取了一份薪水高昂的工作。

沈慈那天仿佛是心血来潮，仅上前看了他几秒就离开了，害得肖玟来回看了他好几眼，似是好奇他有什么特别之处。

二十几位保镖，沈慈唯独注意到了他，就连他本人也觉得很莫名。当天他就搬进了江水墅，黄昏肖玟带他去见江先生。

江先生刚从公司回来，正在客房更衣室里换衣服。肖玟带着他站在更衣室外，他当时还有些奇怪，江少陵和沈慈不是刚结婚吗？怎么不住在一起？难道富豪结婚后流行分房睡？

容不得他多想，江少陵已经换了一身家居装走了出来。在此之前，他早已通过杂志目睹过他们这位"华人之光"，虽知晓江少陵的容貌十分英俊，但亲眼看到，还是觉得对方简直是帅得没天理。

江少陵走出更衣室，背对着他们倒了一杯水，然后问肖玟："就是他？"

"是，他叫陆离。"肖玟碰了碰他的手臂，示意他回话。

他礼貌地开口："江先生。"

江少陵转身看向他。当时江少陵单手插在裤袋里，右手拿着水杯本已送到了唇边，却在打量他的时候有了片刻停顿。

当江少陵不笑不语的时候，鲜少有人能够直视江少陵的目光五秒以上，就连他也不例外。那天他虽不清楚江少陵究竟是以什么样的心态在打量他，但他清楚地记得肖玟私底下对他的告诫之语，细算下来可以归为四点。

第一，保证江太太的安全。

第二，只要江太太离开脑研究院，有关她的出行和一日活动都要事无巨细地汇报给江先生。

第三，江先生重隐私，所以不管随行保镖看到了什么、听到了什么，都不能私自外传。

第四，不要太过亲近江太太。

起初他还如实汇报沈慈每一日的行踪，但后来……后来有很多事渐渐不受他控制，于是他对江少陵开始有了欺瞒……

纽约天色阴沉，伴随着寒风袭面，数朵桃花从枝头坠落，缓缓飘落在泥土上。前方沈慈正在俯身捡花瓣，陆离无意识地蹙了眉，沈大小姐刚刚才埋葬了毛毛虫，这会儿难道打算效仿林黛玉葬花吗？

这日，陆离看到的只是沈慈的背影，他又怎知沈慈俯身捡起几瓣桃花，心里想的却是：盛极必衰，花如此，人亦如此。

正在闻桃花香味的成年女子，嘴角虽有笑意，欢欣却很难觅，不知何时她已将桃花捻碎，花汁瞬间濡湿了指尖……

晨间会议开到中午，江少陵移步曼哈顿用餐。除了前菜之外，主菜和甜点他未动分毫。在这里，他和一家上市公司的老总交谈数小时，并在离开时敲定了一份合作案。下午三点一刻，宋文昊带着两位年轻的创业者走进他的办公室。这两位小伙子自主研制出一款地图软件，一个星期前，他们拨通未世的前台电话，表明合作意向。他吩咐宋文昊跟进数天后，觉得地图软件存在一定的市场前景，正在考虑投资合作……

晚上的华人聚会，衣香鬓影，中西语夹杂，加上春节气氛的烘托，处处可见欢声笑语。

执杯浅谈，彼此说着滴水不露的话，关系不亲不疏。记忆里似有少女曾对他说过：“商人应酬，若是交心还好；若是一屋子的人都戴着虚假的面具，说着言不由衷的客套话，每一句话都需要再三思量，长此以往怕是会未老先衰。”

如今他再想起这番话，明亮的酒杯映照出他漆黑的眼眸，目光缓缓流动，恍如那些一去不复返的似水流年。

晚餐的食物极其丰富，他却没有一丁点儿胃口，置身酒会不过半小时，他已经第八次低头查看时间了。

侍者端着托盘从旁经过时，他把手中的酒杯放在了上面，谁料悄悄离开时又被几个不识趣的华商堵了个正着，于是说与听之间，状态完全是一派心不在焉……

江少陵走出酒宴场所时，郑睿在外守着，大概没想到江少陵会这么快就结束宴席，他把黑大衣递给江少陵的同时连忙打电话给司机，让他抓紧时间取车。

上车的时候，司机问后座男子："江先生，是要回沈家吗？"

"百老汇。"男子声音很淡，低头把玩着手机。屏幕上显示着一组手机号码，没有姓名，虽然常年存在手机里，却有接近两年的时间再也没有被他拨打过，如今……他依然没有按下那个拨打键。

这晚，沈慈没有留在沈家等江少陵。午后她去图书馆看书至黄昏，出来时有些饿，就在大街上买了一块美式比萨，分了半块给陆离。陆离见她吃完后饿意不减，便放下尚未吃完的比萨，起身买了一份椒盐卷饼递给她，她这才有了饱意。

"我最近是不是胖了？"她倒也不嫌疼，伸手捏了捏自己的脸。

陆离微笑不语。她离开脑研究院是好事，至少她的胃口比以前好了许多。

晚上，两人去百老汇看歌舞剧，剧目很经典——《妈妈咪呀》（*Mamma Mia*），这部音乐剧被评为"百老汇最轻快的歌舞剧"。不久前，主演们还穿着色彩鲜艳的衣服通过舞台把快乐传递给大家，现场观众更是受舞台气氛感染，随着主演又唱又跳，仿佛只要他们愿意，快乐就永远也不会消失。然而，伴随着落幕，演员退场，观众离席，原来，所有的欢快都会有戛然而止的那一刻。

沈慈离开时，几次回望空荡荡的舞台，陆离以为她没有看过瘾，轻声对她说："如果喜欢，下次我再陪您一起过来看。"

她低头微笑，却不再回望身后。陆离怎会知道，她看《妈妈咪呀》的次数高达数十次，如此长情，以前没少被林宣和陶艾琳取笑。

她在美国最亲近的两个人，如今一个早已视她如陌路，另一个想必也因她昨天的直白与她有了隔阂……

她知道，《妈妈咪呀》她不会再看。

剧场外，霓虹灯让人眼花缭乱，周围的设施总会让人迷失其中，肤色各异的人正在街道上行走。这些人里也许有人是亿万富翁，也许有人是好莱坞明星，也许有人是……

巨型霓虹灯下，有一位亚洲男子穿着黑色大衣正站在门口查看散场观众。他轮廓锐利，出色的外貌吸引了来回的行人，有女观众胆子大，结伴上前希望能够合影，但被他拒绝了。

然后，他看到了沈慈，却不见情绪波动，也不见欢喜，但看着她时目光极为专注，仿佛所有的语言互动全都交付给了一个眼神。

纽约这晚风很大，沈慈走出剧场时只觉得冷意袭身，她交代陆离开车去沈家，将她的行李带回江水墅。

她正说着话，已有衣服覆在肩头。

那是江少陵的黑色大衣，衣服尚有余温，披在身上很温暖。

她转眸看向他，脸颊蹭着大衣衣领，却只看到他修长的背影。座驾停在时代广场附近，他的步伐不快，但每走几步就会回头看她有没有跟上。

对沈慈来说，走在她前面的青年男子，过早便已看透世间冷暖。江少陵来到纽约不久便遭遇全球金融危机大风暴，若没有几分圆滑世故，抑或是算计和才情，他不可能在华尔街来去自如，更不可能一步步成为投资高手。

她和他虽是夫妻，但在日常生活和精神领域几乎没有任何关系，婚后她也从未依赖过他。严格意义上来说，她和他只是同住一屋的陌生人，相处无声，除了静默，还是静默。她静默……

然而，今天凌晨她亲眼目睹的来自父亲的残酷，最终还是打破了这份静默。结婚一年零七个月，她和他终于有了实质性的对话，但因生疏太久，所以私下交谈时，语言似乎成了奢侈品。

上车的时候，他转脸问她："吃晚饭了吗？"

"嗯。"

她和他的对谈加起来只有这么两句，再然后彼此沉默，竟是半程无话。倒是他电话不断，先是接了几个华商电话，后来通过手机和宋助理沟通明日的行程安排。

沈慈望着窗外，玻璃上隐隐映照出江少陵英俊的侧脸轮廓和冷漠的眉眼……

从2013年开始，无论是国内，还是国外，禁欲系男神当道，他们通常颜值高，性情却很高冷，非凡尘男女能够轻易触摸。

坐在她身旁的这位男子，尽管私底下难以相处，但魅力早已成精。

手机那头，不知宋文昊说了什么话，江少陵倾听片刻，拿开手机，轻声征询她的意见："明天会有几位下属前去江水墅，如果你不喜……"

"不影响。我在楼上活动，如果下楼，可以从后门出入。"她的声音偏淡，语气无温，却惊住了副驾驶座位上的郑睿。

先前沈慈嗯了一声时，郑睿已有些心绪不稳，如今又听她对江先生说出这么长的话，内心可谓是波澜起伏。

后座那两位经年无话，也难怪郑睿会受惊了。再看他们江先生，手持电话回复宋文昊时，岂是一般的不动声色？

《孙子兵法》有云：胸藏惊雷而面如平湖者，可拜上将军。

他家江先生若是生在古代，定是一国良将。

郑睿佩服。

这晚，江少陵结束通话之后，宋助理纳闷自语：老板今日说话有些慢，有些轻，总之让他感觉很微妙……

深夜九点，汽车驶进江水墅。江水墅是江少陵和沈慈的婚房所在，依山傍水，偏离都市，唯有万木葱茏。

华人管家肖玟早已带领数名工作人员等待在外。远远看到江少陵和沈慈一前一后下车，肖玟快步迎了上来。名义上，沈慈是江水墅女主人，但江水墅上下心知肚明，沈慈只当这里是临时旅馆。婚后沈慈忙于工作，入住这里的时间屈指可数，加起来怕是不超三个月，对江水墅园景的关注度更是为零。但这天晚上，沈慈下车后却驻步不前，望着主宅前院某一角，开口询问肖玟："那里什么时候新换了两棵树？"

江水墅占地20000平方米，作为一座观赏性很高的别墅，江水墅四季草木繁多，所以别墅内外究竟栽种了多少棵树木怕是定期前来维护园景的花匠也说不太清楚，可如今……

肖玟收起讶异，回复沈慈："今年冬天冷，半个月前有两棵橘子树被冻死，所以花匠才另换了两棵石榴树，寓意富贵祥瑞，多子多福。"

富贵祥瑞？

沈慈避开"多子多福"不谈，而是在绕过大草坪前往主宅时瞥了一眼肖玟："儿时曾有老人家提起过，前院不适合种植石榴树，据说女鬼王化身后通常会寄生在石榴树下，否则也不会有'死在石榴裙下'这一说了。"

还有这一说？

"……"肖玟愕然，下意识地朝江先生望去。前院灯光通明，狗吠声不绝于耳，江少陵站在沈慈身后不远处，修长的身影被灯光拉得很长，他单手插在裤袋里，偏脸看着那两棵石榴树，唇角微微上扬。

肖玟发现了，江先生今天心情不错。

此时，沈慈已率先走进主宅，肖玟看着江少陵懊悔认错："江先生，我没想到石榴树还有这层寓意，实在是抱歉。"

江少陵将目光移向主宅，沈慈的身影早已隐没在室内。她平日里喜欢捉弄人，告诉肖玟女鬼王寄生石榴树下无非是为了吓唬肖玟，品性虽恶劣，倒也不打紧，由着她吧……

进屋时，江少陵吩咐肖玟："今天晚上找人把树移走，不要拖到明天早晨。"

入职江水墅四年，肖玟还没见过哪个男人对妻子做到如江先生这般细致入微。犹记得1月30日，沈慈抵达纽约的当晚，江先生曾特意回了一趟江水墅，二楼起居室的清理也是他一人所为，未曾假手他人。江先生如此温情，奈何她家女主人婚后一心扑在实验室，间接冷落了江先生，也难怪家佣暗中腹诽女主人智商虽高，情商却有待提高……

二楼主卧室通风良好，吹得室内偏寒，沈慈关上窗，拉上窗帘后转身去浴室洗澡。经过大床时，她看了一眼全新的床上用品——棉麻八件套，颜色素净，是那个人的一贯风格……

2014年2月1日深夜，江水墅二楼主卧浴室里，沈慈打开水龙头，捧着冷水接连洗了好几把脸。伴随着哗啦啦的水流声，冷水积蓄一池，她双手撑着盥洗台，低头看着池水，有水珠沿着她的脸部轮廓一滴滴地砸落在池水之中。

她轻声询问自己："你真的已经决定了吗？"

未世各部门的经理每个月初都会聚在一起交流彼此手头的项目，如果时间宽裕，也许还会就当时的金融局势抒发各自的观点。中国人过春节，外籍经理受周遭华人熏陶，前来江水墅面见大老板，手提礼品登门在先，使用蹩脚的中文礼貌拜年在后，主宅内外好不热闹。

沈慈这日起床很早，在卧室里吃完食物，就再也没有下过楼。

楼上和楼下是截然不同的两个天地。江少陵聆听下属交谈时，思绪并不集中，偶尔会无意识望着楼梯口，有几位机警的经理觉察到，面面相觑，却不敢吭声。

临近11点，谈话结束，江少陵合上电脑，示意用人送几位下属出门。肖玟带着一位用人走过来清理桌面，江少陵开口问她："太太在楼上做什么？"

肖玟说："太太好像在后院照看狼青。"

那条狗还活着?

江少陵的嘴角隐有笑意，眸色却生寒，他拿着手头的文件，直接上楼去了……

江水墅的后院有一条狼青公犬，是由狼和狼犬杂交而成，形状似狼，肩高85cm，三角眼，毛色铁青。狼青犬没有昵称，沈慈喂养它长达七年之久，多是直呼"狼青"二字，久而久之，"狼青"也就成了它的名字。

对江水墅的工作人员来说，狼青是一条看似凶猛，实则极其容易驯化，又忠实护主的灵性犬，但与此同时，它的攻击性和警觉性也非常高。

江水墅上下都知道，江先生从不出入后院，极其厌恶狼青犬；而狼青似乎也对江先生有着很深的敌意。有几次沈慈牵着狼青出现在前院时，狼青竟冲着江先生狂叫不止，江先生面上不说什么，但在某次关门上车时，甩门声极重，似是泄愤一般。

沈慈自上个月离开纽约之后，狼青就一直食欲不振，前些时候还生了一次病，至今已有两日没有进食。

这天临近中午，沈慈蹲在地上搅拌着狗粮，被撤去狗链的狼青卧在一旁，无精打采地看着她。

狼青聪明护主，主人若是对它态度冷淡，它或许会有情绪，但当沈慈把狗粮放在它面前时，狼青却是瞬间忘了先前的不快，撒娇一般地蹭了蹭沈慈的脖颈。

沈慈蹲在那里，狼青吃食时，她轻轻抚摸着它的毛发，声音异常温和："他不喜欢你，你也不喜欢他，不如找机会把你还给林宣，你说好不好？"

狼青无忧，听到她说话，先是抬头看了她一眼，却抵挡不住狗粮的诱惑，那般狼吞虎咽，似是生怕狗粮会忽然间消失不见。

沈慈轻轻一笑，不再说话。这日纽约的天色格外阴沉，也不知道明天会不会下雪。

中午时分，沈慈回到卧室，先是洗了把手，随后又在床沿上坐了一会儿，直到肖玟前来唤她下楼用餐。

沈慈下楼的时候，江少陵正站在客厅里讲电话。

"史蒂夫先生，您要明白，交易本质和不等价交换是对等关系。我们是文明人，文明人要学会讲文明话，但您如今像泼妇一样在电话里大吼大叫，难免有失修养，同时也与您的形象不符，您觉得呢？"男子的英文发音低沉，带着几分戏谑冷嘲以及恃强凌弱，也许还带着几分独裁者的冷漠。

楼梯口近在咫尺，沈慈脚步未停，很快就出现在客厅与餐厅的相接处。史蒂夫在电话里破口大骂，声音很大，沈慈想不听见都很难，她微微皱眉，事情显而易见，那位史蒂夫先生应是在交易过程中被江少陵逼得山穷水尽，否则也不至于如此失控。

面对咒骂声，江少陵却显得有些无可奈何，他漫不经心地笑了笑："要不我们改天再谈？您今天情绪很糟糕，多少有点蹬鼻子上脸，给脸不要脸……"江少陵的话音戛然而止——他在转身时看到了沈慈，不仅僵了唇角的那一抹冷笑，也连带皱了眉。

沈慈朝餐厅走去。餐厅里，用人早已摆菜上桌，是很地道的中国餐食。

用餐数分钟后，江少陵结束通话走了过来。她并未抬头看他，她用餐一向专注，这天却有些心不在焉。

对面，江少陵夹了菜放进她的碗里，她微不可察地紧了紧筷子。

那菜，沈慈没吃。她放下手中的筷子，迟疑了片刻，然后抬眸看着江少陵："那天早晨，我对爸爸说，我已经打算放弃我的婚姻，不是玩笑话，我是认真的。"

她说这话时，江少陵正在低头吃饭，食物尚未咀嚼完就被他生生地咽了下去，受罪的是喉咙，疼的却是他的心。很多年了，他的心口总是会隐隐作痛，她不同他说话，他痛；她说话，他更痛……

在沈慈看来，江少陵一派风平浪静，不仅对她的话充耳不闻，甚至把所有的注意力全都交付给了席间的食物。

沈慈不再看他，靠着椅背迟迟不语，也许有些话连她自己都没想好该怎么说出口，但她终究还是说出了那句话，她说："江先生，我们离婚吧。"

不知是那声"江先生"惹怒了江少陵，还是那声"离婚"刺痛了他，他克制着忽然蹿升的怒气，皱眉唤了声："肖玟——"

肖玟在厨房里应了一声，因厨师还在盛汤，她急着端过去，所以并没有在第一时间赶到餐厅去。

餐厅里的气压向来很低，但这日却是从未有过的低。

沈慈只当自己没有觉察出他的怒气，接着说："我们可以签订一份离婚协议，即使离了婚，我也不会分走你的财产，至于我父亲那边——"

"肖玟——"这已经是江少陵第二次喊肖玟的名字了，除了声音很大之外，他特有的压迫感更是渗进了凛冽的语气中，那声音谁听谁害怕。

沈慈面色如常，用一双漆黑的眼睛看着江少陵。他已停止进餐，显然他用餐的好兴致全都被她破坏殆尽。许是心火难压，他端起面前的水杯一口气竟喝了大半杯。

沈慈语气不变："我会亲自对爸爸——"

这一次，江少陵没忍住，他倏地站了起来，手中的水杯更是被他狠狠地砸在了餐桌上，伴随着砰的一声响，不仅餐盘碎裂，菜汁更是溅了沈慈一脸。

沈慈这日穿着式样简单的白衬衫，溅落在衬衫上的菜汁尤为明显，她却没有清理的打算，而是坐在椅子上目不转睛地看着江少陵，眸色很黑，也很沉。

从厨房匆匆赶来的肖玟目睹这一幕，当即吓得一句话也不敢说。她在江水墅工作多年，几时见江先生发过这么大的火气，还是当着沈慈的面……

肖玟很快就回过神，误以为江先生之所以发火，是因为她迟迟不来餐厅，正打算开口道歉，却见江少陵的双眸仿佛被乌云覆盖，阴沉得近乎可怕。

"别忘了你的身份。身为江水墅的管家，我叫你的时候，你要在。"江少陵将字音咬得很重，堪比正在燃烧的火炭，瞬间逼出了肖玟满手心的汗。

肖玟的道歉声注定要卡在她的喉咙里，因为江少陵说完这句话之后就一言不发地离开了餐厅。

沈慈抽出餐巾擦拭脸上的菜汁，肖玟连忙上前帮忙，却被沈慈阻止。起身时，她对肖玟说："你不用放在心上，你们江先生不是在冲你发火，这事与你无关。"

肖玟沉默不语。她的忐忑不安并未因沈慈的话有所缓和，反倒认为沈慈是有意宽慰她。

看来这次，她是真的闯了大祸。

自那天中午与江少陵不欢而散，沈慈的一日三餐多是在卧室里享用，还特意避开吃饭时间。她和江少陵虽然在同一屋檐下，但已有好几日都未曾碰面。

这几日，纽约被冰雪覆盖：2月3日是雨夹雪，2月4日是大雪转阴，2月5日又是阴转雨夹雪。

面对持续低迷的天气，沈慈的情绪未受影响，她每天早睡早起，合理安排一日生活，偶尔去后院和狼青说说话，倒也不觉乏味。

2月6日晨间醒来，纽约终于不再有风雪，但寒风呼啸，连带天空也是一片灰蒙。

肖玟昨天留意过天气预报，上楼告诉沈慈，今天可能会下冰雨。

上午九点左右，纽约上空下起了小冰粒，屋顶声声作响。当时沈慈正独自坐在暗无天日的影音室里看电影。那是几部并不卖座的文艺片，由于情节过于沉闷，她在观影途中倦怠而眠，断断续续做了几个梦，后来被一通电话吵醒，查看时间，竟已临近中午。

是父亲打来的电话。

"少陵回国，你为什么不随他一起回去？"父亲应该是在酒局上，背景音很嘈杂，但他的声音，他的每一字每一句，她都听得一清二楚。

几分钟以后，她结束了通话，随后在餐厅里找到肖玟，沉默了两秒才开口问："你家先生去哪儿了？"

肖玟显然也在状况之外："我也不是很清楚，江先生已经好几天没有回江水墅了。"

餐厅里，沈慈紧握手机不语，好半天才找回自己的声音："你去找陆离，就说我有事找他。"

2月6日下午，JFK候机室里，沈慈趴在椅子扶手上一动也不动，周遭喧嚣不已，唯有她沉浸在自己的世界里，像是一个自闭的孩子，没有人知道她究竟在想些什么。

两个小时以前，陆离去卧室见她，她当时正在收拾衣服，侧过脸看着他说：“你去订机票，我要回国。”

这天下午，沈慈在有些吵闹的机舱里沉沉入睡。这一觉，她睡的时间有些长，后半夜醒来时，乘客大都在安睡，机舱里寂静无比，身旁陆离开着小灯正在看书，察觉她已苏醒，连忙合上书籍，压低声音问：“要喝水吗？”

“不用。”沈慈调整好座椅，随即打开了个人电视。陆离见她如此，不再多话，而是重新打开书籍，安静地看着书。

沈慈看电视，纯粹是为了打发时间，思绪并不集中，所以余光中第N次捕捉到某人正在偷看她时，忍不住笑了笑：“额头的伤势看起来很严重，消炎药带了吗？”

陆离的目光离开书籍，转眸看着沈慈：“带了。”

“我记得你是国内警校毕业，江先生拿东西砸你，不知道避开吗？”沈慈的注意力还在电视上，出口的话语却惊住了陆离。

她怎么会知道他额头上的伤与江先生有关？

陆离还没来得及消化沈慈的话，又听沈慈淡淡陈述道：“那年初冬，江先生指派你成为我的保镖，说好听点是保护，说难听点是监视。依我的性格，断不可能受制于人，于是我开始披着友好的外衣，一点点地暗示你叛变江先生。每一次江先生出手伤你，其实我都知——”

“太太……”陆离心绪大乱，仓促出声制止沈慈继续说下去。

他知道，其实他一直都知道，所以他乱，不是因为沈慈操纵他、利用他，而是……她为什么会选择在这个时候说出这样的话？

沈慈洞悉了陆离的思绪，关上个人电视，目光还算温软地看着陆离：“距离故土近了，忽然间很想对身边人说一次真心话，刚好你又在我身边。”说到这里，她对陆离笑了笑，“有些话，我只说一次：我对你好，无关善意，只为利用、操控你。”

陆离眼眸暗沉，锁眉看着她不说话。

沈慈却不再看他，她调整好座椅，拉高毛毯闭眼躺下沉默了好一会儿，方才似叹似笑道：“陆离，看清楚我的本性，不值。”

沈慈的笑音略显冰凉，听在陆离耳中如梦似幻，他在心里悄悄默念“不值”两个字，值不值得，她说了不算……

第二章

杏花村：重拾碎片，莫负流年

阔别多年再回S市，它的待客方式极为热情，舷窗外天气晴好，唯一的遗憾是，已是下午五点半，阳光虽在，但温度已退。

下飞机后，沈慈将行李交给陆离，然后去了一趟洗手间。镜子里的她，因为睡眠不足，面容很憔悴。她用冷水洗脸，试图让自己看上去精神一些。

临近黄昏，要到达目的地他们还有很长的路要走。陆离原想去S市租辆汽车，沈慈却无心进市，走出机场直接打了一辆出租车，陆离只能作罢。

车上，陆离报出目的地，司机觉得路程太远，再加上地址很偏僻，起初并不愿意拉他们过去，直到陆离出了双倍价钱，司机这才不甚情愿地松了口："我没去过那里，先说好，只拉你们到镇上。真要进村的话，我多半会迷路，摸不回来。"

司机絮絮叨叨地说着话，陆离担心沈慈不悦，坐在副驾驶座上回头看了她一眼，却发现她靠着后座，已经戴上了眼罩和耳机……

对沈慈来说，S市一度装满了她的过往和回忆，但她这日重回故土，却没有丝毫缅怀之意，反倒昏昏沉沉地睡了一路。其间在服务区停了两次车。第一次停车的时候，她下车吃了晚饭——一杯泡面和一根火腿肠，吃完后回到车上继续睡。第二次停车的时候，陆离询问她是否下车，奈何贪睡如她，明知应该去一趟洗手间，却因舍不得苏醒，于是选择对生理需要不管不顾。

结果一个小时后，她从梦中被憋醒，打量窗外，沿途的路灯将高速公路点缀成了一条白色银河。出租车飞快地行驶在高速公路上，停车是不可能了，数小时之内似乎又很难再出现服务区，那就忍忍吧。

这一忍，沈慈竟从深夜一直忍到了凌晨。憋尿讲究技巧，沈慈在后座不断调整坐姿，别提有多难受。好在路况很好，否则她怕是要名声不保。

沈慈和陆离提着行李置身于南方小镇时已经是凌晨一点左右，出租车司机还要开车赶回S市，接过酬劳，将两人撂在大街上就直接开车走了。

空荡荡的大街上，沈慈步伐很快，并来回注视街道两侧，陆离隐隐觉察了什么，想笑又不敢笑，只能提着行李默默帮她留意周遭。

不知走过了几条街，好不容易在巷子里找到了一间小公厕，里面的照明灯却是坏的，好在还有手机照明，倒不至于摸黑入厕，寸步难行。

沈慈虽然忍功一流，但因憋的时间太久，再加上凌晨万籁俱寂，以至于“水声”颇为清晰。陆离站在公厕外摸了摸鼻子，最后决定提着行李走远一些……

“陆离？”厕所内，沈慈出声唤停陆离，陆离只好提着行李反身回去：“我在。”

此时，“水声”依旧，沈慈兴致不错，小便之余，倒是跟陆离唠起了生理常识：“你我都是尘世男女，解小便发出点声音，应该很正常吧？”

“……正常。”陆离的耳朵有些发红。

沈慈似是笑了，接着问：“哗啦啦的水声清脆悦耳，不好听吗？”

这一次，红的是陆离的脸。纠结了好一会儿，他才言不由衷道：“还行。”

沈大千金毫无羞耻心，从不知晓“脸”为何物，陆离早已司空见惯，所以他脸红，纯粹是替沈大千金脸红。

陆离清了清嗓子，寻了个借口道：“太太，我去巷口看看郑睿有没有开车过来？”

“嗯，去吧。”沈慈没阻拦。

沈慈要去的地方是一个小村落，距离镇上还有几十公里。沈慈从公厕出来时，陆离正站在路旁拦车。沈慈双臂环胸看了一会儿，很快就察觉出了端倪，问陆离：“郑睿不来了吗？”

陆离欲言又止，不知该不该道出实情，好在他说起谎来还算镇定：“郑睿今天忙，脱不开身。”

沈慈不再说话。她这次来，事先并没有给江少陵打过招呼。其实又何必说？就算父亲不告知江少陵，她身边不是还有一个陆离吗，所以她这次回国，江少陵又怎会不知？这里是江少陵故居所属的小镇，她又是第一次来，所谓人生地不熟，按理说江少陵不是应该派郑睿亲自过来接他们吗？

再说陆离，他这次随沈慈回国，确实有意将行踪报告给江先生，但江先生不接电话，所以只能打电话给郑睿。陆离曾在出租车上估算什么时候会抵达小镇，郑睿也信誓旦旦地保证一定准时开车过来，但数分钟之后，郑睿却给他发来了一条短信。那条短信陆离没有留意，直到刚才在巷口久等不见郑睿，掏出手机准备给郑睿打电话才看到……

这时，街道上终于有一辆出租车开了过来。陆离暗松了一口气，打开后车门示意沈慈先上车，沈慈却朝他伸出了手："手机给我。"

陆离迟疑片刻，却又心知沈慈的脾气，只好把手机递给她。

沈慈拿着陆离的手机摆弄了几下，很快就找到了郑睿几分钟前发给陆离的一条短信："陆离，江先生不许我去镇上接你和太太，要不你们在镇上打辆出租车过来，快到的时候给我打个电话，我去村口接你们。"

沈慈也不见生气，盯着短信只笑不语。

司机见他们迟迟不上车，开口问："两位还要坐车吗？"

"抱歉，不坐了。"手机还给陆离，沈慈笑着说："陆离，找旅馆，睡觉。"

这是一座南方小镇，因为周边旅游景点甚少，所以想要在镇上找到一家舒适的酒店很难。退而求其次，陆离在手机上查找了镇上的几家旅馆，沈慈发挥懒惰本性，就近选了一家旅馆入住。

沈慈刚走进旅馆就有些后悔——这家旅馆有些年头了，不仅设施老旧，就连房间里的床褥也透着一股霉味。

陆离想换旅馆，沈慈却不愿再折腾。为了来到这里，她和陆离已奔走了一天两夜，此刻已是凌晨1：45，再过不久天就会亮，无非是将就几小时，她还没那么娇气。

"如果有事您叫我，我在隔壁。"陆离帮她调好空调温度，这才提着行李离开。

沈慈惯例在睡前洗脸刷牙。跨国奔赴陌生小镇，紧接着凌晨时分被人放鸽子，她看似平静，刷牙的力道却很重，以至于吐出牙膏泡沫时依稀能看到鲜血……

凌晨两点左右，沈慈掀开被子，躺在床上和衣而眠，仅在身上盖了一件厚外套。入睡前，她趴在床上。窗外满天星斗，十分夺目，她忽然想起她十八岁时，有一个男人曾送给她一条白金项链，吊坠是一颗水晶做的蓝星星。她很喜欢那条项链，却在十九岁那年把它给弄丢了。发现项链不见的时候，她在卧室的地板上坐了一整夜，有一股哀大莫过于心死的悲凉感将她折磨得溃不成军……

沈慈睡着了。梦里场景混乱，有时置身于纽约，有时却置身于S市，后来她看到了多年前的他和她，那个男人对她说："蓝蓝，距离南方小镇不远有一座小村庄，我从小在那里长大，夜间虽然少了霓虹灯闪烁，但星星格外多，很适合作画。有时间的话，我带你回去看看？"

国内这会儿是2014年2月9日凌晨两点，郑睿从杏花村村口回来时，惊讶地发现江先生这个时间段竟然还没睡。

院子里光线昏暗，除了几棵歪脖子杏花树，就是数不尽的杂草、鬼屋一座，但他们江先生却看出了乐趣，要不然怎会在凌晨两点站在院子里看风景？

江少陵见郑睿一个人回来，虽然什么也没说，却无意识地皱了眉。

其实郑睿是很想笑的，但他不敢。他前不久给陆离打了电话，却被告知他家太太入住镇上旅馆，凌晨不会过来，至于明天……未知。

"江先生，太太已经在镇上住下了。我听陆离话语间的意思，太太睡醒后可能直接坐车去机场，不会再过来。"郑睿说着，偷偷瞄了一眼江少陵，奈何他家江先生根本就不在意江太太的去留问题，但显然已经无心再"观景"，无动于衷地走进主屋睡觉去了。

郑睿也不敢多话，回到偏房刚躺下，就听外面有人踢了两下门。这处院子是江家故居，很多年都不曾再住人，如今大门紧锁，只有江先生和他住在这里，踢门人是谁，可想而知。

郑睿连忙起床，打开门就见江少陵面无表情地站在门口，英俊的面容隐藏在昏暗的光线里，表情虽然看不真切，语气却异常坚定："天亮后，你开车去镇上……"说到这里，他顿了一下，似是觉得天亮去镇上有些迟，于是又改口道，"你先睡上三个小时，凌晨五点就开车过去。"

郑睿担心沈慈不配合，见江少陵转身，连忙问："如果太太不愿随我回来呢？"

"如果？"

江少陵回头看向郑睿，也许是错觉，郑睿竟觉得刹那间寒意刺骨。

识时务者为俊杰，郑睿点头："我明白了，没有如果。"

因为时差，沈慈在旅馆里只睡了三个小时左右。凌晨五点，陆离还在隔壁熟睡，沈慈独自走出了旅馆。

南方的气候总归有些反复无常，沈慈入睡前还能看到满天星辰，结果一出门，却发现小镇阴着一张脸，情绪不是一般的糟。

小镇商铺很多，但因时间还早，很多商铺还没开门做生意，街道上也没有什么人。晨间闲逛，沈慈并没有什么目的性，只在经过镇小学和镇中学的时候停留了片刻。她站在校门口，抓着铁门朝里面看，看门的是一位老爷子，大概是觉得她形迹可疑，于是走出来问："你找谁？"

"不找谁，我就随便看看。"看看不犯法吧？话虽如此，沈慈毕竟有几分眼力见儿，当即识趣地离开，走了几步又回头望了一眼镇中学。老爷子皱着眉，隔着大铁门一个劲儿地盯着她看，看样子是把她当成了坏人。

沈慈移开眸子，不再回望。

临近七点的时候，沈慈几乎将小镇转了个遍，此时天已大亮，有些商铺已开了门。她出来时没带手机，再看小镇上空已是乌云密布，于是加快了脚步。她原想返回旅馆，谁料还没走出一条狭窄的小巷就突然下起了瓢泼大雨，无奈之下只好钻进一家早餐店避雨。

早餐店虽小，环境却很干净。沈慈点了一碗营养粥，又要了一笼小蒸饺，念及外面在下雨，所以她的用餐速度很慢。不过半小时而已，前一秒还哭哭啼啼的小镇，下一秒却忽然止了泪，瞬间晴空万里，沈慈被这样的怪天气折腾得无话可说。

沈慈不知道的是，郑睿清晨六点抵达旅馆，先见了陆离，随后两人一起去见沈慈，却发现房间无人。

郑睿直接将矛头对准陆离："人呢？"

陆离怎么可能知道？

沈慈回到旅馆时，郑睿和陆离已经找了她一个多小时。其间江少陵数次打来电话，郑睿每每接听都会吓得心惊胆战。如今见沈慈左臂弯里抱着一束白菊花，右手提着一袋早餐出现在他的面前，郑睿差点没哭出来。

来之前，郑睿还担心沈慈难缠，不会轻易随他离开，但当沈慈抱着白菊花出现在他的面前时，郑睿忽然想，此女如此豁达，睡一觉恩怨尽消，反倒是他以小人之心度君子之腹了。

沈慈瞥了一眼郑睿，又看了一眼停在旅馆外的那辆黑色座驾，似笑非笑道："郑睿，你跑错地方了吧？"

心知沈慈还有情绪，郑睿连忙赔着笑脸道："太太，是江先生的意思。"

沈慈不再多说什么，无声地将带回来的早餐递给陆离，上楼收拾行李去了。

目睹此景，郑睿微微皱眉，见沈慈消失在楼梯口，他压低声音提醒陆离："陆离，别怪我没提醒你，如果太太平时对你有10分好，你最起码要藏匿11分，最好永远别让江先生知道这些事，否则……"

郑睿没有把话说全，他抬头看了一眼陆离额头上正在结痂的伤口，轻轻地叹了一口气，压低声音道："有些话不用我说，你心里也清楚。面对沈慈，江先生根本就是一个疯子。"

旅馆一楼，陆离低头看着手中的早餐袋，明显有些心不在焉。想起机舱里她曾说过的话，真话她只说一次，所以回归现实，清晨帮他买早餐，又是一次收买和利用的开始？

陆离嘴角扯出一抹苦笑。她和他，怎不是周瑜打黄盖——一个愿打，一个愿挨？

郑睿开车离开小镇前，曾在药店门口停车。下车前，他转脸看着沈慈，向她淡淡解释："太太，早晨我和江先生通电话，发现他鼻音很重，应该是晨间受了凉，我去药店帮他买一些感冒药，您等我一下，我马上就回来。"

后座无声。

陆离坐在副驾驶座位上，虽没回望沈慈，却通过后视镜悄悄地打量着她：青年女子素颜朝天，这日未束发，黑白相间的长发散落在肩头，她抱着白菊花坐在后座上，尽管眉眼冷漠，但她的身上有一种蛊惑人心的魔力。

这种魔力，江少陵有，沈慈也有，前者是来自绝佳的相貌，后者是来自醒目的气质。

江少陵生病，沈慈看似漠不关心，但郑睿下车后，她却望着那家药店，失神地看了许久，许久……

S市是金融大城。到了2014年，S市管辖的各大县级市发展迅速，就连物产丰富的自然村也是变化惊人。

一路上，民居建筑堪比欧美乡村别墅，水泥路直通各大村落，不少村口更是自带路灯和监控设施。

通往杏花村的道路虽然弯弯曲曲，路况却很好。远离繁华热闹的纽约市，避开高楼大厦鳞次栉比的S市，初到这里的沈慈望着蓝蓝的天，呼吸着清新的空气，再看看数只春鸟从高空飞过，沿途的风景对沈慈来说，都是暖暖的惊喜。

快要抵达杏花村时，已是上午十点左右。沈慈的目光被窗外的杏花林所牵引。二月正是杏花肆意绽放的季节，视线所及，漫山遍野的杏花几乎包围了整座村庄，就连田野间也能看到层层叠叠的杏花树，这座小村落取名"杏花村"倒也是名副其实。

这时，正在开车的郑睿忽然开口道了声："江先生？"

沈慈的睫毛轻轻颤动了一下，透过挡风玻璃，果然看到了江少陵。

这日阳光很温暖，江少陵穿着羊毛衫、黑色长裤和黑色休闲皮鞋正站在村口和一位村民漫不经心地说着话，余光中看到郑睿开车过来，他的表情多少有些无动于衷，谈话间已和村民离开了村口。

那个时候郑睿已停下车，沈慈坐在车里无语片刻，吩咐陆离先随郑睿安置行李，至于她……她抱着白菊花下了车。

杏花村不算太大，到了2014年居住人口不过十几户，家家户户皆是一模一样的小别墅，道路两旁伫立着一排排路灯，绿化带和矮灌木处处可见，如此一来，路况难免有些复杂，沈慈第一次来这里，抱着白菊花亦步亦趋地跟着江少陵，唯恐自己会迷路。

沈慈正前方，村民虽和江少陵说着话，却频频回望沈慈，见她一直跟着他们，村民停下脚步，转身问沈慈："姑娘，你找谁？"

沈慈微笑不语，她在看江少陵。男子身姿挺拔修长，英俊的面容却消瘦了不少，虽然身处故宅村落，冷峻的眉眼间却依稀可以窥探出几分拿云之志。

"陈叔，不是外人，她是我太太。"江少陵没有看她，他的发音极为平稳，让闻者只觉安心。

当然，如果忽略他的鼻音，这样的声音无疑很好听。

那位被唤作"陈叔"的村民听说沈慈是江少陵的太太，警惕心顿消，立马缓和了脸色，埋怨江少陵也不早点说，害他差点闹了个大笑话。

说话间，陈叔一直盯着沈慈看。江少陵毕竟是晚辈，村民又是看着他长大，忽然听说眼前这位女子是他太太，难免会生起窥探之心，可恰恰是这份窥探，导致江少陵眸子生寒，再见陈叔正拿奇怪的眼神盯着沈慈半白的长发，江少陵心下一沉，不动声色地挪了一下位置，竟巧妙地遮挡住了陈叔的视线。

他瞥了一眼沈慈怀里的白菊花，明知故问："你来杏花村做什么？"

"祭拜苏姨。"沈慈不跟他一般计较，谈及"苏姨"，心事重了一些。

江少陵抿唇沉默了两秒，方才说："你苏姨在江家客厅里放着，这条路不通江家。"

沈慈愣了一下："那你现在要去哪儿？"

江少陵的眸色很深，就那么盯着沈慈看了一会儿，再开口，话语简洁："后山。"

去后山做什么？

沈慈还没问出口，就见陈叔从江少陵身后走了出来，笑着解惑："少陵的爷爷奶奶都在后山——"

"既然来了，就随我一起去后山看看吧。"江少陵竟生生打断了陈叔的话，接过沈慈手中的白菊花，并牵起了她的手。

沈慈只觉得江先生不是一般的反复无常。

那位陈叔怎么说也是长辈，江少陵前一秒还对人家礼貌亲和，后一秒却翻脸不认人，这变脸速度是不是也太快了一些？

沈慈回头望了一眼陈叔，对方愣愣地看着他们离去的背影，显然是搞不清楚眼前的状况，完全蒙了。

换成她，她也蒙。

“离开的时候，你忘了跟陈叔打招呼。”沈慈提醒江少陵，也许他是贵人多忘事。

江少陵不理会她的话，沉着声音问：“你在跟谁说话？”

“你。”她跟他已经对谈了好几句，现在才问她是在跟谁说话，发哪门子的疯？明白了，有个成语好像叫“秋后算账”。

那人冷笑一声，明明是那么好看的一个人，周身却笼罩着一层寒气：“我不叫‘你’，我叫‘江先生’。”

他在讽刺她，沈慈听出来了。想来那日她在江水墅说的话一直让他耿耿于怀，怒气未消。他语气虽冲，沈慈却不生气，反倒是有些想笑，他既然这么气她，干吗还要牵着她走路？

沈慈任他牵着走，不再说话。

这日阳光很温暖，村里道路曲折，却仿佛被阳光赐予了星星点点的幸福，而他和她牵手走路仿佛已经是上辈子发生的事情了。

出了村庄是一片偌大的杏花林，两人舍水泥大道，选了一条节省时间的田埂小道。他们在田埂上走得并不快，沿途杏花香气扑鼻，不仅清新，而且温润。

也许，温润的是他和她已经开始发热、发烫的手心。

沈慈这才觉察出了几分不对劲——一直冷着脸的某人自从握住她的手之后，不管是上坡，还是下坡，手指力道竟是一如最初，没有紧一分，同样也没有松一毫。

如此死板的牵手触动了沈慈的心绪，她忽然觉得，如果再不松手，她的手心怕是要烧起来。

沈慈故意放慢步伐，江少陵不察，拉着她走时，沈慈在田埂上“不小心”绊了一下。

江少陵停下脚步，转脸看着她，虽没说话，蹙起的眉却说明了一切——他在责备她走路不小心。

“你别拽我。”沈慈歪曲事实。为了表明自己的不悦，甚至还挣了挣自己的手，谁知两人的手就像是被万能胶粘在了一起。沈慈不信这个邪，又使劲挣了挣，然后她放弃了。

“这叫拽？”江少陵尾音上扬。他在道完这句话之后，手臂忽然用力，沈慈措手不及，竟直接栽到了他的怀里，还没站稳，那人竟又退后一步，害得沈慈差点跌趴在地。

那人单手拿着白菊花，冷冰冰地说：“这才叫拽。”

沈慈微笑点头，他说得对，这才叫“拽”。为了感谢江少陵，她还对着江少陵弯腰抱拳作了一个揖。

江少陵视若无睹，冷着脸往前走，沈慈慢吞吞地跟在他身后，沿途春风送来了她的呢喃自语声：“佛陀箴言：能忍人之所不能忍才叫威猛大丈夫。我是大丈夫，我是大丈夫……”

沈慈不知道，前方男子听了她的话，冷峻的眉眼轮廓竟有了柔和的迹象。沿途杏花偶然窥见，霎时被触动芳心，在微风的吹拂下害羞地低下了头。

江少陵出生于S市。他的父亲江源曾在23岁时贷款创业，25岁就赚取了人生中的第一桶金。也是这一年，江源到外地出差，在一次酒会上结识了余露。后来两人结婚，再后来江少陵出生……

江少陵童年时期家境很好，父母的感情也很稳定。

江少陵四岁时，因为经营不善，江源的公司宣布破产。伴随着事业失败，余露每日因为钱和江源争吵不断。如此又过了两年，余露再也忍受不了这种生活，和江源离婚当天跟一位有钱人去了福建。江源一度很堕落，时常顾不上江少陵，江爷爷在恨铁不成钢地扇了江源一巴掌之后，带着江少陵回到了杏花村。

一年后，江源振作起来，决定从零开始重新来过。江源替人做事那三年认识了一位S市女子，江源虽没和她结婚，却带她回杏花村见过江爷爷和江少陵。江爷爷看了很开心，私底下对江少陵说：“这个姑娘好，手头勤快，人也善良，一看就是会过日子的人。”

江少陵坐在门槛上不说话，他想起了他的母亲。那天母亲对他说：“我出去办点事，晚上回来给你做好吃的。”

他等到第二天清晨，没有等回来母亲，却等回了烂醉如泥的父亲……

1993年，江少陵10岁。江源经常陪上司外出应酬，有一段时间他的血压特别高。有一次江源乘车回杏花村看望江少陵，吃饭的时候江源胃痛，江少陵嘴拙，父子分开这几年，不知不觉间早已生疏了。

那天下午江源离开，江少陵跟在后面送他，父子一路无话。后来江源让江少陵回去，但江源走了几步，却发现江少陵还站在村口看着他。

江源反身回去，正想问儿子是不是有什么事，却听儿子开口说：“爸爸，胃痛不是小事，你抽时间去医院检查一下。”

那一刻，江源站在村口竟是潸然泪下。他弯腰抱着江少陵：“少陵，等爸爸再多赚一些钱，就接你回家。”

谁能想到，那次分别竟是父子之间的生死永隔。江源还没来得及去医院检查身体，就因外地出差喝酒过量，当夜死在了入宿宾馆里。

几天后，江少陵在杏花村等来了父亲的尸体，江爷爷受不了打击，没过多久就一病不起。

江家的天塌了，就在杏花村村民忧心江家未来命运时，有一个女人出现在了江家。

她叫苏瑾瑜，江源生前与她交往了两年多。江源死后，她放弃了S市公务员的工作，提着行李，义无反顾地来到了杏花村。

江爷爷为了她好，也曾尝试赶她离开，但她铁了心要留在江家，谁劝也没用，包括她的父母和兄长。

1993年隆冬，苏家成员先后乘坐两辆车抵达杏花村，他们一进江家院子差点没哭出来。苏家父母不忍女儿受苦，当着苏瑾瑜的面跪在江爷爷床边，求他们放过苏瑾瑜。

那天，江爷爷躺在床上默默流泪，苏瑾瑜也跟着失声痛哭。她知道自己这样的举动伤透了父母的心，但江源的父亲需要她照顾，江源的儿子还年幼，她和江源相爱一场，怎么能置之不理？

苏家上下劝说无效，苏瑾瑜父母离开前撂了一句狠话给女儿：“今年春节，你如果不回家，我们只当没有你这个女儿。”

人散了，院子里空了，江爷爷抹着眼泪劝苏瑾瑜：“闺女，我儿子已经走了，你还很年轻，应该找个好人家嫁了，实在没必要这么糟蹋自己。我只托你一件事，今后帮我寻一户好人家，让少陵最起码有口饭吃。”

那是一个冬日的黄昏，苏瑾瑜跪在江爷爷床头泪流满面。她说：“老爷子，我已经跟家里人闹翻了，您如果再赶我走，我就只能追随江源一起去了。我虽然没有嫁给江源，但在我心里，我早已认定自己是他的妻子。老爷子，您病了，我替江源给您养老送终；少陵没有父母，以后我就是他父母。只要有我在，就一定会给少陵一个家。”

江少陵放学回家看到这一幕，倔强如他，那一刻眼睛也湿了。

1996年春末，江爷爷去世。苏瑾瑜将江爷爷和江奶奶合葬，旁边则葬着江源。她那天对江少陵说："少陵，等我以后走了，不管我在哪儿，你一定要把我和你爸爸葬在一起。他活着的时候没有娶我，死了我一定要逼着他把我给娶了。"

为了这番话，江少陵和苏瑾瑜冷战了半个多月。后来，苏瑾瑜再也不敢说这番话，她知道，这个孩子虽然冷面冷心，但早已视她如家人，他听不得她说这样的话。

这一年盛夏，江少陵以优异的成绩被市重点高中录取，苏瑾瑜带着江少陵正式离开杏花村，一起回到了S市。

江家多年不曾住人，苏瑾瑜那天收拾江源的房间，躲在屋子里良久都没有出来。江少陵在房间外站了一会儿，随后回到了自己儿时的房间，从床底下扒出一只布满灰尘的箱子。那里面一度曾经装满了他和母亲的回忆，但那天，他把他儿时的回忆扔在了垃圾桶旁边。

2010年，江少陵已在纽约市扎了根，他亲自把苏瑾瑜接到了江水墅。苏瑾瑜住了一个多月，就因水土不服再次回到了S市。

苏瑾瑜说："少陵，我生来就不是享福的命，况且我也不能离你爸爸太远。"

江少陵就此作罢。好在他一直有安排人照顾苏瑾瑜的日常起居，得空也会飞回去看望她，所以由着她性子倒也不打紧。

2014年春节期间，江少陵正准备动身回国探望苏瑾瑜，谁承想，一通跨国电话宛如晴天霹雳，惊得江少陵头脑发蒙，险些方寸大乱。

那天苏瑾瑜陪家政阿姨外出买菜，回到家中和家政阿姨择菜聊天不过片刻忽感不适。家政阿姨扶苏瑾瑜回卧室躺好，连忙打电话叫救护车，随后致电江少陵，希望他能尽快回来。

国内时间2014年2月4日，苏瑾瑜突发心肌梗塞，虽然第一时间被送往医院，却因为抢救无效，最终死在了半路上。

江少陵登机前接到国内来电，家政阿姨哭着告诉江少陵，苏瑾瑜走得很快，几乎没有任何痛苦。

喧闹的机场，周遭人来人往，江少陵抿着唇，狠狠地握着手机，一言不发，眼睛却红了。

人死如灯灭，三天火化，七天下葬。国内时间2月7日，苏瑾瑜在S市火化。这些年江少陵给了苏家太多恩惠，他要带苏瑾瑜的骨灰回杏花村，苏家上下竟没一个人敢吭声。

2月10日，也就是明天，苏瑾瑜将正式和江源合葬。

这天是2014年2月9日。沈慈尚未抵达后山，就看到了一座占地甚广的公园式豪华墓园，大理石围墙上处处可见精致雕花，一见即知耗资巨大，沈慈初步估计，至少也在千万人民币以上。

沈慈走进大门，公园正中间伫立着两座豪华墓穴，分别是江爷爷和江奶奶的合葬墓穴以及江父的单穴墓。

公园里还有两个人，江少陵和沈慈出现的时候，他们正各自点着一支烟，坐在台阶上百无聊赖地说着话。

江少陵把花递给沈慈，也不同她说些什么，径直朝那两人走去。

沈慈站在公园里喝了一会儿西北风，见江少陵根本就没空搭理她，再看看伫立在面前的两座墓穴，方才觉得自己有些失算。

她应该买两束白菊花才对，只有一束不够分啊！

再说江少陵，他虽和两位村民讲述着明天挖坟的注意事项，却一直留心沈慈这边的动静。

不远处，沈慈盘腿坐在两座墓穴中间，先是解开了白菊花的束带，紧接着便专注地分起了白菊花：江父一枝白菊花，江爷爷和江奶奶合起来两枝白菊花，江父再一枝白菊花，江爷爷和江奶奶合起来再两枝白菊花……

江少陵头有些疼，不知道是不是感冒在身，被风给吹的。

等江少陵打发走那两位村民，沈慈已经把分好的白菊花分别放在了两座墓碑前。当时已经临近中午，郑睿和陆离赶到这里时，只怪大坟上阴风太大，以至于两人都有些犯晕。

那个“天才”正对着江爷爷和江奶奶的合葬墓先出右脚，磕头时手心朝上，一共做了两次四跪十二拜。

他们江先生站在一旁，估计是头疼得厉害，否则也不会手指用力地掐着太阳穴。

郑睿可算是看得瞠目结舌，压低声音问陆离：“你家主子这是在觐见太上皇和太后吗？”

陆离没吭声，吭声的那个人是看不下去的江少陵：“行了，磕三个头意思意思，也该下山了。”

那哪行？

沈慈跪拜之余对江少陵说：“也不能太意思了，遇丧事叩头，真正的大礼是四跪十二拜，我还没给江爸爸行跪拜礼呢！”

郑睿再一次瞠目结舌，还有这说法？“天才”每天都看的是什么书啊？

说者无意，听者有心。那句“江爸爸”传进江少陵耳中，不仅令他缓和了脸色，就连头似乎也不怎么疼了……

不疼其实是错觉。江少陵在山上吹了风，下山途中头晕眼花，沈慈跟在他身后，不知在想什么，竟也是一路无话。

江少陵这次回国很低调，数名保镖留守S市，两日前只带郑睿随行回到了杏花村。江家院落不大，再加上常年无人居住，破败程度可想而知。郑睿虽然找人简单收拾了一下江家老宅，购置了一些新床褥和生活用品，却也只能勉强住人。若想住得舒适，有钱在手，倒也不是难事，但江先生没有任何指示，郑睿就只能按兵不动。

这天中午，郑睿走在前方推开院门，沈慈正要进去，却被江少陵握住了手腕，沈慈闪了一下神——他的手很烫。

他忽然做出这样的举动，沈慈原以为他势必要同她说些什么，但他面色冷漠，握着她的手却是什么话也没说，过了一会儿才松开她的手，一言不发地率先走了进去。

沈慈站在院门外，看着院落中男子的背影，心口却不再有疼痛，只有淡淡的愁绪深深地扎在她的心里。

阳光下，男子置身于萧条的院落中，背影孤傲。常年无人居住的房屋早已在南方湿气的侵蚀下长满了青苔，外墙更是布满了爬山虎。院子里已是如此简陋，屋内怕是好不到哪里去。

他刚才出现那样的举动，郑睿和陆离均是看得一头雾水，唯有她领悟到了他强撑的尊严——他不允许她走进他的童年院落挑三拣四，不允许她流露出一丝一毫的不悦，不允许她嫌弃他从小生活的故居……

只要那个人是她，他就不允许。

她一直以为她从未了解过他，原来不是她不了解，而是她不肯直视她了解他这个事实。

有人曾说过：念旧的人，总是活得像个拾荒者。江少陵就是这样的一个人。

2012年，她和江少陵的婚事敲定不久，江少陵感恩出生地，耗费巨资将杏花村翻修得焕然一新。

他派人修建公园式豪华墓园的同时，另派了一拨人为村里十几户村民免费盖起了别墅，甚至承担了后期别墅装修和购买家具的费用，杏花村村民谈起江少陵无不感激，周围村落谈及杏花村村民无不艳羡。

当然，也有人不解：“江少陵有那么多钱，他能为你们杏花村户户盖别墅，为什么独独留着江家老宅不动工？那么破，他以后返村，江家还能住人吗？”

杏花村村民默契不语，那是因为江少陵念旧。

房子再破、再旧，毕竟也是他从小生活的故居，留着是回忆，一旦毁了就什么都没有了。

江少陵这次回来，全村人都邀请他去各自家里住，他却栖身在了江家老宅……

他能吃苦，她为什么就不能呢？

沈慈低头笑了笑，不知是在笑她自己，还是在笑他轻看了她。

苏瑾瑜的遗像和骨灰盒摆放在客厅桌案正中间，另外客厅里还摆放着一口小棺材。沈慈走过去的时候，朝里面看了一眼，见里面填满了衣物。也是，中国民俗忌空棺装已亡人。

沈慈双手扒着棺木朝里看，良久都没有动静。郑睿早已点了香，想着总不能一直站着，正要上前，却被陆离一把拦住，郑睿疑惑不解间，就听陆离轻声唤了一声“太太”，对着沈慈的背影说：“香已经点好了。”

沈慈终于有了动静，脸往右手臂衣服上蹭了蹭，郑睿忽然意识到了什么，难怪陆离刚才不让他过去。

这日，沈慈眼睛很红，跪在地上拜祭苏瑾瑜时，开口问郑睿：“你家先生呢？”

江少陵和郑睿抵达杏花村之后就一直没有开伙，一日三餐都是在村民家里吃的。正是中午吃饭时间，郑睿喊陆离一起去村民家端饭吃，沈慈坐在客厅门槛上唤停陆离，不让他过去。

沈慈看着郑睿，语气颇淡：“你家江先生回村，村民热情，负责江先生一日三餐是邻里情深，你跟着江先生蹭饭吃还说得过去，如今再捎带上我和陆离，你觉得合适吗？”

“要不我多付一些伙食费？”郑睿听出来了，江太太这是在间接斥责他厚脸皮，一时间难免有些尴尬。

沈慈的嘴角开始有了笑意：“你跟着江先生一起回来，如果仅为了几顿饭就拿钱给村民，你觉得村民会接受吗？但如果他们不接受，一日三餐招待你和江先生，餐桌上总要有鱼有肉吧！那么问题来了，买鱼买肉的钱，又是谁出的呢？”

村民出的。

两年前江先生帮村民们盖别墅，他们受了那么大的恩惠，如今管几顿饭又算得了什么呢？

这句话，郑睿不敢说，因为坐在门槛上那个妖女是沈慈，也是江太太。郑睿看着沈慈很为难：“那您说怎么办？”

沈慈笑意加深：“饿着吧，饿个几天死不了人。”

客厅门口，女子的白发在阳光下熠熠生辉。郑睿气不打一处来，她这说的是什么话？

“郑睿——”

正在郑睿光火间，只听江少陵在主屋卧室里叫了一声他的名字，因为感冒，声音很沙哑。

在主屋卧室休息的江少陵应是早已将外面的言语断杀尽收耳底，否则郑睿也不会在“面圣”完后，走出来对沈慈说：“太太，我需要借用一下陆离。明天会有宾客前来吊唁，江先生让我到镇上购买一些食材，另外还要再安排几位厨师回村帮忙，我一个人不行，需要帮手。”

宾客？苏家成员吗？

沈慈很好说话，撑着脸看着陆离：“陆离，你去吧。记得给我多买一些水果回来。”

郑睿保持微笑，闭合的牙齿却是微微用力。他们来杏花村是为了下葬苏瑾瑜，家有丧事，但沈大小姐伤心不过一瞬，竟然还有心思惦记吃食和水果，如此理直气壮，甚至不屑做做样子，实在是可气。

这边郑睿还在愤愤不平，那边陆离还没离开却已记挂起了沈慈的午餐，询问她中午怎么吃饭。

沈慈先是看了一眼郑睿，随后将目光落在陆离脸上，出口的话语不是一般的没心没肺：“你们江先生不是病着吗，估计中午也没什么胃口。等一下我去村民家把他那碗饭端过来，中午这顿饭也就凑合凑合解决了。”

郑睿闻言，嘴角控制不住地抽动个不停。此女果真歹毒至极，这么不负责任的话她都能大言不惭地说出口。他家江先生是病人，她竟跟一个病人抢饭吃，她好意思吗？

别人或许不好意思，但沈慈……很难说。

郑睿决定先下手为强：“太太，杏花村道路复杂，如果没有人给您指路，我怕您找不到那户村民住在哪里。要不这样，我先帮江先生把午餐端过来，然后我和陆离再开车去镇上？”

沈慈笑了笑，不作声。这位郑姓小伙子倒是忠心护主。她抬手示意陆离近前，也不知道她压低声音对陆离说了些什么话，只知道片刻后陆离直起身，看着郑睿道：“我跟你一起过去。”

院外，郑睿微微皱眉：“太太刚才都对你说了些什么？”

陆离沉默。

沈慈对他说：“鱼生火，肉生痰。你随郑睿一起过去，饮食不宜太油腻，如果午餐食物清淡，易消化，倒是可以盛一碗过来。”

负责江少陵和郑睿一日三餐的是一户孙姓村民，男主人孙叔和江父是儿时玩伴，日前江少陵回来，孙叔一家很是热情。

这天中午，孙婶得知江少陵身体不舒服，专门下了一碗素面，又烧了一瓶热水让郑睿和陆离带到江家。

郑睿离开前把一袋感冒药交给沈慈：“太太，等江先生吃完午饭，还请您叮嘱他把药给吃了。”

郑睿刻意加重“江先生吃完午饭”七个字，奈何沈慈坐在门槛上，斜倚着门框，似是睡着了。郑睿犹豫了一下，把药放在她身旁，转身走了几步，回头再看沈慈，见她并没有理会那包药的意思，郑睿轻轻地叹了一口气，果然所托非人，他和陆离还是快去快回比较好……

春日的阳光很暖，沈慈睁开眼睛静静地坐着，眼睛被明晃晃的阳光暖得很温热。中午村子里很安静，连带院里院外也是安静无比。从郑睿端饭进去到离开，时间已经悄无声息地走过了五分钟，主屋卧室却没有任何动静，她无意识地抠了抠手指，扶着门框站了起来。

主屋虽然简陋，但还算干净，一张床、两个床头柜、一组衣柜和一张称不上是书桌的书桌装满了整个空间。沈慈在门口站了一会儿，这才走到床沿坐下。那碗面放在床头柜上，他没动。

他在睡觉，但睡得并不安稳，眉心微皱的他，应是好几天都不曾好好地睡过一次觉，显得疲惫、消瘦……

沈慈今年27岁，游历过很多国家，也见识过各种各样的异国帅哥，但江少陵是她见过的长相最完美的男人，就连中美混血出身的林宣也不是其对手。

这里是杏花村，林宣在纽约，躺在她面前的是江少陵。她很清楚，苏瑾瑜的死对他的打击很大，他虽不动声色，虽将万千喜悲藏匿心中，但内心怕是早已泥泞一片。

她说不出劝慰他的话，这些年她在纽约市喜悲锐减，早已遗忘了该以怎样的方式和一个叫江少陵的男子正常共处。

煮好的面放着不吃容易坨在一起，沈慈拿起筷子刚搅拌了两下，就听本应熟睡的他忽然开口说：“饿的话，你把面给吃了。”

沈慈手头的动作一僵。床上那人不知何时已经睁开了眼睛，离得近了，沈慈方才发现他的眼睛里布满了血丝。

“我不饿。”沈慈把筷子放在碗沿上。她刚才搅拌素面，是怕他起床吃面时口感不好，跟自身饿不饿没关系，但他显然是误解了她的举动，沈慈却不予解释。

她说她不饿，对此江少陵并不发表意见，他从床上坐起身，直接付诸行动，将那碗素面连同筷子一起递给了沈慈。

沈慈盯着那碗面犹豫了数秒，然后伸手接了。

在这世上，有这样一种男人：作为上市公司董事长，他做事精准，不允许工作上出现丝毫偏差，终日周旋于华尔街，应酬于曼哈顿，与人交流可以多国语言完美切换，社会阅历完全凌驾在年龄之上；作为业界同行的死对头，他阴险奸诈，花样繁多，为达目的可以不择手段，经商如此，谋取婚姻更是如此；作为丈夫，他的性格阴晴不定，介于正常与分裂之间，并且拥有强烈的操控欲和专制欲……

专制如江少陵，这碗面沈慈如果不接，他怕是会一直端着，或是直接拿着筷子送到她唇边。

素面的水分被吸走大半，入嘴并不好吃，但她又有什么可挑剔的呢？他生着病，却把素面让给她，此刻她该偷笑，而不是挑三拣四。

主屋卧室里寂静无声，沈慈慢吞吞地吃着面，但多少有些食不知味，一方面是跟面食清淡有关，另一方面却是拜江少陵的目光所赐。

沈慈选择装傻，不过……他打算盯着她看到什么时候？

温温的面条黏在一起，吃进嘴里跟吃面疙瘩差不多，沈慈咀嚼了几下，不愿亏待自己的胃，干脆吐在了碗里。

似是觉得吐食物有些不雅，她悄悄地看了一眼江少陵，江少陵正靠着床头闭眼小憩。

沈慈觉得这样挺好，她右手拿着筷子，用手背碰了碰江少陵的手臂，见江少陵睁开眼睛看着她，她很好心地把剩下那碗面递给了江少陵："我吃不完，倒掉的话实在是浪费，你不嫌弃的话，剩下这半碗面要不你吃了吧。"

江少陵朝那碗面看了一眼。她还真以为他什么都没看到吗？刚才见她吐食物到碗里，因为不愿直视，他才闭上了眼睛，她倒好，坏心眼数十年如一日，吐过的食物都敢拿来让他吃……

"我没胃口，吃不完就放着吧。等郑睿回来，留给他收拾。"江少陵对那碗面视若无睹，语气虽然轻淡，声音里却透着清晰可闻的疲态。

江少陵讲话一直是坚定有力，掷地有声，但此刻声音暗哑，力道发虚。沈慈难得善心回归，收起坏心眼，把碗筷放在一旁，先是倒了一杯水放在床头柜上，然后从口袋里取出那袋感冒药放在水杯旁，很尽责地叮嘱江少陵："我把感冒药放在这里，等水不热了，你记得把药给吃了。"

江少陵皱了眉。

她做出这样的举动，又说出这样的话，江少陵纵使不感动，也该心有触动，但这日中午，温暖的阳光穿过窗户晃进他幽深的眼眸里，他盯着那袋感冒药，却有一股火气猝然蹿起。

近几年来，她何时善待过他？

几日前她在江水墅向他提出离婚，那么她现在是什么意思？丧事期间先给他几颗枣吃，等丧事完再给他一棒子，还是说，因为苏瑾瑜去世，所以她怜悯他、同情他？

谁要她怜悯他，同情他了？

江少陵越想越气，压着怒火问："你身上怎么会有感冒药？"

"上午郑睿在镇上买的。"沈慈收拾完碗筷准备出去，她有手有脚，寻思着无须等郑睿回来帮她刷碗善后，像这种活她完全可以自己搞定。

这句大实话沈慈不该说，因为就在她说完这句话之后，江少陵忽然冷冰冰地看着她，目光宛如雷雨夜波涛汹涌的海面，不仅令人窒息，更像是结了冰一样。

猝然接触到这么冰冷的目光，沈慈完全是云里雾里，她是说错什么话、还是做错什么事惹他不高兴吗？

这人的人格分裂实在是太严重了。

"出去！"卧室里，人格分裂的江少陵怒极反笑，毫不客气地甩了两个字给沈慈，语气格外重。

中午12：42，沈慈端着碗筷蹲在院子里已经很长时间了。十分钟以前，江少陵当着她的面把感冒药扔到了窗户外，她一言不发地走出去捡感冒药，同时不停地告诫自己：苏瑾瑜死了，屋里那人原本脾气就很怪，如今情绪不好，火气旺，那也是人之常情……

沈慈疏忽了晨间那场暴风雨，有几包感冒药被摔破，药丸和药片散落得到处都是，还有几包感冒药浸泡在院内的泥水里，继续服用是不可能了。

对于他突如其来的怒火，沈慈将刚才在屋里发生的事情简单地梳理了一遍，想要窥探出他的怒火踪迹倒也不是难事。

问题出在感冒药是郑睿买的，而不是她？

沈慈只窥探到其一，至于其二，则是因为江少陵心魔滋生——

误会感冒药是沈慈买的，他火气蹿升，怀疑她心怀鬼胎，但说心里没有丝毫波动那是骗人的。

证实感冒药与沈慈无关，他的火气加倍，相较有心买药，无心买药更可恨。

她当真无心吗？

不，她的无心仅限于自己，反观她的有心倒是毫无保留地给了林宣。似是一种讽刺，一月份叙利亚帕尔米拉，她察觉林宣感冒，曾亲手煮了一碗汤端给林宣……

林宣……林宣……

仅仅是想起这个名字，就足以令他火气难忍。这把心头火虽然发了出来，但他的情绪不见好转，反而越来越糟。这份糟糕来源于他刚才的语气，他从未对她说过那么重的话，她刚才一声不吭地走出去，院里院外一点动静也没有，她在院子里做什么？怪他，怨他，还是正在独自生闷气？

十分钟过去，他隐忍地咬着牙，她没有进屋。

二十分钟过去，他放松面部表情，靠着床头耐着性子等着她进屋。

半个小时过去，他忽然掀起被子，穿上皮鞋离开卧室，走出主屋，院子里却不见沈慈的踪影。

应是感冒作祟，阳光下江少陵身体乍寒乍暖，头晕得厉害。

沈慈在孙婶家。

中午孙婶操持完家务，记挂江少陵的身体状况，就心急火燎地赶到了江家老宅。

这里是杏花村，几乎每户人家别墅外都栽种着杏花树，伴随着一场春雨侵袭，杏花花瓣落了满地。孙婶来到江家的时候，沈慈正蹲在大门外用杏花花瓣在地上拼贴出一个大大的“江”字，不是一般的清闲无聊。

杏花村不大，所以“江少陵的媳妇来到了杏花村”的消息短短一中午几乎传得尽人皆知，孙婶不可能不知道。江家院门外，孙婶初遇沈慈，却已断定她必是“少陵媳妇”无疑，只因她那头醒目的白头发。

陈叔说：“少陵媳妇长相偏清秀，气质很好，只可惜却是一个少白头。”

陈叔言语间满是惋惜之意。在他看来，江少陵如今事业做得那么大，人又长得好，娶媳妇怎么说也该娶一个颜值与他相匹配的女子，就算颜值不相配，至少妻子也不该头发半白。

沈慈见有人走过来，站起身踢乱地上的“江”字，朝来人笑了笑。

“你是少陵媳妇吧。少陵在家吗？”孙婶笑容温和，看起来很亲切。

沈慈并不好奇来人怎会知道她的身份，很显然，这位中年阿姨是为江少陵而来，沈慈想，屋里那人情绪不好，为了避免他得罪同村人，最好的办法就是避免他和外人接触。

“少陵正在卧室睡觉，您找他有事吗？”话说到这里，沈慈略显虚伪地迈动脚步，“我去叫少陵起床。”

听说江少陵正在睡觉，孙婶哪能真的让沈慈进去叫人，连忙拉住沈慈，询问了一下江少陵的身体状况，后又问：“少陵中午胃口怎么样？素面有没有吃完？”

沈慈这才意识到来人是谁，她厚着脸皮回孙婶，说江少陵素面吃了大半碗，胃口还不错。

孙婶笑着点头：“那就好。”

浅聊间，孙婶提及郑睿之前去家里端饭，她当时并不知道沈慈在村里，所以只让郑睿带了一碗素面过来。孙婶看着沈慈颇为抱歉，询问沈慈中午是不是没吃饭，更热心肠地拉着她去家里，说要下碗面给她吃。

沈慈中午吃了半碗素面，哪还有食欲？谢绝了孙婶的好意，沈慈让孙婶在门口等她一下，她把碗筷从院子里拿出来还给孙婶，并再次道谢。

孙婶接过碗筷，看着沈慈轻笑：“今天早晨，少陵连早饭都没吃，一个人在村口站了好几个小时，后来下起了大雨，他回去的时候，衣服多半是淋湿了，要不然也不会感冒。我之前还纳闷他站在村口干什么，现在我明白了，他是在等你。”

沈慈身体一僵，心里却像是被银针给轻轻地刺了一下，原来是因为她！

院外杏花耀眼，沈慈无意识地抠着手指头，再抬眸看着孙婶时，她说：“孙婶，我能借用一下您家厨房吗？”

午后，江少陵几乎找遍了杏花村，后来听村民说沈慈在孙婶家，这才暗松了一口气，却不愿意承认后背之所以会出一层冷汗，皆是来源于内心最深处的那份恐慌和不安。

2014年2月4日之前，他有苏瑾瑜，有她；2014年2月4日之后，苏瑾瑜死了，她成了他在这世上仅存的亲人，也是唯一的那个亲人。

因为唯一，所以他可以一再退让；因为唯一，所以他有多恨她，就有多在乎她。

杏花村民风淳朴，白天黑夜不闭户都没什么问题，孙家别墅大门没关，江少陵走进去的时候，沈慈正和孙婶以及孙婶的小孙女说着话。

孙婶的儿子和儿媳妇在县城上班，平时很忙，就把女儿送回了杏花村，让孙婶帮忙照看。

“婶婶，你的头发为什么会这么白？”厨房内，小孙女童言无忌，却令站在客厅里的江少陵皱了眉。

“嘉怡——”孙婶厉声呵斥小孙女不许乱说话，颇为尴尬地向沈慈道歉，“小孩子不懂事，你不要放在心上。”

沈慈笑了笑，她没孙婶想象中那么敏感。见嘉怡有些委屈地站在一旁，沈慈抬手摸了摸她的头，半开玩笑道："因为我天天吃零食，不怎么爱吃饭，所以头发才会这么白。婶婶现在很后悔，所以嘉怡千万不要学我，一定要按时吃饭，等嘉怡长大了，一定会拥有一头漂亮的黑头发。"

对孩子来说，白发意味着苍老，嘉怡听沈慈说吃零食不吃饭会导致白发滋生，连忙点头保证："好，我以后不吃零食了，我要吃很多很多饭。"

童声稚嫩，沈慈微笑不语。

孙婶见沈慈一点儿也不介意别人问起她的白发，略一沉吟，背着小孙女，压低声音问沈慈："小慈，孙婶问一句，你可别生气啊！你是先天性少白头，还是后天性少白头？"

"是后天性少白头。"沈慈笑容如初。炉灶上放着砂锅，听到煮沸声，沈慈调成小火慢慢煎煮。

"什么时候开始的？"

孙婶会这么问，多半是出于热心肠，想要帮她寻偏方试一试。沈慈想了想，淡淡地说："2006年吧，某一日清晨在浴室里看到自己突然生出了几十根白头发，虽然一直在接受治疗，但因工作关系，这些年白发却是越来越多。好在白发不伤身，况且人到老年，白发自然生，不过早晚罢了，由着它吧。"

2006年？

厨房门口，不知怎么的，江少陵心口莫名一凉。2006年对他来说是禁忌，那一年发生了太多太多事，不仅是他，还有……

"叔叔——"

一道欢喜的童音打断了江少陵的思绪，也适时打断了孙婶口中的特效偏方。沈慈和孙婶朝门口望去，只见江少陵逆光而立，清俊的脸有些发白，先是意味不明地看了一眼沈慈，方才礼貌地道了声："孙婶。"

孙婶见江少陵脸色不好，担心他的身体状况，想起家中好像有一支温度计，就让江少陵先去客厅里坐着，随后带着小孙女上楼找东西去了。

沈慈把火给关了，将砂锅里的汤倒在了一只白瓷碗里，端着汤碗转过身，却发现江少陵还在门口站着。

江少陵一言不发地看着沈慈，不知在想些什么，看起来有些走神，直到沈慈端着汤碗转身，他这才后知后觉地意识到：原来她在孙婶家，仅仅是为了眼前这碗汤。

是一碗红糖水，碗底沉淀着葱白、大葱根须以及几片姜。这碗汤既熟悉又陌生，熟悉的是，一月份她曾熬了一碗相同的汤给另外一个男人；陌生的是，这是她第一次熬煮感冒偏方给他喝。

是给他喝的吧？

他和林宣待遇相同，他应该欣慰，还是应该生气？原来，林宣在她心中也不过如此，所谓特例，林宣并非是专属的那一个。

下午的阳光照射入室，在那碗汤药上晃动，也在沈慈恬静淡然的眉眼间轻轻晃动着。她把那碗汤药递给江少陵，“你先端出去，我再帮你倒一碗水。”

江少陵盯着那碗红汤，许是光线的缘故，漆黑的眼眸里泛着淡淡的温软。

“江少陵？”沈慈直呼其名，忍着触摸他额头的冲动，该不会是烧糊涂了吧？

江少陵终于抬眸瞥了她一眼，伸手接过那碗汤。“江少陵”三个字被她轻轻道出，仿佛有一根看不见摸不着的丝线正在轻轻扯动他的心……

记忆里，她坏坏一笑：“江少陵，我还很年幼，你不要勾引我犯罪。”

他：“……”

记忆里，她笑容灿烂：“少陵，我昨天晚上做了一个梦，梦到你我正在接吻，吻到激情处，你忽然大煞风景地捧着我的脸问：蓝蓝，你刷牙了吗？”

他：“……”

记忆里，她惹他生气了，他在前面走，她在后面亦步亦趋地跟着，变着腔调唤他的名字，一声比一声软。

江少陵，少陵，江少陵，少陵……

孙家客厅里，江少陵靠着沙发疲倦地闭上了眼睛，直到耳边传来一声“江少陵”，他缓缓睁开眼睛，见沈慈正端着一碗水走过来，一时之间他竟分不清回忆和现实。

还是能分清的。

回忆里的她，长发漆黑；现在的她，长发已是半白。

他很想问一问，她的头发究竟是不是因为那件事白的，但有些话一旦问出口，只会伤人伤己，到头来不仅伤了他，也伤了她……

沈慈走到茶几前，把端来的那碗白开水放到红糖水旁边，这时江少陵忽然开口对她说：“家里简陋，难保不会有壁虎，一会儿我跟孙婶说说，今天晚上你住在孙婶家，明天早晨再回去。”

沈慈的睫毛颤动了一下，她惧怕壁虎这件事，原来他一直都没忘。那是多少年前发生的事情了，那时候她怕很多爬行动物，但现在的她早已无所畏惧。

这番话，她没有说给他听，而是重新端起那碗白开水，放在了江少陵的眼前。

江少陵这才发现，她冲了杏花茶，几朵杏花花瓣在热水中缓缓绽放，姿态喜人，十分好看。

沈慈站在茶几旁，表情很淡，就连声音也很淡："这几朵杏花是我午后在江家宅院外捡的，我刚才尝了一下，虽然味道有些苦，但它有润肺定喘、生津止渴的功效。我和你喝同一碗杏花茶，等于吃了同样的苦，没道理江家你住得，我却住不得。况且今天是苏姨下葬前的最后一晚，她生前待我很好，我不回江家给她守灵的话，她今后怕是会时常托梦吓我。"说到这里，她抠了抠手指头，语气里夹杂着三分玩笑，半真半假地道，"我惧怕和鬼魂打交道，所以江家，我必须回。"

江少陵抿着唇，留意到她说话时一直在抠她的手指头。关于她抠手指的坏习惯，他发现的时候已经是婚后，私底下他曾目睹过好几次。对此，心理医生给他的结论是："江先生，您太太的智商很高，身为'门萨'会员，又从事科研领域，她对自己的要求难免会苛刻许多，如果您发现她偶尔出现一两个强迫症的症状，倒也在情理之中。"

如今她已从脑研究院离职，抠手指的坏习惯却依然存在，而且一时半刻怕是很难改。

江少陵微不可察地皱了眉，等他意识到他在做什么时，他已握住了她的手，有一股破茧而出的暖意柔化了他的五官线条，他沙哑着声音说："别抠手指，晚一会儿我们一起回去。"

楼梯口，孙婶拿着体温计忽然止步——客厅里，江少陵坐在沙发上，沈慈站在他身旁，他牵着沈慈的手轻轻说话，那一刻的江少陵平和而又淡然，仿佛他的万千心事全都可以和沈慈紧密地捆绑在一起……

江少陵回江家睡了一下午。

回去前，他托孙婶帮忙照看一下沈慈，说她初来杏花村，最好别让她四处随意走动。

孙婶笑着点头，心里却在想：少陵也太宝贝他这个妻子了。沈慈是成年人，难道在村子里走一走，村子外逛一逛，还能丢了不成？

虽是这样想的，孙婶倒还真的陪了沈慈一下午。其间路遇村民在村子的公用凉亭里喝茶打牌，孙婶相互介绍，沈慈含笑打招呼。看得出来村民对她这个人颇为好奇，虽然没有直接盯着她的白发看，但和孙婶离开时，她分明能感受到后背处隐隐发热，不知承载了多少村民"友善"的目光。

她向来不在乎这些，村里村外空气干净，二月杨柳已发芽，河水波光荡漾，配上周遭的杏花树，风光旖旎，别有一番动人心魄之处。

“能在这里生活倒也是一种福气。”村子宁静，没有一丝一毫的商业气息，想要成就一段无人打扰的好时光不在话下。

孙婶却不认同她的话：“少陵哪能让你住在这里。你刚来，所以才会觉得新鲜。村子空气虽好，但不适合年轻人居住，如果你喜欢这里，可以等你和少陵老了，一起回来住上一段时间，估摸着那时候我早就不在了。”

说这话时，孙婶虽然是玩笑姿态，但谈及生死，话语间总归有些无奈。

沈慈笑了笑，盯着河面的杨柳不说话。二月南方已回暖，到了三月份，天气会一日比一日暖。2014年看似刚刚开始，她却觉得时间过得不是一般的快。

黄昏时分，孙婶想起家里的番薯吃完了，下地窖取番薯时，抛了几只番薯给地面上的沈慈，沈慈跟孙婶简单说了一声去向，就抱着几只番薯去了小河边。

天色擦黑的时候，陆离和郑睿回来了，不仅购买了半卡车食材，还带回来一支厨房小队伍。

江少陵在江家老宅睡得很沉，郑睿轻轻喊了他好几声都不见他苏醒，后来见他在睡梦中皱了眉，郑睿不敢再叫，只能和陆离带着食材和厨房相关人员去了孙婶家。

江家厨房年久失修，早已不能再用，唯一的办法就是借用孙婶或其他村民家的厨房。至于夜间休息，厨师明天凌晨就要动手做饭，所以只能睡上几个小时，倒也好打发。

孙婶是被孙叔电话叫回来的，回来的时候提着半筐番薯。陆离正要出门，在门口遇到孙婶，陆离问：“孙婶，您看到我家太太了吗？”

陆离在河岸上找到了沈慈，她当时正坐在河岸边拿着一把小刀削番薯，身旁放着两只番薯，还有一些番薯皮，看来没少吃。

“太太，天已经黑了，该回去了。”陆离站在她身后，声音很轻，似是怕突然出声会吓着她。

沈慈回头看了他一眼，很快又把目光落在了河面上。河面上还有一群鸭子和几只大白鹅正在自由嬉戏，尚未归家。

她削了一块番薯放进嘴里，问陆离：“你家先生醒了吗？”

“江先生睡得很沉，还没有醒过来。”陆离皱眉，江先生是一个很警觉的人，这次应该是病得不轻，否则也不会久唤不醒。

沈慈却是忍不住笑了。她在杏花茶里加了安眠药，他喝完之后能不困吗？苏瑾瑜去世后，他怕是没有睡过一次安稳觉，要不然气色也不会那么差。

夜幕降临，家家户户灯火通明，此时的杏花村才是烟火气息最浓郁的时候，河岸周围的田埂上蛙声遍地，沈慈拿着啃了一半的番薯仔细听了一会儿，然后心血来潮地问陆离："陆离，你吃过牛蛙吗？"

不管是沈家明，还是江少陵，每年都会花高价聘请专业厨师团队来为自己服务：一位主厨、两位副厨、几位助手，伴随着高昂的年薪，厨师做菜的水平可想而知。

这里不是纽约，是与纽约隔着万水千山的杏花村。郑睿找来的厨师小队伍在镇上已是名声在外，做菜水平虽然无法跟纽约家宅的厨师比，但贵在入味可口，沈慈中午那顿饭吃得食不知味，晚上可谓是食指大动。

晚餐摆放在孙婶家，郑睿壮着胆子叫醒了江少陵，但是很会推卸责任："江先生，晚餐已经做好了，太太让我叫您过去。"

江少陵感觉头很沉，他顺手拿起搁置在床头柜上的手机，发现有好几通未接来电。他将手机撂到床头柜上，在床上坐了好一会儿才下床。郑睿兑了一盆温水放在架子上，江少陵洗脸的时候问郑睿："你回来的时候，太太在孙婶家做什么？"

"在陪孙婶的小孙女一起看图画书。"

孙家客厅里，嘉怡翻看着图画书，沈慈坐在一旁引导嘉怡注意局部细节和整体框架，说话间，有人陆续走进别墅大院，一时之间好不热闹。

沈慈走到客厅门口，见院子里站了很多人，江少陵正在和几位厨师握手浅聊，除此之外，院子里还站着几位村民。

别墅内外灯光耀眼，江少陵和人攀谈间，无意中看到了倚在门口的沈慈，她好像是在看他，却又不像是在看他……

江少陵眉心微皱，她在看什么？又在想些什么？

餐厅里坐了满满一桌子人，席间恭维讨好江少陵的话不绝于耳。他倾听的时候多，说话的时候少，就连偶尔回应也是淡淡的，动筷次数更是屈指可数，看样子没什么胃口。

这时厨师端上来一道冒着热气的干锅菜，小火慢熬，花椒香味扑鼻。江少陵见沈慈很爱吃那道菜，出于好奇，他试吃了一下，味道麻辣，肉质鲜嫩……

江少陵夹第二筷的时候，同席有人感慨道："这道干锅牛蛙做得真不错，很入味。"

牛蛙？

江少陵最终没有动手夹第二筷，他神态自然地放下筷子，离座时向在座众人道了声："失陪，我出去打个电话。"

孙家院外，江少陵手撑着墙，弯腰干呕不止，似是恨不得将今晚吃的东西全都吐出来。

郑睿站在一旁轻拍他的背，皱眉问陆离："哪来的牛蛙？今天购买的食材里根本就没有这种东西。"

"是我让陆离抓的牛蛙。"不等陆离回话，已有人走了出来，正是罪魁祸首沈慈。她手里端着一杯水走近江少陵："怎么吐成这样？我觉得牛蛙肉很好吃啊！"

郑睿敢怒不敢言。江先生从不吃这种东西，这个女人是想害死他们家江先生吧？

孙家院外，几棵杏树傲然伫立，江少陵撑着雕花镂墙，侧眸看着沈慈，面色较之白天更差，声音沙哑而又无力，但在夜色中尤为响亮。

江少陵说："以后不许你再吃这些乱七八糟的东西！"

S市周边县市的殡葬方式都极其传统。

苏瑾瑜下葬前一夜，江少陵在小棺材前点了一盏"脚头灯"，沈慈让陆离搬两把椅子分别放在苏瑾瑜的骨灰盒两旁，是守夜，也是守灵。

这一夜，江少陵和沈慈都很沉默，除了按时给苏瑾瑜烧纸磕头，几乎没有任何对白。明天天一亮，有关苏瑾瑜的过往将会被悉数抹杀，在这种时候，他和她都需要好好地静一静，对视会揭穿彼此的伤痛，寥寥的对话会泄露彼此的伪装，既然如此，还是不说话比较好。

沈慈初见苏瑾瑜那年刚满18岁。四月的某一天，建筑学院廖院长举办了一场东西方建筑美学公开讨论会，参与学生除了本科生、研究生，还有博士生和外系校友。

讨论会历时两小时，涉及的知识面甚广，同学们勇于各抒己见，场面十分热烈。

沈慈全程无参与，无聊地坐在阶梯教室一角手绘在座学生慷慨争论的分镜头，从总体画面到个人讲话和手势细节无不逼真还原，看上去很像是连环画。

讨论会太吵，沈慈渐感乏味，她避开廖院长的视线，抱着手绘本悄悄离场。

那天阳光不错，沈慈坐在学院草坪上继续画画没多久，就有一位中年女子走了过来，她低头看向沈慈的手绘本，眼睛里带着笑意："小姑娘，你画画真好，我可以买你一幅画吗？"

"抱歉。"她合上手绘本，回中年女子一抹浅笑，"我目前不卖画。"

那个时候，苏瑾瑜知道她叫伽蓝，她却不知道中年女子叫苏瑾瑜，而且是江少陵在这世上唯一的亲人。

她以为中年女子只是一个慕名求画者。

后来，她积压了十几年的画作，原本计划有朝一日筹办画展的画作全都被她一把火给烧了……

那些画，苏瑾瑜只得到一幅，而她一幅也没留下，再珍贵的东西，终有一天也不过是满眼黄沙。

后半夜的时候，沈慈坐在椅子上睡着了，迷迷糊糊间好像被人抱到了床上。她没有睁眼看向那人，任由自己沉沉睡去。

多年习惯难改，凌晨五点，沈慈准时清醒。微弱的光照射入室，她在床上静躺了几秒，院子里传来一阵哗啦啦的水流声，似是有人正在洗漱。

是江少陵。

沈慈没想到起床出门会看到那样一幅场景：天色微亮，凌晨的凉风刮过杏花树，院子里处处可见缓缓飘落的杏花，江少陵应是在院子里刚洗完澡，所以光裸着上身，只穿着一条黑色长裤和一双黑色休闲皮鞋。

沈慈盯着他的上身。健身还是很有好处的，感冒在身，还敢露天冲温水澡，当然这不是重点，重点是某人的肌肉很扎眼啊！

院子里，江少陵把毛巾丢给陆离，接过郑睿递过来的黑衬衫，刚穿在身上，还未系扣，就发现了站在门口直勾勾盯着他的沈慈。

忽视她的目光焦点，江少陵背对着她系纽扣，却开口问她："我吵醒你了？"

"没有。"院子里有一个水龙头，不等沈慈拧开，江少陵就一把握住了她的手："水凉。"

他猜沈慈是要洗脸刷牙，就让陆离去准备温水。他一边系纽扣，一边叮嘱她："中午发葬，挖坑定在了上午，你不要跟过来。"

"为什么？"地上都是他的洗澡水，她拿了一根小棍子蹲在地上和着湿泥巴，但很快就被他拉了起来，手中的小棍子更是被他夺走直接扔了。

她皱眉看着他。他倒好，扔完她的小棍子，紧接着就进屋给苏瑾瑜烧纸去了。

"挖坑的时候，我为什么不能去？"她站在门口问江少陵。

郑睿在一旁小声说："太太，风水师傅说，挖坑的时候阴气重，女人最好不要在场。"

沈慈恍然大悟："你家先生怕我破坏坟场阴气？"

此女本末倒置，郑睿气得牙龈直痛："江先生是担心坟场阴气会对您有害。"

沈慈终于听明白了。就在郑睿暗松一口气的时候，只听此女又开口问了他一句："你家江先生是不是很迷信？"

客厅里，正在烧纸的江少陵抿着唇，揉了揉太阳穴。

客厅外，郑睿悄悄远离沈慈。这女人有毒！他每和沈慈对一次话，都会觉得心力交瘁，一肚子火气没处撒，时间长了，很容易得内伤。

他现在开始有点同情陆离了，和这种女人相处，减寿啊！

挖坑的工作人员来得很早，江少陵让沈慈先去孙婶家吃早饭，说他一会儿就到，但这天早晨一辆接一辆的汽车驶进了杏花村，等沈慈吃完早餐回江家时，还未进门，就见门口放着一排花圈，里面更是传来了一阵说话声和男女哭泣声。

江家附近停放着好几辆一模一样的豪车，就连车牌号也带着金钱味。

这样的出行架势，除了苏薇，还能是谁？

苏薇，她除了是沈家明的情妇之外，还是苏瑾瑜的亲侄女。

苏瑾瑜去世后，苏家曾第一时间给苏薇打过电话，但苏薇的电话一直打不通。

那几天苏薇陪同沈家明去法国会见几个商界老朋友，等她回到纽约，得知苏瑾瑜去世的消息，已经是2月6日临近中午。

2月6日中午，沈家明和苏薇正置身于商业聚会。沈家明先是给江少陵打了一通电话，虽没问及沈慈，却已隐隐猜到，此次奔丧，沈慈并未回国。

在那通拨给沈慈的电话里，沈家明提及，沈慈可以和苏薇一起乘坐私人飞机回国。

沈慈拒绝了，她拒绝的理由有三。

其一，私人飞机起飞前，需要向美国联邦航空管理局和中国民用航空局申请航线，得到允许后才能进入中国领空。批准时间不定，需要等待。

其二，她和苏薇之间的关系还没好到可以乘坐同一架飞机回国。

其三，在这世上，人情债最难还，尤其是自己父亲的。

有三四位黑衣保镖正在院外站着，看到沈慈，态度很恭敬，一致低头唤了声：“大小姐。”

“大小姐”这个称呼逗笑了沈慈，里面那个“她”才像是货真价实的千金大小姐。现如今的苏薇，她的金主是顶级富豪沈家明，她穿最时尚的衣服，她用最贵的化妆品，她乘坐最昂贵的私人飞机，她住最豪华的别墅，另外她还拥有美丽精致的容貌，是上流社会争相邀请的贵客……

沈慈无意识地摸了摸自己的长发，入目是刺眼的白，就算她是巨额财富的继承人又如何？终究还是掩饰不了她身为“怪人”的事实。

走进大院之前，沈慈从不知道自己的影响力竟有那么大，几乎是她走进众人视野的那一瞬间，说话声没了，就连哭泣声也没了。

怎么停了？接着说话，接着哭啊。

江少陵不在院子里，苏薇也不在，倒是郑睿还留守在院内：“太太，江先生乘车去了后山，让我留下来知会您一声，并叮嘱您不要乱跑。”

乱跑？跑到后山吗？

沈慈笑了笑。她当然不会乱跑，苏薇见江少陵一面实属不易，她怎么好意思破坏两人的私下叙旧？

多年前，苏薇的母亲看到沈慈，高冷得令人高不可攀；多年后，苏薇母亲再见沈慈，却是满脸尴尬。

这份尴尬来源于她是沈家明的女儿，而苏薇和沈家明又是那样的关系，可纵使再如何尴尬，在江家见面总是要打一声招呼的。苏薇的母亲很是热络，脸上泪痕未干，却已是笑容满面：“伽蓝，好久不见。”

确实是好久不见，少说也有八九年了吧？

沈慈看着苏母，嘴角笑容浅淡，她伸手握住苏母的手，非常礼貌；说出口的话，却透着冷漠和疏离：“苏太太，伽蓝是旧称，还请您称呼我沈小姐，或是Sylvia。”

临近中午，先后有两辆黑色汽车从山上驶了下来，陆离开车还未驶进村东头，就率先看到了沈慈和郑睿。

村东头种植着好几棵柳树，千万根柳条垂落，细芽嫩绿，入目很是清新。柳树下，沈慈穿着一条触及脚踝的超长款黑色长裙，脚上穿着一双白色运动鞋，她的外套则搭放在郑睿的臂弯间……

陆离开车过来时，郑睿正利用身高，近乎麻木地折断了一根柳枝递给沈慈。

听到汽车声，沈慈拿着柳枝朝车辆看了一眼，但注意力很快又回到了手中的柳枝上。因折柳枝的力过大，所以很快就弄破了柳皮，她将手中的柳枝丢弃在地，吩咐郑睿再折一根柳枝试试看。

地上的“报废”柳枝多达十几根，后车座上，江少陵看出了端倪，也皱起眉。

郑睿很后悔，他后悔开车和江先生一起去后山的那个人为什么不是他，而是陆离。上午十点左右，江太太在村子里闲逛，见有几个小孩子正拿着柳条吹响响，于是心血来潮来到了村东头。关于用柳条做笛子，沈慈和郑睿都没有什么经验，而沈慈又是一个做事情极其专注的人，所以两人站在柳树下愣是折腾了一个多小时，柳枝折断了一根又一根，郑睿看着都觉得疼。

江少陵下车关门，示意郑睿把沈慈的外套给他，并丢了一句话给他：“你和陆离开车先回去。”

郑睿松了一口气，刚打开副驾驶的车门，就见另一辆全黑的豪车驶了过来，车上是苏薇和苏父。

苏父把车停了下来，疑惑江少陵还没进村怎么就下车了，但眼前所见让苏父说不出话来。

柳树下还有一位女子，发色虽白，但看得出来很年轻。视线里，江少陵把外套披在女子肩上，先是取走女子手中的柳枝看了看，然后在柳树上选了一根嫩枝折断……

苏父一怔。接触过江少陵的人都知道，江少陵虽然容貌惊艳，但为人太过阴沉寡言，心思更是深不见底。这样的一个人，哪怕是在谈笑间也会不由自主地带着一股凛然寒气，更何况他骨子里又是那么骄傲……可就是这么骄傲的他，如今正低着头帮女子做树笛？

那女子是谁？

“她是沈慈，沈家明的独生女。”说话的人是苏薇。她坐在副驾驶座位上，虽是在同父亲说话，却低头拨弄着左手尾指上的钻戒，触及钻戒下淡淡的疤痕，苏薇声音泛凉，“上天把最好的一切全都给了她。”

苏父皱眉。他皱眉，跟沈慈的身份无关，而是跟女儿的任性有关。沈家明和苏家完全是两个世界的人，听说那个中年男人的事业做得很大，除了涉足投资业、地产业和酒店度假，还有自己的珠宝品牌和大型酒庄，至于其他玩票产业更是多达十几种。抛开财富值暂且不提，沈家明比苏薇年长二十多岁，当年苏薇跟了沈家明，虽然沈家明离异，苏薇未婚，但毕竟是身份不明，苏父为此没少和苏薇生气。

那姑娘是沈家明的女儿吗？

窗外，沈慈蹲在地上，将散落在地的柳条收集在一起，然后慢条斯理地编起了头环……

听说沈家明的女儿是一位脑研究科学家，可眼前这姑娘……不像啊！

苏父没有下车，查看了一下时间，隔着车窗提醒江少陵：“少陵，下葬时间马上就要到了，我和薇薇先回江家等你。”

没有理会苏父，江少陵手中的柳枝皮和内部枝干已完全脱离，他转动了两下，对沈慈说：“铅笔刀给我。”

沈慈把铅笔刀递给江少陵。不远处，汽车绝尘而去，她望向那辆车，殊不知车内的苏薇正透过右车镜冷傲而落寞地看着她和江少陵。

车内，苏父瞥了一眼女儿的神色，心中的愁绪久久不散。“情”字暖人，亦伤人，2012年她斩断后路和江少陵岳父在一起，难道她以为她和江少陵还会有以后吗？

也许，她什么都知道，只是放不下心中的那一抹执念。

二月杏花村，远山近水，村东头一片静寂，整片天地间，仿佛只剩下他和她。

江少陵将枝干从柳枝皮里抽出来，视线扫过沈慈，但很快又重新落在了她的头上。她将柳条编成的头环戴在头上，倒是挺能自得其乐。

江少陵移开眸子，捏扁树皮管一端，用铅笔刀将其削薄，淡淡开口："长短各来一支？"

"好。"沈慈将地上残留的枝条整齐地放在路旁，走近江少陵时，他正在试吹树皮管，反复调整了几下，直到声音均匀，这才把那支长的树皮管递给了沈慈。

树皮管前一秒才离开江少陵的唇，沈慈看着圆圆的树皮管，脑海中想的不是暧昧的场景，而是……他的感冒应该好得差不多了吧？可别传染给她。

沈慈试吹长树笛期间，江少陵已经做好了短树笛，沈慈分别试吹了几下，觉得很新奇："长笛和短笛的声音不一样。"

阳光照射在江少陵的脸上，留下淡淡的光影，他静静地看着沈慈，眼神不再闪烁出犀利的光芒，反而透露出一种尝尽百味人生的圆融。

这种小玩意可做民间乐器，各地的称呼更是五花八门，有人叫它"树皮管""响响儿"或"树笛"，桂西山区壮、苗两族则是称它"树皮拉管"。

他把之前抽走的枝干递给沈慈："试试这个。"

"怎么用？"

这三个字，沈慈不该说。中午阳光温暖，江少陵走到沈慈身后，将她圈在怀里，修长有力的手指握着她的双手，指引她把枝干放在树皮管里，随后将管口置于她的下唇边："吹奏的时候，别忘了上下推拉枝干，只有这样，声音才会有高有低。"

两人离得很近，近到沈慈甚至能够感受到他传递给她的热度，心不在焉的那个人似乎只有她。

她鼓着腮帮子乱吹一通，江少陵却很尽责，纠正她吹奏时的动作："下唇要和树笛保持垂直。"

江少陵纠正得很到位，沈慈在他怀里不甚情愿地试吹了几下，声音果真动听了许多。当然，这不是重点，重点是，她吹树笛的时候，他一直侧眸看着她，那样的视角，焦点无疑是她的唇……

沈慈自诩脸皮之厚无人能及，但被江少陵这样盯着，她却是再也无心吹树笛了。沉寂突如其来，似乎就连空气里也散发着微妙的气息。江少陵的手臂越收越紧，沈慈看似平静，呼吸却变得很轻，也很慢。

沈慈心里很明白，江少陵在商界是个极其出色的阴谋家，在生活中更是一个理性至极的男人。苏瑾瑜即将下葬，这个平时令人无比敬畏的男人，除了目前这个拥抱，决不会再做出任何出格的事情来。

不过很多时候，心里清楚是一回事，亲身实践又是另一回事，所以当江少陵缓缓松开她的时候，只有她自己心知肚明，她在心里悄悄地松了一口气。

“走吧，回去慢慢练。”江少陵从沈慈身边走过，走了几步又回头看着她，“柳叶上有虫瘿，把柳条编的头环戴在头上真的没关系吗？”

沈慈愕然，那声“虫瘿”让她头皮一麻，条件反射般地取下头环，甚至连看都没看一眼，就直接把头环扔到了道路一旁。只扔头环还怕不保险，生怕虫子会爬进头发里，沈慈干脆抓起了头发。

这天阳光虽然温和，春风却有些凉，江少陵移开目光，地面上树影斑驳，犹如被人撒了一地的金子，一如那年夏日：舍友杜衡当着他的面送了一盒巧克力给她，她在毫无准备之下剥开巧克力，却从里面弹出一只壁虎来，她啊的一声尖叫，手忙脚乱地扔掉壁虎，跳到他的身上，搂着他愣是不肯下来。

那天，她吓得浑身发抖，杜衡意识到恶作剧玩得有些过火，在他的皱眉逼视下，连忙向她解释：“别怕别怕，你看看，这只壁虎是用软胶制成的，不是真的壁虎。”

那是她第一次在他面前流露出恐惧，杜衡的解释对她来说不具备任何意义。杜衡清理整人玩具时，他抱着她远离“壁虎之地”，那天的阳光与这日非常相似，因为太过耀眼，所以仿佛只是夏日的一场幻觉。

2014年2月10日中午，苏瑾瑜准时发葬，平辈鞠躬，晚辈跪拜相送。

扛棺人是江少陵和苏家几位晚辈。苏瑾瑜丧事从简，这日没有锣声和鞭炮声，江少陵和沈慈也没有素服披麻，一众人佩戴黑臂圈直奔墓地。

后山，江家墓园。江父的棺材旁已事先挖好了一个大坑，苏瑾瑜的小棺材被安放其中。苏家成员和杏花村村民或是悲伤痛哭，或是默默流泪，唯有江少陵和沈慈没有哭。江少陵是万千悲痛不露于色，更何况他原就不是一个轻易落泪的人；至于沈慈……

江父的单独墓碑已经被撤换，如今斜躺在一旁，尚未挖坑填埋的墓碑是一块双人墓碑，沈慈有些麻木地看着墓碑，立碑人刻的是——

儿：江少陵。媳：伽蓝。

伽蓝？

后山风大，凉风吹打在脸上，沈慈缓缓闭上了眼睛。原来他认可的从来都不是沈慈和Sylvia，而是伽蓝。

下午，送葬队伍陆续下山，江少陵和几位造坟泥工留下来善后。回到杏花村，镇上的厨师早已在孙婶家备好酒席，以此款待送葬队伍。

沈慈没有入席，她让郑睿和陆离留在孙婶家招待宾客，自己则端着一碗米饭回到了江家老宅。

那碗米饭，沈慈没有动。她坐在门槛上，仰脸望着庭院上方。暖阳普照大地，数不尽的灰尘飘浮在半空中，她忽然想，有时候人还不如尘埃，尘埃无论生死，它都是尘埃，但人就不一样了，人死了，就什么都没有了……

院门口传来一阵极其轻缓的脚步声。

是苏薇。

她穿长款毛呢黑大衣，里配中长连衣裙，穿着一双黑色高跟鞋，如此美丽，如此骄傲，难怪大学期间会有那么多男生怜惜她、仰慕她。

“你父亲给你打电话了吗？他希望我们能够一起回美国。”苏薇坐在沈慈身旁，她身上有着一股淡淡的香水味，沈慈闻不惯，身子往一旁移了移。

清晨，父亲倒是给她打过电话，但她没接。

“知道吗，姑姑的死，对我触动很大。送葬这一路上，我一直在想，姑姑这一生过得究竟是苦，还是甜。她独自守着一段情，应该过得很苦吧？但江伯伯死的时候，心里最爱的那个女人是她；她离开人世的时候，最爱的那个男人是江伯伯，所以我想，姑姑这一生应该是甜多于苦吧？”陷入心事里的苏薇，神态十分动人，就连脖子上佩戴的钻石项链似乎也添了几分灵动美。

沈慈不作声，她端起放凉的米饭，低头静静地吃着。

苏薇看着院子里的杏花树，目光幽幽，停了数秒，红润的唇再次开启：“其实，我有些后悔，后悔头脑一热跟了你父亲。跟了他，我要什么有什么，但我不快乐。你呢？你是不是也不快乐？名义上你是江少陵的妻子，但你心里最爱的那个人，你分得清楚究竟是谁吗？”

沈慈终于转眸看着苏薇，苏薇也在看她，漆黑的长发垂落在胸前，越发衬得她眉眼发寒，有声音从她的唇齿间一字一字地蹦出来：“伽蓝，你是我见过的心肠最狠毒的女人，爱一个人既然无法做到从一而终，当初你就不该招惹江少陵……”

那天苏薇还说了些什么，沈慈几乎都忘了，她只知道她吃完了那碗白米饭，黄昏的时候，应该是坐在门口的时间太久，那碗白米饭最终被她吐在了院子里的杏花树下。

多年前，江父醉酒仿似家常便饭，并最终醉酒致死；多年后，江少陵应酬喝酒，从不超过六分醉，几乎没有贪杯醉倒的时候，但苏瑾瑜下葬这天，据说他喝了不少酒，席间宾客猜想他心里难受，所以谁都不敢劝。

陆离和郑睿扶着江少陵回来时，沈慈正在接水洗脸，见江少陵醉醺醺地回来，沈慈愣了一下，连忙擦了把脸，快步迎了上去："怎会喝成这样？"

说话间，沈慈已经触摸到了江少陵的手臂，谁承想江少陵的反应很过激，竟一把甩开她的手，他眼神锐利，言语间带着令人无法接近的冰寒之气："别碰我。"

他做出这样的举动，又说出这样的话，不仅震慑住了沈慈，也惊住了陆离和郑睿。

沈慈收回手，不再触碰江少陵，见陆离和郑睿站在院子里不动，沈慈语气平平："发什么愣？还不赶紧扶江先生进屋睡觉？"

陆离走了几步，回头望向沈慈。院子里，沈慈低头看着适才被江少陵甩开的手指，整个人悄无声息……

这晚，主屋卧室没有开灯，江少陵在床上沉沉睡去。漆黑的房间里，沈慈坐在椅子上静静地看着江少陵，良久都没有变换过坐姿。

南方的气候平日里任性惯了，白天暖阳高挂，到了夜间气温不是一般的低。陆离在门口压低声音道："太太，要不您去睡吧？我和郑睿留在外间照看江先生，不会出什么问题的。"

沈慈没有吭声。陆离不再多言，回到主屋坐下。郑睿皱了眉，悄声感慨："从黄昏到现在，时间已经过去了四个多小时，她该不会打算就这么坐一夜吧？"

月光透过窗户照射入室，沈慈在椅子上坐了大半宿，后来她睡着了，也不知道自己睡了多久，只知道再睁开眼睛时，窗外已出现薄薄的晨光。卧室内一片寂静，待眼睛适应黑暗，她警觉地朝床上望去。江少陵不知何时已经苏醒，两人目光相对，宛如一幕正在悄然上演的灰色默剧。风轻轻拍打着窗户，沈慈靠着椅背，忽然觉得很疲倦。

凌晨四目相对，他和她究竟都在想些什么呢？

沈慈在想，过去的是是非非，她无力改变；未来将要发生的一切，她没有预知能力；她唯一能把控在手的，似乎只剩下现在。

江少陵想的却是下午苏薇曾质问沈慈："你心里最爱的那个人，你分得清楚究竟是谁吗？"

他在江家门口止步，有一种痛缠绕经年，不敢深思，即便只是偶尔听到，也会万劫不复……

最先打破沉默的那个人是沈慈："春节那天，我被爸爸叫到书房训话，他指责我身为人妻却失败透顶。"

沈慈的眼眸宛如无底洞，深邃而又神秘，她在光线昏暗的卧室内淡淡发笑："江先生，我真的很失败吗？"

江少陵闭着眼睛不理沈慈，许是醉酒初醒，他雕塑一样的面容上明显带着阴郁之气。

沈慈说出这番话无非是心血来潮，至于江少陵答或不答，对她来说，其实并不重要。

她把手伸进外套口袋。口袋里装着两支树笛，一长一短，那是昨天中午他特意给她做的小玩意……

沈慈握紧树笛，万千心事渐渐沉淀，良久，她自嘲一笑，那是一种被认命催生出的无奈和释然："如果我忽然抽风想要做一个好妻子，你觉得我要怎么做才能不被称为失败透顶？"

好妻子？

江少陵缓缓睁开眼眸，近乎审视般地注视着沈慈，像是在分辨她话中的真伪，抑或话间的玩笑成分究竟有多浓。

他是江少陵，商场拼杀多年，足够心狠的同时，也足够冷静，任内心波涛汹涌，偏偏面上可以做到无动于衷。

无动于衷只是假象，他自认洞悉人心，却可笑地发现他从未看懂过他的妻子。

他移开眸子不再看她，不追问她的心血来潮，更不深思她的心绪变迁，反而注视着老屋黑漆漆的房梁，眼神逐渐变得冰凉无温，不知过了多久，他方才极尽隐忍地道："想要做一个好妻子其实很简单，爱上你的丈夫，并且只爱他。"

沈慈沉默，沉默了很久……

凌晨万籁俱寂，卧室里男女主人看似平静，令人窒息的相处氛围却漫溢进了主屋，郑睿和陆离相视一眼，彼此各怀心事，却都没有说话，似是都在等沈慈的回复。

2月11日凌晨，杏花村天露微光，沈慈在寂静的卧室里轻轻地道了声："好。"

第三章

S市：慰他薄凉，回首是伤

苏瑾瑜下葬后，她的身后事，江少陵需回S市亲自料理。

江少陵打算清晨离开杏花村，村民闻听消息，纷纷赶来相送。对待村民长辈，江少陵有别于纽约从商时的奸险，言语间甚是温和，除了安排村民照看江家墓园之外，不忘感谢村民近几日对江家施以援手……

男人们有着男人之间的临别话题，女人们亦然。

“小慈，如果工作不忙，别忘了和少陵一起回来看看我们。”

“小慈，工作虽然重要，但你和少陵平时还是要多注意身体，年轻人更该学会爱护自己。”

“小慈，少陵是个好孩子，你也是一个好姑娘，所以你们一定要好好的。”

关切的言语一句接一句，在离别之际纷至沓来，沈慈微笑点头，何必去计较这些话里究竟藏匿着几分真、几分假。这些话，她们原本可以不说，但愿意说出口，毕竟是善意，她理应心存感恩。

临上车前，孙婶大概是为了顾全沈慈颜面，悄悄地往她口袋里塞了一个东西，压低声音叮嘱她：“小慈，我请朋友开了一服中草药偏方，听说专治少白头，你回纽约后先吃着试试看，如果没效果，你给我打电话，我再帮你想别的办法。”

沈慈道谢，虽然那服中草药偏方她并不见得会尝试。她之所以会过早白发，不仅仅是因为她是一名脑力劳动者，也与她的精神状况息息相关……

他们是在镇上吃的早餐。此次回S市，沈慈随行，她需要为她凌晨道出的那声“好”负责。

八年来，第一次想要对一个人负责。

计划里，2014年她原本就应该回一趟S市，这次回去不过是时间提前。2月即将奔赴中旬，她恍惚地意识到：母亲忌日好像快到了。

丧事期间，江少陵的手机几乎处于停用状态，如今丧事一结束，电话几乎就没停过，不少电话均是来自纽约。从杏花村到小镇，从用早餐到上车，他通过几个电话不仅敲定了数千万美金的合作案，更在与秘书宋文昊的谈话过程中解雇了一位副总和一位部门经理……

沈慈一夜未眠，汽车上了高速之后，她在江少陵一个接一个的工作电话里倦怠而眠。她虽看似全程都在睡觉，但坐着睡觉毕竟有些不舒服，所以昏昏沉沉间，她知道江少陵在压低声音接了几通电话之后终于关掉了手机；她知道江少陵将他的外套盖在了她的身上；她知道江少陵揽着她的头靠在他肩上，试图让她睡得更舒服一些；她知道外套下，他触摸到她的手，停了几秒，应是见她睡着没反应，这才轻轻地握住了她的手……

沈慈的呼吸慢了下来。他这样的举动和林宣何其相似？那一年，林宣带她回纽约，她在头等舱里沉沉入睡。在她警觉的睡眠状态里，林宣取了一条毛毯盖在她的身上，后来林宣碰了碰她的手，迟疑数秒，方才缓缓握紧。

三万英尺的高空，逼仄安静的机舱里，林宣的声音如海水般温润平静：“我知道你没有睡着。S市发生的一切你我都无力改变，但关于未来，我们至少还可以心存期许。我发誓，未来不管发生任何事，哥哥都会陪着你，再也不会放开你的手……”

林宣说这话时是2006年。2012年1月初，林宣在给了她一巴掌之后，决绝地松开了她的手……

前往S市路途遥远，沈慈后来真的睡着了。江少陵叫醒她的时候，车已抵达S市西城区，在路旁停靠着，有一辆全黑的轿车停放在正前方，隔着车窗依稀可以看到两名男子西装革履地站在车旁。

沈慈坐直身体，这个方向好像不通江家。她侧过脸，与江少陵对视，他的眉眼依然是那么冷漠，但因感冒还没完全好，所以无形中倒是削减了几分锐意。

“饿不饿？”他忽然开口问她，声音低沉。

“有点。”江少陵的外套还盖在她的身上，她把外套递给江少陵，低头看了一下腕表，发现指针已经指向下午三点半。

江少陵淡淡发话："我让郑睿和陆离先开车送你回去，稍后会有人送外卖过去。吃完饭你再好好睡一觉，我最迟晚上一定回去。"

"你要去哪儿？"沈慈会这么问纯是下意识，但话音刚落，她就觉察出了不对劲——江少陵默默地看着她，眸色很深。

她说错什么话了吗？

对江少陵来说，沈慈这句话没有任何问题，但这些年来，这还是她第一次当着他的面主动过问他的行踪。

"苏姨身份需注销，有些证件在家里放着，我需要先回江家一趟。"料理身后事，看似简单，实则手续繁复，事关苏瑾瑜，有些事情本就该他亲自去办，另外……她昨夜未眠，午餐又没吃，下午不宜跟着他来回奔走。

江少陵是什么心思，沈慈虽然没有深思，但江少陵的话外音她却听出了端倪——料理苏瑾瑜的后事，他并没有让她参与的打算。

也罢，沈慈虽不强求，却还是小小地虚伪了一把："需要我陪你一起回江家吗？"

江少陵闻言，眼眸似乎更深了一些，他沉沉地看着沈慈，沉默了几秒，方才丢了一句话给她："你有几天没洗澡了？"

沈慈怔怔地看着江少陵，他这话是什么意思？有这种想法时，沈慈极力克制着"闻味"的冲动，而是不动声色地掰了掰手指头。算上航班十几小时的话，她有多少天没洗澡来着？

目睹沈慈掰手指计算天数，江少陵不愿再糟蹋自己的眼眸，拿着外套开门下车："这个时候，你最应该做的事情，其实不是陪我，而是回去洗个热水澡。"

沈慈面色如常，坐姿很端正，直到前方座驾缓缓驶离视线，她这才赶紧撩起外套和头发使劲闻了闻。还好啊！哪有味道，还是说，她的嗅觉出现了问题？

沈慈不信邪，皱眉看向副驾驶座："陆离，我身上有味？"

陆离一时语塞，瞥了一眼正憋笑开车的郑睿。他该怎么告诉后座女子，江先生适才下车后嘴角隐有笑意，摆明了是在逗她玩……

2007年年末，江少陵曾在S市以苏瑾瑜的名义购买了一套别墅，苏瑾瑜却不愿搬离小区单元楼，以至于别墅内一直无人居住。

2014年2月11日下午，郑睿没有开车前往酒店，更不曾开车直奔苏瑾瑜的别墅，而是将沈慈带到了闹市区。

在这里，沈慈不仅迎来了一场视觉盛宴，更感受到了前所未有的心灵震撼。

那是一栋庭院式别墅，坐落在S市中心地带，占地极广，路边的围墙上爬满了颜色淡雅的蔷薇花。车驶向门口，已有门卫启动放行闸，铁门缓缓朝两边滑开。沈慈目不转睛地望着窗外，她所看到的一景一物，仿佛春风吹动尘埃，连带那些几乎早已被沈慈遗忘的记忆也随之悄然苏醒。

庭院内，绿色的草坪几乎覆盖满园，还未及夏，已是满目清凉……

她让郑睿停车，然后下了车。陆离下车紧随其后，郑睿开车尾随。道路两旁种植着绿意盎然的葱茏大树，接下来她会看到什么呢？多半是凉亭、长方形景观池塘和小桥流水吧？

果然，走出前院的绿树、草坪和应季鲜花区，尽收眼底的就是一片造型独特的池塘。池塘很长，成功地隔断了前院和后院，中间有宽阔的拱桥相连，可供汽车通过。拱桥两边分设两座狭窄的木质小桥，一边可通后花园，一边可通茶室、全透明玻璃花房。

沈慈步履缓慢。小桥古朴，流水潺潺，数不尽的锦鲤正在池塘里无忧畅游。郑睿见女主人观园的兴致不错，待停好车就连忙跑了过来，原想给女主人带路，谁承想，沈慈就像是曾经来过这里一般，近乎熟门熟路。

沈慈来到了后院。后院是一片小树林，通过鹅卵石小路可以直奔林间。这天下午，当沈慈看到那栋按成年人尺寸建造的树屋时，她的精神世界在种种冲击之下，忽然间溃不成军。

她是第一次来这里，之所以对这里似曾相识，是因为这座庭院最初的设计者是她。

已经是很多年前发生的事情了——

那年盛夏，S市很热，她去公司找他，当时他正在设计软件，没空搭理她，她也不觉得无聊，从办公桌的抽屉里取出一本空白笔记，随后又找到一支铅笔，兀自趴在办公桌一侧乱写乱画起来。

她在连撕几张报废纸页，被他瞥了一眼之后，才收心开始认真画画。当时的她，一边画着建筑物，一边看着他的脸，可谓是春心萌动，下笔十分顺畅，灵感更是一发不可收拾……

那天他坐在电脑前共计六小时，她坐在一旁就足足意淫他六小时，仅局部建筑就画了好几页，直到合作伙伴侯延年敲门入内，她才匆匆收尾，题字留言："江伽之家。"

题完字，她把本子一合撂到一旁，见他还在忙，觉得自己这趟不能白来，止不住心花乱颤，趁侯延年不注意，飞快地偷亲了他一下，然后火速开溜。

身后隐隐传来侯延年的吐槽声："天才跑那么快做什么？中邪了？"

后来，他问她："你喜欢树屋？"

她"羞涩"地笑了笑："倒也称不上喜欢或不喜欢，我只是在想，如果有那么一栋树屋，我们平时可以坐在树屋里谈谈情、说说爱，多好啊！"

他："……"

那年盛夏，她画围墙上的蔷薇花，是幻想两人回家时，他可以顺手摘一朵蔷薇花送给她；她画前院的林荫大道，是想和他饭后牵手散步；她画草坪，是想和他有事没事抱着滚一滚；她画池塘，是想看盛夏荷花齐放；她画树屋，其实主因并不是想和他谈情说爱，而是幻想他们今后如果有孩子，树屋可供孩子娱乐……

她画那幅图是随手涂鸦，玩笑心态；提笔"江伽之家"是色心乍起，转身即忘，谁承想，他竟一直记在心间，并将设计图完美复原在了闹市区，不仅建造了这处庭院，更建造了一栋成人树屋。

闹市的树林，空气中传来淡淡的草木香和清脆的鸟叫。沈慈拾级走进树屋，树干穿透地板直入房顶，室内生活设施一应俱全。沈慈走到阳台上，将林间景色尽收眼底，恍惚间觉得这里早已不是闹市区，而是脱离尘世的大自然。

"这处庭院是什么时候建造的？"沈慈问的是郑睿。他和陆离在树屋下站着，没有随她一起上来。

郑睿想了想，回复沈慈："听说江先生去美国之前就在建造，真正完工是在2009年。"

阳台上微风清凉，下午的阳光穿过林间，在树屋上一寸寸游移，宛如正在流逝的光阴，想抓却抓不牢。

沈慈怔怔地望着林间的风景，慢慢开口道："他每次回国都是住在这里吗？"

"不，江先生住酒店，但偶尔会开车过来。"郑睿看着沈慈，不知为何又补充了一句，"除了江先生和管理树屋的家佣，平时没有人进出过树屋。"

沈慈不再说话，心绪渐渐沉落深海。这就是江少陵，做事向来不动声色，而她永远都是后知后觉。

回到主别墅，外卖刚刚送来不久，中年女管家刘嫂正带着两位用人在餐厅里摆放餐点。

刘嫂和肖玟年纪相当，外表看上去要比肖玟严肃得多，见郑睿带着沈慈走进来，连忙吩咐用人停下手头工作，齐唤一声"太太"，礼貌问好。

沈慈微笑，也算是打过招呼了。

这时早已过了饭点。几位用人在这里工作多年，却是第一次见女主人回来，虽不敢明目张胆地盯着沈慈上下打量，但工作之余，余光却一直朝她身上瞄。

沈慈没有理会，唤郑睿和陆离一起坐下来用餐，她本人却没有什么食欲，仅吃了几口菜就放下了筷子。

这次回国，沈慈只带了一只行李箱，吃饭前，郑睿早已帮她提到了主卧室。在杏花村，条件有限，她不能模仿江少陵在露天庭院洗澡，回到S市，洗澡是必然，跟江少陵"规劝"她洗澡无关。

父亲打来电话时，她刚洗完澡，而纽约正是凌晨时分。在给她打这通电话之前，父亲已经事先联系过江少陵，得知他们下午刚刚抵达S市，父亲问她："预计还要在国内停留几天？"

"不好说。"她把手机调成免提模式，拿着一条白毛巾坐在床尾擦着湿头发。

手机那头陷入了短暂的沉默，父亲应该是斟酌了一下语气，这才对她说："Sylvia，你既然回到了S市，就不妨多逗留几日。再有几日就是你母亲的忌日，她生前最喜欢白玫瑰，如果可以，忌日那天还请你代我送一束白玫瑰给她。"

沈慈擦头发的动作一僵。自母亲去世后，这还是父亲第一次同她讲起母亲的忌日。如果是以前，她或许会讽刺父亲竟还记得母亲忌日，但现在，她从他的话语间听到了那个"请"，也听出了他隐藏极深的愧疚，所以有些伤人之语注定只能卡在她的喉咙里，如鲠在喉，疼痛自知。

有些话，她虽从未说出口，但父亲心知肚明。她恨他，怨他，却又割舍不了血缘之亲……

现在想想，何必呢？佛曰：爱别离，怨憎会，撒手西归，全无是类。不过是满眼空花，一片虚幻。

既然万事万物终将成为虚幻，所以有些伤人伤己的话，她就不说了。

"好。"她回复父亲，心态平静，就连语气也透着平静，却惊住了手机那端的华裔富商。

纽约，沈家主卧室里，沈家明拿着电话，通话已断，但女儿的那声"好"却一直徘徊在他的耳畔。

多年来，这还是第一次他谈及她母亲时，她不再隐忍，不再一言不发，不过是一个"好"字，却让他提前演练好的应对方案胎死腹中，完全派不上用场……

沈慈睡得很熟，醒来时天色已有发暗迹象。卧室内插着错落有致的鲜花，淡淡的花朵香迎面扑来，不但没有醒脑效果，反而令她越发昏昏欲睡。

不能再睡了，照这么睡下去难免会日夜颠倒。沈慈起床，决定先去洗把脸。

此刻是晚上七点零八分。当手表的指针走向七点十二分时，窗外万物朦胧，一时大意闯进浴室的她，视野内竟也是一片蒙眬。

浴室里水雾缭绕，有男子正在沐浴，虽然及时取了一条浴巾围在腰间，但因来不及关掉花洒，所以最终难以摆脱湿身的命运。

此时沈慈的双眼已经适应了稀薄的水雾，她愣愣地注视着江少陵，心知自己本该啊的一声尖叫，然后羞愧逃走，奈何脚步迈不开啊！

数日前她在江家老宅看到的江少陵，虽然只是裸露上身，但腹肌结实，身材完美而抢眼，如今……

沈慈怕自己控制不住流鼻血，下意识摸了摸鼻子，还好，鼻血没出来，却禁不住咽了咽口水。

好一场湿身诱惑秀！好一幅令人喷鼻血的画面！

水流下，男子性感的身材一览无余，胸肌完美，腹肌完美，再往下……沈慈气得直跺脚，可恨浴巾碍眼，真想冲上去帮他把浴巾给摘了，一块破布简直是破坏艺术品。

江少陵关掉花洒，对沈慈火辣辣的目光视若无睹。她是学画画出身，没少接触人体模特，对待男人的裸体看似目光灼热，却不代表是跟色欲有关……

想到“色欲”，江少陵反倒有了叹气的冲动，他随手取下一条毛巾转身朝外走去：“洗澡的话，不要待在浴室里太久，晚上我们一起外出吃饭。”

沈慈把手伸到感应洗手器下面，接了一把冷水洗脸，心中自是愤愤不平：浴室里出现这一幕，男主角不是通常会调戏女主角一把，或是把女主角推在墙上壁咚吗？

壁咚个香瓜，纯粹是骗人！

几分钟后，沈慈回到主卧室，江少陵已经穿好了衣服——并非正装，而是一身休闲装，羊毛衫，黑色长裤，毛呢外套，休闲鞋，衣服的搭配很随意。

沈慈感慨万千，这人穿衣显瘦，脱衣有肉，身材完美得令人嫉妒。

“事情办完了吗？”她放倒行李箱，盘腿坐在一旁挑衣服。外出的话，穿衣打扮不能太寒碜。

“还有一些小事需要处理，我们可能还要在这里多逗留两天。”江少陵站在一旁佩戴腕表，似又觉得单方面下决定不太尊重她，于是补了一句话给她，“没问题吧？”

“我没什么问题。”她现在无事一身轻，不管是回美国，还是留守国内，对她来说区别不大。

行李箱装不了几套春冬季的衣服，江少陵扫了一眼她的行李箱，对她说："我让人再给你置办几套衣服？"

"我的衣服还够穿，目前不用。"沈慈合上行李箱，拿着选好的衣服走向更衣室，"我去换衣服。"

江少陵却在这个时候抓住了她的手臂，沈慈转过脸看着他："怎么？"

"你……"江少陵漆黑的眸子别有深意地看着沈慈，"你有没有觉得这里似曾相识？"

何止似曾相识，简直是完美还原设计图。

沈慈抿唇不语。她在组织语言，一旦她点头回应他"似曾相识"，势必会牵引出过往记忆，而那些记忆……她避之不及。

江少陵看着她，目光从期待逐渐转为失望，嘴角的笑容也转为自嘲，终于松开了手："换衣服吧。我去楼下等你。"

沈慈看着他的背影，张了张嘴，最终还是把话给咽了回去。骄傲如他，有些话，他只肯说一次，好比有些答案，过了那个时间段，纵使她再想说给他听，他也未必愿意聆听。

2014年，她眼中的江少陵，任他内心万千思绪波澜起伏，依然能做到波澜不惊，而他眼中的她，纽约多年沉淀，早已不再是当初痴缠他不放的小妖女。她是沈慈，一个踩着伽蓝血泪重生的纽约外来客，仅此而已，也只能而已……

沈慈下楼的时候很想吟诗一首，比如说苏轼的《江城子》：纵使相逢应不识，尘满面，鬓如霜……

她只盼相逢故人不相识，只可惜故人眼力见儿很好，尽管她早已是半头白发，却还是被他们一眼认出。

没错，是他们。

他们在客厅里坐着，沈慈的步伐却在楼梯上短暂凝滞，这才后知后觉地意识到，原来所谓晚上一起吃饭，并非两人同行，而是多人聚餐。

她自认记忆力很好，虽然时隔八年之久，却依然能够叫出他们的名字来：杜衡，侯延年，周强。

曾经，他们是江少陵的大学舍友；现在……

听说杜衡现在已是国内首屈一指的作曲家；听说侯延年现在已是S市响当当的金融家——2008年江少陵抛下国内一切，接替他位置的那个人正是侯延年；听说周强现在已是一家上市公司的高管，年薪在七位数以上……

沈慈出现之前，杜衡三人正坐在客厅里和江少陵说着话；沈慈出现之后，杜衡三人阔别数年再见沈慈，生疏是一回事，默契地保持缄默又是另外一回事了。

晚上七点半，沈慈穿着驼色束腰长款呢大衣，松系腰带，里配黑色毛衣、黑色紧身裤，脚穿一双黑色高跟鞋，还斜挎着一只黑色单肩包。

若非是旧识，这样一个身材极佳、气质极好的女子出现在眼前，杜衡等人或许会生出欣赏或猎艳之心，但2014年再见沈慈，杜衡三人却是满心复杂。

多年前，他们称眼前的女子是“小天才”；多年后，小天才蜕变成蝶，纵使心性难改，周身的气质终究被名媛圈同化。如今的她头发半白，魅力却逐年剧增，朝他们走来时，嘴角的笑容虽然亲切，却像是隔了一层纱，你摸不着她，也抓不到她。

犹记得2012年江少陵大婚日，杜衡三人受邀前去纽约贺喜，谁承想婚宴现场却横生枝节，沈慈的前任未婚夫现身婚礼，除了险些搞砸婚礼，还差点让江少陵丢尽颜面。好在婚礼非公开，前去参加婚宴的上流名士都是沈家明或江少陵的熟人，因此从未向媒体走漏风声，但杜衡三人因为此事对沈慈颇有微词，再加上婚礼过后各人工作忙碌，所以如今再见沈慈，可谓是百感交集。

人与人之间的感情，随着时间的递进，一部分会越沉越香，另一部分却会越来越淡，江少陵和杜衡等人是前者，沈慈和杜衡等人是后者。

窗外夜幕已降。女子心性豁达，在灯火通明的客厅里依次和杜衡三人伸手交握，言语妥帖有礼：“江先生应该早些告诉我今天有贵客登门。如果早知道，我断不会让各位坐在客厅里空等我一人，实在是抱歉。”

杜衡三人站在客厅里看着沈慈，同他们一起看向沈慈的，还有家宅的数名用人。灯光下，女子不化妆，微笑的时候眼角有着浅浅的皱纹，是一个很有魅力的女子。

变了，果真是变了，其实他们都变了……

微笑很多时候仅是用来掩饰故人相见所带来的陌生和疏离，沈慈的主动问好至少让杜衡三人芥蒂暂消。握手言笑，浅谈不过数句，周强已在一旁笑着说：“还是先去饭店吧。到了饭店，我们可以边吃边聊。”

杜衡三人各自开车前来，又各自开车前去饭店，江少陵和沈慈共乘一辆汽车跟随在后。

司机是郑睿。

沈慈心里有情绪，语气还算温和：“晚上和杜衡他们一起吃饭，你为什么事先没有告诉我一声？”

“告诉你之后呢？”窗外的霓虹灯照进车内，映照出江少陵异常英俊的轮廓，他瞥她一眼，面上笑意微露，“你会抗拒，会拒绝和他们一起外出用餐。这次我们回S

市，他们推掉工作和应酬，盛情邀请你我用餐，是礼节，更是心意。为了一顿饭，他们主动登门造访，你是觉得他们诚意不够，还是说，你仅是单方面排斥和我朋友一起外出吃饭？”

沈慈竟是无话可说。

她并非排斥和他朋友外出吃饭，而是……很多年了，她在纽约几乎没有朋友，除了林宣，就是陶艾琳，她早已遗忘了该如何应对故人，尤其还是他的大学舍友。

他们记忆中的伽蓝曾经那么骄傲自信，但现在的伽蓝连她自己都觉得陌生，更何况是他们。

江少陵说得对，如果他事先告诉她，晚上会和杜衡他们一起吃饭，她十有八九会拒绝，但他的话音里藏匿着火气，她也听出来了，想必还在为卧室浅谈、为她的“遗忘症”耿耿于怀。

沈慈试着缓和气氛：“刚回S市，我没心力应付你的朋友。”

她果真不适合与人交谈。

“应付？”听了她的话，江少陵神情冰冷，不怒反笑，“如果是他的朋友呢？你是没心力应付，还是亲密结交？”

他？

林宣。

沈慈皱着眉，难压情绪：“你提他做什么？我们要谈的是今天这顿晚饭，关他什么事？”

江少陵处理危机事件向来果断，但这日他有些失控，不过他的这份失控被他完美地藏匿在微笑的表象之下，他靠着椅背，抑扬顿挫地反问沈慈：“提他，你那么激动做什么？”

沈慈没什么表情地笑了笑。有些人平时不多话，但出口必伤人，江少陵绝对是其中翘楚。

她不愿和他争吵，转脸望着窗外。S市到了夜晚处处流光溢彩，灯红酒绿，白天全球精英在金融之地机关算尽，夜晚衣香鬓影笑语放松。她从沿途飞逝的街景里感受到了时间的可怕，几年不见而已，它却长成了巨人模样。

身旁的男子理性回归，伸手握住了她的手，她似是不察。凝望窗外的她，一心专注的，是阔别多年陌生无比的金融大城。

他紧握她的手，放软了语气：“我道歉，如果你不高兴，我们现在就回去。”

27岁的沈慈没办法欺骗自己“爱情是消除争执的良药”，她在八年的心境沉浮里逐渐参透爱情，正因洞悉，所以沉淀，所以近乎冷漠。

她转脸看着江少陵，平静地道出心里话："你难道还没发现吗，我和你早已越走越远。我的生活圈，我的交友圈，我的饮食喜好，你都不喜欢，同样的，你的处事方式，我也不喜——"

她的那声"不喜欢"尚未说完，已被江少陵突如其来的动作生生打断——他的手指蓦然从她手上撤离，那么快，仿佛她的手是一块高温烙铁。只见他寒着脸吩咐前座："掉头回去。"

后座的风云变迁，郑睿尽收眼底，早已是肝胆俱裂，他不敢违背江少陵的意思，打了转向灯，准备前方路口掉头，谁知沈慈的声音乍起："你让郑睿掉头，我现在就下车。"

郑睿咽了咽口水，看着后视镜，声音有些发紧："江先生？"他到底是该掉头，还是不该掉头呢?

后车座上，江少陵和沈慈以眼神断杀，男子目光深沉，宛如暴风深海；女子目如寒星，竟是煞气逼人……

车内的空气停止了流动，郑睿觉得冷，冷得他真想一头撞死在方向盘上，这是要气死江先生的节奏啊!

确实是盛情邀请，杜衡三人选定的餐厅是S市档次最高的中式餐厅，位于八十八层，坐在靠窗位置用餐，甚至可以俯瞰全城夜景。

近几年江少陵回国怕是没少来这里用餐，否则也不会几人刚抵达餐厅门口，经理就热情地唤了一声："江先生，好久不见。"

江少陵朝经理点点头。侯延年这时候接了一通电话，凑近江少陵耳边也不知道说了些什么，江少陵微微皱眉，示意杜衡等人先入座，说他出去接个人。

几人入座，杜衡看着侯延年，好奇地问："还有谁要过来？"

"慕清。"侯延年望向沈慈。沈慈坐在靠窗的位子上，对全城夜景兴致缺缺，正低头摆弄着手机。

侯延年体贴入微，担心添加新人沈慈会不习惯，于是笑着唤了声："蓝蓝？"

沈慈下意识地抬头，还没从"蓝蓝"这个称呼里回过神来，就听侯延年轻声对她说："再等几分钟会有一个朋友过来，她叫慕清，和我们都是多年好友，我是开车来饭店的路上才确定她会过来，所以事先也没跟你和少陵打声招呼，希望你不要介意。"

"人多热闹，挺好的。"沈慈把手机放进包里，见杜衡倒了一杯水递给她，她笑着接过，道了声，"谢谢。"

故人聚餐，最忌尴尬冷场，周强开启话题：“伽蓝，阔别八年再回S市，有没有觉得不习惯？”

“还好，S市变化很大。”沈慈喝了一口水。她从小在这里长大，虽然在国外居住多年，但回到这座城并不会不习惯，顶多是有一些排斥。

杜衡加入话题：“我一直很好奇，你们脑研究院平时都是做什么工作？”

沈慈的声音很轻：“主要研究人脑记忆库、人脑平时的运行状态，主研究人脑疾病，比如精神分裂症、抑郁症、孤独症、阿尔茨海默症等人脑相关疾病。”

周强感慨：“你们科学家是为人类做贡献，不像我们俗人一个，每天睁开眼睛想的第一件事就是赚钱，想想还真是惭愧。”

隔行如隔山，沈慈的工作，杜衡等人未必能听懂，但正因不懂，所以才凸显神秘，再加上“科学家”这个称谓原就令人觉得很神圣，高不可攀。

沈慈微笑不语。她该怎么告诉周强他们，很多科学家每天关在实验室里确实是在为人类做贡献，但她是一个异类。她之所以成为脑研究专员，纯粹是为了救赎罪恶，她的罪……

这时，侯延年开口问她：“现在还画画吗？”

“不画了。”沈慈放下水杯，手指轻轻地抚摸着水杯壁。她弃笔多年，早已不再画画。

席间三人彼此交换了一下眼神，有惊讶，有好奇，有感慨，更多的却是遗憾。一句“为什么？”，一句“真是可惜了！”，一句“真的不画了？”卡在三人喉咙里，却无人说出口。

前方，经理带路，江少陵和慕清正朝他们走来。

杜衡等人起身离座，所以沈慈起身多少有一些被迫。站在江少陵身旁的是一位青年女子，她的名字叫慕清，身材婀娜有致，漆黑的长发披向右肩，美丽而又时尚。

其实，无论是多年前在国内，还是几年前在纽约，沈慈都曾见过慕清，在她看来，慕清和江少陵站在一起很般配……

这话，沈慈发自真心。

慕清和杜衡他们应该也是数月不见，所以见了面很是欢喜，热情打招呼之余还有礼节性的小抱。再然后亲疏可见，到了沈慈这里，慕清伸出了纤纤玉手，笑容别有韵味，就连声音亦是悦耳动听：“你好，我叫慕清。”

“沈慈。”沈慈握住慕清的手。若按见面次数来算，她和慕清也算是“老相识”了，只是从未说过话。

入席就座很随意，长桌一侧坐着杜衡、江少陵和沈慈，另一侧坐着周强、侯延年和慕清，座位这么安排下来，沈慈和慕清可谓是面对面而坐，抬头不见低头见。沈慈又喝了一口水。对面坐着一个大美女，香气缭绕。

杜衡他们在点菜，慕清笑着问沈慈："听少陵说，你们还要在这边多逗留两天，如果你在家无聊，千万不要觉得不好意思，一定要给我打电话。"

"好。"沈慈的回应很随和。无非是一两句场面话，慕清未必有心，所以她也无须上心。

这时，杜衡询问沈慈和慕清是否有特别想吃的菜。

这家餐厅以精致的粤菜闻名S市，沈慈和慕清对菜肴并不讲究，菜单回到江少陵手里时，沈慈听他报出好几道菜名，其中一道"雀巢爆牛蛙"异常响亮。

沈慈抿唇望着窗外。几日前他还警告她以后不许再吃牛蛙，现在却点了这道菜，这人的精神状况很令人担忧。

江少陵把菜单交给经理，杜衡提出疑惑："你一向反感牛蛙入菜，今天这是怎么了？"

"偶尔改变一下饮食喜好，有问题？"江少陵把话题重新丢给杜衡，杜衡干笑两声："没问题，能有什么问题？"

等菜上桌时，杜衡等人避开苏瑾瑜不谈，选了他们都熟悉的话题。包括慕清在内，几人都是金融出身，就算杜衡现在混迹作曲界，但在外也有自己的投资副业，结果可想而知，相关话题沈慈根本就无法参与，也插不上话。慕清颇有眼力见儿，不愿冷落沈慈，和几人交谈的同时不忘寻机和沈慈说说话。沈慈觉得慕清不停地切换话题很不容易，于是笑着起身："我去趟洗手间。"

沈慈去洗手间是避免尴尬，但逗留洗手间不宜时间过长，免得在座几人多想。她在盥洗台洗手时还真有点可怜自己，这种事情若是发生在年少时，她早就甩脸色走人了，但现在不能，现在的她早已过了幼稚的年纪，脸部表情不如年少丰富，甩不动了。

有两位女子结伴走进洗手间，女子甲挽着女子乙激动不已："长得实在是太帅了！怎么办？好想要他的联系方式！"

女子乙虽然也是春心荡漾，却理智多了，提醒女伴："哎哟喂，你声音小点儿。对方还在外面站着，如果被他听见，那可太尴尬了。"

沈慈在外很少使用干手器，洗完手后，抽出几张纸巾，一边擦手，一边朝外走去。

女洗手间外站着一位男子，沈慈视而不见，将纸巾扔到走廊的垃圾桶里，直接去了餐厅。

沈慈回到原位坐下，发现一桌子的人都在看着她，她笑了笑，端杯喝水，她不会好奇询问他们为什么看着她，他们爱说说，不说拉倒。

周强没忍住，半开玩笑道：“你一离开，少陵就坐不住了，他平时管控你一直都这么严吗？”

周强问话，沈慈无须回答，因为江少陵不紧不慢地走了过来，再加上菜陆续上桌，所以有些话题就此作罢。

餐厅的粤菜确实精致。用餐途中，经理特意请主厨过来，给江少陵他们详细介绍每道菜的食材以及菜品特色。主厨的讲解抓人食欲，沈慈却没有什么胃口，就连江少陵夹给她的牛蛙菜，她都没有动筷尝一下。

“是菜不合胃口吗？”慕清问。

沈慈笑着摇头：“你们不用管我，我下午四点多才用过餐，所以没什么食欲。”

她下午确实用过餐，但没吃几口就回房了，江少陵心里明白，她所谓的没食欲，无非是在跟他赌气。

关于赌气，江少陵一筷接一筷平心静气地吃着牛蛙肉，又何尝不是在跟她赌气呢？

席间，杜衡等人后知后觉，这才觉察出了几分不对劲，这两人用餐的状态好像有些不寻常……

事关夫妻隐私，有些事杜衡等人不方便瞎掺和，只能尽量寻话题调节气氛。沈慈也并非无动于衷，后来在桌下握住了江少陵的手，嘴角笑意轻微，状似娇嗔：“不是说了吗，我没食欲，可你倒好，明知道我喜欢吃牛蛙，还故意当着我的面吃这么多，你这不是成心逼我‘大开吃戒’吗？”

沈慈聪明，她的聪明之处在于，能把众人心中的疑惑道出，却又能给出合理的解释。一场令众人猜疑丛生的夫妻矛盾，被她道出却成了夫妻之间的小情趣：一个丈夫为了激发妻子的食欲而想方设法，何其温情？也难怪杜衡等人恍然大悟，宽心暗笑了。

无人注意的餐桌下，面对沈慈的主动示好，江少陵反手与她交握，一场夫妻赌气似乎就这样烟消云散，但彼此的心绪变迁，唯有两人知道。

江少陵吃牛蛙的后遗症姗姗来迟，那个时候他和沈慈已经回到了家里。这次聚餐，杜衡等人顾及江少陵感冒，再加上苏瑾瑜刚过世，所以席间并未喝酒。所谓无酒不欢，离开饭店之前，江少陵的三个好舍友已经敲定了下次聚餐时间：“少陵，你们回纽约之前，我们必须再约出来好好聚一聚。”

江少陵握着沈慈的手，这次没有替她做出决定，而是回复几位大学好友：“到时候再联系。”

他并不避讳在众人面前和沈慈做出亲昵之举，就连上车也是握着她的手不放。其实握手也没什么，重点是两人回程途中一句话也没有。为了克制油然而生的尴尬，沈慈干脆闭眼假寐，几乎一直在装睡。

这手，一牵就是一路，直到两人回到卧室，他这才松开她的手，改变方向去了洗手间。

江少陵善隐忍，回到家里才放任自己在洗手间里大吐特吐，等他吐得差不多了，沈慈接了一杯温水递给他：“其实我并不怎么喜欢吃牛蛙，最近两个月才开始尝试，称不上是饮食喜好，今后我们都不要再吃了。”

江少陵正在漱口，没有接她的话。她的示好和妥协，他不是没有觉察，等漱完口，他抽出一条毛巾擦嘴：“晚上的饭局没有事先知会你，我道歉。杜衡他们知道苏姨过世，这几日给我打了不少电话，黄昏邀请我们吃饭，不好推辞……”

沈慈低头笑了笑。此人就连道个歉也是这么高冷，板着一张脸，若不是言语诚恳，还真看不出他有多大诚意。

这时，有人敲了敲卧室门，沈慈走了出去。片刻后，江少陵走出洗手间，就见卧室床头柜上放着一只热气腾腾的白瓷碗。

走近查看，是一碗营养粥。

不用问，这碗粥是给他的。

“什么时候交代厨房熬的粥？”沈慈从更衣室走出来时，江少陵微微侧过脸，灯光下，一双黑眸仿佛被先前回程时的夜景装点过，流光溢彩。

“聚会快散场的时候，我给陆离发过短信。”沈慈拿着睡衣，叮嘱他记得吃粥暖胃。

“我让厨房再盛一碗端上来。”她晚上几乎没怎么吃饭，比他好不到哪里去。

沈慈摇头拒绝：“我先去洗澡。”

江少陵看着她的背影，这才意识到，晚上聚餐时她并非是在跟他赌气，而是真的没有什么食欲……

沈慈在浴室里洗澡的时间过长，等她走出浴室时，江少陵已经在外间浴室洗完澡，正穿着睡衣靠着床头闭目养神。

沈慈扫了一眼床头柜，不见粥碗，想必他吃完后用人端走了。她知道江少陵没有睡着，站在床边迟疑了一下，开口问他：“今晚怎么睡？”

她和他结婚后一直分床而睡，她霸道不讲理，卧室看似是两人的卧室，但主人从来都是她。

如今与其说他睡错了地方，不如说像是宣示主权。

江少陵睁开眼，面无表情地提醒她："凌晨在老家，你是怎么承诺我的？所谓好妻子，是从分床开始？"

沈慈被他堵得哑口无言，但还是微微挣扎了一下："你确定？"

"除非这次回国你带回了你那把玩具枪。"说到这里，江少陵的嘴角有了一丝笑意，"如果我说我要和你一起睡觉，你会一如既往地拿着玩具枪指着我的太阳穴吗？"

他在讽刺她，她只当自己听不出来："国内管制枪支很严，我没带枪回来。"

"真是谢天谢地。"江少陵似笑非笑，重新闭上眼睛，不再看她，

沈慈微微皱眉。她并非矜持女子，既然他要她上床，如果她还站在床边扭捏再三，只怕连她本人也要鄙视自己了。

绕过床尾，沈慈从另一侧上床，掀开被子，躺下之前，她尽职尽责地问了一句："睡觉的时候，你希望我离你远一些，还是近一些？"

"随便。"

江少陵关上灯，英俊的五官和面瘫脸被黑暗彻底吞噬。沈慈心里想，既然他说随便，那她还是离远一些吧，于是又往床边挪了挪。

同床男子虽然言语恶毒，却是货真价实的美男子，她是怕自己把持不住，万一半夜把他给办了，岂不是有损女子声誉？

狐狸精吸阳气，禁欲男吸阴气啊！

谁知后半夜的时候，蠢蠢欲动的那个人并不是她，而是高冷的江先生。他先是试探性地喊了一声"蓝蓝？"，见她没有反应，呼吸很平稳，这才有所动作。

漆黑的夜里，妖男寂寞难耐，气息越来越近，沈慈虽然在装睡，但当他贴近她身后，将她抱在怀里时，她的心脏还是漏跳了好几拍。

"Sylvia，Sylvia……"卧室寂静，江少陵贴在沈慈耳畔，无比轻软地唤着她的名字，沈慈只觉得耳朵一片滚烫。

记忆中，他好像从未叫过她Sylvia。不仅仅是他，江水墅几位欧洲女佣好像私底下也不曾叫过她Sylvia，不像她在沈家庄园，Sylvia较之沈慈更容易让家佣唤出口。

男子的气息落在她的颈窝处，沉默了好一会儿，沈慈才听他凉凉开口："Sylvia，西尔维娅，来源于拉丁语，寓意森林少女。谁的少女？他是林，你是林宣的少女，不是我的……"

最后一句话带着说不清道不明的嫉恨和怨愤，同样的，那声“蓝蓝”，也只有在她睡着时才会被他隐晦道出，蛰伏有多深，憎恨就有多浓。

他抱着她不再说话，至于她……他睡着后，她望着卧室一角，失眠了大半宿。

2月12日清晨，S市天气很好，阳光一大早就跑出来跟市民打招呼。

江少陵晨间醒来不见沈慈，起初还能按捺性子冲澡换衣服，可等他下楼来到餐厅，仍是不见那人身影，这时候难免有了情绪，抬手招来正在附近工作的家佣：“太太呢？”

“太太一大早就去了后花园。”家佣不过三十几岁年纪，虽然早知自家先生相貌出色，可见到他还是不太敢正视，唯恐心绪暴露，徒增尴尬。

江少陵踩着晨光走进后院小树林，尚未走近树屋，就见树屋阳台上有一个女子正站在那里看着他微笑，容貌清秀，风情却是与生俱来，敛放得当。

“下来，该回去吃饭了。”树屋下，男子的身材和身高毫不逊色欧美模特，内穿薄衫毛衣，外穿黑色单排扣修身大衣，明明是很简单的穿着，却是无与伦比的帅。

沈慈察觉自己又在乱用成语，笑容加深：“你上来接我。”

女子娇嗔，有人表现出来会让人觉得很做作，但沈慈若想娇嗔待人，定会把握得恰如其分，增一分油腻，减一分素淡。

江少陵不惯着她，背转身看风景。一分钟过去，江少陵平心静气；三分钟过去，江少陵聆听树屋那里似乎没有任何动静；五分钟过去……江少陵转身直接上了树屋。

木梯上，江少陵忽然止步。他望着树屋门口的小匾，只见上面写着四个汉字：谈情说爱。

这字称不上是好字，甚至有一些张牙舞爪；字词意思一点儿也不含蓄，若是男子写，显得太过风花雪月，不务正业；若是女子写……

江少陵忍不住笑了，若是女子写，可不正是没脸没皮吗？

原来，昨晚她在卧室的沉默，并不代表她已经忘记了这段过去；原来，她一直都记得她曾经说过的话。

二月的晨曦没能暖他的眼，木匾上的四个字却暖了他的一双眸。她太了不起了，她的一句话可以逼他失控，而想让他芥蒂顿消，暖上心头，只需四个字，四个字足矣。

她倚在门口看他，笑容不再伪装，孩童般纯粹。江少陵承认，他被这样一个她给蛊惑了，要不然也不会朝她伸出手。

她下楼，低眉顺眼，就连举手投足似乎都能漫溢出风情小诗。江少陵心跳微乱，朝上走了两阶木梯，果断地握住了她的手，出口的责备却是极度温软："慢。"

牵手走在林间的鹅卵石小路上，阳光洒满一身，往昔的纷争不快仿佛已成过去。沈慈问他："中午回来吃饭吗？"

"你希望我回来？"他的声音里有笑意。

沈慈没有直接回答他的问题，半开玩笑道："如果很忙，中午回不回来倒无所谓，但晚上一定要回来，免得外面的狐狸精缠着你不放。"

她的随心之语逗笑了他："上午要处理苏姨后事，下午我要回分公司处理一些公事。"

"这边有未世分公司？"她把疑惑问出口。

"有。"江少陵的笑意不减反增——她从未过问他的公司状况，这是第一次——侧眸看着她，"如果你在家无聊，可以让陆离开车带你出去走走。"

沈慈微笑不语。她对逛街兴致不大，又对所居城市兴致缺缺，所以今天的外出可能性不大。

散步到主宅，沈慈想她既然已经问过了午餐，干脆也把晚餐问一问吧。

"晚上需要为你留饭吗？"

"留。"江少陵紧了紧她的手，笑容温煦，"我晚上回来陪你一起吃饭。"

主宅前院，满地阳光，江少陵从未觉得如此贴近光明，这一刻，他所追寻的不过是世俗幸福，而他半生期许的温情，仿佛就在眼前，真实而分明。

暖人的春天里，沈慈整个上午几乎被一大堆衣服给淹没：上午十点之前，刘嫂等人刚清洗完她满箱子的脏衣服；上午十点之后，郑睿就带着好几位工作人员登门为她服务。

昨晚，江少陵曾问过她，是否要为她再置办几套衣服。她当时拒绝说不用，却忘了那个男人专制成性，一旦想法落定，十有八九不会再更改。

画面可想而知，一排排衣服几乎摆满了客厅，不知情的人多半会以为她正在卖衣服，而不是买衣服。

客厅的衣服跟她平时的穿衣风格一致，沈慈转了一圈，觉得眼有些花，抬手示意陆离帮她挑几件。

"太太，我的审美观有欠缺。"陆离委婉拒绝。如果江少陵知道沈慈的衣服是他帮忙挑选的，后果不敢想象。

沈慈倒也不强求，她坐在沙发上，眼睛望着窗外。阳光照射在树木上，叶片上碎光斑驳，刺眼得很。

她突然问陆离："未世分公司，你知道在什么地方吗？"

"知道。"陆离不明白沈慈是什么意思。

沈慈笑容可亲："你去挑几家适合江先生穿衣风格的品牌男装，下午三点让工作人员准时去未世找江先生，就说是我的意思。"

陆离一愣。

"江先生如果不在公司怎么办？"终于明白沈慈是什么意思了：以牙还牙？

沈慈丢了一句话给陆离："那就摆在大厅里，摆一个心形图案等他过来。"

下午三点，江少陵正在未世分公司办公。在有限的时间里他的工作安排很紧，聆听分公司负责人和几位部门老总汇报工作时，美国总公司那边也正在和他连线——有一份中美合作的协议需要他亲自审阅。

大老板回国亲临分公司，人人自危，再见坐在皮椅上的青年男子成熟冷漠，汇报工作多时却不见展露笑颜，心中难免忐忑难安，偏在这时秘书敲门，偷瞄大老板时神情不再是花痴泛滥，而是踌躇不已，说起话来更是支支吾吾，也难怪大老板不听秘书道完话语就下了逐客令："等你理顺话语再进来，现在出去。"

秘书脸色一白，又见分公司CEO皱着眉朝她摆手，秘书连忙退出去，并关上了门。

说起大公司各个秘书，几乎没有一个是善茬，要么年轻漂亮，要么精明干练，人前笑得明媚亲和，私底下却是伎俩多多，为人处世更是圆滑，她们不怕犯错，怕的是没机会改正错误。

秘书站在办公室外平复了呼吸，这才重新敲门。喊她进去的不是江少陵，而是未世分部的CEO，她们江先生正在审阅协议。事务压身，也难怪江先生适才脾气不好了。

"江先生，外面有几位品牌服装销售经理前来找您，据说是江太太的意思。"有些话秘书没有说全，她觉得江先生还是亲自出去看一看比较好。

江少陵闻言终于抬起头来。这个成功男人在工作场合向来理性，纵使有情绪展露在眉眼间，也很难被人轻易捕捉。

下午三点零五分，江少陵暂停美国视频会议，暂停分部工作汇报，搁置正在审阅的协议文件，迈步走出了分部CEO办公室。员工见大老板出来，议论声戛然而止，纷纷停下手头工作站了起来。

未世分部大厅里，两位前台秘书紧张地站在一旁。她们确实该紧张，好好的大厅俨然变成了男装批发市场。最令人无法直视的是，一排排男装竟围成了一个心形图案。

像这种幺蛾子，除了家里那个她，还能是谁干的？

品牌男装销售经理上前攀交情："江先生，江太太说您平时工作忙，为了节约时间，特意让我们把衣服送过来供您挑选。"

分部员工有人偷笑，有人清嗓子，有人在CEO的眼神警告下强忍笑意，虽然从未见过老板娘，却偷偷八卦过老板娘身份：顶级富豪独生女，含着金汤匙出生，听说还是一位科学家，姑且不论相貌，仅论才气也配得上江先生。如今老板娘在众人心中又新增了三个标签：出手大方，行事霸气，为人张扬。

江少陵的头有些疼。他的手机里一直都留有沈慈的手机号码，但打电话给她却是婚后第一次。

她迟迟才接，应该是下午刚睡醒，声音有些倦："衣服到了？"

江少陵拿着手机走到僻静处："贸然送衣服过来，衣服的尺码对吗？"

"不会错，我有去更衣室查看过你的衣服尺码。"沈慈回起话来倒是理直气壮。

江少陵的眼里已有笑意："胡闹。"

她在手机那头轻声叹了一口气："不该胡闹也已经胡闹了。中国人讲究有来有往，只许你送我衣服，不许我送你衣服？这说不过去。"

"生气了？"无须通过电话窥探，仅这招以牙还牙就足以看出她对挑选衣服这件事心有不悦。

"嗯。"她似是笑了，"我一生气把女装全都留了下来，账单等你回来报销。"

"好。"

下午，阳光厚待全城各大街区，这一刻的S市，是温暖的阳光城，而不再是冷冰冰的金融城。

更衣室里，沈慈按了免提——她正在换衣服："你看看有没有喜欢的男装，我送你。"

身为老板，上班时间不务正业，在公司里挑衣服？

不，这种事情太幼稚，他可做不来。

江少陵唇角上扬，丢了一个字给沈慈："忙。"哪有时间看？

沈慈穿好针织衫，把午休睡衣挂好，转过身的时候，见更衣室里一排排衣服没地方挂，干脆皮笑肉不笑地对那人说："那就全部包下来。你本人就是四季穿衣指南，活脱脱一本穿衣教科书，穿什么都好看。"

沈慈这句马屁拍得可真好，不仅可以消除繁忙工作带来的疲惫，还能让江少陵低笑出声，可见威力惊人。

江少陵嗯了一声，淡淡地说："账单回头交给你报销。"

购衣费用不低，沈慈连忙纠正："我想你可能误会了我的意思，我的意思是，我送你，你报销。"

他笑着说："铁公鸡。"

"铁母鸡啊！"

电话里，女子坏坏一笑，道不尽的孩子气似曾相识，江少陵拿着手机，眉眼间满满的都是笑。

他这人平生笑容甚少，应酬微笑也多是虚伪居多，唯一人例外。遥远的记忆里，眉目沉寂的她站在枫树下安静地开口："在你心里，伽蓝这个人重要吗？"

他当时没有回应她的话，现在……

重要，一直都很重要，伽蓝是江少陵余生的氧气。

沈慈有些后悔，如果仅是收衣服，她还不至于忙碌一整天，但下午她"送"给江少陵的衣服全都被工作人员送了回来。

更衣室里，虽说有刘嫂帮她，但等所有衣服熨烫好，又逐一归类完毕，窗外已是黑幕下垂，而江少陵还没有回来。她安逸惯了，干一点儿活就周身疲惫，再加上出了一些汗，所以迫切地想要洗个热水澡。

江少陵回来时，沈慈正穿着浴袍趴在床上昏睡，犹如趴伏的乌龟。睡姿任性倒也算了，关键是睡觉不盖被子，她是想跟他共患难，一起感冒吗？

被子在沈慈身下压着，把被子抽出来难免会惊醒她，江少陵重新找了一条被子盖在她身上，调了一下床头灯的光线，这才离开了卧室。

江少陵前去餐厅吃饭，询问刘嫂："太太今天都在忙些什么？"

刘嫂说："太太上午不算太忙，倒是在更衣室里待了一下午。"

卧室里，沈慈睡得昏昏沉沉，直到江少陵把晚餐给她端上来，她才困意浓浓地虚应了一声。

看她的睡眠状态，多半是没有食欲。江少陵去了更衣室，除了见证了她一下午的劳动成果，也终于明白了她为什么会那么累。

他已多年没有在S市生活，衣柜里虽有换洗衣服，但不算多，可如今，几个衣柜里几乎塞满了衣服，整理起来想必费了不少时间。

他挑了一套睡衣走进卧室，床头柜上的晚餐她果真没有动。他走到床边坐下，抬手放在她的背上，轻声问："没胃口？"

"嗯。"她声音含糊。

他有一下没一下地拍着她的背："家务事交给刘嫂她们去做，何必自己受累？"

沈慈没有回答他的问题，反倒趴在床上笑了笑。

"笑什么？"他不解。

她说："我闻到了洋葱味。"

"你的晚餐是西餐，有洋葱丁很正常。"她在国外生活多年，西餐早已成为主食，这也是晚上他特意让厨房给她做西餐的原因。

沈慈问："你的晚餐是什么？"

"中餐。"

沈慈接着问："中餐里有洋葱吗？"

"没有。"江少陵忽然明白了她是什么意思，收回手不再帮她拍背，眼里却有了一丝笑意。

沈慈呵呵干笑两声。自己不吃，让她吃？心眼可真坏啊！

对晚餐，沈慈做出总结："洋葱的味道回味无穷，江先生盼我口齿留香，好有心机啊！"

江少陵笑斥一声"不识好歹"，拿着睡衣走了几步，又回头看了一眼那盘西餐，最终还是帮她把西餐端离了卧室。

这些年，沈慈的睡眠质量一直都很差，近几月却有贪睡的迹象。好比昨晚，江少陵去洗澡的时候，她再次入睡，连他什么时候上床都不知道。

睡得太沉，也难怪她会在清晨时分遭遇尴尬事，险些"声名尽毁"。

清晨六点，沈慈将睡不睡，将醒不醒，虽是浅睡状态，却在梦中游走，一时之间竟分不清现实与梦境。

梦里，她一个人躺在床上。她摸了摸床褥，这一摸竟摸出了感觉，觉得很舒服，于是又上下来回抚摸数次，然后心满意足地拍了拍床褥。哎，这床褥虽厚，拍起来却没弹性，反倒硬邦邦的，掌心直发烫。

好像有哪里不太对劲。沈慈手指一顿，她摸到了一个圆圆的东西，很像是纽扣。

床单上缝着纽扣？

沈慈忽然睁开眼睛，下意识地咽了咽口水。第一眼就发现，她摸到的纽扣，竟是男子的睡衣纽扣。视线往上移，第二眼看到，她刚才抚摸的床褥，竟是睡衣下男子的胸肌和腹肌。天啊……

沈慈咽了咽口水，视线不敢再往上，手指僵在男子的睡衣纽扣上。她是什么时候窝在江少陵怀里入睡的？

糗事已经发生，想要保留颜面，她最好继续装睡，装作不知道就对了。

沈慈闭上眼睛，原想很自然地翻个身远离江少陵，谁承想翻身失败，她被一条有力的手臂紧搂在怀。她不放弃，翻身幅度加大，奈何根本就动弹不得。

“怎么不摸了？”男子清晨被调戏，声音却很淡定，一如既往地处变不惊，他友好地提议，“要不要再多摸几下？”

“不了，不了。”沈慈仰脸迎视着他的眸，抬起清晨作怪的左手，一脸埋怨，“你看我这手，实在是太调皮了，我替你打它。”

做戏要做足，沈慈说着，扬起右手作势要打自己的左手，却被江少陵中途拦截。他握着她的手，心弦被拨动，搂着她不说话。

沈慈不去看他的表情。两人亲密地同睡一张床，曾经的她心心念念，直到后来心念成灰，再不敢多做他想……

有些事想多了容易牵动心绪，她不怕乱了自己的节奏，就怕坏了他的好兴致。

如此拥抱，如此沉默，难免会让人想入非非。气氛有些微妙，沈慈不能不说话：“你今天要做什么？”

“上午和几位生意伙伴有约，中午做东吃饭，时间不确定，下午有什么活动不好说。”江少陵语调轻缓，紧接着问沈慈，“今天还要待在家里吗？”

沈慈借用他的话做出回复：“不好说。”

“……”敷衍。

这天上午，沈慈坐在树屋的阳台上看书，木桌上摆放着茶壶和茶杯。短短几小时内，陆离已帮她沏了三壶茶，手中书籍却没翻动几页。后来，她将那本书搁置一旁，靠着椅子闭目小睡，阳光游走在她的脸上，依稀可以看到她眉头微皱。

中午用餐，她吃得很少，江少陵在应酬间隙给她打来了电话，询问她中午胃口怎么样。

“胃口还不错，吃了一盘意大利面。”餐桌上那盘意大利面，沈慈只吃了三分之一。

她的早餐是半碗Oatmeal加半份Omelette。她昨晚没吃东西，早晨吃得又不算多，也难怪江少陵会惦念她的午餐情况。

被人惦念，她该感到温暖，但她却周身发凉，就连中午回房睡觉，躲在被窝里都觉得有些冷。

下午起床后，沈慈在前院转了两圈，许是在家里待着无聊，随后吩咐陆离备车，说要出门。

车上，陆离问：“太太，我们要去哪儿？”

“开车随便转转。”当时是下午四点多，沈慈虽外出，却没有计划。她和这座城疏于往来多年，但它一如过去那般繁华，高楼大厦林立，沿途路人行色匆匆，各大街区建筑各异，可见这座城的胸襟和包容度。

座驾行驶在路上，沈慈按下车窗，只觉春风清凉。经过市里某所大学时，沈慈抠了一下手指头，突然想到了S大。

下午五点二十三分，陆离把车停在S大南苑附近，下车陪着沈慈在大学附近闲逛。街道上很热闹，面包房、奶茶店、各大餐馆以及小商品零售店比比皆是……沈慈对S大的记忆还停留在2006年，虽然找到了几家老店，却是感慨良多。

正是吃晚饭时间，大批学生陆陆续续地走出校园。沈慈2006年离开S大的时候，从未想过有朝一日她还会回来，更不可能预知她会在2014年2月中旬再次走进S大建筑学院。

她在S大建筑学院攻读过本科，也攻读过硕士，建筑学院的一砖一瓦、一草一木，怕是没有人会比她更清楚了，虽然她清楚的是2006年之前的建筑学院。

沿途古树参天，不同于外界的繁华，学院建筑极具特色，中西交融，有着属于它自己的独特魅力。

来往学生很多，沈慈隐身暗处，吸了一口凉凉的风，瞥见学生提着快餐从一旁走过，视线有短暂的追随。陆离误解了她的意思：“太太，您是不是饿了？”

沈慈说：“还好。你去看看左前方交叉口路东三百米是不是还有一家面包店，如果面包店还存在，你就帮我买一瓶热牛奶带过来，我在前方篮球场等你。”

此时夜幕将至，篮球场周边灯光耀眼，沈慈找到露天观众席坐下，球场上还有几位男生穿着运动服正在大汗淋漓地投掷篮球。记忆中最符合眼前情景的是2004年的某个黄昏，不过地点并不在建筑学院篮球场，而是在商学院篮球场。

商学院举办篮球比赛，各大院系的女生听说江少陵参与打球，纷纷跑去围观助威。在这个看脸的时代，当时场面可想而知，篮球场观众席几乎被众女子围得水泄不通。她们并不关注篮球比赛如何，她们关注的是场上男子的一举一动。

十年前商学院篮球场上，沈慈铭记的不是篮球比赛如何，也不是众女子此起彼伏的“海豚音”，而是站在篮球场外围的她，目睹有一位漂亮女生拿着一瓶矿泉水递给了中途休息的他，重要的是他接了……

身后有人接近，是陆离。他将热牛奶递给沈慈，说江先生正在来S大的路上，让她去南苑门口等他，说是晚上一起吃饭。

沈慈喝了几口热牛奶站起身。路上察觉陆离有心事，沈慈也不追问，行走十几分钟之后，陆离状似无意地开口："太太，刚才我去买牛奶的时候，有一位老人把我错认成了江先生。"

老人？

沈慈一愣。出入S大的老人，又认识江少陵，十有八九是S大教授。至于是不是建筑系教授就不得而知了，毕竟江少陵在S大很出名，其他院系的老教授认识他也不足为奇。

沈慈知道陆离正在观察她的反应，忍不住笑道："你也说了，他是老人，偶尔认错人也在情理之中。"

陆离不吭声。有一句话他憋在心头已经有很长时间了，总想找机会询问一下沈慈。这里是S大，许是学院环境令人放松，要不然他很难将心中的疑惑问出口："太太，您在江水墅第一次见到我的时候，是不是也觉得我和江先生有些相似？"

沈慈脚步未停，却有诧异之色从她的眸中闪过，她把问题丢给陆离："你觉得你和你家江先生有些相似？"

陆离语塞。

他之所以提及"相似"，是因有一次他在江水墅车库修车时，肖玟给他送茶，无意中说了这么一句话："刚才只看你侧面，隐隐觉得你和江先生的侧脸轮廓有些相似，不过正面却是一点儿也不像。"

说者无心，听者却有意。

陆离心里一咯噔，忽然想起沈慈初次见他，曾凝视他片刻，她当时可是在透过他看江先生？

夜风微凉，沈慈把问题丢给他，他一时竟不知该怎么开口。论容貌，他连江先生的一半都不及，但凡有什么地方相似，已能和英俊挂钩；论修养，他远不及江先生阅历丰富，更不及江先生行事果断……

这么看来，若说相似，倒像是他往自己脸上贴金一般，所以他只能选择沉默。

沈慈却开口说话了："2012年初冬，你到江水墅应聘保镖，我注意你，仅仅是因为你静默时的姿态很像年轻时候的他，但这种感觉来得快，消失得也很快，你是陆离，他是江少陵，仅此而已。"

短短几秒，陆离的心情可谓是潮起潮落，南苑大门近在眼前，"伽蓝"这个名字在陆离的脑海中一闪而过，他问出了今天最后一个问题："江先生年轻的时候，您认识他？"

"认识。"沈慈微微一笑，看起来很好说话，她淡淡解惑，"差不多十二年前，我和他就读于同一所大学，只是不同系。"

十二年前?

陆离脚步一顿，万万没想到江少陵和沈慈竟已认识多年。原来江先生认识沈慈在众说纷纭的2010年之前，难怪常年生活在纽约的她会对S大南苑的路况了若指掌。

沈慈和陆离步伐慢，走出南苑门口，就见江少陵的座驾停在路对面。

昏黄的灯光下，郑睿站在车旁，见沈慈走过来，率先打开了后车门。

夜间烧烤香味扑鼻，沈慈扶着后车门并未上车，她弯腰看向后座，青年男子腿上摊着两份文件，手里还拿着一份文件正在翻阅。此人警觉，移眸对上沈慈的视线，静等她开口。

“要不要买一些羊肉串带回去？”烧烤味道浓郁，沈慈有点饿了。

“不卫生。”他朝她伸出手，沈慈无奈上车。

江少陵看起来好奇心不重，没有过问沈慈重回大学心情如何，甚至完全不曾提及S大，他一边批注文件，一边询问沈慈：“晚上想吃什么？”

“随便。”

沈慈望着窗外，话语虽然平静，却让江少陵抿了唇。他的直觉很敏锐，察觉了她的不高兴，因为没同意她吃羊肉串，所以生气?

他抬手去握她的手，却被她避开了。他眯起眼眸，面无表情地收回手。车内，江少陵报了一间西餐厅的地址给郑睿，沈慈鼓起了腮帮子。

江少陵挑选的西餐厅用餐氛围很好。他虽不让她吃羊肉串，却给她点了一份法式煎羊排。

沈慈并不领情，喝了头盘开胃汤，又吃了甜点，至于那盘主食羊排，她推到一旁，一口都没尝。

江少陵不理她，用刀叉无动于衷地吃着西餐主食，举止优雅矜持，用餐场景完全就是一幅画，也难怪侍者过来添加红酒时会忍不住偷瞄他。

江少陵的用餐速度很慢，沈慈几乎要怀疑他是故意的。忍着翻白眼的冲动，沈慈站起身：“你慢慢吃，我出去透透气。”

江少陵没有抬头看她，反倒不紧不慢地吃着食物：“坐下，我还没吃完。”

谁理他?

沈慈离开时不解气，将餐巾直接扔到了江少陵的身上，不去看那人是什么表情，沈慈走出餐厅。原想让郑睿开车带她回去，但郑睿是那人的保镖，十有八九不敢抛下正主只带她离去。早知道就不该让陆离先走一步，实在是失算。

沈慈坐在后车座里等江少陵，却闻到了一股烧烤味。起初还以为自己嗅觉出了问题，直到羊肉味道越来越浓，沈慈忽然笑了："郑睿，你是不是买了羊肉串？"

郑睿从袋子里掏出包装盒，借助低头姿势的掩护，偷偷地撇了撇嘴：简直就是一吃货。

"太太鼻子真灵。您进餐厅的时候，先生特意吩咐我去买羊肉串，现在还热着呢，您赶紧吃！"郑睿笑容满面地抬起头，将一盒打包好的羊肉串递给沈慈。

沈慈大快朵颐时，江少陵坐进了车里，沈慈一扫之前的冷脸待遇，笑眯眯地看着江少陵："你让郑睿去哪儿买的羊肉串？真好吃。"

江少陵瞥了她一眼。不让她吃羊肉串就跟他赌气，给她买羊肉串就对他笑脸相迎，这变脸速度是不是也太快了一些？

见某男不吭声，沈慈笑意不减，将羊肉串送到某男嘴边，讨好地道："你感冒还没完全好，就尝一口，真的很好吃。"

羊肉串就在唇边，江少陵不张嘴说不过去，于是勉为其难地张嘴咬住了到口的羊肉。他这边还没咽下去，就听沈慈笑着说："江先生，你虽然看似闷骚，但有时候真的很善解人意。"

"咳——"

驾驶座上，郑睿忽然咳嗽出声，透过后视镜偷瞄了一眼江先生。对那句"看似闷骚"，江先生不见羞恼，反倒心平气和地咽下口中的羊肉，然后轻轻地叹了一口气："好好吃你的羊肉串，不要再说话。"

吃羊肉串的后遗症是，沈慈夜间翻来覆去睡不着，火气攻心，江少陵前前后后起床了好几次，为她倒了几杯水，到了后半夜好不容易才睡着。

翌日醒来，沈慈脸部浮肿，去盥洗室洗脸时，江少陵正寒着脸站在一旁刷牙。他昨晚也是这样的神情，站在床边看着她喝水，脸色不是一般的冷，害得她差点被几杯水呛出内伤。

早餐很清淡。江少陵这天没有外出会客或办公，吃完早餐，他让厨房煮一壶去火茶送到阳光房里。

他把工作带到了家里。在纽约，他每天会议不断，回到国内也是如此，他坐在椅子上，笔记本电脑斜放在木桌上，美国总部正在向他定期汇报工作。

阳光在室内游走，沈慈坐在地毯上，她光着脚，旁边放着一瓶透明指甲油，她涂完了双手指甲，又开始涂双脚指甲……

房间里充斥着此起彼伏的英文声，江少陵靠着椅背，双臂环胸静静地看着沈慈。青年女子穿着白衬衫，一头黑白相间的长发披散在身后，正赤着脚坐在地毯上晒太阳。阳光照在她的双脚指甲上，亮光刺眼。像这样静默融洽的家居场景，倒是让他格外怀念起记忆里那位磨人精。

记忆里的她不涂指甲油，不管遇到任何事，似乎都能一笑置之；现在的她，习惯隐藏心事，伪装笑容，很多时候她明明在对他笑，但笑容背后隐藏的真实情绪他却不敢深思，也不愿深思。

2014年，沈慈只涂透明指甲油，不是为了追求美观，而是为了防止自己抠手指头，只可惜习惯难改，效果甚微。

沈慈后知后觉意识到江少陵好像已经良久没有再发声，她突然侧过脸，目光与江少陵的在半空中相撞，她淡定如初，对他微微一笑。

江少陵视线移到桌子一旁，那里摆放着两只茶杯，他抬手探了探杯壁温度，朝她无声地做了一个手势，唤她过来喝茶。

沈慈起身，赤脚走到地毯一侧穿鞋子。那杯去火茶温度尚可，她一口气喝完，又把目光移向了他那杯……

“喝吧，我再续。”他把他那杯茶推给她，又持壶帮她续了一杯茶。

沈慈利用喝茶间隙不动声色地观察着江少陵——纽约的下属办事不尽如人意，江少陵微微皱眉。这个男人虽然很强势，但很多年来，他一直在为工作所累。

国内这天是2月14日，是元宵节，也是情人节，沈慈敛眸，难道他今日不出门，留在家里办公，是因为这个？

江少陵正在聆听下属讲话，沈慈喝完第三杯茶，提壶续茶时，江少陵看着电脑屏幕，忽然压低声音道：“今天是情人节。”

嗯，今天确实是情人节。

沈慈放下茶壶，转脸看着江少陵——他说的是中文，又压着声音说话，显然是说给她听的。

阳光打在江少陵轮廓分明的脸庞上，他先是看了她一眼，随后从一堆文件里抽出一个文件袋递给她，嘴角笑意微露：“我有礼物要送你。”

礼物？

沈慈打开文件袋，里面装着一张打印着文字的A4纸，纸上的标题格外醒目。沈慈反复阅读了标题好几遍，然后“惊喜”地发现，她实在是太有文化了，标题上的中国字她竟然都认识。

沈慈忽然很想笑一笑，于是抬起眸子对着江少陵颔首一笑。江少陵勾起唇角回了一抹笑给她，示意她继续阅读中国字。

那些黑色的中国字庄重素雅，一个个沉默地排列在同一张纸上，看似清清冷冷，实则相互依偎，沈慈一个字一个字看下去，连标点符号都没放过，看得那叫一个“感动”啊！

好妻子指南

（一）关于沟通：如果江少陵在家，每日精神和心理上的沟通必不可少，小事可以不说，但大事、伤心事、棘手事一定要告诉江少陵，不能欺骗江少陵。

（二）关于外出：如果独自外出，不许视手机如摆设，江少陵打电话一定要接，江少陵发短信一定要回。

（三）关于矛盾：如果不高兴，可以向江少陵发泄不满，禁止离家外出，禁止寻机报复江少陵，禁止独自生闷气。

（四）关于饮酒：如果江少陵在场，喝红酒不能超过两杯。如果江少陵不在场，沾酒一滴，罚写检讨书三千字；酗酒一次，罚在家禁闭一个月。

（五）关于开销：家庭日常支出，江少陵给钱，不许拒绝；江少陵给零花钱，不许不要。

（六）关于错误：如果犯了错，在家可以对江少陵蛮横不讲理，但在外不许耍赖不认错，一定要学会认识错误，总结经验教训。

（七）关于节日：结婚纪念日、各自的生日、春节、圣诞节、情人节等重要节日，必须和江少陵在一起。

（八）关于相处：在外允许自我为中心，允许人际关系不协调；在家不许分床睡，不许对江少陵虚伪假笑，不许不真实。学习依赖江少陵，每天至少给江少陵一个拥抱、一个吻。

（九）关于安危：不许涉足政局动荡国和战乱国，不许挑战危险运动，不许不负责任伤及自身，背着江少陵以上三条任意违反一次，后果自负。

（十）关于忠诚：除江少陵外，不许和其他男人交往甚密，不许和其他男人勾肩搭背，不许和其他男人有亲密的肢体接触，不许和其他男人谈笑风生，不许对其他男人动心！！！时刻牢记最后一条，皆大欢喜。

沈慈真想抬手扇自己几下——先前她在杏花村就不该询问江先生怎么做才能成为一个好妻子，现在好了，她挖了一个坑，江先生的陷阱紧跟着就来了。

沈慈将目光定在《好妻子指南》第十条，尤其是那三个惊叹号，看在眼里岂止是触目惊心？

这份礼物实在是太“贵重”了，沈慈郑重地将它平铺在桌面上，双手合十，恭恭敬敬地向它作了三个揖。

只作揖还不够，得了江先生这么大的“好处”，沈慈不能不向江先生表达谢意：“江先生费心了，小女子感激涕零。”

屏幕里传来一阵愈演愈烈的争执声——数分钟以前，缘于对工作方案的意见不同，国外几位高层在大洋彼岸忘我地争论不休，显然早已忘了视频这头的江老板。

江少陵充耳不闻，反倒一直盯着沈慈。这男人长得好，尤其是沉默的时候，帅气之余，更添邪气。

被江先生盯着，沈慈也不觉得害羞，甚至换了一个站姿，并抬手撩了撩长发，方便江先生看得更尽兴。

江先生双臂环胸靠着椅背，压下嘴角的笑意，温声慢语道：“涕零就不必了，直接回礼吧。”

啥？

江先生是在说回礼吗？好吧，她回礼。

今天除了是情人节，也是元宵节，依风俗，北方“滚”元宵，南方“包”汤圆，但汤圆只能充作饭后甜点，不宜多吃，主食的话还要另作安排。

如果下厨做饭，最好丢一把盐咸死他。

沈慈火气偏旺，端起茶杯喝了几口茶，这才看着江少陵：“下午我去超市，江先生如果不嫌弃，晚上我亲自下厨？”

江少陵没回话。国外的高层已停止争执，有条不紊地各抒己见，江少陵虽侧眸看着电脑屏幕，眼里的笑意却是越来越浓。

是该笑，狩猎成功，算计得逞，可喜可贺啊！

沈慈心里不高兴江少陵不可能不知道，向来都是她操控他人情绪居多，如今吃了闷亏，依她的性子，想要善罢甘休……

沈慈不可能善罢甘休。江少陵思绪未停，只觉得眼前光影一暗，某人动作很快，左手将笔记本电脑屏幕转到一边，右手更是勾起了他的下巴，然后……

他被人给调戏了。

唇与唇贴合，彼此的呼吸缠绕在一起。江少陵的呼吸虽然有些不稳，但心里突然蹿升出了一丝恼意。这丝恼意来源于她眼中的报复和算计，以致完全抹杀了这个吻理应带给他的悸动。

其实何来悸动？这样的举动根本就称不上是一个“吻”，甚至连“亲”都称不上，充其量只是唇碰唇，可即便只是唇碰唇，过去几年间，她是不是也对那个人做过同样的事情？

江少陵眼里的笑意彻底消失了，但他并没有推开沈慈——她报复成功，再见他无动于衷，自然会觉得没趣……

果然，“亲吻”不过三秒，沈慈见他坐在椅子上一动也不动，不意外也不惊讶，顿觉无趣，离开了他的唇，给自己找台阶下：“《好妻子指南》第八条，每天至少给江少陵一个吻。”

江少陵冷漠地看着她，眼神锐利，仿佛能够洞察人心。他通晓她恶劣的本质，自然不会受她言语蒙蔽。沈慈意识到了这一点，倒也没有恼羞成怒，但……

江少陵忽然掐住她的腰，猛一使力，等她反应过来时，已被他紧紧地抱住了腰。沈慈身体一僵。很好，意外的是她，惊讶的也是她，她圆满了。

“你不是一个好妻子。”这个男人在公司里呼风唤雨，平日里万千心事难以捕捉，唯有在此刻才肯展露出几分真情，“《好妻子指南》第八条，每天至少给江少陵一个拥抱、一个吻。亲吻你没做到位，但拥抱，你现在还可以补救。”

江少陵的话语很轻，仿佛一颗石子砸落心湖，虽然无声，却砸疼了沈慈的心。她疼，不是因为他的这番话，而是他话语间的那份隐忍和包容。

上午的阳光房寂寂无声，偶尔会从屏幕里传来一两道模糊不清的连线声，纽约的下属好像察觉了什么，不知何时已经止了话。

沈慈将目光移向木桌，《好妻子指南》正静静地平躺在桌面上。字里行间隐藏的情意其实她都懂，她只是……不热烈，不受触动罢了。

迟疑数秒，沈慈终究还是做出了回应，她抬手抚摸着他的发，却出神地望着室外暖阳，滔滔心事流淌在血液里，她在心里微不可闻地叹了一口气。

唉，她祸害了不少人啊！

阳光房里数分钟的拥抱和数秒的浅吻，似乎只是一日中再平凡不过的一段小插曲。中午吃饭，江少陵见沈慈几乎没怎么用餐，连带也被影响了食欲：“饭菜不合胃口？”

“上午茶水喝多了，所以才会没胃口。”沈慈淡淡解释。

她上午确实喝了不少茶。

江少陵应该是在想事情，进餐速度略显缓慢：“这边的事情已经处理得差不多了，明天我们就可以动身回纽约。”

明天？

沈慈有些犹豫：“其实不用那么急，离开前，你总要和杜衡他们再见一面。”

她在这时候提及杜衡等人，无非是为了延迟回美国，而延迟回美国的原因，江少陵又怎会不知？正是因为知道，而她又不愿意点明，所以他放下刀叉，食欲顿消。

吃罢饭，沈慈上楼休息，江少陵去书房收发email。忙到下午三点，想起她说下午要去超市，于是合上电脑回卧室找她。

沈慈午休起床洗罢脸，前去更衣室换衣服，脱下睡袍不过两秒，隐隐觉得似乎有人正在看她。她站着不动，却狠狠地咬着唇，面色很是难看。停了数秒，她忽然转身看着门口，那里空空如也，她暗松一口气的同时，方才惊觉掌心里竟然都是月牙般的痕迹。

她还以为，“她”跟着她一起回到了S市。

沈慈下楼时，江少陵单手插在裤袋里，正站在客厅里喝水，听到身后有用人唤了一声“太太”，他转身看着她。她是外出装扮，灰色束腰呢子中长外套，里配浅色毛衣、同色牛仔裤和短靴……她穿得很得体，也很到位，江少陵想到的却是女子衣服下令他蓦然止步的白……

江少陵的眼神暗了下来，沈慈不察某人心绪变迁，对着某人交代行踪：“我去一趟超市。”

“我陪你一起去。”江少陵放下水杯，走到沙发前拿起他的黑大衣。

沈慈问他：“公事忙完了吗？”

“嗯。”走到她身边时，他握住了她的手。

江少陵出入超市会被围观沈慈并不意外，其实她本人也好不到哪里去，虽说姿容尚属清丽，就算被人盯着也不至于太过火，可问题的关键是，她的头发太显眼，再加上身旁还跟着一位绝世美男，所以她在这种情况下想要“独善其身”购买食材几乎是不可能的事。

在超市选食材时，沈慈问身旁的男子：“江先生喜欢吃美式菜肴，还是意式菜肴？”

“美式。”

说话间，两人途经元宵节专柜区，江少陵推着购物车站在一旁，选购汤圆的任务自然就落在了沈慈的身上。

汤圆品牌众多，口味也各不相同，沈慈站在专柜前挑得头晕眼花，拿着一袋汤圆回头向江少陵求救时，却发现几位老太太将江少陵团团围住，正热火朝天地想要帮江少陵说媒。

“小伙子，你今年多大了？做什么工作啊？有没有女朋友？”

“我手头有一位小姑娘，长得很漂亮，还是大公司高管，要不你留个号码，抽时间你们见一见？”

江少陵嘴角的笑容很淡，看起来颇为无奈。他的冷漠和难以亲近在几位老太太面前完全失效，再加上他对老人一向有礼，所以纵使不悦，也不会挂在面上给老人家难堪，打断老人讲话就更不可能了。

“相公，汤圆口味比较多，你能过来帮奴家选一下吗？”一道女声忽然在元宵专柜区响起，话音含笑，却宛如一道惊雷，炸得周遭市民瞬间蒙了。

江少陵心头的无奈加倍，视线越过几位老太太的头顶，只见青年女子站在冰柜旁，笑得宛如盘丝洞小妖精，毫不顾忌周遭市民的目光和反应……

有市民忍不住笑了起来，江少陵却有些头疼，他看着几位老太太，声音还算温和：“不好意思，我已经结婚了。”

几位老太太顿感失望，见江少陵推着购物车朝沈慈走去，她们一致皱起眉，似是觉得眼前这位小姑娘说话不知羞，除了头发染得花里胡哨之外，长得也不是很漂亮，真不知道是走了哪门子的狗屎运。

好在老太太们的眼神和表情都还算和善，就是离开时眼神带着可惜。有一位老太太走了几步又恋恋不舍地回头看了江少陵一眼，嘴里念叨着：“这小伙子长得真好，真好。”

江少陵没理会，在冰柜里挑选汤圆，仿佛刚才的插曲不复存在。周遭还有市民在看他们，沈慈“百毒不侵”，两手分别拿着芝麻和豆沙汤圆，表情满是纠结。江少陵替她做出决定，从她手里取走芝麻和豆沙汤圆，将它们一起放进了购物车。

沈慈预备晚上做美式牛排，所以选好汤圆，两人直接去了肉食区。节日的气氛很浓，肉食区市民颇多，沈慈和江少陵正在挑选牛肉，就听不远处有男子怒声道：“Lin Xuan——”

林宣？

沈慈心里一咯噔，下意识地朝声音来源处望去。原来是元宵节一家人全部出动逛超市，有一个名叫“Lin Xuan”的男童不听话乱跑，被父亲厉声呵斥。

原来是同音名，她还以为……

沈慈的心事重了一些，她移回眸子重新挑选牛排，却后知后觉地意识到来自身边的低气压。

江少陵面色发寒，沉沉的黑眸锁着她不放，压迫感仿佛无处不在。沈慈张了张嘴，想说些什么，他已推着购物车离开：“我去买果蔬。”

因为一个同音名字失神的代价是什么？江少陵寒着一张扑克脸，在购买其他食材的过程中对沈慈一直都没有好脸色，沈慈同他说了几句话，见他不回应，也就不说了。

从购买食材到结完账，江少陵只对沈慈说了一句话："我去取车，你去超市外等我。"

这次来超市，江少陵亲自开车。座驾停放在地下车库里，在超市乘坐电梯可以直接抵达车库。

一个往上，一个往下。沈慈走出超市时，外面的天色已有些发暗。因为是周五放假，再加上元宵节逛超市的人比较多，所以在超市门口，即便是人与人之间有一些小擦撞也情有可原。

有人不小心撞到沈慈身上，连忙道歉："对不起，对不起……"

"没关系。"沈慈试图在拥挤的人群里杀出一条血路——她出超市浪费了不少时间，也不知道江少陵是不是已经开车出来了。

路边不能停车，她并不希望江少陵开车出来一趟还要被贴罚单。

"伽蓝？"伴随着一道迟疑声，沈慈的手臂已被人紧紧抓住。沈慈一愣，回过头去。

出现在沈慈面前的，是一张异常熟悉的面庞，虽然微胖，但五官很精致，沈慈认出她来，忍不住笑了。

青年女子一看沈慈笑了，不仅松了一口气，整个人也是激动不已，摇着沈慈的手臂道："真的是你？我刚才还以为自己看错了。"

沈慈微笑不减只为应景。来往行人很多，两人站在出口附近不合适，沈慈示意对方走到一旁僻静处再谈。

"多年不见，你应该已经忘记我叫什么名字了吧？"女子兴奋不减，却在目睹沈慈发色时，目光闪了一下。

沈慈笑着说："你叫桂婷婷，是我的大学本科同学，喜欢吃甜品，爱八卦，喜欢歌手林俊杰，最爱的一首歌是《江南》，你在班里和陈璐关系最好。"

两人阔别八年以上，伽蓝却能一一道出她的喜好，桂婷婷感动得瞬间湿了眼眶。她在班里的存在感很弱，她还以为伽蓝对她的印象并不深，却忘了伽蓝记忆力惊人，记得她倒也不足为奇。

沈慈发色刺目，桂婷婷虽好奇，却也担心问话伤人，于是不再关注她的发，而是掏出手机递给沈慈："伽蓝，可以输一下你的手机号码吗？方便我们以后联系。"

出于礼貌，沈慈接过手机："美国号码可以吗？"

"可以。"

沈慈找到桂婷婷的电话簿，低头输入自己的手机号码。她平时很少玩手机，手头动作难免有些慢。

桂婷婷站在一旁话语不断：“你知道吗，廖院长这些年一直都很惦记你，如果他知道你在S市，一定会很高兴。”

沈慈手指微僵，廖院长？

廖鸿涛，S大建筑学院前任院长，是沈慈，不，正确地说，应该是伽蓝的授业恩师。廖院长今年62岁，可谓是桃李满天下，但众学子中，唯有伽蓝最得他器重。

天才绘画家伽蓝曾在求学期间惊艳全校，所到之处几乎无人不知无人不晓，但2006年之后，伴随着伽蓝的销声匿迹，S大校园里有关她的传说早已随着时间流逝逐渐被他人遗忘。

始终没有遗忘她的，就有她的恩师——廖鸿涛。

廖院长曾在公开场合不止一次地提起过伽蓝，而且每每提起伽蓝总是怅然若失：“她是一个天才，除了拥有异于常人的记忆力，还是一位极具天赋的绘画高手，只可惜……”

廖院长的侃侃而谈总是会在“只可惜”这里戛然而止，留下的是满满的遗憾和惋惜。

两年前，心脏不好的廖鸿涛在做心脏搭桥手术前夕，曾对前来探望他的02级学生说：“我只想再见伽蓝一面，哪怕是通一通电话也好，我就想问问她，她现在还画画吗？”

这些话，伽蓝不知道，就算她知道又能如何？在纽约，她是沈慈，是Sylvia；在S市，她究竟是沈慈，还是伽蓝，也许连她自己也分不清楚了……

沈慈存完手机号码，刚把手机还给桂婷婷，她自己的手机就适时响了起来，是江少陵打来的电话。她没有接，把手机重新放回黑色手提包里，对桂婷婷抱歉地微笑：“不好意思，我先生在催我，我们有时间再聊。”

先生？伽蓝结婚了？

桂婷婷愣了一下，等反应过来后，连忙应了一声“好”，送沈慈走了几步，又连番叮嘱她以后常联系。

沈慈的身影隐没在人群里。桂婷婷对伽蓝的老公不是没有好奇，但周围人来人往，想要精准窥探并非易事。

桂婷婷在这一刻突然想到了江少陵。听说江少陵2012年已经在美国结婚成家，妻子似乎还是富豪之女。这两人当年一举一动轰动全校，到头来却各自嫁娶，当真令人惋惜……

黄昏时分，沈慈和一位女子在超市门口交谈良久，江少陵坐在车里看到了这一幕，但沈慈上车后，他却没有过问女子的身份。看似涵养好到了极点，殊不知他只是看出了沈慈不愿交谈。

她的不愿，并非因为他和她在超市里发生的不愉快，多半是因为适才那名女子……

她们都谈了些什么？

江少陵察觉自己动了窥探之心，忍不住皱了眉。

超市离家不远，开车出来仅仅是为了省力，毕竟大门到正宅还有很长一段路要走，颇费时间。

沈慈情绪不好，这一刻江少陵摒弃了不快，左手打着方向盘，右手握住了沈慈的手，是和解，也是不动声色的抚慰。

沈慈眼眸低垂，男子的手指修长有力。她又转眸看了一眼方向盘，男子的左手搁在方向盘上，一枚男式婚戒在他的无名指上闪烁着细碎的亮光。沈慈呼吸一顿，下意识地将右手隐藏在身体一侧——她右手的无名指上空空如也，婚礼上那枚昂贵的钻戒仅戴了几个小时不到，就被她尘封在了首饰盒里，永不见天日。

如果被他看到，怕是又要重起波澜，也许……

婚后，两人在纽约各忙事业，见面时间有限，私下相处的次数几乎屈指可数，但警觉敏锐如他，又怎会察觉不到她的无名指上寂寞已久？

沈慈这么一想，觉得自己也没必要隐藏了，于是又把右手光明正大地放在了腿上。

大门就在前方，江少陵左转驶近家门口，有意寻找话题安抚沈慈的情绪：“晚上下厨做饭，需要我帮忙吗？”

“家庭餐，最多半小时就能搞定，我自己可以。”说到这里，沈慈短暂地犹豫了一下，压低声音道，“等我们回美国之后，我陪你去一趟脑研究院吧？”

“嗯？”门卫开启大门，江少陵松开她的手，把车开了进去。

沈慈慢吞吞地开口：“你这人变脸速度太快，情绪又时好时坏，我担心你有精神分裂症。”

江少陵微眯眼眸，虽没发火，语速却放得很慢：“你想现在就下车吗？”

“不想。”

识时务者为俊杰，江先生没有直接踢她下车已是格外开恩，沈慈见好就收，不再开口。

元宵节这天晚上，沈慈把烹饪好的食物端到江少陵面前。美式牛排卖相很好，就是不知道味道如何。

这是她第一次煮食物给他吃。

江少陵拿起刀叉切了一小块牛排，放进唇齿间品尝——鲜味浓郁，清香缠绵。其实他心里很清楚，打动他味蕾的并不是眼前这份西餐，而是烹饪西餐的人。

活至31岁，他在纽约寻觅的，为之隐忍煎熬的，不过是眼前这份可以紧握在手的感情。苏瑾瑜的突然离世、她态度上的改变，让他逐渐学会了放下和自欺。

她不再提离婚，在苏瑾瑜去世的阴影下，她答应从此以后只爱他一人，是可怜他孤身一人，还是同情他无亲人做伴？

他告诉自己，她改变的原因不重要，真的不重要。只要他在今后的人生里不计较她的“情”，不深思她的“爱”，至少他余生的欢喜可以不散不灭。

晚餐的主食是美式牛排，甜点是汤圆。

美式牛排，江少陵打满分，至于汤圆……

“速冻汤圆不如手工汤圆软糯，明年我们自己在家里包。”

他说这话时，沈慈拿着汤匙刚舀起一颗汤圆，心不在焉地吃进嘴里，但很快就吐了出来。

汤圆太烫，不仅烫疼了唇舌，也烫红了她的眼……

深夜九点左右，央视正在直播元宵晚会，沈慈端着一杯水窝在沙发里看电视，不远处坐着江少陵。他看似在陪她看电视，过的却是美国时间，工作电话一个接一个，好不容易结束通话，刚端起水杯还没送到嘴边，手机又响了起来。

这通电话不再是工作电话，而是侯延年打来的私人电话——

杜衡出事了。

2007年初夏，杜衡在词曲界初绽锋芒。2008年春末，杜衡因新专辑名声大噪，里面的主打歌曲在全国人民中广为流传。2010年初夏，杜衡的家世背景开始在各大论坛上频遭网友讨论。2011年至2013年是杜衡最为风光无限的创收年，由他创作的词曲接连斩获音乐大奖，与此同时，杜衡与经纪公司的合约即将到期，经纪公司希望续签合同继续合作，奈何杜衡的独立音乐室已在筹备当中，去意已决。2014年1月中旬，杜衡与经纪公司正式结束合作关系，但就在2月14日这天晚上，网络娱乐大号先后爆出杜衡过往黑料，甚至有媒体扒出了不少杜衡的不堪情史。网络上瞬间一石激起千层浪，杜衡的才子形象可谓是一落千丈，评论区里嘲笑、讽刺、谩骂等不堪的言语不绝于耳。

事发时，杜衡正和侯延年一起吃饭，其间杜衡接到助手电话，可谓是遭受迎头一棒，他当时就蒙了。

明星被爆黑料在娱乐圈并不少见，有些是真，有些是假，虽然在某种程度上都能起到炒作效果，但对明星的伤害是致命的。出了这种事情，杜衡怀疑是他前经纪公司搞的鬼，目的就是为了报复他。

侯延年给江少陵打电话的时候，杜衡正火冒三丈地要去找经纪公司对质，适逢狗仔尾随采访，杜衡爆粗口不说，一怒之下更是抢走记者手中的DV狠狠地砸在了地上。

侯延年担心事情越弄越糟，才会打电话求救于江少陵。

杜衡平时最听江少陵的话，这时候唯有江少陵才劝得了他。

有关这场黑料风云，江少陵说得并不多，沈慈却心知不是小事。送他出门时，他叮嘱她早些睡，那边情况不明，他指不定什么时候才能回来。

两辆座驾中，连带江少陵在内，保镖、司机共计六人，很快就消失在了黑夜里，沈慈站在院子里，这才发现夜空无星，阴沉得可怕。

这天晚上，沈慈睡得并不踏实，后来昏昏沉沉睡去，凌晨却从噩梦中猝然惊醒。近几日她已很少做梦，但跟江少陵是否与她同床无关，而是跟自己的心境有关。

床头灯光线昏黄，身畔无人，沈慈借助光线看了一下电子表——凌晨四点半，他还没回来。

清晨六点，沈慈已经在健身房里待了一个多小时，后来刘嫂唤她下楼用餐，她才满身是汗地离开了跑步机……

对刘嫂她们来说，她们女主人的胃口不是一般的差，一日三餐食量很小，通常动刀叉数次便不再进食，但她会喝大量的水，仿佛是为了保持身材，所以才会如此苛待自己。

这天S市阴着一张脸，天气预报说中午前后会有一场暴雨来袭，沈慈吩咐陆离备车，又让他联系郑睿，询问江先生的具体位置在哪里。

清晨七点，陆离开车去杜衡家，这个时间段S市还有些昏昏欲睡。其实这座城和纽约颇为相似，一排排高楼大厦铸就了一座冰冷无情的商业大城，行走其中，仰脸望去，排山倒海的压力感直击人心。它在2014年已与国际完美接轨，一方面输送人才去国外，另一方面接收各国男女来此大展拳脚。

清晨七点半，陆离把车停在杜衡家附近，沈慈坐在车里朝外看，见杜衡别墅周围停放着好几辆媒体专用车，有记者打着哈欠下车，不时盯着门口看，似是随时等着杜衡现身……

别墅门口站着几位黑衣保镖，均是面无表情。沈慈认出了他们，是江少陵的下属。

来之前，沈慈特意下车买了早餐——包括保镖在内，十人份的早餐。

送早餐进去的那个人是陆离。至于沈慈，她没有上报的好雅兴，于是事不关己地坐在车内等陆离出来。

陆离送饭进去没多久，沈慈的手机就响了起来，是江少陵打来的电话，沈慈没接。

大概过了三分钟，陆离从别墅里走了出来，回到车里，顺便把江少陵的原话带给沈慈："先生让您坐在车里等他，说他一会儿就出来。"

外面有记者把守，江少陵又不喜上报，想要远离媒体追拍，哪有那么容易？

大概十分钟之后，有一位男子从别墅里走了出来，陆离在车里对沈慈说："是杜先生的助手。"

杜衡的助手站在门口，也不知道对十几位记者说了些什么，就看到他们陆续上了车，别墅门口瞬间安静无比。

沈慈下车活动身体，保镖陆续进屋吃饭，随后就见江少陵从别墅里走了出来。他面容清俊，鼻梁挺拔，没有波澜的眼神落在她身上，在略显寒冷的二月清晨却令人无端觉得温暖。

"刚才给你打电话，为什么不接？"刮的是北风，他不动声色地站在她面前，替她挡掉大半冷风。

江先生这是在兴师问罪吗？

"美国号码，浪费电话费。"话音未落，她上前一步，飞快地碰了一下他的唇，笑着打马虎眼，"江先生消消气，千万不要跟小女子一般见识。"

江少陵嘴唇泛凉，看着沈慈没说话。《好妻子指南》第二条，他打电话，她一定要接；《好妻子指南》第八条，每天至少给他一个吻。他刚才打电话给她，她故意不接，目的就是为了要小聪明将第八条敷衍过去……

沈慈偷偷计算了一下时间，江少陵已经盯了她十三秒。他虽然陪杜衡熬了一个通宵，但眼神丝毫不见疲态，反而极具攻击力，很容易就让人喘不过来气。

很显然，她的小伎俩骗不过他，但他此刻选择沉默，想必不会再当面拆她的台、驳她的面。

"记者怎么离开了？"沈慈率先转移话题。好在江少陵给了她几分薄面，虽说眼神依旧，但也算是有问有答："阿衡计划上午十点准时召开记者会，记者没道理死守在这里不走。"

对于杜衡的事，江少陵无意说太多。外面风大，他同沈慈说话，一副商量的语气："周强、侯延年他们也在，要不要进去打声招呼？"

“改天吧。”沈慈推拒了，她一大清早来杜衡家，除了送餐，还有一事需要事先知会江少陵：“今天上午我有事外出，可能中午才回去。”

江少陵的心绪终于有了波动。日前她寻找借口延迟回美国，无非是为了今天能够祭拜亡母，而他不被邀请，甚至连被她告知一声的权利都没有……

晨风卷起沈慈的黑大衣，也吹乱了她的发。江少陵嘴角有笑，点头道了一声“好”，再看向沈慈时，嘴角的笑容深了一些：“中午按时回来，我在家等你一起吃午饭。”

2006年沈慈离开S市的那一天，S市温度很低，有一种难以形容的阴冷感，仿佛能在瞬间钻进她的骨髓深处。她在前往机场的路上先后裹了两条毛毯，可还是觉得很冷。

2014年，陆离开车穿梭在高楼大厦之间，沈慈隔窗望着S市。天空中云朵低垂，沿途冰冷的建筑被笼罩在漫天乌云之中。沈慈依然觉得很冷，却再也没有人愿意取出毛毯帮她取暖了。

其实，不管是2006年，还是2014年，S市从未改变过，反倒是她变化惊人。不是这座城太过冰冷无情，而是她已习惯寻找借口逐渐疏离这座城……

墓园附近开着几家花店，她让陆离停车，亲自在花店里挑选了一束白玫瑰，刺眼的白晃得她眼眸泛潮。

母亲葬在S市公墓。她定居美国之后，就不曾再回国祭拜过母亲，但今年不同，今年她在国内，不能不来。

阴暗的天幕下，沈慈拾级而上。这些年沈慈走过太多风景，看过太多书，也见识过太多的人，却总是会想起母亲，想她静默的微笑，想她温言软语地对自己说着贴己话，初想伤感，深想恐惧……

从墓园入口前往母亲墓碑不过八分钟路程，她却愣是走了二十多分钟，步伐迟缓，一步一胆怯，一步一生畏。

母亲的墓碑已在视线之内，她却猝然止步，那一刻，周身的血液瞬间凝固成冰。

站在母亲墓碑前的，是一对母子和一位中年旗袍女子，听到脚步声，三人纷纷转眸朝她望来：母子两人冷若冰霜，中年旗袍女子笑容温柔……

沈慈握紧手中的白玫瑰。陈莞和林宣出现在这里，她并不意外，但“她”呢？“她”为什么会在这里？“她”为什么还要再出现？

春节期间，林家三口一起回国探访亲友，昨天陈莞和儿子林宣乘坐数小时的飞机前往S市，只是为了一段旧友情。

沈、林两家在美国纽约渊源极深，林宣的父亲林锦鹏和沈慈的父亲沈家明是多年好友，而林宣的母亲陈菀和沈慈的母亲伽嘉文更是多年闺蜜。

20世纪80年代初，陈菀和伽嘉文先后留学于美国同一所高校，两人在一次留学生聚会上一见如故，关系亲如姐妹。

后来，陈菀嫁给了林锦鹏。

林锦鹏的父亲来自香港，母亲是一位美国白人，林锦鹏身为中美混血儿，五官轮廓很深，大学时期是有名的大帅哥。

大学校园里，林锦鹏对陈菀一见钟情。大学毕业后，两人如期举行婚礼。一年后，林宣出生，在庆祝宴上，沈家明认识了伽嘉文……

沈家明祖籍广东，其父母早年间定居美国，沈家一直是豪门富户。沈家明娶了伽嘉文之后倒也过了几年幸福生活，后来却因女人问题导致夫妻感情破裂。

离婚后，伽嘉文带女儿回到了国内，陈菀和伽嘉文闺蜜情深，几乎每年都会带着林宣回国探望伽嘉文母女。

基于父辈的关系，林宣和沈慈是青梅竹马，就连中文名字和英文名字也有牵连交好之意——

两人的中文名字来源于“宣慈”一词，释义：博文慈爱。至于英文名字更是寓意明显，林宣属林姓，沈慈的英文名字叫“Sylvia”，暗喻“森林少女”。

据说，当年沈慈出生后，双方父母还给两个孩子定了娃娃亲，戏称以后还可以亲上加亲……

墓园里，沈慈静静地看着林宣。林宣，33岁，身上拥有四分之一美国血统，身高186厘米，混血的脸庞俊美立体，眼睛深邃，鼻梁挺拔，嘴唇略显凉薄。不管是背景，还是学识，他都可谓是天之骄子，可就是这样一位气质无比优雅的男子，S市再次相见，整个人竟是消瘦得厉害，唯有眼神冷锐如初。他迎视着沈慈，眼里没有丝毫情感和温度。

他恨她。

恨她的那个人还有陈菀。

陈菀移开眸子，近乎悲悯地看着伽嘉文墓碑上的遗照，言语却是字字针对沈慈：“Sylvia，事到如今，你还有羞耻心吗？”

沈慈低着头，不吭声。

对沈慈来说，这一刻最令她难以忍受的，并非陈菀的冷言冷语，而是那个“她”。她在“她”微笑的注视下，呼吸异常困难，只觉得手中那束白玫瑰烫手无比。

寻常人接近墓碑只需几步，沈慈却花费了几十秒。“她”在墓碑前站着，沈慈接近“她”的时候，周身冷汗直流，甚至不敢直视“她”的眸，更不敢正视墓碑上的遗照。她在害怕，害怕“她”会突然跟她说话，害怕“她”会突然触摸她，更害怕“她”会再次死在她手里……

还好，她成功地把那束白玫瑰放在了墓碑前，而“她”什么也没有做，沈慈松了一口气，缓缓地站起身来。

啪。

墓园里，巴掌声格外响亮，沈慈在毫无防备之下被陈菀狠狠地掴了一巴掌，火辣辣的痛觉迅速在脸上发酵，可见陈菀这一巴掌扇得究竟有多重。

林宣垂在身侧的手指轻轻地颤了一下，然而巴掌已落，他站在不远处，看上去有些无动于衷。

“Sylvia，你说，如果你母亲知道你的所作所为，她还会以你为荣、视你为毕生骄傲吗？”打人者的话语不见激动。她是陈菀，纽约商圈有名的贤内助，素日里涵养极好，哪怕前一秒才扇人一巴掌，哪怕她的情绪早已被愤恨填满，她依然能使用最冷静的姿态阐述她最想说出口的话，好比此刻。

墓园掌掴沈慈，若是他人所为，沈慈必定还手扇回去，可谁让扇她巴掌那人是陈菀呢。

她不能还回去，也不愿还回去。

面对林家的责难，她已习惯打不还手、骂不还口，更何况“她”正踩着高跟鞋一步步走到她的身后，手指轻轻地落在她的肩上。她僵在原地，虽不再发抖逃避，却仿佛被人瞬间逼进了缺氧的密室。

耳畔似有呼吸，冰冷之余，散发着浓浓的鬼气。

眼前，是母亲笑容亲和的遗照；身后，是“她”森森的怨气。沈慈忽然间笑了，许是迎风伤眼，那一刻，她的眼睛里分明有什么东西被风吹散，以至于光华闪烁。

她转眸看着陈菀，眼眸被水浸润，无情中带着丝丝媚意：“菀姨，有些话您可以直接说给我母亲听，此刻她就在我身边站着。”

此话一出，不仅惊住了陈菀，也震住了林宣。

墓园里寂静无声。

林宣近乎阴沉地看着沈慈，脸色发青，而沈慈突如其来的话语更是深深地震撼了陈菀，她愣愣地站在那里，瞳孔骤然收缩，受惊般看向遗照，脑子里竟是一片空白……

沈慈是在故意吓她吧？她能看到嘉文？怎么可能？

墓园里寒风阴冷，沈慈笑意不减，但若细看，仿佛有水光凝固在她眼眸的最深处。她对陈菀说："您刚才问我，我母亲如果知道我的所作所为，她是否还会以我为荣，视我为毕生骄傲，我现在就可以告诉您答案。刚刚我母亲回复您，她不会以我为荣，更不会视我为毕生骄傲，她说她花费了半生心血，谁料到头来竟养了一头白眼狼……"

沈慈越说越亢奋，越说越激动，但有人不许她继续"炫耀"她的与众不同，所以当她忽然被人搂在怀里、嘴巴被捂住时，她分明听到她的喉间发出了一道极其压抑的呜咽声。

是林宣。

2月15日上午，黑压压的天幕仿佛灾难降临，压得人喘不过气。林宣站在沈慈身后，发狠地将她紧箍在怀里。他下颌绷紧，红着眼睛咬牙切齿地道："Sylvia，你是在折磨你自己，还是在折磨我？"

沈慈潸然落泪。

泪水流淌在林宣的手指和手背上，那一刻，万千思绪涌上心头，有泪水瞬间盈满林宣的眼眶。

他喜欢的女子，有慧黠的眼神，有坏坏的笑容，有沾染颜料的发尾，总是笑得没心没肺，他看着她，抱着她，总会觉得很欢喜。

后来，他喜欢的女子不再有慧黠的眼神，不再有坏坏的笑容，不再有沾染颜料的发尾，她再未真正地开心大笑过，他看着她，抱着她，总会觉得很难过……

从孩提时代目睹她出生，再到与她喜悲相连，一晃已是二十七年。

二十七年……

他无法欺骗自己——他虽痛恨她，却从未停止过爱她，他深深地爱着她！

临近上午十点，陆离给江少陵打来了电话，话语虽然简短，沈慈的行踪却尽在寥寥数语间。

陆离说："江先生，太太被林先生带走了。"

手机里很安静，过了好一会儿，江少陵才不疾不徐地道："林先生？哪个林先生？"

林宣。

这个名字，陆离不敢道出。其实，他不说，江少陵又怎会不知？

那人心知肚明，却故意发问，分明是动了火气。

手机那边江少陵似是正在放洗澡水，虽然开着免提，声音却有些忽远忽近："有人当着你的面带走我太太，身为我太太的保镖，你除了事后向我汇报我太太的行踪，请问你还会做些什么？”

陆离手心发凉。

坦白说，如果是林宣单方面带走沈慈，陆离不可能坐视不理，但问题的关键是……

陆离心中天人交战，最终还是坦露了实情：“江先生，太太随林先生离开，并非被动。”

“是吗？”

此时的江少陵刚从杜衡家回来不久，听说沈慈随林宣一起离开，他的语气自始至终都很平静，漆黑的眼眸犹如沉沉暮霭，看上去有些琢磨不透，难以辨别其中的情绪。

陆离这通电话似乎对他的影响并不大，结束通话后，他将手机丢在盥洗台上，然后开始脱衣服洗澡。

洗完澡后，他穿着一身黑色浴袍走出来，手里拿着一条干毛巾，擦拭头发的同时，他直接走进书房，并打开了手提电脑。

再有三分钟，他将要跟新加坡分公司的各位高管进行一个小时的视频例会，所以等他真正躺在床上补眠的时候，已经是十一点左右了。

当时，S市上空电闪雷鸣，不多时便下起了倾盆大雨，天地交接处一片混沌，庭院外更是被雨雾冲刷成了另外一个世界。

江少陵不可能睡得很安稳，跟窗外大雨无关，而是跟手机有关。睡前，他将手机搁在床头柜上，但振动声断断续续传来，补眠不到一小时，他的手机就接连振动了七次，其中一通是杜衡打来的，一通是慕清打来的，剩下几通全部是公事来电。

他听到了，却没有接听的打算。

到了中午用餐时间，外界的暴风雨不见丝毫消停的迹象，反而越下越大。有人敲响了卧室门，是刘嫂。刘嫂将主卧室房门只打开一条缝仅供传话，站在门口问男主人：“先生，午餐已经做好了，需要现在上桌吗？”

卧室内没有声音，男主人似是补眠未醒。刘嫂没有得到答复，站在门口不敢轻易离去，过了好一会儿，才听男主人沉着声音问：“太太回来了吗？”

刘嫂答：“还没有。”

卧室内又是长时间没有声音，不知过了多久，男主人终于回了一句话给刘嫂：“再等等。”

既然她允诺中午会回来一起吃饭，那就再等等！

时间倒回上午。

林宣拉着沈慈大步离开墓园发生在上午九点四十八分。

目睹这一幕，陈菀无力阻拦，她憎恨沈慈，却无法回避林宣的痛苦。27年的青梅竹马，27年的爱恨痴缠，27年的割舍不断，当他不顾过往伤痛抱着沈慈强忍泪水时，不过是让她再一次刻骨铭心地意识到，沈慈将会成为林宣身体里一辈子的伤口，永远也不可能痊愈……

她心疼自己的儿子，纵使不喜儿子亲近沈慈，也不能拦。

陈菀孤身一人站在墓碑前，晚辈离去，她不再强压泪水："嘉文，她那么伤害林宣，我不能不恨她！"

短短一句话，不仅夹杂着对伽嘉文的深情厚谊，还包含着对沈慈恶毒言语留下的痛苦。

曾经，她待沈慈如女，到头来却发现，曾经不过是她一个人的曾经，曾经里的沈慈完美无瑕，而现实里的沈慈……劣迹斑斑。

现实里的沈慈，经过大半小时的车程，正随林宣一前一后步入酒店。进入电梯，林宣沉默地按下"20"。密不透风的电梯内非常燥热，沈慈侧过脸看着玻璃镜：S市上空阴霾满布，却远不及林宣周身寒气重。

或许，她不该随他回酒店取东西。

墓园里，他带她离开时，曾对她说："几天前，艾琳知道我回国，特意托我带了些东西给你。"

"东西呢？"她有些意外。

"在酒店里放着，你随我过去取。"

自从上次谈话结束，她和陶艾琳已经很久没有再联系了，林宣说艾琳有东西给她，她虽意外，却没有质疑林宣的话——他从不骗她。

她在电梯里看了一下腕表，酒店距离家宅虽远，但她取完东西，再赶回家陪江少陵一起吃午饭应该不成问题。

出电梯，走过20层长长的走廊通道，最后林宣刷卡打开了一扇门，站在门口简短发话："进去。"

沈慈轻轻蹙眉，刚走到玄关处，就听身后咔嗒一声响，她还没来得及回头看向林宣，就觉得手臂一紧，身体已被一股大力拖拽到了另一个人的怀里。

一张轮廓分明的俊脸近在咫尺，沈慈呼吸一窒，林宣已经来势汹汹地吻上了她的唇，碾磨力道凶狠，又吸又咬，似是恨不得将她拆吃入腹。

沈慈见挣扎无用，眉头皱得更紧了，干脆紧闭双唇不肯配合。是陷阱，从她坐车随他离开的那一刻起，她就跳进了他早已编织好的圈套里。诱饵不是陶艾琳，而是他与她之间积攒了27年的信任。

她笃定他不会骗她，他笃定她会相信他说的任何话……

原来，所有的东西都在变。

前几日她当着江少陵的面还在想"壁咚"这个词，那时候的她又怎会想到，今时今日她竟会在酒店里被林宣壁咚。

下唇突然传来一阵刺痛——林宣毫不留情地咬破了她的唇，并在她吃痛的瞬间成功地缠上了她的舌。

沈慈的舌根被他吸得发疼，她偏过脸躲避，却被他捏紧下巴，她避无可避。面对他薄唇的围堵，沈慈在炙热的呼吸交融里含混不清地道："林宣，我已经结婚了。"

她不说这话还好，一说完这话，只见林宣漆黑的眸子里蹿出火苗，冷冷地看了她两秒，方才咬牙切齿地道："你在乎，还是我在乎？"

话音未落，林宣缠吸住沈慈的脖颈，大概觉得沈慈里面那件衬衫的衣领太碍事，竟粗暴地扯开了她的衬衫衣领。

有纽扣飞散出去不知所终，沈慈又急又气：她这副样子回去如果被江先生看到那还得了！

沈慈不再挣扎躲避——林宣此时已经剥落了她的黑大衣——看上去有些无动于衷，话语却很冷："林哥哥，其实你和他们一样，心里早就认定我很轻浮、很随便，对不对？"

林宣身体一僵。

沈慈短短一句话竟瞬间改变了失控的局势。林宣充满寒气的眸子凝视着沈慈，俊眉紧拧不说，额头上更是青筋暴突。她明知道不管别人如何看待她，至少他从未轻视过她，如今却当着他的面说出这番话来，摆明了是颠倒黑白，故意拿话气他。

沈慈确实是故意的——她如果不说出这番话，林宣又怎么可能找回理智？

她摸了摸自己红肿的唇，却不小心碰到下唇的伤口，再垂眸扫视了一眼身上的衣着。拜林宣所赐，她身上这件白衬衫领口周围皱巴巴的，露出大片雪白的肌肤，脖子上不用看，林宣刚才又吸又咬，脖颈上的"案发现场"一定很精彩。

刻意在她身上留下暧昧的吻痕，林宣情绪失控是一方面，另一方面难保不是报复心作祟。他要报复的人，无非是她和江少陵，他要让他们夫妻失和，家无宁日……

想到这里，沈慈连叹气的念头都没有了，她弯腰捡起黑大衣，顺势拍了拍衣服上沾染的浮灰，一双黑眸平静无波地锁定林宣，淡淡陈述："你从未骗过我，骗我来酒店，这是第一次。”

“2012年，你曾告诉我，你心魔已除。”林宣双手插在裤袋里，眼眸直勾勾地望着沈慈，俊美的混血五官被煞气笼罩，寒着声音质问沈慈，话里含讽，“既然你心魔已除，为什么2014年的今天还能够看到她的存在？”

沈慈正在穿黑大衣，对林宣的问话避重就轻：“照你这么一说，2012年我骗你，2014年你骗我，一报还一报，很公平。”

林宣没有再回应她的话，察觉她穿上黑大衣后，又垂眸看了一眼腕表。

“赶时间？”

“赶。”丢下简短的一个字，沈慈迈步朝门口走去。

他转眸看向窗外，S市上空颜色暗沉。犹记得昨晚元宵佳节，窗外烟花震耳欲聋，凌晨万籁俱寂，他从梦中惊醒，从未觉得这座城对他来说竟是如此陌生，仿佛曾经无数次的跨国探访只是独属于他自己的黄粱一梦。

天际电光闪烁，风雨欲来。

身后传来房门开启的咔嗒声，林宣背对着沈慈，沉着声音不紧不慢地道：“2012年，你还欠我一顿散伙饭。”

沈慈闻言，霍然转身看向林宣。他拿当年的黑色事件堵她的嘴，精准地捏住她的七寸，看来存心要毁了她的太平日子。

这日，狂风暴雨侵袭了全城的大街小巷。窗外，雨水哗啦啦作响，雷声响亮，一道道闪电划过，仿佛不经意间就会劈开房顶。面对一桌菜肴，沈慈几乎没怎么动筷，外界雨势惊人，坐在室内的她明显有些心浮气躁。

林宣将她的神情尽收眼底，嘴角笑意微露，却夹杂着几分嘲讽之意：“和我同席吃饭，食不下咽？”

林宣话音刚落，只听天际一道炸雷声起，沈慈无心回应林宣问话，却下意识地望向了窗外。

早已过了中午饭点，江少陵却连一个电话都没有打给她，依他的性子……

她看向林宣。他的进餐速度很慢，一顿午餐愣是从中午十二点半吃到了下午两点，其间不断有热菜被侍者送进房间……

他在故意拖延时间。

她随林宣来酒店，陆离绝对会第一时间把她的行踪报备给江少陵。回到酒店房间，他故意咬伤她的唇，扯飞她的衬衫纽扣，再通过午餐制造孤男寡女同处一室翻云覆雨的假象，目的就是给江少陵找不痛快。

林宣是什么心思，沈慈很清楚，但清楚又能如何？2011年，江少陵利用她伤害林宣，为此她愧疚经年，所以2014年的今天，林宣利用她反过来伤害江少陵，无非是一报还一报罢了。

这两人性格不同，视她如棋子倒是如出一辙。

窗外电闪雷鸣。林宣大概是见她望着窗外失神不语，笑容加深，道："怎么？是不是想到他在大雨里站着，所以有些坐立难安了？"

沈慈心里一咯噔，她力持镇定，不去看林宣，却低头抠起了手指，透明指甲油愣是被她一小块一小块地从指甲上抠了下来。

"你是不是很好奇，我为什么会知道他在大雨里站着？"室内光线昏暗，林宣却没有开灯的打算，连带满桌菜肴也被阴暗笼罩其中。林宣声音发寒："江少陵，心机叵测，耍手段一流。你还记得2010年12月份的某一个下雨天吗？那天纽约大雨，你在外面办事，我开车去接你，抵达目的地，却发现你和他站在人行道的雨幕里，他不由分说地把手中的雨伞塞给你，随后当着你的面冒雨离开……"

对上沈慈惊愕的眼神，林宣面无表情地道："对，我看到了那一幕。他那天外出办公，随从不下六人，每个人手里都撑着一把伞，他把伞给你，自有下属为他撑伞，但他那群下属却站在原地不动，你说是为什么？他在耍手段，他故意让你难受，故意让你因他淋雨惦念他。今天S市狂风暴雨，面对作秀的好时机，你说他怎么会舍得放弃不用？不过你大可安心，淋几个小时的雨还不至于死人，但他那人坏事做尽，至于会不会被雷劈死，就说不定了。"

窗外暴雨如注，沈慈思绪混沌，江少陵的手段和心性她又怎会不知？

其实江、林两人都不是什么好东西，一个故意使坏看她如坐针毡，一个故意淋雨迫她良心发现，实在是可恨。

楼上这位她陪吃中午饭将近两小时，义务已经尽到了，至于楼下那位……

楼下那位感冒还没好。

沈慈狠狠地咬了一下牙，甚至不曾向林宣道一声告辞，起身离座后直接朝门口走去。

这次林宣没有阻拦她，而是冷着声音对她说："这是最后一次。从此以后我不会再见你，不会再想你，不会再惦念你，因为Sylvia在我心里早已是死人一个。"

酒店走廊的天花板好像有些漏水，沈慈低头走路时，有雨水顺着她的脸颊和下巴一滴滴地砸落在地面上……

酒店房间里，林宣坐在餐桌前麻木地用餐。饭菜早已凉了，他却浑然不知，夹菜入口，那入口的饭菜仿佛是尖刺入喉，让他瞬间红了眼、湿了眸……

门口聚集了很多工作人员和酒店住客。漫天雨雾之中，江少陵独成一景：他一动也不动地站在狂风暴雨里，全身上下被雨水打湿，虽然脸色苍白，眼神却固执地望着酒店门口。

他在等她。

沈慈走出酒店时，陆离和郑睿终于松了一口气。沈慈接过陆离手中的黑伞，一步步走向江少陵。

滂沱大雨砸得地面上水花四溅，沈慈把伞撑到江少陵头顶。他垂眸专注地看着她，双眼冰冷，满是血丝，见她衣领微开，唇上有咬伤的痕迹，他的瞳孔狠狠地收缩了一下。片刻后，他动了动有些发僵的唇，仿佛被生活磨去了所有的戾气和强势，不激烈，不发火，不失控，用哑得不能再哑的声音问："沈小姐，你懂什么叫爱吗？"

沈慈鼻子一酸，她试图镇定地站在他面前，但穷尽毕生力量也无法握紧伞柄，黑伞从她手中脱落，在湿漉漉的地面上翻滚了几下，很快就被寒风卷得一远再远。

沈慈眼中蓄满泪水，对江少陵露出微笑。她今年27岁，皱纹却在眼角留下了深刻的痕迹，她在他安静的眼里看到了正逐年变老的她。

2014年2月15日下午两点半，灰蒙蒙的天幕下，沈慈上前一步，轻轻地环住了他的腰，把脸埋在他被雨水打湿的黑色大衣里，不让他看到她夺眶而出的眼泪，却在静静流淌的眼泪里回想起了被定格的过往光阴。

耳畔传来哗啦啦的雨水声，潺潺水流从脚下冲刷而过，宛如闸门开启，不仅打开了她前半生的记忆，也打开了他和她一去不复返的青春时光。

2014年，他31岁，她27岁。

2008年，他25岁，她21岁。

2002年，他19岁，她15岁……

回到2002年的她名字叫伽蓝，那一年15岁，初入大学。遇到江少陵之前，她的世界里几乎被绘画和颜料覆盖，对情事一知半解，不甚热衷……

第四章
S大：初遇爱情，携表白同行

1987年，沈慈生于美国纽约。那时候的她尚未随母姓，父亲沈家明是美国华裔富商，长母亲伽嘉文八岁。

20世纪80年代，伽嘉文留学美国，后来因缘结识沈家明，并与之相恋、结婚。

1991年9月底，沈家明婚内出轨，沈家明和其他女人有染的风声接连不断地传进伽嘉文耳中。此时伽嘉文已怀二胎数月，权衡再三，最终选择了隐忍。

伽嘉文因为此事爆发发生在12月上旬。

趁沈家明出差异国，情妇登门，试图离间夫妻关系。伽嘉文看似无动于衷，却在沈家明出差回来后与沈家明发生了激烈的争吵，谁料伽嘉文情绪过激，竟直接导致流产。

据说事发当晚，年仅四岁的沈慈穿着一袭白睡袍站在门口，不仅目睹了父母决裂的全过程，更见证了血缘同胞是如何在一场婚姻闹剧里化成了一摊血水。

面对突如其来的变故，伽嘉文又惊又怕，沈家明更是面色大变，顾不上安抚沈慈，连忙抱起伽嘉文奔出卧室，并大声吩咐用人备车去医院。

当时有一幕场景，焦急吩咐用人备车去医院的沈家明没有看到，但被沈家明抱着远离卧室的伽嘉文却看到了——

沈家明抱着伽嘉文离开卧室时，一路上滴落了不少血。四岁的沈慈蹲在门口，抬手擦了擦地上的血迹，随即送到鼻前闻了闻，然后竟缓缓抬头，盯着沈家明和伽嘉文的背影诡异一笑……

那笑容太过惊悚，偏偏又出现在一个四岁女童的脸上，那一刻，伽嘉文只觉得毛骨悚然……

1992年1月，伽嘉文向沈家明提出离婚。伽嘉文心高气傲，选择净身出户，唯一的条件就是带沈慈回国。

沈家明起初并不同意，双方争执不下，最终决定让沈慈自己来选择。

沈慈尚且不足五岁，却要被迫选择是父亲还是母亲，她安静地看着父亲热切的眼神，又睇了一眼母亲……

母亲已失去她的第二个孩子，并且即将失去她的婚姻，虽然她现在并未被现实打倒，但这并不代表她可以再历经女儿的无情抛弃。

当苍白虚弱的母亲用绝望的眼神紧紧地盯着她时，那样的“绝望”要远比父亲的“热切”更具杀伤力。

1992年3月，沈慈随伽嘉文回到S市，正式更名伽蓝，她在美国的过往被伽嘉文尽数抹杀。

同年，久未工作的伽嘉文打算靠自己的能力赚钱养家，因文字功底不错，再加上有留学和相关工作经验的背景，她得以在一家杂志社里出任编辑一职。

也就是这一年，面对陌生的生活环境，伽蓝开始热衷于画画。她很少绘人物肖像，却对风景和建筑情有独钟。8月，邻居阿姨发现她在院子里绘制S市街景图，震惊无比，告知她的母亲，母亲这才意识到她在绘画方面有着异于常人的天赋。

由此伽蓝开始了数十年如一日的作画历程。

2002年，伽蓝15岁。这年盛夏，少女伽蓝被S大建筑系破格录取，未入校便因绘画天赋扬名建筑系。

2002年隆冬，建筑系举办历届学生绘画作品展，展览时间达半月。据说展厅开放当天，参观人数便已突破两万人次，反响强烈。与此同时，建筑系出了一位天才绘画少女的消息在短短几天时间里被各大院系的师生传得沸沸扬扬。

温暖的午后，有男子进入展厅，引得观画女大学生花痴泛滥，他却不知自己魅力惊人。在这些绘画作品中，最为出彩的画作莫过于那幅近一米长的校园局部图，入画建筑群巨细靡遗，校园主干道上走动的人物更是生动逼真……

年轻男子已经走到长卷一端，却又反身回去，目不转睛地注视着长卷一景：商学院图书馆前方，男女学生三两成群，其中有一位男子穿着白衬衫，手里拿着一本书，不经意地回眸，薄唇轻抿，眼神冷漠……

画中男子岂止是似曾相识。

这天是2002年11月2日，年轻男子若有所思地瞥了作者的名字一眼，见钢笔字极其潦草，与鬼画符属同宗——“02级建筑系伽蓝”。

S大实行学分制，本科至少要学满三年。

尚未就读S大，伽蓝就先制订了一份学业计划表，计划三年内修满四年课程，并在本校攻读研究生。

2002年下半学期，伽蓝正式向学校提出申请，希望可以提前学习大二课程。为了避免课程冲突，恩师廖鸿涛院长特意帮她向授课老师打了招呼。即便如此，伽蓝的排课量依然很惊人：每天高达14节课，课间休息通常在5-15分钟，最后一堂课结束多是在深夜九点左右。

对伽蓝来说，课程冲突还是小事，考试时间冲突才是棘手事。2003年6月，S大例行举行期末考试，伽蓝只能在有限的考试时间里先考完一科，紧接着赶赴另一考试地点，完成相关考试科目……

2003年9月1日，S大开学。上午九点，建筑学院公告栏公布期末成绩，蔡小竹第一时间致电伽蓝，通报完伽蓝的逆天成绩后，蔡小竹直接丢了两个字给伽蓝：“绝交。”

适逢伽嘉文端茶入室，见她的发尾沾着颜料，忍不住笑斥她是“糊涂虫”，提醒她下午返校之前别忘了洗头。

伽蓝搁下画笔，低头查看了一下发尾颜色。难怪母亲“嫌弃”她的头发有些脏，洗洗也好。

午后，母亲在院子里给她洗头，拿着水瓢帮她冲洗头发时，她忽然想起了“百年润发”的经典之作：广告里，周润发一往情深地给女主角洗头浇水。广告时间虽短，却将人世间的悲欢离合和白头偕老的情愫渲染得淋漓尽致。

洗发水不小心流进眼睛里，伽蓝的眼睛有一些刺痛，但她没有告诉母亲，而是伸手胡乱地擦了擦眼睛，打趣母亲道：“素手发中移，情丝两心系；闭眼幻想是美男，睁眼一看是老母。”

伽嘉文扑哧一声笑了，放下水瓢，取毛巾帮伽蓝擦头发之前，毫不迟疑地敲了一下她的头：“未满十八岁，不许你谈恋爱。”

伽蓝站在院子里，弯腰低头，一滴接一滴的水珠沿着长发扑簌簌地往下落，不多时地面已是一片濡湿。她摸了摸鼻子，觉得母亲还真是看得起她，放眼S大，就数她年纪最小，所谓小萝卜头一个，试问有谁愿意拔苗助长？

小花娇嫩，正值他人“辣手摧花”时，奈何无人问津啊！

伽蓝住校——她家离S大远，再加上课业安排比较吃紧，所以并不适合每日回家居住。

下午伽嘉文帮伽蓝收拾行李时，似是突然间想起了什么，从书房里取出一本书递给伽蓝："蓝蓝，这本书不错，有时间你看看。"

那是一本世界名著，作者是法国作家司汤达，作品名称是《红与黑》。

翻开《红与黑》，引言里有一句话异常扎眼：以最大的善意揣测他人。

伽蓝的眸子深了，她合上书放进行李袋，抬头看着母亲，说话时嘴角明显有了几分笑意："既是老母推荐，小女一定认真拜读。"

如此油嘴滑舌，伽嘉文哭笑不得。

母亲送她出门时，习惯性交给她一盒糕点。跳级太过鹤立鸡群，母亲一直担心她在学校里没有知心朋友，所以时常会做些小糕点让她带到学校分给舍友吃。

母亲做糕点，图的是一份心安；伽蓝含笑收下，为的是一份安抚。

其实，她处理同学关系向来游刃有余，倒是母亲一直视她如孩子，好像她永远也长不大一样。

路上伽蓝给蔡小竹打电话，蔡小竹听说她带了糕点来学校，立马将上午的绝交誓言抛诸脑后，在电话里嚷嚷着要亲自去学校正门口迎接她。

伽蓝抵达学校已是黄昏。S大霞光万丈，蔡小竹夸张地抱住伽蓝，"顺便"帮忙提着糕点盒，用她的话来说，是怕伽蓝累着，长不高。

全国各大高校不乏热恋情侣，尤其是寒暑假一别，开学之际久别重逢，若只是牵手聊天，或是抱一下、亲一下，倒也情有可原，但林荫大道一角，一男一女像万能胶一样黏在一起，舌吻得欲罢不能，唇齿间甚至发出类似呻吟和喘息的声音，如此大尺度真的好吗？

那两人吻得很忘我，蔡小竹和伽蓝站在不远处观望了几秒。虽然只有几秒，伽蓝却看出了兴致，本打算就近查看舌吻角度，却被蔡小竹一把拉走："还看什么？虐狗啊！"

伽蓝拉着拉杆箱慢吞吞地走着路："据说舌吻可以让人长寿。"

"长寿？我看是短命。"蔡小竹抬起手肘碰了碰伽蓝，酸言酸语地道，"刚才那两人激情四射，你说他们会不会把控不住，就地打炮？"

蔡小竹这话太粗俗，伽蓝自认和她不是一丘之貉，很有必要提高一下自我修养："鲁迅先生曾经说过：一见短袖子，立刻想到白胳膊，立刻想到全裸体，立刻想到生殖器，立刻想到性交，立刻想到杂交，立刻想到私生子。对于还没发生的事情，你我都应该少一些想象力，杜绝标签化，人与人相处想必会和谐许多。"

"得了吧！"蔡小竹从糕点盒里取出一块糕点飞快地塞进嘴里，含混不清地道，"那两人啾啾舌吻，流着哈喇子污染我这双秋水大眼，我还不能发几句牢骚吗？"

伽蓝微笑不语。年轻人搂搂抱抱，亲个小嘴也在情理之中。迎着晚风，伽蓝回味适才的舌吻镜头，忍不住感慨万千地叹了一口气："我市最近气候不错，正是动物交配的好时节，别说是那俩小年轻了，就连我也是欲求不满，想要找个人好好交配一下……"

咳——

蔡小竹受了惊，糕点瞬间喷出。偏在这时，身后忽然传来了一阵男子的咳笑声，蔡小竹那傻帽竟然还回头看了一眼身后。这一看可不得了，蔡小竹从傻帽变傻妞，竟掐着伽蓝的手臂啊啊啊地叫了好几秒，紧接着又是"jiang"啊"jiang"的结巴了好几秒。

好吧，蔡小竹成功激起了她的好奇心。伽蓝回头望去，见到两名年轻男子，其中一名男子还算英俊，看着她咳笑不止的那个人就是他，至于另外一个男子……

日落黄昏，淡淡的霞光笼罩在男子身上，男子眉眼沉静，虽然移眸对她视若无睹，但五官的辨识度很高，也难怪蔡小竹会"欲火焚身"，"羊角风"发作了。

伽蓝瞥了一眼蔡小竹，俗语有云：乌鸦笑猪黑。蔡小竹前不久还讥讽小情侣舌吻净流哈喇子，现在倒好，她的哈喇子只差没有成串成串地往下落……

还真是……蓝颜祸水。

伽蓝虽是建筑系学霸，但她并非是一个好学生。她幼时便展露绘画天赋，继而通过母亲的朋友结识了著名的建筑学家廖鸿涛，并拜他为师，在他的指点下，绘画水平突飞猛进。

廖鸿涛曾是海外建筑大奖获得者，大名历年来在建筑界如雷贯耳，作为S大建筑学院院长，一直深受众学子爱戴。

2002年伽蓝参加高考，在填第一志愿时，她曾咨询过廖鸿涛的意见："老师，清华建筑系和S大建筑系，您觉得我应该填写哪一个？"

"S大建筑系在国内虽然也是数一数二，但和清华建筑系相比，毕竟有差距……"廖鸿涛短暂沉默后告诉她，"事关你的未来，填写志愿还需你自己定。"

"嗯，我看我还是填写清华建筑系吧。"伽蓝故意这么说。作为S大建筑学院院长，廖鸿涛能理性地说出"有差距"已属难得，但作为老师，他教导她多年，费心费力把她这只小鸟养得羽翼丰满，又怎舍得放她离开？

果然，廖鸿涛听到她的回复，顿时语塞，隔着电话轻轻地扇了一下脸，懊悔自己只能眼睁睁地看着人才流失……

有些话，廖鸿涛不方便说，伽蓝却帮他说了："老师，我哪能真去北京啊！我舍不得离开您，也舍不得离开我母亲。她一个人把我拉扯大不容易，我不能离她太远。"

那天，阳光穿过窗户照在教室的课桌上，志愿表格虽是薄纸一张，看上去却很暖，第一志愿，伽蓝填的是“S大建筑系”。

2002年9月，伽蓝就读S大建筑系。之所以说她不是一个好学生，是因为全系只有她一人敢挑战老师的权威。所谓挑战权威，并非她叛逆挑衅，而是她在学习上要求极高。她的大脑称得上是一座小型图书馆，面对某些教学理论的冲突，伽蓝敢于提出质疑；设计平面作品时，在平面比例设计上更是勇于跳出老师事先设定好的条条框框。如此一来难免会得罪老师，好在出来的设计图总能让老师无话可说。

作为全国著名高校，S大的好学者比比皆是。校园的林荫大道上，各大学院数万学子络绎不绝，每日匆匆来往于教室和图书馆，尤其是建筑学院，夜间自习室不断电是常有的事。

2003年暑假后开学不久，各科老师开始以折磨学生为乐。此时伽蓝大二学分尚未修满，除了要应对大二的必修课业，还要兼顾大三的学业安排，时间之紧可想而知。

在课程作业一大堆的情况下，大二的李教授在某天黄昏下课后笑眯眯地布置了课后作业：“每人两张方案草图，后天上课我要看到。”

大三的马教授更变态，规定学生必须在一周内上交四件模型，外加两张基地分析图。

面对双重课业的压力，伽蓝不得不加入通宵阵营，这可乐坏了舍友叶蓁蓁：“伽蓝，想不到你也有今天吧？”

另一舍友徐惠也是一副幸灾乐祸的表情说起了风凉话：“伽蓝同学，欢迎加入通宵阵营。相信我，通宵滋味销魂，足以令你回味无穷，祝你体验愉快。”

伽蓝的舍友共有三位，分别是蔡小竹、叶蓁蓁和徐惠。S大建筑系招生素来严格，入系学子在绘画方面皆有特长，这三人的绘画虽然一直处于中下水平，但按时出图本不是难事，坏就坏在这三人的拖延症相互传染，总是直到出图前几日才开始集体通宵画图，时间久了，通宵画图已是宿舍常态。

这天黄昏，伽蓝在宿舍里赶大三的作业——用笔记本进行3D模型渲染，笔记本负荷太重，温度迅速飙升。适逢电脑小能手叶蓁蓁回宿舍取画板，叶蓁蓁瞄了一眼电脑屏幕，忍不住吐槽道：“笔记本渲图实在是吃力，除了CPU频率有限，散热功能和内存容量都是出图硬伤，与其跟笔记本较劲，不如换一台计算机出图。”

“这几天作业量惊人，建筑系计算机全部被人霸占着，躲在宿舍里用笔记本渲图也是迫于无奈。”看来，等她忙完手头作业，换电脑已是必然趋势。

谁料叶蓁蓁哈哈一笑道：“聪明蛋，我说你的聪明劲究竟跑哪儿畅游去了？建筑系计算机房人满为患，不是还有其他院系吗？计算机科学实验班距离我们建筑系最近，那里计算机最多，你大可去那里观望一下情况。”

伽蓝：“……”

建筑系和计算机科学实验班虽然距离不远，但步行过去后夜幕已落。S市这天天气不好，白天闹了一天情绪，到了晚上热风扑面，瞧这阵势，夜间多半会下雨。

计算机科学实验班电脑虽多，但建筑系跑来蹭电脑的学生也不少，无奈之下，伽蓝只好转战图书馆。这晚门口光线昏暗，再加上伽蓝背着光，正欲进门时，很不巧竟和实验班的两个女生打了个照面。

其中一个女生见伽蓝背着画筒，擦肩而过时，恼声道：“又是建筑系！”

同行女生附和道：“烦死了，这帮人简直就是土匪，哪一次赶作业不是成群结队跑过来蹭网，这不是逼我们集体抗议吗？”

这两人说话也不背人，倒像是存心要把不满说给伽蓝听。伽蓝在门口止步，回头朝那两人的背影望去。

伽蓝跑来实验班蹭网是第一次，原本还有些不自然，听了这俩姑娘的话，忽然间坦荡无比。

建筑系蹭网从某一程度上反映出了一个问题，那就是建筑系电脑紧缺。放眼计算机科学实验班却是处处可见高配置电脑，在学校资金有限的情况下，各学院不分你我，资源共享才是正道。建筑系可以不来蹭网，但前提条件是，校方或院方下达禁止令，否则他们建筑系绝对会将蹭网进行到底。

图书馆在二楼，一楼的两侧都有楼梯，目的是分散人流量。那两个女生很快就消失在楼梯一侧，伽蓝正兀自出神，有人从另一侧楼梯上楼，经过她身旁时，伽蓝闻到了一股淡淡的皂香味，味道很清新，闻着很舒服。

伽蓝有心窥探那人真容，却见几个学生各自抱着几本书从里面走了出来，她闪身避开，等她再想寻找那人时，视线里却早已没有了那人的身影。

图书馆僻静一角，陈设有电脑二十余台，伽蓝来得有些迟，几乎每台电脑前都坐着人，好在她巡视一圈之后，终于发现了一台无人机。伽蓝走过去放下画筒，还不等她坐下，就听旁边一位实验班的女学生冷言冷语道：“这位置有人。”

伽蓝非常配合，嘴角轻扬：“哦？敢问人在哪儿？”

女生皱眉，望向伽蓝身后，表情已有一些异样，脸上有着可疑的红。

伽蓝慢慢转身，方才察觉她身后站着一位年轻男子。这男子眉目冷峻，表情漠然，身材一流，容貌一流，气质一流，头脑更是一流，开学那日她还曾近距离与他邂逅，如今在图书馆碰到，还真是有缘。

确实有缘。

“凡事总要讲一个先来后到。你来之前，江学长已经把书放到了桌面上，不信你自己看。”女学生的语气极为不善，手头举动更不善——她指了指桌面一角，那里确实放着一本从国外引进的原版教材，与软件程序有关。

伽蓝平时最厌书籍占位，再见女生护草心切，态度难免有些恶劣，伽蓝实在不愿降低格调同她一般见识，于是维持笑容，拿起画筒正欲走人，却有一道淡淡的声音缓缓入耳：“电脑留给你用。”

伽蓝一愣，此时江少陵走上前取走桌面书籍。两人的距离忽然拉近，伽蓝又闻到了清新无比的皂香味，原来是他。

伽蓝面不改色，对江少陵道了声：“谢谢。”

“不谢。”江少陵言简意赅，不曾多看她一眼，拿起书另寻安静处。

有个性。

伽蓝笑了笑，拉开椅子坐下，无视身旁女子的怒目，开机之后，继续进行她的3D模型渲染……

夜里十点，S大下起了中雨，伽蓝凌晨两点离开图书馆时，图书馆里的学生已经走了大半。

S大有规定，使用外系电脑需签字留下相关记录，伽蓝去找图书馆老师签字时，再一次遇到了江少陵。

外面正在下雨，图书馆中年女老师怕他淋着，取了一把雨伞递给他，笑容满面地道：“这种天气淋雨容易生病，这把伞你先拿着，什么时候还我都可以，我手头还有一把伞，所以不急。”

伽蓝低头签字。一个人若是容貌出色，不管何时何地都是香饽饽。她也怕淋雨感冒，怎么女老师就没想过要送她一把雨伞遮雨呢?

人比人，气死人。

伽蓝签完字走出图书馆，凌晨的凉风夹杂着雨雾扑打在她的身上，冷飕飕的。

身后传来稳稳的脚步声，伽蓝无声一笑，有颜值的人有伞撑，没颜值的人看来只有淋雨的份儿……

她不再迟疑，冒雨走下楼梯。沿途的路灯光线朦胧，雨幕中，伽蓝背着画筒越走越远，不奔跑，不急迫，步伐极稳，愣是把阴雨天走成了星辰夜……

凌晨两点多，伽蓝回到宿舍时浑身已湿透，宿舍里只有徐惠一人在。

徐惠正趴在书桌上手绘墨线图，旁边丢了好几张草稿，见伽蓝像落汤鸡一样淋雨回来，徐惠连忙催她快去洗个热水澡：“这种天如果感冒，简直是活受罪。”

“蓁蓁和小竹还在自习室？”伽蓝将画筒放在书桌上，打开衣柜翻找换洗的衣服。

“嗯，那两人通宵出图，可能要天亮才回来。”

伽蓝洗完澡回到宿舍，原本应该取出吹风机吹干头发，但凌晨寂静，宿舍之间不隔音，况且徐惠还在画图……

伽蓝拿了一条干毛巾坐在椅子上擦拭头发，这时徐惠的笔记本电脑里传来了好几道信息声，伽蓝好奇心起，开口询问徐惠：“这款软件用起来怎么样？”

“好得没话说。”徐惠一边敲打键盘回复信息，一边笑着说，“我们的脑子没法跟你比，你没有安装过这款软件，自是体验不到这款软件对我们这些平庸学子的重要性。就拿我本人来说吧，作图CAD，精度要求一直都很高，一不注意就会出错，就算出图之前请教课业老师，也要看老师是否有时间帮我挑毛病；找你帮忙更难，你每天的课程安排那么紧，完全是神龙见首不见尾，这时候全仗这款软件帮忙——在线求助同系高手，不仅能帮我及时修正问题，还让我因此结交了不少历届学长和学姐。”

说到这里，徐惠扭身看着伽蓝，帮她免费普及学院潮流：“S大好几万学生，下载这款软件的学生至少占据四分之三，所以说江少陵能够迷倒无数女大学生不是没有原因的。男人颜值高已是硬伤，更何况这人还那么有才……”

伽蓝研究了一下她的表情，还好，只是激动，相对蔡小竹和叶蓁蓁，徐惠的花痴症状无疑轻了许多。

伽蓝搭好毛巾，上床准备就寝。就读S大一年多，几乎人人都在议论江少陵，伽蓝的耳朵都快听出茧子来，对江少陵的喜好和丰功伟绩自然是如数家珍——

江少陵，今年20岁，出生于S市，家庭情况不明，家庭成员未知。

据说，江少陵上大学之前就偏爱程序设计，但就读S大却选择了商学院。

据说，2000年盛夏，江少陵初入商学院不过数小时，便因令人惊艳的姿容风靡全校，引无数女子花痴泛滥，纷纷取其单名，私底下称其为“少帅”。校报登：商学院榜首江少陵，姿容佼佼，惊艳绝伦。

据说，大一下半学期，江少陵开发了一款在线辅导软件，主要用于学生课后辅导，各大院系各有单独的沟通系统，在线免费辅导人员多是各系精英，他们有些已经出国留学，有些已经离校参加工作，有些正在攻读硕士或博士。在线辅导开设独立的网上小房间，每位精英的网上房间一次只能进驻一人，如果显示的是空房间，可以直接进去寻求帮助；如果所有房间已满，需要在线等候……

据说，大一学期末，这款在线辅导软件在学生圈里口碑极好，校方知道后，下一学期开始在S大各院系推广。也就是这一年，计算机科学实验班招揽人才，江少陵开始辅修实验班专业课程。由此看来，他这人很有远见，他选金融，是因为金融可以操纵金钱；他选计算机，是因为计算机应用技术早已与人类生活息息相关——大学期间获取双学位才是未来发展之道。

徐惠说："江少陵大多数时候独来独往，喜静，每日习惯阅读。"

叶蓁蓁说："江少陵为人低调，寡言少笑，有晨跑的习惯。如果想与他来一场艳遇，不妨在清晨去东苑商学院守株待兔。"

蔡小竹说："大学校园里数万女生迷恋江少陵，其中不乏女生胆子大主动出击，但江少陵这人不近女色，我真担心他的性取向有问题。"

2002年，伽蓝初入大学，江少陵已是金融系大四学生。三年完成四年的金融学业，辅修计算机依旧能做到游刃有余。

也是这一年，江少陵在19岁的年纪里因为一款声控装置，未曾寻求融资，就预先获得了一笔价值不菲的创业投资基金。

2003年，江少陵在商学院攻读研究生，至于辅修科目计算机，据说学分即将修满，明年入夏领取毕业证对他来说如同囊中取物。

此时的江少陵已经寻求到了投资者的支持，和好朋友侯延年联合创办了一家软件公司，通用软件销售在即，所以每天除了上课，很难在学校里见到他。

总之，伽蓝看到的江少陵、听到的江少陵，是一个外表和智慧都很出色的男人。

江少陵，江少陵……

伽蓝闭眼入睡。那样的容貌和才情，很少有女生不会春心荡漾，生平第一次，江少陵进驻睡梦中。

清晨起床，窗外艳阳高照，伽蓝却有些头晕眼花。适逢叶蓁蓁和蔡小竹背着画筒回来，见伽蓝裹着夏凉被盘腿坐在床上，两人异口同声地道："蓝蓝，大清早就开始念经啊？好勤奋。"

"……我感冒。"

再次见到江少陵，是在几天之后。

那天伽蓝饭局缠身——昔日师兄和师姐喜结连理数月后回S市补办婚宴，伽蓝接到邀请电话，不能不去。

婚宴酒店距离S大不远，相隔一条街，步行往来很方便，师兄和师姐在学校附近设宴，倒也贴心。

宴开二十几桌，除了男女双方的亲朋好友，观摩宾客多是建筑行业工作者。听说廖鸿涛院长和几位建筑系教授被安排在了二楼贵宾室，伽蓝不便上去打招呼，入席后就没有再离过座。

一道道菜上桌，慢酌的同时聆听周遭欢声笑语，别有一番婚宴的喜气。

伽蓝下午还有一幅图要画，吃完饭不宜久待，于是上楼找师兄和师姐告别，准备离开时，忽听身后有人沉声唤她："蓝蓝——"

是廖鸿涛。

伽蓝暗叫一声"不好"，连忙拿起手机，对着黑屏幕照了照脸色。她中午喝了几杯酒，身上虽没酒气，但脸上微有红晕……

也不知道廖鸿涛是不是看出了端倪，直接丢了一句话给伽蓝："去酒店门口等我，我有话对你说。"

伽蓝自认倒霉，原以为廖鸿涛会在饮酒问题上大做文章，谁知两人沿街散步回学校，廖鸿涛要说的却是另外一件事。

廖鸿涛名下研究组打算本学期挑选10位建筑系高才生，为S大建筑学院三十几位著名建筑学者绘制写实人物肖像油画。虽说10位建筑系高才生名单未定，但廖鸿涛思忖再三，最终决定弃用伽蓝。

这份名单将在国庆长假开学后公布，廖鸿涛有必要提前知会伽蓝一声。

这日午后阳光很毒，伽蓝随廖鸿涛回学校，烈日下步行十分钟整个人险些融化，但她很庆幸廖鸿涛适时地泼了她一身冷水，好一个透心凉。

伽蓝微笑点头："老师，我尊重您的决定，但我不明白……"

她拜师廖鸿涛多年，以往的研究组活动，她基本上都会参与其中，这次被剔除出小组活动，令她多少有一些意外。

廖鸿涛背着手走路，长时间无语，后来伸手拍了拍伽蓝的肩，语重心长地道："蓝蓝，你是我见过的绘画天赋最高的孩子，非常善于绘制风景和各大建筑物，纵观你这些年创作出来的优秀作品，不管是用色，还是光影斑驳的运用，你都把控得很精准，你的作品常常会让我觉得很震撼。"

廖鸿涛说到这里，顿了一下，伽蓝机敏地觉察到，廖鸿涛很快就要"但是"了……

果然。

"但是蓝蓝，你也难免会有短板，你虽擅长绘制风景和建筑物，但并不擅长绘制人物肖像。"

这次轮到伽蓝保持沉默了，廖鸿涛打量了她一眼问："生气了？"

伽蓝摇头："我在想该怎么反驳您。"

"……"

烈日暴晒下，S大东苑近在咫尺，廖鸿涛示意伽蓝从东苑入校。S大院系众多，分别设立在东苑、南苑、西苑和北苑。建筑系隶属南苑，但东、南、西、北四个分苑互通往来，午后从东苑绕回南苑倒也是一条捷径。

进入东苑，伽蓝不再强压内心的不服，直接道出想法：“老师，我虽然很少创作肖像画，但我自认由我创作出来的肖像画，研究组成员无人能及。”

伽蓝这番话不仅很倨傲，从某一程度上来讲还很傲娇，若是旁人说出这番话，廖鸿涛绝对会赏对方好几个大白眼，但因说话对象是伽蓝，所以廖鸿涛只翻了一个大白眼给伽蓝：“你倒是挺自信。”

“没有这点自信，我都不好意思拿画笔。”趁廖鸿涛不注意，伽蓝一连翻了两个大白眼回敬廖鸿涛。

廖鸿涛专注于伽蓝的话语，没有察觉她的小动作。他这个徒弟自小就是一个天才，为人处世难免有些恃才傲物，偶尔言语狂傲，不外乎仗着画功高超，但他从小看着她长大，有些话不得不说：“蓝蓝，创作肖像画，你可以精细地描绘出人物极其细微的脸部细节和神态，甚至连画笔描边都看不到，若论逼真程度，研究组的成员确实都不如你，但你创作出来的肖像画，有其形，却无其神。归根究底，你在创作肖像画的时候，根本就不曾对画中的模特用过心。”

伽蓝控制着皱眉的冲动，心里多少有一些不服气，觉得廖鸿涛的话有些自相矛盾：如果真如他所说，她对画中的模特不用心，试问她又如何能把模特画得既形象又逼真?

此时途经商学院，廖鸿涛为了避暑，不知何时已经带着伽蓝走上了银杏路。

东苑的商学院有一条银杏路，道路两旁栽满了银杏树，秋天满地金黄，夏季更是枝叶繁茂，树下长椅成排，歇息纳凉可谓一绝。

正是午后，银杏路上学生并不多，廖鸿涛有一搭没一搭地说着肖像画的刻画重点，伽蓝却只顾低着头走路。沉默之后再沉默，直到廖鸿涛又拿她之前的肖像作品说事，伽蓝终于闹起了小脾气。

“我头晕。”

不理会廖鸿涛蹙起的眉，伽蓝就近选了一条长椅坐下歇脚。婚宴结束一路走来，再加上前不久烈阳暴晒，她刚才确实是腿脚发软，步步虚浮，估计跟先前的饮酒有关，也可能是被小老头间接气得头发晕。

廖鸿涛见伽蓝趴在长椅椅背上不看他，当即哭笑不得，看着伽蓝问：“我说你创作肖像画不用心，不服气?”

伽蓝没有搭理廖鸿涛，用沉默回应他：她不服。

廖鸿涛是什么反应，伽蓝没有看，自然无从窥探，但廖鸿涛站在她面前沉默数秒，随后移步离开，伽蓝心里却跟明镜似的。

老头儿该不会是生气，自己回南苑了吧？

伽蓝坐在长椅上侧转身寻找廖鸿涛的背影，只见距离她几十米的正前方，廖鸿涛正背着手走向三位S大男学生，那三位男学生见到廖鸿涛，分明是认出了他的身份，否则也不会停止先前的交谈，全都站了起来。

九月即将走进尾声，大学校园里热浪滚滚，其中一位男学生穿着白T恤沐浴在银杏路的碎光下，许是背光的缘故，他的周身仿佛被刺眼的白光笼罩，具有很强烈的视觉冲击力。

几位女生恰巧经过银杏路，纷纷看向那名白T恤男子，目光闪闪躲躲，分明透露着娇羞之态。

伽蓝终于皱了眉，老头儿这是要干吗？

老头儿没干吗，他和三位男学生相谈甚欢，最后竟然还拉她下水，朝她扬声喊：“蓝蓝，你过来。”

廖鸿涛这么一喊，那三位男学生瞬间齐刷刷地望过来。伽蓝背转身，悄悄拿出手机再次揽屏自照。屏幕里映出正在挤压微笑的她，脸颊泛红，一双漆黑的眼眸看上去有些冷淡……

收起手机，伽蓝霍然起身，大步走向廖鸿涛等人，嘴角分明挂着一抹最适宜的微笑。

“老师，您找我？”在廖鸿涛身旁站定，伽蓝很成功地说出了一句废话。

廖鸿涛脸上露出笑容，看着伽蓝，简单地说明情况：“这三位男同学都是你的同校学长，我刚才已经征得他们的同意，你可以从他们之中挑选一名绘制人物写实肖像。十月长假之前，如果你能画出一幅让我满意的肖像作品，我愿意向你道歉，至于那份研究组绘画者的名单，我也会重新考虑。”

“谢谢老师，谢谢三位学长。”

伽蓝嘴角的微笑不变，双手却有些发痒——她真想对着廖鸿涛啪啪啪地拍掌，他老人家一副烟熏嗓，怎么就能把语言说得如此悦耳动听呢？

随机选三人，小老头仗着自己是老教授，一言一行还真是任性啊！

十月长假之前画好一幅人物写实油画？她很忙好不好，再说他怎么就笃定她会同意呢？

道歉？道歉是什么东西，谁稀罕！

重新考虑研究组绘画者的名单？哎哟哟，为建筑系学者免费绘制肖像敢情是什么香饽饽，她可实在是太稀罕了。

换作以前，伽蓝怕是要大逆不道地直接甩脸色走人了，但这次不行，其他院系的学长站在一旁看着，她如果翻脸走人，廖院长的面子丢不起啊！

同样注重廖院长的面子、没有当即离去的人，还有一个江少陵。

这日午后，江少陵也在银杏路，廖鸿涛朝他们走来之前，他正和侯延年、杜衡坐在长椅上轻声说着话。

肖像入画，江少陵兴致缺缺，但廖院长亲自开了口，江少陵不好拒绝。也许，勉为其难的还有她。

他知道她叫伽蓝，还发现她站在廖院长身旁安静地微笑时，脸有潮红，一双漆黑的眼眸仿佛被水浸润，虽然笑意浮动，眼神却略显懒怠，以至于连人都懒得看，直接将视线凝定在了离她最近的侯延年身上。

若论外貌，侯延年跟英俊无关，但他的五官轮廓分明，古铜色的皮肤很抓人眼球，阳刚气很重。这日侯延年穿着短袖衬衫，这时，一阵暖风吹起衬衫下摆，不小心露出了腹部肌肉……

伽蓝盯着他的腹部，那眼神太过灼热，也太过放肆，侯延年抬手按住衬衫下摆，不自在地咳了咳。

还挺害羞。

伽蓝眼底这次是真的有了几分笑意："学长，可以暂时借用一下你的手机吗？"

侯延年雀屏中选，还没反应过来，行动已比意识抢先一步掏出了手机。

伽蓝接过侯延年的手机，低头输入她的手机号。

杜衡站在一旁彻底傻了眼。S大开学那天，杜衡曾无意中聆听过伽蓝的"交配论"，所以对她印象很深。

眼下杜衡怀疑这姑娘的审美观有问题，江少陵和他们出行在外，这是第一次有女生无视江少陵，反倒对最不起眼的侯延年情有独钟。

稀奇，稀奇啊！

杜衡戏谑心起，凑上前半开玩笑道："小妹妹，大哥哥的容貌和身材也不错，要不你多画一个？"

"大哥哥太耀眼，小妹妹不敢画大哥哥。"伽蓝还在跟手机号奋战，甚至不曾抬头看一下杜衡。小样儿，若论插科打诨，眼前这小子又岂是她的对手？

伽蓝的唇舌功夫素来厉害，廖鸿涛清了清嗓子，暗示伽蓝嘴下留德。

杜衡不知其厉害，见坑不躲，反而双脚离地直接跳了进去，好奇地追问伽蓝："为什么不敢画？"

伽蓝输完手机号，无视在一旁不停清嗓子的廖鸿涛，抬起眸子对杜衡稍作打量：印染T恤，数字花纹九分裤，亮色帆布鞋，穿衣打扮很抢眼，但略显浮夸。

"大哥哥眉眼间隐约带着一丝邪气，学习和生活中应该属于蔫坏型，所谓蔫坏本性入骨，画虎画皮难画骨，小妹妹画技拙劣，实在是不敢献丑惹大哥哥笑话。”

此话一出，杜衡瞬间黑了一张脸。侯延年没忍住，低声笑了起来。江少陵转眸看着别处，情绪不明。

廖鸿涛尴尬地笑了笑，伸手重重地拍了拍伽蓝的肩，并再次清了清嗓子，暗示伽蓝实话不能乱说。

杜衡黑脸只是一时，虽然觉得这姑娘说话不是一般的毒，但也没有太过不悦，只是抱着怀疑的心态看了一眼江少陵，又看着伽蓝问：“你确定你的眼神没问题？”

银杏树下，阳光被银杏的枝干叶片切割，闪烁的碎光跳跃在江少陵英俊的眉眼间，越发衬得一双黑眸神秘而又高深……

伽蓝略过江少陵不看，对杜衡的话更是充耳不闻，她把手机还给侯延年，挂着笑容道：“学长，我已经在你的手机里存了我的手机号，等你课业不忙时，可以打电话给我。”

目睹此景，杜衡哑口无言，心里却平衡了许多：这姑娘的审美观果然有问题。

“廖院长，我和我两位同学还有事，先走一步了。”说话的人是江少陵。他眉眼淡漠，跟廖院长道别时嘴角微有笑意，那笑容……纯属礼貌。

“廖院长再见。”

“廖院长再见。”

杜衡和侯延年见江少陵离开，也连忙向廖院长道别离开。

廖鸿涛望着江少陵的背影，无限感慨地道了声：“江少陵这小伙子长得还真是好看，就连背影也令人遐思无限啊！”

伽蓝的额头直冒黑线：“老师，师娘知道您男女通吃吗？”

廖鸿涛沉默几秒，终于代杜衡道出心里话：“蓝蓝，要不改天让你妈陪你去眼科挂个急诊吧？”

午后阳光灼人，江少陵走在前面打电话，侯延年翻看手机，盯着电话簿里新增的名字轻轻皱眉：“伽蓝？”

杜衡一愣：“这名字听起来好像有些耳熟。”

侯延年的眉头越皱越紧，最后止步回头，身后却早已没有了伽蓝和廖鸿涛的身影。

侯延年若有所思：“阿衡，那姑娘是建筑系学生，名字又叫伽蓝，该不会是那个天才绘画家吧？”

杜衡恍然大悟：“难怪欠缺审美观，原来是因为年纪小。”

侯延年：“……”

见好兄弟忽然沉默不语，杜衡后知后觉地辩解道：“益寿，我没有贬低你长相的意思，我的意思是……”

侯延年叹了一口气：“别说了，越描越黑。”

杜衡：“……”

伽蓝，据说她在童年时期就拥有超强的绘画天赋，绘制风景和建筑可谓是信手拈来。

据说她幼年师承廖鸿涛，不到10岁就已闻名业界。当时有很多人登门购画，所出价钱远远高于职业画家，但其母不愿女儿的作品过早商业化，在征得伽蓝同意后，将一部分画作留在家里等她满18岁之后自行决定归属问题，另一部分画作则定期捐给非营利机构，用于慈善救助或是美术馆收藏。

伽蓝在建筑系是名人，但隔行如隔山，虽然S大外系学生都知道建筑系有一位天才绘画少女，但见过她的人很少，据说除了上课，就连她的同班同学都很少有机会在课后同她说上几句话。

据说伽蓝的画一画难求，她又主画风景和建筑，很少涉及人物肖像。那日午后侯延年被她相中，同宿舍的周强听说此事后，一直怂恿侯延年给伽蓝打电话：“益寿，快别犯傻了，你知道她的一幅画有多贵吗？别人是花钱买画还要吃闭门羹，你倒好，人家亲自送上门，你这位大爷还不情不愿。”

黄昏杜衡打完球回来，也在劝他：“我曾在美术馆看过她幼年的一幅作品，如果不是事先知道她的年龄，真的很难将那幅画和一个孩子联系在一起。那姑娘虽然说话不讨喜，但在绘画方面确实有两把刷子。她想画你，你就让她画，但最好是画完后把画给骗回来，要么卖了，要么收藏起来坐等以后升值……”

那天是9月25日，晚上八点左右，侯延年拨通了伽蓝的手机。9月26日下午，侯延年依约前去建筑系找伽蓝，黄昏回到宿舍。杜衡和周强问起绘画细节，侯延年黑着脸闭口不谈，致使杜衡和周强想入非非，一晚上脑细胞异常活跃，都没睡好觉。

9月30日，十月长假前一天，S市天气很好，伽蓝给侯延年打电话，让他去取画。

江少陵最近一直忙于新产品的构思，现在已经不住校，已有好几日没和杜衡等人打过照面。

这天学校放假，江少陵有事找侯延年，就临时回了一趟原先的宿舍。杜衡见他回来，兴奋得跟中了彩票一样：“少陵，益寿的肖像画完成了，你快过来看一看！”

江少陵走近，见那是一幅油画：侯延年赤裸着上半身，穿着黑色长裤，赤脚坐在室内的飘窗上，因为背对着光，再加上身体微侧，所以阳刚的脸型在光影的衬托下男人味十足，魅力不容小觑。

油画中所有的光影和窗外的景致惟妙惟肖，仿佛真实的照片一般，逼真程度令人惊叹。

“天才不愧是天才，你看这照片，啧啧，足以乱真。”此刻杜衡早已遗忘少女日前的毒舌，他所欣赏的是少女绘画长才。

江少陵没说话。油画里，侯延年腹部肌肉分明。江少陵嘴角有笑，却未达眼眸。

周强双臂环胸站在一旁，开起了侯延年的玩笑：“难怪你那天黑着一张脸不愿多说绘画细节，原来是当着人家小姑娘的面宽衣解带，事后羞于启齿？”

侯延年无奈一笑：“我不愿多说绘画细节，是因为那天她什么都没画。”

杜衡和周强闻言均是一愣，倒是江少陵对此事有些漠然，无动于衷地走到阳台上洗手。

宿舍内，侯延年出声解惑：“那天下午，她见我不肯脱衣服，就主动上前帮我。我哪能真让她动手帮我脱？谁知我脱完衣服，坐在画室的飘窗上不到五分钟，她就被人叫走了，当时画布上连个线条都没有，所以我才会认定那丫头是在耍我玩，回来后脾气一直不太好。”

杜衡听出侯延年的话外音，震惊不语。

周强看着侯延年，迟疑地开口：“你的意思是，这幅画她是靠记忆画的？”

“她不仅在绘画方面极具天赋，就连记忆力也很惊人。这幅作品高度还原了我当时的状态，就连光线也是高度吻合，实在是让人叹为观止。”若非亲身经历，侯延年绝不相信这幅油画出自一个女生数分钟的记忆。

杜衡和周强盯着画作默然不语。其实，他们不仅是受到了智商上的刺激，多多少少还觉得有些毛骨悚然。

阳台上，江少陵已经洗完手，正抽出一条毛巾擦手。他擦手的动作很慢，一双清澈的黑眸带着淡淡的寒意，彰显着不易亲近。

建筑系伽蓝的记忆力确实很惊人。

2002年11月2日，他有事途经建筑系展览厅，基于建筑系历届学生作品展连日来好评如潮，他在一时兴起之下进了展览厅。

注意到伽蓝，是因为他在由她绘制的校园景观图中发现了他的存在。既是景观图，景观自是焦点，校园人物无非是点缀，她却能在短短时间内将他和周边学生绘到图中，表情和衣着拿捏得很精准，可见才情斐然……

一个出色的画家，如果敏感而又警觉，往往能够一眼就捕捉到被画者不为人知的那一面。

他依稀记得，初秋的某一天上午，他离开商学院图书馆不久，身后忽然有女生在叫他的名字，他回眸望去，那女生在周围几个同学的起哄下，红着脸对他大声喊：

"江少陵，我喜欢你！"

画中的他，薄唇轻抿，眼神冷漠，隐隐夹杂着一丝嫌恶……

十月国庆长假，伽蓝在母亲的陪同下前去杭州观看画展。正值旅游高峰期，母女两人生性不喜热闹，观完画展并未在杭州多作逗留，当天就启程回到了S市。

伽蓝很忙。

大三那边她最近主修建筑与文化。九月末，大三老师布置作业之前，她利用几天时间先行讲解了博物馆任务书，并做了相关基地展示。十月长假前一天，授课老师安排学生分小组熟悉任务书，合作完成基地和文化分析，另外还有设计规范和常见流线等相关作业，按老师的话就是，长假结束后，在他第一节课的课堂上，小组成员将直接汇报PPT。

伽蓝和几位大三同学就相关任务进行了合理分工，敲定了10月7日上午返校交流手头作业，以便及时修改和完善。

其实，10月2日伽蓝就已完成任务，但她临时又有了新的idea——打算将文化元素更好地融入到博物馆建筑当中，所以从杭州回来以后，她几乎每天都泡在S市大型图书馆里查阅相关书籍和资料……

10月6日临近中午，伽蓝离开图书馆回家吃饭，午后睡了一觉，下午起床打开背包，准备取出笔记本绘制设计草图时，却发现笔记本不见踪影。

那本遗失的笔记本里记录了伽蓝众多的手绘建筑作品以及细节批注，不能丢。

她上午还在图书馆里使用过笔记本……

母亲在院子里洗衣服，见伽蓝拿着背包要出门，连忙甩了一下手上的泡沫，送她出院门："不是说今天下午不去图书馆吗？"

伽蓝在门口背上双肩包："我好像把笔记本丢在了图书馆，我现在过去找找看。"

母亲一边埋怨她做事马虎，一边絮絮叨叨地叮嘱着："路上注意安全，找到了给我打电话。"

"好。"

S市图书馆，将近下午四点。伽蓝上午逗留的地方不多，她在遍寻无果之下，抱着最后一丝希望去了图书管理员那里，询问对方是否见过一个黑色笔记本，或者有没有人捡到。

图书管理员上下打量了一眼伽蓝，开始进入查户口模式："姓名。"

“伽蓝。”

图书管理员继续追问：“哪所大学，哪个院系？”

“S大建筑系。”伽蓝并未在黑色笔记本上书写就读大学和院系，但扉页正中间有她的名字。S市图书馆查阅书籍者身份各异，眼前这位图书管理员却知她是学生，虽然令她颇感诧异，但对方既然这么问，可见笔记本的行踪有谱。

核查身份完毕，图书管理员递给伽蓝一张字条：“失物在你的校友那里，字条上有他的名字和手机号码，你可以给他打电话要回失物。”

校友？

伽蓝打开字条，手机号码是139开头，至于名字……

伽蓝无意识地皱了皱眉。

江少陵。

那人的字苍劲有力，远胜她的千万倍。

S大计算机科学实验班属于变态专业，节假日调动学生参与科研或另设课程是常有的事，伽蓝给江少陵打电话的时候，江少陵再过半小时还有一堂课要上。

电话接通，伽蓝开门见山，直接报出姓名：“你好，我是伽蓝。”

“嗯。”男子好像并不意外，就连声音也是淡淡的，听着很舒服。

图书馆附近设立了公交站牌，伽蓝仰脸望着公交途经站：“听图书管理员说，我的笔记本在你那里？”

“嗯。”

“……”他再嗯下去，伽蓝觉得她很难继续和他沟通。

所幸他的回复终于不再是单音字：“长假结束，10月7日下午或黄昏你来商学院找我，我今天没时间。”

10月7日？

10月7日她很忙，除了和小组成员有约之外，晚上还有一堂课要上。况且商学院和建筑学院相距甚远，在时间上太过吃紧。

手机那端若有似无地传来一阵学生的吵闹声，伽蓝沉默两秒，开口问：“你在学校吗？”

下午五点左右，计算机科学实验班的学生正在教室里上课，与其说那是一堂专业课，不如说那是一堂分组讨论会。

主讲人是陈教授。这天下午刚上课，陈教授就在黑板上布置了一道算法极其复杂的难题，并给学生半小时让他们进行分组讨论，随后逐一演示解决方法。

抵达实验班，伽蓝直奔教室后门口。彼时有小组成员站在讲台一侧，由他们推选出来的小组代表正拿着粉笔在黑板上解题。至于陈教授……

讲台下放着一把木椅，陈教授正坐在椅子上跷着二郎腿观看学生解题。伽蓝飞快地扫视一眼教室。今天来上课的学生估计有三十几位，想要找到江少陵很容易——位置偏后，靠窗，值得一提的是，窗户半开……

一分钟后，江少陵的手机在桌面上无声地振动了一下。

当时小组代表已解题完毕，陈教授站在讲台上发挥严师风范，一连标示出好几处漏洞和不足，江少陵垂眸查看手机短信——

“学长，我是伽蓝，我在你右侧的窗户外，等教授不注意的时候，可不可以把笔记本从窗户里抛出来？谢谢。”

江少陵转眸望向窗外，然后抿了抿唇。

视线里，窗户半开，少女正站在窗外，目光清澈地望着他，露齿一笑时跟和善无关，反而透露着几分虚伪和客气。

江少陵看着她不吭声。来得倒挺快。

讲台上，陈教授还在讲题。伽蓝用口型向江少陵道出“笔记本”三个字，江少陵面无表情地欣赏完她的表演时，恰逢陈教授讲题告一段落，示意江少陵四人小组上台演示新算法。

见江少陵移开眸子起身离座，伽蓝站在窗外瞬间止了笑，也沉了眸。

伽蓝以前听说过，实验班几乎每堂课都长达三小时。眼下开课不到一小时，这就意味着她要在阶梯教室外苦等江少陵两小时。

苦等的画面太美，伽蓝不敢发挥想象。

伽蓝做事向来随心，从不在乎他人的眼光和看法，而当一个人的行事令人无法揣测时，难免会显得与常人格格不入，甚至可以说是惊世骇俗。

所以她站在了教室前门门口，并镇定自若地敲了敲门。当时江少陵作为小组代表刚刚走上讲台，闻声望向门口，微不可察地皱了皱眉。

“同学，你是不是进错教室了？”陈教授看伽蓝很眼生，应该不是实验班的学生。

“没有进错教室。”伽蓝的神情始终很平静，看着陈教授淡淡地解释道，“前段时间，我有幸旁听过您的课，课堂上受益匪浅，今天听说您给实验班上课，才会慕名跑来受教。”

伽蓝的马屁拍得很到位。她的目光对上江少陵的，江少默默凝视着她，神情冷淡……

陈教授最喜学生勤奋好学，再跟伽蓝说话时，语气温和了许多：“下次旁听可不要再迟到了，快去找座位。”

陈教授话落的瞬间，江少陵和伽蓝先后移开眸子，一个低头平静地拿粉笔，一个潇洒地转身找座位。

江少陵解题不过三秒，空气里似乎飘浮起一丝异样，他隐隐觉察了什么，转眸扫视一眼教室。只见伽蓝霸占了他先前的座位，即便周遭同学压低声音提醒她这个位置有人，她也不予理会，而是理所当然地将他桌上的书籍挪到旁边，对周遭的各色眼神更是选择了冷眼旁观。

江少陵在刹那间抿了一下唇，也许连一秒都不到，伽蓝却注意到了。看来某人情绪不太好。

说实话，她的情绪也不太好。

原以为她那本笔记是被江少陵带进了教室，但她刚才挪移他的课本时却没有看到笔记本的踪影。

江少陵究竟把笔记本放哪儿去了？

要想知道答案，伽蓝目前唯一能做的就是等待。

下午的阳光照在讲台上。江少陵作为小组代表拿着粉笔在黑板上解题，成了众人的焦点所在，众人的视线追随他的手指缓缓移动，有人专注于他的解题思路，有人专注于他修长的手指、挺拔的身材、完美的背影，抑或是英俊的侧脸轮廓……

伽蓝不得不承认，颜值高、身材好的男人，从任何角度看起来都很赏心悦目，似乎就连他的白T恤也充满了诱惑力。

陈教授的课程极具挑战性，算法分析的难度系数很高，相较前一位学生代表，江少陵写在黑板上的运算方法无疑简单了许多，不仅成功地调动了学生的目光，陈教授也目不转睛地盯着黑板。

隔行如隔山，伽蓝虽然对计算机课程一窍不通，却也能看出江少陵在解题过程中有着极其严密的逻辑思路，解到最后宛如行舟出山，令人刹那间豁然开朗。

这样巧妙的解题方式似乎就连陈教授也设想不到，所以不等他开口，台下的学生已自觉将解题方式誊抄在了笔记上。

江少陵的解题过程不到三行，表面看来很简单，但推算步骤一环紧扣一环，学生指望在课堂上吃透每个环节是不可能了，只能寄希望于课后拿着笔记本慢慢摸索。

看得出来，陈教授很器重江少陵，解完题后还欣慰地拍了拍江少陵的肩，示意他和小组成员回到座位上。

江少陵要回座位，伽蓝势必要起身让他进去。笔记本落在江少陵手中，伽蓝倒也懂得审时度势，起身避让一旁，等江少陵入座后才在他的身旁坐下。

讲台上，陈教授笑容满面地为学生讲解江少陵的解题思路，伽蓝压低声音道：“学长，你什么时候可以把笔记本还给我？”

“先听课。”江少陵的注意力在黑板上，就连声音也是淡淡的。

听课？她能听懂才怪。

那位陈教授有个坏毛病，每讲一句话，末尾就会带上“是吧”两个字，而且每讲几句话就会看向伽蓝，好像生怕她听不懂。

伽蓝的确听不懂，但陈教授每次看着她“是吧”“是吧”来回问，她总要有所回应才对，于是装模作样地点点头。

其间，江少陵斜睨她一眼，她也顺势瞟了一眼江少陵。

伽蓝猛点头的后果就是，几分钟后在课堂上被陈教授点了名：“同学，都听懂了吗？”

“听懂了。”当着老师的面说谎，伽蓝颇为心虚。

陈教授的表情有些诧异，扫视众位学生一眼，开口问：“你们都听懂了吗？”

实验班的学生不知是故意使坏，还是真的没有听懂，竟异口同声地道：“没有。”

伽蓝：“……”

陈教授将黑板擦得很干净，他把黑板擦丢在讲台上，再次笑着轻唤：“同学？”

这不是赶鸭子上架吗？

做人啊，要对自己说过的话负责。

伽蓝心不甘情不愿地站起身，赴刑场之前还不忘拿眼神斜剜江少陵，带着几分谴责和几分幽怨。江少陵合上课本，只当自己没看见。

下午五点半，讲台上，伽蓝拿着粉笔却不急着解题，而是面对黑板低着头。见她迟迟不推算，已有学生开始起哄，更有学生面面相觑，暗笑此女说大话。

陈教授这日出的推算题是专业博士水准，江少陵的演算方式别具一格，估计就连博士生看了也要绞尽脑汁寻思半天，刚才陈教授问他们是否听懂时，其实他们是真的没有完全听懂，所以当这个不知从哪儿冒出来的女生说她听懂时，实验班的学生完全是一副看戏的心态。更何况……上台演示那么复杂的推算公式，若不是精通专业知识，铁定会闹笑话。

伽蓝迟迟不演算，是因为她正在回忆江少陵先前在黑板上的演算过程。她该感到庆幸，庆幸某人的手指太迷人，以至于某人写字时，她的目光一直追逐着某人的手指舍不得移开；她该庆幸，庆幸某人的数字和汉字写得太好看，以至于她又慢慢品味了一遍他那三行演算过程；她该庆幸，庆幸陈教授对她“照顾有加”，讲解过程中一直盯着她，害得她恨不得眼睛直接长到黑板上，以证上课用心。

这天下午，众目睽睽之下，伽蓝将某人的推算过程精准地照搬到黑板上，教室里忽然间鸦雀无声。

陈教授压下震惊。他平时主讲高年级课程，确定之前从未见过伽蓝，当即看着伽蓝皱眉问：“同学，你是实验班低年级的学生？”

“不是。”伽蓝把粉笔放在讲台上，伸手拍了拍掌心的粉笔末，笑着说，“我是外系学生，建筑系。”

此话一出，教室里顿时炸开了锅，唯有江少陵面色不变。他盯着伽蓝已经很久了，眸色很深，心绪难辨。

陈教授被伽蓝一句“外系学生”刺激得不轻。所谓术业有专攻，他平时并不关注建筑系，自是不知眼前这位小姑娘是谁，但面对实验班的学生，陈教授难免动了几分气。

“看看，都把眼睛擦亮，睁大眼睛好好看看！黑板上这道题是外系学生做的，你们这些专业生看了，难道不感到害臊吗？”

台下的学生一个个低着头，很害臊。

伽蓝也替他们感到害臊，站在讲台上无比优雅地吹了吹手中的粉笔末，但当目光与台下某人的目光无意中撞在一起时，伽蓝嘴角的笑容明显僵了一下。

江少陵的目光清凉如水，心智远超同龄男子数倍，凝视打量伽蓝时，仿佛能够一眼洞悉伽蓝恶劣的本性。

伽蓝移开眸子，见陈教授教训得正起劲，不方便跟他打招呼，于是离开讲台慢吞吞地回到了座位上。

再来说说陈教授。实验班的学生在算题方面竟不比外系学生专业，陈教授一方面倍感丢脸，另一方面又觉得学生不争气，寒着脸训斥学生数分钟之后想来还是不解气，要不然也不会愤然布置完课堂作业就拿着书离开了。

此时，尚不到下午六点。

下课后，有同学找江少陵咨询专业难题，伽蓝不便催促，坐在一旁等他，即便如此，她本人似乎也没闲着。

江少陵在解题间隙偶尔会抬眸看着她，发现她适应能力很好，正单手托腮和一位女同学“打嘴仗”。

女同学：“你怎么这么聪明？”

伽蓝："建筑系聪明学生一大堆，我在系里甚至排不上号。"

女同学："呵呵，你太谦虚了。对了，你是建筑系学生，那你一定认识伽蓝吧？"

伽蓝："不熟。"

女同学："听说她是一位天才绘画家，在建筑系和业界都很出名。"

伽蓝："怎么说呢？我和我同学平时都不太喜欢她，那姑娘不是一般的傲，还有些目中无人。"

女同学陷入了短暂的沉默："听说她今年只有十六岁？"

伽蓝："是啊，小屁孩一个。"

女同学这次沉默的时间比较长："你觉得她长得怎么样？"

伽蓝："上帝很公平，给了她一点儿小才，但无貌。她那人瘦得跟竹竿一样，要胸没胸，要臀没臀，跟逃荒的饥民没两样。"

女同学沉默数秒又数秒之后，终于吐露内心的质疑："她有你说的那么差吗？"同系相杀，是眼红嫉妒吧？

差，很差。

这话，伽蓝没有道出口，因为江少陵解题完毕，已率先收拾课本准备走人："我去外面等你。"

江少陵的说话对象是伽蓝，周遭同学均是一脸好奇，纷纷看向伽蓝，有女同学皱眉问："你和我们少帅认识？"

伽蓝脱口而出："远房亲戚。"

江少陵步伐沉稳。远房亲戚？建筑系伽蓝的自黑功力无人能及，对人说谎更是不打草稿，足以广纳门徒，开堂授课……

黄昏有风，夕阳的余晖裹着微风轻轻拂过沿途树木，无数叶片上点缀着碎光，在校园里哗啦啦作响。

尚未开学，院系里来往的学生不多，伽蓝追上江少陵，调整了一下双肩包，又清了清嗓子："其实有一件事，我百思不得其解，还请学长帮我解解惑。"

江少陵不仅眼瞎，还耳聋，竟然不接她的话。正所谓自古美男多高冷，可以理解……

"学长捡到我的笔记本，为什么不直接交给图书管理员？我对你虽不了解，却也听说过你的不少传闻，多管闲事与你的本性不符，校友之情更是无稽之谈，可就是这样的你，竟然留下字条让我主动联系你，我很难不往深处想。"伽蓝对上一双偏冷的黑眸，她不动声色地避开，半开玩笑道，"当然，我不会自作多情，误以为你喜欢我。”

伽蓝不抬眸也知道江少陵在看她，而且目光极具压迫感。他在沉默了几秒，抑或是几十秒之后，对她的话不置可否，甚至开口称赞道：“你很警觉，也很聪明。”

伽蓝保持微笑。江少陵默认她的话，令她多少有一些心绪不定。素日里，他和她毫无交集，所以他找她……

伽蓝的思绪被身旁男子生生打断，只听男子说：“捡到笔记本是偶然，发现失主叫伽蓝更是机缘巧合，一念之间带走失物留下联系方式，不过是因为有话要问你。”

有话要问她？什么话？

伽蓝没有在类似问题上打转，也无意深想，只因她来找他，目的自始至终都很明确。她用发亮的黑眸直视江少陵，笑容无害：“问话可以，麻烦你先还我笔记本。”

“笔记本不在我身上。”

伽蓝并没有很意外，她在他的课桌上没有找到笔记本，他离开教室后手中书籍也只有两本，一本与经济学有关，另一本是《计算机科学》，笔记本在他身上才有鬼。

伽蓝问：“在商学院？”

江少陵偏脸看她：“在我家里。”

伽蓝笑容尽失，猛然止步。

哦，在家里，在家里……

似有被耍嫌疑，伽蓝尽力控制火气，皮笑肉不笑地道：“江学长好坏啊！你把笔记本放在家里怎不早说，害得人家白跑一趟。”

“我没让你今天来学校。”

他的语气那么平静，带着几分从容反击，带着几分似笑非笑，伽蓝被他噎得竟无力驳斥。

回忆通话内容，他确实没有让她来学校，但她在电话里询问他是否在学校，他又怎么可能不知道她会来学校找他？

他是故意的。

江少陵见伽蓝鼓着腮帮子生闷气，压下眼中的笑意，走路慢，说话更慢：“明天吧，明天我把笔记本带到学校，到时候还你。”

所以说，兜兜转转一大圈，到头来还是10月7日长假结束还她笔记本？

“明天我有事，指不定什么时候才能回学校。”伽蓝站在原地不动，语气里带着情绪。

江少陵止步回头，看似很好说话：“时间你定，我不急。”

你不急，我急。

这句话，伽蓝很想吼给江少陵，但谁让笔记本在他手里呢。她气呼呼地看着江少陵，不甚情愿地道："明天回了学校，我会给你打电话。"

江少陵无视伽蓝的怒气，见伽蓝掉头离开，竟微不可闻地叹了一口气："伽蓝同学，帮你捡到笔记本的那个人是我，帮你保管笔记本的那个人也是我，但不管是在电话里，还是路上交谈的数分钟里，你好像从未对我道过谢。"

伽蓝转过身看着他。是谁说江少陵从里到外完美无缺点？是谁说江少陵看似冷漠，实则言语温和？

说这话的人一个个眼睛都瞎了。

10月6日黄昏，林荫大道上，男子的容貌蛊惑人心——据说校报做过相关调查，江少陵被数万学子评选为"S大历届最帅男学生"，伽蓝却觉得——

"江少陵同学，你舍友是蔫坏，但你是真的坏。"

那是一本Moleskine黑皮笔记本。与其说笔记本里记录着一些建筑草稿，还不如说里面几乎绘满了中西建筑，内容涉及这些建筑的创作背景、建筑构成、细节比例以及美学重塑。手绘构图很难精确到毫米，对此伽蓝在图画的一旁都有标示，对一些容易疏忽的细节更是做了重点记录。

建筑系学生越来越倾向于电脑绘图，反观手绘建筑物，若是没有耐性，很难在单调的线条刻画上持之以恒。另外，伽蓝的记录方式很特别，中英文掺杂，细节把控很严密。

这里面装满了她的奇思异想，也难怪她会如此记挂。

有这种想法时，江少陵刚回家不久，正坐在书房里翻看伽蓝的笔记本。中西建筑物在学霸笔下惟妙惟肖，极富层次感，很抓人眼球。他看手绘建筑物看得有些入神，连苏瑾瑜什么时候走进书房的都不知道。

"在看什么？"苏瑾瑜手里端着一杯水，人到中年却没有苍老的迹象，眉目婉约，看上去很年轻。

江少陵合上笔记本丢到一旁，无意隐瞒苏瑾瑜："建筑系有位同学丢了手绘本，被我捡到，已经约好明天学校见面还给她。"

苏瑾瑜把水递给江少陵后，出于好奇，随手翻阅起笔记本，见扉页上写着"伽蓝"两个字，苏瑾瑜念出声："伽蓝？像是女生的名字。"

问话简单，但其中的深意让人遐思无限，却被江少陵及时打断："她只有16岁。"

16岁就上大学了？

这个念头仅在苏瑾瑜的脑海中一闪而过，她比较感兴趣的是："你和她不同系，却知道人家只有16岁，难道你平时没少关注她？"

苏瑾瑜在开江少陵的玩笑，江少陵颇为无奈，决定率先结束话题："苏姨，你该回房睡觉了。"

苏瑾瑜失笑，她确实应该回房睡觉，但离开前她还有话要说。

"少陵。"她唤他名字。

江少陵抬眸看着她。

苏瑾瑜玩笑的心态不减："如果有一天有女孩儿能走进你心里，请你一定要告诉我，苏姨替你把把关。"

江少陵笑容温和，面对眼前这位和他毫无血缘关系的中年女人，他眼神柔软，出口的话语更是瞬间戳中苏瑾瑜的泪点。

"苏姨，如果有男人值得你交付余生，还请你一定要告诉我，我代我爷爷，代我爸爸，也代表我自己，我们江家三个男人一起送你出嫁。"

苏瑾瑜说出那番话原本是为了捉弄江少陵，不承想被他临时摆了一道，以至于在晚辈面前狠狠地湿了眸……

10月7日，伽蓝和小组成员交流手头作业，忙碌了一上午，就连中午吃饭也在谈idea，其间，一位李姓女同学中途去洗手间，回来后凑近伽蓝耳边神秘兮兮地道："你猜我刚才在厕所里碰到了谁？杜娜。"说到这里，她悄悄伸出手指，示意伽蓝看向斜前方，压低声音道，"她也在这家餐厅吃饭。"

率先进入伽蓝眼帘的并不是杜娜，而是坐在杜娜对面的那位年轻女子。

年轻女子背对着伽蓝，虽然无法目睹容貌，但身材纤细，穿着一袭黑白格长裙，漆黑的长发编成一条蓬松的蜈蚣辫，背影看上去慵懒而又优雅，看得出来品位不俗。

伽蓝转眸看向杜娜：齐眉刘海，化着淡妆，吃饭时笑容不断，看得出来日子过得很滋润。

伽蓝扯唇一笑。滋润好啊，滋润长胖胖！

再来说说杜娜。杜娜正在和"蜈蚣辫"说笑，抬头无意中看到伽蓝，不仅当即止了笑，而且当即转开视线，好像大白天见到厉鬼一样，只差没有吓得脸色发白了。

"蜈蚣辫"似是觉察杜娜神情不对劲，顺着杜娜先前的目光望向伽蓝，只见"蜈蚣辫"脸庞娇媚，双眸眼波流转别有一番标致神韵。

"蜈蚣辫"的正面不比背影逊色，果真是美人儿一个。

杜娜唤回"蜈蚣辫"的注意力，也不知道两人悄声说了些什么，"蜈蚣辫"再次回头看了伽蓝一眼，只不过这一眼明显带着敌意。

伽蓝自认视力不错，偷窥周遭景象还能不被人察觉的技术更是一流。这天中午，她在吃饭间隙偶尔聆听小组成员交换彼此的修图意见，嘴角自始至终都噙着一抹笑，即便目睹“蜈蚣辫”端着一杯水婀娜多姿地朝她走来，目睹杜娜连忙起身阻止，她依然未曾变色。

那是一杯温水。当“蜈蚣辫”毫不犹豫地挥动水杯泼到她的脸上时，当周遭和邻座有几道惊呼声响起时，当杜娜惊慌失措地低喊一声“薇薇”时，那一刻，伽蓝分明听到了自己内心深处忽然传来的叹息声。

“蜈蚣辫”可知，她所谓的英雄情结爆棚，不过是为了上演一场事后啪啪打脸的必败闹剧。

杜娜可知，她最近几月心存侥幸的好日子，从这一秒起将正式进入倒计时，未来等待她的命运将会是声名狼藉、臭名远扬。

温水沿着伽蓝的脸庞一滴一滴地往下落，李同学最先反应过来，当即站起身对着“蜈蚣辫”破口大骂：“你神经病啊？出门忘记吃药了吧，麻溜儿地回家吃药去！”

“关你什么事？”“蜈蚣辫”脾气也很大，压根儿就不睬李同学，仅用眼角象征性地瞟了一下伽蓝：“伽蓝是吧？仗着自己有几分小才就到处搬弄是非，处处打压别人。你不是本事大吗？有本事你一辈子都霸占着第一名别下来……”

这时，两位男性小组成员也先后醒过神来，见泼水那人和杜娜认识，两人面面相觑，都联想到了同一件事情。

杜娜是建筑系大四学生。2003年5月末，在全国大学生建筑设计竞赛上，名不见经传的杜娜学姐竟获得了第一名，可谓跌破众人眼镜。

为什么说杜娜获奖跌破众人眼镜呢？因为当时伽蓝的呼声最高，但就在交图的前一日，伽蓝忽然弃权。据说廖鸿涛追问原因无果，还把伽蓝叫到办公室里狠狠地教训了好半天。

6月上旬，学校里传言四起。

有人说，杜娜获奖的建筑作品和伽蓝先前准备的参赛作品很相似。

有人说，杜娜的建筑设计一直处于中游水平，忽然之间获得冠军，铁定藏着猫腻。

有人说，伽蓝之所以临时退赛，是因为后知后觉地发现设计图被杜娜盗用，而事后不愿说明真相，无非是给杜娜留面子，不想毁了杜娜。

传言虽是传言，却有大把建筑系学子信以为真，奈何没有证据，当事人伽蓝又是三缄其口，所以这事也只能私底下嚼一嚼舌根。

那段时间杜娜应该很难熬，不管走到哪里都被人指指点点，舍友孤立她不说，就连同班同学叫她“冠军”也是讥讽奚落居多。好在杜娜熬过了六月，挺过了七月上旬，终于迎来了暑期长假。只可惜暑假再长也有结束的那一天，暑假后开学是九月，至于十月……

十月，杜娜在餐厅里见到伽蓝后脸色大变。好友好奇追问，无奈之下，她告诉好友那人是伽蓝。怪她之前没少当着好友的面吐槽伽蓝，好友原本就对伽蓝意见颇深，眼下见到伽蓝，终究还是没忍住，这才会端起水杯为她打抱不平，但这份打抱不平……是祸啊！

“薇薇——”杜娜有些心烦意乱，夺走好友手中的水杯放在桌上，扯着她的手臂就往外拖，“我们出去再说。”

“蜈蚣辫”忽然之间被杜娜拖着走，难免又急又气：“娜娜，你忍她，我可不敬她。”

伽蓝失笑，她又不是“蜈蚣辫”的祖宗，“蜈蚣辫”不敬她也是应该的。

李同学见杜娜拉着“蜈蚣辫”离开，对着两人的背影喊：“杜学姐，别急着走啊！你快坐下来教教我，怎么做才能像你这么不要脸？”

有小组成员抽出几张面纸递给伽蓝，伽蓝道了一声谢，其他小组成员对此敬佩不已。从被“蜈蚣辫”泼水到杜娜拉着“蜈蚣辫”离开，伽蓝自始至终都没有张嘴开骂，甚至没有动气发火过。明明受委屈的是她，她却反过来宽慰他们，试图化解这场泼水风波，修养和气度远超万千同龄女子。

伽蓝：“好在是温水，不碍事。”

李同学：“如果是热水，你早就毁容了。”

两位小组成员附和地点头，实在是太悬了。

伽蓝：“估计是有什么误会，回头再遇见说清楚就好了。”

李同学：“误会？杜娜明摆着是恶人先告状。自从她获得冠军之后，每次见到你都很心虚，你出让冠军给她，吃了这么大的闷亏，可她刚才是怎么对待你的？实在是太过分了！”

伽蓝：“……”

另两名小组成员互看一眼，忍不住问伽蓝：“蓝蓝，我们院系那些传言究竟是不是真的？”

李同学闻言也眼巴巴地看着伽蓝。伽蓝无奈一笑，重新抽出一张面纸擦脸，状似认真地想了想：“我记得交图前几日我曾带着设计图去图书馆，后来查找资料中途离开了十几分钟，等我再回来时，我的设计图好像被人翻动过……”话说到这里，伽蓝迟疑着不肯再往下说。

另两位小组成员都皱起眉，李同学性子急，嘴里藏不住话，气愤地捶了一下桌子：“一定是杜娜。”

另两位小组成员显然比李同学冷静多了，不过心里自是不齿这种行为，于是帮伽蓝支招：“蓝蓝，图书馆有监控，只要你找到当天的监控画面，杜娜一定百口莫辩。”

仿佛一语惊醒梦中人，伽蓝先是一喜，但很快又苦笑着摇了摇头：“还是算了吧。我知道你们都是为我好，但有些事既然已经过去了，就没必要紧抓着不放，想必杜学姐最近也承受了很大的压力……”说到这里，伽蓝再次摇了摇头，倒像是不愿再追究此事。

这位男同学还想再说些什么，摆明不打算轻易放过杜娜，但见另一位男同学对他使眼色，只好把话咽了回去。伽蓝年龄小所以才会多一事不如少一事，但他们这些当大哥哥大姐姐的，绝不能眼睁睁地看着别人对她一欺再欺……

三人思绪一致，李同学识趣地岔开话题：“刚才泼水的那位女孩子你们认识吗？好像之前在什么地方见到过。”

有一位男性小组成员笑着说：“我对那个女孩子有点印象。我舍友之前很喜欢她，她跟我们在同一所学校，名字好像叫……苏薇，似乎还是外国语言文学学院翻译系系花，今年大四。”

另一位男性小组成员冷言冷语道：“这姑娘虽然长得很漂亮，但教养欠缺，赶紧劝你舍友趁早死了这份心。天下的好姑娘多的是，可别回头掉进坑里出不来。”

“这你大可放心，我舍友早就死了这份心。人家苏姑娘眼里心里只有江少陵，我舍友哪敢跟那人比……”

原来“蜈蚣辫”喜欢江少陵？

伽蓝望着窗外。路旁伫立着一排排老枫树，时间走进十月，伴随着气温下降，枫叶早已红遍整条街……

餐厅的泼水闹剧在伽蓝的不予追究下悄然落幕。小组成员午后就制作PPT纷纷提出意见，忙到下午才散场。

下午三点左右，伽蓝回宿舍放好作业，然后给江少陵打电话。他迟迟才接，而且不等伽蓝说话，辨识度很高的男声已在手机那端响起：“商学院学生活动中心，108号房。”

S大商学院桃李满天下，作为全国学霸的聚集区，管理系和金融系一直以来都是王牌专业，每年录取新生格外看重成绩。据说录取成绩近乎变态，即便成绩好被录取，入学后也要开始着手准备雅思……

可想而知，像这样一所极具声望的学院，不仅科研实力雄厚，学生质量也傲视群雄。

商学院能傲视群雄是有原因的——在它背后有着强有力的财富支撑，很多商界白领、高管及老总经常会来商学院充电，当全日制学生和非全日制学生聚集在一起，势必会在很大程度上开拓在校学生的眼界。

非全日制学生开拓全日制学生的眼界，不管怎么说，对全日制学生总归是一件幸事。眼界的开拓只会越发激起在校学生对从商的向往。种种迹象表明，实现梦想的唯一途径似乎只有好好学习。商学院学生通常在专业方面很下功夫，作业或考试没有取得A级成绩是很耻辱的一件事，所以他们平时学习很努力，就连节假日也被多样的主修科目占据了，若说有什么休闲活动…….

身处学生活动中心，对他们来说，大概就是最为放松身心的“休闲”活动吧?

S大数万学子每每提及商学院学生活动中心，都会忍不住感慨道：“放眼各大院系，唯独商学院学生最享福。”

学生活动中心规模庞大，容纳商学院全体学生课后学习不在话下。在这栋大楼里，类型教室有很多，包括项目合作谈判室、多功能媒体会议室、学生自习室、几十间小组讨论室以及十几间知名教授课后探讨室，另外，各层还设有茶水室和咖啡厅。像这样的配套设施虽说只是同步国外高校，但在2003年的国内院校却是极为少见。

商学院的高明之处在于，能够砸重金开辟出这么一块地方，然后将学生聚集在一起，看似很休闲，也很放松，却让学生在无形中受到周遭勤奋学生的影响，又给各年级学生提供了最舒适的社交场所。

此乃大智慧。

伽蓝走进活动中心时，心里感慨万千。此刻，蔡小竹正在乘车来S大的路上；叶蓁蓁正在家里睡下午觉；徐惠前不久更是发给她一张照片：长假最后一日，徐惠和几个高中同学站在大街上美滋滋地吃着冰激凌。

再看看商学院的学生，有些边喝饮料边自习，有些为寻求教授辅导穿梭在楼上楼下……

惭愧，实在是惭愧。

108号房位于一楼僻静的角落，和其他小组讨论室一样，门窗采用透明玻璃，视野极好。除此以外，里面放置着圆形长桌、几把转椅以及一台电脑，可供几人小组坐在里面交流讨论或是个人在此学习。

玻璃门让室内室外均一目了然。房间内只有两个人，江少陵和侯延年面对面坐在长桌两侧，面前各自摆放着两台笔记本电脑，旁边散落着不少文件。

侯延年背对着伽蓝，伽蓝无法看清他的表情，却能清楚地看到侯延年对面的江少陵。

英俊的年轻男子神情冷冽，穿着白衬衫、黑色长裤和黑色休闲鞋，坐在转椅上快速地敲打着笔记本键盘，却在敏锐地发现漏洞时，双手离开键盘，靠着椅背，若有所思地看着电脑屏幕。这时，伽蓝注意到一个小细节：江少陵思考问题时总是眼眸微眯，修长的手指偶尔会不经意地滑过他的唇……

伽蓝移不开眸子，她盯着江少陵的薄唇，无意识地咽了咽口水。许是伽蓝的目光太灼热，甚至穿透了玻璃门，竟被沉默地想问题的江少陵捕捉个正着。

这天下午阳光还算温和，江少陵不经意地抬眸，然后视线落定在伽蓝身上。伽蓝忽然屏住了呼吸，整个世界仿佛在刹那间安静无比。

这时，江少陵起身离座，走过来帮伽蓝开门。侯延年回头看向门口，见来人是伽蓝，并没有很意外，想必早已从好友那里获知伽蓝会过来。

侯延年合上笔记本电脑，一边收拾桌上的文件，一边笑着对伽蓝说："谢谢你的画。"

"不谢。"取画那天，侯延年已经向她道谢数次，江少陵的这位同学很有礼貌。

桌面清理干净后，侯延年站起身，离开前看着伽蓝："我还有事，需要先走一步，改天我请你吃饭。"

"好。"

侯延年又向江少陵简单地打了一声招呼，随后抱着电脑和文件离开了房间。

伽蓝却在想，侯延年表达谢意的方式是请客吃饭，那她呢？不管怎么说，她的笔记本是江少陵捡到的，难道她也要请他吃一顿饭？

江少陵手头的工作没忙完，听见门把传来转动声，这才抬眸看向伽蓝："笔记本不要了？"

"我先去帮你买一杯咖啡。"她无意和江少陵同桌吃饭，只能另选道谢方式。

这个男生很可怕，竟能看破她内心的想法："如果是道谢，大可不必，你坐下，我有话要问你。"

这样也好，省了一杯咖啡钱。伽蓝走到江少陵对面坐下："你问。"

江少陵的注意力在电脑屏幕上，随口问伽蓝："九月末商学院偶遇，你不画我的原因是什么？"

问题出乎意料，伽蓝有点惊愕。

江少陵虽然没有看她，却很敏锐："我的问题令你很为难？"

不是为难，而是伽蓝根本就没想到他会这么问。

他为什么会这么问？

因为全校女生都很迷恋他，唯有她对他视若无睹，才令他耿耿于怀？

不，江少陵不会如此肤浅。

她沉默地看着江少陵，江少陵却专注地看着电脑屏幕，但她觉得这一刻的他才是最有魅力的，致命的吸引力唯有通过他的这份认真才能淋漓尽致地展现出来。

人类果然是视觉动物，这位江学长帅得令人怦然心动。

"你要听真话，还是假话？"伽蓝问。

"真话。"

面对这样一张脸，面对这样一个人，伽蓝忽然蹿升出一股坦露内心的冲动，所以有些话，她说了。

"其实我最想画的那个人是你，侯延年是我退而求其次的选择。不画你，是因为作画过程中，我十有八九不敢正视你的双眸。"

江少陵终于抬眸看着她，声音起伏不大："我是洪水猛兽？"

伽蓝笑了："你不是洪水猛兽，却比洪水猛兽还要可怕。你是男人中的极品尤物，还是一个性感尤物。"

性感尤物？

江少陵皱着眉，她确定自己没用错成语？

对伽蓝来说，江少陵的眼神有毒，明明是有些寒凉的眼眸，但目光落在她身上却宛如岩浆，以至于全身的血液瞬间沸腾起来。

被他盯久了，伽蓝生怕自己会欲火焚身，她不动声色地调离视线，将目光聚焦在桌面上。

在这样一个下午，在这样一个独处的空间里，因为对象是江少陵，伽蓝不愿再隐藏最真实的自己，她说："江少陵，你的眼睛能催眠，我怕看久了会爱上你。"

好比现在，他目光专注地看着她，她如果有胆量与他对视一分钟，想必不管他提出什么要求，她都不会拒绝他……

室内很静，就连彼此的呼吸也是微不可闻。

长桌对面，少女坦露心事，看似潇洒豪气，实则藏有几分犹疑不定，否则也不会垂头不语。

江少陵看着她，眸色很深。他以为她拒绝画他原因无非是2002年她无意中窥探到他对那位女生的嫌恶之情，没想到竟会得到这种答案。

伽蓝知道江少陵在看她。这是她第一次对男生表白心迹，而且事先毫无征兆，临时说破，无非是心境使然。她本不是矜持的女子，突破心理防线道出心里话原也不打紧，但江少陵听完告白却不做任何回应，这让她多少有些按捺不住。

“你有什么话要对我说吗？”伽蓝的声音很轻。

江少陵沉默片刻，回了她一句：“我无话可说。”

伽蓝却有话要说给江少陵，既然她已经厚着脸皮把话说到这里，还不如破罐子破摔，一次性把她的心里话全部说清楚，也不枉她仗着年轻，在感情上小小地放肆一把。

这么一想，伽蓝豁达了许多，她抬眸直视江少陵，静静地开口：“廖院长说我绘制的人物肖像有欠缺，说我从未用心感知画中的模特，我当时很不服气，因为我心里很清楚，我曾用心地画过一个外系学长，只消一眼，我便能精准地临摹出他眉眼间的神态。2002年，我就读S大，开学不久数次出入商学院手绘风景，曾多次看到你，你出色的容貌令我记忆深刻，以至于我后来绘制人物图，模特的眉眼间总有那么几分神态与你相似，这般混淆不清一度让我很恐慌……”

少女眼神慧黠，说出这番话的她，眉眼间缺乏女子惯有的矜持和羞涩，更不见瞻前顾后，似是不惧他会当面拒绝给她难堪。她很坦然，坦然到江少陵很想叹气。

“你只有16岁。”他欣赏有才气的女子，不愿伤害她，这么看来，似乎只能尝试委婉拒绝。

江少陵话语间的深意伽蓝听出来了，因为有过预测，所以并不见失落，而是笑着点头：“是啊，我只有16岁。如果不是顾及年龄小，我也不会在15岁受你蛊惑时，强迫自己无视你、远离你。”

透明玻璃门附近有几个女生走过，见江少陵正在和一个女生说话，纷纷站在门口朝里望去，却在江少陵的目光投射过来时尴尬逃离。

江少陵从伽蓝身上移开眸子，重新看向电脑屏幕，但被她这么一搅和，哪还有心思再工作。

“既然选择无视、远离，现在又何必说出口？”生平第一次，江少陵与人对谈竟有了头疼之感。

“你问我为什么不画你，我不愿对你说谎——我深受你吸引，这是不争的事实。我在想，我在大学期间难得喜欢上一个男生，如果仅仅是因为我个人年龄太小，就对他望而却步，想必以后我会因为此事后悔很多年，甚至是后悔一辈子。”她在尚且不知情滋味的年纪里就已被江少陵无声诱惑，这事可大可小，万一以后处对象，她习惯拿他们与江少陵做对比，苛刻如她，结局多半是孤独终老。

“孤独终老”令她觉得恐怖，她还没和男人亲热过，总归有些不甘心。

江少陵抿唇不语。如果他容貌一般，她还会深受他吸引吗？

“你的重心该是学业，而不是一具皮囊。”他的语气不算冰凉，但也无关和善。

伽蓝斟酌字句：“据统计，你在商学院本科期间共发表论文6篇，其中有3篇全英文学术论文发表在国际期刊上。除了商学院，你在计算机科学实验班也是战果累累，除了有不少科研成果，由你撰写的《计算机经济学理论》更是获得了业内人士的连番称赞。”

说到这里，伽蓝稍作停顿，她认真地看着江少陵：“我15岁时被你吸引，确实是因为你的容貌，但16岁的我依然受你吸引，却不仅仅是因为你的容貌。”

她把话说到这份上，江少陵是真的叹气了。

那天上午，他去市图书馆查阅书籍，见她正在埋头记录笔记，等他取完书回来，却发现她把笔记本遗忘在了桌面上……

如果时间可以倒回，他不会去捡她的遗失物，更不会留下手机号码只为解除心中的疑惑。

他难得好奇心作祟，没想到竟给自己惹了一个大麻烦。

对面，少女正目光热切地看着他，他只当自己看不见，取出Moleskine黑皮笔记本还给伽蓝——这是打发之举。伽蓝也假装自己看不见，起身走到窗前。这里是108号房，落地玻璃窗外是绿意盎然的草坪，下午的阳光爬进室内，爬到伽蓝的帆布鞋鞋面上，仿佛铺了一地白银。

伽蓝决定继续厚脸皮下去。

她问江少陵：“你净身高多少？”

她这个问题很奇怪，江少陵坐在转椅上回头扫了一眼她的背影，淡淡地说：“1米83。”

伽蓝说：“我净身高1米61，不过还会继续长高。”

江少陵：“……”

伽蓝静默数秒，她在下午四点一刻侧转身看着江少陵，鼓足勇气道：“江少陵，你说1米83和1米61有没有可能在大学校园里共同谱写一段恋情？”

这是情话吗？

第一次遇到这么厚脸皮的女孩子，江少陵哭笑不得，却不反感，他沉默着。

落地窗前，少女脸庞清秀，回眸一笑暖如阳光，带着些许俏皮，些许坚定，些许期待，令人无端心悸……

第五章

善变：惊见恶魔，情事未了

2003年国庆长假结束不久，S大建筑学院在短短几天之内流言四起，有关杜娜剽窃伽蓝参赛作品等传闻甚嚣尘上。

旧事重提与伽蓝的几位小组成员私底下推波助澜脱不了干系，伽蓝也曾试探地询问他们是否知道学院的流言，但都被他们插科打诨蒙混过关。事已至此，伽蓝虽不再追问此事，却也对各方的好奇追问三缄其口，如同以往一般保持缄默。

都说招人妒者是英才，这句话挪用到伽蓝身上恰恰相反。伽蓝绘画天赋高超，又师承廖院长，但她从未自诩高人一等，反而待人友好，说话做事毫无架子，加上性格单纯善良，每天一副乐天派的模样，也难怪有那么多人喜欢她了。

剽窃的事情一出，伽蓝身为受害者无声地维护杜娜的声名，反而令杜娜的处境越发艰难。那天导师找杜娜问话，杜娜还没走进办公楼，就遇到了正从里面走出来的伽蓝。

正是中午，办公楼前除了她和伽蓝空无一人。少女背着画筒，双手插在裤袋里迈步朝她走来，嘴角的笑容仿佛被海绵一点点吸收殆尽，看得杜娜浑身直打冷战。

杜娜记得很清楚，那天伽蓝经过她身边时，脚步未停，却轻如柳絮地说了一句话，她说："学姐，好戏才刚刚开始。"

那话很轻，却带着挥之不去的笑音，杜娜的脑子一片空白，不敢相信这话是出自伽蓝之口，事后想起只觉得不寒而栗。

转眼间，国庆长假结束已过去一星期。

10月14日晚上八点左右，侯延年打电话给伽蓝，询问她明天中午是否有时间，他想邀请她一起外出吃饭。

若按人情往来，这时候伽蓝应该推拒一把，但推拒的次数多了，难免显得忸怩作态。

伽蓝在电话里应下邀约。她明日的课程安排比较紧，好在中午还有两小时休息时间，用餐地点如果不太远，时间上绰绰有余。

侯延年问伽蓝："你喜欢吃米饭、面食，还是肯德基？"

最后一句"肯德基"逗笑了伽蓝，这不是拿她当孩子一样来看待吗？

伽蓝回复："米饭吧。"

2003年10月15日这天，有一位英雄被永远地定格在了中国航天史册上。

各大新闻争相报道：2003年10月15日北京时间9时，杨利伟乘坐由"长征二号F"火箭运载的"神舟五号"飞船首次进入太空，是中华人民共和国第一位进入太空的公民。

这天，全国人民都在讨论杨利伟。清晨起床后，伽蓝的宿舍更是掀起了一波波讨论热潮，蔡小竹和叶蓁蓁为了观看直播画面，凑在一起想出了不少旷课的小花招。

伽蓝觉得没必要，洗漱完走进宿舍，丢了一句话给两人："看不成直播，看重播不也一样吗？"

蔡小竹和叶蓁蓁闻言攻击值暴涨，两人的眼神双双杀向伽蓝，"同仇敌忾"道："你一个小孩子懂什么？看重播哪有看直播有快感。我们追求的是高潮来临时的快感，可不是高潮结束后的余韵，you know？"

伽蓝觉得女人真可怕，回复一句："I不know。"换好衣服，丢下两个高潮女，上课去了。

上午11：30，侯延年很有诚意，亲自来建筑系接伽蓝。估计是太缺男人滋润，伽蓝还真有些受宠若惊。

路上，侯延年征询伽蓝的意见："东苑附近有一家中餐厅，主打家常菜，我和朋友曾去那里吃过几次饭，味道还算不错，要不我们去那里？"

"好。"

中餐厅环境很好。等菜上桌时，侯延年讲起他那幅肖像画，言语间尽是称赞和感谢。

侯延年那幅肖像画，伽蓝没有让廖鸿涛看过，只因她心里很清楚，这又将被评价为一幅欠缺神韵的肖像画。

其实廖鸿涛点评她的话很精准，当面不承认只是死撑罢了。无人注意时，她坐在绘制了一半的油画前，看着各色颜料散落一地，忽然间会觉得自己很可笑……

母亲曾对她说过：“与人相处缺乏情感共鸣很正常，但是蓝蓝，冷漠的孩子不讨喜，所以你与人相处一定要友好，并且要学会善意的微笑。”

所以中餐厅里，面对侯延年的夸赞，伽蓝的嘴角缓缓上扬。也只能微笑了，就算她坦承画作失败，想必侯延年也会认定她不过是自谦。

正如侯延年所说，这家中餐厅的食物卖相很好，味道也不错，配着菜，伽蓝一连吃了两小碗米饭。侯延年笑着说：“改天有时间，我再请你过来。”

伽蓝微笑不语，没点头，却也没摇头。她在想，一次应约是礼貌，却不能再有第二次，不过这家饭馆做菜这么好吃，有时间的话倒是可以带母亲一起过来打打牙祭、尝尝鲜。

吃完饭，侯延年去结账，伽蓝去门口等他，谁知在门口竟遇到了1米83。

1米83身后跟着一位美女，美女正在跟一个叫陈总的人讲电话。看美女穿着，再听美女说话的语气，应该早已在社会上安身立命。

1米83看到伽蓝有些意外，但他并未多言，而是很绅士地让出地方，方便伽蓝出去。

只能说两人的默契度很高，几乎是同一时间，伽蓝也向1米83让出了进店的位置。见此情景，那名美女在通话间隙终于忍不住多看了一眼伽蓝。1米83则是千年冰山脸，窥探不到丝毫情绪波动。

伽蓝笑了笑，正欲开口让1米83和那名美女先进去，就听身后传来一道爽朗的男声：“清姐、少陵，你们也来这里吃饭啊？”

侯延年结完账走过来，分别向1米83和美女打了声招呼，看得出来三人很熟。

“现在就要回学校吗？”1米83淡淡地问道。

侯延年嗯了一声，补充了一句：“小天才两点钟还要上课，我先送她回去。”

小天才？

大庭广众之下，伽蓝不方便翻白眼，只能抬眸痴望一眼1米83——她有一个星期没有见到他了，甚是想念。

1米83比较绝情，连眼神都吝啬给她，只提醒侯延年上完课回公司，似乎他们公司晚上要通宵杀bug。

这边侯延年还在为即将到来的通宵奋战黯然神伤，那边1米83已经率先走进了中餐厅。

相较之下，美女还算有礼貌，进入餐厅前暂停通话，对着侯延年和伽蓝微笑点头，也算是打过招呼了。

伽蓝盯着美女的背影。蔡小竹不是说1米83不近女色吗？那么美女作陪吃饭又是怎么一回事？

散步回学校，伽蓝随口问起美女的身份，侯延年性子直爽，对于她的问话，一路上知无不言，毫无保留。

美女叫慕清，今年26岁，曾是S大商学院高才生，不仅是江少陵和侯延年同系学姐，更是软件公司联合创办人。

慕清21岁本科毕业，随后两年在华康投资公司任职，负责国内投资项目，其间结识了大她17岁的华康副董袁斌，并与其相爱结婚。差不多两年前，慕清和江少陵通过恩师陈教授相识，随着接触增多，加上彼此理念相投，慕清游说丈夫袁斌投资，奈何袁斌并不看好通用软件的前景。对此，慕清改变策略，通过向丈夫借款的方式最终成为软件公司最大的投资者。

公司成立不久，江少陵推出通用软件，技术上的优势令通用软件一时之间好评如潮。随着公司的发展，江少陵、侯延年和慕清三人在公司里的分工逐渐明确：江少陵主要负责新构思和技术团队在软件方面的问题；侯延年主要负责软件设计和硬件生产；慕清主要负责公司内部运营以及财务和公司业务扩展。

值得一提的是，侯延年和江少陵是高中同学，同年一起考进S大，江少陵主修金融，侯延年主修计算机。

2001年，计算机科学实验班延揽人才，江少陵和侯延年双双被选进实验班深造。

2003年，侯延年计算机本科毕业，并在江少陵的建议下进入商学院主修第二专业。

2003年秋季，商学院开学，侯延年向宿管提出申请，正式搬进江少陵原先的宿舍。虽然因为工作两头跑，不常住校，却不妨碍他和新舍友周强、杜衡成为好友。因其名字来源于“延年益寿”，所以私底下一直被周遭朋友戏称“益寿”。

S大多是四人宿舍。江少陵最初住校时，宿舍里除了他、杜衡和周强之外，还有一个李姓富三代。因家境殷实，这位富三代每日或坐车返家，或在校外居住，宿舍床位几乎常年空着，形同虚设。

路上，侯延年提及最多的要数周强和杜衡。两人今年同是大四生，据说周强正在考研，目标是成为外企高管，杜衡则纯属混日子。

杜衡无意继续深造，学金融无非是搪塞父母，他本人爱好音乐，据说天天抱着一把破吉他在宿舍里哼哼唧唧，装忧郁小生一连装了好几年。

最后，侯延年对伽蓝说：“杜衡你见过，改天介绍周强给你认识，私底下他很欣赏你，而且他性格和善，很好相处。”

伽蓝笑着点头，接受了侯延年的好意。

此时侯、伽二人没有想到，慕清见二人出入中餐厅，竟误会了二人之间的关系。

中餐厅里，慕清结束通话，点完菜笑着问江少陵："益寿什么时候交了女朋友，年龄看起来好像有些小？"

江少陵神色冷淡，低头翻看桌上的杂志，声音无温："她不是益寿的女朋友。"

慕清闻言有些讶异，想起刚才门口的巧遇——女孩儿看着江少陵眼神火辣，江少陵虽视若无睹，但直觉告诉慕清，江少陵多半认识刚才那个女孩儿。

慕清在喝水的间隙偶尔会抬眸观望江少陵。餐桌对面，年轻男子气质醒目，虽然为人太过沉默和冰冷，但英俊的脸庞、低敛的双眸、挺拔的鼻梁、线条完美的唇无不彰显着他的迷人魅力。

她虽已结婚，但有时候看到他，还是忍不住怦然心动。

慕清在看他，江少陵不会没有察觉，但他却在这样一个时间段想起了10月7日下午，他和伽蓝的那番对话。

伽蓝站在落地窗前说："江少陵，你说1米83和1米61有没有可能在大学校园里共同谱写一段恋情？"

他看着她，短暂地沉默了，最后告诉她："1米83和1米61有没有可能在大学校园里共同谱写一段恋情我不清楚，但我很清楚，20岁和16岁绝不可能在大学校园里共同谱写一段恋情。"说到这里，他加重了语气，像是补充，又像是告诫，"我不和未成年少女谈恋爱。"

伽蓝性情洒脱，闻言不见失落，更没有打退堂鼓，反而笑着说："正是因为我未成年，正是因为我今年只有16岁，所以我才决定在18岁之前肆意放纵一把，但放纵并不意味着胡作非为，置你的情绪于不顾。如果你不排斥我的靠近，我会试着向你迈步，逐渐靠近；如果你排斥我的靠近，我想我会站在原地不动，或是后退一步、两步，甚至更多步。江少陵，18岁之前，在不招你反感的前提下，我会尝试着接近你；18岁之后，如果你还是对我没感觉，我不会再缠着你，更不会再喜欢你。"

少女的表白言犹在耳。江少陵随手翻看了两页杂志，却在温暖的午后有些昏昏欲睡。

他在想，距离伽蓝上次的表白已经过了一星期，但迟迟未见她"迈步"，少女心性不定，倒是他自寻烦恼了……

伽蓝真正行动起来是10月下旬。此时杜娜剽窃事件在建筑学院愈演愈烈，日前又有校友正义感爆棚进入监控室，听说是利用空闲时间反复查看过往的监控画面，终于在某一天中午查找到杜娜剽窃的罪证，当天午后更是将这件事曝光在了校网上，内容是一张张监控截图。

截图1：图书馆自习室僻静一角，有一位女生在修图间隙起身离座。女生的面容虽然模糊不清，但画面旁边的备注名字清晰可见：建筑学院天才画家伽蓝。

截图2：自习室桌子特写，伽蓝离开后，桌面一角放着几本书、一本笔记、一个便携式黑色画筒，画筒旁边散放着几张设计图纸，画筒和图纸被发图者用红线圈出，提醒大家焦点所在。

截图3：几分钟后，有一个女生抱着几本书走了过来，许是那几张设计图纸太醒目，女生走过后又反身回来短暂停留。女生的面容和伽蓝一样模糊不清，画面旁边备注：建筑学院大四本科生杜娜。

截图4：自习室寥寥几人都在埋头记录资料，杜娜坐在离伽蓝位置不远处看书，其间多次瞄向伽蓝的设计图纸。

截图5：杜娜站在伽蓝桌前，先是目光扫视一周，见没有人注意到她，连忙掏出手机，对着伽蓝的设计图纸接连拍照数张，随后回到座位上，抱着书籍快速离开现场。

截图6：几分钟后，伽蓝拿着一本书回来，尚且不知设计图已被杜娜盗走，坐在位置上继续修图……

校友曝光此事后，所谓“好事不出门，坏事传千里”，建筑学院的舆论迅速升级，杜娜转瞬间成为众矢之的。

一个杜娜，一个伽蓝；一个厚颜无耻，一个年幼被欺，两人在校网影响力的推波助澜下顺利晋升为各大学院茶余饭后的新谈资。

避人视线、煎熬度日的那个人是杜娜，伽蓝自知倒追江少陵路途坎坷，丝毫不受舆论影响，特意挑了一个气温反常日动身前往商学院。

商学院所有教室一律采取开放式，方便非全日制学生随时前来旁听，学习方式多元化让硕士生在课堂上更是毫无压力。

建筑学院的舆论风波，江少陵开课前才听说，当时附近有几个女孩子正在谈论此事，提及伽蓝的名字，也许连江少陵自己也没觉察，他无意识地皱了一下眉。

这天非常燥热，令人窒息的热浪逼得数万学子无处可逃，昔日枯燥乏味的各大讲堂反倒成了纳凉胜地。

下午两点半，伽蓝赶在开课前走进教室，寻找江少陵，她颇有先见之明——焦点定格在女生聚集地十有八九不会错。

教室一角学生如潮，虽不至于万花丛中一点绿，却也是阴盛阳衰。好在焦点男神外在条件太过完美，周遭女同学心存幻想的同时难免心生怯意，不敢离他太近。

江少陵正坐在位置上看书，远远一看，君子如莲，周身的气场无不透露着“可远观而不可亵玩焉”。伽蓝笑着走近江少陵，若非她本人脸皮比较厚，想必很难在一群女生的瞪视下保持气定神闲。

身侧热气蒸腾，江少陵想不注意到伽蓝都很难，他侧眸看向身旁，有些意外，也有些后知后觉。

建筑学院距离商学院比较远，再加上今天气温反常，所以伽蓝的额头上都是汗，脸也晒得通红，几缕发丝更是黏在了她汗湿的脸上……

很狼狈，毫无形象。

对上他的眸，她露齿一笑，怎么看都有些热情似火。江少陵收起讶异的心态，转过视线不再看她。

少女最近舆论缠身，竟还有心思惦念风花雪月，究竟是没心没肺，还是太过豁达从容？

此时，主讲老师已拿着课件走进教室，站在讲台上随口说了几句课前语，紧接着正式开讲。

听课间隙，江少陵的手机在裤袋里无声地振动了两下。他没有查看手机的打算，直到有人伸手探向他的裤袋。

他虽面不改色，却在桌下第一时间制止了那人，不仅及时抓住了那人作怪的手指，还皱眉瞥了那人一眼。

江少陵本来还有些不悦，但伽蓝接下来的举动让他哑口无言，也只能哑口无言。

伽蓝的手很小，也很烫。江少陵抓住伽蓝的手指只有一瞬，谁料松开的瞬间却被她紧紧地抓住不放。当然，这还不是她最放肆的举动，她最放肆的举动是，用指腹轻轻地抚摸他的手指关节……

被女生调戏这还是第一次。江少陵用力抽出手，伽蓝谴责般瞪了他一眼，想来总归是有些不甘心，竟逐一亲了亲她的手指指腹，连手心也没放过。

不害臊。

江少陵觉得头有些疼。这时，手机又在裤袋里振动了两下。他抿唇听课，但三秒不到，为了避免先前的调戏事件再次上演，他从裤袋里把手机掏了出来。

伽蓝：“私底下，我可以叫你少陵吗？”

某人抿唇，他说不可以有用吗？

伽蓝：“少陵，你刚才抽手的力道太重，害得我的手指现在还有些疼。”

活该。

伽蓝：“我有没有影响你上课？”

很影响。

伽蓝：“那我走了？”

静等了一分钟，伽蓝不见“少陵”回复她的话，终于有了一丝自知之明，但她的举动却颇为大胆——当时老师正在讲课，她突然起身离座走向后门，周遭的同学纷纷对她行注目礼，就连江少陵也忍不住皱了眉。

开课数分钟就有学生离开教室，老师的讲课情绪受到影响，话语明显一顿，江少陵突然感觉心有点累。

江少陵错了。伽蓝或许是因为年幼，或许是因为成长经历太过复杂，以至于随时随地率性而为，这样一个性格似风似云的女子，注定不是他可以为之心动的对象，但她足够嚣张，也足够聪明。先前教室调戏，言语戏谑，包括后来不尊师重道半途离开教室，似乎只是为了试探出他的忍耐底线，察觉他不喜，她立刻改变策略，以退为进。

10月21日，又是在金融系，这一次是一间小教室，在进行全班讨论的环节时，伴随着思想交锋愈演愈烈，江少陵无意中看到了坐在教室最后一排的伽蓝。

这次，她没有靠近他，而是默默地听完一节课，然后背着画筒直接走人，不曾看他一眼，甚至不曾同他打一声招呼，仿佛她主动追求的男子跟她半毛钱的关系都没有。

江少陵坐在位置上，竟是半天无语。

10月24日，地点是计算机科学实验班，江少陵再一次看到了伽蓝。少女如法炮制，江少陵哭笑不得。

黄昏，江少陵回到公司，看到侯延年的第一句话就是："我的课程安排你是不是向伽蓝透露过？"

侯延年起初还死不承认，后来在江少陵的眼神追压下，逼不得已只能翻供道："小天才想画你。再说她之前送我一幅肖像画，这忙我不能不帮。"

江少陵挑眉："她说她想画我？"

侯延年："是啊，小天才怕你拒绝，所以从我这里要来了你的课程安排表，打算精诚所至金石为开。"

江少陵："……"

谎话精。

10月29日，实验班有堂课涉及多领域，伽蓝昏昏欲睡了半节课，无奈逃走时，竟意外地收到了江少陵的短信。

"听得懂吗？"

伽蓝看着短信偷笑。大概笑声太诡异，引来沿途男生莫名一瞥，伽蓝不以为意，乐滋滋地回江少陵："听不懂。"

江少陵："何必勉强自己？不仅来回折腾，还浪费时间，不累吗？"

伽蓝笑得更诡异了："你心疼我？"

这条短信发出去几分钟后，江少陵没有回复她；半个小时后，江少陵依然没有回复她；两个小时后，她已知道，江少陵绝不可能回复她。

这天，江少陵回到公司后和技术人员一直在改良软件设计，入夜了才翻起手机。手机被调成了静音模式，上面有几通未接来电，还有几条未读短信，其中一条短信来自伽蓝。

伽蓝："面对帅哥美男，我属于冷静理智型，唯独在你面前，我不愿因矜持而错过。主修课程听得懂还是听不懂其实一点儿也不重要，重要的是，我想走进你的世界，看一看你的精神领域，或是听一听你的内心独白。"

从小到大，所谓的情话和表白，江少陵听过太多次，但在这一刻方才体会到文字的魔力，宛如大团花朵绽放，虽然俗艳，却持有几分高雅之态，散发着淡淡芬芳。

11月2日，星期天，廖鸿涛打了一通电话给伽蓝，他在电话里对伽蓝说："下午三点有几个博士生来我家里商讨课题，到时候你过来听一听。"

正是午后，日前伽嘉文听说伽蓝的笔记本配置低，原本打算伽蓝回校之前陪她一起购买台式电脑，偏偏这时候廖院长打来了电话，伽嘉文倒也没多说什么，放下外出手提包，开口问伽蓝："电脑最近急着用吗？"

"不算太急。"

廖院长住在S市东区，离家里比较远，伽蓝回房间开始收拾换洗衣服和画筒。

伽嘉文走进来帮忙，柔声说："那就再等等吧。你先去廖院长那里，电脑我们回头再说。"

"好。"

二十多年前，廖院长购买了一块地，亲自设计别墅图，又亲自督建完工，据说景观别墅因为造型独特，完工后还曾轰动一时。

伽蓝去得比较早，师母看到她很欢喜，拉着她的手闲聊不过数句，就被廖鸿涛给支走了："玉华，一会儿还有几个学生要过来，你先去帮我们沏壶茶。"

伽蓝笑意不减，目送师母走进厨房，猜测廖院长可能有话要问她。

客厅里，廖院长坐在沙发上问伽蓝："几个月前，杜娜剽窃你的参赛设计图，这件事你为什么不告诉我？"

"于公，您是建筑学院院长，杜娜得冠军已成事实，如果我曝光此事，只会让杜娜在建筑学院寸步难行；于私，您是我师父，而我秉着多一事不如少一事的原则，只当自己吃了一次闷亏，这事不提也罢，更何况……"停顿了一下，伽蓝的眼眸里流露出一丝温软和善良，"人生在世，无非是在对错中摸爬滚打学习经验。我相信杜娜只是一时鬼迷心窍，事情演变至此，其实她的日子并不好过。关于这件事，我当初既然没有出面说明，今后也不会出面道明真相，也希望老师能够给杜娜一次机会。如果学校因为此事处分杜娜，这个污点很有可能跟随她一辈子。”

伽蓝言语豁达，廖院长的心情却异常复杂，既意外又欣慰。伽蓝本性善良不愿追究此事，但监控画面已经曝光，杜娜身为事件女主角，很难全身而退，否则众学子愤怨难消。

适逢几个博士生应邀一起过来，廖院长便暂时搁置了这件事，示意伽蓝随几位师兄一起去书房。

廖院长有很多学生都曾见过伽蓝。以前伽蓝还很小的时候，他们还以为伽蓝是廖院长的外孙女，后来见面次数多了，才惊觉小女孩深藏不露，因极具天赋，所以廖鸿涛极为看重她。

这几位博士生自是认识伽蓝，见了面相互打了声招呼，就坐在书房里开始进行课题讨论。

廖院长在倾听的过程中，偶尔会提出漏洞和问题，让学生自行思考；偶尔会认同，并做简单补充或讲解。

伽蓝坐在一旁倾听的时候多，参与的时候少，除非廖院长点她的名。

临近黄昏，伽蓝该回学校了。几位师兄均已参加工作，倒是有一位冯姓师兄要回一趟学校。廖院长把伽蓝委托给了冯师兄：“你们两个抵达学校后，记得给我打电话说一声。”

“好。”冯师兄答应得很干脆。

回程路上，冯师兄爱妹心切，从背包里取出一瓶饮料递给伽蓝。伽蓝微笑推拒，说她不渴。

防火防盗防师兄，万一冯师兄见色起意偷偷往饮料里下药，那她岂不是名节不保？

冯师兄读本科时就已认识伽蓝，当时伽蓝尚且不满九岁。多年相处中，众多师兄和师姐一直对她宠爱有加，视她如妹。少女五官虽不惊艳，但才华超群，眸中的老成更是令人心生艳羡。

冯师兄把玩着手中的饮料，忽然想起了一件正事：“小师妹，廖院长有跟你提过吗？下个星期他打算带我们去苏州探讨园林景观。”

伽蓝皱眉：“我不想去。”

“为什么？”

伽蓝愁眉苦脸地道：“我和我家那位分开太久的话，我晚上会睡不着觉。”

冯师兄："……"

冯师兄最后还是没忍住："你什么时候谈恋爱了？"

伽蓝避重就轻，叹息道："什么时候谈恋爱不重要，重要的是古时候女子十五及笄入洞房，可怜我今年已16岁，初吻还没送出去，更不曾体会过唇舌交缠是什么滋味……"

开车的是位女司机，闻言没忍住，扑哧一声笑了起来，再看冯师兄……冯师兄是一副想死的表情。

周一开课，导师带杜娜去见廖鸿涛。廖鸿涛话语不多，简单提及伽蓝不愿追究此事，但坏风气不可助长，给杜娜一个内部处分是跑不掉的。

离开廖鸿涛的办公室后，导师感慨伽蓝好度量，再三提醒杜娜寻机和伽蓝好好谈谈，至少也该当面道声歉。

杜娜咬唇沉默，过了几秒才点头道了一声"好"。在那短短几秒里，杜娜想起那天中午，少女带着笑音说："学姐，好戏才刚刚开始。"

人前豁达伪善，人后原形毕露，但有些事实即便她说出口，想必也没有人愿意去相信，反而还会认定她是在倒打一耙。

周二午后，杜娜在几位大三学生的冷嘲热讽下终于打探到伽蓝踪迹。建筑学院的小花园里有一处小草坪，中间栽着一棵银杏树，少女靠着树身在画夹上专注地画着手稿，暖暖的阳光洒落在她的身上，远远一看光泽浮动，杜娜尚未近前，步伐已生怯。

前方有阴影逼近，伽蓝知道来访者是杜娜。不久前，有两位大三同学先后给她打来电话："蓝蓝，杜娜刚才来教室找你，现在很有可能正在去小花园的路上。我告诉你，人善被人欺，你不要太好说话啦！"

另一位同学担心杜娜欺负伽蓝，听语气似乎打算带几位男同学一起过来"护驾"……

同学情深啊！

伽蓝轻轻发笑，合上画夹的同时也抬起了眸子。

半个月不见，杜娜消瘦不少，精神状态也很差，以往那般时尚精致，如今却是满脸苦闷，想必在学院里行走的每一日对她来说都是痛不欲生的。

杜娜站着不动，垂眸看着伽蓝。少女16岁，一头浓密的长发披散在肩膀上，嘴角虽然带着笑意，冰凉的眸子却透着诡异……

杜娜不敢正视这样的眼眸，略显急促地向伽蓝道了声："对不起。"

"居高临下对我说对不起吗？"伽蓝盘腿靠着树身，随手将画夹丢到一旁的草地上，再看向杜娜。杜娜皱了一下眉，短暂犹豫后，终于坐在了草地上。

杜娜再次说："对不起。"

伽蓝目不转睛地盯着她，不紧不慢地道："你不用跟我说对不起。"

杜娜垂头不吭声，认定伽蓝之所以这么说，无非是故意挖苦她，但伽蓝接下来的话却让她呼吸骤停，脸色瞬间青白交加。

伽蓝说："杜学姐，你有没有想过一种可能，那天在图书馆里，有人站在位于监控死角的图书架后面目睹了案发全过程？"

杜娜猝然抬眸看着伽蓝。伽蓝的笑容很淡，眼神却深沉如暗夜。她与杜娜面对面坐着，无视杜娜眉目间的震惊，压低声音道："忽然看到一个好设计，是不是很容易就怦然心动？学姐坐在位置上想起我那份设计图，是不是心里痒得格外难受？你那么迟疑，害得我也跟着瞎着急，好在学姐没有让我失望。你不知道，当你拿着手机对着我那几张破草图疯狂拍照的时候，我真想冲出去给你一个大大的拥抱。"

话说到这里，伽蓝嘴角的笑意开始变得不可捉摸，杜娜忽然觉得很害怕。

伽蓝的倾诉欲望很浓烈，一脸笑意地道："我假装不知道你偷了我的设计图，故意选在敏感的时间段退赛。你获得冠军后，我顺水推舟借笔记本电脑给我们班一个是非精，结果是非精在桌面上看到了我当初的参赛草图，再往后的事情不用我多说，想必学姐一清二楚。"

原来是她，原来是她在背后操控舆论！

杜娜浑身直发颤，伽蓝温和一笑，伸手握住杜娜的手指，正要给她取暖，岂料杜娜反应激烈，忙不迭地甩开伽蓝的手指，与此同时大幅度向后挪了挪，此时的杜娜似是已经忘记她原本可以站起身远离伽蓝的……

她被吓蒙了。

这是伽蓝第一次将自己阴暗的一面暴露在阳光下，不纠结，不轻率，因为她也需要倾诉自己压抑经年的阴暗面，因为她很清楚，就算杜娜将她这番话说给别人听，也没有人会相信杜娜的话。

说真话都没人相信，人活到这份上真可悲。

伽蓝双臂环胸，靠着树身懒懒发笑："学姐，你不欠我，我很久都没有这么开心过了，逗你玩，看着你每天在痛苦里煎熬，看着老师和同学们为我打抱不平，我心里真是快活极了。"

杜娜的额头和身上冒出一层虚汗。她从未见过心肠这么狠毒的女生，也从未见过可以把伪善做得如此滴水不漏的女生，为什么会没有人发现伽蓝是一个怪物？为什么所有人都被她给骗了？

伽蓝看着杜娜失笑："学姐，别用这么惊恐的眼神看着我，我会害怕。"顿了一下，伽蓝倾身凑近杜娜，杜娜的身体下意识地往后仰，以至于伽蓝单手撑着地，对着杜娜轻声细语道，“经一事长一智，以后学姐千万不要心存罪恶感。我母亲从小教育我：善恶到头终有报，人间正道是沧桑。这句话送给你，你我共勉。”

杜娜几乎是噌的一下就从地上站了起来，又在快速走了几步之后转过身，似是想要再次验证她之前看到的、听到的，是不是只是她的一场幻觉和幻听，事实证明……不是。

她不该转过身。

杜娜忘不了伽蓝当时的表情：少女单手撑着草地，目光沉沉地看着她，嘴角却微微上扬，上扬，再上扬……

犹如大白天观看惊怵的鬼片，杜娜浑身一凛，几乎是拔腿逃离了小花园。

伽蓝单手撑地失笑片刻，随后退回原位，捡起先前的画夹，拿着画笔绘图时，嘴角笑容终于一点点消失殆尽。她看着画中男子冰凉的眼眸，难得陷入了困惑：如果他看到这样一个她，是否也会如杜娜一般视她如怪物，并对她敬而远之？

答案是无解，因为她不会让他看到这一面。

11月7日，星期五。伽蓝明日要随廖院长一行人前去苏州游园，预计要停留一星期左右。下午她把这事说给母亲听，母亲念叨着：“苏州最近几天多阴雨，我去学校给你送几件衣服？”

伽蓝说“不用”，不愿母亲来回奔波，但黄昏时分还是接到了母亲的电话：“我在你们宿舍楼下，喊你那群小伙伴一起下楼，就说妈妈想请她们一起吃顿饭。”

徐惠和叶蓁蓁都是本地人，几乎每个星期都会回家。蔡小竹则是离家远，双休日一个人在宿舍无聊，好在当年她们高中部有几个死党一起考进了S大，所以双休日倒也过得很滋润。

黄昏时分，徐惠和叶蓁蓁早已收拾东西回家去了，宿舍里只剩下伽蓝和蔡小竹。

伽蓝向蔡小竹转达了母亲的意思：“小竹，伽女士喊你出去吃饭，去吗？”

蔡小竹顿时就乐了，凑近伽蓝的手机，故意扯着嗓门巴结伽女士：“咋不去呀？你说我有多久没有见咱妈了？也不知道她现在是不是还跟以前一样光彩照人？”

这话还真巴结到了伽女士，伽蓝听伽女士在手机那端咯咯地笑，干脆把手机交给蔡小竹，“你再陪咱妈乐呵乐呵，我去换衣服。”

蔡小竹接过电话，张口就是一声甜腻腻的“妈——”，伽蓝感慨万千：宿舍四个人没一个是要脸的。

这天晚上，S市下了一场大雨，伽蓝和蔡小竹睡得熟，都未察觉。所谓大风过境，第二天起床，只见阳台上不少衣服均遭风雨洗礼，一件件黏在了地面上。

看来还要重新洗一遍。

蔡小竹蹲在阳台上搓洗着脏衣服，忍不住嘟囔道："每次都是这样，趁我睡着，它才敢下雨，有本事当着我的面下——"

蔡小竹话音未落，只听咔嚓一道响雷瞬间划过天际，蔡小竹立刻闭嘴，端着洗衣盆打算躲到洗手间里去。

伽蓝正在洗手间里刷牙，见此情形，眼明手快地赶在蔡小竹冲进洗手间之前关上了洗手间的房门，她怕蔡小竹连累她遭雷劈。

上午八点半，伽蓝等人在建筑学院集合。这次去苏州，伽蓝没有知会江少陵，所谓距离产生美感，倒是可以玩一把欲擒故纵，万一有成效呢？

既然如此，那就"纵纵"吧。

2003年步入11月，除了11月4日在商学院图书馆，伽蓝曾当着江少陵的面缓缓飘过，江少陵已有多日没有再看到她了。

11月22日星期六，周强过生日。他数天前就安排好了庆生方式：中午和舍友一起吃饭，晚上和女朋友单独过。

中午的用餐地点敲定在东苑附近的粤菜馆。江少陵一行人去得比较晚，双休日的美食街，再加上汽车横行，结果可想而知——几辆汽车横七竖八地堵在路中间，周围的路人进退两难。

江少陵等人走近，就见一辆白色的汽车卡在路中间，车头、车尾以及车身两侧各自卡着一辆汽车，处境甚是可怜。

听围观路人说，白色汽车的驾驶员是一位女司机，好像刚拿到驾照不久，美食街各大饭馆门前私家车出出进进，女司机一看慌了手脚，越是心急越是无法脱身，所以才会僵持了这么久。

那几位车主虽然没有开撕，心眼却很坏，开着窗一直在朝白色汽车瞎起哄——

司机A："妹子，快别哭了，哥不催你，慢慢来啊！"

司机B："唉，就这车技还好意思开车上街？佩服啊！不佩服都不行。"

司机C："妹子，你倒是动一动啊！"

司机D："我说这位司机大姐，今天中午是我第一次见丈母娘，你可别害我啊！"

再说那位女司机听到司机们在催，坐在驾驶座上哭得更厉害了，泄愤般捶着方向盘，一把鼻涕一把泪："我学驾照干啥啊？我连车都不会开，我还能干啥啊？"

围观路人这时候也顾不上同情心了，全都忍不住笑了起来。

杜衡也在笑，但笑着笑着，他不笑了——路旁有两位女生正满头是汗地请路人帮忙把车给开走，其中一个女生，杜衡曾在九月份开学时见她和伽蓝走在一起。

“好像是伽蓝的同学。”杜衡对江少陵等人说了这么一句话。

江少陵闻言看向白色座驾，周强在一旁皱着眉：“这群人摆明是在欺负小姑娘不会开车，实在是太嘚瑟了。”

侯延年征询舍友意见：“要不你们疏通一下人流，我去帮几位小姑娘把车开出去？”

周强：“好啊！”

杜衡：“我没意见。”

江少陵：“……”

女司机是徐惠。徐惠暑假里拿到驾照，好不容易有机会开车来学校，说什么也要带着几位舍友炫耀一番。上午路况良好，她战战兢兢地开车，倒也没出什么大问题，但没想到中午来美食街吃饭丢尽了颜面，还没抵达餐馆，就因开车技术不佳，很快就被四车包围，这对徐惠来说可谓是晴天霹雳，她一边怨愤自己学艺不精，一边又忍不住流下几行伤心泪。

三个小姑娘求助无援，这时见少帅等人前来帮忙，差点没感动得直落泪。

美食街人流量很大，细算下来前后堵了不少车，想要摆脱堵车困局，费点时间也是在所难免。

疏通人流的间隙，杜衡也没闲着，询问叶蓁蓁和蔡小竹：“只有你们三个女生一起出来吃饭吗？怎么不见伽蓝？”

蔡小竹说：“伽蓝在垃圾收购站里捡垃圾，没时间回学校。”

捡垃圾？

沉默了三秒钟，杜衡感慨天才的世界他不懂。

蔡小竹见江少陵朝她看过来，心里顿时乐开了花，再说起伽蓝时，声音较之先前明显大了许多：“伽蓝前段时间随廖院长等人一起去苏州游园，上个星期回到S大。廖院长让每个游园学生造一件园林建筑的模型，伽蓝选用可乐瓶造墙体大样，所以最近才会频繁出入垃圾收购站……”

八卦至此，蔡小竹的声音越来越小，随后尴尬地摸了摸鼻子——她这般急于表现，奈何江少陵却在有条不紊地示意侯延年倒车，压根儿就没听她的连篇废话。

周日黄昏，伽蓝刚回到宿舍，就被几位舍友拉到椅子上坐好，言谈间一个比一个嘚瑟，大意无非是徐惠周六开车被堵美食街，幸得江少陵等人帅气解围……

伽蓝沉默地微笑。人要修炼到怎样的程度才能如此不要脸——开车被堵美食街，瞧把她们一个个给乐的！

不过，这几人提起江少陵，倒是让她稍稍反省了一下。她前段时间去苏州，原指望放缓进攻步伐“纵”一把，但阔别多日，江少陵不仅对她不闻不问，甚至连一条问候短信都不曾给她发过……

论腔调，伽蓝真想对江少陵竖一竖大拇指。

她最近是真的很忙，原本计划完成模型再去找江少陵，但这天黄昏被徐惠等人嘚瑟得心痒痒，于是发了一条短信给江少陵：“在商学院吗？”

江少陵很久才回她一句：“实验班。”

伽蓝：“一日不见，如隔三秋；多日不见，恍若半世匆匆流走。少陵，我很想念你。”

五分钟过去，江少陵没回话，伽蓝嘴角开始有了笑意——也许1米83现在正皱着眉。

伽蓝：“可以抽空见一面吗？我有东西要给你。”

这天黄昏，天空看似风轻云淡，却被夕阳晕染，以至于羞红了脸。江少陵在图书馆查阅资料，偶尔会望向窗外。那里有一棵香樟树，11月的风穿梭在枝干之间，细弱的枝干似是受到惊吓，在窗外颤个不停。

十几分钟以前，伽蓝将见面地址发给江少陵，对于这条见面短信，江少陵选择无视，思绪却被短信内容无声地牵引。

十几分钟以后，江少陵收拾书籍，起身走人。

实验班的学生今晚大部分都没课，伽蓝将见面地点定在阶梯教室外不是没有原因的，至少这里很清静。

离得很远，江少陵就一眼看到了伽蓝：少女抱着黑色画筒坐在台阶上，穿着一件白衬衫和一条黑色小腿裤，赤脚穿着一双黑白色帆布鞋。

看到他一步步走近，她的眼睛闪闪发光，是雀跃吗？

她打开黑色画筒，从里面取出一幅画，站起身递给他：“送你。”

他接过画，见那是一幅素描肖像。画中少女五官清秀，嘴角淡淡含笑，一双慧黠的眼眸静静地凝视着看画人，仿佛要将看画人吸进她的灵魂里……

画中少女是她，看画人是他。先前他从她的手里接过画，如今再还给她，十有八九她会视而不见。

虽不愿承认，但……他是有些想笑的。她画一幅肖像画送给他，背后的深意不言而喻，小算盘明明打得很响亮，偏偏被她演绎得堂堂正正，倒也难为她了。

他看着伽蓝，不动声色地道：“铅笔素描？”

“对，我没上色。”伽蓝笑意不减，背上画筒步下台阶，虽然没有跟江少陵道声再见，却有一道轻灵的女声随风响起，她说，“其实也无须上色，因为我想，总有那么一天，你看到我的素描肖像，虽然没有颜色，但你一样会觉得我在你眼中五彩斑斓。”

言语缓缓消散，江少陵站在台阶上看着她逐渐走远，视线中，少女斜背着画筒，发丝随风飘动，颇有几分侠女风范。

对江少陵来说，此时的她深谙进退诀窍，懂得见好就收，虽然言谈举止太过放肆，却不招人反感，更不会排斥……

不反感，不排斥吗?

微风卷动手中的素描，除了极其细微的拍打声，11月的风注定无法给予江少陵一个合理的答案。

时间步入12月，江少陵和伽蓝各自忙碌，很难再碰上面，电话和短信联系几乎为零。直到12月下旬，伽蓝才抽出时间和江少陵相聚在商学院。

那天上午天空很阴沉，商学院小教室坐满了硕士生，伽蓝阔别多日再次登场，精准地赶在开课前走进小教室。

伽蓝从正门进入，众目睽睽之下，愣是把每一步都走得很扎实，然后笑容无害地坐在了一把椅子上。

她的旁边坐着江少陵。

江少陵在看课本。伽蓝没有跟他打招呼，却察觉周围有几个女硕士正在用死鱼眼斜视她，她很友好地对她们挨个点头致意。

喜马拉雅山很高吧？总不能自己不敢爬山，就不许勇者爬山吧？结果伽蓝这么一致意，那几个女硕士均是一愣，随后齐刷刷地有了点尴尬。

教授在讲课，江少陵却觉得有一道灼热的视线落定在他的脸上，他瞥了一眼伽蓝，竟发现少女侧着身子，正单手托腮看着他。

江少陵视若无睹，不理她。

几分钟后，教室里开始有同窗隐忍发笑，他镇定两秒，手指触及伽蓝的左脸，“帮”她扳了回去，但他刚把手移开，少女就再次单手托腮把脸转了过来。触及少女色眯眯的眼神，江少陵的眼里掠过一丝笑意。

“听课。”某人声音清越。

“哦。”伽蓝笑容加深。她很听江少陵的话，移开眸子看着黑板，只是……教授讲课太深奥，她听不懂。

课堂上发生了一段小插曲：教授课上提出观点，让学生提出感想或看法，教授大概见伽蓝面相陌生，伸出手指快要指向伽蓝时，没想到江少陵竟帮她解了围，他在课堂上提出另外一种全新的观点，教授很快就被他转移了注意力……

某人讲述个人观点时，身旁的女子笑开了花，让某人万分无奈。第一次，他被一个女孩子磨得没了脾气。

这天下课，江少陵对伽蓝说："下个月学校考试，不要再频繁往来于商学院和实验班。"

"好。"伽蓝很想问一句，他不让她频繁往来于商学院和实验班，究竟是为了拉开彼此的距离，还是单纯为她的学业着想?

这层认知很重要，但她没有问。

S大对学生的分数把控很严，想要拿到好成绩，考试前通宵是常有的事，叶蓁蓁说："这叫临阵磨枪，不快也光。"

1月份，交完学期作业，紧接着就是小组测试，再然后还有一科接一科的考试等着他们前仆后继。

好不容易考试结束，建筑老师又给他们布置了寒假作业——每人手绘五座特色建筑群，开学上交作业。

放假那天，伽蓝通过侯延年知道江少陵黄昏才会离校，她在宿舍里收拾好行李，又跟舍友一一道别，然后拉着行李箱去了东苑。

她去东苑是为了见江少陵，学校放寒假，少说也有一个月不能再见面，离校前怎么说也应该道声别。

抵达商学院，远远就看见江少陵和一个年轻女孩子从活动中心里走出来。那两人的身材都很好，又都有超高颜值，走出活动中心时，活脱脱一部商业大片。

最近气温多变，江少陵穿着一件修身呢大衣，左手拿着一个文件袋，右手正拿着手机通电话，至于他身旁默默跟随的女子……

是"蜈蚣辫"苏薇。

苏薇卷发披散，五官精致，穿着一件深色系中长开襟厚毛衣，随江少陵出入商学院显得格外相配。

看到苏薇，伽蓝难免会想到她的好朋友杜娜。大四正值实习期，学校为杜娜的前途着想，对杜娜的处罚仅限内部通告，为此，廖鸿涛还特意找伽蓝和杜娜谈过话，奈何杜娜见到伽蓝就跟见到鬼一样，一直低着头不吭声，廖鸿涛误以为杜娜是惭愧所致，也就没有再多说什么。

前段时间宿舍夜间闲聊，蔡小竹等人无意中说起苏薇，伽蓝方才知道苏薇的姑姑竟是江少陵继母……

伽蓝没有上前跟江少陵打招呼，她在活动中心附近止步，目睹江少陵和苏薇逐渐远去。

近几个月来，她步步迫近江少陵，虽然希望江少陵能与她互相牵连，思想上互相渗透，但感情的捆绑向来是颇费周折，不宜鲁莽急进。

乘坐公交回到家里，已是晚上七点。一路上，母亲接连给她打了两通电话，询问她什么时候才能到家。

伽蓝拉着行李箱穿过小巷后，方才明白母亲为何会如此急迫，原来家中有贵客。她早该想到，几乎每年春节前后，陈菀阿姨都会和林宣一起回到国内，今年也不例外。

林宣在院门外等她。

昏黄的灯光下，林宣穿着黑色毛呢风衣，身材修长，身高丝毫不逊于欧美男模。他和江少陵都是长相很好看的人，唯一的区别在于，林宣有混血基因，五官的欧美特征极其明显。

见到林宣，伽蓝打从心底里感到高兴。林宣笑着走近她，先是伸出手臂紧紧地抱着她，随后搂着她的腰，习惯性亲了亲她的脸："五点离校，怎么会这么晚才回来？"

"今天各大院校放假，路上堵车。"

夜幕降临，巷子里不时有人走过，见两人亲昵地抱在一起，纷纷朝他们行注目礼，好在伽蓝脸皮厚不在乎，从小生活在美国的林宣更是不要脸。

林宣说："我应该去学校接你。"

"你去接我还是会堵车，除非你开飞机去接我。"

伽蓝说的本是玩笑话，谁知林宣竟认真地点了点头："好吧，今年暑假回国，我申请开飞机去接你。"

伽蓝语塞，狐疑地看了一眼林宣："你说真的还是假的？"

"你说呢？"

林宣将话题抛给伽蓝，但林宣的心思还真是不好猜。她这位林哥哥很宠她，所以他说明年开飞机回来倒也不是没有可能，但家宅方圆几十里根本就找不到飞机的降落地，这么一看倒是玩笑的成分居多。

林宣接过她手中的行李箱，见她还在纠结他话语的真伪，忍不住笑着朝她伸出手："快进屋，你菀姨一路上没少念叨你。"

回到家，母亲正在下厨做菜，陈菀笑着从厨房里走出来，见到伽蓝，陈菀的举动几乎和林宣一致：拥抱，亲吻脸颊……

不愧是母子。

陈菀让林宣帮伽蓝把行李放进房间，然后拉着伽蓝的手直接去了客厅。

客厅的沙发上摆放着好几个奢侈品纸袋，是陈菀专门为伽蓝挑选的新年礼物。伽蓝随手翻看了一下，分别有外套、连衣裙、鞋子、化妆品……

“喜欢吗？”陈菀轻声问。

伽蓝笑着点头，坐在沙发上伸手抱住陈菀。她虽生活在单亲家庭，但她得到的爱并不比别人少。

晚饭时，空气里弥漫着菜香味，很热闹，也很温暖。S市伽家不仅是伽嘉文和伽蓝的家，同时也是林锦鹏、陈菀和林宣回S市探访亲友的家。林锦鹏是地地道道的中美混血儿，从未离开过纽约，儿子林宣亦然，至于陈菀……陈菀出国留学前，籍贯并非S市，她是福建厦门人。除了伽嘉文和伽蓝，林家在S市毫无亲人可言，所以每年回国探望伽嘉文母女都会拖着行李入住伽家。陈菀曾说：“虽然酒店服务周到，但总归少了烟火气。”

伽家有三个房间：一间主卧，一间客房，一间书房。平时伽嘉文住在主卧室，伽蓝住在客房，若是林家回国做客，通常是伽嘉文、陈菀和伽蓝住在主卧室，林锦鹏住在客房，林宣住在书房。今年林锦鹏公司事情比较多，所以只有陈菀母子一起回来。

吃饭的时候，陈菀提及晚上要和伽嘉文一起睡，正好可以说说话，伽蓝笑着点头：“好，我睡自己房间，不打扰你们基情四射。”

此话一出，陈菀哈哈大笑，直呼伽蓝好可爱；伽嘉文忍着笑敲了一下伽蓝的头，斥她胡说八道；林宣夹了一块红烧肉送到伽蓝嘴边，笑着帮她解围：“童言无忌。”

晚饭后，众人在昏黄的灯光下看电视，趁母亲正在和陈菀母子说话，伽蓝掏出手机发短信给江少陵：“很遗憾，今天没来得及跟你道声别，寒假期间方便见一面吗？”

伽蓝发短信是八点半，江少陵临近十点才回了一条短信给伽蓝：“不方便。”

江少陵回短信的时候，伽蓝把手机落在了房间里，当时母亲刚煮好一壶白开水，倒了一杯交给伽蓝：“给你哥哥端过去。”

晚上林宣入住书房。伽蓝端着水杯进屋时，林宣正在翻看她的素描本，她把水杯放在书桌上，见他看得颇有兴趣，走到书架前打开上层玻璃柜，还没取出其他几套素描本，林宣已走过来从身后抱住了她，说：“整整半年没有联系，有没有生我的气？”

伽蓝沉默不语，却因林宣的话想起了2003年暑期长假。

2003年7月末，陈菀邀请伽嘉文一起去巴厘岛游玩，她和林宣随行在侧。那天巴厘岛气温很高，四人几乎在别墅酒店里休息了一整天。黄昏，林宣陪她去海边散步时，有三位亚裔女孩子穿着长裙走过来，其中有一位亚裔女孩子在两个朋友的怂恿下上前与林宣搭讪，询问林宣晚上是否可以一起吃顿饭。

林宣待人接物素来很有修养，就连婉言谢绝也不忘顾及对方颜面，伽蓝则觉得大可不必。日前机缘巧合，她窝在酒店咖啡厅一角看书时，不远处坐着两个外籍男人，几分钟后，这位搭讪女子走过来和其中一名外籍男人吻得仿佛干柴烈火，后来外籍男人交给搭讪女子一把钥匙，笑着让她回房等他。

女子走后，两名外籍男人的英文交谈声传递入耳，言语不堪，不外乎女子床事了得……

如今豪放女穿一袭长裙，摇身变成仙女范儿，再见她含羞带怯邀约林宣一起吃饭，伽蓝只觉得好笑，当即盯着那名搭讪女子似笑非笑道："是吃饭，还是想玩一夜情，你确定你真跟我哥哥讲清楚了吗？"

话语如此直白，搭讪女子惊讶之余，转瞬间泪水盈盈。

"Sylvia，道歉。"林宣不悦地看着她。

她是不可能道歉的。伽蓝瞥了一眼搭讪女子，直接当着林宣的面慢悠悠地回酒店去了，丝毫不觉得自己说错了什么话或是做错了什么事。

再来说说林宣。那天搭讪女子受了委屈，站在海滩上哭了许久，林宣解决完这件事，压着一肚子火气回酒店找伽蓝。别墅酒店出门就是大海，伽蓝躺在沙滩椅上，闭着眼似是睡着了。

察觉他走近，不等他训斥出口，她直接丢了一句话给他："不过是一朵圣母白莲花，值得你前来兴师问罪吗？"

沙滩附近有几个外籍男人正在和异性调情说笑，声音一波波传过来，吵得人心烦意乱。林宣见她不知悔改，气得胸口直发闷，即便如此，终是不舍当着她的面发泄出来。隔天早晨，林宣推托有事，率先结束旅行离开巴厘岛。回到纽约后，他和伽蓝冷战数月，不似往年三天两头打电话回国。直到一个多月前他过生日，她终于打了一通越洋电话给他，谈笑间早已忘记巴厘岛的不快，没心没肺得很。

林宣生气，是因为他不识搭讪女子庐山真面目，而伽蓝不愿解释，纯粹是懒得解释，她视林宣如兄，她倒是好意思将那两名外籍男人的话复述一遍给林宣听，但问题的关键是，林宣他好意思听她讲搭讪女子的床事风云吗？

S市伽家书房，林宣问她有没有生他的气，面对她的沉默，他显然误解了她的意思。他与她相距甚远，他不可能天天跟着她，其实最让他生气的不是她对人出言不逊，而是万一哪一天她出言不逊招惹祸端，他又不在她身旁……

迟疑片刻，林宣开口问她："即将大四，你有想过出国留学吗？"

"去哪儿留学？"她从他怀里转过身。林宣薄唇轻启，"美国"两个字出口的瞬间就被她紧张地捂住嘴，看了看门口没人，伽蓝才移开手压低声音道："我的亲哥哟，我妈提起美国就犯头疼，你可别刺激她。”

林宣垂眸看着她像一只小跳蚤一样瞎咋呼，忍俊不禁，却也心知伽嘉文对美国讳莫如深，对居住在美国的沈家明更是痛恨入骨。所谓关心则乱，是他太心急了，看来美国留学这件事还需从长计议，她进驻他的生命长达十几年，他不可能放任她一辈子都留在国内，他也不许。

此时的林宣尚且不知，几分钟后伽蓝回房间查看手机短信，源自某个男生的短短三个字竟使他疼宠多年的小女孩儿煎熬了大半宿才睡着……

林宣比伽蓝年长六岁，目前正在美国著名高校攻读博士，国外大学寒假比较短，放假时间也和国内大学大不相同。

12月18日，林宣所在高校正式放假，但2004年1月10日就已开学，这次林宣请假回国，只能在S市停留三天。

林宣平时很注重健身运动，入住伽家的第一个清晨，外面天寒地冻，他拉着伽蓝跟他一起外出跑步。

伽蓝缩手缩脚地跟着他又走又跑，一路上气喘吁吁不说，喉咙也疼得厉害，简直是活受罪。

吃过早饭，两人留在家里看碟聊天倒也其乐融融。吃过午饭，伽蓝回房间躺在床上跷着二郎腿翻看手机，敲门声响起，是林宣。

伽蓝坐起身。

林宣将手中的菊花茶递给伽蓝：“我听文姨说，你要买电脑？”

“嗯，我现在这台笔记本电脑配置较低，之前要买，一直有事耽搁，所以才拖到了现在。”伽蓝喝了一口菊花茶，抬头看着林宣说，“要不，你下午陪我一起去商场？”

林宣笑着说：“正有此意。”

下午去电脑市场，林宣的混血面孔注定是焦点所在，身旁有几个学生妹走过，心猿意马地道：“啊，好帅，好帅——”

帅个头。

伽蓝心说不该让林宣陪她一起来商场选电脑，她要买一台电脑，结果他给她买了两台：“台式电脑放在家里，笔记本电脑带到学校会方便一些。”

伽蓝颇为矫情虚伪，跺着脚说：“哎呀，我身上钱不够，只能买一台电脑。”

林宣拿出钱包付账，临了还不忘瞥她一眼，似是在说：“你可真会开玩笑。”

笔记本还好，台式电脑太过笨重，林宣写好地址交给电脑销售人员，提醒对方及时送货上门。走出电脑市场，外面正下着大雨，水流冲刷着路面，想要坐出租车还要左转再走几百米。

林宣脱下大衣披在伽蓝头上，伽蓝很不情愿，抬手就要扯下来：“你把我打扮成这样，跟韩国古代女人出门头顶披件衣服有什么区别？”

门口有不少人正在躲雨，有人闻言忍不住笑了起来。

“你想感冒吗？”林宣裹紧她身上的外套，不让冷风灌进大衣里，半强迫地搂着她步入雨幕中，伽蓝只能无奈作罢。

闹市街头，风雨呼啸，年轻男子搂着少女一步步走远，不知羡杀多少滞留门口的看客。

伽蓝不知道的是，这天杜衡也在电脑市场，并在门口躲雨时看到了这一幕。

小天才下手倒挺快，这么快就有男朋友了？

隔天清晨，S市虽没下雨，但空气湿冷。林宣再次把伽蓝从暖烘烘的被窝里拉出来后，伽蓝委屈得不行，缩着脖子远远地跟在林宣后面，冻得直流清鼻水，掏出纸巾僵着手擤了擤鼻子。其间林宣多次止步等她，两公里的环湖大道愣是被她拖拖拉拉走了一个多小时。见此情形，林宣多少有些无可奈何，只能背着她回去，一路上没少训斥她体质极差，再这么懒惰下去，小心哪一天瘫在床上不会动。

这人说话可真毒，比江少陵还毒。

想起江少陵，那可是君子如莲啊！他越是对她爱答不理，她越是心痒难耐，恨不得每天做梦抱着他大战三百回合。奈何梦境不由人，每次梦到他，多是男子冷淡地看着她，面对那样一双清冽的眼眸，她怎么可能下得了手？

这天晚上，她和林宣陪伽嘉文和陈菀一起外出散步，她有话要问林宣，所以有意扯着林宣的衣摆走在后面。

伽蓝看着林宣，压低声音问：“你像我这么大的时候，有没有夜间欲火焚身过？”

“什么？”

林宣猝然止步，他皱眉盯着伽蓝，怀疑自己是否听错了。

前方伽嘉文正在和陈菀说话，并未察觉后面子女的异常。伽蓝挽着林宣的手臂慢慢往前走，继续之前的问话：“你欲火焚身的时候，通常会怎么解决？找女伴？自己解决？看岛国动作大片？”

林宣脸都绿了，寒着一张脸听她啰啰嗦嗦说个没完没了，一路上不知深呼吸了多少次，直到——

某女厚颜无耻地道：“好哥哥，要不一会儿回到家你帮我下载一部动作大片解解馋？”

深呼吸已经救不了林宣了，他咬着牙甩开她的手，冷冰冰地丢了一句话给她：

“自己找去。”

某女愤愤地嘟囔一声：“小气。”

小气？

林宣双手插在裤袋里，脚步极重地踩在地面上。身后那个祸害精，有时候他真恨不得掐死她。

然而她提到“欲火焚身”，却也让林宣意识到过完年她即将17岁，已经17岁了吗？

他转身看着伽蓝。灯光洒在她的身上，衬得黑发颇有光泽，虽然还只是一个少女，坏起来时常让人恨得牙齿直发痒，但眉目沉稳，心态更是老成，见他回头看她，她还在埋怨他太过小气，直接赠送他一个大白眼，将脸扭到了一边去……

他失笑，移开眸子不再看她。对，她即将17岁，询问男女之间的私密事虽然听起来有些不知羞，但17岁正值对异性好奇的年纪，倒也可以理解。若不是她年少考进大学，在众多学子中属于小萝卜头一个；若不是文姨说她每天的学业很重，原计划提前修满大学课程，他十有八九无法放任她在情窦初开的年纪里距离他太远。因为她还太小，所以他的感情，他只能延后再告诉她；因为是她，所以他变得很谨慎。

翌日S市下起了淅淅沥沥的小雨，伽嘉文开车送林宣和陈菀去机场。

机场大厅。

分别在即，林宣紧紧地抱着伽蓝：“好好照顾自己，今年暑期放假我再回国看你。”

伽蓝微笑点头。

送走好友，伽嘉文在回程路上打着方向盘不说话，看起来很失落。伽蓝有心宽慰伽嘉文：“妈，虽然菀姨他们走了，但我不是还陪在你身边吗？开心一点。”

伽嘉文哼笑一声：“你不气我就不错了。”话虽如此，却伸手摸了摸伽蓝的头。伽蓝是什么心思，伽嘉文不会不知道，正是因为知道，所以失落锐减。母女相依为命，她没什么可难过的。

陈菀和林宣离开后，伽蓝担心母亲不适应，每天宅在家里尽可能减少外出时间，偶尔陪母亲去超市购物。在家里，她会花费大量时间手绘寒假作业，一张张手绘建筑群图纸凌乱地摆放在书房里，母亲忙完手头的工作后，多半会任劳任怨地帮她整理好设计图摆在桌面上。

春节临近，正值阖家团圆之际。夜深人静，伽蓝偶尔会想起父亲沈家明。她知道父亲和母亲离婚后虽然没有再娶，却包养了不少女人。他有钱，也有能力，自有女人成群结队等着他宠幸，但除了母亲之外，再也没有女人孕育过他的孩子。菀姨曾对母亲说："家明还深深地爱着你。"

母亲对此很冷漠，她告诉菀姨："不，他最爱的是他自己。如果他真的爱我，绝对不会忍心伤害我；如果他真的爱我，纵使他会为其他女人心动，也绝对不会背着我与其他女子私下往来。一个男人心里有你，身体却可以背叛你，别说他最爱的不是我，就算是我，我也不要。"

作为一名高级知识分子，母亲无疑活得很清醒，但清醒的人通常会活得很痛苦。她爱父亲，父亲心里也必定爱着她，而且爱得还很深，但再深又能如何？他生性博爱多情，身和心注定不会为一个女人永世停留。

对母亲来说，父亲的心脏太小，却装了太多人，她不想挤，也不屑挤，所以她踩着父亲的心义无反顾地跳了下来，那一跳不仅斩断了她和父亲多年的夫妻情分，更斩断了父亲对女儿的探视权。

强势如父亲，伽蓝虽不清楚他当年怎会答应母亲放弃每年探望她，但所谓的探视权，父亲显然没有放在眼里。

母亲并不知道，13岁那年，父亲曾来S市见过她。那年她读高一，放学走出校门后，有一辆车跟在她后面开了很久。后来她停下脚步，这辆车也紧跟着停了下来，司机打开车门，恭恭敬敬地对她说："Sylvia小姐，沈先生请您上车。"

Sylvia？沈先生？

当时她心里一阵刺痛，在车外站了一会儿，随后上车坐在了后座男人的身边。

她没看他，但她知道他在看她。男子气质沉稳，衣履奢华，他是她的父亲。

那天她和他没有任何言语交流，直到司机快把车开到家门口时，她终于开口说了两个字："停车。"

他没有说话，仅是做了一个手势给司机。司机停了车，下车后又帮她打开了车门。她下车走了几步，回头望去，那辆车早已不见踪影，仿佛之前的经历从未发生过。

没过几天林宣告诉她："Sylvia，你爷爷日前已过世。"

是的，她有爷爷，也有爸爸，但自从跟母亲回国后，她在这个世界上只有母亲一个血缘至亲，而母亲也只有她。

8岁时听闻奶奶去世，她虽然会难过，却无泪；13岁时听闻爷爷在美国去世，她仅是发了一会儿呆，然后就忙起了手头的事，不曾揣测爷爷去世前，父亲选择回国看她，究竟是爷爷的遗愿，还是……不知不觉间，她已成为他在这世上唯一的亲人。

14岁那年，某一天中午他突然造访S市，却因为时间紧迫，不能长时间停留。他带她去S市最豪华的西餐厅吃饭，话很少，却长时间打量着她。那顿饭她吃得食不下咽，只想尽快结束饭局——母亲如果知道她和他一起吃饭，多半会心寒至极。

吃完饭，他让司机开车送她回学校，抵达校门口后，她推门下车，他唤了一声她的名字，他叫她："Sylvia——"

那天他递了一张银行卡给她，她低头看了片刻却没接，最后直视他的眼眸说："抱歉，我不能要。"

他笑了笑，并未多言，收起银行卡，靠着后座闭上了眼睛，不再多看她一眼。

15岁那年，她考进S大，秋末他来看她，中午她把用餐地点选在了学校附近。餐馆不大，他的一身衣着与餐馆环境格格不入，再加上身后还跟着一个保镖和一个司机，餐馆用餐的学生一度脑洞大开，纷纷怀疑他是京都某个大领导"微服私访"体察民情，吓得都不敢乱说话。

他却泰然处之。那天他把点菜的任务交给了她，她点了几道荤菜，却目睹他皱眉，她这才知道他是素食推崇者，一日三餐极为挑剔。

无疑，她选错了餐厅，他却配合她度过了一段还算温馨的午餐时间，尽管他几乎没怎么动过筷子。

母亲知道父亲和她私下有联系发生在2003年春节期间。父亲到香港出差，大概是因为过年气息浓郁，于是临时决定来S市见见她。那天她在浴室洗澡，母亲看到父亲发来的航班信息，当即怒火蹿升，回拨电话给父亲。他们在电话里争吵得很厉害，她在浴室里听到母亲歇斯底里的嘶吼声，吓得赶紧从浴室里跑出来。她永远也忘不了母亲当时看她的眼神：愤怒、绝望、伤心……

她站在门口短暂沉默后上前取走母亲手中的电话，对电话那端同样沉默不语的男人说："请你不要再来找我，也不要再给我打电话，拜托了。"

话音未落，她眼睛通红地挂断电话，走上前去抱母亲，母亲一把推开她，她忍着泪再次上前抱住母亲，这次母亲没有推她。母亲在哭，就那么哭了十几分钟才紧紧地抱着她，哽咽着对她说："沈家当初说不要你就不要你，现在回头找你究竟是什么意思？蓝蓝，你要长志气。"

那是母亲带她回国后第一次提及沈家，也是第一次提及"探视权"的内幕。她一直以为是母亲斩断了沈家对她的探视权，原来不是，原来是沈家不要她。也对，当年父母离婚，以沈家的财富，怎么可能任由母亲斩断沈家的探视权？就算父亲首肯，爷爷和奶奶又怎会眼睁睁地看着她脱离沈家，追随母亲一起回国？

除非，沈家主动放弃她。

为什么？

伽蓝想不明白，母亲也绝不可能告诉她。隔天母亲带她更换手机号，绝口不提那夜的不快。既然母亲有心忘记，她不能再伤母亲的心，自此再也没有联系过父亲，父亲也没有再联系过她……

除夕夜，伽蓝和母亲窝在客厅的沙发上看春晚，林锦鹏、陈菀和林宣在美国掐着时间先后发来祝福视频。后半夜的时候，母亲躺在沙发上睡着了，伽蓝取出一条棉被盖在母亲身上，没想到却惊醒了母亲，她俯身亲了亲母亲的脸："你先睡一会儿，今晚我守岁。"

客厅里很温暖，伽蓝走到窗前，巷子里寂静无声，家宅附近却是烟花炫目。她掏出手机给江少陵发短信，先是输入"新年快乐"，但很快就被她逐字删除。回头看了一眼，见母亲还在熟睡，她拿着手机去了卧室。

在卧室里打电话给江少陵，江少陵迟迟才接，她暗自松了一口气，带着笑意对他说："新年快乐！"

"新年快乐。"电话那头，男子的语气很淡，难以窥见任何情绪。

伽蓝沉默。

江少陵也沉默。也许他在等她接着往下说，又也许他在等她率先开口结束通话。

伽蓝垂眸笑了笑，忽然意识到他的生活经历太过复杂，虽然和她都是单亲家庭，但他并非寻常男子，也不是她轻易就能走进心里的那个人。

窗外烟花绽放，灿烂少顷之后瞬间消失。她终于有了结束通话的打算："再见。"

"……再见。"

除夕夜，苏家聚餐，苏瑾瑜再三叮嘱江少陵一定要参加。苏瑾瑜开口，他不能不来。苏家的成员比较多，近几年除夕与他们相聚，所谓的寒暄和相互攀谈都是礼貌居多。包间里人声鼎沸，他疲于应对如此热闹的家庭大聚会，他的亲人是苏瑾瑜，不是一屋子的苏家人。

然而当着苏瑾瑜的面，他必须维持一丝笑容不散不灭——一顿年夜饭吃下来，她看起来心情不错，这很重要。

伽蓝给他打电话的时候，苏家的饭局刚刚结束。酒店外面寒风呼啸，几位苏家成员拉着苏瑾瑜正在说话，他把车开过来停在路边，坐在驾驶座上也不催她，这时手机响起，是伽蓝。

忽然想起日前杜衡去公司找他，中午一起外出吃饭，餐厅有数名外籍男人出没，杜衡有感而发，笑着说："前几天S市下雨，我在电脑市场无意中看到了小天才和她的男朋友。她的男朋友也是一个外国人，我听他讲国语虽然很流利，却不是太标准。”

侯延年觉得杜衡是在危言耸听：“有可能只是亲朋好友，别瞎说。”

杜衡为了证明他没有乱说话，细细描述了那天的所见所闻，还提及那天离开电脑市场时，伽蓝和她的男朋友走在他前面，他目睹那个男人亲吻伽蓝，伽蓝并未避开，似是习以为常……

除夕夜她来电话，他第一时间就听到了，但他迟迟才接。除了一句“新年快乐”，就只剩下最后一句“再见”了，而“再见”其实可以有很多解读，比如通话结束再见，或是……

有人抬手敲了敲车窗玻璃，他这才意识到他在说完“再见”之后，竟拿着手机陷进了思绪里。

是苏薇。

隔着窗，她对着他微笑，笑容含蓄，不似伽蓝笑起来坏坏的……

察觉思绪偏离，江少陵抿了一下唇，按下车窗，看着苏薇不说话。

“少陵，明天我姑姑来我家做客，你也来吧，人多热闹。”许是外面风大，又或许聚餐时她喝了一些红酒，以至于她的脸上有可疑的红晕。

路上有车辆呼啸而过，江少陵礼貌地回绝：“抱歉，今年春节时间安排比较紧，不得空。”

此时，苏瑾瑜已结束谈话，打开车门坐进了后车座。灯光照在苏薇略显失落的脸庞上，苏瑾瑜后知后觉地发现苏薇在车外站着，看着苏薇好奇地询问：“薇薇，有事吗？”

“没有。”苏薇勉强一笑。

车内，江少陵已经关上车窗，回头不知道同苏瑾瑜说了什么话，苏瑾瑜刹那间笑容满面……

汽车远离视线。苏薇有时候会很嫉妒她的姑姑苏瑾瑜，因为江少陵不是没有心，也并非没有感情，他只是把他的温软给了一个与他相依为命的中年女人。

女人若是被他在乎，那是三生三世修来的福气；若不被他在乎，如她这般，也不过是比陌生人更亲近他一些，而所谓的亲近，不过是他看苏瑾瑜几分薄面罢了，但那又有什么关系呢？她喜欢他，所以愿意在他给予的冷漠中一路坚守，在这段漫长的暗恋中，她坚信时间会是感情最好的催化剂。如此执拗，不过是因为她只要他，除了他，她已不知道自己还可以再爱谁。

第六章
动情：恍若蜜恋，少帅太温柔

每一次大学长假对江少陵来说都将迎来一场日夜颠倒，就连春节期间也不例外。

春节前后，他很忙碌，每天除了约见合作伙伴，他几乎把精力全都交付给了产品研发和改进。历时大半年，目前公司研发产品的完成度高达92%，这与技术团队废寝忘食的集体运作脱不了干系。

然而这远远不够，他一直希望有机会能够完善技术团队，等公司的实力达到一定标准，大可尝试一些更先进的科研项目。所谓科研，若是一直停滞不前，不敢寻求突破，势必会被新形势快速淘汰，这是他最不愿意看到的互联网惨剧。

庞大压力的背后往往藏匿着不能轻易示人的焦躁和冷漠，但这种冷漠常年以来唯对一人例外，那就是他的继母苏瑾瑜。

他视苏瑾瑜如生母，哪怕春节期间工作再忙碌，也会尽可能抽出时间陪伴她。S市春节期间街上成了一片花海，他开车带她赏花、买花，再帮她将一盆盆花搬上楼；某个午后，陪她去电影院看一场文艺大片；吃罢晚饭，夜间在江边散步；某个休息日，坐在沙发上沏壶茶读书看报，听她絮絮叨叨地说着家常事……春节于他来说，不过是一个节日标志而已，嘈杂开始，纷乱结束，大学钟声敲响，回头望去，寒假时光不过是弹指即过。

今年的春节依然是千篇一律，但他偶尔又会觉得还是有所差别。那个叫伽蓝的少女除夕夜之后不再给他打电话，虽然每隔几天会发一条短信过来，字里行间却极尽克制，似乎热度已经消散，而她所发的寥寥数字不过是打退堂鼓之前的一场犹疑不定。

素日里杜衡说话虽然略显浮夸，却从不造谣生事，犹记得那日杜衡说她和一位男子举止亲密，他虽神色平静，一颗心却不易察觉地沉了沉。

心绪沉落，不是因为杜衡口中的“男朋友”——她平时说话虽然喜欢插科打诨，但表白那日言语认真，不可能有了男朋友还故意招惹他。他心绪沉落，无非是因为杜衡口中的“举止亲密”。

他的情绪因为一个人开始有了浮动，也许未及爱，也未及喜欢，但受影响却是毋庸置疑的。

3月份开学后，伽蓝不再来商学院或实验班“听课”，短信互动几乎为零，而他离开了学校，偶尔和慕清，或是和侯延年出入喧嚣的酒局，内心越发冷如磐石。

月末，江少陵和侯延年受邀参加互联网商业聚会。主办方在业界名望很高，被人尊称为“陈老”，聚会地点设立在陈老的别墅内。受邀宾客来自五湖四海，相见寒暄应酬间转战陈老书房。陈老是一位收藏名家，书房的古玩数不胜数，尤以墙面悬挂的字画居多。受邀宾客中倒也不乏附庸风雅之人，逐一观看字画，目睹名家落款免不了一番感慨赞誉。

书房一角设立茶水休闲区，用人上了几杯茶后缓缓退去。陈老和江少陵聊数句，示意他执杯品茶。是开春新茶，茶味自是极好。

不远处，两三个字画品鉴者聚首在其中一幅图前久久不散，其中一位年轻富商转身询问陈老：这幅画作没有画家落款，不知出自哪位名家之手？

陈老扭头回望，脸上露出久违的笑容，关于这幅画他似乎有很多话要讲，却又不知道该从何讲起。

那是一幅闹市街景图。画功精湛，画里的建筑和来往人物惟妙惟肖，动作、神情纤毫毕现，无一重复，感染力极强。

画家虽没落款，却在长画一角盖有两方印。印章是小篆字体，分别刻着“恃才傲物”和“画无止境”。

一位李姓富商很不以为然，嗤笑道：“这幅画画功虽好，但这位画家印章上刻着恃才傲物，也太狂妄自大了一些。”

另一位高姓互联网新贵笑着说：“不是还有一方印章刻着画无止境吗？说明这位画家自知绘画上没有尽头，倒也谦虚。”

旁边有一位同行总结道：“画家恃才清高，越怪越有名气。这位画家的两方落款一针见血，袒露心声，倒也令人佩服。”

春日的阳光照射入室，新茶在杯中浮浮沉沉，江少陵看了一眼那幅画作，下意识地联想到了伽蓝。

确实是伽蓝的画作。

几位观画富商走近入座，陈老点燃一支烟，轻声诉说画作来源，当他吐露画作出自12岁的小女孩之手时，前不久还品头论足的几位富商霎时震惊无比。

侯延年心有所触，应该是想起了伽蓝，要不然不会看向江少陵。江少陵微笑喝茶，没有参与众人谈话。

几年前，陈老一心想要得到伽蓝的画作，奈何伽蓝的画作并不出售。好在他和廖鸿涛颇有交情，几经辗转，伽蓝看在廖鸿涛的面子上，这才勉强绘制了一幅街景图送给陈老。至于伽蓝画作下方两枚印章是有缘由的：当年陈老的秘书为了讨画几乎跑断了腿，却一次次被拒，某一次小声嘟囔伽嘉文母女恃才傲物以发泄不满，没想到报复心极重的小女孩记在了心间，虽然看在廖鸿涛的面子上画了这幅长图，却专门刻一印章故意添堵。后来廖鸿涛看到印章“恃才傲物”气得不行，连忙重刻印章“画无止境”无奈盖上，寓示爱徒应该谦虚低调……

小姑娘倒是挺有个性。

书房里不少人会心一笑，却也心知陈老极其欣赏小姑娘，加上听闻画作出自12岁的小女孩之手，顿时汗颜无比，哪还好意思继续点评。

在陈老家吃过午饭，午后开车回去的路上，受伽蓝印章的影响，路上侯延年忍不住笑着说：“有一点陈老说错了。伽蓝不肯落款，最主要的原因是她有意抬高画作价值，还有一个原因是她写字不好看。”

江少陵闻言，不动声色地道：“她对你说的？”

侯延年靠着副驾驶的椅背淡淡解释：“之前跟她聊过落款，原以为她是开玩笑，现在想想倒是实话居多。”

一句“你们私底下常常联系？”卡在江少陵嘴边，但他最终没有问出口。

春日午后的花圃迷人眼眸，两边的道路略显拥堵，注定开车快不起来。侯延年看他一眼，若有所思地道：“去年伽蓝通过我要走了你的课程安排表，她说她想画你，其实她是想追你吧？”

江少陵沉默开车，不予回应。

侯延年继续追问：“今年开学之后，她一直没有再联系过我，更不曾过问你在校课程的安排，该不会追你受阻，小天才打退堂鼓了吧？”

江少陵皱眉，觉得侯延年今日也太聒噪了一些。

侯延年见他没有作声，思索一会儿，对他说：“少陵，你我高一初相识，我和全班同学都一样，对你的名字颇为好奇。不仅是我，杜衡和周强也是一样的心理，说起少陵，通常会让人联想到阴湿的陵墓。去年我请伽蓝吃饭，回校途中偶然谈起你，伽蓝当时说了一句话让我印象很深刻，她说：杜甫自称杜少陵，不仅缘于他居住在长安的陵墓旁边，更因为他叔父杜审言觉得居住在陵墓旁边自有贵气缠身。陵墓为土，土地与人的居住特性息息相关，世人皆笑少陵不雅，殊不知少陵心性高洁，暗笑他人看不透。”

这天S市温度回升，江少陵安静地打着方向盘，内心某个角落裂开了一条缝，淡淡的春风流荡其中，春风化刀，直击心脏。

侯延年无法窥探到他内心的情绪，无可奈何地道：“少陵，伽蓝年少出名，虽然年纪小，却是一派老成，如此懂你、护你，纵使你对她无意，也请你不要伤了那孩子追寻爱情的积极性。”

江少陵失笑。对她，他向来是没脾气的，就连当初拒绝她的表白也是再三委婉斟酌，那般曲折的心境是从未有过的。

至于伤她?

她主动颇多，他回应极少，应该是……伤了吧。

S大不少毕业生回顾在校生涯，最爱说的一句话是，S大并不适合男女学生谈恋爱。

功课深奥难懂，作业接连不断，考试的难度系数不停升级，这些对在校学生来说都是不可回避的难题。

四月上旬，教授将学生划分成几个小组做课题。伽蓝和几位大三学生分工协作，先设想草模，课后经过多次讨论再进行手绘，但要落实概念设计，仅有电脑模型还远远不够，最后的手工模型才是最难的，颇费时间。此时伽蓝已经开始利用课余时间撰写毕业论文，再加上廖鸿涛找她谈过话，考研也在准备当中。

有时候她会想起江少陵，却再也没有给他打过电话或是发过短信，但这跟打退堂鼓无关，那么是跟什么有关呢?

她倒追江少陵，却不会对他死缠烂打，更不会为了追寻爱而失去自我。这里是大学，有万千女孩儿困守在这里憧憬着爱情梦，2000年一股少帅风潮席卷整座S大，让无数女生一夜之间爱上了他。放眼望去，有太多女生愿意为了他不断改变自身，或是磨平个性里与生俱来的尖锐和强硬，这无疑是最愚蠢的决定。

一个女人不管是爱还是被爱，都该保持思想上的独一无二，若是江少陵有一天爱上她，她希望那个自己至少还拥有鲜活的思考力，而不是任谁都可以轻松复制的那个她。

校园很大，绕道太远，更何况一个在东苑，一个在南苑，若是有心，随时都能碰到；可若是无心，就像她和江少陵开学后度过了三月和四月，每天出入校园却能不见一面，也是再正常不过了。

五月，除了去公司，江少陵还要在课后和在校小组项目成员随时保持联络。教授在课题评分上向来要求很严，小组成员汇总演讲，合作完成Group Work，势必要利用闲暇时间聚在一起商谈课题内容。

忙完学业，还有公司的一大堆事在等着他——国内市场不乏灰色地带，推广软件，销售渠道很重要。五月中旬的某一天，慕清费尽心机争取到两位业界销售商，宴请地点设在KTV包间里。

那天苏瑾瑜身体不舒服，慕清和侯延年先行抵达，等他开车赶到KTV，却僵在门口一动也不动。

包间里，两名销售商喝得酩酊大醉，难免丑态毕露。只见两人分别醉醺醺地搂着两个小姐肆无忌惮地调情说笑，一名销售商往一位小姐嘴里灌酒，再俯首舔舐，小姐赔着笑躲避着，一脸难堪；另一位销售商则把手探进小姐裙摆里肆意揉弄……

慕清坐在一旁冷眼旁观，侯延年皱眉喝着闷酒，察觉有人推门进来，众人纷纷朝门口望去：幽暗的灯光下，江少陵神色如常，瞳孔却在狠狠地收缩。

慕清在走廊里匆匆抓住江少陵，压低声音说："少陵，你只需要露个面，说几句场面话，剩下的事……"

江少陵直勾勾地盯着她，慕清忽然说不下去了。

"松手。"江少陵声音很冷。

慕清不知所措地松开手，江少陵在前面走，她在后面默默地跟着。江少陵快走到门口时，霍然转身看着慕清，沉着声音问："慕清，你告诉我，究竟是钱重要，还是尊严重要？"

门口的灯光不似走廊那般昏暗，那一刻，慕清的脸色格外苍白，她红着眼睛愣愣地站在那里，连江少陵什么时候离开的都不知道。

拿捏他人软肋，适时投其所好，像这样的暗箱操作，她因为见得多，所以才会如此麻木。其实她想告诉江少陵，尊严重要，但金钱更重要，但这话她说不出口，至少面对江少陵她说不出口。

伽蓝最近几天都在自习室待得很晚，她在做展板项目，教授要求设计一栋八层的公寓，使用Sketchup创建三维模型。这天深夜离开自习室后，忽然有两束刺眼的白光打在伽蓝的脸上，她抬手遮眼，那两束光方才熄灭。

自习室斜对面停放着一辆黑色汽车。她以为是有人恶作剧，不予理会，正要离开，却见一道身影推门下车。

男子身材挺拔，容貌醒目，黑色的棉麻衬衫微微敞开，内搭白T恤，明明置身于黑暗里，却像一轮皎月晃得伽蓝睁不开眼睛。

天下红雨了？

江少陵看的是她，找的……也是她？

他看着她没说话，转身朝一旁的小花园走去，伽蓝跟在他身后，一前一后默契十足。伽蓝看着他的背影，心里又痒了起来。

自江少陵出现后，伽蓝嘴角的笑容就没消散过，哪怕是坐在花园一角的木椅上，她也一直看着他微微含笑。

今夜月色很好，花园里大朵鲜花绽放，除了夜间想干坏事的男男女女会在小花园里逗留，几乎没有什么人会路过这里。

她也想干坏事，但江少陵这人太正经，估计行不通。

江少陵不看她也知道她在笑，他双臂环胸靠着椅背问："偷笑什么？"

她凑上前，用痴迷的眼光看着他："很少有男生能把黑衬衫穿得这么帅，你穿这身衣服真好看。"

江少陵笑了，转眸看着她，月光照在她漆黑的长发上，那双漆黑眼眸仿佛被月光洗涤过一般。

他轻声问她："最近过得好吗？"

"不太好。"欲火焚身最难熬。伽蓝反过来问他："你过得好吗？"

"好。"

伽蓝鼓着腮帮子不说话，江少陵眼里的笑意加深，良久才淡淡陈述："益寿说，我伤了你的心？"

月光下有笑容在她脸上缓缓绽放，她摇头说"没有"，怕他不信，又接着说："如果新学期开学我继续找你，无非是重演去年倒追的戏码，想必挖掘不出什么新意来，所以我决定纵纵再说。"

"纵纵？"他没反应过来这两个字是什么意思。

"欲擒故纵。"顿了一下，她温声说，"你看，今天晚上我不是把你给纵来了吗？"

江少陵不语，温润的眼眸看着她："这不是你的真心话。"

伽蓝闻言，笑容终于散了些许。这世上还有几人能够轻易看穿她的半真半假？如果说母亲占据其一，林宣占据其一，那么身旁这位男子呢？

母亲和林宣与她相处十几年，一眼就能拆穿她倒也不足为奇，但江少陵呢？

她方才意识到，看懂一个人其实无关时间长短，这个男人有一双洞悉人心的锐利双眸，任何虚假的东西在他眼里只会弹指间灰飞烟灭。

她该怎么回答他？难道说，她一直觉得只有她才配得上他，他有貌，她有才，他们该是天生一对。

其实，这也是她的真心话，但说出口后，抛开过往印象，假意和真心他能掂量清楚吗？他毕竟不是她。

大概以为她不愿回答，他终于站起身对她说："已经很晚了，我送你回宿舍。"

"我还没对你说我的真心话。"她抓住他的手，声音很轻。

她的手很热，却很坚定，他垂眸看了一眼她的手，这一次没有挣开，仅是抬眸凝视着她。

她却松开了他的手，微笑着坐在椅子上，看着花园里刺眼的红花。有风吹来，她微微眯着眼睛说："江少陵不肯接受我，一方面确实是因为我年纪小，另一方面却是跟他的成长经历有关。生活环境迫使他将万千心事藏匿心中，凡事只能依靠自己去摸索，这也铸就了他对未来规划的坚定。他规划未来的时候，我还没出现，也不在他近几年的计划之内，所以他冷落我，抗拒我，不愿因为我破坏规则……"

说到最后，她的声音越来越轻，嘴角却习惯性地挂上笑容，近乎呢喃地道："也许，他心里喜欢着我呢。"

不知是被她的聪慧和通透刺中，还是因为她那个轻飘飘的"呢"在夜色中带着上扬的婉转弧度，总之他笑了，声音较之先前温软了许多："起来，我送你回去。"

她坐着不动，伸手指了指花圃里的大丽菊："要不，你送一朵大丽菊给我？"

江少陵单手插在裤袋里，对她的话选择置若罔闻。大丽菊开在校园里，属于公共财产，私自采下一朵送给她，似乎不太好。

伽蓝也不失落，她离开椅子，慢慢朝花圃走去，在月光下伸手采摘一朵大丽菊，随后慢腾腾地走到他面前，将那朵大丽菊递给他："送你——"

江少陵忍着笑转过脸不看她，却有笑容进驻到他的眉梢眸间。这是第一次有人送他花，还是一个有点厚脸皮的小女生。

她却握着他的手将那朵大丽菊塞到了他的手里，转身再次跑到花圃里。他想阻止她已来不及了，小丫头又采了一朵大丽菊跑到他面前。不等他开口教育她，她就闻着大丽菊花香咧嘴一笑："少陵，你能来看我，我很开心，但愿今夜，你我的欢喜能传递给大丽菊。你看到这朵大丽菊，是不是开心了许多？"

江少陵的眸子温润如水，教育的话语忽然间如石沉大海。这一刻，不管她做错什么仿佛都能被原谅，他不愿驳斥她的话，也不愿告诉她，这两朵大丽菊被她亲手折断，怕是很难欢喜起来……

他不说，是因为这些话都不重要，重要的是她嘴角的笑容太过灿烂，举止和话语太过暖心。她肯定觉察出了他今夜情绪不太好，却选择不追问，一直不动声色地说着俏皮话逗他开心，仅是这份用心，他就不能拿话苛责她。还有，他为什么会来找她？难道仅仅是因为欣赏她？不是，他知道不是……

深夜的校园很寂静，伽蓝没有让江少陵送她回宿舍，而是来到座驾附近，突然抱住了江少陵。江少陵呼吸一窒，但很快怀里一空，她丢下一句“赚到了”就一脸坏笑着匆匆逃离，看得他哭笑不得。

有几位女生从自习室走出来，经过江少陵身边时，其中一人借着路灯认出他是谁，顿时惊讶地捂着嘴忘了言语。

等女生回过神告诉同学刚才那个男人是江少陵时，却只看到江少陵打开车门坐进了驾驶座。

汽车驶离，有同学埋怨女生不早说，也有同学好奇地低语：“我们少帅这么晚来建筑学院做什么？”

江少陵这么晚来建筑学院是为了一朵大丽菊，那朵大丽菊被他放在汽车的仪表台上。行车途中，淡淡清香四溢，功效神奇，足以令他心头生暖。

时间走进五月下旬。月夜小聚之后，伽蓝并未见缝插针改掉之前“纵纵”作风给江少陵打电话或是发短信。倒追江少陵任重而道远，她不介意成为膏药，却不希望被江少陵视为狗皮膏药。

舍小利以谋远，冷静沉着如江少陵，想要谋取他的身心非短时间能达到。

五月下旬，伽蓝做完展板任务，一连十天频繁出入建筑工地，每天戴着安全帽和空间结构以及数不尽的钢筋、混凝土打交道。其间林宣从美国给她打来数通电话，说美国那边暑假已开始，今年暑假他比较忙，目前正在和博士生导师一起做科研项目，好在国内大学正式放暑假要到7月中旬，美国的暑假却长达三个月，如果到时候能够抽出时间，他一定争取回国探望她。

林宣既然这么说，看情形想要在暑假期间挪出时间势必很难，而她又不愿听从他的安排，比如说暑期来一次海外旅行，拿着他事先订好的机票前去美国林家小住。

她不去美国，就算是为了母亲她也不能回去。

五月末的某一天黄昏，她灰头土脸地从工地里乘车回学校。当时S市已经入了夜，快要抵达学校时，她让出租车司机把车停在附近一家餐馆前。饿得头晕眼花的她随便选了一把椅子，一连点了三道菜，催促着服务员让厨房赶紧做完端上来。

有点冤家路窄，等餐途中，她去洗手间洗脸外加洗手时，竟碰到了刚从隔间里推门出来的杜娜。

杜娜作为大四本科生，下半学期在S市一家著名建筑设计事务所里实习，听说剽窃事件发生之前她在里面一直混得风生水起，此事发生后……伽蓝低头笑着洗手，她没关注，也丧失了玩耍的兴趣。

猝然看到伽蓝，杜娜措手不及，脸色瞬间一变，这时候也顾不得洗手了，正欲仓皇地离开洗手间，却被伽蓝突然唤停："杜学姐——"

杜娜僵在门口，背对着伽蓝，一动也不敢动。

身后，伽蓝盯着杜娜的手提包，笑着开口问："学姐包里有洗面奶吗？"

杜娜不敢置信地看着伽蓝。自从上次伽蓝"交底"之后，她一直觉得伽蓝很变态，说是个疯子也不过分，直到此刻她才发现她错了，伽蓝根本就是一个千面女郎，随随便便一句话或是一个举动，看似良善，殊不知却包藏祸心，更有甚者很有可能是她另一场"恶作剧"的开始。

伽蓝拿着洗面奶从洗手间里出来，准备找杜娜归还洗面奶的时候，只见杜娜拉着一个时尚的女孩子匆匆地离开了餐馆。

看背影，那个女孩子好像是"蜈蚣辫"。

伽蓝垂眸看着手中的洗面奶，看来是没法归还了，她原本还想找杜娜道谢呢。洗面奶的味道不错，清洗污垢也很给力，伽蓝觉得自己捡到了大便宜，笑眯眯地将洗面奶放进了背包里……

拾筷吃菜，说实话土豆丝炒得太酸，但她不挑，能吃饱才是王道。

六月份，各大院校都在积极准备七月的期末考试，伽蓝的课程和宿舍成员的差距太大，纵使住在同寝室，平时也很难聚到一起去。

一天晚上，蔡小竹在自习室通宵绘图，宿舍里只有她、徐惠、叶蓁蓁三人在。入睡前聊天，徐惠询问叶蓁蓁："六月底商学院要举行篮球比赛，听说是本科生对抗硕士生，我们少帅也会参加，到时候你去吗？"

"去呀！"叶蓁蓁不假思索，脱口而出。

这时，徐惠随口问伽蓝："蓝蓝，少帅打球，你去吗？"

伽蓝闭着眼睛，很茫然地问："少帅是谁？"

宿舍沉寂了几秒钟，再然后——

徐惠对叶蓁蓁说："蓁蓁，睡吧。"

叶蓁蓁对徐惠说："惠惠，睡吧。"

以前没发现，这俩姑娘还挺相亲相爱，伽蓝欣慰一笑，嘴角挂着笑容睡着了。

六月末商学院举办篮球比赛，赛事一直从下午进行到黄昏，听说各大院系的学生为了围观江少陵打球，纷纷逃课跑去围观。

六月正是备考期，各大专业早已停课，虽然不计课时分，但各科老师还是会按课表安排准时坐镇授课教室。

那天伽蓝去上课，教室里清一色的男生，至于女生……除了伽蓝之外，只剩下五六名。

老师凝望伽蓝的眼神令伽蓝颇为触动，其间老师走到伽蓝身边，抬手拍了拍她的肩：“伽同学，老师看好你。”

伽蓝郑重地点点头，她也很看好她自己。下课结束，她收拾图纸走人。现在赶去商学院的话，正好可以目睹万人迷大汗淋漓的帅气模样。

她等这一刻很久了，清爽高冷的江少陵她没少见，但出了一身热汗，弯着腰不断喘着粗气的江少陵她却从未见过，期待得很呢！

黄昏，伽蓝来到商学院篮球场，露天观众席上几乎全部是女生，还有一些女生没有位置坐，干脆站在过道上蹦跳着呐喊助威，歌手举办演唱会也不过如此吧？

俗话说，赶得早不如赶得巧。硕士生队和本科生队比分持平，只能临时加赛，于是队员回到休息区短暂休息。伽蓝想要找到江少陵实在是太容易了，顺着女生的视线或尖叫声望过去，一眼就能看到那个人。

顶级帅哥江少陵站在篮球场上，一举一动帅得毋庸置疑，英俊的容貌，修长的身材，冷峻沉默的表情，也难怪一众体格健壮的篮球队员会活在他的阴影下。说句肤浅的话，姑且不说他的球技，仅是顶着一张那么出色的脸，就足以产生巨大的影响力。

看台离球场有段距离，伽蓝今天没有拿望远镜过来，内心颇为遗憾。江少陵有没有大汗淋漓她不知道，她只知道两点。

第一，江少陵没有弯着腰喘粗气，人家很优雅。球场女生大饱眼福，伽蓝身旁有一位女生激动得花枝乱颤，上蹿下跳地喊道：“实在是太man了！”

伽蓝还以为江少陵脱衣露肉了，连忙一脸兴奋地上下扫视一遍，结果……伽蓝很愤怒，感觉自己被这姑娘给带偏了。

第二，“蜈蚣辫”在众目睽睽之下递了一瓶矿泉水给江少陵。顿时，一众女生止住惊呼声，屏息盯着江少陵，默默祈祷少帅不要接。伽蓝也不希望江少陵伸手接那瓶水——防人之心不可无，万一“蜈蚣辫”和敌队一伙，万一敌队故意使出美人计在矿泉水里下药，万一……

江少陵伸手接了。

霎时间，伽蓝心里仿佛有一万只小龙虾上蹿下跳——估计在场女生的心情和她差不多——这令伽蓝觉得很悲愤，为了宣示她的不悦，她选择离场抗议。

当晚回宿舍见到徐惠和叶蓁蓁时，俩姑娘正在对蔡小竹吐槽“蜈蚣辫”嘚瑟虚荣得很。伽蓝一听她们在吐槽“蜈蚣辫”，连忙搬了一把椅子坐过去，不时点头，再点头，徐惠和叶蓁蓁怎么能说得那么对呢？

后来叶蓁蓁说，以江少陵为代表的硕士生篮球队输给了本科生篮球队。伽蓝觉得很正常，球场输赢难测，有输有赢很正常。虽是这么想的，她却掏出手机跷着二郎腿深思熟虑片刻，发了一条短信给江少陵，只有短短两个字：“节哀。”

很快，江少陵回了一条短信给她：“睡吧。”

伽蓝有点想不通，为什么最近会有那么多人喜欢说“睡吧”两个字，难道是大学最新流行语？

伽蓝心里藏着一句话，觉得很有必要说给江少陵，本着忠言逆耳的心态道：“我简单分析了一下你们硕士生队为什么会败给本科生队，结论无非是某个美女递了一瓶水给你，那瓶水很有可能有问题。”

这次他很久才回她：“你在篮球场？”

伽蓝：“听说。”

江少陵：“睡吧。”

伽蓝继续苦口婆心地道：“色字当头一把刀，下次你如果再遇到这种事，还需提高警惕。”

这一次，江少陵迟迟没回。伽蓝深感忠臣难做，还没把手机放到桌面上，手机就突然响了起来。

11个数字排列整齐，号码熟悉得令人心潮澎湃。

六月深夜，一轮明月静静地悬浮在夜空中，伽蓝接通电话，手机里传来男子略显无奈的低语声：“睡觉。”

七月上旬考试尚未结束，廖鸿涛就把伽蓝叫到了办公室：“今年暑假，S大将从各学院挑选18名出色的学生前往新加坡进行学术交流，为期七天，建筑学院我准备派你去。”

廖鸿涛所谓的“准备”多是先斩后奏，伽蓝原本想说自己兴趣不大，但不知想到了什么，凑到廖鸿涛身边问：“我能看看各大院系学生代表的名单吗？”

廖鸿涛大概觉得她破事一大堆，皱着眉问：“你看学生代表名单做什么？”

“我是担心交流团有些成员会间接拉低我的档次。”伽蓝说起谎来不打草稿。

廖鸿涛又怎知她心里在想些什么，听了她的话，仅是冷哼一声，麻利地从抽屉里取出一张A4纸啪的一声拍在桌面上，催促她看完赶紧走。

像是在打发要饭的。

伽蓝不受影响，拿起A4纸快速地浏览一眼，结果看到了好几个熟人的名字，还真是缘分啊——

软件学院：侯延年。

商学院：江少陵。

外国语言文学学院：苏薇。

伽蓝掉头就往门口走，身后，廖鸿涛气急败坏地道：“你拿走我的A4纸是什么意思？”

伽蓝这才察觉她手里还捏着A4纸不放。她转身回去复制廖鸿涛先前的举动，啪的一声将A4纸拍在桌面上，态度比他还不耐烦：“还您，还您——”

廖鸿涛只差没有对她横眉竖眼了，瞪着她，指着门口说：“趁我被你气死之前，赶紧走！”

似是不解恨，紧接着廖鸿涛又做了一个甩垃圾的手势。伽蓝觉得恩师这个手势很棒，如果能把苏薇这个名字给甩掉就再好不过了。

七月上旬考试完毕，S大终于迎来了暑假热潮。伽蓝告诉伽嘉文七月下旬她要和学校交流团一起前往新加坡，交流活动为期七天，活动结束后很有可能延迟几天回国——学校老师或许会组织他们进行短途观光旅游。

伽嘉文给伽蓝购买衣服之余，大概觉得伽蓝外出十几天，她一个人在家也挺无聊的，于是接受了同事之前的邀约，计划伽蓝离开后和几位同事一起去外省随便走走看看。

分别那日，伽嘉文一大早开车送伽蓝去学校集合：“敲定回国日期提前给我打电话，预计我会同时返家。不管谁先到家，一定要留在家里等着对方，晚上我们一起外出吃饭。”

母亲设想周到，伽蓝很乖顺，笑着点了点头。

抵达学校时，前往机场的校车里已坐了十几名学生，车外站着两位随团老师代表，还有几位前来送行的院系老教授，廖鸿涛赫然在列。

小老头脾气还挺大，明明是来送她的，见到她之后，竟然翻了一个白眼假装没看见她。

伽蓝也头一偏，提着行李上了校车。

走进车厢，发现里面是满满的学术风，在座学生或戴着耳塞低头看书，或和周遭校友议论当前国际局势，最扎眼的当属最后一排……

最后一排，江少陵穿着白衬衫靠窗而坐，身边依次坐着侯延年、苏薇、不认识的同校校友。

伽蓝看向江少陵的时候，江少陵警觉抬眸，一双深邃的眼眸堪堪对上伽蓝的，眼神平静。这就对了，他本就不是一个容易情绪外露的人。

侯延年就跟他不同了，见伽蓝上车，热情地抬手打招呼："嗨，小天才！"

侯延年这一声"小天才"可谓是威力惊人，一瞬间，车内所有人全都抬眸看着她，包括抿着唇不说话的苏薇。

伽蓝对此视若无睹，对着侯延年笑了笑，特意把座位选在了门口附近。这个位置很好，后座颜值很配的那一对，她正好可以做到眼不见为净。

结果她这边刚坐下，就见廖鸿涛上车后来到她身边，自以为压低了声音叮嘱道："蓝蓝，谦虚。谦虚，你明白吗？"

当着这么多学生的面，伽蓝还是很尊重师长的，连忙点头说："明白，明白。"

廖鸿涛一大早守在这里，无非是为了亲自叮嘱伽蓝谦虚一些，见她态度诚恳，终于松了一口气，但毕竟有几分不放心，要不然也不会下车前再次叮嘱她："蓝蓝，谦虚啊！"

伽蓝见小老头满面愁容地看着她，忽然有点小感动。为了让小老头信服她的话，干脆闭眼沉重地点了点头，内心戏十足，一切尽在不言中。

廖鸿涛终于心满意足地离开了，车内适时传来几道轻笑声。伽蓝忽然很想回头看一下某人，但最终被她掐着大腿肉给控制住了。

小不忍则乱大谋，像江少陵这种孤傲男，她对他视若不见，说不定……

说不定，江少陵也不待见她。

抵达机场后，同车校友中不乏男生向女生大献殷勤，也有男生要帮伽蓝提行李，但都被伽蓝婉言谢绝了。她回望江少陵，等他快要经过她身边时，她做好了随时递出行李的准备，结果一口凉风呛进喉中，某人走远了。

这时，侯延年走过来笑着说："小天才，行李交给我吧，我帮你提。"

行李还挺重，伽蓝不再充当大力士，将手中的行李交给侯延年，然后心安理得地拍了拍侯延年的肩："辛苦了。"

少女率先走进机场大厅，侯延年愣了一下，随后忍不住笑了起来。这么可爱一姑娘，奈何他好兄弟江少陵有眼无珠啊！

乘机飞往新加坡的途中，伽蓝觉得今日出行诸多不利，虽然早已心知她和江少陵不可能被安排坐在一起，毕竟他们是去海外进行学术交流，而不是成群结队赶着去拍偶像剧，但苏薇坐在江少陵身边又是怎么一回事？

说到底还是因为她今天出门粉底没有苏薇涂得厚——苏大小姐走进机舱后第一时间对少帅身旁某位男校友甜甜一笑，寥寥数语后苏薇羞涩道谢，紧接着男校友起身离座，苏大小姐换座成功。

在争取幸福方面，伽蓝觉得自己还需再接再厉。

此番航程六个多小时。伽蓝旁边坐着一位男校友，戴着一副眼镜，看起来文质彬彬的。入座前他取出一本书，伽蓝瞥了一眼，是格罗索著的《罗马法史》，伽蓝暗自猜测她身旁可能坐着一位法学院高才生。

江少陵和苏薇坐在伽蓝的斜后方，飞机起飞后，苏薇轻声细语地和江少陵说着话。伽蓝戴上耳机，靠着椅背闭上了眼睛，大概是晨间起得早，所以伽蓝竟不知不觉间睡着了，等她再醒来，才惊觉她正靠着眼镜男的肩膀睡得天昏地暗。

眼镜男倒也绅士，她靠着他的肩睡了三个多小时，他竟然也没叫醒她，甚至在她睡醒后宽容地笑了笑：“你看起来很累。”

“最近忙着绘图，是有一些累。”伽蓝调整了一下坐姿，先是对眼镜男道了声“抱歉”，随后又道了声“谢谢”。

“绘图？”眼镜男终于有了好奇心，“你是美术学院的学生？”

“不是。”伽蓝笑着说，“我是建筑学院的学生。”

眼镜男又忍不住打量了伽蓝一眼，好在没有开口询问伽蓝的名字，只感慨道：“女生学建筑很辛苦吧？”

“是很辛苦。”鉴于眼镜男之前的绅士风度，伽蓝可谓是有问有答。

两人浅聊数句，眼镜男大概见伽蓝初醒略显倦怠，倒也很有眼力见儿地决定终止谈话，不乏幽默地对伽蓝说：“对了，如果你还想睡觉，飞机落地前，这里随时供你使用。”

眼镜男说着拍了拍自己的肩，见伽蓝微笑点头，这才带着笑意继续阅读手中书籍。

机舱里很静，偶尔会传来低低的说话声，伽蓝忍不住回头看向江少陵，只见江少陵双臂环胸靠着椅背，转脸望着舷窗外，是醒是睡难以窥探。

再看苏薇，苏薇正在翻看杂志，看起来有些百无聊赖。说实话，伽蓝很替苏薇感到惋惜，放着这么好的资源却不知合理占用，比如握握江少陵的手，靠靠江少陵的肩……她这么想着，岂料江少陵好像有第三只眼睛一样，竟忽然转脸看着她。伽蓝下意识地抿嘴一笑，结果江少陵在面无表情地注视了她三四秒之后，再次转脸望向了舷窗外。

伽蓝皱着眉调离视线。如果目光的温度可以杀人，她想她刚才已经溺毙在了江少陵的目光里，那目光实在是太冷了。

江某人虽帅，奈何性情难以捉摸，再加上眉眼冷漠，越发令人觉得难以亲近。

下午抵达新加坡，交流团成员入住酒店房间，伽蓝和一位叫汪雪的女孩子合住一间房。经过简单了解，汪雪惊呼伽蓝竟是建筑学院天才少女，伽蓝感叹汪雪身为新闻学院高才生今后必定前途无限，两人相互吹捧一番后都有些饿了，原本计划一起外出吃饭，结果带队老师给每人发了一条短信过来，说下午没有安排活动，交流团成员可以留在酒店里休息，也可以离开酒店四处走走，但手机一定要随时保持联络，最后重点备注：晚上所有成员一起聚餐。

既然晚上有聚餐活动，下午这顿饭倒是可以暂且搁置。汪雪打电话给家里报平安，伽蓝蹲在地毯上打开行李包，然后不易察觉地皱了皱眉。

行李包里塞着一本佛经，主讲修身养性，是母亲的杰作。

“你年纪这么小就看佛经？”汪雪打完电话走过来，先是看了一眼伽蓝，又垂眸看着那本佛经。伽蓝微笑不语，只当是默认了。

只是一本书，汪雪却发出感慨：“我们这些凡人的心境果真是没法跟你们天才相比。”

其实汪雪说这话还真是抬举她了。多年来，她看佛经，看国内国外的名家著作，并非兴趣使然，而是母亲督促所致，至于心境高度……她就是一个世俗女子，世界观终日游移在清浊之间，所以修身养性，她自认难以做到。

伽蓝给母亲打电话，说自己已入住酒店，母亲在电话那端叮嘱她注意安全，她与母亲贫嘴数句，逗得母亲连连失笑。她逐年长大，母亲逐年变老，只要母亲开心，其他一切似乎都无关紧要，包括这本惹她无端皱眉的佛经。

她不信佛，但母亲信佛，回国后为她更名“伽蓝”，也是与佛教术语“伽蓝”有关。佛经书若不是母亲推荐，哪怕她无聊死也不会多看一个字。

七月的新加坡天气炎热，前来酒店这一路上伽蓝出了不少汗，她取出换洗衣服走进浴室。洗到一半，汪雪敲了敲浴室门，伽蓝关闭花洒，汪雪站在外面说有同校女学生过来喊她一起外出走走，询问伽蓝是否也要一起去。

伽蓝无意外出，只预祝汪雪游玩愉快。对这座花园城市，伽蓝欣赏居多，无意深入了解。

等伽蓝洗完澡，又洗完衣服，天已黄昏，此时的她困意上涌，原打算晚上聚餐之前躺在床上小睡片刻，谁知越睡越沉，其间汪雪回来喊她下楼吃饭，却没能将她从床上拉起来。

汪雪无奈只能下楼聚餐，离开前对她说："蓝蓝，你睡吧，我给你带饭。"

带队老师倒是给伽蓝打了一个电话，伽蓝趴在床上接听，睡眼蒙眬地道："老师，我困。"

短短四个字，简洁之余又带着几分孩子心性，老师最后妥协了。依廖鸿涛的性子，私底下十有八九嘱托过两位带队老师多多关照伽蓝，毕竟还未成年，贪睡不愿起床吃饭倒也正常。

伽蓝是真的困了，其间手机先后响过两次，她听到了，但都是翻了个身继续睡，这一睡连汪雪特意给她带回来的晚餐都没吃。

隔日一大早醒来，汪雪还在睡，彻底补足睡眠的她拿起手机，只见手机上有两通未接来电，一通是林宣，一通竟是侯延年发来的问候短信："小天才，需要我带晚餐过去看看你吗？"

若论贴心之举，江少陵还需向侯延年多多学习。

伽蓝笑了笑，回了一条短信给侯延年："睡得沉，刚看到信息。虽然回复有些晚，但还是要谢谢你的好意。"

发完短信，伽蓝丢下手机，起床洗漱更衣，拿起手机准备出门时，汪雪刚刚苏醒，对着伽蓝就是好一阵吐槽，总结下来无非是伽蓝实在是太能睡了，好在最后终于放行："你先下楼吃早餐，我一会儿就下去。"

这天早晨，江少陵和侯延年走进餐厅时，餐厅里的食客并不多，餐厅一角有少女靠着椅背，看着桌面上的热牛奶，正在用流利的英语跟人讲电话。

侯延年原想同桌用餐，但江少陵已选餐入座，他只能遗憾作罢。侯延年想起昨晚聚餐，交流团成员欢声笑语，唯独伽蓝嗜睡不在场，于是用餐时呢喃了一句："也不知道小天才饿不饿。"

"你可以打电话或是发短信问一问。"江少陵忽然说了这么一句话。事后侯延年发完短信，再回想江少陵说这话时的语气，原本还觉得少帅提起伽蓝，语气终于不再如往常那般冷淡，但如今看来……

看来，伽蓝想要追江少陵，希望还真是不大。

接下来的七天里，交流团不仅要访问新加坡几所著名大学，还要拜访一些知名学者，后续活动以参观学习居多。

访问高校实行座谈会开放式讨论，新加坡几所大学的师生和S大学子聚在一起深入交流互动。毫无意外，好几名新加坡女生用炙热的眼神望着江少陵，接连不断地与他对话，再看江少陵，英语流利，应对老练，无论何时都能保持不卑不亢，也难怪众女子眼冒红心了。

目睹此景，皱眉的是苏薇，至于伽蓝……伽蓝无暇顾及。第一日外出进行交流活动，她没有事先准备日记本绘画草图，只能用中午吃饭时向侍者借用的圆珠笔草绘在餐巾纸上。

此举惹来不少交流学生凝视，她却恍然未觉——即便是绘制草图，若是达不到心中所想，她也不会轻易罢手。

交流活动安排密集，她和江少陵虽然每日同行，但交流完全为零。抵达新加坡第四日，他们前去拜访多位知名学者，其中有一位颇有名望的老学者见伽蓝手里拿着一本日记，在众目睽睽之下，笑着对她说："这位同学，能把你手中的日记借给我看一下吗？"

"当然。"伽蓝起身将日记递给老学者，态度落落大方，眉眼间的自信更是令人印象深刻。

伽蓝的日记本上几乎绘满了建筑草图，对新加坡几处特色建筑的解读也都陈述在了日记里。

看得出来老学者很欣慰："现在计算机技术发达，建筑系学生还能保留手绘习惯实在是难得。"

"其实国内很多建筑院校的学生都有手绘草图的习惯。"伽蓝告诉老学者，"Martin Heidegger曾说过，人类的思考器官包括我们的双手。绘制草图，通过手脑提升思考能力，会令我们的创造力逐日增强。"

交流团两位带队老师闻言，忍不住满意一笑，但笑意很快就僵滞在了嘴边，因为老学者在翻看了几页日记之后，忽然将目光停留在了某一页上。页面上，一只活灵活现的小昆虫正吃力地推着一个球状物……

老学者很困惑，适逢身边坐着一位昆虫学家，老学者干脆将日记本递过去："这是什么？"

那位昆虫学家扫视一眼那幅图，先是尴尬地摸了摸鼻子，然后才勉强挂着笑容说："好像是屎壳郎推粪球吧？"

"咳咳——"

"咳咳——"

室内忽然传来此起彼伏的咳嗽声，交流团成员垂着头强忍笑声，两位带队老师则是瞬间变了脸色，几乎是恨铁不成钢地看着伽蓝。画什么不好，无缘无故画什么屎壳郎推粪球啊？

苏薇坐在位置上，嘴角的笑容略显嘲讽。这里坐满了学者，画这种污秽的东西，实在是难登大雅之堂。

侯延年起初还觉得好笑，却忽然意识到伽蓝此时怕是很难下台，正欲悄声找江少陵商量一下怎么帮伽蓝解围，就听伽蓝从容地道：“初来新加坡，这座城市给了我前所未有的触动，街道整洁干净得近乎完美，但完美的背后，必定与环卫工人的辛勤劳作息息相关。一日凌晨，新加坡天色未及大亮，我站在酒店阳台上，看着路旁数名环卫工人不顾垃圾恶臭，吃力地推着垃圾车艰难行走，那一刻，我忽然联想到了这世上有一种昆虫名唤蜣螂，又名屎壳郎。它的名字虽然不好听，虽然每日与粪球为伍，却改善了很多地方的粪便堆积问题，它也是金龟子科里唯一对人类有益的昆虫。”

众人适才还觉得屎壳郎推粪球很恶俗，但少女一番话说出口后，有人心灵震颤，有人略感惭愧，有人哑口无言，又有人微微一笑。

苏薇无意间目睹，只觉得心里一惊。好像除了苏瑾瑜之外，她从未见江少陵对谁如此温暖地微笑过。

所有人都在看伽蓝。她这日穿着宽松的白衬衫和黑色牛仔裤，赤脚穿着一双沙滩凉鞋，上午的阳光照亮了她的眉眼，耀眼得令人睁不开眼睛。

江少陵的眸色深了。

站在老学者身旁，伽蓝笑着说：“伯伯，我迷恋这座城市，但我更深爱拥有屎壳郎精神、一直默默无闻辛勤劳作的新加坡环卫工人。”

这马屁拍的。

两位带队老师瞬间眉开眼笑，侯延年差点没给伽蓝竖起大拇指——她竟然自来熟地叫老学者“伯伯”，试问有哪个老人听了不心生疼爱？

果然，伽蓝这句“伯伯”唤出口，老学者把日记本还给伽蓝时，笑得眼睛缝都看不到了。

抵达新加坡第五日，交流团外出参观学习，当天，伽蓝因为饮食不当，黄昏回酒店后不仅上吐下泻，更是腹痛不止。

伽嘉文给伽蓝打来电话，丝毫不知伽蓝的状况，伽蓝也不愿说出口让母亲担心，得知母亲今日抵达青海，只笑着说让母亲好好游玩，她这边一切都好。

实际上，她的情况并不好。到了用餐时间段，伽蓝的腹部开始出现痉挛性疼痛，汪雪见她躺在被窝里不动，这才觉察出异常，连忙出门找带队老师。

当时带队老师正和交流团成员坐在餐厅里吃饭，汪雪这么一咋呼，顿时呼啦啦上去了一群人。伽蓝吃力地想要看一看这群人里面究竟有没有江少陵，她都成这样了，他总不至于狠心不来看她吧?

伽蓝还没将众人看个仔细，老师已把一位医学院的高才生推到了床边：“快看看是怎么一回事！”

诊断结果是急性肠胃炎，一般治疗周期需三至七天，高才生建议伽蓝禁食12个小时，多喝盐水。

十几分钟后，伽蓝感觉腹部疼痛缓解。高才生知她厌食倦怠，为她做好保暖工作后，对一脸担忧的老师说：“伽学妹现在需要休息，老师放心，入睡前我会再过来看看她。”

这时候，伽蓝终于看清楚了，房间里根本就没有江少陵的身影。若说没有失落感那是假的，但泄气之余她还是挂着笑容让老师和几位校友回餐厅继续吃饭。汪雪自愿留下来照顾伽蓝，老师又嘱咐了几句，这才暂缓担忧，示意几位男女学生离开房间。

众人离开后，汪雪摸了摸伽蓝的额头，忍不住皱了眉：“怎么这么烧？”

“得了急性肠胃炎，原本就高烧畏寒。”伽蓝浑身倦怠提不起兴致，闭着眼睛对汪雪说，“学姐，我先睡一会儿，你忙你的，不用理会我，如果不舒服，我会叫你。”

“好。”

话虽如此，汪雪却什么也没做，而是取出一本书靠着床头翻阅起来。其间抬眸看了一眼伽蓝，见她呼吸均匀，似是睡着了，正欲继续看书时，门口忽然传来了敲门声。

汪雪跑过去开门，起初还以为来访者是带队老师或是医学院的学长，谁料……

打开门，看到某人伫立在门口，汪雪瞬间石化。

天啊，是江少陵！江少陵怎么会出现在这里？汪雪以为自己眼花了，为此还抬手揉了揉眼睛。没花，确实是江少陵。

“我能进去吗？”江少陵淡淡开口，很有礼貌。

“当然，当然……”汪雪回过神来，连忙把门再打开一些，方便江少陵入内。

房间里摆放着两张床，伽蓝闭着眼躺在其中一张床上睡着了，脸色煞白，神情疲惫。

江少陵知道自己皱着眉。黄昏时分，他并未在酒店餐厅里用餐。若干年前，他与一位新加坡计算机高手结识，这次来新加坡，对方有意邀他出来见一见，结果他还未抵达约见地，就接到了侯延年打来的电话。

与少帅同处一室，汪雪略显紧张地站在一旁，虽不说话，但一双灵活的眸子却随着少帅来回移动。

少帅提着一个上面印着药店名称的袋子，袋子里装着一些“补液盐”，他用温水冲泡一杯补液盐之后，端着水杯走到了伽蓝床边。

伽蓝睡得很沉，感觉有人触摸她的额头，以为是汪雪或医学院的学长，她缓缓睁开眼睛。当某人进驻眼眸时，她先是眨了眨眼睛，然后却是忍不住咧嘴一笑。

江少陵原本是没有笑意的，见她这么高兴，他的眼角眉梢终于有了一丝笑意。他弯腰扶她起身后，将水杯递给她：“这几天不要一味地喝白开水，可以多冲服一些补液盐。”

伽蓝接过那杯水时一直垂眸抿嘴笑，其实她很想装一把林黛玉让江少陵喂她喝水，但汪雪还站在一旁看着，况且这位汪学姐来自新闻系，新闻系的学生惹不起啊！

见她很乖顺地喝完水，江少陵接过杯子，温声对她说：“你好好休息，不舒服及时告诉室友，不要硬撑着。”

伽蓝点头，却在他转身要走时拉住了他的手，拉手的时间还不宜过长，否则汪雪该干瞪眼了。

“谢谢学长过来看我。”说话间，她已松开了他的手。江少陵深深地看着她，眸间隐有柔意划过。很微妙，他竟知道此刻她内心最真实的想法——如果她仅仅是感谢他能来看她，何至于多此一举拉着他的手？

她是……

她是舍不得他走吗？

江少陵就这么沉默不语地看着她，伽蓝很担心自己会在这样的眼神注视下做出失控之举，于是避开他的眼神，看着呆愣在一旁的汪雪说：“学姐，麻烦你帮我送送江学长。”

“……好。”汪雪忽然觉得今天自己的反应能力不是一般的差。

汪雪快走几步去开门。离开前，江少陵再次看向伽蓝，见她靠着床头坏笑不止，内心竟出奇地柔情四溢，这丫头是不是太容易满足了？

对汪雪来说，刚才所发生的一切很像是一场梦。送走江少陵，汪雪看着伽蓝，一头雾水地道：“蓝蓝，你和少帅认识？”

“在学校见过几面，没有深交。”伽蓝重新躺下，见汪雪对她的话半信半疑，伽蓝轻描淡写地感慨道，“常听人说江学长性情冷漠，没想到在异国生病，江学长竟会对同校学生这么体贴入微，看来学校的传闻不可信，江学长待人还是挺好的。”

听伽蓝这么一说，汪雪疑云顿消，点头附和道：“有些传闻确实是夸大其词。之前少帅给人的感觉一直是拒人于千里之外，所以刚才见他给你冲泡补液盐，差点没吓死我。”

伽蓝微笑不语，耳畔传来汪雪饱含艳羡的戏谑声："蓝蓝，你好福气啊！"

是啊，她也觉得自己好福气。

夜间，医学院的学长过来查看伽蓝的身体状况。学长告诉伽蓝，以她现在的身体状况，若是继续参与之后的行程，无疑是找罪受。

汪雪闻言，抿着唇看着伽蓝不说话。交流团接下来还有为期两天的参观活动、为期几天的短途旅行，虽然相处时日不长，汪雪却很喜欢这位新室友，但她又很清楚，伽蓝的身体最重要……

伽蓝略作沉吟，打电话请老师过来时，她心里已有决定。如果她继续留在新加坡，每天只能在酒店里待着，还会一路拖累交流团，到头来不仅苦了自己，也累了别人。

至于江少陵……

伽蓝正犹豫着是否要给江少陵发短信说一声时，两位带队老师已敲响了房间门。

两分钟后，两位带队老师坐在房间里，笑意温和，汪雪却再一次满腹狐疑地看着伽蓝，而能言善辩如伽蓝第一次被噎得说不出话来，很难在短时间内消化两位带队老师刚才说的话。

刚才两位老师进屋后，其中那位冯姓老师不等伽蓝说话就语重心长地看着伽蓝说："伽同学，我刚才和李老师商量了一下，为了你的身体着想，我和李老师建议你放弃之后的行程，如果你同意，稍后李老师会帮你订明天的机票回国。"

李老师身为女性，心思较之冯老师要细腻一些，顾虑伽蓝会多想，握着伽蓝的手连番强调她和冯老师之所以会做出这样的决定，是担心伽蓝的身体吃不消。

"我明白。"她原本就是这么想的，所以无论是谁主动说出这番话，对她来说区别都不大，毕竟重要的从来都不是过程，而是结果。

偏在这时，冯老师也跟着宽慰伽蓝："明天商学院的江同学会跟你一起回国，我和李老师刚才委托他在回程的路上好好照顾你，等抵达S市机场，他会亲自把你送回家，所以你尽管放心。"

就是这么石破天惊的一段话，不仅让汪雪傻了眼，伽蓝也呆若木鸡。

她没听错吧？江少陵也要回国？她是急性肠胃炎，江少陵呢？如果不是回国的想法从未跟江少陵交流过，她险些以为……

两小时以前，江少陵去找冯老师，说公司研发的软件出了点问题，他需要尽快回去一趟。好在交流活动已接近尾声，冯老师很爽快地就答应了。

两位老师之所以决定让伽蓝随江少陵一起回国，是因为他们找医学院的学长谈过话，经过深思熟虑这才会做出这样的决定。

冯老师谈及江少陵，话语间充满了歉意。听他的意思，似乎他和李老师找江少陵说这件事情时，江少陵早已订好了回国的机票，却因他们的临时委托，只能选择改签。

原来如此。

汪雪恍然大悟，暗笑自己的新闻嗅觉似乎太过敏感了。

伽蓝也在笑，心里却是鼓点阵阵。好不容易送走两位带队老师，伽蓝拿着手机发了一条短信给江少陵："老师说，明天你和我一起回国？"

江少陵："嗯。"

伽蓝略迟疑，但文字依然直白："我生病，你猜到我会提前回国，为了陪我，所以你才会找老师先下手为强，对吗？"

原以为江少陵不会理她，但他今天脾气好得很，竟回复她："你说对就对。"

答案模棱两可，却让伽蓝猝然发笑。可惜乐极生悲，肠胃又开始疼了，她连忙掀被下床跑进了洗手间。

汪雪隔着一道门扯着嗓门喊："蓝蓝，你是吐了，还是拉了？"

"……"汪雪的问话水平太高，伽蓝无力吐槽。

深夜，老师前来告知机票已订，明天下午樟宜机场T3站，航班直飞S市，抵达S市时预计已入夜。

江少陵去浴室洗澡前，侯延年一个劲地盯着他上下打量，等他从浴室里走出来后，侯延年终于看着他不耻下问道："公司研发软件究竟出了什么问题，我怎么不知道？"

江少陵拿着一条干毛巾坐在床尾擦拭湿头发，视侯延年如空气，对他的话更是充耳不闻，摆明了不愿搭理他。

侯延年还在喋喋不休："之前研发软件，我可是和团队成员人不人鬼不鬼地奋战了大半年，我就纳了闷了，这款近乎完美的软件怎么就出问题了呢？"

江少陵继续沉默。

侯延年求知欲暴涨，坐在江少陵身边摆出一副长谈的架势："少陵，你实话告诉我，你之所以突然回国，是因为伽蓝吧？"

江少陵抿着唇，大概觉得侯延年太聒噪，干脆站起身，顶着一头湿发再次走进了浴室。

侯延年连忙跟过去，身子倚着浴室门，状似了然于胸地道："其实你心里是喜欢伽蓝的吧？”

一直沉默不语的江少陵闻言忽然唇角上扬，侯延年心里一喜，正觉得套话有戏时，却听江少陵不紧不慢地道：“高中一年级，你连续几天通宵玩电脑，听说有一次乘公交车来学校的时候差点跌倒，慌乱中双膝一跪，不小心扯掉了一位大叔的运动裤。”

侯延年万万没想到江少陵会拿过去那些陈谷子烂芝麻的破事来堵他的嘴，顿时黑着脸不说话。

江少陵接着说：“高中二年级，盛夏天外出吃饭，你在餐馆里邂逅你的初中前女友和她的现任男朋友，你勉强挂着笑请他们同桌吃饭，其间你叫了三杯冷饮。你前女友的男朋友怕气氛尴尬，于是一边喝饮料，一边讲冷笑话，结果你没忍住，忽然哈哈爆笑，听说饮料从你的鼻子蹿出后直接喷到了你前女友的脸上……”

“好了，少陵，”侯延年着急地打断江少陵，红着脸坦承落败，“我收回之前的话，咱们到此为止，不要再相爱相杀了。”

江少陵继续“杀戮”：“高中三年级，你和七八个男同学醉酒之后耍酒疯，听说你们穿着内裤在校园操场上用身体摆出了一个‘250’，似乎现在还被高中一群学弟和学妹引为笑谈。”

侯延年欲哭无泪地看着江少陵。他错了，他真的错了，他现在什么也不求，只求江某人能够给他留点颜面，否则这张脸是真的要丢尽了。

此时，江少陵的头发已经擦拭半干，他越过侯延年走出浴室，声音淡淡传来：“知道你刚才问题不断有多招人烦吗？”

侯延年咬着牙根说：“知道。”

江少陵倒了一杯水送到嘴边：“知道有人问我为什么忽然回国该怎么回答了吗？”

“知道。”侯延年咬得牙根都快出血了，心不甘情不愿地道，“由于我的疏忽，公司目前的研发软件出了点小纰漏，你百般无奈之下只能率先结束后续活动，匆匆回国。”

江少陵喝了大半杯水，转眸看着侯延年暖暖一笑：“乖，益寿真听话。”

侯延年嘴角抽动，却是敢怒不敢言，忽然很想抬手赏自己几巴掌：他这不是自作自受刨坑给自己跳吗？真是活该。

翌日清晨，苏薇听说江少陵今天下午将要回国，并且随行人员是伽蓝时，只觉得头脑一蒙，完全反应不过来是怎么一回事。

她敲门找江少陵，房间里却只有侯延年一人在，据说江少陵昨天晚上失约于新加坡的朋友，所以今天一大早外出，九点左右才能回来。

苏薇皱着眉。交流团今天要参观一些项目，行程安排比较紧凑，江少陵上午九点左右才回来，那她岂不是无法和他碰面吗?

虽然知道江少陵突然回国是因公司琐事，但想到伽蓝和江少陵一起回去，苏薇不能不介意。

她和伽蓝无仇，但有怨。先前她听信杜娜一面之词，所思所想难免有失偏颇，为此还当着那么多人的面泼了伽蓝一脸水，虽然事后杜娜事件曝光，她对自己先前的举动也有些后悔，但毕竟友谊深厚，纵使知道杜娜有错，也不愿过多苛责杜娜。

对苏薇来说，伽蓝没有招惹过她，但因为杜娜，她对伽蓝总归有一些先入为主的坏印象，这也决定了此番交流团同行，她很难对伽蓝心生好感，甚至不曾同伽蓝说过一句话。

正因对伽蓝有意见，所以才会在听说江少陵和伽蓝一起回国时反应那么大。

如果不是担心影响不好，苏薇倒是很想告诉带队老师，她也想回国。虽是这么想的，却不能这么做，否则就太不顾全大局了……

上午九点左右，江少陵回到酒店时，交流团成员已全部外出，只有李老师还留在房间里照看伽蓝。

伽蓝有气无力地躺在被窝里。听说她昨天起夜数次，再加上禁食12个小时，饥饿加上虚脱，也难怪她会病恹恹地一动也不想动。

即使病成这样，见到他，她依然是笑容满面，唯一有所不同的是，少女的笑容不再明媚，反而有些惨兮兮的。

距离中午还有一段时间，李老师让江少陵先回房间休息片刻，说中午吃完饭，下午会亲自送他们去机场。

出行在外，老师责任在身，江少陵不便多说什么。

中午在餐厅吃饭，因为伽蓝只能进少量流食，于是点了一碗稀粥放在她面前，她拿着勺子搅来搅去，却没能好好地吃上几口。

江少陵看着那碗几乎不见减少的稀粥，再看了一眼她的气色，不想吃就不吃了吧!

下午抵达机场后，办理了登机牌，托运完行李，李老师看着江少陵和伽蓝过了安检，这才放心离开。江少陵带着伽蓝找到登机口，候机途中，伽蓝接连跑了三次洗手间，每次回来都需要江少陵搀扶着回座位。

第一次走出洗手间的时候，她说："少陵，吾命休矣。"

第二次走出洗手间的时候，她说："少陵，如果一个女孩子当着你的面不断上厕所拉肚子，你会不会因此不喜欢她？"

她说这话时，江少陵见她一脸痛苦地捂着肚子，很平静地提出建议："有需要的话，你还是再去一趟洗手间吧。"

这天下午，樟宜机场候机室某个洗手间附近共有两道风景——

风景一画面不堪：一个虚弱的少女接连出入洗手间，每次都是捂着肚子冲进去，几分钟后再捂着肚子弯着腰一步步挪出来。

风景二画面养眼：一个帅气男子守在洗手间附近，出入女性看到他后多是交头接耳，三步一回头，恨不得扎根在洗手间附近不离开。

最后吃瓜观众得出同一个结论：帅哥女朋友的肠胃消化功能不太好，上帝倒也公平，总不能世间的美事都让帅哥占了去。

下午的航班是从新加坡飞往S市。舷窗外阳光晴好，少帅坐在伽蓝身旁沉默地看书，出色的容貌引得邻座数名女子纷纷偷看。

登机入座后，伽蓝和江少陵几乎没有任何交谈，但明亮的机舱、态度亲和的乘务员，包括江少陵不苟言笑的表情、冷淡的眉眼，都让伽蓝无比放松。

看了几页书，江少陵转眸看着伽蓝。女孩子到了17岁正是如花的好年纪，含蓄羞涩是常态，但自动抱着他的手臂、靠着他的肩膀沉沉入睡的她却是一个异类，她似乎从不知"羞涩"为何物。

S大交流团飞往新加坡那日，陷入熟睡状态的她，曾靠着一位同校男生的肩睡了足足三个多小时……

回想起那一幕，江少陵蹙起了好看的眉。

许是睡得不安稳，她晃着脑袋在他的肩膀上不安分地蹭了蹭。她气息轻浅，他气息如常，但当两人的气息快速交融在一起时，那一秒，他的呼吸节奏分明有了紊乱的迹象。

调离视线，他暗自嘘了一口气，向乘务员要了一条毛毯盖在她身上，虽然动作很小心，可还是惊动了她。

她迷迷糊糊地睁开眼眸，又迷迷糊糊地叫了一声："少陵——"

他单手帮她盖好毛毯，压低声音对她说："睡吧。"

"你这样，只会让我越来越喜欢你。"

她昏昏欲睡地说完这句话，就不负责任地和周公约会去了，而被她告白的江少陵虽然不动声色地继续翻看书籍，心思却早已飘远。有时候，一句模糊的呓语远比清醒时的任何动人情话都能触动心扉……

抵达S市，机场外暖风袭面。从新加坡回来后的第一个夜晚，伽蓝只觉得这座城温暖而又亲切。江少陵提着行李，抬手招来一辆出租车。两人坐进后车座，江少陵看着伽蓝说话，声音坚定："我先送你回去。"

伽蓝微笑，对司机报上住宅地址。因为生病，她的话语并不多，靠着后座眼看又要睡着。江少陵担心她再这么睡下去，晚上很有可能失眠，难得开启话题同她说起话来："家里知道你今天回国吗？"

伽蓝强打起精神："我母亲在青海旅游，目前不在家，我生病这件事还没告诉她，怕她担心。"

江少陵随口问："父亲也不在家吗？"

她笑，转脸看着窗外，表情变得有些惘然，过了几秒才回复江少陵："我没有父亲，我生活在一个单亲家庭里，在国内，我只有母亲一个亲人。"

有些讶异，江少陵忽然不知道该说些什么。他在待人接物方面向来缺乏好奇心，如果知道伽蓝和母亲相依为命，他不可能提及她父亲。

伽蓝却笑着打破沉默："你放心，我从小就很独立，就算母亲不在家，我也能好好地照顾自己。医学院陈学长不是说过嘛，急性肠胃炎虽然刚开始比较难熬，但过两天就会……"

伽蓝并没有把话说完，因为江少陵忽然握住了她的手。

她今年只有17岁，性子多少有些琢磨不透，时而嬉皮笑脸，时而警惕老练，时而热情急进，时而谨慎细致……从去年10月到今年8月，她像一个开心果一样激活了他沉闷的人生，如今再看，她的诙谐逗趣不过是表象罢了。世间男女之所以独立坚强，无非是在成长过程中一路摸滚打爬，一伤再伤。

过早独立，本身也是一种伤。

伽蓝转眸看着江少陵。沉默寡言如他，个性冷淡如他，原以为纵使他对她有一些特别，也不会轻易做出亲密之举，但他却握住了她的手，未曾松开。

江少陵是一个在内心世界层层设立关卡的男人，亲近他很难，想要踏上通往他内心的通道更是难上加难。她无法获知他的内心世界，也无须获知。他比她年长四岁，但两人的家庭模式极为相似，关于她和他的过去，包括成长环境，其实一点儿也不重要，重要的是他们的过去促成了他们的现在。

车窗外，灯光交织，快速行驶的出租车将它们拉成一条条彩色丝带，丝带坚韧，仿佛千言万语全都汇集其中。

沉默的后车座上，他静静地握着她的手，没有任何言语，却有一种独属于江少陵的个人魅力在静谧中淡淡发酵。

男子掌心温暖，机会难得，伽蓝头一偏，靠在了他的肩膀上，放轻声音道："2003年10月，我向你告白时，我的内心很快乐。"

他沉默，却听着。

"2004年5月深夜，你来建筑学院找我时心情很不好，我看到你却觉得很开心。其实，我很希望我自己能够变成那朵大丽菊，绽放在你的眼里，住在你的心里。"

他继续沉默。

"昨天晚上，我得了急性肠胃炎不舒服，你带着补液盐来看我，我明明腹痛难忍，看到你一瞬间心里却乐开了花。"又是短暂的沉默，淡淡的声音飘进江少陵的耳中，"少陵，你在听吗？"

"……嗯。"男子语气温润。

伽蓝心一跳，坐直身体看了他一眼。男子眉眼含笑，目光柔软地看着她，清雅的姿态无懈可击。

伽蓝赶紧转眸望着窗外淡淡发笑，她怕凝视的时间久了，自己会忍不住在出租车里强了他，但问题的关键是，江少陵本人喜欢被强吗？

她这边正做着色欲大梦，也不知道江少陵都对她说了些什么，下意识接话答了声"好"，但紧跟着回过神来，看着江少陵尴尬询问："不好意思，我刚才有一些走神，你对我说的话我没听清楚。"

江少陵失笑，重复之前的话语："我说，你生病了，不适合一个人待在家里，必须有人照看，要不今天晚上你先在我家里借宿一晚……"

"咳咳——"

惊喜来得太突然，伽蓝掩嘴咳嗽，却有遮不住的笑意。借宿好啊！害得她又想"咳"了。

她心里在想什么，江少陵又怎会不知道？忍着笑意，他重新报了一个地址给司机。身旁适时传来她止不住笑意的声音："这样好吗？需不需要提前跟伯母说一声？"

"不用，她今天晚上不在家。"

"咳——"

她又掩嘴咳嗽起来。怎么办？怎么办？她和他这是要"办坏事"的节奏啊！

许是咳嗽声听起来太不寻常，前座司机终于通过后视镜瞥了一眼后座，只见女子咳得脸色通红，至于那个长相格外好看的男子……男子唇角上扬，笑容无奈。

第七章

搁浅：情深似海，恩宠不是幻觉

江家坐落在S市老城区，小区建筑采用ArtDeco建筑风格。像这样的建筑，若是放在20年前的S市，毫无疑问绝对是经典建筑群，同时也是富人集结地；20年后的今天，建筑构造日新月异，这些老建筑虽然已经被潮流淘汰，但沉下心认真欣赏，却别有一番沧桑韵味。

看得出来，小区园景设计专门借鉴过S市特色文化，周遭的景观体系规划也很不错：绿草坪，假山，鹅卵石铺底的池塘，休闲小亭……

江少陵带着伽蓝经过一处拱形藤架时，伽蓝仰脸望去，惊喜地发现拱形藤架上爬满了葡萄，一串串青紫相间的葡萄悬挂下来，在夜灯的照耀下看着格外喜人。

江家所在楼层距离小区门口不远，正是晚饭前后，伽蓝随江少陵一路走来，虽然没有遇到一位同楼住户，却遇到了不少借着暑假之机聚在一起无忧玩耍的孩子，嬉闹声扩散在闷热的夜色里，生活气息很浓郁。

乘电梯抵达三楼，江少陵放下行李拿钥匙开门。走廊的灯光略显幽暗，江少陵的背影看上去坚韧而又挺拔，伽蓝站在一旁静静地看着他。

打开房门，紧接着打开客厅灯，江少陵站在门口示意伽蓝进去。

第一次出入江家，伽蓝虽然没觉得不好意思，但多少有一些放不开手脚，见江少陵正在弯腰换穿拖鞋，她站在玄关地板上倒也不拘谨：“少陵，我穿36码的拖鞋。”

“没有36码的拖鞋，不过有38码的拖鞋。”江少陵在笑，然后找出苏瑾瑜的拖鞋放在她的脚旁，后知后觉地发现她的两只手并未闲着，分别拿着两串紫葡萄……

江少陵直起身的同时敛了笑。他不认为伽蓝平日里还会变魔术，明知故问道：“葡萄哪来的？”

伽蓝将两串葡萄递到他面前：“我见小区的葡萄架上结了很多葡萄，就想摘两串送你当水果。”

所以她这是借花献佛吗？

小区的任何景物都不属于个人，平时不管是大人还是孩子经过葡萄架都很自觉。江少陵原想训斥她一番，但她生着病还想着给他“带”两串葡萄当饭后水果，一时之间江少陵也分不清楚他究竟是该哭还是该笑，也许哭笑不得的背后还夹杂着那么一丝触动和感动，所以当他抿着唇接过那两串葡萄时，内心深处多少有一些无奈。

8年前，苏瑾瑜和江少陵重回S市居住，数月后对房子进行翻新，整个空间布局以白色调和原木素材为主，大量木质家具的运用让整个家看起来很质朴也很温馨。

在来江家的路上，江少陵曾跟伽蓝简单提及苏瑾瑜，说她前两天去外地探望一位苏家的远亲长辈，预计后天回来。

江少陵打开一间卧室安放两人的行李时，伽蓝跟着他一起走进房间。整间卧室的色调采用冷色系，素木地板，床头的书架设计很出彩，安静中透着沉稳。伽蓝扫视一眼书架，书架上整齐地摆放着一排排书籍，其中很多书籍涉及金融和软件知识，伽蓝意识到，这是江少陵的卧室。

“少陵，我们——”伽蓝又想掩嘴咳嗽了。

江少陵适时打断她的想入非非：“你住我卧室，我住书房，晚上睡觉不要关门，如果不舒服，喊一声我就能听到。”

伽蓝忽然变得很沮丧，有气无力地躺在床上不说话。自从她得了急性肠胃炎，接连二十几个小时上吐下泻，胃里早已空空如也，以至于干呕的时候眼冒金星，来江家的路上若是没有同床这个“伟大信念”支撑着，她早就放任自己睡过去了，如今美梦被打破，泄气之余她是真的连动也懒得动一下。

江少陵克制笑意，迈步朝卧室门口走去：“先去洗澡，晚饭做好了我叫你。”

“少陵，你要做饭给我吃啊？”

身后传来她“死灰复燃”的惊喜的叫声，江少陵笑意微露，掏出手机给在新加坡的两位带队老师打电话，告知他们他和伽蓝已抵达家中。结束通话后，他又去了一趟卫生间，特意把毛巾、洗漱用品和吹风机放在了醒目的位置。

“洗漱用品，我已经……”卫生间离卧室很近，江少陵站在卧室门口蓦然止住话头。

卧室里，伽蓝蹲在敞开的行李包前，手里分别拿着一黑一白两条内裤纠结难定，见江少陵站在门口宛如见到救星一般，扬起手中的内裤笑着问：“少陵，你喜欢我穿哪种颜色？”

江少陵忍着叹气的冲动，远离卧室区域不理她。她是一个思维和处事方式与众不同的女孩子，从来不知道什么叫害羞，对男欢女爱那点事直接坦白得一度令他感到意外和惊讶，但这并不妨碍他受她吸引……

仅是被吸引，他已变得如此不像自己，若是放任情感与日俱增，他不敢想象有朝一日他会变成什么样子。

唉，这次他是真的叹气了。

这天晚上发生了一段小插曲。卫生间里伽蓝在洗澡，厨房里江少陵在淘米熬粥，只不过刚炒好一道菜，另一道菜还没出锅，就听玄关处传来一声异动。

走出厨房，竟是电话里诉说两天后才能归家的苏瑾瑜。

苏瑾瑜知道江少陵今天回来，对于他在家中出没并不意外，她将行李递给江少陵，弯着腰翻找拖鞋时，对江少陵笑着解释早归的原因——苏家远亲身体无恙，盛夏季节逗留在外毕竟不如家里自在，所以才会提前回来。

江少陵将苏瑾瑜的行李提进主卧室，出来时瞥了一眼卫生间。卫生间房门紧闭，虽然没有水声，但灯还亮着。

这时，苏瑾瑜几乎把鞋柜翻了个遍，却还是找不到她的拖鞋，不禁纳闷地呢喃道：“真是奇了怪了，我的拖鞋也不知道放哪儿去了，怎么就是找不到呢？”

卫生间里，伽蓝忍不住笑了笑。拖鞋找不到就对了，因为她正穿着呢。

“先穿备用拖鞋吧。说不定遗落在房间某个地方，明天有时间的话，我再帮你好好找找。”洗手间外，男子的声音平静如初，没有任何情绪波动。

伽蓝正对江少陵心生佩服时，忽听苏瑾瑜开口问：“少陵，你刚才去卫生间忘记关灯了吗？”

伽蓝呼吸一顿，只听江少陵淡定回应：“好像是刚才洗完澡忘记把灯给关了。”江少陵有意支开苏瑾瑜，找了一个借口，说厨房里还有一道菜没有出锅，因为之前很少做，所以很难掌控味道，言语铺垫那么多，无非是希望苏瑾瑜能够移步去厨房……

伽蓝悄悄地将门打开一条缝，见门口一暗，知道是江少陵，刚松口气把门打开一些，厨房里却忽然间传来了苏瑾瑜的喊声：“少陵，你之前炒菜的时候放盐了吗？”

完全是条件反射，伽蓝一把将江少陵拉进卫生间，随后迅速关上了卫生间的房门。也幸亏她手脚麻利，就在她关闭房门的刹那，苏瑾瑜已走到了厨房门口。

“少陵，你在卫生间吗？”一门之隔，苏瑾瑜扬着声音问。

“……嗯。”

当时卫生间里的情况是这样的，伽蓝把江少陵强行拉到里面，因为太过紧张，所以穿着睡裙整个人扑进了他的怀里，江少陵将她推开一些，这才发现她左手抱着换洗衣服，右手却紧紧地抱着他的腰。

卫生间里很安静，静得仿佛能听到她和他交缠的呼吸声。

江少陵垂眸看向她，少女眼睫低垂，脸色通红，长发湿漉漉的，发尾不断地滴着水……

门外，苏瑾瑜重复之前的问话：“你之前炒菜的时候有没有放盐？”

“没有。”

江少陵回话时，温热的呼吸轻飘飘地洒落在伽蓝的面容上，伽蓝心里一阵冲动，纤细的手臂不再满足于流连某人腰间，而是义无反顾地环上了某人的脖颈，等她踮起脚主动将唇贴近某人的薄唇时，却被某人忍着笑避开了。

都这个时候了，还不忘调戏他，真是大胆。

江少陵压低声音道：“既然苏姨突然返家，要不我带你出去见见她？”

伽蓝闻言，连忙摇了摇头。开玩笑，她这副模样走出去，苏瑾瑜会怎么看待她？大概会觉得她这个人很随便吧？好吧，虽然她的言行举止是随便了那么一些，但她还是很纯的……

刺眼的灯光下，伽蓝用哀求的眼神看着江少陵，一双漆黑的眼眸里盈满了水光，江少陵忽然不合时宜地联想到了小狗的眼神，顿时心里一软。打开卫生间的房门时，顺手把毛巾和吹风机也带了出来。

苏瑾瑜还在厨房里炒菜，江少陵带着伽蓝回到卧室，还不等伽蓝彻彻底底地松一口气，江少陵已拿着毛巾帮她擦拭起了长发。

伽蓝脸颊发烧，感觉自己又开始发情了。

仅用毛巾是不可能擦干头发的，况且苏瑾瑜刚回来就一头扎在厨房里忙着炒菜，江少陵不宜在卧室里久待。

“还是用吹风机吧。”她生着病，总不能顶着一头湿发等着自然风干。

伽蓝低语：“吹风机声音太大。”

江少陵想了下，弯腰打开从新加坡带回来的行李箱，从里面取出一套家居服，对伽蓝留下一句“等我五分钟”就离开了卧室。

不多时，卫生间里传来一阵哗啦啦的水流声。伽蓝笑了笑，只因她忽然意识到那句“等我五分钟”对她究竟有多纵容，为了帮她吹干头发，某人特意提前洗澡洗头以此进行掩盖，对某人来说，做出这样幼稚的举动大概还是第一次。

不到五分钟，江少陵洗完澡出来，正好见苏瑾瑜端菜上桌。苏瑾瑜见他拿着毛巾正在擦拭湿发，估计是有奇怪了：“少陵，你不是刚洗完澡吗？”

“吃饭前再洗一遍，一身油烟气。”某人让苏瑾瑜先吃饭，他吹干头发就出来。

江少陵走进卧室，就见伽蓝坐在床上垂眸低笑。他微笑了一下，关闭房门，随手将毛巾丢到一旁，将吹风机插上电之后开始给她吹头发。

卧室里，吹风机呼呼作响，少帅穿着白T恤、灰色棉麻长裤，身姿飘逸，一举一动动人心魄。

察觉少帅修长的手指正穿梭在自己的发丝间，伽蓝感觉自己的脸越来越烫，越来越烫……

他很英俊，她看到他会心跳加速，想拥抱他，想亲吻他，这并不可耻。

她忽然想起2003年9月1日开学那天，母亲站在庭院中给她洗发，当时她还和母亲开玩笑，幻想着如果是一个大帅哥给她洗头就再好不过了，那时候的她又怎会想到，有朝一日江少陵竟会帮她吹长发？

看来幻想还是要有的，说不定不停地做着梦就实现了。

直到伽蓝的长发近乎全干，江少陵才坐在床上匆匆地吹着自己的一头湿发。伽蓝盘腿坐在床上看着他，笑容止都止不住。

江少陵用眼神询问她在笑什么。伽蓝凑到他耳边说话时，他适时地关闭了吹风机，只听她用笑音说：“第一次见你偷偷摸摸地给我吹头发，虽然咱俩看起来像做贼一样，但我觉得很刺激。”

很显然，这样的刺激让她喜不自胜。

江少陵淡淡微笑，起身拔掉插头，将吹风机收好放在桌案上，心里却在想，这种事情如果再多发生几次，他很有可能早衰。

伽蓝最近几天只能吃流食，晚饭注定很单调，只有一碗稀粥。虽然没有什么食欲，但念及稀粥是江少陵亲自熬的，倒也很给面子，勉强吃了十几口却是再也不肯多吃了：“我怕吃多了一会儿又要吐出来。”

伽蓝的话语只说了一半，至于未出口的另一半，必定与苏姨有关，她担心频繁出入卫生间会被苏姨察觉。

江少陵看着她，眸色深幽：“为什么怕苏姨？”

“因为她是你的长辈，是你的亲人，也是你看重的家人，我不能不害怕。”伽蓝并不隐瞒内心的想法，但又因为即将出口的话，她难得地红了脸，“少陵，害怕不过是因为我在乎你。”

害怕不过是因为我在乎你。

江少陵深深地凝视着她。这样情话连篇，若是放在以前，他多半会选择避之不理，但她是个异类，从她口中说出来的每一字每一句都令他无比触动，情话重要，但说情话的人更为重要。

其实他心里很清楚，她肆意妄为惯了，若是有朝一日害怕某个人，必定是因为太过在乎对方。

他错了，错在以为少女年幼，不懂什么叫喜欢、什么叫爱，此时此刻他才意识到，其实不懂情和爱的那个人竟是他。

2002年隆冬，建筑学院绘画作品展上惊鸿一瞥，未见其人，先观其画，所谓欣赏伽蓝的才情，恰恰是一种藏匿极深的披着好奇外衣的喜欢，最初的喜欢。

晚上同房而眠，不同床——伽蓝睡床，江少陵打地铺。

如果今天晚上苏姨不回来，毫无疑问江少陵会住在书房里，但苏姨突然返家，所以计划只能临时改变。当然，他可以按照原计划住进书房里，但如果苏姨临时有事找他，久敲卧室门不见回应，再见他入宿书房又该作何感想？

提到共处一室，最高兴的那个人是伽蓝。

“少陵，地上凉，你可以睡在床上，我不介意。”她坐在床上，眼巴巴地看着他把床褥铺在木质地板上，眼神颇为懊恼。

江少陵不理她，铺好床褥又拿起遥控器调了一下空调的温度。她近两天畏寒，所以室温对他来说偏高了。

关灯睡觉是深夜十点。她虽嬉皮笑脸，但毕竟疲惫到了极点，从新加坡飞回S市，抛开乘机时间，她的腹泻非常严重，既然她不愿意向他诉说病情，他只能配合她假装不知。

入睡前，他还在想，如果明天情况还是不见好转，势必要送她去医院接受静脉输液治疗。

察觉出一丝异样是在后半夜。

怪他睡得太沉，竟不知道她是何时起了身，又是何时坐在了他身边。他睁开眼睛看到她时，月光穿过窗帘的隙缝洒落在她的脸上，她的皮肤洁白得像是一朵花。

她在给他擦汗。

炎热的夏季，他在偏高的室温下浑身出了一层热汗。见他醒来，她并不慌乱，而是沉稳地看着他，眼神放肆而又直白。

“少陵，你出了很多汗。”她微笑着俯下脸庞看着他，手指一路轻柔地向下，滑过他的额头、鼻梁，最后落在他的唇上。

他沉默地看着她，没有开口说话。

凌晨的卧室一片寂静，她漆黑浓密的长发缓缓散落下来，慧黠的眼睛带着一丝不管不顾，却又带着一丝温柔。

他预感到了什么，却没阻止。

她凑近他，并亲了亲他的唇，虽然他没开启薄唇，也没对她的亲亲有所回应，却足以令她心生欢喜。

她抚摸他汗湿的头发，轻声对他说："忘记是从哪一天开始，我一直想亲一亲你的唇，我想尝尝你的唇是不是如我想象的那般散发着淡淡的花草香。"

凝视着她的眼睛，他的心里一片温软。

她的眸子里开始浮现出潮湿的水光："原来不是花草香，而是阳光留下的阴影，我的少陵寡言少语、心中孤寂……"

他忽然捂住了她的唇。他被她尖锐的言语给刺痛，心中裂开一条缝，突如其来的疼痛险些将他击垮。

他隐忍地看着她，轻声对她说"不要说了"。过了片刻，他松开手，抬手抚摸着她的脸庞、她的眼睛，用很温柔的声音再次对她说："蓝蓝，有些话不能说。"

说了，他会痛，因为只会令他心里的裂缝越撑越大……

她不再说话，柔软的身子躺在他身边。若是一个人的内心被孤独和沉寂所包裹，注定会在沉重的人生面前丧失所有的语言。他冷面冷心，较之他人更是冷如磐石，但他也有伤痛，那些伤一刀又一刀地凌迟着他的心灵，偏偏现实如此残酷，他早已学会了独撑，而她面对他那声午夜响起的"蓝蓝"，一颗心仿佛被水淹没……

她睡在他身旁不肯回到床上去，他在略显昏暗的房间里低哑着声音说："我身上都是汗，和我一起睡不热吗？"

她摇头不语。很热，但热又如何？午夜因腹痛苏醒，借着月光却见他黑发潮湿，陪他一起受尽燥热的煎熬又有何妨？况且他们也热不了多久，吵醒他之前，她曾调低了室温。

暗夜里这方密闭的空间仿佛隔绝了整个天地，有限的世界里只剩下她和他，静默无言，却又同寝共存。

后来她迷迷糊糊地睡着了，睡梦中，他伸手探向她的额头，似乎把她抱在了怀里……

翌日天色还未完全大亮，江少陵就叫醒了伽蓝。伽蓝醒来时发现自己是在床上，随即发现自己不仅头脑昏沉，全身上下更是没有丝毫力气，感觉病情较之昨天似乎又严重了一些。

江少陵带她简单地洗漱了一番，回到房间后开始帮她收拾行李。她坐在床上问他："我们要去哪儿？"

"去酒店，这几天你先住在那里，我也方便就近照顾你。"她母亲回来之前，他不可能放任她一个人住在家里。

江少陵所说的酒店是一座家庭式酒店，距离江少陵的公司很近，平时江少陵和侯延年如果在公司加班太晚，通常会去那里休息。昨天晚上回国后，江少陵其实有意带伽蓝去酒店居住，但因为还需置办一些生活用品，再加上顾虑伽蓝的身体，所以才会先带她回家休息一晚。原计划明天上午他去酒店安排好，再回来接她，谁料苏姨会突然回来……

伽蓝换好鞋子，指着苏瑾瑜那双拖鞋问江少陵："拖鞋怎么办？"

江少陵瞥了一眼那双拖鞋，难得半开玩笑道："找时间偷偷塞到苏姨床下，你觉得怎么样？"

"我看行。"伽蓝感慨地想，她和少帅还真是英雄所见略同啊！

离开江家时，苏瑾瑜还在睡。两人乘电梯下楼，江少陵要去车库取车，伽蓝站在车库附近等他，清晨微风拂面，凉丝丝的，很舒服。

昨晚手机关机，林宣可能打不通她的电话，所以发了一条短信给她，提及暑假忙碌，很难抽出时间回国探望她。

伽蓝笑了笑。看样子，今年暑假她和她哥哥都很忙，只不过，一个是在忙学术研究，另一个却是在绞尽脑汁，每天盘算着究竟该怎么做才能成功引诱心上人。

两人是在外面吃的早餐，伽蓝勉强吃了几口，没想到一阵恶心感油然而生，她预感是昨晚受了凉，刚走出早餐店就蹲在路旁好一阵狼狈呕吐。她这么一吐，手脚冰凉不说，眼前更是虚影重叠。

面前无声地出现几张纸巾，再然后是一瓶打开瓶盖的矿泉水……

擦完嘴、漱完口之后，伽蓝在江少陵的搀扶下把矿泉水瓶扔到了垃圾桶里，虽然脸色苍白，却微笑地看着他："可能是刚才喝粥过急，所以才会引发肠胃不舒服。"

江少陵皱着眉，心里不悦，却没有说出口。吐成这样，不是喝粥过急，很有可能是夜间受了凉。

凌晨她偷偷调低室温，无非是为他着想，仅是这个原因，他就不能训斥她半句，也不忍。

"去医院。"他搂着她朝座驾走去。他知道在她潇洒不羁的外表下隐藏的倔强和独立，她自小和母亲相依为命，纵使物质无忧，但在情感方面又岂能圆满无憾？他这般疏离冷漠，也不过是习惯凡事依靠自己罢了。

既然相似，所以有些话他也就不说了。路上接到苏姨的电话，询问他一大清早去了哪里，他推说公司比较忙，可能近几天不会回家居住。

和苏姨结束通话，他转眸看着伽蓝。副驾驶座位上，伽蓝靠着椅背，唇色发白。他抬手摸了摸她头顶的发丝，她睁开眼睛看着他，沉默一会儿，淡淡陈述道："因为我，你对苏姨说谎了。"

他撤回手指，专注开车："不因为你，我也对苏姨说过谎。"

是变相宽慰吗？伽蓝又是一阵沉默，再开口说："我猜，虽然你对苏姨迫不得已说过谎，但说谎的次数一定不多。"

"是不多。"因为异性撒谎，这是第一次。

伽蓝重新闭上眼睛，慵懒地低笑："少陵，你可千万不要被我给带坏了。"

晨曦穿过挡风玻璃洒落在江少陵英俊的脸庞上，连带也温暖了他唇角那一抹浅笑。

在医院输液时，伽蓝不再坏得令人哭笑不得，也不再俏皮得令人心里温软，她在药物的作用下靠着江少陵的肩疲倦入眠。她的手有些冰凉，江少陵将她的手握在手里，无声地暖着。

伽蓝的睫毛颤动了一下。他是一个被冷漠层层包裹的男人，这一点毋庸置疑，但那又有什么关系呢？当他在嘈杂的医院里守护在她身边时，当他伸手温暖她冰凉的手时，那一刻她在想，所谓的爱情大抵如此。

她所极力追寻的男子，很多时候寥寥几个小举动就能直击她的内心，她将这种情形视为在劫难逃。

她真正接触他还不足一年，在他面前，她时常介于理智和疯狂之间。读高中时，班里有个女孩子过早恋爱，却又在父母和老师的双重攻心战中无疾而终。那天语文老师在课堂上讲起三毛和荷西，女孩子在教室里忽然捂着脸崩溃大哭，附近有女生感慨低语："哭什么呀？爱情原本就是一场幻觉。"

爱情不是幻觉。医院的输液室里，他的存在使她镇静放松，他的温暖使她昏昏欲睡，靠着他的肩任由意识跌进深渊，梦里的她游走在喧闹的人群里和温暖的阳光下，心态平和而又快乐。

那天输完液，伽蓝在家庭式酒店里住了两天。房间位于酒店二楼，是很有家居氛围的两居室：实木地板，百叶窗，几台电脑，很多书……

她住在江少陵的房间。房间接近半个月没有住人，江少陵让伽蓝坐在客厅里先休息一下，她不听，倚在卧室门边看着他。他从衣柜里取出全新的四件套帮她重新铺床，她走过去帮忙，他把换枕头套的工作交给她："做这个就可以。"

安静的午后，灼热的阳光穿过百叶窗在室内变幻不定，伽蓝更换枕头套的时候偶尔会抬眸追寻江少陵的一举一动，她暗笑自己对这个男人似乎有些走火入魔，好像不管他做什么都能令她愉悦着迷。

江少陵铺好床单，换好被罩，回头寻找伽蓝，见她抱着枕头笑眯眯地看着他，他无奈一笑，上前取走枕头放在床上，再回头看着她时声音温和："睡一觉，晚上我带你外出吃饭。"

睡在他的房间里，睡在他的床上，仿佛置身于他的专属世界，伽蓝午后一觉竟然睡到了黄昏。

晚上一起外出吃饭，下楼经过接待台时，工作人员目睹江少陵牵着伽蓝的手从面前经过，张着嘴吃惊不已。

伽蓝走了几步，忍不住回头看了一眼那名工作人员，只见对方还保持着先前的傻模样。她很好奇，对方就不能换换表情吗？先前江少陵带她过来，工作人员见江少陵手提行李拉着她上楼，当时也是这样震惊呆愣的表情，虽然看起来有些傻，但事后想想却觉得很可爱。

"粥道"营养餐厅跟入住酒店只相隔一条街，步行路过他公司的办公楼时，她仔细研究了一番后，心血来潮道："如果以后你有意更换办公大楼，可以聘请我当建筑设计师吗？"

他笑："设计费不贵的话，我可以考虑。"

伽蓝只笑不语。不要设计费，她只要人。

晚上喝粥，伽蓝胃口不错，江少陵觉得这是个好现象，想着如果这里的营养粥可以激发她的食欲，他倒是不介意带着她多来几次。

夜间散步回去，街道两旁栽种着很多玫瑰，花红似火。在街角迎着绿灯过马路时，有几个烂醉如泥的男人相互搀扶着走过来，伽蓝打算避开时，却有一只手搂住她的肩头将她拉进了怀里。

S市的夜景仿佛镶嵌在夜光杯里，灯红酒绿的闹市一角，伽蓝抬眸看着江少陵。爱情最理想的模样，不过是人群里有那么一个男子，他有冷峻的脸庞、内敛的眼神，虽然寡言薄笑，却能在她最需要的时候给她最恰当的温暖。

晚上自是分房睡。伽蓝洗完澡回到床上，将卧室门敞开，这是江少陵的意思。回到酒店以后，他一直通电话，其间倒是为了催她早点睡，挪开电话少许。她倒是听话入睡，第二天起床却发现，她昨晚包括大前晚换下的脏衣服全都不见了。

清晨伽蓝去敲另一扇卧室的门，据说那是侯延年的专属房间，昨晚江少陵入住其中。他应该是在换衣服，否则也不会关门。拧开房门后，伽蓝见他的黑发有些潮湿，猜想他可能晨起冲过凉，于是看着他咽了咽口水。

最先开口说话的是江少陵：“昨晚睡得好吗？”

“好。”虽然男色惑人，伽蓝却没有遗忘清晨敲门的动机，越过江少陵朝卧室里望了望，发现侯延年的卧室连接着一处小阳台，上面挂着好几件衣服，有他的，也有她的。

伽蓝忽然笑了，看来少帅尽力照顾一个人多是表现在行动上。她厚着脸皮问：“怎么不见内衣？我的内衣也脏了。”

“自己洗。”江少陵丢给她三个字，先她一步离开卧室，声音清晰地传来，“先去洗漱，然后过来吃早餐。”

伽蓝不知道江少陵是何时起床，又是何时外出买早餐的，只知道早餐和昨晚粥道餐厅的味道一样，同属一家。吃罢饭，他开车带她去输液，为了避免像昨天上午一样睡得天昏地暗，她专门带着画本用来打发时间。

扎针时，她让护士扎在左手手背上，护士看着她左手的青紫痕迹说：“还没消肿，要不换只手输液吧。”

“不碍事。”

不过她说话似乎无用，因为护士虽然是在同她说话，却红着一张脸含羞带怯地注视着江少陵。

“护士姐姐？”伽蓝坐在椅子上，带着笑意提醒护士及时回神。手臂上绑着止血带，她真心希望能够速战速决。至于看美男，她不是那么小气的女子，若是少帅愿意，护士姐姐又有心，大可搬把椅子面对面观看一上午。

女护士有些不好意思地回过神，扎针完成后，对待伽蓝的态度格外友善：“点滴快打完的时候，记得提前叫我换点滴。”话落，女护士又和颜悦色地补充道，“对了，如果在打点滴过程中有任何不舒服，也请你一定要及时通知我。”

女护士走后，伽蓝对着江少陵感慨：“多年不来医院，没想到咱们这里的女护士的服务水平是越来越好了。”

这是打趣的言语，所以江少陵笑笑不说话。伽蓝见他低头查看时间，知道他今天上午有一个技术方面的例行讨论会。晨间吃饭时，侯延年曾跟他打电话说过这件事，因为离得近，所以被她听到了。

真正的喜欢，一定要建立在给予自由和彼此尊重的基础上。她虽然矫情，却也明白矫情需要有一个度。输液的是她，他陪在她身边，她无疑会很开心，也会很安心，但除此之外，在输液的过程里，困守不动的是她，而浪费时间的那个人是他。

打开绘画本，她主动劝他离开："少陵，你在这里也帮不了我什么忙，还不如回公司先把公事给办了。"

她说这话绝对不是嫌弃他，他知道，正是因为知道，所以他面带微笑地看着她："一个人可以吗？"

伽蓝点头："不是还有护士吗？托某人的福，护士姐姐对待我这个病患，态度不是一般的好。"

这次他是真的笑了。某种程度上，她和他都有清醒的自觉，生病期间还能保持大局意识，直白之余带着三分戏谑，看到这样一个她，他很难不心存欢喜。

江少陵不再多说什么，叮嘱她有事打电话，快要走出输液室时，她冲着他的背影喊："少陵，开完会别忘了来医院接我——"

江少陵嘴角笑容加深。她的语言，很多时候他都无须回应，因为说者与听者之间自有默契存在，而所谓的默契和理解，很重要。

医院的输液室里，伽蓝安静地绘着图。一瓶点滴打完，女护士过来更换点滴，调试点滴速度时，她好奇地瞄了瞄伽蓝的绘画本，见是一幅男子的肖像。画中男子的一双眼睛仿佛旋涡一般带着吸力，因为太过逼真，女护士只觉得心怦怦直跳，不知是被男子所惑，还是被少女的画作所震慑。

女护士一脸崇拜地看着伽蓝："画得可真好，你是美术系的学生吗？"

"嗯。"

绘画少帅的眼睛颇费时间，女护士说话时，伽蓝正在着手精绘少帅的鼻梁。其实对女护士来说，她究竟是美术系学生还是建筑系学生其实一点儿也不重要，医院偶然邂逅，医患相处一时，既然不深交，也就没必要专门解释一通，女护士不见得乐意听，她也不见得就那么喜欢倾诉。

输液室的病人不太多，女护士站在伽蓝身旁看着那幅尚未完工的男子肖像，终于按捺不住内心的好奇："你在画你男朋友吗？眉眼轮廓跟他很像。"

伽蓝扬了一下唇。女护士这番问话与其说是在感慨，还不如说是在试探她和少帅是什么关系。

念及女护士藏匿几分小心思不容易，伽蓝难得收起坏心眼，她的目的很明确：一定要让女护士保留幻想，尽量在输液过程中为自己争取到最大的区别待遇。

伽蓝很无奈地笑了笑："他不是我男朋友。"

"啊？不是吗？我还以为……"还是太年轻了，女护士的喜悦挡都挡不住，还没把话给说完，就当着伽蓝的面扑哧一声笑了起来。她这么一笑，伽蓝也忍不住咧嘴笑了，哎呀，这小护士可真是太可爱了。

为了让护士姐姐笑得更开心一些，伽蓝决定继续发扬“独乐乐不如她乐乐”的崇高精神，她凝望着画中男子的双眸，轻声叹息道：“他是我表哥。如果是我男朋友，他怎么可能把我一个人丢在医院里不管不顾？说起来，我表哥实在是太粗心大意了，说走就走，一点儿也不懂得关心我。”

女护士很认同地点了点头。谁说不是呢？帅哥突然离开医院，害得她都没机会透过小窗口偷偷窥视他，气人啊！

不过还好，女护士得知输液少女和帅哥不是男女朋友、而是表兄妹关系之后，顿时觉得未来和一个大帅哥长相厮守还是很有希望的，所以再看向伽蓝时，眼里分明装满了疼爱，她轻声安慰道：“没事的小妹妹，你表哥虽然不在医院，但姐姐一直在这里，你有任何需要可以随时找我，千万不要不好意思。”

“谢谢姐姐。”伽蓝感动地点头，她不会不好意思的。

“不用谢。”女护士的关心再升级，笑着问，“要喝水吗？”

“可以吗？那就来一杯温水吧。”伽蓝仰着脸适时补上一句，“姐姐，你人真好。”

女护士笑得合不拢嘴，拍了拍伽蓝的肩给她接水去了……

临近中午，江少陵开车赶到医院时，伽蓝的点滴还没打完，只剩一小半不到。她穿着白色衬衫坐在输液室里，漆黑的长发散落下来，她在画画，连他什么时候走近的都不知道。

他悄无声息地走到她身后，发现那是一幅男子的肖像，已到收尾阶段，她正用彩色铅笔专注地描绘着男子薄唇的轮廓……

画中的男子是江少陵，脸庞英俊，眉眼清寒，薄唇……薄唇轻抿。

十几秒之后，将画中男子的薄唇绘制完后，伽蓝的目光落定在男子栩栩如生的嘴角上，注视的时间久了，心里难免有些发痒。内心的贪欲无法压制，伽蓝动情之余，拿起画本贴近嘴边，轻轻地亲了亲男子凉薄的唇，离开素描画时，她明显有些意犹未尽，叹息道：“真香。”

“确定很香？”

身后忽然传来一道清越的男声，伽蓝受惊，回头望去，只见江少陵正站在她身后，表情一如既往，嘴角却隐隐带笑。

他是什么时候站在她身后的？

偷亲画中男子被江少陵发现，伽蓝并没有很尴尬，也不觉得无地自容，她故意当着正主的面又亲了亲画中男子的唇，犟嘴道：“反正我觉得很香。”

铅笔绘的画，哪来的香？江少陵就此打住话题，见一旁座椅上摆放着半杯温水，坐在她身旁问："谁帮你接的水？"

"小护士。"

伽蓝合上画本，又把铅笔递给江少陵，江少陵帮她装进背包里，温声道："要去洗手间吗？"

伽蓝："半个小时前，小护士举着点滴瓶，带我去过洗手间。"

江少陵："……"

她和小护士的关系几时变得这般好？事实证明，两人的关系确实很好，点滴快要打完时，小护士先是对"大表哥"眼神躲闪地笑了笑，转眸面对"小表妹"时，表情明显自然了许多："回去好好休息，明天见。"

伽蓝笑着回："明天见。"

江少陵不明状况，决定不发表任何意见。

开车驶出医院，江少陵在路旁停下车，伽蓝透过车窗见他走进一家冷饮店，片刻后出来，手里多了一个袋子。

走近车身，他敲了敲车窗玻璃。说实话，伽蓝有些讶异，按下车窗玻璃时，对他要做些什么，完全是一头雾水。

江少陵从袋子里取出一瓶矿泉水，低头拧开矿泉水瓶盖后，平静地开口："把手伸出来。"

伽蓝的心一跳。她手上除了有铅笔灰，也有彩铅，输液室里，她以为他没有看到，没想到……

伽蓝把手伸向窗外。路旁的停车区域，江少陵先是拿矿泉水帮她湿了手，然后撕开一小袋洗手液倒在她的手心。伽蓝搓洗手指时一直在笑。难怪那么多女生都想谈恋爱，被男生照顾呵护腻死人啊！

烈日暴晒下，少帅站在车外用完一瓶矿泉水，伽蓝甩了甩手上的水渍，手指总算干净了一些。

伺候伽蓝洗完手，江少陵把手中的空瓶子丢进垃圾桶里，随后开门上车。系安全带之前，他递给伽蓝一包湿纸巾。一般餐厅里都设有洗手间，但距离中午吃饭的餐厅还有一段距离。刚才开车离开医院时，她应该是鼻子有些发痒，要不然也不会频频抬起手臂蹭鼻子……

像小狗一样。

发动引擎，车子行驶了几分钟，伽蓝跟他打商量："我身体好多了，要不明天不去医院了吧？"

"嗯？"

伽蓝决定说实话："小护士盯着你眼冒红心，我嫉妒。"

江少陵开着车忍不住勾起嘴角，他还以为她和小护士关系很好。

"少陵，我身体很好，恢复能力也不错，明天你和我，我们都不去了啊！"最后那声"啊"很有哄骗嫌疑，颇像小孩子说了什么话，极力寻求大人同意一般。

江少陵只是笑，不说话。

"少陵——"伽蓝见他不说话，又开始作了，拐着声音撒娇。因为不习惯，伽蓝差点没恶心得又想大吐一场。

估计江少陵也有些受不了，瞥了她一眼后，丢了三个字给她："看情况。"

中午在餐厅吃饭时，伽蓝的手机在背包里嗡嗡直响，她看了一眼来电显示，有过短暂的犹豫，却没有选择接听。

他喝了一口水，问她："为什么不接？"

"是我母亲打来的电话。"如果接听，母亲势必知道她已回国，而她……伽蓝低着头沉默地吃饭，"我不想太早离开你。"

她这般直陈心事，江少陵竟是无言以对。他看着伽蓝，虽没说话，但眼神里隐约带着一抹情愫。

午后回酒店，江少陵是带着工作回来的。客厅里开着空调，阳光穿过落地玻璃洒了一屋，有几道光束在墙壁上轻轻地移动，偶尔带着色彩，伽蓝伸手捕捉，掌心也被照得明晃晃的。

这天中午，伽蓝没有午睡，电话又响起时，她依然没有接听。江少陵停下工作，默默注视她片刻，抬手示意她近前。

伽蓝坐在他身边，他伸手揉了揉她的长发："离九月份开学还有一段时间，如果你空闲，随时可以来找我。"

伽蓝微笑。她确实可以来找他，但他暑假期间通常会很忙，这点眼力见儿她还是有的。若不是她生病，他此刻应该在公司里，和一群下属召开讨论会，而不是窝在酒店里。

"我很爱我母亲。"这是她第一次对江少陵谈及她的母亲伽嘉文。她说她的母亲自小就很疼爱她，而她对亲情的认知几乎全部来自母亲："我母亲是我最尊敬的女性，她有修养，也有学识，平时喜欢与书为伴，在物质生活上从未亏待过我，但凡是别人家孩子有的，只要我想要，她一定会尽最大的努力送给我，她是这世上最宠我、也是最疼我的人……"

伽蓝只字不提她的父亲沈家明。江少陵注意到，她在提及母亲时语气轻柔，唇角更是微微扬起，昭示着她对她母亲的感情究竟有多浓。

母亲?

江少陵下沉的唇角不知道能不能称得上是对自己母亲的一种讽刺，但凡事都有两面性，他在生母那里没有得到的亲情，继母苏瑾瑜却毫无保留地弥补给了他。这么看来，他得到的要比失去的更加珍贵，所以没什么可遗憾的。

安静的客厅里，伽蓝靠着江少陵的肩，沉默了好一会儿，然后轻声说："少陵，我喜欢我母亲，也喜欢你，你们都是我喜欢的人，没有孰轻孰重。"

江少陵轻叹一声，伸出双臂将她密密实实地抱在怀里。伽蓝身体一僵，转眸看他，却迎上一双幽深的眼眸……

江少陵靠近，伽蓝误以为他要吻她，连忙闭上眼睛等待。结果江少陵轻启薄唇，只是微笑着提醒她："蓝蓝，如果我抱你，至少你该学会放松。"

伽蓝闻言蓦然睁开眼睛，鼓着腮帮子瞪着江少陵不说话。毫无疑问，她的身体更僵了，这次却是气的。

这男人空长着一副好模样，谁承想竟如此不解风情，实在是可气。

江少陵不是不解风情，如果当真不解风情，他就不会在下午告诉伽蓝，他有事需回公司一趟。

她主动谈及她的母亲，其实已经宣示她将要离开。他知道，她不希望他送她回去……

果然黄昏回来，房间里已无人，她的行李和衣服也全都不见了。她在客厅里留了一张字条给他："你如此懂我，所以有些话，我决定不再逐一说给你听。"

2004年8月初，江少陵站在酒店的阳台上，那个喜欢穿着白衬衫、喜欢背着黑色画筒的女孩子，性情洒脱得像是江湖侠客，更像是盛夏掠过长空的飞鸟，不仅照亮了他2004年的整个暑假，也带走了他情感生涯里的重心。

同样是这一天，下午，伽嘉文接到女儿的电话。听说她生病回国，伽嘉文匆匆乘机飞回S市。那晚S市的夜空缀满星辰，伽蓝站在院门口等候多时，见母亲从出租车里下来，她灿烂地微笑，冲上去紧紧地抱住母亲："Hi，Mom！我很想你。"

"蓝蓝，你生病了？"母亲的声音既焦急又担心。

伽蓝把脸庞埋进母亲的脖颈里，轻声笑着安抚母亲："不，现在你回来了，我知道我会很快好起来，并且不会再生病。"

伽蓝病愈后，没有再联系过江少陵。不管天气晴好还是下雨，她一如既往地背着画筒外出，痴迷作画，流连工地，每天回来都跟饿死鬼投胎没两样。母亲训斥归训斥，却总是在她狼吞虎咽时皱着眉叮嘱她慢点吃。

偶尔母亲也会心疼她："当初就不该让你学建筑。"

"不学建筑哪成啊？"她笑着说，"我小时候不是对你说过嘛，等我以后工作赚了大钱，我一定要盖最好的房子给你住。"

母亲在笑，眼睛却有些湿。

日子过得很快，9月1日开学那天，母亲开车送她回S大，路上雷声轰鸣，她坐在副驾驶座位上忍不住吐槽道："开学下雨打雷，可不是什么好兆头。"

母亲笑斥一声"乌鸦嘴"，又再三重申不许她再乱说话。

伽蓝并没有乱说话，开学后，整个九月几乎全都被阴雨覆盖，连带伽蓝的几位舍友也是每天三点一线，郁闷得要死。

一旦困守宿舍、教室、自习室和图书馆，一群花痴女唯有聚在一起思春，方能缓解内心的苦闷。

整整一个多星期，伽蓝的几位舍友几乎每人都把江少陵放在梦中意淫了无数次。伽蓝很不齿这种行为，盘腿坐在床上看着她们那副无耻相，瞧把她们一个个给能耐的，梦里逞威风，生活里一个个却是㞞包。

枯燥无味的学习生涯里，侯延年偶尔会发问候短信给伽蓝。接收与回复之间，伽蓝对侯延年三位舍友的近况多少有了一些了解：杜衡本科毕业后没有继续深造，而是背着一把破吉他为了梦想在酒吧里驻唱；2004年秋季开学后，周强继续深造，目前正在金融系攻读研究生；江少陵……

江少陵的在校情况伽蓝一直都是知道的：他出没于金融系研究生二、三年级各大讲堂……

九月末，伽蓝去商学院听课。江少陵大概没想到她会来，所以一直没有留意到她在课堂上。

一堂课讲完，教授有事找江少陵，所以他迟迟才离开教室。

那天雨势很大，江少陵和她一样，穿了一件白衬衫。"衣着标配"，联想到这个词汇时，伽蓝正撑着一把黑伞慢吞吞地跟在他身后，距离不远不近。

地面上水花四溅，他和她一前一后慢慢地走着路。她始终跟在他后面，沿途如果有学生停下来跟江少陵打招呼，她会转移视线，只当自己是文艺女，喜欢在大雨天欣赏校园秋色。

她不知道他是什么时候发现她的，只知道漫天雨幕中，他忽然停下脚步，撑着伞转过身来……

都说女子"回眸一笑百媚生"，挪用到江少陵这里却是"惊鸿一瞥浮世情"。

暴雨落地易生烟，远处女子穿着白衬衫，一身中性打扮，帅气得足以秒杀一众男女。江少陵注意到她的时候，她撑着伞站在雨幕里，仿佛随时都会被雨中烟给吞没。江少陵下意识地皱眉，刚迈步朝她走了几步，却见她往后退着走，并朝他摆了摆手……

江少陵止步，而伽蓝在转身离开前，眼眸漆黑明亮。她这般低敛洒脱，却不知在无意间蛊惑了谁？

毫无疑问，2004年暑期长假为伽蓝的情感生涯提供了一个契机。2004年秋季开学，她本该乘胜追击，但她出人意料地选择了急流勇退。

开学后，伽蓝和江少陵回归到最初的平行线状态：他们在不同的院系上课，在不同的三点一线来回奔波。对他们来说，不联系并不意味着疏离和抗拒，反而是另一种心照不宣的尊重。

她和他从陌生到熟悉，再演变成现如今的陌生，伽蓝并非是在放长线钓大鱼，也并非欲擒故纵，而是在等待一个重新契合的时间段，这个时间段被她设定在18岁。他说他不和未成年少女谈恋爱，但如果有一天她年满18岁，他还会如此说吗？

在江少陵的世界里，可以看到无数个条条框框，他是一个拒绝暧昧的人，她和他要么什么也不是，要么只能是恋人，至于游走在中间地带，显然不是他的做事风格。

对于情感，伽蓝不再急进，只因她知道，她和江少陵之间已有了联结的缘分。当8月初在家庭酒店里，他伸出手臂紧紧地抱住她时，她忽然醒悟，在这场尚不明朗的情感追逐战里，她曾毫不犹豫地表达过内心情感，也曾死皮赖脸地主动索取过他的爱，该做的她都做了，而有些能做的，她却不能再尝试去做。感情是两个人的事，她不希望她所追逐的爱情只是她一个人的爱情，在爱情到来之前，她唯一能做的就是静候18岁悄悄来临……

去年10月，她在商学院活动中心曾对他说过这么一句话：“江少陵，18岁之前，在不招你反感的前提下，我会尝试着接近你；18岁之后，如果你还是对我没感觉，我不会再缠着你，更不会再喜欢你。”

说这话时，她16岁，2004年再忆这番话，言犹在耳。17岁这一年，生平第一次为了一个男生学习等待，学习控制内心的贪欲，在她看来，2004年秋季开学后，她和江少陵疏远的只是暧昧，感情却从未停止过，更不曾在某个时间段无声消退过。

10月，伽蓝报名研究生考试。11月，伽蓝出没于工地，闲暇时站在高台上聆听几位农民工说话。他们坐在施工现场，一边抽烟，一边愉悦聊天，阳光下讲家庭，讲妻子，讲儿女。后来话题延伸，有一位农民工讲起当初结婚的细节，尽管从相亲到结婚，过程平实而又朴素，但回忆起来，却如阳光般晴好温暖。

12月上旬，校园里的树木青黄交接，枝叶稀疏，伽蓝背着画筒离开自习室，中午吃饭却没有着落，她不由得想起去年侯延年曾带她去东苑附近一家中餐厅吃饭，几道主打家常菜味道不错，心想不妨多走一段路把午餐给解决了。

走进餐厅，人满为患，伽蓝正左顾右盼找座位，却听食客里有人笑着喊："小天才——"

放眼S大，只有侯延年喜欢叫她小天才。

伽蓝循声望去，然后笑了。餐厅靠窗一角有四个男生正在等餐，那四个男生分别是侯延年、杜衡、江少陵和周强。

在此之前，伽蓝并未见过周强，但去年侯延年曾跟她描述过周强的相貌和性格，如今她对号入座，十有八九是不会错的。

那人确实是周强。伽蓝走近时，周强已站起身，笑着伸出手："你好，我是益寿的室友，叫周强。"

"幸会。"伽蓝伸手回握。

那声"幸会"逗笑了杜衡。他和伽蓝只见过寥寥数次，却一点儿也不显生疏，反而热络地邀请伽蓝一起入座吃饭。

侯延年笑着附和："小天才，你还是坐下来跟我们一起吃饭吧。这个时间段，很难找到空余座位。"

伽蓝心里松动，笑着对侯、杜、周三人说："多谢三位学长美意，只是……"话语一顿，伽蓝转眸看了一眼靠窗看书的江少陵，略显迟疑地道，"同一张桌子吃饭，也不知道江学长会不会很介意？"

三人齐刷刷地看向江少陵。男子穿着白色系针织衫，摆着扑克脸时就已帅得人神共愤，听了伽蓝的话，他的嘴角竟有了一丝笑意。

他没看伽蓝，淡淡启唇："不介意。"

杜衡和周强不明情况，面面相觑，无非是觉得他们少帅今天似乎很好说话，若是放在往常，他很有可能会毫不留情地甩给少女两个字："介意。"

杜衡和周强很欣慰，在爱护未成年人这一方面，他们的少帅还算有点人性，做得还不算太失礼。

唯一的知情人是侯延年。八月份从新加坡回来，他曾试着追问江少陵和伽蓝的后续发展，奈何江少陵对他的话充耳不闻，侯延年担心江少陵再拿他的过往黑料堵他的嘴，纵使好奇，也只好放弃。如今餐厅邂逅伽蓝，侯延年心里偷着乐，见少帅松口，连忙站起身挪出位置给伽蓝坐。

伽蓝倒也不拘谨，道了一声"谢谢"，大大方方地坐在了少帅身边。

侯延年拿菜单给伽蓝，让她再点几道爱吃的菜。伽蓝扫视一眼菜单，周强和杜衡是这里的老熟客，坐在对面热心地提供意见，奈何伽蓝心不在此……

伽蓝问江少陵："你平时吃辣吗？"

江少陵："偶尔吃。"

"来一道麻辣豆腐。"服务员在一旁站着，伽蓝对着服务员点菜。杜衡和周强一脸莫名，目光转向侯延年，却发现侯延年端着一杯水，看着伽蓝和江少陵只笑不语。什么情况？

这时，伽蓝查看菜单，继续追问江少陵："你平时吃牛肉吗？"

"吃。"江少陵算得上是有问必答了，杜衡和周强直接张嘴表示惊讶。

伽蓝对着服务员报菜名："来一道水煮牛肉。"

如此遵循江大帅哥的喜好，服务员忍不住多看了一眼伽蓝，这位小姑娘是江大帅哥的女朋友？

江少陵终于从书上移开视线，看着伽蓝轻声道："点你喜欢吃的。"

伽蓝认真地回道："你喜欢吃的，就是我喜欢吃的。"

话语如此直白，服务员都替伽蓝觉得有些害臊，站在桌旁摸了摸鼻子。正在喝水的杜衡险些一口水喷出来。周强调适心情很快，已从最初的惊讶转变成看客心理，单臂支在餐桌上撑着脸看好戏。最镇定的要数侯延年，他见饭菜点得差不多了，刚支走服务员，就听周强要笑不笑地道："这都什么情况啊？不知哪位善心人士愿意帮小弟解解惑？"

情况不复杂，甚至还很简单，伽蓝倒也不羞怯，平静地开口："让三位学长见笑了，我在追江学长。"

伽蓝说着，头轻轻地靠在江少陵的肩上，语调轻快了许多："学长，我说我在追你。"

伽蓝忽然亲近江少陵，还不要命地偏头往扑克脸肩上靠，杜衡和周强暗自为伽蓝捏了一把冷汗，以他们对扑克脸的了解，扑克脸对女人敬而远之，绝对不会给伽蓝好脸色，但……天雷滚滚啊！

扑克脸不仅没推开伽蓝，反而嘴角微勾，道了一声："嗯。"

伽蓝完全无视侯、杜、周三人，笑着告诉江少陵："没想到会在中餐厅见到你，很惊喜。"

江少陵又道了一声"嗯"，端起水杯喝了几口水，放下杯子时，他问伽蓝："喜欢这里的家常菜？"

"喜欢。"

"有订餐电话，下次可以不用跑这么远。"语气里有着难以窥探的轻软和温柔。

伽蓝语塞，坐直身体看着他：“我不知道可以订餐。”

“吃完饭记一下。”

少帅嗓音低沉，看似神态如常，凉薄的嘴唇却有了一丝极浅的上扬弧度，带着笑意，也带着诱惑力。伽蓝直视他的眼睛，轻轻地道了一声：“好。”

许是少帅难得厚待女生，许是伽蓝的目光太过火辣，总之杜衡看了看周强，又看了看侯延年……

想必三人都有一样的心境——伽蓝虽然说是她在主动追求少帅，但若少帅不放纵、不容许，就算有十个伽蓝，也会在少帅扑克脸的摧残下打退堂鼓。准许伽蓝近身已是劲爆新闻，若是恋爱……啧啧，S大估计要闹翻天了。

12月走进下旬，伽蓝带着刚刚完成的论文前去找廖鸿涛，希望他能帮她提提意见。

这天还有一位李姓博士生前来寻求廖鸿涛的意见，李师兄数天前刚刚完成一幅建筑设计图。伽蓝走进办公室的时候，廖鸿涛正坐在办公桌后，叮嘱李师兄回去后修改设计图，“去除不必要的阴影”“注重细节刻画”“不要忘了你的设计重点究竟是什么”。

这日廖鸿涛的心情不太好。李师兄离开办公室之后，伽蓝把论文交给廖鸿涛，无所事事地坐在椅子上等着恩师点评，察觉恩师脖子上有两道醒目的抓痕，伽蓝皱着眉感慨道：“师母下手可真狠。”

廖鸿涛闻言，瞥了伽蓝一眼，冷冷地说：“家里的大白猫抓的。”

伽蓝点头：“虽说夫妻之间难免会有磕磕绊绊的时候，但师母下手实在是太狠了。”

廖鸿涛咬着牙再次重申：“我说了，是家里大白猫抓的。”

“老师您消消气。”伽蓝沉默了几秒，对廖鸿涛说，“要不我让我妈去找师母谈谈心，放任您继续活在家暴之下，我于心不忍。”

廖鸿涛终于忍无可忍地道：“你如果再说话，我一定会毫不客气地指责你写的论文是垃圾。”

伽蓝笑着说：“是垃圾，您还边看边点头？”

她这么一笑，廖鸿涛瞬间恼羞成怒道：“伽蓝，你写的论文是垃圾。”

伽蓝见门口人影一晃，嘴角笑容加深，她倒是很想挽救恩师的形象，但恩师不给她机会，她刚道出“老师”两个字，就听廖鸿涛跟复读机一样，再次控诉道：“伽蓝，你写的论文是垃圾。”

伽蓝坐在椅子上保持微笑，却颇为心酸地看着恩师——这可如何是好，恩师英名要毁了，想想还有点激动呢？

12月下旬，建筑学院里再起风波。据说廖院长在办公室里大骂伽蓝写的论文是垃圾，隔天伽蓝论文片段曝光，建筑学院众位学子一夕之间如履薄冰，就连各位建筑系的老师也以伽蓝论文被批为例，在各个讲堂上告诫建筑学子："奉劝各位对自己的论文多上点心。前几天老院长痛批过的一篇垃圾论文，我和几位教授私底下专门抽时间借阅过。说实话，那篇论文见解独到，在我看来水平已经很高了，但老院长精益求精，觉得论文还有进步空间，我和几位教授实在是汗颜。如果那么高水平的论文都被他称为垃圾，敢问你们平时交给我的论文又该称为什么呢？"

某个学生小声嘟囔道："只要不是狗屎就行。"

伽蓝几位舍友也在说这事。她们仔细研读过伽蓝的论文，结果发现太深奥，她们在看不懂的情况下说了这么一句话："会不会是老院长看不懂论文内容，所以才恼羞成怒，说你写的是垃圾。"

几位舍友智商感人，伽蓝险些湿了双眸。

12月末，S市再次阴雨绵绵。正是晚餐时间段，伽蓝在图书馆记笔记时接到了一通电话。

那是一通外卖电话。外卖小哥站在图书馆楼下，手里提着一个袋子，袋子里装着好几个食盒。

伽蓝没有点餐，外卖小哥也没有透露点餐人是谁，但伽蓝看着订餐单子上面记录的几道菜，却是忍不住笑了。

12月上旬她曾在东苑中餐厅里吃过这几道菜，不过多吃了几筷子而已，没想到那人表面不在意，却逐一记在了心里。

提着餐盒，图书馆是不能再去了，伽蓝撑着伞，晃晃悠悠地回到了宿舍。宿舍里只有徐惠一人在。徐惠原本正在绘图，见伽蓝带餐回来，立马冲上前抱住伽蓝，在接连叫了好几声"我的好蓝蓝"之后，麻利地撸起袖子朝阳台方向走："我这就洗手开饭。"

伽蓝笑意不减。她好像没请徐惠一起吃饭吧？真是不要脸。

下雨天还有美餐可以吃，徐惠倒不介意不要脸一回，坐在椅子上一边吃，一边打量起外卖袋，见地址在东苑那边，徐惠多少有一些意外："蓝蓝，为了一顿晚餐，你专门跑去东苑打的包？"

伽蓝矫情一笑："少帅帮我订的餐，外卖小哥亲自送过来的。"

伽蓝说这话时，徐惠正拿着一块排骨大快朵颐，啃了几下才反应过来伽蓝刚才好像是在说"少帅"，幻听吧？

徐惠："你刚才说谁帮你订的餐？"

"少帅。"

徐惠挑着秀眉："江少陵？"

"S大还有第二个少帅吗？"

其实，徐惠的尾音不拔尖的话，声音还是很好听的。

没想到，徐惠听了伽蓝的话，竟抿着唇闷笑不已，笑了几秒，继续啃排骨，啃了几口，继续嚼着排骨肉笑得花枝乱颤。

伽蓝见她笑得这么开心，也跟着一起笑，她最喜欢看傻妞微笑了。

徐惠忍着笑再次追问："你说这些外卖是江少陵帮你订的？"

伽蓝点头，她是这么说过。

徐惠耸耸肩，表示很不解："凭什么？"

伽蓝也耸耸肩，很无奈地摊开手："凭他喜欢我啊！"

徐惠直接爆笑，嘴里的排骨肉清晰可见。伽蓝别过脸，不忍直视啊！

伽蓝很荣幸，这天晚上，她不仅给徐惠提供了一个笑料，晚上叶蓁蓁和蔡小竹回来，徐惠坐在床上绘声绘色地把伽蓝和她的对话复述了一遍给两人听，结果伽蓝的宿舍转瞬间变成了精神病院，蔡小竹直接笑瘫在床上，叶蓁蓁则是捂着肚子哎哟哎哟地又笑又叫："哎呀，妈呀，都快笑死我了！"

蔡小竹笑得上气不接下气："蓝蓝，你怎么会这么可爱啊？姐姐实在是喜欢死你了。"

伽蓝盘腿坐在床上，很慈祥地看着她们，含笑不语。外面阴雨绵绵，宿舍里三个小傻瓜笑得龇牙咧嘴。虽然舍友爆笑的动机不纯，虽然这天晚上没有月光，她却深深地记住了这个夜晚……

身边的人和事，包括今天突如其来的坏天气，仿佛都是上天最好的安排。

1月，研究生初试和大四上学期考试结束，寒假接踵而至。还记得去年这个时候，她曾去S大商学院找过江少陵，却目睹他和苏薇渐行渐远，想起苏薇……她已经很久没有再见过那姑娘了。

寒假的日子很平静。今年陈莞阿姨他们推迟回国，打算春节陪她和母亲一起过，母亲虽然什么也没说，心里却很高兴。

那天午后，阳光很好，伽蓝陪母亲一起外出购物。春节前后交通拥堵，停车位很难找，母亲让她先下车："商场附近有一家咖啡厅，外面设有雅座，你先坐在那里等我。"

咖啡厅名字叫"遇见"。结果伽蓝还没走近咖啡厅，就遇见了坐在外面椅子上给小猫喂食的杜衡。

一座城里偶然遇见一位故人倒也不足为奇，但在遇见咖啡厅外遇见一位故人，就有些搞笑了，也许还会被文艺男女归为宿命。

杜衡喂猫喂得很专注，直到伽蓝坐在他对面，他才发现她的存在，而伽蓝在此之前从未察觉酷爱音乐的杜衡竟是一个这么有爱心的人。

“咖啡厅主人养的猫？”伽蓝只能这么猜测了，杜衡总不至于抱着家猫在大街上瞎溜达。

杜衡笑着点头，扫视一眼四周，问伽蓝：“你一个人？”

伽蓝是不是一个人并不重要，发现桌子上放着两杯热咖啡，伽蓝把话题丢给杜衡：“你和你女朋友？”

杜衡低笑出声：“如果少陵愿意当我女朋友，我很乐意。”

“他也在这里？”

可以称得上是意外之喜了。小猫许是感受到这份喜悦，一扫之前的慵懒惬意，噌的一下就从杜衡腿上蹿了下去，转瞬间就跑进了咖啡厅里。

杜衡失笑，看着伽蓝说：“你把小猫给吓走了。”

伽蓝自动忽视他的话。咖啡厅附近不见江少陵的身影，他不可能在咖啡厅里，所以不排除杜衡说谎的可能。

“他不在这里，对不对？”伽蓝道出内心的猜测。

“不，他很快就会来这里。”

杜衡倒也没有说谎。前两天，有位金融系老同学出车祸住院，周强在外地赶不回来，所以杜衡和江少陵作为代表怎么说也应该去医院探望一番。在超市买好东西，他坐在咖啡厅外点了两杯咖啡等江少陵，至于少陵……他取车还没回来。

伽蓝问：“他去哪儿了？”

“想知道？”杜衡想了想，坏笑道：“这样吧，你给我学两声猫叫，我就告诉你，少陵究竟去了哪里。”

伽蓝靠着椅背淡淡一笑。她不知道杜衡还有这等小癖好，学猫叫吗？让她好好想想，公猫叫和母猫叫究竟有什么区别。

商场附近车辆太多，江少陵好不容易把车开过来，经过咖啡厅时，本想打电话给杜衡让他过来，隔着车窗却见他和一个长发女孩坐在椅子上聊天说笑，那女孩……

江少陵把车停在路边。走近时，两个人正在玩游戏，伽蓝看着杜衡，懒洋洋地叫了一声：“喵。”

猫叫声有些敷衍，杜衡笑得很愉悦：“不真诚，来个可爱版的。”

伽蓝酝酿好情绪，嗲着声音轻声叫：“喵——”

伽蓝这次的猫叫声无疑很成功，唤出口酥麻麻的，她自己都恶心得不得了。见杜衡摸着额头笑得快要断气，伽蓝决定讨好加倍再叫最后一回，但那声更酥麻的

“喵——”还没叫出口，就有一只手捂住了她的嘴，紧接着，一道既冷淡又熟悉的声音在耳边响起：“他让你叫，你就叫，几时这么听话了？”

听声音，好像是动了怒。

这天午后，杜衡可谓是倒了大霉。怪只怪他玩得太过火，其实他早就发现了少帅的身影，却玩心大起，太岁头上乱动土，结果可想而知。杜衡见少帅脸色不太好，起身想要逃跑时，少帅竟毫不留情地抬脚往他身上踢，害得他连忙捂住他的美臀，逃起命来毫无风度，惹来周围一些顾客讪笑不止，真是丢人丢大了。

伽蓝坐在椅子上看热闹不嫌事大：“杜学长对我说，只要我肯学猫叫，他就告诉我，你在哪儿。”

杜衡暗叫一声不好，紧接着臀部一痛，他哭丧着一张脸，可怜兮兮地看着江少陵：“不公平，伽学妹只对我学了两声猫叫，你却踢了我好几脚。”

江少陵觉得有理，坐在椅子上，转眸看了一眼杜衡：“来，站在我身边也给我来两声猫叫听听。”

伽蓝连忙揉了揉耳朵，做好了聆听公猫叫声的准备。

这位杜学长虽然一肚子坏水，却很听江少陵的话，虽然心不甘情不愿，可还是瓮声瓮气地叫了两声，估计江少陵以前没少镇压这厮，这厮才会在江少陵面前变成了一个乖宝宝。

听了两声公猫叫声，江少陵心里似乎终于平衡了一些，看着伽蓝问：“一个人？”

刚才杜衡也这么问过她，她没有回答杜衡，却不能不回答江少陵：“我和我妈妈，她在找停车位，一会儿过来找我。”

江少陵点头，垂眸看了一眼腕表。伽蓝猜他和杜衡还有事，催他们先去忙正事，不用管她：“我再坐一会儿，估计我妈也该来了。”

“不急，再等等。”江少陵招手示意服务员近前，问伽蓝，“想喝什么？”

“奶茶吧。”

江少陵点了两杯奶茶，叮嘱服务员打包。杜衡坐在一旁插话：“少陵，你这么快就要见家长啊？”

江少陵眼神横扫过去，杜衡立马闭嘴，不敢再吭声。

伽蓝却觉得杜衡“见家长”这句话说得很称她的心，也很如她的意，干脆顺着杜衡的话煞有介事地道：“也好，反正早晚都要见面，择日不如撞日，凑巧不如赶巧。”

午后阳光温暖，江少陵背着光，伽蓝隐约察觉他在笑，男子轻斥：“不要乱说话。”

伽蓝只笑不语。

她自小独立惯了，单独外出的实例数不胜数，但少帅见到她母亲之前，显然不放心她一个人待在这里，其实……

其实，想到再过不久母亲将要和少帅碰面，她还真有点紧张。

这样一个午后，在遇见咖啡厅外小坐片刻，温暖的阳光仿佛能钻到一个人的心里去。道路两旁行人如织，伽蓝忽然意识到，她对这座城竟有着如此深厚的感情，原因五花八门，比如说坐在她对面的江少陵，再比如说像今天这样的好天气……

伽嘉文停车的时间有些长。她挎着手提包来找伽蓝，衣着得体，是一个很优雅娴静的女人。

“这位就是伽女士，我母亲。”伽蓝话落，伽嘉文已近前，江少陵和杜衡站起身来，嘴角都适时地挂上了一抹微笑。

伽蓝正要介绍江少陵和杜衡给母亲认识，江少陵却已率先伸出手：“您好阿姨，我叫江少陵，是伽蓝的同校学长。”

英俊男子跟长辈说话态度很恭敬，但又不显得卑下，伽嘉文笑着道了声“你好”，随即伸手回握，目光忍不住落在江少陵的脸上。刚才离得很远她就注意到了这个小伙子，长得可真好。

“您好阿姨，我叫杜衡，也是伽蓝的同校学长。”这时，杜衡也礼貌地伸出手。伽嘉文伸手回握，微笑颔首。

这几人见面握手，都快赶上大领导会晤了。伽蓝站在一旁不出声，看着母亲和江少陵、杜衡逐一握手后开始寒暄，多是母亲询问他们是哪个院系的学生，目前是读本、读硕，还是正在读博。

杜衡把回复的重任交给了江少陵。江少陵讲话时，伽蓝抬眸看着他。男子眉目清俊，往常因为没有波澜起伏的心情，所以总是波澜不惊，但这日他同母亲说话时，虽然依旧冷静镇定，却少了惯常的冷淡，嘴角自始至终都带着一丝微笑。

母亲这日却有些失礼。大概是被美男的外貌所惑，所以江少陵讲话时，她一直盯着对方，直到江少陵讲话结束，母亲还盯着对方移不开视线。看得出来，母亲对江少陵的外貌有点着迷，伽蓝感慨地想，少帅还真是老少通吃啊！

几秒之后，杜衡忍着笑凑近伽蓝，压低声音道：“遗传这玩意儿有时候还真是神奇，你和你妈看少陵的眼神简直是一模一样。”

伽蓝仔细观察了一下。完全不一样好吗？她看江少陵的目光很火辣，但母亲的目光很温和，与她充满世俗的欲望不同，母亲只是纯粹地喜欢美好的人和事罢了。

被一个长辈目不转睛地盯着，还能平静自若地保持微笑，大概只有少帅一人了吧。

伽蓝替少帅解围，轻唤了一声："妈——"

谁知母亲激光般的视线打量完江少陵的容貌，又开始打量江少陵的身材，只能说江少陵这日午后修养不是一般的好，不仅不介意母亲的打量，还笑着跟母亲告别："阿姨，我和我同学还有事需要先走一步，以后有机会我们再见。"

伽嘉文听说美男要走，这才醒过神来，颇为不好意思地点点头。

"我走了。"

离开前，江少陵的目光落在伽蓝脸上，未曾消退的笑意展露在眉眼间。伽蓝的内心忽然蹿起一股躁动，但她不愿被母亲看出端倪，所以用微笑给掩饰了。

江少陵和杜衡转身离开，母亲看着江少陵的背影说："这个男孩子不仅人长得好，身材也很好，跟你哥哥是两种截然不同的类型。"

这已经是很高的评价了，毕竟母亲一直视林宣如亲生儿子，而和江少陵才不过认识了几分钟。

果真是喜新厌旧。

母亲来之前，两杯奶茶就已经打包好放在了桌子上，伽蓝取出一杯奶茶递给母亲，有意增加母亲对江少陵的关注度："妈，这两杯奶茶是江学长特意帮我们点的，回头您可要好好谢谢他。"

伽蓝这话也算是一语双关了，寓示着未来某一天，母亲和江少陵还会再碰面，但母亲显然没深入推敲她的话，只是下意识地感慨伽蓝这位江学长待人接物很得体。离开咖啡厅后，母亲询问伽蓝："你和那位江学长不同院系，是怎么认识的？"

"去年暑假我和江学长都是交流团成员之一，后来我在新加坡生病，江学长很照顾我，平时见面沟通，一来二去也就认识了。"伽蓝必须有所保留，如果她说是她倒追江少陵，估计母亲会直接在大街上抡起手提包揍她。

母亲恍然大悟："照你这么一说，有机会的话，我还真应该好好谢谢他。"

一定有机会的。

去商场的路上，伽蓝挽着母亲手臂，状似无心地道："妈，我看你好像很喜欢江学长。"

母亲没好气地白了她一眼："谁不喜欢帅哥？"

伽蓝半开玩笑地道："那我以后带一个像江学长那样的帅哥给你当女婿好了。"

"这话你还真敢说。"母亲失笑，沉默了一会儿，对她说，"女婿帅不帅不重要，重要的是一定要对你好。"

提及女婿，伽嘉文很自然地想到了林宣。林宣倒是对蓝蓝很好，林锦鹏和陈菀也乐见其成，至于蓝蓝……

伽嘉文笑着叹了一口气。蓝蓝视林宣如兄，说起话来也没个正经，毕竟年龄不大。老实说，她懂什么是爱情吗？

这日，江少陵开车去医院的路上，杜衡也在谈爱情。他问江少陵是否对伽蓝有情，江少陵没有回复他的话，但这并不影响杜衡以身说教，谈及他在驻唱酒吧遭遇女粉丝热情拥抱，虽言语无奈，眉眼间却透露着小小的得意。

江少陵充耳不闻，任由杜衡坐在他身旁喋喋不休。后来杜衡说累了，喝了半杯咖啡开始找纸巾，竟从副驾驶仪表台下方的手套箱里扒出一朵干花来。

杜衡仔细研究了一会儿，开口问："这是什么？"

江少陵扫视一眼干花，眸色深邃，淡淡启唇："花。"

杜衡无语几秒，接着问："什么花？"

"大丽菊。"

杜衡觉得这朵花叫什么并不重要，重要的是："你怎么会放一朵干花在车里，不像你的做事风格。"

江少陵嘴角微扬。不像他的做事风格吗？自从伽蓝介入他的生活以后，他正在默默地进行改变。

杜衡决定猜一猜："这朵干花是伽蓝送给你的吧？"

江少陵不紧不慢地纠正道："去年五月，她把这朵大丽菊送给我的时候，花朵硕大，色彩艳丽，那时候还不是一朵干花。"

"所以……"杜衡不敢置信地深吸一口气，"你一直留着这朵花？"

"不能留吗？"江少陵笑意微露，语气很温柔，"你不觉得这朵干花很漂亮吗？"

杜衡哑口无言，过了好一会儿，他才认清现实，靠着椅背说："益寿说他看不懂你对伽蓝的感情。强子说你对伽蓝特别，或许只是喜欢她、欣赏她。如今我才发现，你是真的陷进去了。"

建筑系那个小天才本事杠杠的，竟然能倒追成功，要知道，她追的男人可是扑克脸江少陵！历年来有多少女生铩羽而归，唯有厚颜无耻者越挫越勇，最终一举攻下城墙，内功和抗击打能力当真是不容小觑。

第八章

爱情：落地生根，终见欢颜

赶在除夕前一日，林锦鹏一家三口乘机抵达S市。在此之前，林家航班的信息未曾知会伽嘉文母女。伽蓝清晨起床，母亲听大门口有人在敲门，跑过去开门后，母亲发出一阵惊喜的尖叫，老友见面，现场自是热情火爆。

相比之下，伽蓝淡定了许多，她蹲在院子的一角刷牙，见林宣帮父母把行李箱提进院子里，她笑着打了声招呼："Hi——"

"Hi——"

清晨，院子里安静，邻院偶尔会传来一两道若有似无的孩童嬉闹声，晨曦洒落在院子里，林宣嘴角的笑容平静而又温暖。

林锦鹏是纽约富商，身为中美混血儿，受环境影响，林锦鹏对中国的春节并不看重，近几年陪妻儿回国探望伽嘉文母女，接连因为公事难以成行，这次来S市，除了笑叹伽蓝长大之外，也惊叹S市的变化是越来越大了。

中午外出吃饭，林锦鹏中英文齐上阵，风趣讲述妻儿在家的日常事，对此，陈菀倒打一耙，反击不断，林宣则是安坐用餐，全程旁观龙虎斗，偶尔附和一下老爸或老妈，明摆着谁也不得罪……

伽蓝垂眸用餐时还在想，所谓一家三口最理想的幸福模式大抵如是。

饭后回去，午间短暂休息。下午，众人泡了一壶茶坐在院子里晒太阳。母亲、林锦鹏和陈菀懒懒地靠着摇椅说家常话，伽蓝坐在院子里画画，偶尔转眸看着林宣，他穿灰色系针织毛衣，黑发在阳光下熠熠生辉，正在低头翻看一本很厚的英文书籍。

长辈谈话，林宣不宜插嘴，而她……他搁置研究项目回国，她本该多陪陪他，而不是每天都和她的画板打交道。

伽蓝放下画笔，把画板挪到屋檐下，从房间里取出她和林宣的外套，站在客厅门口对林宣说："哥，我们出去走走？"

两人去了S市步行街闲逛，这里平时聚集着很多文艺青年。路过一家花店时，几个穿着统一制服的年轻女孩子正站在路旁拉客，见林宣和伽蓝从一旁经过，年轻女孩儿热情地推销，林宣笑着看向伽蓝，把决定权交给了她。

反正闲着无事，进去看看吧。

花店的盆栽花束很多，伽蓝停在几盆大丽菊旁边。其中一束大丽菊颜色绚烂，令她突然想起去年五月，她曾"送"给少帅一朵颜色相似的大丽菊……

林宣误以为她钟意这盆大丽菊，站在一旁对她说："喜欢的话，就买下吧。"

伽蓝微笑不语，挪步去看其他花束。其实她对大丽菊称不上很喜欢，当然也称不上很厌恶。五月"送"大丽菊给少帅，仅是因为花园里大丽菊开得最耀眼夺目。事后搜索大丽菊的花语，发现花语众多，有大吉大利、新鲜、感激、重情感等好寓意，也有不安定、移情、背叛之说。

本是简单的小花，却被强加花语无数，目睹它如此疲累，她又何必累及自身？不要也罢。

在花店里闲逛一圈后，伽蓝空手离开，倒是后来和林宣一起进电影院看了一部文艺片。可惜剧情拖沓，害得她好几次打瞌睡。见林宣频繁低头看表，她忍不住一笑，凑近林宣轻声试探："时间不早了，要不我们回去吧。"

林宣立马如释重负地松了一口气，拉着她起身离座。

翌日，母亲提议登山拜佛，烧香许愿。三位长辈登起山来健步如飞，反观伽蓝，一路上气喘吁吁，若不是林宣拉着她上山，她很有可能坐在半山腰不走了。

母亲拜佛虔诚，携林锦鹏、陈菀和林宣坐在禅房里和方丈轻声交谈。这天阳光很好，林宣走出禅房寻找伽蓝的身影，发现她裹着一条大围巾，正在明晃晃的台阶上跳上跳下踩蚂蚁。

一位信佛的年轻女子看不下去了，站在台阶下皱着眉："佛门重地忌杀生。"

"我不信佛。"话音未落，伽蓝面带微笑又抬脚踩死了好几只蚂蚁。

年轻女子动了怒："不信佛，你来拜佛？"

似是觉得女子说话有趣，伽蓝笑着反驳该女子言论："寺院规定不信佛就不能来看佛吗？"

年轻女子：“……”

许是年轻女子突如其来的沉默取悦了伽蓝，她终于放过了那些可怜的蚂蚁。台阶上，伽蓝双臂环胸俯视女子，慢吞吞的语速在冬日的阳光下隐隐带着几分寒气：“姑娘，佛说众生平等，蚂蚁是生灵，不可杀，但寺院的古树也是生灵。当一群蚂蚁栖身树洞时，当一群蚂蚁啃咬树皮为食时，姑娘觉得佛又该如何安置他眼中的这些生灵呢？世间万物遵循的法则各有不同，用你的对与错来衡量我的对与错，你不觉得很愚蠢吗？”

年轻女子被伽蓝堵得哑口无言，大概本人也觉得伽蓝说得很在理，却因伽蓝说她“愚蠢”，所以才会心有不悦站在台阶下干瞪眼。

伽蓝自是不放在眼里，声音平和：“姑娘既然信佛，那么应该听说过有关释迦牟尼的佛学典故。释迦牟尼曾教育须达长者：七佛以来，犹为蚁子；八万劫后，未脱鸽身。所谓一失人身，万劫不复，哪怕七佛在漫长的时间里渡劫成神，蚂蚁它还是蚂蚁；哪怕鸽子历经八万劫难，鸽子它照样难脱鸽身。对世间生灵，佛祖早已释然，姑娘又何苦较真放不下？”

再次无言以对，年轻女子脸色发青，气得说不出话来，最终在伽蓝“温暖平和”的注视下窝着一肚子火转身离开。

林宣站在廊檐下，靠着一根柱子，目睹了全过程。

寺院里钟声回荡，暖暖的阳光下，伽蓝似笑非笑地注视着女子一步步走远，抬手撤掉包裹在身上的大围巾，扬起火红的围巾包在头上遮挡阳光，动作随性帅气，却蕴含着几分冷漠和淡淡的风情……

从很久以前，林宣就深深地意识到，伽蓝虽表面亲和迷人，实则具有极强的攻击力。适才口头教育女孩子对她来说已是格外开恩，她只对身边的人宽容，对挑衅的陌生人向来是遇神杀神、遇佛杀佛。

此时，伽蓝终于察觉到他的存在，一扫之前的煞气，嘴角笑容沉静，林宣软了神色，适时回她一抹笑。

有点小性子倒也不打紧，与其让别人平白无故地欺负她，倒不如她找欺人者一吐郁结之气。

除夕夜，窗外的烟花震耳欲聋，伽蓝给江少陵发短信，只有寥寥四个字：“新年快乐！”

很俗的四个字，被她引用后，再被江少陵同样引用，他回：“新年快乐！”

夜间守岁时，伽蓝窝在沙发上，不知不觉间睡着了。大年初一起床，菀姨笑话她睡得太沉，连林宣帮她洗完脚抱她回房都不知道。

清晨跑步回来，林宣坐在沙发上喝茶看报，伽蓝走到他身边坐下，笑着问他帮美女洗脚有什么感触。

想了想，林宣带着笑容说：“温润如玉，玲珑剔透，美得令我不敢直视。”

伽蓝点头之后再次点了点头。林宣说的可都是大实话，美足难觅，她这位林哥哥昨晚帮她洗脚可是占了大便宜，所以她无须觉得不好意思。

林宣他们大年初二启程回美国，年初一是逗留S市的最后一天，下午小辈陪长辈一起去戏园听昆曲。

此次回来，菀姨记挂母亲生日在即，特意请唐人街裁缝师傅赶制了两件旗袍，一件留给自己穿，一件给母亲穿。

去戏园听戏，母亲提前换上那袭黑色绣花旗袍，又将长发绾成髻，用木簪斜插固定在脑后。旗袍很考验身材，菀姨皮肤白皙，一身旗袍显得很温婉，母亲却像是从民国走出来的大家闺秀，古典韵味浓郁。

菀姨围着母亲转，忍不住再三赞叹：“嘉文，这件旗袍穿在你身上真好看。”

戏园里，音乐袅袅回荡在院落里和廊檐下。几盘点心，一壶茶，三位长辈在听戏间隙感慨时间匆匆。林宣一边聆听长辈讲话，一边把瓜子剥掉壳放在一旁的碟子里。伽蓝一边拿着林宣剥好的瓜子往嘴里塞，一边跟着看客瞎起哄，追随众人鼓掌叫好。

林宣表示很怀疑：“台上在唱什么，你听得懂吗？”

“听不懂。”她能听懂才怪。

“听不懂你还鼓掌？”

伽蓝很认真地回：“虽然听不懂，但演员唱功了得，一段戏里好几处哭腔，我可飙不上去。”

林宣笑，把瓜子盘推给她，但愿这些瓜子能堵住她的嘴。

晚上在外用餐，众人一起散步取车时，有几位衣着前卫的男孩子对着母亲和菀姨吹起尖锐的口哨。口哨声此起彼伏，引得来往行人频频注视。只能说伽嘉文、陈菀、林锦鹏和林宣的境界太高，一个个对口哨声充耳不闻，该说说，该笑笑，与他们相比，伽蓝显得有些世俗了。

“啾——”

一道清脆的口哨声从伽蓝嘴里发出，打着弯直冲天际，不仅惊得几位男孩子目瞪口呆，也为她招来了母亲等人的言语轰炸。

陈菀：“Sylvia，你会吹口哨？”

林锦鹏：“口哨吹得还不错。”

林宣：“你理他们做什么？”

母亲：“蓝蓝，吹口哨行为不雅，以后不许你再吹了。”

伽蓝：“……”

她可以多来几个“……”吗？

每一次离别，都是为了下一次再相聚。大年初二送林锦鹏一家三口去机场，他们在路上询问伽蓝18岁生日怎么过。

伽蓝只笑不语。18岁生日有一个结局等着她，怎么过并不重要，重要的是那个人极其简短的一句话，yes or no。

春节期间，全家聚在一起，再加上亲戚来访，有人喜欢组团搓麻将，有人喜欢坐在太阳底下嗑瓜子晒太阳，有人喜欢做东K歌，有人喜欢躲在家里睡大觉。

伽蓝是最后一种，她随心所欲地睡了好几天。2月15日上午，院子里传来一阵说笑声，好像是母亲以前几位同事聚在一起来看她，有一位阿姨声音尖，嚷嚷着中午要请母亲吃饭庆生。母亲把她从床上挖起来，她赔着笑脸给几位见过或是没见过的阿姨逐一打招呼，然后赔着笑脸任由她们摸着她的头，纳闷她脑袋瓜怎么就那么好使呢。

伽蓝感觉自己的脑袋就像是一颗球，任由她们拨过来拨过去，但母亲在一旁站着，所以她忍，还笑得一团和气，笑得几位阿姨看着她眼冒红心，不约而同地直呼：“嘉文，你家宝贝实在是太可爱了！”

中午大家一起前往餐厅吃饭。母亲历年过生日，从未和同事们在一起吃过饭，因为关系不亲不疏，实在是没有那个必要，但几位同事多年不见，难得聚在一起，再加上登门来请，母亲推拒不得。

春节期间，餐厅人满为患，站在走廊外可以清楚地听见各个包间里传来的说笑声和划拳喝酒声。

包间里，几位同事谈笑风生，其间频频举杯敬酒伽嘉文。伽蓝替伽嘉文解围，伽嘉文头晕得厉害，自知女儿脱身本事一流，顺势找借口，说是要去一趟洗手间。

走廊里，有一位中年男人喝了太多酒，走路不稳，有一位女服务员端着托盘前往包间上菜时，不小心和中年男人撞在一起，结果饭菜洒在了男子身上。男子顿时火气暴涨，骂骂咧咧地把女服务员一把推倒在地。女服务员跌坐在走廊里，愣愣地看着那名醉酒男子，整个人吓得不知所措。

女服务员年纪不大，顶多比伽蓝大上几岁，伽嘉文心里一软，站在那里皱着眉。附近包间也有客人出入，却没有人上前阻止。

眼看那名醉汉又要上前咒骂踢打小姑娘，伽嘉文看不下去，上前拽着醉汉：“先生，有话好好说，动手打人毕竟不对。”

“你是谁啊？你管我对不对！”醉汉糊涂起来六亲不认，甩开伽嘉文之后，逼近小姑娘，“你把我的衣服都给弄脏了，说，你怎么赔？”

小姑娘连忙解释：“对不起，先生，我端着菜一直靠着左边走，没想到你会忽然走到左边来……”

“你的意思是，我撞了你？”醉汉勃然大怒，一把抓起小姑娘的头发，小姑娘惨叫一声，眼泪哗啦啦地往外流。

见此情形，伽嘉文难免动了火气，一边上前解救小姑娘，一边冷着声音说：“先生，请你松手！”

伽嘉文声音很大，以至于很多包间的客人都打开房门查看起走廊的情况。伽嘉文几个同事开门出来时，只见那名醉汉抓住伽嘉文的手臂，使足吃奶的劲把她往一旁甩。几位同事惊呼一声“嘉文”，跑过去解救时，伽嘉文身体一侧已撞在了一旁的墙壁上，看她忍痛皱着眉，显然撞得不轻。

小姑娘见好心阿姨被摔，哇的一声哭了起来，一边哭一边大声喊：“经理，有人喝醉酒打人了！”

这天午后发生的事简直就是一场闹剧。开门做生意，员工受欺负，经理对那名醉汉恨得牙痒痒，醉汉的好友连忙出面道歉，把醉汉拉到了包间里。

经理无奈，先是吩咐其他服务员带小姑娘去休息，然后经理又带着两位下属专门去包间里向伽嘉文致谢。经理本来想让伽嘉文去医院里拍个片，医药费由餐厅全权负责，伽嘉文拒绝了，反过来催经理安抚一下小姑娘，担心小姑娘因为此事留下心理阴影。

经理心里一阵感激。

一位女同事对刚才的事不满至极，发牢骚道：“没有酒量喝什么酒？我们好好一个生日聚会，都被那人给搞砸了！”

经理打听是谁过生日，得知是伽嘉文，心里更愧疚了，连忙吩咐服务员再多准备几道招牌菜端上来，还说要送饭后水果，这顿饭餐厅免单。

餐厅经理其实也不容易，伽嘉文几个同事见经理一直在点头哈腰，只能憋着一口气无奈作罢。

经理离开后，女同事帮伽嘉文揉肩缓痛，伽嘉文安慰几人不碍事，说醉汉喝醉了，力道其实并不大，是她穿着高跟鞋没站稳，所以才会撞在墙壁上。

女同事们感慨伽嘉文好脾气，遂转移话题，有意重拾气氛。这时，伽嘉文扫视包间一圈，忍不住皱了眉：“蓝蓝呢？”

几乎是在伽嘉文问话的同时，伽蓝提着一袋活血化瘀的药膏走进房间里，看来她刚才之所以消失不见，是因为去了一趟药店。

伽嘉文几位同事夸伽蓝孝顺有心，却没人注意到伽嘉文暗自松了一口气。

吃完饭，伽嘉文一行人才从服务员口中得知，醉汉出事被抬走了。这家餐厅规模不大，男女卫生间离得很近，隔间各有三个。据说醉汉朋友发现醉汉的时候，醉汉正瘫靠在隔间的马桶上呼呼大睡，不仅马桶里全都是他呕吐出来的秽物，就连他本人也沾得满脸都是，额头上甚至磕出了一个血包，据说醉汉的朋友当场都恶心吐了……

伽嘉文一位女同事闻言啐骂道："这都什么人啊！"

伽嘉文下意识地看着伽蓝，伽蓝接收到她的目光，忧虑不减："妈，要不我陪你去医院拍个片？"

是她想多了吧？

伽嘉文收回思绪，对伽蓝安抚一笑："不碍事，我回家躺躺就没事了。"

已经是下午两点左右，伽嘉文一行人离开餐厅时，有一位男服务员愣愣地看着伽蓝的背影。伽蓝似有所察，转身回头迎视他的眸，嘴角的笑容明明很暖，但在阳光的照耀下却是彻骨的冷。

这名男服务员是被打女服务员的男朋友，听说女朋友被醉汉欺负，到底是年轻气盛，怒气冲冲地就去找醉汉。他在走廊里遇见同事，听同事说醉汉喝得醉醺醺的，好像去了洗手间。等他赶到洗手间时，却发现一位少女正戴着隔间的清洁工手套，抓着醉汉的头发往马桶的秽物里按。醉汉浑身疲软，痛苦地嗯嗯直叫，少女却是一脸漠然，其间甚至抬起手看表，精准地测算醉汉的窒息时间究竟是多少秒。

他永远也忘不了少女抓着醉汉的头磕在马桶上时的模样，她眼神冷峻，力道和醉汉被磕的角度计算得很巧妙，完全不会令人多想，只会误以为醉汉在呕吐期间不小心失去重心，额头才会磕在马桶壁上。

对于他出现在洗手间，少女似乎并不意外，甚至一点儿也不惊慌，淡淡地扫视他一眼，将清洁工手套简单冲洗了一下，然后整齐地放在了隔间的清洁室里。

如此淡定，如此不慌不忙。

随后少女越过他，走到公共盥洗室慢条斯理地洗着手时，终于对他说了一句话："你是那位小姑娘的男朋友吧？"

他内心惊讶。二楼没有监控，少女恐怕是知道，所以才敢这般肆无忌惮。他怕别人看出端倪来，站在她身旁跟着她一起洗手，压低声音道："你怎么知道我和她是男女朋友关系？"

"你和小姑娘的中指上都戴着一枚银戒，戒指花纹一样，却有男女之分，是情侣戒。另外你眼里有怒气，多半是来为女朋友打抱不平的。"少女洗完手，抽出几张纸巾擦手，"不用谢我。你为女友，我为母亲，今天我没看到你，你也没看到我，彼此心照不宣，于我于你都是最好的选择。"

他心跳加速却不说话。她只看了他一眼，却记住了他和他女朋友相关的全部细节。这女孩杀气这么重，手段这么狠，心思这么细，她这种人对社会来说绝对算得上隐患，而他……

他携怒气而来，却从未想过要怎么收拾醉汉，顶多是打一架。见到她，他才意识到，原来报复不仅可以做得这么下三烂，还可以做得这么绝。

2月末，寒假结束，S大正式开学。

时间走进3月，S市每天阳光普照。伴随着气温回暖，每天穿着薄毛衣或一件薄外套就能出门，心情不是一般的好。

3月，伽蓝研究生复试结束。一日夜间舍友闲聊，徐惠说她和高中同学除夕夜无意中看见国内某个性感女星跟华康副董在一起。借着夜色，两人牵手逛花市，举止亲密，私底下绝对有一腿。她那位高中同学难得在生活中见到明星出行，还特意拍了好几张照片留作纪念。

叶蓁蓁若有所思："我记得华康副董几年前就结婚了，好像他的妻子还是我们同校学姐。"

这时，蔡小竹趴在床头插了一句话："这事我清楚，他的妻子叫慕清，毕业于S大商学院。据说她当年嫁给华康副董，婚礼十分奢华，不少人眼红慕清灰姑娘走了狗屎运，竟能一步跨进豪门世家。不过在我看来，咱们这位慕学姐倒是一位精明能干的新时代女性，若是本事不到家，当初也不可能和咱们少帅联合创办公司。"

叶蓁蓁附和蔡小竹的话："说得也是，不过华康副董背着慕学姐婚内出轨，可真是不要脸。"

徐惠起床倒水喝，语气凉凉的，明显是等着以后看笑话："现在媒体还不知道，但纸包不住火，如果华康副董和那位女明星不收敛，这事迟早会被人捅破。"

蔡小竹躺回被窝里，轻轻地叹了一口气："这年头感情说变就变，豪门这碗饭不好吃啊！"

伽蓝没有接话。华康副董袁斌，她最早听说这个名字，并非来自几位舍友，也并非来自侯延年。几年前，她的绘画作品名声在外，尤擅风景和建筑，外界把她传得神乎其神，于是画价暴涨，前来索画的商人众多，但都被母亲婉言谢绝。在这些被拒绝的商人名单里，就有华康副董袁斌。不过，当时索画那人并不是他，而是他的男助理。据说一位商界大佬过寿，袁斌投其所好，这才让男助理前来购画。只可惜母亲不愿她未成年就被外界过度消费，所以前来求画者无论出价多高，母亲一律回绝，为此不知拉了多少仇恨。

前年伽蓝曾见过慕清，慕清站在餐厅外讲电话，气质优雅干练，笑靥如花。现在看来，人前风光，人后却也不过是无语话凄凉，如慕清，如母亲离婚以前。

婚姻残酷，但伽蓝从未抗拒过婚姻，千万个人走进婚姻，婚姻就会有千万面，母亲婚姻不幸，并不代表她会重蹈覆辙，再说……她的少陵绝对不会对她始乱终弃。

想起江少陵，伴随着18岁生日的逐步迫近，她忽然陷进一种难言的亢奋里，内心深处更是蠢蠢欲动。

伽蓝过生日那天，第一个给她打电话的是林宣。国内清晨六点，林宣在电话那头轻声说："Sylvia，Happy 18th Birthday！"

那个时间段，伽蓝刚睡醒，听了他的生日祝福，她把脸埋在枕头里低低地笑。他在她曾经爱之、如今却避之不及的国家里如此牵挂她，她心里总归是欢喜的。

美国天色暗沉，实验室落地玻璃窗上雨水汇聚，一缕缕蜿蜒滑落，林宣在她的笑声里逐渐勾起唇角，催她快起床去宿舍楼下，他说："我有礼物要送你，需要你亲自签收。"

伽蓝18岁生日这一天，林宣送给她一件手工庄园建筑模型。景观设计结合周围环境布局精妙，庄园内几栋别墅的形态和尺寸拿捏到位，除了主建筑，细节囊括好几处花园、好几处游泳池、十几条鹅卵石小径、大大小小的草坪、网球场、图书馆、马厩……

国内没有下雨，但看到这件庄园模型时，却有雨水沿着伽蓝的心脏缓缓滑落。模型入眼，她心里下了一场瓢泼大雨。

这件手工庄园模型规模很大，林宣利用一年的闲暇时间造访多名专业人士，甚至聘请他们手把手教他制作完成，其间的辛苦可想而知。

他瞒了她一年，哪怕年初二在机场大厅里，她半开玩笑地询问他打算送她什么生日礼物，他也只是微笑，对礼物的事闭口不谈。如今伽蓝看到了，却对电话那端的人止了话语。礼物太重，心意太沉，伽蓝竟不知从何说起。

林宣猜到她心情微妙，笑着缓和气氛："隔行如隔山，我作为外行人士，在你面前班门弄斧，你不要笑我。"

听了林宣的话，伽蓝不宜惘然，更不宜情绪低落，遂对大洋彼岸的他轻声说："哥，我很喜欢。"

这是真心话。

伽蓝带着模型回到宿舍时，叶蓁蓁和徐惠已起床，看到庄园模型纷纷围了过来："蓝蓝，这是你做的模型吗？"

"不是，是我哥哥送给我的生日礼物。"伽蓝换下睡衣，毫不避讳地穿着内衣裤在衣柜前换衣服。

徐惠等人和伽蓝同宿舍好几年，自然知道今天是她生日，但哥哥……

“你还有哥哥啊？以前没听你说过。”蔡小竹被吵醒，索性也不睡觉了，麻溜地下了床，抓了抓一头乱发凑近围观。

清晨的宿舍里，徐惠嘴里叼着牙刷，一边观看模型，一边慢吞吞地刷着牙；叶蓁蓁弯着腰，研究模型是由哪些特殊材料制作而成；蔡小竹则是感叹庄园奢华，美则美矣，但一般人谁住得起。

徐惠来了一句：“一般富豪也住不起。”

“你哥哥也是学建筑出身吗？”叶蓁蓁转身问伽蓝。她发现庄园的主要建筑材料大面积选用有机玻璃，须知加工难度很大。

伽蓝已经穿好了衣服：“不是。”

“不是？”徐惠惊呼一声，哀叹伽蓝的哥哥不是学建筑出身，但制作出来的建筑模型却远胜她们几位建筑系学生，她实在是汗颜。

伽蓝任由她们慢慢看，自己直接去阳台的洗手间洗脸刷牙。她看着镜子里的自己，表情平静，眉眼、轮廓却和父亲有三分像。

那件庄园模型装满了伽蓝5岁之前的所有回忆。印象深刻的是马厩，父亲曾抱着幼小的她坐在马背上在庄园里四处溜达。更多的时候，他不是叫她Sylvia，而是叫她“宝贝”。5岁之后，记忆里的庄园、记忆里的大马厩、记忆里那个抱着她喜欢叫她宝贝的男人，被她渐渐埋藏在了废墟里。

母亲说是沈家不要她的。为什么？爷爷奶奶之前那么喜欢她，她在他们面前表现得那么乖顺，为什么？她不懂。

阳台下传来女大学生若有似无的说笑声，伽蓝的嘴角缓缓扯出一抹笑。她忽然意识到，这里是S大，而纽约沈家只是她童年时期做过的一个梦。这里有她深深爱着的母亲，有她入住十三年的老宅院落，还有她倾之、慕之、爱之的江少陵，至于纽约沈家……

去他妈的！

毕竟是18岁生日，母亲中午特意来学校找伽蓝，让她叫上三位舍友一起去餐厅吃饭。

这家西餐厅是母亲选的。来之前母亲专门查过S大周围餐厅的设施，据说这家西餐厅的顾客评价很高，所以最终敲定了这里。

西餐厅的环境确实不错，食物也很美味，最重要的是注重私密性，有公共用餐区域，也有私密包间，若非走到包间门口，很难看清里面用餐的顾客。

用餐过半，席间欢声笑语，其间伽蓝去洗手间，路过其中一个包间时，本来已经走过，却又缓缓退了回去。包间内，江少陵正跟三个人在吃饭，嘴角噙着笑。虽然很沉默，但像他这样的男子，沉默的微笑最具杀伤力，最起码他身边那位漂亮女子早已是情难自制，红霞覆面。

那位漂亮女子是“蜈蚣辫”。至于另外一对中年夫妻，“蜈蚣辫”在中年夫妻面前十分放松，如果伽蓝没猜错，中年夫妻应该是“蜈蚣辫”的父母。

这天中午，伽蓝喝了一点红酒，之前还不觉得上头，如今却觉得红酒在体内蹿动。江少陵警觉地望向包间门口时，只来得及捕捉到女子一闪而逝的背影……

停了十几秒，江少陵放下刀叉，对着苏薇的父母客套地微笑：“失陪，我去趟洗手间。”

苏薇的父母在学校附近办事，中午打电话邀他出来吃饭，念及苏姨，他不好推辞。虽说是去洗手间，他却没进去，而是站在外间盥洗室等着某人，如果他刚才没有看错。

江少陵没有看错，以为自己出现幻觉的反倒是伽蓝。伽蓝走出洗手间，在盥洗室洗手时，脑袋里正在开小差，诸如：男人出色，才会被其他女人惦记。她喜欢的男子，别人也喜欢，这说明自己品位绝佳，况且江少陵内心的城墙牢不可破，她这般死皮赖脸，至今还没得到他的允诺，更何况是“蜈蚣辫”？

她这么一想，手脚也不发麻了，甚至对着镜子笑了笑，但不到两秒，她笑容僵滞，慢吞吞地回过头，只见俊雅的男子穿着灰衬衫，衬衫袖子半挽，神色内敛。伽蓝后知后觉地注意到他的时候，他正双臂环胸靠着盥洗室入口的墙壁，看着她微微含笑。

伽蓝忽然笑了，连忙甩了甩手，抽出几张纸巾一边擦手，一边朝他走去：“什么时候站在这里的？我都不知道。”

听语气，多像是娇嗔埋怨。

“你在想事情。”江少陵说着，微微眯眼想了想措辞，然后垂眸看着她，“嗯，你想事情的时候很入迷。”

他在打趣她，但伽蓝不介意，甚至被他眯眼的小举动所吸引。他这么有魅力，害得她想要每天都和他在床上厮混……

情欲起，气血翻涌，伽蓝的脸开始红了。江少陵抬起手触碰她的脸，下一秒皱起眉：“你喝酒了？”也许他应该问，是谁允许她喝酒的？

今天是她18岁生日，喝两杯酒怎么了？然而这话伽蓝不能吐槽给少帅听。她是一个逮着机会就决不轻易放弃亲密接触的人，江少陵刚要撤回手去，就被她一把握住贴在她的脸上。其间有出入盥洗室的男女顾客对着两人打量，她却视若无睹，见此，他忍不住笑了。

伽蓝也在笑：“江学长，你知道今天是什么日子吗？”

“什么日子？”江少陵眼里有一丝笑意，只可惜隐藏得太深，伽蓝没有注意到。

他竟然问她今天是什么日子？伽蓝的笑容消失了，狠狠地捏着江少陵的手。江少陵好像不怎么觉得疼，反而疑惑不解地看着她。伽蓝是真的不高兴了。今天她过生日，他陪苏薇和苏薇父母一起吃饭也就算了，但他怎么能不知道她的生日呢？校网上有她的出生日期，就算他不看校网女生的资料，如果有心，随便打探一下又怎会不知道？

"今天是我18岁生日。"伽蓝生气地握着他的手，不让他的手再碰她的脸。

江少陵闻言恍然大悟："哦？原来是你生日。"

"哼！"

这一次，伽蓝为了表达她的愤怒，不仅甩开了他的手，更是越过他离开了盥洗室。虽然离开了，但她走路的速度极为缓慢，她在等他追上来，或是拉着她道歉，结果很短一条路，伽蓝磨磨蹭蹭地走了几十秒，那人始终没有追上来。

伽蓝回到座位上时，只觉得手指颤抖得厉害。细算下来，这还是她第一次被一个男人气得无计可施，气得无可奈何……

这时，母亲好奇地问："蓝蓝，你的脸怎么这么红？"

"可能是喝酒喝的。"

伽蓝笑着打马虎眼，牙齿却咬得咯吱咯吱响。她决定了，就算少帅今天主动联系她，她也绝对不会再理他。

她发誓。

伽蓝发誓时间是在13：27，但21：21她就笑容满面地推翻了誓言。

21：21，伽蓝内心的焦躁几欲超标，江少陵电话姗姗来迟："方便见一面吗？我在——"

不等他说完，她连忙回复道："方便，方便，我去找你。"

她刚挂断电话，就火急火燎地打开衣柜开始找衣服，几秒后却僵了手头动作——她忘了询问他，她应该去哪里找他。

伽蓝只好打电话给江少陵。他似是知道她会打过来，所以不等她开口询问，就把地址告诉了她——他在建筑学院的绿茵操场等她。

已经很晚了，况且又是三月下旬，操场上虽有学生，但很少。伽蓝找到江少陵时，他正沿着操场散步。还是白天的穿着，但夜间有风，所以他在灰色衬衫外搭了一件深色系外套，仅是背影就帅气无比，正面效果可想而知。

伽蓝跟在他身后，注意到他单手插在裤袋里，右手却拿着一只红盒子，是礼物吧？伽蓝忍不住低头耸肩笑。

去年9月末，S大阴雨连绵，她也曾撑着伞默默跟在他的身后。大概是有经验了，所以这一次他很警觉，她跟在他身后尚且不足一分钟，他就回头望了一眼身后，见她慢吞吞地跟着他，他好像笑了一下，也没跟她打招呼，而是继续往前走。

伽蓝鄙视了自己两秒钟，然后快步追了上去，他把手中的盒子递给她：“礼物。”

盒子里装着一条白金项链，借着操场外围的路灯，伽蓝注意到白金项链上有一枚吊坠，吊坠是一颗晶莹剔透的星星，一颗水晶蓝星星。

伽蓝在笑。面对他，她只剩下笑了，笑容发自内心，她相信他能感受到，要不然他不会也面带微笑地看着她。

她没有矫情地说自己很喜欢，也没有矫揉造作地让他帮她戴在脖子上，她有更重要的事情要做，十万火急，刻不容缓。

合上礼物盒，她虽不会害羞，但她知道，当她抬起眸子凝视他的时候，在她的内心最深处，她是紧张的。

“前年10月，我向你表白，你说你不和未成年女孩儿谈恋爱，但我今天已经满18岁了……”伽蓝停顿了一下，看着江少陵，再开口时，语速放得很慢，重复了2003年10月的表白问话，“江少陵，你说1米83和1米61有没有可能在大学校园里共同谱写一段恋情？”

江少陵眸子深幽，与伽蓝对视片刻，他终于启唇给了伽蓝一句回答：“抱歉，没可能。”男子声音坚定。

不同于2003年10月被拒的心情，伽蓝忽然有点蒙，她以为，以为……

是的，只是她以为。

22岁的男孩子，他的阅历和个人魅力或许还没修炼成精，但他的外貌绝对处在顶峰时期，他不缺女孩子喜欢他、追求他，如果他愿意，绝对会有大把女孩子愿意复制她的厚脸皮去取悦他，他受到的诱惑有多少，他对女孩子的选择权就有多少……

是她太自信了，她以为他对她是不同的，她以为纵容就是喜欢，她以为他偶尔流露的柔情也是喜欢，原来不是。

真的不是吗？

操场的路灯下，即使被拒，伽蓝的嘴角依然挂着笑容，只是笑容看起来有些勉强，有些虚弱，她就那么沉默安静地站在原地一动也不动，垂落的右手紧紧地攥着礼物盒，左手绕过胸前静静地握着她的右臂，那样的姿势是自我防御和兀自强撑。

江少陵看着伽蓝，眸色温柔，平静地说：“1米83和1米61没有可能在大学校园里共同谱写一段恋情，但1米85和1米61却可以在大学校园里共同谱写一段恋情。”

伽蓝的心一跳，她愣愣地看着江少陵。灯光洒在他的身上，他英俊的脸庞宛如圣洁的月光，他也在看她，深深地凝视着她。

是她大意了。她表白那年他身高1米83，到了2005年，她自己没长高，竟忽视了他的身高变化。听了他的话，她该笑的，但她短时间内心情起起落落，竟猝然湿了眼眸。有他这么吓人的吗？她以前没说错，他比他的舍友杜衡还要坏。

“你今天过生日，我怎么可能不知道呢？”江少陵说话的声音很轻，像是怕吓到伽蓝，伽蓝却不买账，记仇的功夫一流：“如果你知道我过生日，怎么会这么晚才给我打电话？你再不来，我都快要躺在床上睡着了。”

她这么恼，他却笑着点头：“是啊，21：21。”

可不正是21：21……吗？！

伽蓝忽然意识到了什么，眉心微松，眼中的湿气骤然间烟消云散，嘴角更是有涟漪一层层扩散开来。

他在21：21给她打来电话，其实已经表明了他的态度：爱你，爱你。

伽蓝笑了。江少陵看着她，她唯恐自己不能笑得太尽兴，跟小媳妇一样挪到他面前，然后把脸埋在了他的怀里，一边笑，一边闷声问他：“少陵，你接受我了，对吗？”

像是在做梦，因为不真实，所以才会询问。等了几秒不见江少陵回应，她终于从他怀里抬起头看着他，当时她嘴角笑容未散，说不出地灵动和俏皮，江少陵微笑不语，眉眼含情，低头亲了亲她的额头。

伽蓝抿着嘴笑。

江少陵又低头亲了亲她的脸。

伽蓝嘴角的笑容加深。

江少陵也忍不住笑了，同时伸手搂着她的腰，伴随着气息的靠近，男子修长的手指滑入她的发丝间。他含笑注视着伽蓝的唇，然后薄唇覆上。唇与唇相贴，伽蓝既紧张又激动，不由自主地搂着他的脖子，主动启唇缠住他的唇舌。他笑着纵容她，任由两人之间的第一次接吻变得绵密、深情……

夜间有男学生散步经过，见有情侣在路灯下拥吻，羡慕地吹了一声口哨。

唇与唇并未分离，江少陵搂着伽蓝背转身，不让建筑系的学生窥探到伽蓝的面容，她却误解了他的意思，以为他是要中断这个吻，紧紧地搂着他的脖子不放，舔舐着他的唇，含混不清地道：“还不够——”

江少陵低低地笑，她是打算亲多久呢？

伽蓝注定亲不长久，当江少陵的吻如温润的春风包裹她后，伽蓝只有宣告投降的份儿。最终是她率先依依不舍地离开他的唇，踮起脚，把脸埋在他的脖颈里轻轻地喘着气，他仍然单手抱着她，却伸出另一只手温柔地拍着她的背。

伽蓝很懊恼："如果我再长高一点就好了，这样的话我们接吻会更方便一些。"

路灯下，江少陵笑容不散，把她抱得更紧了一些。她是他的开心果。

伽蓝继续懊恼："少陵，如果不是你我的院系隔得太远，如果不是你还有公司的事要忙，真想让你每天都给我一个吻。"

每天一个吻？

"贪心。"江少陵失笑，声音低沉，带着诱人的磁性，"打算一直抱着我吗？"

"嗯。"她答得很欢喜，"饿了这么长时间，我总要好好吸吸阳气。"

江少陵："……"

纵容了她一分钟，江少陵拉开两人拥抱的距离，见她脸上有着清晰的红晕，他抬手摸了摸她的脸，然后带着笑意握住她的手，半开玩笑道："走吧，送你回宿舍以后，我也该回去好好补补阳气，留着你下次继续吸。"

伽蓝两腿一软。少帅顺着她的意思说出这样的话，是在引诱她吗？害得她险些把控不住再一次意乱情迷。控制，控制啊——

伽蓝没能控制住，晚上回到宿舍躺在床上后一直在笑。当时徐惠在自习室通宵赶论文，宿舍里只有蔡小竹和叶蓁蓁。伽蓝回去的时候，她们正在和周公约会，结果半夜被一阵阵可怕的笑声给惊醒，却浑身哆嗦着蒙在被窝里不敢起床，害怕地聆听了好一会儿，发现那笑声有一阵没一阵的，最后终于发现了可怕的声音究竟是从哪儿传过来的。

是伽蓝。

伽蓝半夜做梦一直在笑，就连翌日清晨也是笑醒的。真是美好的一天。伽蓝睁开眼睛坐起身，只见蔡小竹和叶蓁蓁各自盘腿坐在床上，面容憔悴，显然是睡眠不足，而且张着嘴，目光呆滞地看着她……

"二位姐姐这是怎么了？难道是昨晚欲求不满，失眠了？"伽蓝说着打趣话，又忍不住笑了起来。

蔡小竹和叶蓁蓁濒临绝望，同时高呼一声："我的妈呀！"然后各自蒙着头，强迫自己补眠。

伽蓝可知她凌晨笑了无数次，蔡小竹和叶蓁蓁怎么叫她、摇她都没用，于是她的两位好舍友只好裹着棉被坐在床上听了大半夜的笑声，简直是魔音入耳，惨绝人寰啊！

同样是这一天，中午在餐厅里吃饭时，隔壁宿舍有几个女同学端着饭菜坐在了叶蓁蓁和蔡小竹的对面。聊天间隙，几位女同学说凌晨时分好像听到有女人在笑，笑声一阵接一阵，很吓人。

叶蓁蓁和蔡小竹低着头吃饭，不吭声。

有一位女同学询问叶蓁蓁："蓁蓁，你和小竹凌晨有没有听到有女人在笑？"

“……没有，我们睡得很沉。”

另一位女同学压低声音道：“你们说，会不会是我们女生宿舍楼以前有女孩子出过事，所以凌晨才会这么不干净？”

蔡小竹被米饭呛住了，悄悄伸手扯了扯叶蓁蓁的衣服下摆，然后两人端着未吃完的饭菜默契起身：“我们吃完了，先走一步，你们慢慢吃。”

背对着几位女同学，蔡小竹和叶蓁蓁挪着小碎步快步离开，脸上的表情却都是恨不得找洞钻进去。宿舍里有那么一个怪人，真是丢死个人啊！

伽蓝字典里没有“丢人”两个字。没吃糖之前，伽蓝只会想象吃糖的时候会是什么滋味，但当她真尝过糖的滋味，体验过吃糖时以及吃糖后的快乐和欢喜，她就不自觉地上瘾了。

一别数日没有再吃糖，伽蓝心里就跟猫爪似的。这日阳光不错，伽蓝给江少陵发短信，询问他是否在学校。

江少陵下午有一节两小时的讨论课，伽蓝赶在他来学校之前，坐在商学院学生活动中心等他。

建筑学院距离商学院有点远，伽蓝一路跑来实在是不容易。她在活动中心一家饮品店里点了一杯菠萝汁，正喝着，就听旁边几位女生小声说：“哇，是少帅！”

活动中心一楼大厅里，江少陵手里拿着两本书，穿着白T恤，外搭黑色开襟薄毛衣，下身是一条黑色长裤和一双黑色帆布鞋，是学生打扮，帅得很低调。

伽蓝之前在电话里提过，说她会在活动中心等他，江少陵寻找她的时候，忽听某家饮品店里传来一道呼喊声：“表哥——”

这样的声音，这样的语气……

江少陵循声望去，只见众目睽睽之下，伽蓝站起身冲他摆手，他克制住笑意，不理会周遭好奇的目光，走到她对面坐下：“我什么时候成你表哥了？”

“古代遗传学不如现在发达，所以那时候不允许堂兄妹通婚，却允许表兄妹亲上加亲，我叫你表哥，是因为表妹想和表哥亲上加亲。”

巧舌如簧。江少陵笑而不语，她喜欢怎么叫就怎么叫吧。像是中了邪，好像不管她叫他什么，他都觉得……欢喜。

这么一想，江少陵倒是有些想叹气了。他抬手叫了一杯白开水，见她气色不错，询问起她的学业：“最近忙吗？”

“最近正在准备论文答辩，不太忙。”谈起学业她有些敷衍，调戏江少陵却是热情满满，挪开喝了一半的菠萝汁，她隔着一张桌子倾身凑近江少陵，压低声音道：

"少陵，我昨天晚上做了一个梦，梦到你我正在接吻，吻到激情处，你忽然大煞风景地捧着我的脸问：蓝蓝，你刷牙了吗？"

江少陵："……"

伽蓝伸手握了一下他的手："少陵，我跑来找你一趟不容易，你要不要亲亲我？"

所以她跑这么远，只是为了一个吻？

看她一脸期待，江少陵难得有了一丝恶作剧的兴致，很配合地示意她凑近，然后捧着她的脸，在她笑眯眯地闭着眼睛等待亲吻降落时，他顺着她适才的梦境大煞风景地道："蓝蓝，你刷牙了吗？"

伽蓝瞬间睁开眼睛，当场语塞。如果不是怕疼，她真想轻轻扇自己一巴掌。她为什么要说那样的梦境？简直是自讨苦吃。

江少陵见她一脸懊悔，失笑追问："蓝蓝，你刷牙了吗？"

"刚喝了半杯菠萝汁。"伽蓝嘟着嘴，悔不当初。

江少陵笑着摇头，表示很遗憾，随后双手离开伽蓝的脸，端起面前的白开水，淡淡交代："亲一亲不是不可以，刷完牙再来找我。"

如果是寻常女子，这时候估摸着会打退堂鼓，更甚者灰溜溜地跑回学院去，但伽蓝可不是寻常女子，不要脸是出了名的，不达目的誓不罢休。建筑学院距离商学院那么远，她不可能跑回去刷牙，再跑回来索吻，而且江少陵再有五分钟就要去教室上课，伽蓝见时间不多，火速起身离座："表哥，你坐在这里稍等片刻，表妹去去就来。"

江少陵笑着喝水，不理她。

话说，伽蓝为了一个亲亲真的是下了血本，专门找到一家生活用品店，在里面买了牙刷和薄荷牙膏，又专门跑到女生盥洗室。挤好牙膏刷牙时，旁边好几个女生诧异地看着她，走几步又回头看她一眼，大概是把她当成了流浪人士。

等伽蓝刷完牙，再去活动中心找江少陵，饮品店里早已没有江少陵的身影。怪她，以为五分钟就能搞定，没想到生活用品店距离活动中心有点远，一来一去竟花费了十几分钟。

她给江少陵发短信："我去教室找你？"

江少陵："来商学院图书馆，我晚点去教室。"

图书馆，经管营销区。

伽蓝找到江少陵的时候，他正站在书架后翻阅书籍，伽蓝见四周没有学生，连忙跑到他身边，扯着他的薄毛衣外套说："少陵，我刷完牙了。"

"嗯？"他似乎忘了亲吻那一茬，专注地看着手中的书籍。

伽蓝干脆走到他面前，手盖在他的书页上，用很轻的声音说："牙膏的味道很好闻，你要不要吻吻看？"

江少陵无奈微笑。让她刷牙只是为了打消她的念头，谁知她竟越挫越勇，满腔的心思都在亲吻上。

真是服了她。江少陵伸手搂住她的腰，俯首吻住了她的唇，唇舌缠吻，潮润的气息里，江少陵在她的唇舌间品尝到了淡淡的薄荷香，味道凉凉的，很……提神。

他笑了。这里毕竟是图书馆，指不定什么时候就会有学生过来借阅图书，他离开她的唇，又抱了抱她平复呼吸，这才轻声哄她："好了，我马上要回教室上课，等你回到建筑学院，记得给我发短信。"

有图书馆的书架阻隔，接吻不是一般的刺激，伽蓝吃完糖，满意地离开，而一向镇定的江少陵看着她的背影，微不可闻地叹了一口气。为了她一再打破他之前设定好的条条框框，若说在图书馆里亲吻她自己不紧张，那是骗人的，他唯恐自己受她蛊惑沉迷难舍，唯恐情难自制，还好，还好……

伽蓝论文答辩那日，S市下起了淅淅沥沥的小雨。雨水从树枝和叶子间缓缓飘落，伽蓝从下方走过，一滴滴的雨珠砸在她的头顶上。她抬手摸了一下，手指上水光晶莹，就像她脖子上佩戴的水晶蓝星星，耀眼而又夺目。

还记得上个星期离校返家，母亲注意到她脖子里戴着一条白金项链，曾好奇地问过她项链是谁送的。

"我相好送的。"

她说的是实话，奈何母亲笑斥她胡说八道，正要追问项链来历，却在她房间里看到了那件庄园模型，顿时笑容消失了。

那是沈家庄园的模型。曾经生活多年的家，母亲怎会认不出来？

"你自己做的？"母亲专注地看着那座模型建筑，声音不温不凉，情绪难辨。

"不是我做的，是我哥送给我的生日礼物。"她收起玩笑的心态，看着母亲认真地道，"如果你不喜欢，我可以收起来。"

母亲的情绪缓和了一些，柔声道："在你的房间里，你有放置任何东西的权利，我喜不喜欢不重要，重要的是你自己是否喜欢。"

母亲离开房间后，她沉默地看着那件庄园模型，后来清出一个大箱子，把模型放了进去……

因为庄园模型这件事，母亲没有再过问白金项链的来历，也许母亲猜测是林宣送的。这个猜测倒也说得通，学生党通常没有多少零花钱，所以白金项链不可能是几位舍友或其他同学送的，就算他们送她这么贵重的礼物，依她的性子也绝对不会收，唯一的可能只有林宣了。

母亲不知道她和江少陵在谈恋爱，她没打算隐瞒母亲，但总要找时机坐下来和母亲好好谈谈，谁让母亲一直当她是孩子呢。

坐在答辩室外等候入场，伽蓝给江少陵发短信："我今天毕业论文答辩，你有什么要对我说的吗？"

江少陵没有发"加油""别紧张""我看好你"等短信，他回复伽蓝的短信是："论文答辩后，中午有时间吗？"

伽蓝："有。"

江少陵："今天中午我们约强子、益寿和阿衡一起吃饭，你觉得怎么样？"

伽蓝坐在走廊里，看到"我们"两个字，心里乐开了花，这时有学生走出答辩室，叫伽蓝进去。

伽蓝慢吞吞地朝答辩室走去，低头给江少陵回短信："我觉得很好。"

收起手机，推开答辩室的房门，伽蓝是唯一一个没有丝毫紧张感的答辩学生。其实，别人说她恃才傲物并没有错，她熟悉自己论文里的每一个观点和依据，甚至连标点符号都能精准描述，她自信她所写的论文里没有任何漏洞和模糊不清的言语，所以才能在答辩会上从容作答，沉着应战。

外面天空阴沉，答辩室内灯光刺眼，伽蓝在阐述论文观点和回答问题的过程中满腹才学悄然流露。

校方、院方和答辩委员会有意为难伽蓝，论文里没有的东西以及所谓专业里很冷僻的研究话题全都被他们搬上答辩会。如此苛待伽蓝，廖鸿涛坐在椅子上明显有些不高兴，但碍于他和伽蓝的师徒关系，只能忍着不说话。

伽蓝的大脑其实是一座图书馆，自幼年起，她就保持着每天读书的习惯。在伽家，不管是书房、客厅，还是她和她母亲的卧室，几乎都能看到各类书籍的存在，涉及范围甚广。

答辩委员会的问题虽然有为难之嫌，但伽蓝旁征博引，才情斐然，在十几分钟的答辩会上表现得博学多闻，令在场学者感慨不已。

此女年幼，在校又素来低调行事，但来日出入建筑界必定大放异彩，仅是她的学识就让很多同行无法企及。

廖鸿涛心中石头落定，靠着椅背笑得合不拢嘴，率先鼓起掌来，此生能得此学生真是幸甚。

中午在餐厅吃饭，江少陵以他和伽蓝的名义做东，其间的深意不言而喻。

高冷少帅最终被一个小姑娘虏获在石榴裙下，只有侯延年和杜衡事先看出端倪，大胆猜测出了结果，周强完全是后知后觉，内心自是佩服至极，他倒了一杯果汁，恭敬地双手送到伽蓝面前，发自肺腑地送了四个字给伽蓝：“厉害，厉害！”

伽蓝：“过奖。”

也算是小型聚餐，几人聚在一起谈工作，谈学业，谈任何世俗之事，可谓是其乐融融。席间杜衡感慨大学时光一去不复返，侯延年对他提出建议：“想回S大重温大学时光很简单，回校读研，也省得你一个人流浪在外。”

杜衡笑着摇头：“子非鱼，安知鱼之乐？”

侯延年劝说无用，周强认为侯延年无须再劝：“由着他吧。等他折腾够了，也就消停了。”

看得出来，杜衡不务正业跑出去唱歌，侯延年和周强都持反对意见。伽蓝却觉得杜衡能够顶住压力，果断放弃之前一切只为坚持自己的梦想，看似脑子进水，但如此魄力倒也让人敬佩。

唯一令她感到好奇的是，对杜衡作曲唱歌这件事，江少陵也持反对意见吗？

心有触动，伽蓝转眸看着江少陵。他正在用餐，但依旧很敏感：“有话说？”

伽蓝没有提及杜衡作曲唱歌这件事，她说的是：“你也不问问我论文答辩情况怎么样？顺不顺利？”从见面到用餐过半，他连问也不问一声，是不是太过淡定了？

“你的能力，我知道。”江少陵嗓音很低，却在餐桌下伸手握住了伽蓝的手。

短短七个字胜却世间千言万语，伽蓝靠着江少陵的肩，明明只是清秀的脸庞，但唇角笑意的点缀令人移不开视线，仿佛花朵绽放，流露的喜色感染着在座每一个人。

杜衡等人看不下去了，一个个摇着头啧啧出声。

江少陵没理他们，瞥了一眼伽蓝，察觉她的唇色较之往日似乎深了一些。指腹从她唇上滑过，指腹上果然沾染了淡淡的红色，他一贯平静的神色终于有了波动：“你才多大就涂口红？”

“出门见你，我总要打扮打扮。”老实说，她唇上的口红还是偷偷擦的徐惠的，若不是女为悦己者容，她才不涂这玩意儿。

不过，江少陵似乎不太喜欢她涂口红，要不然也不会抽出几张纸巾帮她擦掉唇上的颜色。伽蓝还在说话：“我舍友以前说过，男女热恋期间，男人看到女友涂口红会狼性大发。”

狼性大发？

杜衡觉得嗓子有点痒，不由得咳嗽出声。此女问话这么直白，还是当着几个大男人的面，她本人不害臊，他们几个大男人都替她觉得脸红。

听了伽蓝的话，江少陵似笑非笑地道："我看起来有那么智障吗？"

周强闻言，觉得嗓子也有点痒，下意识摸了摸自己的鼻子，不敢吭声。他跟女友热恋期那会儿，每次见面都跟这辈子没见过女人一样，别说她涂着口红了，就算她涂着五彩奶油，他也照吃不误。完了，难道他是一个智障的人？

伽蓝再次确认："少陵，你介意我涂口红吗？"

侯延年清了清嗓子。就不能聊一聊健康话题吗？老实说，他有一些口干舌燥。

最淡定的是江少陵。江少陵漆黑的眸子里闪过一丝柔光，轻声反问伽蓝："你喜欢吃口红吗？"

侯、杜、周三人闻言，默契地保持沉默，然后集体嗓子发痒。苍天啊！少帅这是什么意思？是在暗示私下接吻，他不喜欢吃口红吗？

怎么可以这样？他们少帅可是夜空明月一般的男子！难道是近朱者赤，近墨者黑？

四月份，欧洲几所高校联谊会前来访问S大。为促进中外交流，外文学院硕士生苏薇随行在侧。

学校非常看重这次访问。欧洲高校联谊会会长是一位法国人，他在座谈会上发言时，苏薇身穿一袭时尚套裙坐在一旁进行现场翻译，译文精准流畅，联谊会会长结束发言后，当着校方的面连番称赞苏薇，惹来现场鼓掌声不断。

当天，苏薇在S大出了一把名，各院校学生讲起她都称呼她是"美女翻译"，倒也名副其实。

翌日上午，欧洲高校联谊会在S大校方陪同下参观了多所学院。参观建筑学院展览馆期间，联谊会一群人在一幅校园长卷前驻足交谈，绘画作者是伽蓝。

在S大，伽蓝一直被视为建筑学院的门面担当，校方见联谊会众人兴趣盎然，于是再三提及伽蓝，说她记忆力高超，不管看到什么，都能将她看到的人和物，哪怕是最微小的细节全都还原到画布上，和照相机有的一比。

会长很感兴趣，说想见见伽蓝。那天上午，伽蓝就像是突然被推到舞台上表演的舞者。会长从他的手机里随便找出一张法国街景图，让伽蓝在规定时间内将这张图分毫不差地手绘出来。他给伽蓝的时间很短，那么短的时间内要记住所有细节简直是天方夜谭，但伽蓝却在众人目瞪口呆的注视下百分百还原了那张法国街景图。略感遗憾的是，因为中午吃饭时间在即，伽蓝总不能让一群人站在那里陪她饿肚子，所以完成画作后，她没有给建筑逐一上色。

即便如此，伽蓝的画功和记忆力已经足以令她技惊四座，不仅联谊会的全体成员对伽蓝竖起大拇指，就连校方领导先前也是听闻居多，如今目睹只觉得震撼不已。

苏薇尚且没有从惊愣中回过神来。她对伽蓝素有偏见，纵使觉得伽蓝有才，也不如现今这般有了深刻的认识。像这样逆天的记忆力，世界上不是没有，但毕竟不多，生活圈里忽然出现一个，也难怪会被他人称为天才。杜娜与伽蓝相比，又岂止是地与天之别?

当众表演并非伽蓝本意，她向来不喜别人勉强她，但校方出面，虽然心里略感憋屈，却也无可奈何。

S大新闻学院负责跟踪报道欧洲高校联谊会访问情况，汪雪和几位新闻学院学生将伽蓝的绘画视频公布在校网上，传播速度之快令人咂舌，相较昨天苏薇的出名度，今天伽蓝的出名度完全可以用“尽人皆知”来形容。

去年访问新加坡高校期间，汪雪和伽蓝入住一屋，所以汪雪去找伽蓝说好话，希望伽蓝能够看在去年同住一屋的交情上接受新闻学院的访问，也好让她趁热出一篇新闻稿。

“抱歉，我母亲不希望我行事太高调。”伽蓝拿母亲做挡箭牌，微笑婉拒。

汪雪还想说些什么，谁知伽蓝电话不断，几乎是一个接一个，除了她的几位舍友，同学来电也很多，几乎所有人都在谈论这段视频。伽蓝无心应对，但为了回避汪雪，所以强撑笑容跟他们热聊不断。

汪雪无奈之下，怅然作罢。

已经是午后一点多，江少陵给伽蓝打来电话的时候，她刚刚和一位同学结束通话。她以为江少陵打电话过来也是因为校网视频，没想到……不是。

隔着电话，江少陵轻声问：“吃午饭了吗？”

伽蓝有些发愣。路上有几个建筑系学生从一旁经过，看着她交头接耳，那样的眼神打量，可想而知好奇居多。

“校网视频你看了吗？”也许，他是没看到。

“看了。”江少陵的关注焦点显然不在校网视频上，而是，“视频上传时间是你作画结束六分钟以后，当时是中午12：38，我前不久给你打电话一直占线，直到现在还没吃饭吗？”

伽蓝不说话。别人给她打电话关心的是视频内容，只有他一心关注的是过了饭点，她究竟有没有吃饭。

“蓝蓝？”听不到她的回复，他在电话那头唤了一声她的名字。

伽蓝稳了稳情绪。她所在的位置距离南苑餐厅还有十几分钟的路程，但她选择了说谎欺骗江少陵。

她说："少陵，我刚才通电话的时候，已经和舍友吃过了，没饿肚子。"

18年以来，她说谎无数，唯有这一次，她在说谎欺骗他的时候，内心深处溢满了温柔。

伽蓝的鬼才作画轰动全校，短短几日又有谁还记得美女翻译苏薇，几乎人人都在谈伽蓝……

无论男女，只要认真工作总会令人觉得很有魅力。当伽蓝专注作画时，当她眼中再无其他人时，那一刻的伽蓝简直是帅到爆，让人移不开视线。

外界的喧嚣和各种各样的关注，伽蓝并不在意，江少陵更不曾提过这件事。他很忙，她是知道的，但每天的电话和短信必不可少，说一些日常话，伽蓝再插科打诨说点小段子，总能惹他淡淡失笑。

四月上旬，S大建筑学院硕士研究生院拟录取伽蓝，预计六月左右会邮寄录取通知书给她，而她的本科生涯在学分修满、毕业论文通过的情况下已经宣布正式结束。太过提前反倒令她每天无所事事，留在学校里隔三岔五找廖鸿涛报到。

那天查看日历，伽蓝忽然意识到江少陵生日临近，她花了一个多星期极其用心地画了一幅油画。画中男子容貌英俊，身姿挺拔地站在书架后，手中拿着一本翻阅过半的书籍，垂眸看书时，姿态闲适，眉目冷峻却又夹杂着一抹柔情。

伽蓝把油画装裱后放在特制的盒子里，等着送给江少陵。

伽蓝不知道的是，江少陵不过生日。自从其父江源去世后，他就再也没有过过生日，后来苏瑾瑜照顾他的饮食起居，却从不敢在他面前提及生日一事，就连悄悄做碗长寿面都怕惹他不快。

他虽不说，但苏瑾瑜知道，他记恨他的母亲。

22岁这一年，如果没有伽蓝，江少陵依然可以毫厘不差地规划着他的人生，固守着他的底线或是人生里的不可能，但4月18日晚，他在公司里如常工作，却接到了她的电话。

时间是21：21，她的声音在电话里显得尤为压抑委屈："少陵，我一直在等你给我打电话。"

隔着电话，他看不到她的表情，但她的话让他心里一软，是他疏忽了，她花费精力了解他，又怎会不知道今天是他的生日呢?

江少陵过生日这天，伽蓝一直在等他，等着他打电话一起吃晚饭，谁料这一等她竟等到了21点左右……

临近22点，江少陵开车抵达学校，他把车停在伽蓝的宿舍楼下。这个时间段宿舍楼出入的女生很少，她穿着中长款薄毛衣和黑色长裤，抱着一个大盒子走出宿舍楼，朝他的座驾走来时眼睛漆黑而又明亮。

他下车迎向她，她把手中的大盒子递给他，说是他的生日礼物，让他回家后再拆开盒子。

他把礼物放在了后车座，走到她面前帮她整理被风吹乱的头发："吃饭了吗？"

"没有。"她低下头微笑，语气里不见丝毫埋怨，仿佛之前电话里的那抹委屈只是他的一场错觉。

路灯阴影下，他伸手搂着她，薄唇落在她的唇上，是愧疚，是自责，是懊恼……他察觉她抿了一下唇。

江少陵眼睫半敛，不再亲她，而是与她额头相抵，轻声对她说："蓝蓝，一个没有父亲、没有母亲的人，每一年过生日对他来说都是一种煎熬。我应该早点跟你说我不过生日，让你等我这么久，是我的错。"

伽蓝心里忽然一阵难过，她不知道他不过生日，更没有站在他的立场上尝试着理解他。她伸手抱着他，把脸埋在他的怀里没有说话。

再多的话也是枉然。

深夜的宿舍楼下，他和她沉默拥抱，后来他笑着说他饿了，让她陪他一起去校外吃碗面。

两人没有走远，是在校外的夜间大排档吃的饭——两碗热腾腾的长寿面。伽蓝心里很清楚，他不过生日，却记挂着她还没吃饭，叫两碗长寿面不过是无言的抚慰。这个男人寡言惯了，很多暖心柔情其实藏匿在他的一举一动和不断的妥协让步中。

有一句话是必须说的，尽管他不过生日。伽蓝抬起眸子看着他："少陵，生日快乐！"

过去的都已经过去了，从此以后有她在，她会陪他度过很多个生日，哪怕只是坐在一起吃一碗长寿面，她也希望简单之余还有那么一丝温暖在。

"生日快乐！"是回应，也是自语。隔着餐桌，他抬手勾住她的脖颈，拉她靠近后，落了一个吻在她的额头上。

伽蓝笑了笑。每次都是这样，只要他吻她，她就会喜不自胜。

这天深夜吃完面，江少陵开车送伽蓝回去。伽蓝准备开门下车时，江少陵握住了她的手，她转脸看向他，直接跌进一双温润的眼眸里。

"蓝蓝，我没和女孩子单独相处过，和你在一起的所有言行不过是依循本能。作为男朋友，如果我哪里做得不好或不称职，你要告诉我，有错改之，无错加勉。"

这是江少陵的心里话。伽蓝有一些意外，也有一些感动，她在他温情的言语攻势下轻轻地抱住他："少陵，你对我来说，只有好或更好，没有不好。"

23点左右，不同于大学校园里，数不尽的车辆在S市主干道上汇集成河。4月正是满城飞花的季节，车窗半开，一缕缕凉风吹打在江少陵的脸上，混合着花香，在这样的环境中，想要做到心境平和似乎并不难。

分开前，伽蓝让他开车慢一些，路上注意安全。她一句话，注定这车他开不快。

行车缓慢，迟一些回家倒也不打紧，但他忽略了苏姨。回家开门后，江少陵见苏姨正坐在客厅里昏昏欲睡地看电视。对于他的迟归，苏姨倒也没有埋怨，见他手里拿着一个扁平的盒子，好奇地问："这是什么？"

"礼物。"江少陵换好拖鞋，拿着礼物盒回到了自己的卧室。

苏瑾瑜愣了一下。少陵从不过生日，今晚回来却带着礼物，这并不寻常。

江少陵在卧室里打开盒子，里面是一幅宛如高清照片的肖像油画，画中的主角是他。无论是他的面部线条，还是他的身形，甚至他衣服上的小褶皱，都被伽蓝描绘得很逼真。

江少陵注视着油画里的他，抬手滑过"他"的头发、"他"的额头、"他"的眼睛、"他"的鼻梁，还有"他"的唇……手指落在"他"的唇上时，他忍不住笑了，不由得想起去年8月，她在医院里手绘他的肖像画，画完之后却淘气地亲了亲"他"的唇。如今忆起，江少陵的眸子仿佛浸润在湖水里——创作这幅油画的过程中，画中的"他"怕是没少被她调戏。

苏瑾瑜端着一杯水走进江少陵的卧室，看到那幅画，心里一惊，再看了一眼油画右下角的名字——

伽蓝。

苏瑾瑜皱着眉。她皱眉是因为她陷进了某种思绪中，这个名字很眼熟，她之前好像在哪儿见过，在哪儿见过来着?

江少陵见苏瑾瑜盯着"伽蓝"两个字一会儿皱眉，一会儿叹气，隐隐意识到了什么："苏姨，你还记得吗，2003年10月，建筑学院有位女同学丢了手绘本，被我捡到带回家里，你还记得那个女同学的名字叫什么吗？"

经江少陵这么一提醒，苏瑾瑜茅塞顿开，笑着拍了一下手："伽蓝，对，就是这个名字。"

江少陵笑着不说话。

这边苏瑾瑜笑着笑着，笑容忽然间消失了，纳闷少陵怎么会接受一个女孩子送给他的生日礼物呢。

迎上江少陵带着笑意的眼眸，苏瑾瑜心跳加快：天啊，该不会是……

“苏姨，同样是2003年10月那天晚上，你对我说，如果有一天，有女孩儿能走进我心里，让我一定要告诉你……”江少陵顿了一下，见苏瑾瑜既激动又紧张地看着他，他笑了笑，把水杯递还给苏瑾瑜，并不急着说话，直到苏瑾瑜喝了半杯水平复呼吸，他才语气温软地道：“苏姨，今天晚上我想告诉你的是，有一个女孩儿不仅走进了我心里，也入住在我的喜怒哀乐里，我喜欢她，也许比我想象中的还要喜欢她。她叫伽蓝，今年18岁，我喜欢听她说话，喜欢她对我微笑，喜欢她给我起一大堆外号，喜欢她理解我并且懂得我的沉默，喜欢……”

江少陵忽然止住话，他脸色发白地站在那里，过了好一会儿才自嘲一笑道：“苏姨，我竟然不知道我这么喜欢她，她可爱的时候，我喜欢；她使坏的时候，我也喜欢。她是我喜欢的女孩子，也是我想牵着她的手一起走完一生的女孩子。你是我的苏姨，也是我的母亲，我喜欢她应该让你知道，也必须让你知道。”

苏瑾瑜喉咙发紧，最终还是没忍住，当着江少陵的面潸然落泪。她该感到高兴的，她的少陵终于不再像一个冰冷无温的木头人，终于不再像一台高速运转的机器只懂得学习和工作。有些话他虽不说，但她都知道，他童年时期经历了太多变故，以至于冷了情，也冷了心，他成年后所做的一切努力无非是为了让她拥有更好的生活……

她都知道。正是因为知道，所以才心疼，所以才会在听到他说“喜欢”时，忍不住潸然落泪。

江少陵走上前抱住苏瑾瑜，轻轻地拍着她的背，无奈微笑：“苏姨，我说这些不是为了让你哭的。”

“我是喜极而泣。”苏瑾瑜靠在江少陵的怀里，悄悄地把泪擦干净，但想起一路走来江家经历的坎坷和困境，难免悲从中来，“少陵，苏姨这辈子别的愿望没有，只盼你能多一些开心。”

江少陵眼神幽深。人生在世，能够多一些开心自是再好不过，但若开心难觅想必也是强求不得。

况且，一个苏姨，一个蓝蓝，她们又何尝不是他多的那“一些开心”？

四月下旬的某一天，苏瑾瑜好奇心作祟，瞒着江少陵前去建筑学院寻找一个叫“伽蓝”的女孩子。

伽蓝是建筑学院的名人，没有学生不认识她。苏瑾瑜从学生那里得知，建筑学院上午会举办一场公开讨论会，主办人是伽蓝的恩师廖院长，届时伽蓝一定会照拂恩师的面子，积极参与讨论会。

阶梯教室里坐满了学生，苏瑾瑜在后排就座，环顾教室一圈。不过，她不可能一眼找出伽蓝，她甚至不知道伽蓝长什么模样。

她轻声询问身边一位女学生："同学，伽蓝在这里吗？"

"她还没来。"

女学生虽然对苏瑾瑜的身份有些好奇，却没有多加追问。几分钟后，女学生热心提醒苏瑾瑜，指着一位刚进门的女孩子对苏瑾瑜说："阿姨，伽蓝来了。"

女孩子容貌很清秀，披散着长发，穿着白衬衫、黑色长裤，赤脚穿着一双帆布鞋，手里拿着一个手绘本和一个文具袋，不紧不慢地走进阶梯教室。

伽蓝坐在中排靠窗的角落，落座时，周遭学生纷纷看向她，虽然人缘很好，但没有人和她过多攀谈。苏瑾瑜忽然想到了江少陵。少陵容貌太过英俊，院系学生对他的态度也多半如此，坐在他身边时虽然会激动和紧张，但难免会心生距离。

伽蓝毫不在意，讨论会展开过程中她始终没有参与讨论。苏瑾瑜观察她好几次，她一直在低头画画，专注地盯着画本，偶尔会抬眸扫视一眼四周学生的讨论现况……

后来伽蓝悄然离场，苏瑾瑜随她一起走出阶梯教室。阳光很好，伽蓝盘腿坐在学院的草坪上继续画画，苏瑾瑜迈步走到她身边时，她抬头看了一眼苏瑾瑜，眼神警觉。

对于苏瑾瑜的靠近，她没有丝毫好奇，仅是笑了笑便再次低头绘画。她在手绘刚才讨论会大大小小的场景，画面精致，仿佛讨论会重现眼前，不仅惊艳了苏瑾瑜，也获得了苏瑾瑜的欣赏和难以言喻的喜欢。

这样一个充满才情的女孩子，莫说少陵，就连她也深受吸引。

苏瑾瑜盯着伽蓝的手绘本，找借口同她说话，笑着问："小姑娘，你画画得真好，我可以买你一幅画吗？"

她道了一声"抱歉"，对苏瑾瑜笑着解释，说她目前不卖画。她的语速很慢，表情也略显慵懒，却出奇地能牵动人的思绪。

苏瑾瑜笑容加深。少陵喜欢伽蓝说话不是没有道理的，至于薇薇……苏瑾瑜只有叹气的份儿，薇薇对少陵的心思，身为长辈她不会不清楚，但清楚又能怎样？感情的事素来讲究缘分，强求不得。

少陵骨子里冷漠理性，不轻易示爱，也很难爱上一个人，如果有一天有一个女孩子仅仅因为几句话或一件小事就能把他给逗笑，这只能说明他对这个女孩子的感情已经超过了他的冷漠和理性。

这个女孩子叫伽蓝，不叫苏薇，还有什么可说的呢？

如果不遇江少陵

云檀 — 作品

［下册］

青岛出版社
QINGDAO PUBLISHING HOUSE

第一章

曝光：漫漫情深，唯表哥不可辜负

苏瑾瑜去学校见过伽蓝，江少陵知道这件事时已经是4月末了。对于见面细节，苏瑾瑜并未多说，但看得出来，她对伽蓝印象很好。

江少陵给伽蓝打电话之前，刚把中午的一个饭局推给了慕清和侯延年，伽蓝好半天才接电话。

“少陵，吃午饭了吗？”这是伽蓝接通电话后，对江少陵说的第一句话，只可惜她那边声音很吵，再加上机器轰鸣，嘈杂声传进江少陵耳中，他听得并不是很清楚。

江少陵给伽蓝打电话，不是为了提及苏瑾瑜，而是询问她中午是否有时间，打算去学校接她一起吃午饭，但她那边声音不对，电话里的背景音很显然不是在S大。

“你在哪儿？”结束通话前，江少陵问了这么一句。

伽蓝在S市北三环大型体育馆施工地，政府投资项目，廖鸿涛担任体育馆建筑总设计师，严格意义上来说，除了土建被专业施工集团总承包以外，体育场整体索结构施工和健康监测几乎被S大建筑设计研究院全权承包。

S大建筑设计研究院至今已有三十余年历史，会集了不少知名建筑设计师，包括注册建筑师和注册结构工程师在内，在职设计师共计一百多名，所接工程也多是大项目。S大建筑学院各分系的学生如果想进入S大建筑设计研究院工作，硬性应聘条件是研究生毕业，但近几年S大建筑设计研究院为了留住学校在读人才，开始放松硬性条件，若是遇到专业知识很出色的学生，通常会暂时招进工作室实习。分工不同，所谓术业有专攻，截至目前，研究院涉及城市规划、电气、总图、概算、景观学等专业，已有三十多名S大在读研究生有幸进入研究院，参与一系列工程项目。

廖鸿涛几乎每天都会带着研究院的工作人员前去施工现场盯进度、指导在读研究生就地实践和积累经验。无事一身轻的伽蓝，最近辅助研究院审图室审查体育馆施工图，所以每隔几天就会随廖鸿涛去施工地“一日游”……

中午，江少陵抵达伽蓝所在的体育馆施工地，有一位老大爷负责看管工地进出大门，以为江少陵是研究院的学生就没有阻拦。

走进内部，工地里好几台挖掘机和铲车轰隆隆作响，噪声刺耳，纵使有工人在做除尘工作，依然无法阻止灰尘飘散，现场的建筑工人一个个灰头土脸倒也正常。正是吃饭时间，有一部分工人成群结队地去简易食堂吃午饭，还有一部分工人工作尚未暂停还在现场忙碌。

路上有一位在读研究生认出江少陵，还以为认错人了，走了几步又跑回他身边问：“你是江少陵吗？”

江少陵点头，工地面积比较大，盲目寻找伽蓝无疑是海底捞针，遂询问研究生：“请问，你知道伽蓝在什么位置吗？”

伽蓝？

研究生瞬间蒙了，在施工现场见到江少陵已经很惊讶了，况且江少陵要找的人还是伽蓝……

他为什么要找伽蓝？

研究生心里直打鼓，却在江少陵平静的注视下收回各种八卦猜测，笑着说：“我前不久才见过伽学妹，我带你去找她。”

“多谢。”

“不客气。”研究生心里美滋滋的，江少陵竟然跟他说谢谢，真是像做梦一样。

被圈住的施工地，远离闹市的喧嚣，路上有S大历届毕业生、博士生或是在读研究生认出江少陵，纷纷停下手头的工作诧异地看着他；有工人正在工长的吩咐下卸除车上的建筑材料，忽然见有一男子相貌出色、气质清雅地走进施工地，目光被他牵引者不在少数。

两分钟后，江少陵终于看到了伽蓝——

伽蓝戴着安全帽，身边零散聚着两位工长和几位工人，她展开着一张工装系统状态图正在跟几人耐心讲解安装过程中的注意事项，刚讲到节点预拉水平大概是多少，忽然有人拍了拍她的肩，她回头望去，是一位学长。

“学妹，江少陵找你。”

伽蓝愣了一下，顺着学长手指的方向望过去，确实是江少陵，他穿着白衬衫、黑色长裤，眉目清冽地站在施工现场，很醒目，也很……惊喜，对，惊喜。

伽蓝没想到他会来，先前他打电话给她，什么也没说，虽然挂断电话前曾询问她所在工地的具体位置，但北三环距离他太远，原以为他只是随口问问，没想到他竟毫无征兆地出现在她的面前，伽蓝看到他的时候，只觉得心脏不受控制地怦怦乱跳。

嘈杂的施工地，江少陵目睹伽蓝接下来的举动，忍不住皱了皱眉——她跟几位工人简单知会了一声就快步朝他跑了过来，地面坑洼不平，又布满钢筋，她就这么一路跑过来，殊不知他一颗心都提到了嗓子眼。

他最终没有训斥她，跑到他面前时，她那么欢喜，就连眉眼间也溢满了笑意："少陵，你怎么来了？"

"给你送饭。"江少陵接过她手中的安全帽。

她这才注意到他左手提着一袋外卖。遇到高兴事，她通常会表现得很直白，喜欢拥抱和亲吻，看得出来，她想抱他，但刚接近他又往后退了退，她身上沾满了灰尘，不宜拥抱，因为有点脏。

江少陵嘴角勾起一抹笑，似是知道她的想法一般。

待在工地一上午，她身上岂止是有点脏，白皙的脸庞被太阳晒红了，被汗水浸湿的发丝贴附在她的脸庞和脖颈上……

江少陵抬手整理她汗湿的长发，扫视一眼四周的设施："有地方可以洗手吗？"

"有。"

是一处露天洗手池，刚刚有一大波工人洗完脸离开，所以周围的地面很湿。伽蓝把手中的设计图递给江少陵，抬手拍打身上的灰尘时，只听江少陵在一旁叮嘱她："施工现场地面不平，到处都是钢筋，以后不要在工地里乱跑，出入工地一定要注意安全。"

"好。"伽蓝笑着点头，他可知，他说这番话时跟她母亲简直是一模一样。

身上刚拍打干净，见附近有一位上了年纪的农民工在吃力地往坡上拉一车土，伽蓝转身朝老人走去："少陵，你等我一下。"

江少陵手里提满了东西，站在原地等她，见她帮农民工推车上坡，心里莫名地一软，却也发现她走路的姿势好像跟以往不太一样……

伽蓝洗完手，又洗了脸，顶着一脸水珠没有毛巾擦，所幸江少陵提着的外卖袋子里放着几包湿纸巾，这时候正好派上用场。

走到楼板堆积区，伽蓝忙碌了一上午实在是很累，不拘小节地坐在几层楼板上，悬着双脚，拿湿纸巾不紧不慢地擦着手。

江少陵放下安全帽，打开外卖的包装袋，饭菜还算温热，他先打开一碗汤递给伽蓝："先喝几口汤再吃饭。"

伽蓝忙起来就忘记了喝水，喉咙早已渴得直冒火，接过汤碗刚喝了几口，就见江少陵蹲在她面前正在动手解她球鞋的鞋带……

江少陵淡淡地解释："你刚才走路姿势不对，应该是球鞋磨脚，我看看。"

"是有一些磨脚，但没有磨破，只是脚后跟有些疼。"伽蓝一上午没闲着，脚后跟灼痛也是在所难免。

帮她脱鞋的可是江少陵，伽蓝哪舍得让他干这种事，放下汤碗正要跳下楼板自己脱，却被江少陵出声阻止："你吃饭。"

短短三个字，藏着他的关切和不放心，伽蓝并不害羞自己光着脚丫子被少帅盯着看，她担心的是……

"要不你先陪我一起吃饭？我怕饭菜会凉。"

"不碍事。"他已经脱掉她的球鞋，见她脚后跟很红，伸手握住她的脚，轻声说，"我帮你揉揉，如果疼的话，一定要告诉我。"

"好。"伽蓝垂眸微笑，不仅赞同他的话，还加了要求，"顺便再帮我揉揉小腿肚。"

江少陵失笑，得寸进尺。

吃饭时，伽蓝选的地方明明很僻静，却有不少同学在附近神出鬼没地打探情况——

阳光下，风靡全校、帅得一塌糊涂的江少陵，站在楼板旁帮伽蓝按揉小腿，伽蓝坐在楼板上吃饭，不时夹菜送到江少陵唇边，两人的聊天内容不详，但相处极其亲密，一贯冷漠缺乏微笑的江少陵，在和伽蓝相处的过程中，嘴角始终带着一抹笑……

也许江少陵和伽蓝不知道，也许他们早已知道却选择置若罔闻，中午十几名同学窥探两人在一起，一个个只觉得五雷轰顶，突如其来的"在一起"冲击着每一个窥探者的大脑。

江少陵工作很忙，陪伽蓝吃完饭，简单地聊了一会儿天，随后他接了一通电话，伽蓝知道是公司有事，送他离开了工地，这才反身回来。

这天下午，伽蓝在施工现场游走时，不时有师兄、师姐，或是在读研究生凑近伽蓝——

"学妹，你和江少陵究竟是什么关系？"

"小师妹，你和江少陵在谈恋爱吗？"

“学妹，你和少帅什么时候走在一起的？”

……

类似这样的问题，伽蓝一律微笑着应对，只因她很清楚，她怎么回复其实并不重要，重要的是她和江少陵在一起的传闻会通过这些人的眼睛和嘴巴逐渐传遍整个建筑学院，甚至是整个S大。

只能说，伽蓝猜到了结局，却忽略了八卦传播的速度究竟有多惊人。

她和江少陵谈恋爱的消息传播得很快，伽蓝当晚回学校，院系和宿舍楼还是一派风平浪静，但到了翌日清晨，几乎整个学院都在谈论这件事。

伽蓝同宿舍的三位舍友中，最先知道此事的是叶蓁蓁。早晨叶蓁蓁去餐厅吃饭，结果饭没吃几口就一路跑回了宿舍，进门第一件事就是找伽蓝：“蓝蓝在哪儿？”

当时徐惠和蔡小竹都已起床，徐惠正对着镜子在画眉，蔡小竹正拿着杯子在喝水，两人尚且不知窗外事，不约而同地指了指阳台方向，示意伽蓝在洗脸刷牙：“你找她有什么事？看把你急的。”

叶蓁蓁快步走到阳台上，见洗手间的房门关着，又快步返回宿舍，对着徐惠和蔡小竹火急火燎地道：“出大事了，我刚刚去餐厅吃饭，你知道学生们都在议论什么吗？他们都在说蓝蓝和江少陵是男女朋友，在谈恋爱。有同学问我知不知道这件事，我当时整个人都蒙了。”

头脑发蒙的又岂止叶蓁蓁一个人，徐惠和蔡小竹因为太过吃惊，张着嘴完全丧失了反应。

初听此“惊悚”新闻，徐惠手一颤，眉毛画偏了；蔡小竹张着嘴，未曾咽下的温水沿着她的唇和下巴唰一下流了下来。

是幻听吧？还是叶蓁蓁在开玩笑？

见两位舍友目光满是怀疑地看着自己，叶蓁蓁又急又气道：“是真的，设计研究院有不少人亲眼所见，昨天中午江少陵去施工地给蓝蓝送饭，据说江少陵还帮蓝蓝……”

见伽蓝洗漱完走进宿舍，叶蓁蓁忽然止了话，连忙话锋一转道出心中的疑惑：“蓝蓝，你真的在和江少陵谈恋爱吗？”

伽蓝笑了一下，传播速度这么快？

三位舍友面部表情丰富，繁复多变，叶蓁蓁看着她欲言又止；徐惠顶着画风奇特的眉毛愣愣地看着她；蔡小竹完全是一副中风模样，张着嘴流着哈喇子……

面对三人注视的目光，伽蓝打开衣柜翻找外套，咬文嚼字道：“真的假不了，假的真不了。”

仔细推敲伽蓝的话语，再看一眼她淡定的表情，显然外界传闻属实，三人得此“噩耗”，顿时面面相觑，江少陵有女朋友对她们来说已是打击，惊闻江少陵的女朋友竟然是伽蓝，几人同住一宿舍，事先却毫不知情，徐惠等人怎能不受打击？

蔡小竹心跳难平，皱着眉埋怨伽蓝：“蓝蓝，这就是你的不对了，你和少帅在一起，怎么事先也不跟我们说一声呢？”

这不是把她们当外人看待吗？当然这话蔡小竹没有说出口。

她不说，伽蓝又怎会猜不到？

“去年12月末，少帅曾帮我订过一份晚餐。那天晚上，我曾告诉三位姐姐，晚餐是少帅帮我订的……”伽蓝一边穿外套，一边盯着三人的神情看。

徐惠等人忽然醒悟，可谓是后知后觉，一个个震惊不已，嘴巴张得更大了。

穿好外套，伽蓝把几本书装进背包里，再看着三人，黑眸清澈，语气略显无奈地道：“小妹视三位如亲姐，虽曾透露信息给三位好姐姐，奈何三位姐姐宁愿笑得肚子疼，也不愿意相信小妹说的是真话。”

徐惠等人哑口无言，简直是欲哭无泪，谁知道她说的是真话？现在简直是啪啪啪直打脸。

“三位姐姐慢慢消化，我吃饭去了。”出门前，伽蓝最后看一眼三人，嘴角的笑容宛如观世音菩萨般温善悲悯——

这群小可爱受惊了。

这边，伽蓝刚离开宿舍，宿舍里就炸开了锅。

想起去年12月末发生的订餐事件，叶蓁蓁忍不住对徐惠吐槽道：“徐惠，蓝蓝说少帅帮她订餐的时候，你为什么要笑话她？如果你不笑话她，我和小竹回来听说这事，也不至于笑得跟二百五似的。”

徐惠一听不高兴了，直接开撕：“叶蓁蓁，你还好意思说我？你捂着肚子哎哟哟直喊你妈的时候，怎么不想想这事有没有可能是真的？”

蔡小竹拿着纸巾擦嘴，懊恼得直跳脚：“丢死个人了，前几天我做了一个梦，梦见我和江少陵滚床单，第二天我把这事讲给伽蓝听，她竟然还一脸羡慕地直鼓掌。我的亲妈啊！我现在想起这事来，真的很想找个洞钻进去，伽蓝那坏丫头实在是藏得太深了。”

宿舍里忽然死寂一片。

徐惠和叶蓁蓁的脸不知何时已经变得很红……

过了好一会儿，徐惠弱弱地说：“开学不久，我也跟蓝蓝讲过我的风流梦，梦里我穿着洁白的婚纱，江少陵穿着新郎服，我们结婚那天，江少陵站在礼堂尽头冲着我笑。”

宿舍里再次陷入死寂。

又过了一会儿，叶蓁蓁清了清嗓子，很不自在地说：“你们还好，去年我在梦里给少帅生了一对龙凤胎，这事蓝蓝也知道。”

徐惠：“……”

蔡小竹：“……”

好吧，叶蓁蓁赢了。

有关江少陵和伽蓝恋爱这件事，未经男女主角亲口证实，据说就已传遍S大，几乎尽人皆知。

据说最近几天S大学生之间的流行问候语是：“你听说了吗？江少陵和建筑学院那位女天才正在谈恋爱……”

据说校网上关于此事的帖子不断，有学生发帖说，江少陵和伽蓝在一起虽然有些出人意料，但仔细想想倒也不难理解，自古以来帅哥爱才女，学霸配天才……有女学生回帖：“仁兄在哪儿看到的自古以来，我身为历史学院学生怎么眼瞎看不到？求解。”

徐惠评价S大各院系女生，说她们最近哀鸿遍野，但凡暗恋江少陵的女生内心深处全都是一万只草泥马在肆意奔腾。

伽蓝笑着询问徐惠、叶蓁蓁和蔡小竹：“三位姐姐，你们心里也住着一只草泥马吗？”

徐惠：“……”

叶蓁蓁：“……”

蔡小竹：“……”

伽蓝觉得很正常，最近几天建筑学院很热闹，每天都有大批学生慕名而来，或远或近，或光明正大，或偷偷摸摸，只为近距离看一看她是何方神圣。客人远道而来，伽蓝为了表示对他们的尊重，每天特意选大道而行，方便众人不虚此行，以便将她看得清清楚楚、明明白白。

所有的目光，不管是善意的，还是恶意的，伽蓝照单全收。

世间男女，谁不渴望爱情？她拥有众女羡之慕之的爱情，就应该接受蔗糖爱情所带来的隐患，比如说蜜蜂、蝴蝶，抑或是飞虫。

很公平。

有一天伽蓝校外购物“有幸”邂逅苏薇，苏薇脸色不太好，情绪不是一般地糟糕，但美丽依旧。后来，苏薇发现她的存在，目光阴沉沉的，含着浓浓的敌意和憎恨……

伽蓝回她一抹浅笑。

老实说，她有点心疼苏薇。美丽的女子让人心动，娇柔的女子惹人怜爱，有才气的女子让人欣赏，苏薇三者占全。可是怎么办呢？苏薇心心念念、魂牵梦萦的爱情，于她来说却是唾手可得。

这就是命运。

阳光很好的一天，廖鸿涛把伽蓝叫到了办公室，纵使他再如何后知后觉，有关于她的传闻又怎会传不到他的耳朵里去？

廖鸿涛语气还算温和：“我听说你在谈恋爱？”

“我听师母说，您和师母谈恋爱那会儿，两位还在上高中，据说老师那会儿才16岁，而我不及老师情商高，所以晚了两年，愣是拖到了18岁成年。”

伽蓝这话不可谓不高超，至少堵得廖鸿涛无言以对。貌似她的意思是，既然上梁不正，就不要责怪下梁长得有点歪，况且她格外加重“成年”两个字，其实已经宣告了她的态度，她不愿他过多干涉她的恋爱，她已长大。其实就连她的母亲也没权利干涉，更何况是他？

但身为老师，有些事他既然听说了，总要问个清楚：

“你母亲知道这件事情吗？”

“我没打算隐瞒她，她早晚会知道这件事。”很多儿女谈恋爱，通常都是父母最后获知恋情，她和江少陵刚定下恋爱关系没多久，所以有些事不急。

事已至此，廖鸿涛不再多言，他这个徒弟虽然平时嬉皮笑脸，但骨子里却很有主见，再加上年少成名，心智远超同龄人，他没什么不放心的，更何况与她谈恋爱那小伙子可是江少陵……

啧，江少陵啊！那小子长得一表人才，怎么就看中蓝蓝了呢？当然，他绝对没有贬低蓝蓝的意思，更不会觉得她是高攀江少陵，他只是随便感慨感慨……

唉，摊上这么一个气死人不偿命的坏丫头，那小伙子以后有罪受了。

对于学校里的传闻，江少陵和伽蓝私下联系时，从未谈起过，显然都并不把它当成一回事，伽蓝对此兴致缺缺，江少陵则是淡定自若。

5月初两人相约到校外餐厅吃饭，有S大学生环坐周遭，其间频繁观望两人的私下互动，怎料两人互动极少，就连话语也是匮乏得可怜，几位S大学生忍不住狐疑，江少陵和伽蓝真的是在谈恋爱吗？

直到用餐结束，江少陵起身前往吧台结账，伽蓝随他一起离座，嘴角挂着一抹浅笑：“表哥，我陪你一起去。”

表哥？

几位S大学生表情诧异，难道伽蓝和江少陵根本就不是男女朋友关系，而是亲戚关系，只是被别人误解了？

不是误解。

江少陵牵着伽蓝的手往吧台方向走，只不过是一个很简单的牵手动作，但两人十指交握，亲密交缠，仿佛心有千千结全都凝固在了彼此的手指间。

他和她不再是简单的手牵手，而是被月老的红线包裹，彼此贴合的掌心里很有可能悄然盛开着一朵名唤“幸福”的小花。

午后，江少陵送伽蓝回建筑学院，细碎的阳光穿过林荫大道，洒落在他和她的身上，沿途的学生看到两人均是一愣，再偷瞄一眼两人交握的十指，有人猜测落实，有人心事暗沉，有人黯然神伤……

伽蓝明白了，有很多话江少陵不愿意说，他习惯不动声色地做出来，好比此刻。

这是两人第一次在学校里公开牵手，以至于不少学生看到江少陵和伽蓝就挪不开眼睛，迎面几个女生走过来，却因失落和嫉恨，心有抵触，目不斜视地从旁经过时如常谈笑风生，只可惜一个个笑容貌似有点僵。

也就是这个时候，江少陵紧了紧伽蓝的手，忽然开口说：“有些事情，热度来得快，消失得也很快，最近一段时间对于你我来说，可能会有诸多不方便，但不予理会过一段时间热度也就消散了。”

伽蓝笑着低下头，对身旁的男子半开玩笑地道：“据我所知，现在有不少女生将我列为头号公敌。”

她低头微笑时，黑发散落在肩头，清秀的素颜不见娇羞，淡淡地叙述既定事实，却心绪冷淡，面对这样一个她，江少陵很难不心动。

“据我所知，各院系有不少男生都很欣赏你。”这是一句大实话，同时也令江少陵有了危机意识，若不是她年纪小，若不是她才情斐然，那些男生对她又岂止会是欣赏那般简单？

伽蓝忍不住发了一句牢骚：“既然他们欣赏我，为什么不见他们追求我？”

江少陵忽然皱了皱眉，音色沉郁：“你希望谁追求你？”

紧绷的语气，不悦的眼神，包括加重的手力，无不彰显着他的坏情绪，再看伽蓝因为他的话笑弯了眉眼，他终于意识到他突如其来的坏情绪出卖了他的情感。

他本想斥她“不许笑”，但念头一转，想到她忽然发出那样的牢骚话，颇有故意之嫌，遂警觉地发问：“你是故意的？”

伽蓝阴谋得逞，自是开心不已，伸出另一只手拖住某人的手臂，额头更是在某人肩头蹭了蹭，对某人撒着娇：“表哥，你刚才语气那么重，表妹都不知道有多害怕。”

她这是想蒙混过关，还是倒打一耙？

江少陵被她逗笑，算了，不追究了，她这么磨人，他还怎么追究？

午后，江少陵的焦点在伽蓝身上，又怎知他嘴角那抹微笑足以秒杀万物？又怎知他垂眸看着伽蓝时，无奈的表情和纵容的眼神迷倒了万千少女心？

迷倒只是一瞬，一旦少女心认清现实的残酷，注定一颗心只能跌碎在地四分五裂。

少帅笑容撩人、眉眼有情又怎样？情不为己，终自伤。

那天中午，伽蓝和三位舍友一起去餐厅吃饭，察觉周边的人都在打量伽蓝，徐惠撇撇嘴，对着伽蓝压低声音道：“一个个小狐狸吃不到葡萄嫌葡萄酸，你不要理她们。”

徐惠说这话时，蔡小竹刚夹了一筷子酸辣土豆丝放进嘴里，结果徐惠话音刚落，蔡小竹就苦着脸说：“真酸。”

徐惠和叶蓁蓁看她一眼，然后默默低头吃饭。

蔡小竹反应过来那一眼是什么含意，连忙对伽蓝解释：“蓝蓝，我说的是土豆丝，我可没吃葡萄。”

伽蓝微笑着点头，很平静。

用餐时，有两位大四的同学端着餐盘坐在伽蓝她们那一桌，埋头吃饭却掩盖不了她们饱满的求知欲……

同学甲问：“蓝蓝，你和江少陵是谁先追谁的？”

周遭的学生此起彼伏的谈话声戛然而止，纷纷侧耳倾听恋爱内幕。

伽蓝答疑：“我先追江学长的。”

周遭的学生一阵小骚动，义愤填膺地斜瞪着伽蓝，就知道是这样，就知道……

同学甲接着问：“你是怎么把江少陵给追到手的？”

是啊，到底是怎么追到的？周遭的学生身体半倾，竖着耳朵想要听得更清楚一些。

伽蓝答疑：“厚着脸皮追到的。”

周遭的学生嗤笑：不要脸。

这时，同学乙道出了周遭学生的心声：“蓝蓝，你这样会不会有点不矜持？”

附近有女孩子正拿着手机对着伽蓝拍照，敢情是要发在校网上蹭关注。伽蓝很配合，神情间带着女孩子特有的小羞涩，很无奈地说：“没办法，谁让我仰视江学长呢？因为仰视他，所以我在倒追他的时候可以把自己放得很低。”

周遭的学生忽然哑口无言，她们也仰视，但把自己放得很低……显然没有几个人能一挫再挫，不断尝试。

伽蓝吃饱和三位舍友离开时，她对同学甲和同学乙，乃至周遭的学生说了最后一句话，她说：“谈恋爱，女生摆高姿态，或许男生会很欣赏她，很尊重她，但凡事不可一概而论。如果你所喜欢的男生，他原本就是一个高姿态的人，这时候女生就应该适时放低姿态。众所周知，火焰靠近冰山时可以融化冰山，但我可没听说过两座冰山遥遥相对却能彼此融化！”

周遭的学生集体沉默。

当天黄昏，周强浏览校网，打电话把这件事告诉给江少陵，直呼伽蓝为人敢做敢当，堪称当代女中豪杰。

也就是这天晚上，伽蓝刚洗完澡，就接到了江少陵打来的电话，他带了几份消夜过来，正在宿舍楼下等她。

那晚天气不太好，伽蓝怕他久等，匆匆换上睡衣就往楼下跑，见他站在路灯下等她，伽蓝心里生起难以抑制的欢喜。

“少陵。”她冲上去抱住他的腰，在他怀里仰着脸看他。

“刚洗完澡？”窝在他怀里的女孩子，长发未曾全干，凌乱地披散在肩头，看起来很随意。

“嗯。”她抿着嘴直笑，半开玩笑地道，“我用玫瑰沐浴露洗澡，你要不要闻闻看？很香。”

伽蓝这是玩笑话，属于调戏心泛滥，原本没奢望正儿八经的江少陵会附和她的不正经，但……

宿舍门口不时有女生出入，江少陵对于女生们关注的视线置之不理，凑到伽蓝脖颈处闻了闻，玫瑰花香沁人心脾，压下心头的悸动，他笑着证实她的话：“是很香。”

其实，他是很想叹气的，几乎每一次见面她都在勾引他，而他克制再克制，无奈之余，心里也委实气恼。

他忽然做出这样的举动来，伽蓝白皙的脸庞上溢满笑容：“少陵，我真是受宠若惊。”

昏黄的灯光洒落在她带着笑意的眉眼间，闪烁着淡淡的浅光，路灯下江少陵亲了亲她的额头，轻声细语道："下次不要再对别人说，是你追的我。"

江少陵会说出这种话，十有八九是听说了校网上的八卦，伽蓝不以为意："原本就是我追你的。"她说的是实话。

"别人会怎么看你？"他不希望她被人说三道四。

"别人怎么看我不重要，重要的是你怎么看我。"她无畏得像是一个战士，她看着他，一直在微笑，但出口的话语却很认真，"少陵，涉及你的事，我不愿意说谎。"

江少陵看着她微微泛红的脸，漆黑明亮的眼睛，心里浮起一丝感动，伸出手臂拖着她，缘于个性不同，他和她的相处模式向来不如其他恋人那般热烈，但他眷恋她，有宠爱她的心意，这一点是毋庸置疑的。

遇到她，他何其有幸，他所寂静等待的不过是一份懂得，而她对于他未曾说出的话语，看似毫不在意，其实何尝不是一份理解和包容？

不是每个女生放低姿态都能令他怦然心动，所谓滔滔情事流淌，不过是因为是她，也只是因为是她。

江少陵给伽蓝带的消夜是四人份的，伽蓝带回宿舍，蔡小竹和叶蓁蓁暧昧一笑，彼此心照不宣。

徐惠在其他宿舍串门，叶蓁蓁出门叫徐惠回宿舍。

蔡小竹坐在椅子上打开消夜盒，这时候想起来一件事，扭头看着伽蓝说："蓝蓝，刚才你有一个美国来电，看到国家代号我还以为是诈骗电话，本来不想接，但那人打了两次，我只好帮你接了。"

刚才下楼太急，伽蓝把手机忘在了床上，听了蔡小竹的话，伽蓝拿起手机查看来电记录，确实是美国来电，是林宣。

伽蓝的电话簿是空白页，她平时需要联系的电话号码全都存在她的大脑里，蔡小竹看到一连串电话号码，误以为是诈骗电话，倒也可以理解。

伽蓝打电话给林宣，他迟迟才接，话语极其生硬冰冷："一会儿我乘机去S市，有什么话见面后再说。"

他说什么？

伽蓝正想问，林宣已经挂断了电话，这还是他第一次主动挂断她的电话，发生了什么事？

这时，蔡小竹喊伽蓝过去吃消夜，伽蓝把手机丢到床上，走近蔡小竹问："小竹，我哥哥刚才给我打电话，他都跟你说了什么？”其实她最想问的是，蔡小竹都跟林宣说了什么？

蔡小竹说话、做事向来大大咧咧，听到给伽蓝打电话那人是伽蓝的哥哥，顿时跑题惊呼伽蓝的哥哥说话的声音实在是太有魅力了，伽蓝带着笑意倾听，头却有些疼了，好在蔡小竹也没感慨太久，认真想了想，告诉伽蓝：“你哥哥什么也没说，就是接通电话的时候，他好像说了一个英文名字，叫什么来着，我忘了。我以为他打错了，所以问他是不是打错了电话，然后他问我你去哪儿了，我就说你去见男朋友，走得太急，所以手机落在了宿舍里，然后他就挂断了电话。”

说到这里，蔡小竹终于有了一丝警醒意识，难道伽蓝谈恋爱这事，她家里人还不知道？

蔡小竹颇为迟疑：“蓝蓝，我该不会是说错什么话了吧？”

“没有。”伽蓝笑着说，“我只是随口问问，纯粹是好奇。”

闻言，蔡小竹夸张地吐了一口气，拍着胸口说：“吓死我了，我还以为我闯了什么大祸。”

伽蓝低头吃饭，蔡小竹虽然没有闯什么大祸，但林宣明显是动了怒。

她不是糊涂女子，伴随着她逐渐长大，她渐渐意识到林宣对她的感情似乎不同于兄妹之情，但她装傻充愣惯了，林宣不说，她又何必捅破那层窗户纸？她若接受他的感情还好，若是不接受……

林宣是她哥哥，同时也是她的家人，她喜欢他，依赖他，她从他那里获取的温暖，远胜于这世上任何一个男人给予她的温情和宠溺，但面对他，她心里不会暗暗发痒难耐，更没有男女之间蠢蠢欲动的欲望，她不愿委屈自己的情感，也不愿林宣对一份存有缺陷的恋情留有遗憾，所以又有什么可说的呢？

林宣回国没有告知林锦鹏和陈莞，甚至不曾通知伽嘉文，他是突然回国的，就连抵达S市机场也不曾事先知会一声伽蓝。

第二天，他给伽蓝打电话的时候，已坐车来到S大南苑门口。

“是我进去，还是你出来？”飞行十五个小时，外加坐车一个多小时从机场来到S大，他语气中的冷漠未曾消减分毫。

伽蓝悄悄叹了口气：“我出去吧！”学校不是说话的好地方。

下午五点还不到黄昏，伽蓝走出南苑大门，一眼就看到了跋山涉水、跨国而来的林宣。

南苑附近是条商业街，道路两旁栽种着很多法国梧桐，5月正值春夏交替，法国梧桐枝叶郁郁葱葱，仿佛一张斑驳的绿网笼罩在商业街上方，余留一束束条纹不一的阳光在行人身上嬉戏游走。

商业街与南苑门口交接处有一方空地，林宣穿着简洁好看的白色休闲衬衫，棉质黑色长裤完美修饰着他的大长腿，他和江少陵一样，是为数不多可以把白衬衫穿出圣洁感的男生。

24岁已经是一个成年男子了，无论是他令人称羡的身世，完美的学历，还是他俊美的容貌，无不彰显着他的不可挑剔，也难怪来往的学生会对他行注目礼。

经过长途飞行，他的状态很不好，漆黑的眼睛里夹杂着疲倦和红血丝，在长达十几个小时的时间里，他怕是根本就没有闭上眼睡过觉。

阳光下，男子挺拔的身影带着一丝僵硬，略显缓慢的呼吸节奏泄露出他的焦灼和压抑，伽蓝走出南苑大门时，他专注地看着她，眼神不再如往常那般慵懒随和，反而像是一把刀，锐利而寒光闪闪。

伽蓝眼神与他半空交接，她不能否认的是，这一刻的僵滞和冷漠，不是她所乐见的，但她回避不得，只能强撑微笑地去面对。

“你选个地方，我有话问你。”他终于开口说话，声音沙哑而无温度。

南苑附近有一家西餐厅很适合谈话，近乎封闭的卡间雅座是伽蓝选择这里的首要原因，她在前面带路，林宣在后面默默跟着，短短一段路，伽蓝只觉得今日时间流动得似乎格外缓慢。

在卡间就座，伽蓝向侍者要了两杯咖啡，咖啡是为林宣点的，他或许需要喝点咖啡提提神。

咖啡送来之前，林宣一直没有说话，他靠着椅背认真地看着她，仿佛有很多话要说，又好像倦怠得什么也不想说。

伽蓝在他的注视下取出一本杂志百无聊赖地翻看着，手指修长洁净，那是一双绘画家的手。

从见面到现在，她没有主动同他说过一句话，有别于往常，所以透着端倪，也许他为什么回来，她早已心知肚明。

有这种想法时，林宣忽然很想笑话自己，他一直以为她还小，她还不懂爱情，但他真是当局者迷，她虽小，却聪明老成，身为一个天才绘画家，最擅长做的事情就是捕捉他人的内心，怪他……

侍者送了两杯咖啡进来，她把杂志移开，笑着对侍者道了声“谢谢”，容貌素净，气质却很鲜明扎心。

扎林宣的心。

林宣抿了一口咖啡，咖啡很热，但他的心是冷的，放下咖啡，他率先开了口：

“什么时候交男朋友的？”

伽蓝看着他说：“今年3月确定的关系，但我追他有足足一年半。”

林宣脸色阴沉，几乎是绷着声音问：“你追他？”

“对，我追他。”

卡间的空气瞬间凝结，林宣和伽蓝面对面而坐，她神情镇定，他眸色寒冷。

不知过了多久，林宣怒极反笑。不该笑吗？他守护多年的女孩子，今天竟然告诉他，她追另外一个男人一年半？那个人凭什么？

“你喜欢他？”问话如常，但他的一颗心却躁动不安地等待着。

“对，我喜欢他。”伽蓝一句话，却为林宣还没来得及说出口的“爱”定了死刑。

林宣语气又急又怒：“别回复我这么快，你才只有18岁，你分得清楚什么是喜欢，什么是爱，什么是动心，什么是错觉吗？”

“我喜欢他，也很爱他，也许我的这份爱并不如其他人那么强烈，但我确定我爱他。”伽蓝正视林宣的惊痛，声音柔软却又坚定，“哥，我很清醒，我知道我在做什么。”

林宣看着她，内心翻涌而出的愤怒、嫉恨、失望、挫败等负面情绪，致使他说不出话来。

再同她说话，他仿佛只是为了证实些什么：“我为什么回来，你知道吗？”

“知道。”伽蓝强迫自己正视他的眼眸，甚至对他笑了笑，但出口的话语却尽是无情，“但我不想知道。”

林宣脸色发白，喉结起起落落，他被她的话给伤害了，他被他喜欢疼宠多年的女孩儿给刺痛了。有关他的心意，她不是不知道，她只是不想知道，还有比这更伤人的吗？

他近乎麻木地问：“他很出色？”

“出色，但不及你完美。”这是事实，并非变相的宽慰。

他该为她这番话感到高兴吗？他望了她许久，最后开口陈述令他绝望的事实：“可你喜欢的是他。”

伽蓝睫毛颤动了一下，她回避林宣话语间藏着的寒心和绝望，轻声对他说，语速放得很慢：“哥，我也喜欢你，但这种喜欢不是爱情。从小到大，你事事顺我，不管我想要什么，只要我开口，你一定会想方设法送给我，就算我想要天上的星星，想必你也会帮我取一颗回来。我这个人有点矫情，也有点清高，归根结底是有一些犯贱，你越是对我好，我越是不上心，你越是容忍我的矫情和清高，我越是觉得索然无味。

但他不一样，没追到他之前，他喜欢甩脸色给我看，所以我在他面前不敢矫情，也不敢清高，谁让他不吃我这一套，谁让我喜欢他呢？”

卡间里静寂无声。

停了几秒，伽蓝缓慢地抬起眸子，这才发现林宣定定地看着她，漆黑的眼眸里却浮起一层雾气……

伽蓝猝然转眸，隔着玻璃看着窗外的法国梧桐，树影落在她的眼睛里，对面的椅子微动，余光中人影消散，她知道自己的眼睛湿了。

黄昏，夕阳的余晖照在男子愈行愈远的背影上，周遭的女性行人对他青睐有加，奈何他看不到，他的背影看上去那么僵硬决绝，好像不仅要强迫自己走出S市，还要命令自己彻底走出她的人生。

伽蓝没有追林宣，也没有给他假慈悲式的温情，她独自一人坐在卡间里，喝了一口咖啡，咖啡已经变凉。

她低头微笑，她已习惯微笑，为什么一定要强迫她选择爱情？亲情不可以吗？

她想要江少陵，也想要林宣，贪心吗？

伽蓝和江少陵开启恋情，惊痛的不仅只有林宣，听说还有一个苏薇，真的只是听说。

那天上午，江少陵和侯延年有事回南苑计算机实验班，中午顺道去建筑学院接她一起吃午饭。

在校外用餐，在餐厅里碰到同校校友或是同院系同学是很正常的一件事，侯延年在前面带路找座位，江少陵牵着伽蓝的手走在后面，结果刚找到座位，就听不远处有人在叫江少陵的名字。

是江少陵的几位硕士班同学，江少陵示意伽蓝就座，又给她倒了一杯水，这才朝几位同学走了过去，也不知他都说了些什么，伽蓝望过去的时候，那几人正齐刷刷地看着她，伽蓝基于礼貌对几人微笑颔首，移开眸子不再多看，定下心和侯延年认真翻起菜单，盘算着中午该怎么好好犒劳自己的胃。

江少陵走过来时，侯延年和伽蓝刚把菜点好，伽蓝把菜单递给他，让他看一下有没有需要添加的菜。

“挺好。”江少陵大概扫了一眼，将菜单递给服务员，叮嘱对方快点上菜，先前伽蓝对他说过，午后研究院有一个小组会议，廖鸿涛指定她必须到场，不能迟到。

伽蓝单手撑着脸，歪着头看着江少陵：“刚才你那几位同学为什么全都看着我？”

江少陵迎着她的眸，勾起唇角说："他们邀请我们同桌吃饭，我说我女朋友认生，容易害羞。"

伽蓝笑了，不是因为他说谎解围，而是他那声"女朋友"，真动听。

侯延年坐在对面听不下去了，忍不住笑着说："小天才会害羞？我还真是第一次听说。"

伽蓝很认可侯延年的话，她也是第一次听说呢！

她端起水杯喝水，手指洁净，但指甲里却有颜色不一的颜料，江少陵握着她的手看了看："上午画画了？"

"画了一幅水粉画。"急着从画室出来，伽蓝只匆匆洗了一遍手，所以没有洗得很干净。

江少陵拉她起身："我陪你去盥洗室再洗一遍。"

少帅发了话，伽蓝不能不从，却带着疑惑道："少陵，你有洁癖啊？"

"……不卫生。"

伽蓝在少帅的监督下把手洗干净，等两人一前一后回来，就见侯延年对江少陵笑开了眉眼："少陵，我怎么觉得你给自己找了个小宝宝女朋友？"

江少陵微笑不语，抽出几张纸巾帮她把手擦干净，如果是宝宝还好一些，她比宝宝可难缠多了。

邻座有人离开，很快又有食客补上来，好像是外文学院的学生，虽是来自韩国的留学生，但中文说得却很溜，其间韩语和中文交替使用，交谈很是热烈，最重要的是……

侯延年感慨道："外文学院果真是美女云集，貌似那里出了不少美女。"

伽蓝看了一眼其中一位韩国女生，确实很漂亮，于是认同侯延年的话："侯学长这话倒是没说错，不过外文学院美女虽多，却不及苏薇学姐容貌精致。"

伽蓝说出这番话，侯延年有些意外，就连江少陵也忍不住看了她一眼，她假装看不懂其中的微妙，笑着问侯延年："侯学长为什么这么看着我？是我说错什么话了吗？"

侯延年清了清嗓子："你没说错话，是我第一次见有女生称赞情敌长得漂亮，所以有点小惊讶。"

"情敌？"伽蓝皱着眉，下意识地看向江少陵。

江少陵神色平静，握着她的手说："你不要听益寿瞎说。"

"谁瞎说啊？"侯延年唯恐天下不乱，无视江少陵眼神里的警告，对着伽蓝叙述前段时间他的所见所闻，"你和少陵的恋情曝光后，有一次苏薇红着眼睛去公司找少陵，我不知道这件事，其间有事进办公室找少陵，因为没有敲门就直接闯了进去，所以……”

侯延年忽然止住话，因为江少陵在桌子底下踢了他一脚，侯延年弯腰揉着被踢疼的地方，江少陵这一脚可真狠。

“所以什么？”伽蓝似是感受不到江、侯两人在桌子底下的波涛暗涌，事实上她靠窗而坐，窗外天空湛蓝，若是开窗定是神清气爽。

侯延年见江少陵的眼神隐带威胁，垂眸喝水打马虎眼：“算了，我不说了。”

伽蓝了悟地点头：“哦，我明白了。”

“你明白什么？”江少陵皱着眉，瞥她一眼。

伽蓝却不理他，似是正在生他的气，看着侯延年道出答案：“侯学长，你闯进办公室的时候，苏薇和少陵正在接吻？”

什么？

少陵和苏薇正在接吻？

对于伽蓝丰富的联想力，江少陵终于松开了伽蓝的手，寒着脸不理她；侯延年更是差点把水给喷出来，连忙对着伽蓝解释：“小天才，你可别误会，少陵和苏薇怎么可能接吻呢？我进去的时候，苏薇正抱着少陵哭得惊天动地……”

侯延年急于道出实情，又怎知他跌进了伽蓝事先为他挖好的语言陷阱里？侯延年原本只是八卦心态想要当着伽蓝的面提一提这件事，归根结底无非是想看江少陵紧张一回，谁知……小天才可别误会才好，万一和少陵闹矛盾，那他的罪过可就大了。

少陵一定会剥了他的皮。

“原来只是拥抱，害我白担心一场。”伽蓝突然笑了，笑颜恍如花朵绽放，轻描淡写地劝慰侯延年，“侯学长太大惊小怪了，前两天有一位长得很帅的男模特来画室，为了感受他的肌肉力量，我还和他有紧有松地抱了好几次。画画之余我没少和异性拥抱，实在是没脸面生少陵的气，我只怕……”

说到这里，伽蓝侧眸看着江少陵，江少陵不知何时已经喝完了一杯水，正面无表情地抿着唇提壶续水。

伽蓝笑着说：“我只怕，少陵会生我的气。”

咣当一声，白瓷茶壶被江少陵放在了桌子上，对面的侯延年咽了咽口水，然后缩头乌龟一般垂着头不吭声。

气氛怎么就变了呢？不是应该伽蓝生气吗？怎么转眼间生气的那个竟然是江少陵了？不过，如果换成是他，他也会生气，女朋友和男模特拥抱……侯延年摸索到水杯，又喝了一口水润了润喉，貌似画室里年轻男模特裸体居多，穿着平角内裤居多，咳咳……画面太刺眼，不敢想象啊！

于是，本该是其乐融融的一顿中午饭，愣是被侯延年一句八卦弄得尴尬无比，确切地说应该是死寂一片，侯延年如坐针毡。

席间无话，江少陵冷着一张脸沉默地吃饭，侯延年试着说话调节气氛，伽蓝笑容满面地指了指江少陵，示意他某人心情不好，还是不要说话为好。

女子笑得眉眼弯弯，却让侯延年心里生起一股异样的感觉，这姑娘该不会是故意气少陵的吧？如果她是故意的，只能说此女挖抱男模的坑自己往下跳，就不怕事后惹祸上身，届时少陵怒气难以消退，她难以开脱吗？

伽蓝不怕，原就没什么可怕的，可怕的是江少陵的扑克脸。

午饭结束，侯延年寻借口回公司，率先开溜，江少陵结完账，理都没理伽蓝，离开餐厅后直接朝南苑方向走。

他虽生气，却没忘记送她回建筑学院。

伽蓝忍着笑，亦步亦趋地跟在他身后，变着腔调唤他的名字："江少陵……少陵……江少陵……少陵……"

伽蓝的语气一声比一声软，但某人步伐未停，完全视她如空气。

伽蓝喊他"江学长"，围观的路人纷纷看她，她不理，又叫他"一米八五"，他还是不理她，最后伽蓝唤了一声："表哥——"

他终于转身看着她，表情冷清，但她一直在笑，跑到他身边挽着他的手臂，像个小孩儿一样摽着他……

"松手。"他虽冷言冷语，但毕竟少了几分强硬。

伽蓝不松手，死皮赖脸地贴着他走路："少陵，我在画室里虽然见过不少男模特的裸体，但我没抱过他们，我是故意骗你的。"

江少陵看她一眼，眉头松了。

伽蓝带着笑撒娇："少陵，我只想抱你。"

江少陵唇角有了上扬弧度。

"益寿说苏薇抱着你哭，我很嫉妒，所以才故意说谎气你。"

闻言，江少陵垂眸看着她，她低着头，他看不出她是什么情绪，他挑眉问："你嫉妒她什么？"

"她长得比我漂亮，身材比我好。"伽蓝头垂得更低了。

江少陵沉默几秒，反问她一句："漂亮能当饭吃吗？"

伽蓝抱着他的手臂，有些泄气："漂亮不能当饭吃，却可以下饭。"

这次，江少陵沉默的时间有点长。那天苏薇在他的办公室里崩溃大哭，无非是因为暗恋不得，他知道苏薇对他有情，但有情又如何？感情的事强求不得，他最先遇到的那个人是苏薇，偏偏他不心动，又有什么办法呢？

苏薇言语哀求，他言语冷漠，所以她哭了，她冲进他怀里连他也有些意外，偏偏被突然闯进办公室里的侯延年撞了个正着……

他喜欢的女孩子是伽蓝，是喜欢耍小心眼、喜欢挖坑等着他往下跳的坏丫头，她垂着头说着泄气的话，看似情绪失落，无非是等他一句话，或是一个态度。

他正是因为通透她的小心机，所以才哭笑不得，但谁让他吃她这一套呢？

气温宜人的午后，江少陵停下脚步，幽深的眼眸看着她，用清晰的声音对她说：“蓝蓝，我只看得见你。”

确实有很多女生比她长得漂亮，但能留在他眼里、走进他心里的只有她。如此平静地袒露心声，连他自己也感到讶异。

伽蓝忽然笑了，心跳好像漏掉了好几个节拍，她终于明白为什么会有那么多人喜欢听情话了，因为情话暖人，因为情话令她更加眷恋爱情。

她这么高兴，连带江少陵也是眉眼含笑，他温柔地看着她：“满意了？”

满意，很满意。

他们不理会正身处南苑校道上，不理会会有多少学生看到这一幕，她松开他的手臂，转而抱着他的腰，把脸埋在他的怀里，轻声说：“少陵，你知道心里开花是什么感觉吗？那花开得太耀眼夺目，所以喜悦仿佛可以从花朵里一点点地溢出来，你对我说出这样的话，我心里真欢喜。”

江少陵失笑，伸出手臂紧紧地抱着她，欢喜可以相互交叉传染，如果她欢喜，他的心情也定是不差。

若干年后，有学生回忆起这一幕，他们说：“那天午后，伽蓝抱着江少陵，仿佛抱着她的不可舍弃。”

他们说：“那天午后，江少陵抱着伽蓝微笑，仿佛抱着他心中倾城的暖。”

他们说：“那天午后，我们不再怀疑，他和她之间彼此相爱。”

这年暑假，伽蓝的生活不再被画画充斥，她的生活里除了画画，因为江少陵而开始变得五彩斑斓。

放暑假没多久，江少陵带着伽蓝去酒吧看杜衡演出，事先没有跟杜衡打招呼，所以杜衡上台唱歌时并未注意到他们。

酒吧向来不缺拥有好嗓音的歌手，但杜衡却凭借编曲、作词和好唱功很快就在酒吧站稳了脚跟。

伽蓝以前只是佩服杜衡勇气可嘉，直到亲眼目睹他的台风，聆听他的唱功，她才明白杜衡不惜和父母闹翻也要出来唱歌的底气究竟源自什么。

他在编曲、作词和唱功方面，确实很有天赋。侯延年以前说他天天抱着一把破吉他在宿舍里鬼哭狼嚎，眼下看来怕是挤对居多……

酒吧幽暗的一角，伽蓝喝完杯中的果汁，咬着吸管问江少陵："杜衡只在这一家酒吧里唱歌吗？"

江少陵将自己喝了一半的果汁推到她面前，淡淡地开腔："各个酒吧跑场，阿衡随性惯了，生活虽然不富裕，但唱歌足以养活他自己，所以跑场通常视心情而定。"

唱台上，杜衡一曲原创情歌呼声很高，嗓音、韵味独特走心，酒吧里的客人听得很入迷，伽蓝注意到有几个男女竟然听哭了。

歌声很震撼，声音也很大，伽蓝凑到江少陵耳边说话："我现在才知道，他唱歌原来这么好听，抒情歌曲感染力很强，唱得很打动人，他尝试过送歌曲小样给各大唱片公司吗？"

她离他这么近说话，仿佛有羽毛正在他耳边轻拂，江少陵被她撩拨得呼吸有些乱，调整呼吸后，才告诉她："之前倒是有唱片公司找过他，但他不满意合约条款，所以还在观望。"

"这事不急，总要寻个好东家才行。"她端起江少陵先前喝剩下的半杯果汁，又听了一会儿杜衡的歌，对身旁的男子说，"我预感杜衡能大红大紫。"

江少陵笑着说："如果阿衡听到你的认可，一定会很高兴。"

光线忽明忽暗的酒吧里，伽蓝仰着脸望着江少陵，漆黑的眼睛闪闪发亮："你也这么想吗？少陵。"

"我从未轻看他。"杜衡在这方面有才气，纵使将来不成功，至少他在年轻时曾为自己的梦想努力过，不留遗憾才不枉来人世间走一遭。

伽蓝笑了，她就知道她的少陵不会打击杜衡。

她将吸管送到他面前，江少陵还未咬到吸管，就被她恶作剧地移到了她自己唇边，瞧着她喝果汁时一脸得意的模样，江少陵神色如常，却在她的唇暂离吸管时扳着她的脸转向自己，然后在阴影中俯首吻住了她的唇，她启唇配合他的探入和火热纠缠，淡淡的橙汁味在唇舌间发酵，在酒吧里被定格，连带也凝固了伽蓝眉眼间的笑意……

照这么相处下去，她会不会带坏少陵？

暑假期间，伽蓝很闲，但江少陵很忙。S大硕士生是两年制，2005年暑假江少陵硕士研究生毕业，待暑期开学将奔赴读博阵营，眼下尚未开学，但他暑假忙碌公事却是不争的事实。

自从那日见过杜衡，几日后伽蓝倒是和杜衡又见了一面。那日杜衡做东请吃饭，伽蓝随江少陵一起混吃混喝，谁知却被杜衡摆了一道。

那天伽蓝直接坐车前去吃饭的目的地，江少陵开车接杜衡、侯延年和周强一起过来。盛夏天，她坐在遮阳伞下纳凉，江少陵等人走过去还未坐下，就见杜衡递了一盒巧克力给伽蓝："女粉丝送的，给你吃了。"

也怪伽蓝大意，她打开巧克力盒，里面放着四个圆形巧克力，她剥开其中一个的包装纸，结果巧克力没看到，却有一只壁虎从里面弹了出来。太过突然，伽蓝尖叫了一声，火速甩开那只壁虎，直接跳到了江少陵的身上，紧紧地搂着他的脖子，抱着他不肯下来。

她吓坏了。

杜衡整蛊玩笑开得有点大，见江少陵不悦地看着他，连忙捡起地上那只壁虎向伽蓝解释："别怕别怕，你看，这只壁虎是用软胶制成的，不是真的壁虎。"

那只壁虎的确是用软胶制成的，但形象逼真，足以以假乱真，伽蓝虽信了杜衡的话，却对杜衡手里的壁虎有了阴影。

在此之前江少陵从未见她恐惧过任何人和事，唯有这一次因为毫无征兆，才会大惊失色。

周强和侯延年也在一旁"教育"杜衡，杜衡悔得肠子都青了，原以为伽蓝天不怕地不怕，哪知道她害怕这玩意儿啊，如果知道她害怕，他才不整这一出恶作剧自讨苦吃。

"还不赶紧扔了？"

江少陵冷着脸丢给杜衡一句话，抱着伽蓝走到遮阳伞下，察觉她还在发抖，把她放在一把椅子上，然后蹲在她面前握住她有些发凉的手，放轻声音道："你也看到了，那只壁虎是假的，还害怕吗？"

伽蓝点头："跟真的一样。"

"再真，它也是假的。"他抬手摸了摸她的脸，柔声取笑，"我眼中那个胆大妄为的小霸王究竟哪儿去了？"

伽蓝听他这么一说，扑哧一声笑了。

她一笑，江少陵总算是松了一口气。伽蓝心里温暖，坐在椅子上凑近他搂着他的脖子，趴在他肩头悄声对他说："少陵，今天之前，我真没想过我会这么惧怕壁虎。"

“嗯，我记住了。”他轻轻拍着她的背。

伽蓝没反应过来：“记住什么？”

“以后有壁虎的地方，我们都不去；就算去了，我也会先帮你把它们都赶走，不让它们吓到你。”

他这样的语气完全是哄孩子的语气，但又何尝没有认真呢？伽蓝感受到了，所以侧过脸亲了亲他的脸，这个亲吻有个名字：少陵真好。

江少陵也笑着亲了亲她的脸，这个亲吻同样有个名字：抚慰。

盛夏日，温情在烈日的灼烧下愈加疯长，彼此微笑，互通牵连，只因他们的爱情在7月艳阳天开出了默契喜悦的花。

8月初，江少陵公司周末放假，伽蓝知道他在公司加班，提着冷饮去看他，没想到竟会遇到拿着文件刚走出公司的慕清。

慕清没有看到伽蓝，她在打电话，情绪激动，对着电话那端的人咬牙切齿地道：“袁斌，对于你和她的事我一忍再忍，如果你继续和她藕断丝连，我和你之间只有一条路可走，那就是离婚。言尽于此，望你好自为之。”

慕清愤恨地挂断电话，站在公司门口仰脸望着蓝天，大概是想逼回眼泪。不过是几秒而已，收回脆弱的慕清又是一个坚强独立的女强人，她按下车钥匙开锁，随后开车离去……

徐惠曾对伽蓝提过袁斌与性感女星除夕现身闹市，原以为慕清并不知道这件事，现在看来，慕清很有可能早就知道了。

强忍丈夫的风流韵事，本就是一场耐力和心力的拉锯战，一旦开战注定是两败俱伤，如她父亲和母亲。

显然，袁斌婚内出轨，慕清默默承受此事，公司里的人包括江少陵并不知道这件事。毕竟是慕清的家务事，伽蓝不便告知江少陵，权当自己不知情。

江少陵这日很忙，一直坐在电脑前工作，伽蓝也没闲着，找了本子和铅笔，陪着他一起消耗时间。

她这日灵感爆棚，一连画了好几页私宅建筑草稿，后来侯延年忽然来公司，她在合上本子之前，为它起名为“江伽之家”，停笔作罢。

伽家距离江少陵公司甚远，伽蓝跑来一趟不容易，趁侯延年正背对着她和江少陵翻找资料，她火速地偷亲了一下江少陵的脸，没时间查看他是什么表情，道了声“回见”就跑着离开了。

当天晚上，他忙完工作，应该是看到了她的设计草稿，要不然不会问她是否喜欢树屋。

她当时的回答是：“倒也称不上喜欢或是不喜欢，我只是在想，如果有那么一栋树屋的话，我们平时还可以坐在树屋里谈谈情，说说爱，多好啊！”

他沉默一瞬，自动忽视她的话，紧接着跟她说了件正事：“苏姨8月末过生日，她有意邀请你来家里做客，让我询问一下你的意思。”

“为什么？”伽蓝有点蒙，她没听错吧！

江少陵又是片刻沉默，然后提醒她：“你是我女朋友。”

“不是，我的意思是，苏姨知道我的存在？”这才是重点。

这次，江少陵沉默的时间久了一些，淡定地告知伽蓝：“她见过你。”

伽蓝惊呼道：“什么时候？我怎么不知道？”

“4月下旬，廖院长开公开讨论会，你当时画了不少讨论会分镜头，苏姨曾在草坪上跟你说过话。”江少陵知道她记忆力惊人，只要有心回忆，就一定能想起苏姨。

伽蓝确实想起来了，正是因为想起，所以她沉默。

电话里没有了声音，江少陵轻唤她的名字：“蓝蓝？”

伽蓝需要时间消化：“少陵，我可能需要躺在床上缓一缓。”主要是受到了惊吓。

去年暑假她去江家留宿，如果事先看一眼苏瑾瑜的照片，知道她长什么模样，也不至于在今年4月下旬认不出她是谁。

实在是失算。

伽家今年暑假有点冷清，主要是林家人没有来S市，那天早晨吃饭，母亲忽然提起林宣，说他好几个月没有给她打过电话了，遂询问伽蓝：“你哥给你打过电话吗？”

“他每天都在实验室从事研究工作，难免很忙，等他有了空闲，总会给你打电话的。”伽蓝避重就轻，虽是宽慰母亲，却闭口不谈林宣是否给她打过电话这个话题。

自从5月那次不欢而散，林宣再也没有给她打过电话，或是发过短信。对此，伽蓝只能寄希望于时间。

她唯一敢肯定的是，林宣并没有告诉陈菀她已经有了男朋友和他之前回国那次“不欢而散”，要不然陈菀不会还隔三岔五跟母亲笑声朗朗地通电话，甚至提及等林宣忙完手头的工作，抽时间大家一起出去散散心。

一起外出度假短时间内怕是难以成行，她想起那天林宣眼里的雾气，里面情绪复杂，交织着失望、痛苦、绝望……

苦苦守护多年的女孩儿，在悄然长大的年纪里喜欢上了别人，他连事后表白的机会都被她扼杀殆尽，那般绝情冷漠，他对她不能不失望。

爱情世界里，只有爱或不爱，没有中立词汇，对不爱的人心存温软、暧昧，留给对方希望，本来就是一种残忍。

她看重林宣，所以不能对他一伤再伤，快刀斩乱麻，何尝不是一种变相的爱护？

8月中旬，伽蓝陪母亲一起前往甘肃莫高窟，游人如织，壁画彩绘令人叹为观止，她们取景留念，母亲笑得很开心："等你菀姨下次回国，我们一起再来看看，她喜欢石窟壁画，如果来到这里一定会很喜欢。"

伽蓝微笑着点头。

外出游玩回来，伽蓝几乎没有再出过门，每天坐在院子里画画。4月下旬苏瑾瑜曾想买她的一幅画，当时她婉言谢绝了，如今苏瑾瑜生日在即，她能送的东西其实并不多，唯一能拿出手的东西似乎只剩下画作。

苏瑾瑜过生日那天，江少陵开车来接伽蓝，顾及母亲在家，伽蓝让江少陵把车停在巷子口。

伽蓝找借口离家，几分钟后抱着油画坐上车，江少陵帮她安置好油画，却在帮她系安全带时似漫不经心地道："不合适见你母亲？"

伽蓝答非所问："今年我母亲的生日已经过了，明年2月15日是我母亲的生日。"

江少陵却明白了她的意思，嘴角含笑，发动引擎开车离开了巷口。

伽蓝笑着说："今年苏姨过生日，你带我见家长，明年我母亲过生日，我带你见家长，你觉得怎么样？"

"我觉得挺好。"他伸手温柔地摸了摸她的头。

前往江家的路上，江少陵停车买了一束鲜花，有百合、玫瑰、满天星和康乃馨，他把花递给伽蓝："到家之后，你把花送给苏姨，不要说是我买的。"

"是你买的。"伽蓝觉得江少陵比她细心多了。

江少陵淡淡地说："我买的就是你买的。"

伽蓝笑了笑，不再说话，捧着花束送到鼻端，花朵很香，而他的贴心之举也令她觉得无比暖心。

伽蓝上次随江少陵来江家时，一路上并未遇到同楼层的住户，但这次就不同了，路上碰到不少同小区的住户，他们一个个好奇不已："少陵，这位姑娘是谁啊？"

"少陵，你什么时候交女朋友了？"

"少陵，这姑娘是你女朋友吗？"

……

江少陵对小区里的长辈很有礼貌，问题太多，他不可能逐一答复询问者，所以全程微笑无话，但牵着伽蓝的手却在无形中说明了一切，也难怪有些想把自家女儿，或是亲戚朋友的女儿介绍给江少陵的住户唏嘘不已了。

伽蓝之前见过苏瑾瑜，看面相就知道她是一个很和蔼可亲的人，但没想到她会这么热情，初见面就急忙跟她打招呼，又是递拖鞋，又是给她端茶倒水。

“苏姨，祝你生日快乐。”伽蓝把鲜花送给苏瑾瑜。

苏瑾瑜道谢接过，看得出来她很高兴。

伽蓝又把油画递给苏瑾瑜，笑着说：“我为苏姨画了一幅画，但愿苏姨不要嫌弃。”

“你给我画了一幅画？”苏瑾瑜很惊喜，拆开油画的包装，出现在眼前的是一幅校园风景油画，也是伽蓝与苏瑾瑜初次说话的地方，因为主画周围的风景，所以人物刻画很少，画面里伽蓝低着头绘画，面容难以看出，苏瑾瑜站在伽蓝身边，仅是一道侧影，两人的衣着毫无偏差，和那天的穿着完全一模一样。

画出这样的油画，作画者有心，看画者笑开了眉眼。这幅画无疑很有纪念意义，两人第一次见面说话能被一幅画记录凝固，苏瑾瑜对这份礼物早已不是喜欢不喜欢的问题，而是心意传递互通，苏瑾瑜接收到了，所以心里溢满了感动。

苏瑾瑜伸手抱住伽蓝，柔声说：“蓝蓝，谢谢你的画，我很喜欢。”

伽蓝回抱苏瑾瑜，她对“尊老爱幼”向来意识薄弱，所谓亲昵有礼，不过是表象作秀而已，但对苏瑾瑜却是不同的，因为苏瑾瑜是江少陵的家人，所以她对苏瑾瑜是真心的。长辈开心，也不枉她辛苦一场。

苏瑾瑜陪伽蓝在客厅里聊了一会儿天，惦记厨房里还做着菜，所以就先回厨房忙活去了，其间伽蓝想去厨房帮忙，却被苏瑾瑜赶了出来：“蓝蓝，让少陵陪你说说话，我一个人可以。”

伽蓝只能作罢，坐在沙发上挽着江少陵的手臂复述苏瑾瑜的话：“少陵，苏姨让你陪我说说话。”

“嗯。”江少陵正拿着水果刀在削苹果，并未及时领悟她话里的深意。

伽蓝道出内心的真实目的：“如果你不陪我说话，那你就亲亲我。”

江少陵笑了，这里是江家，苏姨还在厨房里，指不定什么时候就会出来，她可真是色胆包天。

伽蓝修改要求：“那我亲亲你？”

虽是问话，伽蓝却直接付诸了行动，结果唇刚贴在江少陵的唇上，苏瑾瑜忽然打开了厨房门，伴随着咔嗒一声响，伽蓝速度很快地离开了江少陵的唇，靠着沙发坐得端端正正。

江少陵垂眸微笑，亲吻戛然而止令他觉得有点遗憾。

苏瑾瑜并不知客厅里的缱绻事，她站在厨房门口，表情有些懊恼："少陵，我忘记买秋刀鱼了，你快去超市买几条秋刀鱼回来。"

闻言，伽蓝压低声音对江少陵道："苏姨已经准备了很多菜，你快劝劝她，秋刀鱼就算了。"

"你苏姨很擅长做秋刀鱼，前几天还念叨着要做一道红烧秋刀鱼给你吃，怎么能算了呢？"江少陵把削好的苹果递给伽蓝，然后抽出两张纸巾擦了擦手，起身时对她说，"留在家里把苹果给吃了，超市就在小区外，我买完东西就回来。"

江少陵把伽蓝留在家里很放心，但这天令他没想到的是，苏薇和她母亲会不请自来。苏瑾瑜过生日，苏薇和苏母登门造访，虽在意料之外，却也在情理之中。

当时伽蓝执意留在厨房里帮苏瑾瑜，苏瑾瑜劝阻无果，只好让伽蓝帮她择菜和洗菜。伽蓝入厨房不过几分钟，苏薇和苏母就提着礼物按响了江家的门铃。

伽蓝看到苏薇和苏母有些意外，苏薇和苏母看到伽蓝也有一些意外。苏瑾瑜介绍苏薇和苏母给伽蓝认识，随后又对苏薇和苏母介绍伽蓝："少陵的女朋友，伽蓝。"

苏薇面色难看，苏母也下意识地皱了皱眉，却勉强挂着笑跟伽蓝打了声招呼。看得出来，苏母很抗拒伽蓝，否则也不会对伽蓝道了一声"你好"之后，就移开眸子不再正视伽蓝。

苏瑾瑜问苏薇："你爸爸呢？"

"爸爸在外地出差，还没回来。"苏薇回着话，却用充满敌意的目光看着伽蓝。

厨房里炖着汤，苏母为苏瑾瑜买了一套衣服，拉着苏瑾瑜去主卧室试衣服，苏瑾瑜抵不住苏母的热情，进卧室前看了一眼脸色不好的苏薇，又看了一眼带着微笑不知其中微妙的伽蓝，虽怕两人闹不愉快，却又不便言明，遂笑着交代伽蓝："蓝蓝，厨房里还炖着汤，你先去厨房里帮苏姨盯一会儿。"

伽蓝在厨房，苏薇在客厅，杜绝两个人私下相处，应该不会出什么事吧？

苏瑾瑜是什么想法，其实伽蓝隐约可以猜到。锅里炖着汤，她有些无所事事，所以打开水龙头开始洗水果，饭后总要吃水果吧？先洗干净也好。

有人走进厨房，伽蓝没回头，但知道是苏薇。

苏薇面无表情地道："谁允许你来的？"

"你姑姑。"伽蓝背对着她洗水果，水果必须洗干净，万一留有农药残留物不干不净吃进肚子里，可是很容易生病的。

苏薇冷着声音道："这里不欢迎你。"

伽蓝洗好一颗圣女果放进嘴里，一边吃，一边含混不清地道："你说出这种话让我很为难，你姑姑和少陵让我把这里当成自己的家。"

"少陵？"苏薇压抑着怒气，"你竟然叫他少陵？"

伽蓝吃完圣女果才说话："我和他是男女朋友关系，我不叫他少陵，难道你希望我叫他亲爱的？"

话音落下，她终于回头看着苏薇，嘴角有笑，但眼神却像是凝固的暗夜海水，阴沉死寂，深不可测。

苏薇心里一紧，正暗自惊讶伽蓝的表里不一，却听门铃声忽然响起，伽蓝眼神转柔，又是一派温和善良模样，她慢悠悠地提醒苏薇："你还站在这里干什么？我亲爱的回来了，还不快去开门。"

态度嚣张，颐指气使。

苏薇心里忍不住想，伽蓝究竟是一个什么样的人呢？她极其聪明，极其善于洞察人心，却也极其两面三刀，江少陵见识过她这副模样吗？江少陵能接受她的虚假和伪善吗？

苏薇不知道，她打开房门时也并没有鲁莽地询问江少陵。

江少陵看到苏薇愣了一下："什么时候来的？"

"刚来不久。"苏薇垂着眸子补充一句，"我和我妈妈一起来的。"

江少陵越过她走进客厅，不见苏母的身影："人呢？"

"我妈给我姑姑买了一套衣服，她们正在卧室里试衣服。"苏薇关上房门，见江少陵提着一袋食材往厨房方向走，她咬了一下唇，去主卧室叫苏瑾瑜和苏母去了。

伽蓝在厨房里洗水果，见江少陵提着食材走进来，她笑了笑，接着洗圣女果，动作慢条斯理，简直把它当成了一项工作。

他把秋刀鱼放在一旁的桌案上，站在一旁看着伽蓝洗水果："家里忽然来客人，你会不会觉得拘谨不自在？"

"有你在，我怎么会拘谨不自在？"她笑，湿着手从水果盆里捞出一颗圣女果送到他唇边，江少陵吃圣女果的时候，伽蓝看着他滚动的喉结，越看越着迷，察觉厨房门口有阴影，伽蓝坏坏一笑，正儿八经地警告他，"江少陵，我还很年幼，你不要勾引我犯罪。"

"什么？"江少陵失笑，他只是吃圣女果而已，怎么就勾引她犯罪了？

"你吃圣女果的时候，看起来真是令人馋涎欲滴。"

江少陵被她调戏不是一次两次了，听了她的话只笑不语。

伽蓝翻找出一颗很小的圣女果，送到自己唇边问江少陵："还吃吗？"

果真是花样百出，江少陵不理她，挽起袖子准备帮她洗圣女果时，伽蓝碰了碰他的手臂，他转眸看她，见她唇间咬着圣女果眼巴巴地看着他，他无奈一笑，苏瑾瑜和苏母的声音听起来还在卧室里，他终于俯首含住了她的唇，顺势将那颗圣女果渡到了自己的嘴里……

数秒后，客厅门忽然砰的一声关上了，江少陵眸色一闪，离开伽蓝的唇，咀嚼圣女果的同时走出了厨房。

伽蓝站在厨房里，听到外面传来了几人的对话声。

江少陵跟苏母打了一声招呼，苏瑾瑜问他："是薇薇出去了吗？"

"……嗯。"

苏母给苏薇打电话，电话里苏薇也不知道都说了些什么，片刻后苏母对苏瑾瑜说："瑾瑜，薇薇的同学有事找她，她中午就不在这里吃饭了。"

苏母说着也要走，被苏瑾瑜给阻止了，说饭菜已经准备得差不多了，让苏母吃完饭再走。

伽蓝走出来，握住江少陵的手，轻声问："苏学姐走了吗？"

"走了。"江少陵垂眸看她一眼，眼神转暗，握紧了她的手。

有很多东西，虽是猜测，却在定型前被他自己摈弃，她坏一点没关系，只要他能容忍，她所有的坏就都可以不称之为坏。

是淘气，是恶作剧，是……孩子气。

第二章

情殇：万事成空，此情可待寄黄泉

杜娜在S市一家著名建筑事务所上班，履历完美，再加上获过大奖，所以刚开始所长很器重她，但后来水平显现，她在一群精英设计人才里越发平庸，渐渐不受所长待见。工作氛围压抑，杜娜觉得自己就像是一只负重慢行的蝼蚁，心里的苦楚可想而知。

她的好闺蜜苏薇也很苦，自从江少陵和伽蓝在一起之后，苏薇几乎没有了微笑，苏薇想不明白，她究竟哪一点比不上伽蓝？

其实杜娜也想不明白。

虽说伽蓝的头脑和天赋远胜苏薇，但术业有专攻，苏薇在学业方面也很优秀，若是抛开专业知识，伽蓝无论是外貌、身材、家世全都不及苏薇，两人根本就没有可比性，但江少陵选择伽蓝却是不争的事实。

8月末，苏薇哭着来公司找杜娜，那天她陪苏薇坐在公司的天台上，苏薇哭了一个多小时。在这一个多小时里，杜娜听着苏薇断断续续的哽咽声，听着伽蓝在苏薇口中是如何行径恶劣，心里不由得再次生起一股难以言喻的惊悚感。

这种熟悉的恐惧和战栗，她曾在2003年11月初切身经历过，听到苏薇的哭声，杜娜心中忽然蹿起一个念头来，那念头很莫名，却足以令她心跳加速、血液沸腾……

是她想的那样吗？可能吗？

最初，杜娜并没有将自己的想法告诉苏薇，她在快节奏的都市生活里迟疑纠结了好几天，最终选在9月的某一天回到了S大建筑学院。

2005年9月，伽蓝正式攻读硕士研究生，杜娜去找伽蓝那天，阶梯教室里坐满了人，所有人全都安静专注地看着台上的女子。

台上的女子是伽蓝，她穿着白衬衫扶着麦克风正在进行建筑平、立、剖面图演讲，她讲话的速度很慢，嘴角带着淡淡的微笑，泛着智慧光芒的眼眸令她整个人光彩耀目。

伽蓝看到了杜娜，她在最后一排坐着，用一副探究、冰冷的眼神看着她，伽蓝回以微笑。课堂结束伽蓝抱着几本书迈步离开阶梯教室，杜娜先是亦步亦趋地跟在她身后，后来快步追了上去。

伽蓝没有看杜娜，却半开玩笑地道："今天刮了什么风，竟把杜学姐刮到了学校里？"

杜娜不理会她的讽刺："我有话要问你。"

"你问吧，答不答在我。"

杜娜犹豫片刻，终究还是开口道："你为什么和江少陵在一起？"

伽蓝觉得她这个问题很有趣，笑着说："少帅学习好，长得帅，我和他在一起很奇怪吗？"

杜娜低着头走路，显然不相信伽蓝的话，压低声音道："你和江少陵在一起，是不是为了报复苏薇？"

伽蓝终于瞥了一眼杜娜，唇角的笑容缓缓凝结："杜学姐，看来你是好了伤疤忘了疼。"

杜娜心里一紧，抿着唇不吭声。

路上有同学经过，挥手跟伽蓝打招呼，伽蓝笑容满面地挥手回应，但对杜娜说的话却是感觉寒凉彻骨。

伽蓝说："收起你的假想和猜测，与其为别人打抱不平，还不如多充实一下自己的专业知识。2003年10月下旬你我之间发生过的不愉快，我想你不会期待再发生第二次。"

杜娜忽然止步，前方的女子渐行渐远，周身笼罩在阳光下，似梦似幻，看似是天使，殊不知却是恶魔。

9月末，伽蓝邮箱里收到一封来自荷兰的参赛邀请函，她点击打开，只有简短的介绍，参赛者需在规定时间内绘制出任意一座城市的全景图……

伽蓝没有过多查看，她对参加国际大赛谋名谋利这种事向来不感兴趣。

国庆期间伽蓝去公司找江少陵，却见江少陵带着慕清开车离去。

那天中午伽蓝是和侯延年一起吃的饭，侯延年谈及公司之前研发出来的通用软件虽然名声好，却抵不住盗版泛滥，中国的环境使正版通用软件前景堪忧，而公司的销售正值市场疲软期，货款不到账是个大问题。

这些事，江少陵从未对她说过，伽蓝是不知道的，她问侯延年："有解决方法吗？"

侯延年点头："目前公司正在全力完善新型软件，我和少陵，还有公司的设计团队为了开发新产品已经忙碌了一年多，预计明年推出，如果时机成熟的话，一定会大卖。"

伽蓝不再说话，这年头儿软件开发远不如做游戏赚钱，但江少陵和侯延年有他们的坚持，目前看来只能寄希望于软件完善和市场运作。

国庆假期结束后，江少陵带她外出吃饭，其间江少陵接了两通电话，都是公事来电，其中一通是慕清打来的。

伽蓝偶尔听到一两道慕清的声音，平静自然，仿佛婚姻的荆棘全都被她藏匿在心中，直到这一刻，伽蓝方才意识到慕清和母亲的相似，她们都觉得婚姻是一件很私人的事，哪怕孤立无援，也不愿将家丑闹得尽人皆知，这种人习惯悲喜自受，坚强之余却又透着决绝。

这晚散步回去，S大上空星辰密布，伽蓝仰着脸看的时间有些久，江少陵大概是觉得她的动作很傻气，笑着问："看出什么名堂了吗？"

看出名堂了。

伽蓝说："天上的星星很亮，但它们都不及你送给我的蓝星星亮。"

自2003年10月份开始，她话语简洁，却像油画一样色彩明丽，他在她的话语里听出了情深，也听出了独属于她的那份情感小天地。

路灯浅照的夜晚里，他伸手搂着她的肩，话语温情柔软："蓝蓝，距离南方小镇不远有一座小村庄，我从小在那里长大，那里夜间虽然少了霓虹灯闪烁，但星星却格外多，很适合作画。有时间的话，我带你回去看看？"

这是他第一次跟她提起他的老家，提起他从小生活的地方，她从身侧抱着他的腰，一路上声音浅浅地说话，聊天氛围不热烈，但彼此在一起从不缺话题可讲，认识他以前，她从不知责任和忠诚是何物，但认识他之后，她明白有些东西原来可以在爱情的潜默移化里无师自通……

苏薇又一次找江少陵的时候，10月份已流走大半。江少陵很忙，刚坐下没多久，公事电话就一通接一通，令人不胜其烦，等他无奈地掐断电话，询问苏薇有什么事情时，又有电话打来，苏薇只能找借口作罢，只因这次见面时机不对，他这么忙怎么会有心思听她讲话，况且她要说的也不过只是猜测而已，万一不是……

一个多星期后，苏薇的父母邀苏瑾瑜聚餐，江少陵开车送苏瑾瑜抵达餐厅时，苏薇早已等候在外。

苏薇走上前，说有话要对江少陵说。江少陵送苏瑾瑜下车，温声叮嘱：“聚完餐给我打电话，我开车来接你。”

苏瑾瑜笑着点头，走了几步回头看苏薇和江少陵，不知苏薇有什么话要说，看起来她有些迟疑不决。

江少陵看着苏薇，耐心等待着，她这样犹豫不决倒是和一个多星期前很相似，纵使他好奇心欠缺，此刻心里也难免浮起一丝疑惑。

那天S市温度适宜，周围树木掩映，有风，但不大。有一个年轻女孩子从出租车里走出来，苏薇扬手跟她打招呼：“娜娜，我在这里。”

是杜娜。

杜娜看到江少陵有些拘谨，在此之前她和江少陵并无交集，唯一能相互牵连的一个人就是伽蓝。

杜娜讲述2003年她和伽蓝在校的风云事，这事江少陵2003年就有所耳闻，听说眼前的女子是杜娜，江少陵忍着皱眉的冲动。

“江学长，你知道伽蓝是一个什么样的人吗？全校所有人都被她给骗了，她表面迷人，实则心理阴暗……”

“这就是你的‘有话说’？”江少陵直接打断杜娜的话，转眸看了一眼苏薇，眸色泛寒，无意再浪费时间。

江少陵刚转身走了几步，就听杜娜对着他的背影急声道：“江学长，我和伽蓝之所以身陷舆论风波，全都是伽蓝一手策划的。”

江少陵蓦然止步回头。

杜娜语气凝重：“没有人知道，我窥视伽蓝的参赛设计稿的时候，其实伽蓝也在图书馆里窥视着我，她目睹了一切却不说，却在我得到不属于我的荣誉之后对我赶尽杀绝，她为了报复我，策划了之后一系列舆论风波。”

江少陵皱着眉：“你让我相信你的一面之词？”

杜娜：“这是伽蓝亲口对我说的，她不怕我告诉别人，因为我做错事情在先，所以就算我说真话，也没有人会相信我。”

江少陵抿唇不语，蓝蓝平时虽然会有一些坏心眼，但都无关痛痒，但如果杜娜说的是真的……

就算是真的又如何？蓝蓝行事纵有过分、不恰当之处，毕竟是年龄小，他说教一番，只要她能改，都不是事儿。

杜娜见江少陵情绪起伏不大，忍不住自嘲一笑：“伽蓝说对了，确实没有人愿意相信我的话，今天之所以告诉江学长这件事，只是因为我不想江学长也沦为伽蓝的报复对象。”

报复对象？

江少陵呼吸一顿，好半晌才缓慢开口：“你说什么？”

伽蓝最近和江少陵见面时间很少，公司经营处于最艰难的时候，他除了往来学校，就是四处奔波，要不就是设计团队会议不断。

一家公司在创业初期，如果顺利的话很有可能挖到第一桶金，但在成长的过程中必定会遭遇低谷期，或是经营危机，只有跨过障碍才能总结经验，才能成熟起来快速成长……

江少陵来找她那日，事先并没有告知她，最近天气时好时坏，这一日太阳好不容易提起精神出来工作，表层却像是蒙了一层雾气，但这并不影响伽蓝抱着几本书躺在草坪上晒太阳。

江少陵听沿途建筑学院的学生说，建筑学院的草坪是伽蓝最喜欢去的地方。有关于她的习性爱好，他竟是从他人口中得知的，不可谓不讽刺。

江少陵走近她的时候，她的脸上盖着一本书，似是熟睡一般，他站在那里就那么静静地看着她没有说话，也没有叫醒她。

江少陵不由得想起杜娜在餐厅门口对他说的话，杜娜说：“伽蓝报复心极重，2003年10月份，我和薇薇去餐厅吃饭，在里面遇到了伽蓝一行人，薇薇不明真相替我打抱不平，当着很多人的面把一杯水泼到了伽蓝的脸上，依她的性子，她绝对会报复薇薇，但从2003年截止到目前，她从未正面伤害过薇薇，我以前还觉得有些奇怪，直到薇薇哭着来找我，说你和伽蓝在一起，我才逐渐明白，原来她的报复竟是在你这里，她知道薇薇喜欢你，所以她要让薇薇每天都活在痛苦煎熬里……”

“2003年10月份？”他发现自己的手正在微微颤抖，就连说出口的话语也有凝滞迹象。

苏薇说：“那天是2003年10月7日中午，国庆节放假结束当天，所以我记得很清楚。”

他也记得很清楚，那天下午伽蓝在商学院的学生活动中心跟他表白，她说她喜欢他。

江少陵不知道自己是怎么来到学校的，又是用怎样的心情来面对伽蓝的，有很多事他听说了也只是听说，任由心中翻江倒海，他也命令自己必须保持冷静，至少他应该听一听她是怎么说的，别人怎么说不重要，重要的是她。

她很警觉，他站在她身边不过几秒就被她察觉出了端倪，她拿下脸上的书，然后就看到眼前伫立着一道修长挺拔的身影。

“少陵，你什么时候来的？”伽蓝素净的脸庞上绽放出一朵花，她是真的欢喜。

“刚来。”

江少陵坐在她身旁，她伸手挽着他的手臂，他转眸看着她，好像每一次见到他，她都会笑得很开心，难道开心也是假的吗？

不是。

他很快否定了自己突如其来的念头，他知道不是，但什么是真的，什么是假的，他却有些分不清楚了。

伽蓝没察觉到他的情绪异动，询问他最近工作是否忙碌，他淡淡地应，直到她笑着问他：“少陵，你忽然找我，难道是想我了？”

如果是以前，他或许会对她的这番话微笑不语，或是顺着她的意回应她，但今天不行，他有话问她。

他看了她几秒，终于开了口：“来见你之前，我见过苏薇和杜娜，她们跟我说了一些你的事。”

苏薇和杜娜？

伽蓝表情有一瞬间阴沉，快得令人捕捉不到，她歪着头沉思片刻，过了一会儿才开口问：“她们都说我什么了？”

“2003年你和杜娜的事闹得沸沸扬扬，杜娜说是你策划了一切？”江少陵问话似漫不经心，但视线一直锁定在伽蓝身上。

伽蓝迎视他的眸，声音镇定：“少陵，你希望我对你说实话吗？”

江少陵：“我只听实话。”

伽蓝沉默，收回手不再挽着他的手臂，脸上的表情泛着季节的冰凉：“对，我策划了一切，但我不觉得我有错。”

江少陵眉峰一拧，没有斥责她，也没有在杜娜事件上多费口舌,他话锋一转：“2003年10月7日中午，苏薇往你脸上泼了一杯水；2003年10月7日下午，你对我表白说你喜欢我，两者之间有关系吗？”

江少陵问话如常，但只有他自己心里清楚，他的内心远不如外表那般平静自若。

伽蓝：“……”

她越是沉默，江少陵就越是脸色发寒，以至于到最后他的唇抿得很紧，几乎是咬着牙质问她：“有关系？”

伽蓝眼神冷肃，话语却很轻柔：“你还是希望我对你说真话吗？”

江少陵眼里闪过一丝怒气，冷冷启唇：“我来这里不是为了听你说谎欺骗我。”真话，他只听真话。

伽蓝说不出心里是什么感受，她陷入思绪里，缓缓诉说他希冀听到的真话：“我喜欢你是不争的事实，但如果苏薇不往我脸上泼水，如果不是听说苏薇喜欢你，我可能某一年某一月某一日会对你表白，但绝对不会在我16岁那一年就告诉你，因为虽然我喜欢你，并且想要和你在一起，但我觉得不现实。”

带着湿气的阳光照在江少陵身上，他忽然觉得有点冷，他很清楚，让他感到寒冷的是她的话。

伽蓝再次抓着他的手臂，似是为了让他相信她的话，所以力道很重，“2003年10月7日那天下午，我向你表白，虽有报复苏薇之嫌，但我喜欢你是真的，我不会拿我的感情开玩笑。”

江少陵身体里流窜着一股前所未有的郁结之气，致使他手指发麻，他不看她，却把声音压得很低，几乎是沉着声音问：“你对我，还有哪些是算计？”

“2004年8月，我们从新加坡回来当晚，在出租车里我告诉你，我没有父亲，我生活在一个单亲家庭，在国内我只有我母亲一个亲人。这句话虽然也是真的，但因为你我都生活在单亲家庭，我承认我当时是有意刺痛你。”说到这里，伽蓝低柔的声音里终于有了一丝松动，“你太过冷漠，不耍心机、不刺痛你，我很难走进你的心里。”

江少陵僵硬地转过头看着她，过了好一会儿才问：“还有吗？”

他毫无温度的声音，让她莫名地心慌：“没有了，除了这些，再也没有了，我对你说的每一句话都是真的，我每一次看到你都很开心也是真的……”

她又在蛊惑他了。

江少陵心里一怒，用力抓住她的手腕，伽蓝被迫松开手，只听他咬着牙一字一顿道：“你有问过我开心吗？”

“少陵，是你说你要听实话的。”伽蓝又惊又急，想伸手碰他，又不敢，就连语气也失去了以往的冷静，“少陵，我不愿对你说谎，这辈子我最不愿意说谎的那个人就是你。”

“你这么特殊对待我，我是不是应该感激你？”江少陵薄唇泛白，腾地站起身。

伽蓝只觉得仿佛有什么东西随着他这么一起身扑簌簌掉落了一地。

反应过来，她猝然起身，抱住他的腰不让他走，他伸手用力推开她，她又再次紧紧地抱着他的腰，慌乱地道：“你别这么对我说话，你不高兴可以骂我，但不能用这么陌生的语气同我说话，我受不了。”

江少陵表情起了变化，但绝对不是对她的话有所触动，因为他皱着眉，发寒的脸色更像是隐忍：“伽蓝，我一直以为我认识你、了解你，直到今天我才意识到我看不透你……”

“怎么看不透？”她近乎粗暴地打断他的话，但很快就意识到自己的态度有问题，心情起起落落间，只觉得一股酸涩直冲眼眶，“你想知道什么，你都可以问我，我全部告诉你，我承认我这个人有点坏，但我从不敢对你坏，我一直小心翼翼地喜欢你，我从15岁就喜欢上了你，除了表白时我有了不恰当的小心思，但我爱你却是真的，除了你，我从来都没有这么喜欢过一个人。”

她知道自己乱了，要不然不会说出这么凌乱的一番话，她是那么急于证明她对他的感情，以至于眼睛湿漉漉的。

江少陵不会感受不到，正是因为他感受到了，所以他说：“我信你的话。”

他信自己的话？

伽蓝愣愣地看着他，那一刻她仿佛能听到自己死灰复燃的心跳声，跳得很快。

见她张嘴要说话，江少陵动了动发僵的唇：“你说你喜欢我，我相信。你觉得喜欢和报复可以同时进行，你喜欢我的同时，还可以顺势伤苏薇的心，对于你来说互不影响，一举两得。那么我呢？”

江少陵用尽力气平复内心的躁动，却不过是用最平静的话语问出最伤人的事实罢了：“蓝蓝，我在你的爱情和报复里又算什么呢？我是你喜欢的人，还是你报复苏薇的工具？”

伽蓝内心刺痛，面对他的质问，手指发颤的她不知何时已经松开了他的腰身，她甚至往后退了一步。她想说他是她喜欢的人，她以为恋爱动机和过程并不重要，重要的是结果，只要他们在一起，其他的一切都可以忽略不计。

她爱他，顺势折磨一下苏薇，她错了吗？

有生以来第一次，她在他冷漠的表情和生硬的言语里学会了反省和恐惧，但不管是反省，还是恐惧，无非是因为她不想失去他。

她看着他，咫尺距离，她仿佛能从他漆黑的眼睛里看到自己发白的脸色，她觉得陌生，她怎么会出现这样的脸色？不像她。

她早已不像她了，因为真正的伽蓝纵使知道自己有错，也绝对不会承认自己有错，但这一次……

“少陵，不管我做错什么事情，只要你说，我都愿意去改……”

江少陵用发红的眼眸凝视着她，嘴角扯出一抹笑：“你没有错，错的是你我对感情的认知不同，你凭什么觉得我会接受一份不纯粹的感情？”

伽蓝看着他，未说出口的挽救言语卡在胸腔里，发闷，却说不出来。

她说不出来，江少陵却开口说话了，他用很沙哑的声音告诉她：“伽蓝，这种爱情是你要的，不是我要的。”

嗡——

伽蓝脑子里一片空白。

男子背影孤傲，却在她模糊的视线里一步步走远，她的双脚仿佛被钉在了原地，动弹不得，追不得。

她抬手轻抚自己的胸口，那里传来淡淡的疼，然后淡淡的疼演变成了浓浓的痛……

一切还言之尚早，她并没有失去她的爱情，江少陵眼里揉不得沙子，他只是太生气了，等他消气，她愿意改掉自己的坏习惯，她一定能改掉，也必须改掉。

伽蓝错了，江少陵若是冷漠起来，无情远胜于她。整个11月，她给他打电话他不接，发短信不回，不能去公司打扰他工作，所以她只能根据他的上课时间去找他，她几次三番去商学院找他，要么他故意错开，要么他不予理会，要么他听她认错，再然后淡淡地问她一句："你说完了？"

那是11月末，伽蓝在他简短理智的问话里良久都没有再说话，她低着头孤立无援地僵立在那里一动也不动。

江少陵眉目沉郁地看着她，她说她不愿对他说谎，所以她对他很坦白，但最初表白的真相却令他难以释怀，从2003年10月到2005年11月，他在她的真与假之间泥足深陷，他有多喜欢她，就有多介意她的动机不纯。

对于她，他锐利，却疼痛。

月末寒风来袭，轻轻地打在伽蓝的眼睛上，这种坏天气随着两人的日渐疏离，已经持续了很久，伽蓝面对他内心深处的不可动摇，不知道自己还可以坚持多久。

怕他生气，她甚至不敢再去找杜娜或是苏薇，她在一片迷惘无措里宛如抽离水分的花朵，就连惯常出现在嘴角的笑容也消失了。

长时间的阴郁焦躁，似乎随便一点小事就能牵引出她的坏情绪，在此之前她从不发火的，尤其是她发火的对象还是她的母亲伽嘉文。

12月某一个双休日，她在家收拾衣服准备去学校时，伽嘉文再次拿了一本书放进她的行李中。

又是一本教导人与人为善的书，伽蓝爆发了，她把书从行李中拿出来，狠狠地砸在了床上，硬邦邦地丢给伽嘉文三个字："我不看。"

这是伽蓝第一次对伽嘉文发脾气，以至于伽嘉文整个人都蒙了。

发完火的伽蓝看上去有一些懊恼，她坐在床上痛苦地捂着脸，她知道她错了，她不该对母亲发火，但那声抱歉，她说得出口吗？

伽嘉文站在卧室里看着伽蓝，过了片刻她坐在伽蓝身边，伸手搂着伽蓝的肩，柔声说道：“你最近情绪不太好，蓝蓝。”

平静的语气显示着伽嘉文的理解和包容，伽蓝放下覆面的手指，很缓慢地看向伽嘉文，机械地出声：“妈，你觉得我很阴暗吗？”

伽嘉文脸色变了，几乎是下意识地否定她的话：“你是我女儿，我怎么会觉得你阴暗呢？”

伽蓝自嘲一笑：“如果我不阴暗，从小到大你让我看那么多正能量、教人与人为善、教人修身养性的书干什么？”她说着，哗啦一声拉开床头柜的抽屉，从里面抽出几本书重重地砸在了床上，抽屉里的书取完了，她又大力打开抽屉下方的小柜子，一边取书往床上砸，一边红着眼睛道，“我不懂，你为什么要让我看这些东西？我不喜欢，我看到这些书就恶心，就反胃，我排斥至极——”

最后一声夹杂着愤恨和厌恶。

伽嘉文目睹她的激动，惊得好一会儿没吭声，直到伽蓝把抽屉里和柜子里的书全都砸在了床上，她才声音发涩地道：“我以为你纵使不喜，但也不会太过排斥。”

“我是不想伤你的心。”伽蓝突然笑了，是母亲告诉她的，每天保持微笑通常人缘不会太差，所以即使明知道自己有时候笑得很虚假，她也会强迫自己去微笑，因为她不愿母亲伤心，不愿母亲对她失望。

“但我伤了你的心，对吗？”伽嘉文眼睛湿了，床铺上凌乱地铺陈着十几本书，这些年她给蓝蓝看过的书要比她拿出来的书多得多。

伽蓝单膝跪在床畔，伸手握住伽嘉文的手，试图逼回自己的眼泪：“妈，你为什么要防着我？我一直敬着你，爱着你，我究竟哪里做错了？从小到大，我一直觉得我的思维方式与你们很多人都不一样，我没有羞耻心；不知道脸面是何物；喜欢欺骗操纵别人；做事随性不负责任；对人有高度攻击性；伤害虐待他人我从不悔恨自责；就算是我做错了什么事情，我也会觉得自己没有错……妈，你能不能告诉我，我为什么会这样？我不想这样的……”

伽嘉文呼吸缓慢，只因她捕捉到了伽蓝言语中夹杂的隐晦，遂脸色苍白地看着伽蓝：“这些年，你背着我伤害过别人？”

伽蓝再次笑了起来，笑中带泪，她双膝跪在地上，把脸埋在伽嘉文的腿上：“妈，我最不愿意伤害的那个人就是你，如果我伤害了别人，哪敢让你知道？”

是默认。

伽嘉文猝然落泪，坐在床上浑身颤抖，各种复杂的情绪涌上心头：失望、痛苦、难过、愧疚、自责……

她以为她把她的蓝蓝教育得很好，她以为她的蓝蓝根本就是一个正常的孩子了，但怎么会这样？她还能怎么做？能做的她都已经做了……

泪水砸落在伽蓝的发丝上，伽嘉文伸手抚摸着她的发，哽着声音问：“你还记得你弟弟是怎么没的吗？”

伽蓝身体一僵，脸庞依然埋在伽嘉文的腿上，她没有动。

伽嘉文泪水汹涌，艰涩地开口：“1991年12月上旬，你爸爸婚内出轨，为此我和他大吵一架，竟直接导致你弟弟流产，你爸爸抱着我冲出卧室时，我看到了你，你还记得你当时在做什么吗？”

伽蓝的呼吸几乎停止了，她抬起头看着伽嘉文，伽嘉文迎视她的眸，眼里的泪一滴滴地往下落：“当时从我身体里流出来的血滴落在地板上，你还记得你闻血时的表情吗？”

伽蓝呼吸粗重，却说不出一句话。

伽嘉文泣不成声地道：“蓝蓝，你闻着你弟弟的血，你在笑，你才只有4岁，我女儿怎么会露出那么诡异的笑容，我不明白，我害怕极了。”

伽蓝脸色苍白得没有一丝血色，就那么愣愣地看着母亲，不知过了多久，也许一秒，也许十秒，也许一分钟……

她只知道伴随着时间的流逝，她终于当着母亲的面捂着脸啜泣起来，她不知道母亲会看到那一幕，她以为没有人会看到她算计得逞后的冷笑，她怎么能让她母亲看到那样一个她……

因为泪水侵袭，伽嘉文的眼眸看起来迷蒙而又缥缈，宛如薄雾笼罩，她的声音还在继续——

“1991年，你爸爸婚内出轨，知情人告诉我，他在外一共包养了两个情妇，一个是华裔小提琴家，一个是混血女模特，她们比我年轻，也比我漂亮。你爸爸事业有成，他是那么精明强势的一个人，自是有能力在婚姻和欢乐场游刃有余，年轻女孩子提供肉体，他付钱在床上获取片刻欢愉，全然忘记家里还有一个女人正挺着肚子为他孕育第二胎。

“是个男孩儿，你爷爷和你奶奶都很期待他的降生，我也期待，怀孕期间心情很重要，我一直强迫自己不计较你爸爸在外面的风流债，但那个华裔小提琴家上门来闹，她对你爷爷奶奶说，她也怀了你爸爸的孩子，我真是受不了了，他怎么能那么对待我？他怎么能对我一伤再伤？

“你爷爷奶奶表面上维护我，但我心里很清楚，沈家重视血缘亲情，如果那个华裔小提琴家真的怀了你爸爸的孩子，他们绝对不会放任孩子在外自生自灭。

“那几天正值你爸爸在国外出差，我彻夜失眠，情绪起伏很大。当时我已经怀胎四个多月，其间下腹疼痛，有出血现象，我去医院检查身体那天你也在。

“我在医院里有一位医生朋友，你小时候叫她凯莉阿姨，等我检查完身体，凯莉正要跟我谈胎儿状况时，你还记得你当时都做了什么事情吗？”

……

下午时分，伽家的卧室里，伽蓝一直低着头不说话，她的脸色在伽嘉文的质问声里越发苍白冷冽。

有关于过往和现在，其实中间一直隔着一层浅薄无比的白纸，白纸脆弱，伸出手指轻轻一捅就会破，透过洞口窥探过往，不仅满目疮痍，还藏匿着不堪和伤痛。

不堪的是伽蓝，伤痛的是伽嘉文。

1991年12月上旬，伽嘉文去医院做产检，年仅4岁的伽蓝见凯莉脸色凝重，背着母亲偷偷扯了扯凯莉的白大褂，并对她摇了摇头。

伽嘉文做完检查，正要开口询问凯莉胎儿状况时，忽听伽蓝哎呀一声，捋起袖子欲哭未哭，说奶奶送给她的金手镯不见了。

伽嘉文猜想有可能是掉在了外面，抱着试一试的态度出门去找，却不知伽蓝是故意找借口支走她。

办公室里，伽蓝从凯莉口中得知，伽嘉文腹中的胎儿已胎停半个多月，早已坏在了肚子里……

时隔多年，伽蓝依然记得那天她跟凯莉的对话，她对凯莉说：“凯莉阿姨，我妈妈很看重这个孩子，但我爸爸目前还在出差，预计这两天就会回来，有关于胎儿停止发育这件事，能不能等我爸爸出差回来再说？有我爸爸在，至少还可以安慰一下我妈妈，如果您现在告诉她孩子没了，我怕我妈妈会受不了打击。”

凯莉感念伽蓝一片孝心，就帮她暂时隐瞒了真相，仅是告诉伽嘉文，她只是最近心理负担太重，胎儿没事，伽嘉文不疑有他，信了凯莉的话。

沈家明回国那天，伽蓝和沈家明聊天时，状似天真无邪说漏了嘴，说前几天有一个长得很漂亮的阿姨来家里，嚷嚷着她怀了沈家明的小宝宝，伽蓝忧心忡忡地问沈家明：“爸爸，那个阿姨怀了小宝宝，你会娶她，不要我和我妈妈吗？”

沈家明虽在外偷吃，却不允许任何女人触碰他的底线，得知那个华裔小提琴家来家里胡闹，寒着一张脸就离开了。

伽蓝哭着去找伽嘉文：“妈妈，我刚才跟爸爸聊天说错话，爸爸听说那位小提琴阿姨怀了他的小宝宝很高兴，我上楼找你的时候，爸爸已经让司机备车出门了，你说他会不会是找小提琴阿姨去了？”

伽嘉文只觉得头晕目眩，当晚沈家明回来，她与沈家明发生了激烈争吵，伽嘉文情绪失控导致孩子流产，过期流产……

事发现场，沈家明脸色大变，伽嘉文伤心欲绝，唯有伽蓝冷漠无情……

2005年S市，同样是12月上旬，伽嘉文用痛苦的声音反复询问伽蓝："蓝蓝，你为什么要那么做？你不知道妈妈很痛吗？你怎么能对我和你爸爸那么残忍？"

伽蓝还在地上跪着，垂着头不愿直视伽嘉文的泪眼，却有泪水沿着下巴缓缓滑落，她难过地说："那是因为我爱你，也爱我未出生就夭折的弟弟，你被人欺负，我弟弟又没了，我要让我爸爸迁怒那个情妇，我要让我爸爸带着负疚感后悔一辈子。"

眼泪砸落在地板上，一滴又一滴，伽蓝冷笑之余，却又不无伤感地道："妈，我成功了，我替你报了仇，那个蛇蝎女人最终没有得到我爸爸，就连她的孩子也被我爸爸悄悄给做了，我没错，她伤害了你，就一定要付出代价。"

伽嘉文百感交集，泪水在脸上流淌："对，你成功了，但你爷爷又是何其聪明的一个人？既然我能查出你的所作所为，你以为你爷爷会不知道吗？你觉得你爷爷能容忍一个拥有反社会人格的孙女给沈家带来耻辱和灾难吗？"

宛如晴天霹雳，伽蓝猝然抬起泪湿的脸庞，不敢置信地看着母亲："你说什么？"

反社会人格？

谁？她吗？

"你爷爷曾请专业人士给你做过PCL-R病态人格测试，满分40分，你得了38分。"伽嘉文蹲下身，与伽蓝目光平视，她捧着伽蓝的脸，悲怆地道，"你知道这个38分意味着什么吗？曾有一位高智商罪犯测验得了38分，被判定为Psychopath(精神变态者)之最。你爷爷和你奶奶还有我，得知测试结果后，我们全都震惊了。"

伽蓝眼睛里红丝浮现，一把拂开母亲的手，愤怒地辩解："不，你说得不对，我不会无缘无故伤害别人，我只会在他们伤害你、伤害我的时候反击，我不是变态，我也从来没有反社会……"

伽蓝虽是在辩解，但过往的所作所为仿佛梦魇苏醒，狠狠地扎进她的心脏，令她一度疼得喘不过气来，怎么会这样？怎么会这样？

"你不是问我，你的思维方式为什么和很多人都不一样吗？我也一直在问自己，我女儿出生的时候天真无邪，怎么会在四年时间里患上了反社会人格障碍？如果是家庭不和睦，或是我和你父亲教育缺失导致你这样，我死都原谅不了自己。"伽嘉文泪流满面，她伸手帮伽蓝擦泪，再开口仿佛用尽了毕生力气，"你不是好奇你爷爷为什么不要你吗？他希望我可以再为沈家生一个孩子，但我排斥你父亲靠近，连和他说话都觉得恶心无比，我怎么可能再为他生一个孩子？但我不愿意生，自然有女人愿意为他生，我同意和你父亲离婚，但前提条件是沈家必须同意我带你离开。”

说到这里，伽嘉文失声痛哭起来：“蓝蓝，我不能让你像个怪物一样被人从小监视到大，妈妈受不了。”

原来是这样，原来沈家就为了这么一个破测试把她给抛弃了？难怪母亲那么排斥沈家成员接近她，难怪母亲提及沈家会那么憎恨。

伽蓝哑着声音问：“所以我爸爸也放弃了我？”

“我和他离婚的时候，他并不知道这件事，你爷爷奶奶也一直瞒着他不让他知道。”

卧室里很静，静得只能听到她和母亲的哭泣声，她默默地流着泪，感受着脸上手指的滑动，那是母亲的手，即使所有人都抛弃她，害怕她，唯有母亲还一直守护着她，小心翼翼地照顾着她的饮食起居，为她担惊受怕，担心她人际关系不协调，特意学做小糕点让她每星期都带到学校分给舍友吃……

痛楚涌上心头，伽蓝跪在地板上伸手抱住了伽嘉文，直到此刻她才意识到，在这个世界上最爱她的那个人始终是她母亲伽嘉文。

2005年12月上旬，伽嘉文抱着女儿仿佛抱着她的全世界，她在寂静无比的卧室里跟伽蓝诉说着对不起：“是妈妈对不起你，我以为多让你看一些正能量的书籍，至少能稳固你的是非观，却忘记了询问你你是否喜欢。我不盼你出人头地，只希望你每天快快乐乐地生活，平平安安地长大。”

伽蓝闭上眼睛，暴风雨过后内心一片平静，江少陵没有说错，他看不透她。其实，今天之前，她又何尝看透过自己？

伽蓝在家里休息了一星期，除了她母亲，没有人知道她在这一个星期里究竟经历了什么，只知道她回到学校后几乎把精力全都投注在了学业上。

偶尔舍友聊天，叶蓁蓁等人都觉得伽蓝变了，女子长发流泻在肩头，素颜如常，脸上也带着惯常的微笑，漆黑的眼神却不再明亮，反而透着寂静和沉郁。

也许，所谓寂静和沉郁，只是她们的错觉，当她们想要看真切一些时，伽蓝貌似还是曾经的那个伽蓝，未曾有丝毫变化，唯一有所变化的是：江少陵好像已经很久没有再来建筑学院找过伽蓝了。

对此，伽蓝给出的回复是：“少陵工作比较忙。”

S市步入12月隆冬，江少陵的工作早已跟“忙碌”无关，事实上公司正在经历“失败”周期，谁能想到一家当初获得数千万元投资的软件公司，所推出的软件甚至还获取过技术大奖，但技术过硬，却没有为它一路保驾护航，反而在市场环境中走向衰败……

伽蓝得知消息已经是2006年1月份。

1月上旬，伽蓝和人有约，约她见面的是两个欧洲人，其中一人是欧洲高校联谊会会长，2005年4月份的时候他曾来S大进行学术访问，当时还请伽蓝现场画了一幅瞬间记忆街景图；另外一人听说是全球天际线大赛倡导者。

这次来中国，他们诚心邀请伽蓝参加全球天际线大赛，据说参赛选手全都是记忆天才和绘画天才，网罗各国天才佼佼者进行比赛，奖金丰厚。

4月份欧洲联谊会会长曾亲眼目睹伽蓝创作，回去后将她引荐给天际线大赛倡导者，主办方曾发邮件试探，奈何伽蓝不予回应，于是才有了这次校外碰面。

绘制城市全景图，需要乘坐直升机飞过城市上空，大赛难度升级，要求乘机俯瞰观察城市几小时，必须记住所有细节和建筑物，包括各个街巷的车辆、人物，然后在五天之内画出城市全景图。

五天？

伽蓝觉得条件太过苛刻，简直是在挑战参赛者的极限，没有多作考虑，伽蓝直接回绝了。

联谊会会长和天际线大赛倡导者相视一眼，劝伽蓝可以慢慢考虑，大赛采取封闭录制比赛，3月份之前只要伽蓝改变主意，可以随时跟他们联系。

伽蓝不会改变主意，因为她不为名，也不为利，何必挑战极限狠心摧残自己的脑细胞呢。

1月中旬，伽蓝在考试期间听说江少陵公司最近正处于地狱期，原本就资金紧张，再加上慕清正与袁斌闹离婚，公事、私事混在一起简直就是一场大劫难。

须知，慕清是软件公司的大股东，更是创始人之一，而袁斌却是当初借款给慕清投资创业的债权人。

伽蓝虽不清楚慕清和袁斌在闹离婚的过程中究竟有过怎样的纠葛和波折，但袁斌顶着华康的名义有意逼迫慕清名下的软件公司进入破产清算的境地，不可谓不阴险。

伽蓝好几次想打电话给江少陵，却又害怕他不接，其实就算她打过去又能怎样？她拿什么去帮他？

考试结束后，伽蓝给侯延年打了一通电话，简单询问了一下公司状况，侯延年说资金链断了，祸不单行。

侯延年口中那句“祸不单行”很显然是指袁斌落井下石，伽蓝沉默了几秒，若有所思道：“慕学姐的离婚案很棘手吗？”

“袁斌婚内出轨是铁打的事实，清姐以前没想过离婚，所以也就睁一只眼闭一只眼，直到忍无可忍决定离婚，这才在律师的建议下寻找袁斌出轨的证据，但袁斌起了警惕心，防护措施做得很严密，清姐一直抓不到他婚内出轨的把柄。”说到这里，侯延年有些后知后觉，“清姐离婚这件事，你是怎么知道的？少陵告诉你的？”

伽蓝听到“少陵”两个字，心里一沉，告诉侯延年：“最近学校很多人都在谈论这件事，我也是听说。”

侯延年叹了一口气：“好事不出门，坏事传千里。”感慨完，他似是想起什么，出声叮嘱伽蓝，“你和少陵私下见面多劝劝他，公司最近事情多，我怕他什么事都压在心里不说，时间长了会憋出病来。”

听了侯延年的话，伽蓝有些恍惚，机械地应了一声，随后就挂断了电话。看来，侯延年并不知道她和江少陵已有两个多月没有好好说过话了。

寒假期间，伽蓝曾先后找过江少陵两次，两次都是深夜，找借口骗母亲说她有事外出，却提着外卖跨越半座城市去见江少陵。

第一次她去找他时很不凑巧，公司里灯火通明，显然技术团队全体加班，伽蓝抱着一袋外卖隔窗望着公司的大门，出租车司机提醒她已经抵达目的地，伽蓝收回目光，看一眼袋子里还很温热的外卖，对出租车司机说：“师傅，照原路回去吧！”

出租车司机奇怪地看着她，她知道司机是把她当成神经病了，自嘲一笑，她虽然是反社会人格者，却不是精神病患者，更不存在神经症。可不管是哪一种人格缺失，横竖不光彩，她又何必再说？

这晚，伽嘉文凌晨起床，见客厅里亮着灯，待她走近，只见伽蓝坐在客厅的沙发上，借着幽幽的光正抱着快餐盒一口一口地扒着饭。

“蓝蓝……”伽嘉文轻轻唤她一声。

伽蓝抬起头看着母亲，眼睛里仿佛浮着一层水光，她笑着说：“妈，你要吃吗？就是辣椒有点辣眼睛。”

伽蓝第二次找江少陵的时候，公司里除了他在加班之外，还有一位值班的保安。

隆冬深夜，保安听说她是来找江少陵的，没有立刻放她进去，而是走进公司内部，片刻后出来，打开门予以放行。

办公室里开着暖气，江少陵在连夜工作着。桌上报表、文件摊了一堆，他英俊依旧，不同的是脸庞瘦削——每天见林林总总的人，又身处低谷期，压力可想而知。

伽蓝走进办公室的时候，他没有抬头看她，也没有打招呼，但伽蓝注意到了，他敲击键盘的手指颤了一下。

他对她并非表面上那般无动于衷。

伽蓝静默片刻，把消夜取出来，摆放在办公室一角的桌子上，抽开筷子的包装纸，又把筷子放在快餐盒上。

她沉默地做着这一切，没有叫江少陵过来吃饭，而是坐在沙发上轻声对他说：“我听说公司发展一定要经历起始期、成长期和失败期，只有跨过第一曲线，才能开辟发展出第二曲线，我坚信杜衡能大红大紫，一如我坚信你能跨过这次难关。纵使失败了也没关系，你还年轻，技术在身，迟早有一天会东山再起。”

办公室里很静，江少陵不知何时已经停止了敲打键盘，靠着椅背疲惫地闭上了眼睛……

伽蓝还想对他说，这世上没有过不去的坎儿，但话到嘴边又被她咽了回去，万一他觉得她说话太过虚假呢？这些道理他不会不懂。

任由沉默晕染一室，伽蓝觉得自己应该走了，再不走消夜该凉了，她叮嘱他好好保重身体，然后站起身笑着说：“少陵，你不要忙得太晚。”

伽蓝走到门口时，身后终于传来他低沉的声音：“我送你回去。”

伽蓝脚步一僵，站在门口没有回头看他，忽然无法抑制内心的悲伤，她说：“不用了，我坐出租车很方便的，你快吃消夜，再不吃该凉了。”

他怎么送她回去？

今天她给侯延年打电话，询问他一日的工作安排，侯延年说漏嘴，她才知道他把车子给卖了，手头的积蓄和卖车的钱全都给了慕清，他哪里还能再开车送她回家，不过是乘坐出租车送她回家，再乘坐出租车回来。

车对于男人来说是颜面，她不能撕碎他的颜面，更不能直击他的独自强撑。

她在前面走，他在后面跟着，后来抬手帮她叫了一辆出租车，她坐在车里隔窗看着他，出租车开出了很远，她看到他仍然站在公司门口一动不动，她看着渐渐消失不见的他，一个人坐在后车厢里泪流满面。

翌日，伽蓝趁母亲外出不在家，从自己的私人画室里取出十幅画作交给售画机构，委托他们帮忙售卖。

这家售画机构几年前曾多次登门求合作，当时对方出高价她都不卖，如今……如今对方再三压价，伽蓝咬着牙把代理售画合同给签了。

能卖一幅是一幅，价格低她也认了。

她很清楚，如果她把这些画交给母亲或是廖鸿涛来售卖，一定能卖上好价钱，但她不能让母亲和廖鸿涛知道。

江少陵公司出事，靠她卖画去救济，母亲会怎么看待江少陵，廖鸿涛和学校的老师又会怎么看待江少陵？而江少陵又怎会领她的情？

她卖画，注定是杯水车薪，她知道最大的问题还在袁斌那里，只要债务人不逼迫那么紧，等春节过后江少陵公司的新软件和系列产品上市，一切难题必定会迎刃而解，但难就难在袁斌和慕清闹离婚，几乎祸及软件公司濒临破产清算。

2006年春节林锦鹏一家人并未回S市，陈菀给伽嘉文打电话，言语间埋怨不断，诉说林锦鹏和林宣都是大忙人，往年林宣还能陪她一起回国过年，但今年他一直不得空，所以无奈只能作罢。

伽嘉文挂断电话时，伽蓝就在一旁站着，陈菀的话她都听到了，她握着母亲的手，温声宽慰母亲："妈，我陪你过年也是一样的。"

这个年，伽蓝注定过得有些心不在焉。

春节前，伽蓝有事找徐惠，给她打电话，这才得知她在外地，等徐惠回到S市已经是除夕当天了。

去年春节的除夕夜，徐惠和她的高中同学逛花市，偶然看到袁斌带着性感女星亲密出行，好像徐惠的那位高中同学当时还抓拍了好几张照片……

伽蓝提起这件事，难免要说到袁斌欺人太甚，仗着慕清没证据在离婚问题上处处打压慕清。徐惠性子直爽，在电话里臭骂袁斌一通，然后对伽蓝说："蓝蓝，你先登上QQ，我问一下我同学照片还在不在，如果在的话，我一会儿上线给你发过去。"

大半个小时后，伽蓝的QQ终于有了动静，徐惠连发好几个笑脸，兴奋不已："袁斌这小子这下可该认栽了，我同学的拍照技术可是杠杠的，没想到竟拍到几张两人互动亲嘴的照片，分分钟整死他。"

伽蓝："发过来。"

徐惠："等着。"

徐惠在线传了十几张图片，伽蓝直接拉到U盘里，徐惠的QQ头像闪烁："蓝蓝，这些照片对慕清学姐离婚有利吗？"

伽蓝："有利。"

也就是这天晚上，伽蓝下线后在电脑前发呆坐了半个多小时，后来她取出手机在拨号键上输入一连串国外号码，这组号码她曾当着母亲的面亲自删除过，但母亲又怎会不知，如果她想要记住那个人的手机号码，哪怕只有一眼也能铭记在心一辈子。

母亲无非是希望她能够自觉、自爱一些罢了。沈家弃她不顾，她确实应该和沈家划清界限，不见面，不联络，更甚至老死不相往来。

伽蓝要打过去的那个人是沈家明，他是她的父亲，她现在急需用钱，如果她开口借钱，父亲……

客厅里传来喜庆的歌舞声，母亲正坐在客厅里观看春节联欢晚会，大概是见伽蓝待在卧室里迟迟不出来，干脆扬声喊她："蓝蓝，你一个人待在房间里做什么？不出来看电视吗？"

伽蓝抿了一下唇，隔着门回应母亲：“我一会儿就出去。”垂眸看了一眼那个越洋电话，伽蓝把号码逐一删除了，最终没有把电话打给父亲。但不打给父亲，她还可以打给谁呢？林锦鹏，还是陈菀？

不，他们是长辈，又是母亲的好友，她如果开口借那么大一笔钱，他们一定会告诉母亲。

林宣？

不，林宣因为她谈男朋友这件事已经和她闹翻了，如果让他知道她借钱是给男朋友应急，不仅伤害了林宣，也间接侮辱了江少陵。

那么，她该怎么办呢？

徐惠虽然传给她十几张袁斌婚内出轨的照片可以作为证据，但离婚诉讼还需周期等待，即便最后袁斌和慕清财产分割，那也是几个月之后了，眼下袁斌以华康当初借款给慕清创业为由，对慕清和江少陵等人进行债权逼迫，软件公司在资金链中断、债权人逼其破产清算的双重压力下，怎么可能撑得了几个月？

又是一年阖家团圆时，窗外的烟花耀眼夺目，伽蓝不由得想，也不知道这个时间少陵在做些什么？

她想给他打电话，却又不敢，也不能。如果她帮不到他，至少她不能再打电话让他烦心。

接到她的电话，他应该会很烦心吧？

伽蓝不知道在窗前站了多久，只知道后来母亲打开她的卧室门，站在门口询问她：“你一个人站在窗前干什么？”

“妈，我在看烟花。”伽蓝回头看着母亲，嘴角适时地露出笑容，“你看到了吗？烟花真漂亮。”

母亲笑了，大概觉得她太过孩子气，忍不住说：“喜欢看烟花还不简单？穿上外套，妈妈陪你外出轧马路，一起看烟花去。”

这晚，伽蓝和母亲外出轧马路，此起彼伏的烟花在夜空中惊艳绽放，伽蓝走走停停，不时仰脸看着烟花坠落，没有人知道她在观望烟花的过程中究竟在想些什么，就连她母亲也不知道。

除夕夜不乏市民拖家带口逛花市，伽蓝护着母亲在人群里穿梭，母亲紧紧地牵着她的手，不时叮嘱她：“蓝蓝，你挨着妈妈走，别让人撞到你的手。”

是啊，她的手很值钱，确实不能有任何损伤。有这种想法时，伽蓝置身于熙熙攘攘的人群里毫无温度地笑了笑……

回到家里已经是夜里十二点多了，母亲去浴室洗澡的时候，伽蓝在卧室里打了一通电话，仍然是一通越洋电话，但电话的主人却不是父亲，也不是林家的任何人，而是天际线大赛倡导者。

电话深谈，对方让伽蓝在家稍做准备，最迟2月7日必须乘机抵达柏林，2月8日上午正式挑战天际线大赛，挑战城市届时随机安排，还原城市全景图时间只有五天。这就意味着，如果伽蓝参赛顺利的话，她将于2月13日下午正式为天际线大赛画上一个句号。

母亲的生日是2月15日，一旦伽蓝2月13日参赛结束，2月14日乘坐飞机回国，并不耽误陪母亲过生日。

电话里敲定柏林之行，对方结束通话前，询问伽蓝为什么会忽然间改变主意。

伽蓝沉默几秒，然后告诉对方："因为奖金高。"

大年初一，伽蓝宅在家中陪母亲，这天她什么都没做，母亲下厨做饭时，她站在一旁帮忙洗菜。中午吃饭，菜香味浓郁扑鼻，她和母亲有一句没一句地聊着天，其间她告诉母亲，她和几位研究生小组成员为了完成寒假作业，2月7日需到国内几处古村落取景。

闻言，母亲皱眉，伽蓝春节期间外出采景以前也发生过，母亲并未太过在意，只是有些不喜，但她并未多说什么，只是开口问伽蓝："妈妈生日那天能赶回来吗？"

伽蓝伸手握住母亲的手，宽慰她："能，一定能。"

大年初二，伽蓝把存有照片的U盘匿名邮寄到软件公司，收件人是慕清。接下来的几天时间里，她躲在画室里画了一幅画，有一次母亲给她送茶，瞥了一眼她的画作，好奇道："你在画谁？"

伽蓝扫视画作，似笑非笑道："除夕夜逛花市，无意中邂逅一段甜蜜爱情，所以忽然间很想画一幅除夕秘恋。"

母亲将"秘恋"听成了"蜜恋"，又怎知她画的不是今年除夕花市，而是去年除夕花市，而且她所绘画的并非是爱情，而是奸情。

2月5日，这天是初八，很多公司和工作单位开始正常上班。上午九点，伽蓝给华康秘书室打电话，自报姓名"伽蓝"，希望能够预约到袁副董，说她有事想见他一面。

这天上午和下午，华康秘书室一共给伽蓝回复了两通电话。一通是9点21分打来的，秘书只问了伽蓝一句话："伽小姐，请问您是画家伽蓝吗？"

另一通电话是16点42分打来的，仍然是华康秘书室，秘书说："伽小姐，春节过后袁副董公事缠身，明天下午三点一刻，袁副董可以抽出二十分钟给您，不知道明天这个时间段您是否还有其他安排？"

"就这个时间吧！"敲定好见面地点，伽蓝挂断电话，凝望着墙角色彩扎眼的画作，凝固不动的眼神里透着一丝冷酷。

袁斌顶着华康副董的头衔，四十几岁就已身家十几亿元，华康投资项目涉猎甚广，虽说他已人到中年，有妻慕清，却对那些蠢蠢欲动的小妖精从不放弃征服之心。

对于慕清，袁斌也曾心动过，痴心相爱过，第一次在外偷吃他也曾心存愧疚，恨不得加倍弥补慕清，但偷吃次数多了，愧疚只会转变成心安理得和顺理成章。

慕清骂他为人虚假，他是一名商人，从商真诚很重要，但虚假、推诿同样很重要，商人不伤人，还算是商人吗？

只不过他的伤人对象是慕清。

尽管婚内出轨，但他从未想过与慕清离婚，若不是慕清执意要离婚，他绝对不会对她赶尽杀绝……

夫妻尽管早已无爱，但彼此之间情分还在，最重要的是一旦离婚，有关于财产分割这一块一直让他犹疑不定。

袁斌没想到伽蓝会给他打电话。伽蓝？他对画家伽蓝记忆深刻，几年前一位商界大佬过生日，听说那名商界大佬对伽蓝幼年时的画作极为欣赏，他为了促成数亿元的合作案，有意投其所好，奈何男助理几次三番前去讨画却都以失败告终。

因为此事，袁斌憋了一肚子气，为此还大动肝火，不仅臭骂男助理办事不力，还当场开除了男助理。

数亿元的合作案泡汤，虽然跟讨画失利没有多大关系，但袁斌总是会想起那个“如果”，如果当初送画成功，合作案是否会有转机呢？

伽蓝和他平日里素无来往，忽然打电话给他，完全出乎他的意料。昨天上午派人去查，袁斌这才恍然大悟，原来伽蓝和江少陵是恋人关系。

对于江少陵，袁斌一直心存芥蒂，上帝似乎把最好的一切全都给了那个男孩子，就连他妻子慕清也十分欣赏江少陵，甚至不顾他的阻拦执意与江少陵合作……若不是信任慕清对婚姻忠贞，就那么放任慕清和江少陵朝夕相处，他多半会顾虑慕清移情别恋，但现实就是这么残酷，慕清尚未移情，最先移情的那个人却是他。

春节过后，袁斌行程安排很紧，2月6日下午约见伽蓝，他承认自己存有几分坏心眼……

下午三点零一刻，侍者带着伽蓝走进袁斌私人俱乐部的豪华大包间，突如其来的敲门声中断了包间里的谈话，侍者打开门，袁斌微笑依旧，同样坐在包间里的美丽女子却愣愣地看着伽蓝，伽蓝站在门口也看着她，她和伽蓝都没有开口说话。

开口说话的那个人是袁斌。

伽蓝走进包间，袁斌客套地微笑，却坐在沙发上削苹果："行程安排太紧，伽小姐不介意我同时约见你和苏小姐吧？"

伽蓝嘴角挂着浅笑，她说介意有用吗？入座之前，伽蓝把手中的油画递给袁斌，语气平和："这次来见袁副董，我特意画了一幅画想要送给你，小小见面礼，不成敬意。"

袁斌有些意外，但还是放下水果刀，伸手接过了那幅油画："伽小姐一画难求，我怎么好意思收你的画？"

伽蓝微笑不语，眼神示意袁斌打开油画看一眼画作是否称他的心、如他的意。

袁斌撕开包装纸，一幅油画尽展眼前：除夕花市，一男一女赏花间隙，在路边搂腰亲吻。男女面容抽象，但衣服和周遭的环境，瞬间就开启了袁斌的记忆。

袁斌脸色一变，啪的一声将那幅称不上油画的油画扣在了桌子上，寒着脸质问伽蓝："你什么意思？"

伽蓝很无辜地眨眨眼，将问题重新丢给袁斌："袁副董觉得我是什么意思？"

袁斌瞳孔收缩，盯着伽蓝没有说话，似是在考量她送画的意图。

伽蓝和袁斌讲话时，苏薇一直坐在一旁看着他们互动，虽不清楚伽蓝究竟送了一幅什么内容的油画给袁斌，但袁斌压抑着怒火，苏薇却感受到了。

苏薇忍不住皱眉，她是为江少陵而来，最近也一直在游说父亲出资帮江少陵渡过难关，但资金缺口太大，父亲也是无能为力。她心里自是恨透了袁斌，但江少陵现在处境艰难，伽蓝若是真心为江少陵，就不该再惹怒债权人……

"你威胁我？"伽蓝手中握有他私会女星出轨的证据，袁斌心里发恼，面上却冷静强笑，这些出轨证据虽然对他不利，但慕清拿到离婚赡养费至少也是数月之后，难道她以为仅凭这些证据就能挽救她男朋友的公司吗？可笑。

伽蓝并不可笑，可笑的是袁斌的自以为是，因为伽蓝笑着摇头："不，袁副董太高看我了，今天下午送你一幅油画，纯粹是为了恶心恶心你。"

闻言，袁斌笑容僵硬，再见伽蓝笑意融融，恨不得当场撕碎她的狂妄和嚣张。伽蓝说她送油画给他，只是为了恶心他，她以为他会相信她的鬼话吗？

明明是为江少陵而来，却死鸭子嘴硬不承认，袁斌有意杀一杀她的锐气，一个十几岁的小丫头毕竟没见过太多世面，竟想跟他斗？

袁斌先是看一眼苏薇，然后才看着伽蓝慢慢开口："伽小姐，苏小姐刚才问我，华康宽限还款日期究竟需要什么条件。我曾听说道上有规矩，一指可抵债，只要伽小姐愿意切一根手指头送给我，我不仅可以承诺还款作罢，甚至还会提供资金给你的心上人，但我好奇的是，伽小姐你本人愿意舍身成全人吗？"

袁斌说着，拿起水果刀把削好的苹果切成几小块，随后把水果刀推到桌子一侧，转眼间那把水果刀已离伽蓝咫尺之近。

苏薇呼吸轻缓，转脸看着伽蓝，目光复杂。

伽蓝根本就没把水果刀放在眼里，而是慵懒地靠着沙发似笑非笑道："袁副董回赠礼物的方式可真特别，不过令我感到好奇的是，你要我一根手指，是打算当摆盘呢，还是打算供起来每天烧香膜拜呢？"

袁斌眼神微眯，他没想到伽蓝会这般漠然。

这时，苏薇心思急切，压低声音道："伽蓝——"

伽蓝不理苏薇，却用无比清晰的话语回复袁斌："身体发肤受之父母，我不愿意。"

袁斌扫视一眼苏薇，见苏薇咬着唇不说话，现在看来这位叫苏薇的女孩子要比伽蓝痴情多了。

袁斌拿着叉子叉起一块苹果放进口中，细嚼慢咽的同时慢条斯理道："一根手指至少价值几千万元，伽小姐不愿意再考虑考虑？"

伽蓝展开手指看了看，纤细修长，她曾用她的一双手每天至少绘画六个多小时，平均每年出画二十多幅，仅仅为了几千万元就要剁掉她一根手指，呵呵……

伽蓝说："我每一根手指都价值连城，你买不起。"

"你不是江少陵的女朋友吗？"袁斌内心冷笑不已，年轻人之间的爱情也不过如此。

伽蓝被袁斌逗笑，怀疑中年富商平时没少看古惑仔电视剧，于是笑着问："是谁规定身为江少陵的女朋友，就必须要切一根手指送给你？是你有病，还是我有病？"

袁斌不再吃苹果，皱眉看着伽蓝："你来，不是为了帮江少陵说情？"

伽蓝嗤笑一声："我为什么要替他说情？"她不是早就说过了吗？她见袁斌纯粹是为了恶心他，给他添添堵，是他一直都太高看她，也太抬举她了。

伽蓝说出这样的话，还不等袁斌做出反应，苏薇坐在一旁已是忍无可忍，几乎是咬着牙怒声质问伽蓝："伽蓝，这就是你对少陵的爱？"

"或许你可以教教我，怎么样才能称为对江少陵有爱？"伽蓝说这话的时候，靠着沙发，脸上没有任何表情。

苏薇联想到江少陵最近举步维艰，心绪仿佛台风过境，她不言不语地坐在那里，眼神绝望无助，表情里似乎透着一抹孤绝……

这天是2006年2月6日，面对伽蓝的坚定和无情，苏薇被爱情冲昏了头脑，也许在她突如其来的举动中还夹杂着对伽蓝的挑衅，总之当她快速抓起水果刀，把脸别到一旁狠下心切除她的小拇指时，伽蓝看到了，袁斌也看到了，唯一有所不同的是：袁斌大惊失色，想要阻止却已经来不及了；至于伽蓝……伽蓝和苏薇坐在同一方向，她完全有时间阻止苏薇，但她没有，她只是冷漠地看着，仿佛她只是隔着电视屏幕在观看一场闹剧。

那么冷漠，那么无情，她甚至连眉头也不曾皱一下。

苏薇的呼痛声很压抑，鲜血从她小拇指那里汹涌溢出，虽没切断，但严重程度可想而知。那么美丽的一个女孩子仿佛刚从冰窟里捞出来一般，浑身颤抖不停，她痛得牙齿直打战，却饱含恨意地瞪着伽蓝，一字一顿道："这就是我对江少陵的爱，你不敢做的事情，我敢——"

伽蓝无动于衷地笑了笑，爱一个人就是伤害自己？好吧，她第一次听说，简直是愚不可及。

调开视线，伽蓝见袁斌脸色发青地看着这一幕，好心提醒道："袁副董是不是该回魂了？苏小姐手指切口那么深，还不赶紧送她去医院把手指给接上？难道你还真打算留着苏小姐的手指当摆盘吗？"

袁斌回过神，就撞上了一双含笑的眼眸，袁斌只觉得心脏突突直跳，刚要避开伽蓝的眼神，就听苏薇颤着声音说："袁副董，一指还债，你要说话算话。"

袁斌脸色发青，他说切指还债，无非是为了恐吓伽蓝，谁知苏薇这个傻女生竟听信了他的话，袁斌闻着包间里缓缓流窜而出的血腥味，当即气急败坏道："我要你的手指做什么？你的手指有伽蓝的手指值钱吗？"

苏薇听了他的话，身体摇摇欲坠，表情愤恨却又似哭不哭，仿佛被人逼到了悬崖边……

袁斌哪有空理会苏薇，连忙打电话给他的司机和秘书，让他们抓紧时间来包间带苏薇去医院。

苏薇已经疼得说不出话来，司机和秘书冲进包间看到这一幕，均是脸色大变，不敢迟疑，带着苏薇就往外面走。苏薇起初还僵在包间里不肯走，牙齿几欲将嘴唇咬出鲜血，直到疼痛几乎将她击垮，离开包间之前，她哽咽道："袁斌，你迟早有一天会遭报应的。"

袁斌坐在沙发上咬牙切齿不说话，却听伽蓝笑着对他说："幸亏我没苏薇那么勇敢，否则袁副董事后变卦，那我岂不是得不偿失？不过袁副董放心，如果有人因为此事谴责你，你大可找我做证，我可以替你担保，切手指纯属苏薇的个人意愿，与你欺人太甚无关。"

袁斌僵硬地转过头，死死地盯着伽蓝，游走商界多年，四十几年的人生阅历，却让他摸不透一个十几岁小姑娘的心思："伽小姐不害怕？"

“我为什么要害怕？我可什么事情也没做。”伽蓝说着，似是觉得有些口渴，见袁斌刚才还剩下几块苹果没有吃，干脆拿起一块苹果征询地看了看袁斌，见他冷着脸不语，她不以为意地笑了笑，不再征询他的意见，而是慢吞吞地吃起了苹果。

袁斌在公司里怎么说也是一个厉害角色，平时员工都很敬畏他，但伽蓝居然不怕他，最重要的是苏薇切手指时，她竟然比他一个大男人还要镇定，袁斌只觉得毛骨悚然。

袁斌若有所思：“伽蓝，你是在跟我演戏，还是你原本就这么冰冷无情？”

“你配我演戏给你看吗？”桌上鲜血醒目，却不耽误伽蓝吃苹果，自始至终她一直笑意不减，她对袁斌说，“或许苏薇今天是为了江少陵来找你，但我不是。我不为江少陵说情，是因为你连你妻子的情分都不看，又怎会对江少陵格外开恩呢？既然提到江少陵了，那我就跟你简单提一下他吧！在我看来，他唯一不如你的地方是他现在还不及你有钱，但他有技术，有创新才能，成功只是早晚的事，关于这一点我从未质疑过。其实我今天应该恭喜你，须知苏薇断指，你成功为自己拉拢来苏家人的恨意、慕清的恨意，以及江少陵的恨意，同时我还应该谢谢你，谢谢你让我观看了一场现实版为真爱切指狗血剧，谢谢你让我真正见识到渣男究竟可以渣到什么程度。”

言语至此，伽蓝顺势又拿走一个没有削过皮的苹果站起身：“袁副董有时间的话，最好还是亲自去医院慰问慰问苏大小姐，人家毕竟是在你这里受的伤，你说是吧？于情于理，你都应该带着水果过去看一看。”

走到门口，伽蓝回头看着袁斌青白交加的脸色，漫不经心地笑了笑：“知道你忙，袁副董不必相送。”

包间门尚未关闭，只听里面传来一阵噼里啪啦的器物破碎的声音，这么容易发火，若非祖上家底丰厚，袁斌在她眼里恐怕连一只屎壳郎都不如，垃圾……

而苏薇，白瞎了学霸身份，一遇爱情活脱脱就是一个大白痴，苏薇既然认定她贪生怕死，不肯为爱情牺牲，那她为什么不能成全苏薇在爱情上的壮烈之举呢？

其实，伽蓝何尝不知，苏薇在切手指的那一刻必定是存有女儿家的小心思，手指看似切得很深，但必定没有伤及骨头，若是江少陵知道这件事，纵使他不会心动，至少也会有所触动，再不济也会因此疏离伽蓝……

但苏薇可知，她不是在帮江少陵，而是在为他添负担。伽蓝对苏薇冷漠，无非是她惊人的直觉里看穿了苏薇的本相，女人为爱伤己害人，不可谓不恐怖。

2月6日下午，伽蓝在公园里坐了两个多小时，有两个外国小孩子在附近奔跑嬉戏，后来有一个小女孩摔倒了，趴在地上哭哭啼啼地看着伽蓝，伽蓝坐着没动，只是用英语笑着对她说：“没关系，跌倒之后爬起来，我相信你下一次会跑得更稳健。”

侯延年给她打来电话，在电话那头欲言又止，询问苏薇切手指的时候伽蓝是否在场。

伽蓝没有回应侯延年的话，夕阳洒在她的身上，公园里的市民缓缓归家，周围只有寥寥数人走动，一派寂静无声。

她问："少陵在医院吗？"

侯延年迟疑道："下午我和少陵正在寻求融资，然后少陵接到苏家的来电，就一直在医院里……"

侯延年又说了些什么，伽蓝似乎都忘了，她平静无波地坐在公园的亭子里，片刻后笑着说："苏薇为他做傻事，他理应留在医院里陪着她。"

这天晚上，母亲帮她整理行李，叮嘱她带上一些感冒药或是肠胃药以备不时之需，她含笑听着。夜半失眠趴在阳台上吹风，伽蓝只觉得天上一轮明月孤清而又寂寞，她抬手搓了一把脸，此次去柏林，她被一种前所未有的迷茫包裹着，除了参赛获取奖金，她已不知道自己还能为他做些什么。

2月7日伽蓝乘机前往柏林，途经莫斯科转机，飞行时间十五个小时左右。柏林比国内时间晚七个小时，时差紊乱再加上内心焦躁，这天深夜伽蓝入住酒店后再次失眠，她在空无一人的房间里赤脚散步，后来握着脖子上的蓝水晶睡着了，清晨被敲门声惊醒，查看电子表上的时间，清晨七点钟，而她挑战绘画天际线大赛就在今日。

按照规定，伽蓝需关机到作画结束，包括她身上所有的通信器材一律没收，这意味着伽蓝需要在密闭的房间里通过记忆作画，真实还原城市全貌。

2月8日上午，伽蓝乘坐直升机徘徊在柏林上空，用一双眼睛扫描892平方公里所有的建筑物和道路通车路况，其中涉及地形、湖泊和大森林，需精准还原各大高校、歌剧院，几十座剧院，以及数不清的世界级博物馆，须知柏林建筑多姿多彩，伽蓝终于意识到想要在短短五天之内获取一百万美金简直是痴人说梦。

参赛条件如此苛刻，难怪此前无人挑战成功，伽蓝于2月8日下午开始作画，那是一间独立的画室，隔间是卧室，另外设有一间浴室，一日三餐有专人送进去，除此之外她不能离开画室一步，除非她自动放弃作画。

画室里各个角落都布满了监控摄像头，绘画城市全景图远比伽蓝想象中还要困难，她在前三天时间里彻夜不眠，几乎是争分夺秒地绘画着建筑物，除了吃饭和上厕所时间，她一天二十四小时全程拿着铅笔作画构图。仅仅三天，她已真实还原柏林大部分建筑物，多日精神紧张，睡眠不足，再加上伽蓝求胜心切，她在痛苦和压力中备受煎熬，对于她来说绘画建筑物从来都不是难事，最让她痛不欲生的是怎么还原城市全貌。

记忆偶尔会出现混淆，每当她在纠结中无从下笔时，她要么额头抵着画纸长时间一动不动，要么去浴室里匆匆洗完脸再出来，她疯狂地压榨着自己的大脑记忆库，日夜颠倒，甚至一度混淆了时间，思绪混乱的时候就强迫自己回床上休息两三个小时，醒来就继续作画。

偶尔她会在隐匿的房间里陷入情绪崩溃，她知道自己的状态很糟糕，伴随着时间的流逝，她就像是一只被上了发条的机器，每一分每一秒都在固执地拿着画笔机械地作画；每当她觉得自己撑不下去时，就握着那颗蓝水晶轻轻地笑，她已经走到了这一步，只能硬着头皮走下去，也必须走下去。

她不知道自己画了几天，只知道越是到最后，她的进度就越缓慢，手指僵硬，每天吃很少的东西，有时候一吃东西就会吐，她在作画过程中感受到了前所未有的痛苦。她曾在某一个时间段里困倦而眠，额头贴着画纸就睡着了，那天她做了一个梦，国内2月寒风刺骨，她梦到江少陵在对她笑，五官轮廓真实分明，他叫她“蓝蓝”，伸手把她搂在了怀里，那么紧的力道，她贪恋得一度不愿醒来……

警觉地醒来，她失神坐了片刻，然后告诉自己，她要画画了，她要抓紧时间画画了，他没时间了，她也没时间了……

她弯腰去捡掉落在地的铅笔，那支铅笔她捡了三次才捡起来，然后她把脸埋在了膝盖上，她没有哭泣，她只是绝望。

伽蓝此时并不知道国内伽家早已闹翻了天。

2月17日深夜，林宣在伽家翻箱倒柜寻找伽蓝的踪影，终于在她笔记本电脑的邮箱里成功恢复出一封被删除的邮件，当夜乘机前往柏林，2月18日抵达机场，林宣联系天际线大赛倡导者，这才在一间监控室里透过屏幕看到了伽蓝。

林宣不敢置信地看着伽蓝，他问自己，房间里那个疯狂作画的女孩子真的是他认识经年的女孩子吗？

为什么她那么疲惫憔悴？为什么她那么苍白消瘦？她长久没有换衣服，长发凌乱得像是一个疯子，但她的眼神很明亮，思维也很清醒，她趴在画纸上聚精会神地画着建筑物，她在煎熬作画的过程中早已淡忘了时间，忘记了世间的一切。

林宣咬着牙，原本就泛着红血丝的眼睛在那一刻红得厉害，倡导者问林宣：“是否需要叫她出来？”

林宣痛不欲生地背转过身，眼泪汹涌而出，就算此刻叫她出来又如何？已经迟了，早就已经迟了。

林宣来柏林找过伽蓝，伽蓝并不知道，她唯一清醒知道的是，她作画完成那天是一个清晨，大赛主办方告诉她，她作画逾期六天，在此之前的纪录用时最短者仅比她少了半天时间，对方是一位自闭症天才画家，但对方在绘画柏林全景图建筑物时，没有伽蓝画得细致逼真，所以若论成品来看，伽蓝要远胜对方。

伽蓝获得了一百万美元的支票，她嗓音干裂，几乎是哑着声音说："我没挑战成功。"作画时间要求五天，她整整逾期了六天，十一天完成柏林全景图，拿奖金不合赛事规定。

"不，你已经挑战成功了。"

这天清晨，伽蓝走出这间画室前，去浴室里洗澡，镜子里的她瘦削而又憔悴，洗头的时候头发大把大把地掉，她在花洒的侵袭下闭上眼睛。

拿到钱就好。

大赛主办方把手机还给伽蓝，上面有许多未接来电：售画机构未接来电三通、母亲未接来电53通、林宣未接来电十九通……

伽蓝给母亲打电话，无人接听，她不再打电话，而是发了一条短信给母亲，说回到S市会直接回家，让母亲不要担心。

这天是2月19日，S大开学日，柏林是清晨，而国内已是下午了，此生她第一次对母亲失言，没能赶在2月15日那天回去陪母亲过生日，如今母亲怕是急坏了吧?

伽蓝回到国内已是2月20日上午九点左右，她先联系售画机构取钱，然后给江少陵打电话打不通，就直接去了软件公司。

伽蓝消失十几天，她不知道的是，在这十几天时间里，江少陵已凭借新产品开发找到了新的投资方，对方注入数亿元资金，寄希望于新产品能在未来的日子里占据市场主力，这不仅为软件公司赢得了回旋余地，同时也为新产品上市提供了强而有力的资金支持……

多年后，伽蓝偶尔会想起那一幕，她以为她手握近千万元人民币的支票，最起码可以帮江少陵解除燃眉之急，不承想却铸就了一场可有可无和不受待见。

她去公司的时机不对，江少陵、慕清、侯延年正和投资方在公司里探讨新产品营销策略，见她突然出现在公司里，江少陵下意识地皱了皱眉。

他没有出来，出来的那个人是侯延年。不知怎么回事，侯延年对她说话时语气怪怪的，就连神色也不如往常亲切自然，伽蓝不关注这些，她忧心的是："公司欠款还有多少？"

侯延年诧异地看着她，然后意味不明地道："你没看新闻报道吗？"

伽蓝一愣："什么新闻报道？"

侯延年凝视她几秒，也许是在探究她是真不知道，还是在说谎骗人，但他最终还是对伽蓝慢慢解释道："一个星期前，我们已经获取了新投资，所以公司目前不存在欠款问题了。"

伽蓝单手插在口袋里，没有人知道她的风衣口袋里还装着张数额巨大的支票，她手指颤动了几下，然后把手伸出来，笑着对侯延年说："那就好，你们忙吧，我先回去了。"

侯延年沉默片刻，终究还是压低声音道："伽蓝，有时候我会想，你是真的爱少陵吗？如果你真的爱他，至少该在他最难的时候陪着他不是吗？"

伽蓝张了张嘴，然后扯着唇笑了，她眼中泪花闪烁，却笑着对侯延年说："益寿，你快进去忙吧，我该走了。"

那天S市天气不太好，伽蓝背影瘦削，却步伐坚定地一步步走远，沿途有枫叶缓缓飘落……

她好像瘦了许多，侯延年不知为何心里忽然间很难过。走进公司，慕清正通过多媒体讲述新产品未来的销售规划，侯延年看向江少陵，他坐在位子上静默聆听，唯有侯延年知道江少陵走神了。

一个多星期以前，江少陵完全是生活在地狱里，公司的事情挤压，苏薇手指受伤，在他最艰难的时候，伽蓝不曾露过面，甚至连一通电话都未曾打过，这对他来说，何尝不是一种残忍？

侯延年又怎知，在这世上其实还有另外一种残忍，这种残忍叫逾期不回，这种残忍还有个名字叫措手不及和生不如死。

柏林作画十一天，伽蓝再回S市，她的天地早已在不知不觉间轰然倒塌，她所面临的现实残酷而又撕裂人心。

她在路上给母亲打电话，接电话的人是陈菀，陈菀在电话那头泣不成声，伽蓝拿着手机伫立街头，现在是白天吗？为什么她会觉得天已经黑了呢？

2月20日临近中午，有一个穿着风衣的瘦削女子奔跑在大街上，她挥着手，嘶吼着声音喊停出租车，上车后，她对出租车司机说："回家，我要回家。"

出租车司机试着安抚她："好，请报上地址。"

"地址？"她失神地呢喃数遍，忽然捂着脸痛哭失声，"我家地址是什么来着？我忘了，我只想回家看看我妈，你把我送回家吧，我只想看看我妈……"

出租车司机不吭声，他在伽蓝悲痛的哭泣声里预感到了什么，所以他沉默不语。

伽嘉文死了，死在2月15日下午，她从2月14日就在等女儿回家，等到2月15日上午想找廖鸿涛问问硕士生课业情况，又怕女儿回来觉得她小题大做，所以就一直在家里提心吊胆地等着。

伽嘉文死前有没有什么征兆，死时也没有人知道，林宣唯一知道的是，伽嘉文2

月15日黄昏脑出血死在院子一角，被林宣发现已是2月17日夜晚了，她在院子里躺了两天却没有人知道，尸体都僵了……

为了一个男人，伽蓝活生生地害死了她的母亲，她在摆满花圈的院子里被林宣狠狠地扇了一巴掌，她不躲，林宣又是一巴掌狠狠地扇过来，她精神涣散地承受着，已感觉不到疼痛，她说："我妈呢？你们把我妈放哪儿去了？"

伽嘉文的尸体陈放在冰棺里，林家为了让她回来见伽嘉文最后一面，一直不敢动伽嘉文的尸体。

伽蓝脚步虚浮地往客厅里面走，冰棺刺痛了她的双眼，以至于她双脚绊在门槛上，重重地跌倒趴在了客厅的地面上。

陈菀哽咽着打开冰棺，伽蓝趴在冰棺上看母亲，母亲穿着黑色绣花旗袍睡着了，她是那么温婉的一个人，如今脸上却溢满了死气，伽蓝伸手摸了摸母亲的脸，然后握着她的手，试图拉她起身："妈，我回来了，你起来我给你过生日。今年你过生日，我原本想给你画一幅画的，我不是东西，你是我母亲，我却从来都没有为你画过一幅画，我错了，我真的错了……"

陈菀抱着她痛哭出声："Sylvia，你别这样，嘉文会疼。"

是啊，她怎么就没想过，她这么拉着母亲，母亲一定会很疼的？她配为人女吗？伽蓝终于再也忍受不住号啕大哭起来，她错了，错在不该去柏林，错在不跟母亲说实话，如果她在国内，母亲纵使会出事，又怎会横尸院落两天两夜却没有人发现？这可是2月，可是寒冷冬天啊，母亲为了她吃了太多的苦，但她是怎么对待母亲的？就连母亲死，她都没有让母亲得以善终，她还是人吗？

她不是，她是这世上最卑鄙无耻的白眼狼。

林宣站在院子里看着伽蓝一动也不动，2月15日伽嘉文联系不到伽蓝，曾给他打过电话，但当时他在实验室，所以手机并没有带在身上，后来发现手机上有好几通未接来电，林宣预感到了不寻常，回电话却没人接，迟疑良久给伽蓝打电话却是关机状态。隔天林宣又给伽嘉文打电话，却仍是无人接听状态，林宣担心出事，所以未曾知会父母就先回到了国内。

2月17日深夜，伽家院门内锁，林宣在外久唤无声，后来借了一架梯子翻进院内，竟看见伽嘉文躺在地上早已断了气……

当夜，林宣紧急联络父母回国，他在寻找伽蓝踪迹的过程中第一次知道了江少陵，知道了柏林天际线大赛。他知道了一切，却没有告诉父母，怕父母谴责伽蓝，更怕她受不了打击……

他很清楚伽嘉文对伽蓝意味着什么，那是她生命的全部，她和伽嘉文相互依偎十几年，那份感情是任何人都难以企及的。

正是因为知道，所以他告诉父母，伽蓝在国外参赛，所以才会一直联系不上。发生这种事情，他恨铁不成钢，刚才扇她几巴掌，他比她还痛，但事实上，他再痛又怎能痛得过她？

伽蓝病了。

她为伽嘉文守了一夜灵，絮絮叨叨说了一夜的话，后来嗓子哑了，她也病倒了……

伽嘉文下葬那天，伽蓝没有送葬，她躺在伽嘉文横尸两天的地面上无声无息地落着泪。林宣回来时，只看到她眼角下方的地面湿润一片，但她眼角还有滚烫的热泪一滴滴地往下落。

林宣拉她起来，她不起，赖在地面上不动，她用哑得不能再哑的声音说："我妈在这里躺了两天两夜，你说她该有多冷啊！"

林宣没有再劝她，他在她身边躺下，伸出手臂抱着她，轻轻地抚摸着她的发："Sylvia，文姨走了，但你还有我，有菀姨，有林伯伯，我们也是你的家人，一辈子的家人。"

伽蓝身体颤动，她在低声哭泣："我害死了我母亲，是我害死了我母亲……"

林宣脸颊贴着她的发，无声落泪，他真怕她就此废了。

2月19日伽蓝没有去S大报到，晚上研究生导师给伽蓝打电话打不通，所以查找家长电话簿，给伽嘉文打了一通电话，接电话的是林宣，林宣说伽蓝最近家里有事，所以推迟几天去报到。

推迟几天？

伽蓝的状况令林家人感到忧心。伽嘉文下葬第二天的深夜，巷子里闹哄哄的，不少人在拍打伽家大门，不仅惊动了林宣，也惊动了好几天未曾合眼的林锦鹏和陈菀。

打开客厅门，院子里火光四起，陈菀当时就哭了。

伽蓝在烧画，近两百幅画作全都被她洒上汽油烧着了，她跪在那堆画作前，如同在烧她多年来的骨血，映满火光的脸庞上却是濒死般的冷漠和麻木，她呢喃自语："妈，我再也不画画了，我再也不敢拿画笔作画了，我怕……"

那天晚上，伽蓝烧画惊动了好几条街，所有人都很可惜她付之一炬的画作，也有人抬手抹着泪说："这孩子一向孝顺，母亲死了，她比谁都难过。"

也就是这天晚上，林锦鹏和陈菀给沈家明打电话。伽嘉文死了之后，沈家明一直没有回国奔丧，淡漠得像是一个陌生人，但那天晚上林锦鹏给沈家明去电时，沈家明几乎是第一时间就接起了电话，声音干涩沙哑，他只说了两个字，他说："锦鹏——"

“Sylvia是你女儿，你此生唯一的女儿，嘉文已经走了，你不能眼睁睁地看着你女儿也跟着毁了。如果你不管她，我们林家管——”林锦鹏几乎是咬着牙在说话。

沈家明隔着电话沉默片刻，然后说：“你把电话给她，我跟她说句话。”

那天凌晨，伽家院落火光冲天，隔着大洋，时隔多年后，沈家明仅对伽蓝说了两句话。

沈家明说：“从此以后，你和我便是这世上血缘最亲近的两个人，来美国吧！你我彼此憎恨也好，彼此相爱也罢，至少漫长岁月，你我的日子不会太难熬。”

沈家明说：“不管你愿不愿意承认，我是你父亲，你是我女儿，这是谁都改变不了的血缘之亲。”

林家人纽约那边的事务十分繁忙，但他们却不为所动，他们怎能忍心留她一个人在国内？伽嘉文过完头七，林家人有心带伽蓝一起去美国。

陈菀想着伽蓝一个人留在国内就难过，嘉文没有了，她不能让嘉文的女儿留在国内孤苦伶仃，无人照顾。

离开S市前一晚，伽蓝独自一人去了杜衡之前驻唱的酒吧，却被告知杜衡已签约唱片公司，是不可能再出现在这里的。

唱歌的是一位四十几岁的男歌手，歌声沧桑沙哑，仿佛已看破前尘往事，所以才会听起来无比忧伤。

伽蓝沉默地喝完半杯果汁，随后离去，走出酒吧，却看到林宣站在门口等着她，他上前握住她的手：“你还想去哪儿？我陪你。”

她平静地开口：“你是担心我会自杀吗？”

闻言，林宣攥了攥她的手，过了一会儿，轻声问她：“你会自杀吗？”

“不，我不会自杀。”她的命是母亲给她的，除非母亲索命，否则她不会自杀，也没权利自杀。

翌日下午乘机前往纽约，伽蓝在上午去了一趟学校。沿途学生看到她，面色各异，她麻木地前往设计研究院，她知道廖鸿涛必定在那里办公。

她是来辞行的，伽嘉文去世只有几位邻里街坊和林家人清冷送葬，丧事并未告知廖鸿涛，所以当伽蓝说明来意，告诉廖鸿涛她决定退学时，廖鸿涛惊得好半天没有开口说一句话。

“蓝蓝，我能知道是什么原因吗？”或许是伽蓝沉滞的眼眸让廖鸿涛意识到了什么，所以他再开口说话宛如父辈聊天一般，很温和。

伽蓝麻木地陈述：“老师，我妈妈去世了。”

廖鸿涛震惊地看着她："什么时候？"

"2月15日。"伽蓝垂着头，轻声告诉廖鸿涛："您是我恩师，悉心栽培我十几年，但我实在是撑不下去了，我母亲走了，我曾试着拿画笔作画，但我已对画笔心生恐惧，我一画画就会想起我母亲，我画不下去……"

"蓝蓝，一切都会过去的。"廖鸿涛心里乱成了一团麻，他惊痛伽嘉文去世，却又不舍伽蓝放弃画笔。

她怎么能放弃画笔呢？她是他最得意的学生，未来前途不可限量，他怎么能眼睁睁地看着她自毁前程？

但他又能说些什么呢？

去世的那个人是她母亲，她母亲啊！

"蓝蓝，不要说退学这种话，休学可以吗？等过段时间，如果你想回来，老师随时都欢迎你……"说到这里，廖鸿涛喉咙哽咽，他伸手抱着伽蓝，痛心不舍道，"你不要说退学，你有任何难处都可以找老师，就是不能放弃画画。你需要老师怎么帮你，你说，只要我能做，我一定会尽力帮你。"

廖鸿涛乱了，伽蓝从未见他这么痛心过，她伸手拍着廖鸿涛的背，话语虽轻，但落在廖鸿涛心中却像是巨石砸落深海，她说："老师，您放我走吧，当我求您了。"

廖鸿涛猝然落泪。

中午见到徐惠等人，伽蓝没有说离开这件事，她们看到她很惊喜，徐惠说："蓝蓝，你怎么瘦成这个样子了？"

"最近我减肥。"

她的敷衍之词惹来徐惠等人吐槽不断。

她们不识离别滋味，自是说话无所顾忌，中午在餐厅吃饭，伽蓝见周遭的学生看她的眼神各异，随口询问徐惠等人："我脸上有东西吗？为什么他们一个个看起来都怪怪的？"

"你不知道？"叶蓁蓁皱着眉，凑近伽蓝缓缓开口，"开学后，学校一直都在传你和苏薇的事，说袁斌开玩笑试真爱，苏薇……"

"蓁蓁——"这时蔡小竹喝停叶蓁蓁，"别说了，谣言当不了真。"

伽蓝低头吃饭，近几日她吃饭多是食不下咽，如今也只是勉强咽下去罢了，她在嘈杂无比的餐厅里看着徐惠她们三个人，然后静静启唇："如果江少陵选择苏薇，我祝福他们。"

此话一出，叶蓁蓁等人都愣了，伽蓝却笑着说："快吃饭吧，午后不是还有实践课吗？"

静默许久，徐惠试探道：“蓝蓝，你和江少陵已经分手了吗？”

伽蓝没有再说话，徐惠在另两位舍友的眼神示意下，不敢再问此类问题。

饭后道别，三位室友今年就读大四本科，今年夏天才会毕业，伽蓝只能与她们相聚至此了。

离开前，叶蓁蓁还在说：“蓝蓝，你的床褥如果还没有铺的话，可以等我们晚上回来帮你一起铺。”

伽蓝点头，目送徐惠等人离去，徐惠等人只觉得伽蓝今日有些奇怪，走出很远后回过头来，还看到伽蓝一个人站在那里一动也不动。

徐惠：“有没有觉得蓝蓝今天很奇怪？”

叶蓁蓁：“我猜她可能已经与江少陵分手了，我看她这次回学校好像是变了一个人。”

蔡小竹：“失恋的滋味不好受，晚上回宿舍，我们买点酒菜回去，好好陪她说说话。”

这天午后，伽蓝给江少陵打电话，电话通了，她和他却都默契地保持着沉默，最后还是伽蓝率先开口说了话。

她说：“你在学校还是公司，我能见你一面吗？”

江少陵在公司，伽蓝去找他的时候，远远就见他在公司门口站着，身姿挺拔，瘦削但眉目沉寂，还是一如既往地帅气无比。

母亲去世后，她曾昏天黑地地睡了好几天，某一日醒来，她的内心寂静无比，再忆江少陵只觉得恍若隔世，认识他、爱上他仿佛早已是上辈子发生的事，她以为她看到他会永远保持心动和欢喜，原来不是……原来她的心也有化为灰烬的时候，就像是她的那些画，燃烧之后就只剩下一把灰，有人会爱画，却没有人愿意爱上一把灰。

这天午后，淡淡的阳光下，伽蓝眉目沉寂地来到江少陵面前，没有笑容，就连往日脉脉含情的眼神似乎也沉落在漆黑和无波之中。

不知为何，看到这样一个她，江少陵没来由地一阵焦躁。

“下午没课吗？”他看着她，语气清淡，语速却很慢，似是太长时间没有跟她说话，以至于生疏了沟通能力。

她扯唇笑了笑：“没有。”她在S大再也没有课了。

江少陵动了动唇，想说她瘦了，距离上次公司匆匆一见，她明显比之前瘦多了，但话到嘴边，却变成——

“你来找我……”

“我来看看你。”她笑着打断他的话，却又迟迟不再开口，就那么沉默数秒，她终于抬起头看着他，轻声说，“表哥，你以后会越走越好。”

一声久违的“表哥”不再夹杂着戏谑，反而透着认真，江少陵目光复杂地看着她，他知道自己眼睛湿了，他别过脸不看她。

江少陵耳边传来她淡淡的话语声：“前段时间，我量了量身高，我长高了，现在我不是一米六一了，我已经长到了一米六三。”

他点头，过了一会儿似是忘记自己刚才点过头，他又对她点了点头：“挺好，你一直希望自己能够长高一些。”

江少陵心口莫名地疼痛，当初她希望长高，是想跟他接吻更方便……

伽蓝也在看他，她看着他微笑，眼眶里却噙着泪，泪花闪烁却迟迟没有落下，公司附近枫树林立，她仰脸望着枫树寂静地开口，像是呢喃自语，又像是在问他话：“在你心里，伽蓝这个人重要吗？”

重要。

这两个字看似简单，却在他喉间滚动数次，直到惊见她的泪眼中噙着笑，他才意识到他该开口说话的，哪怕随便说点什么都行。

“蓝——”

突兀的手机铃声打断了他的话，她垂眸看了一眼手机号码，对他说：“我该走了。”说到这里，她话音顿了一下，隔了几秒再次开口，“再见。”

“……再见。”

江少陵当时不明白她那句“再见”是什么意思，他眼睁睁地看着她坐上出租车离开，眼睁睁地看着她当着他的面消失不见，他以为她有事要离开，而那声“再见”不过是她的礼貌语。

直到隔天他回学校上课，她的三位舍友在课堂上找到他，众目睽睽之下拉着他就往外面走，一边走一边哭着说：“江学长，我们院长说，蓝蓝退学了，你快去看看她，我们给她打电话她也不接，我听说她妈妈去世了……”

他身体一僵，大脑一片空白，仿佛身体里某个零件猝然罢工停止了运作。

2006年3月初，伽家大门紧锁，邻居说伽蓝跟着一对外国夫妻走了，没有人知道她去了哪里。

邻居说，伽蓝的母亲横尸家中两天两夜，伽蓝那孩子得了失心疯，晚上有邻居起夜，似乎还能听到她的哭泣声。

邻居说，伽蓝的母亲下葬后，伽蓝把她珍藏多年的画全都烧了，那天凌晨火光冲天，伽蓝跪在那里一直跪到了清晨……

江少陵坐在伽家门前的台阶上，原来她那声“再见”是真的要跟他说再见，原来她说她长高到了一米六三是为了断绝一米六一和一米八五的恋爱关系，原来她的消瘦是有原因的。

他不知道，他什么也不知道。

江少陵像是一尊雕像，在伽家门前的台阶上坐了两天一夜，后来侯延年来了，苏瑾瑜也来了，他们是来劝他回去的……

后来又有哪些人来劝他，他都已经忘了，但所有人都看到了他的眼泪，他泪如雨下的时候方才意识到她在泪光闪烁中噙着笑对他说再见时她的内心深处该有多痛。

她问他：“在你心里，伽蓝这个人重要吗？”

他为什么不回答她的话？她的泪眼就像是一条鞭子狠狠地抽打在他的身上和心上。他在漆黑的夜色里坐在伽家门前的台阶上无声痛哭，他以为他们还年轻，所谓隔阂可以随着时间一点点消散，如果他早点学会放下，如果他不对她那么冷淡……

她说：“少陵，是你说你要听实话的。我不愿对你说谎，这辈子我最不愿意说谎的那个人就是你。”

她说：“你别这么对我说话，你不高兴可以骂我，但不能用这么陌生的语气同我说话，我受不了。”

她说：“你想知道什么，你都可以问我，我全部告诉你，我承认我这个人有点坏，但我从不敢对你坏，我一直小心翼翼地喜欢你，我从15岁就喜欢上了你，除了表白时我有了不恰当的小心思，但我爱你却是真的，除了你，我从来都没有这么喜欢过一个人。”

她说：“少陵，不管我做错什么事情，只要你说，我都愿意去改……”

是他生生地推开了她，这里是S市，他从未觉得这里是如此空旷和寂寥，但其实比他更寂寞的那个人是她。

他拔掉了她心里最后一根稻草，她在这座城市里没有家人，没有爱人，除了绘画，她什么都没有，而她的画……她一把火全都给烧了。

这把火烧得干干净净，不仅彻底断了她和S大、S市的联系，也正式对她和他的过去道了声“再见”。

是再见，也是永不再见。

第三章

重逢：沧海桑田，迷乱万千心思

2014年2月15日下午，S市在瓢泼大雨的冲刷下宠辱不惊，仿佛一位历经岁月洗礼的老人，任由天地交接处雨雾朦胧，却依然能做到镇定平和，包容待人。

与这座城相比，江少陵注定欠缺了一份容人之量。

陆离开车送伽蓝回去，是江少陵的意思。几分钟以前，江少陵推开伽蓝，只丢了五个字给陆离："带太太回去。"

江先生说这话时，面无表情地站在漫天雨幕之中，颀长的身材挺拔而又僵硬，冻结的声音里更是夹杂着令人难以忽视的凝重。

不管是陆离，还是郑睿，其实心里都很清楚：江先生那句"带太太回去"背后所隐藏的深意，绝对包括了熊熊燃烧的暴力和难以平息的愤怒。

有关这一点，伽蓝不会不知道，丈夫要去找前未婚夫报仇雪恨，她不仅没有劝阻，被雨淋湿的脸庞上甚至不见丝毫忧虑，她很漠然。

同她一样漠然的还有江先生。

夫妻两个人的行事风格如出一辙，江少陵五个字话音落地，也不见他和伽蓝有任何眼神对接，他大步朝酒店走去，郑睿尾随而至，至于伽蓝……

伽蓝无动于衷地朝座驾走去，打开后车门坐进后座，陆离递了一条干毛巾给她，她低头擦拭湿发，语气清冷："开车回去，我快冻死了。"

行车途中，哗啦啦的雨水拍打在车身和车窗上，陆离不放心伽蓝，扭头回望了一眼，却立刻调开视线不敢再看。

刚才匆匆一瞥，陆离惊见后座的女子不知何时脱掉了不断往下滴水的黑大衣，就连白衬衫也被她扔在了后车座的角落里；陆离看过去的时候，伽蓝正穿着黑色胸衣随手抖开一条备用毛毯包裹在身上……

幸亏江先生没有看到这一幕，若是看到这一幕，江先生很有可能会杀了他。

这天下午，江少陵真正想杀的人是林宣。酒店的电梯内部，郑睿偶尔会偷偷瞄一眼江少陵，青年男子脸色苍白，浑身都湿透了，表情却无怒无憎，宛如沉闷的默剧，看似毫无情节起伏，但其间的波涛汹涌却令郑睿胆寒。

房门虚掩着，跟伽蓝先前离开时忘记关门无关，而是跟林宣有关。江少陵没让郑睿跟进去，他独自走进酒店房间，并砰的一声关上了房间门。

见到江少陵，林宣并不意外，他和江少陵“打交道”多年，虽不至于通晓江少陵十分性情，至少也能知道六分，而这六分“默契”包括江少陵站在雨幕里机关算尽，同时也包括江少陵前来找他“老友叙旧”。

阴雨天，酒店房间里没有开灯，仿佛电影落幕的影院一般，室内光线晦涩暗沉，林宣穿着浴袍顶着湿漉漉的黑发从浴室里走出来，暂停擦发的动作，把毛巾丢到一旁的沙发上，然后从浴袍口袋里取出两颗纽扣弯腰放在了茶几上，虽然带着笑意，却尽是讥嘲语气：“江先生来得正好，刚才我一不小心扯掉了Sylvia的两颗衬衫纽扣，还好我帮她找到了，还请江先生帮我还给她。”

江少陵瞳孔狠狠一缩，英俊的脸庞上笼罩着阴沉寒气，他淡淡地扫视了一眼茶几上那两颗衬衫纽扣，紧抿的薄唇拉扯出一丝极其浅淡的微笑，然后他几个大步上前，凶狠地挥拳击向了林宣……

估计是受了凉，伽蓝包裹着毛毯，即便车内开着暖气，她也觉得胃里翻江倒海，连绵不断的雨水在车窗玻璃上流淌成一行行冰冷无温的眼泪，老天爷真幸福，就连泪流满面都可以这般随心所欲。

伽蓝靠着后座椅背，其间睨了一眼陆离，陆离开车老练，但注意力却有些不集中，已经不知道是第几次偷瞄她了。

伽蓝裹紧毛毯闭上眼睛不看他，就在陆离又将目光移向她的时候，她似是有第三只眼睛可以随时洞察陆离的举动，虽没睁眼，却淡淡地提醒他：“专心。”

陆离被逮了个正着，有些尴尬地道了一声：“哦。”

回到家中，刘嫂连忙迎上来，见伽蓝裹着毛毯回来，又见她湿着发，裤子也被雨水淋湿，刚要上楼帮伽蓝放洗澡水，却听身后传来一道男子声：“刘嫂——”

陆离把湿漉漉的黑大衣和白衬衫递给刘嫂，那是伽蓝的衣物，刘嫂虽然觉得陆离拿着太太上半身的衣物有些怪异，却也没有多说什么，只因陆离开口交代她："太太和先生都淋湿了，别忘了让厨房熬一锅驱寒汤。等汤熬好了，先盛一碗给太太端上去。"

"好。"

2月天寒，外出走一遭都觉得冷，更何况是浑身淋得湿透？伽蓝尚未从浴室里走出来，刘嫂已把驱寒汤送进了主卧室，见伽蓝的湿衣服堆放在换洗衣篓里，刘嫂提着衣篓隔着浴室门对正在洗澡的伽蓝说："太太，我把驱寒汤放在了床头柜上，等您洗完澡，如果您有什么需要的话，可以随时叫我。"

伽蓝没有任何需要，她把那碗驱寒汤喝完就直接躺在了被窝里。阴湿的雨天，S市上空乌云密布，她在这样一个下午目睹了如此的坏天气，仿佛跌进时光隧道回到了2008年，心头的疼痛经年如一。

2008年2月14日，英国剑桥。

那天剑桥的天气很糟糕，从午后开始就阴着一张脸，到了夜晚更是妖风肆虐。

凌晨时分，窗外雪花纷飞，伽蓝在那间客房改造的手术室里近乎麻木地送走了一个脑出血患者。

患者脑部大量出血，手术前意识丧失，伽蓝在进行开颅手术一个小时后，虽然顺利清除患者的血肿，但患者脑出血引起的脑干损伤致使脑水肿异常严重，就在她降低颅内压、紧迫解除患者脑疝时，患者在手术中忽然出现新的出血点，没过一会儿呼吸心跳解离，伴随着生命体征归于一条直线，患者最终死在了她的手术刀下。

这不是伽蓝第一次为这名女患者做急救手术。

去年2月15日凌晨，这名女患者不知何时出现在她的卧室里，等她发现患者的时候，患者已经躺在卧室的地毯上昏迷不醒了。

是脑出血。

那天她有些惊慌，后来强迫自己镇定了下来，起身按响了室内传唤器。差不多过了几十秒，她的英籍女管家敲响了她的卧室房门："Sylvia小姐，您有什么需要吗？"

"你进来——"

伽蓝的声音有一些失控。

女管家听出她语气异常，连忙拧开卧室门冲了进来。

"瑞秋，快去打电话联系急救中心。"当时她正跪伏在患者身边，通过橡皮管用嘴吸除患者咽部的呕吐分泌物，避免患者呼吸道梗阻窒息。

意识到瑞秋没有任何回应已经是一分钟之后了，伽蓝拿着橡皮管回头瞪着瑞秋，只见瑞秋站在卧室里一动也不动，近乎面无表情地看着她：“Sylvia小姐，我不知道您看到了什么，或是正在经历着什么，但我必须告诉您的是，这间卧室里除了我和您，再无第三人。”

宛如一盆冷水兜头淋下，她沉默地看着瑞秋，她想自己的脸色一定很苍白，要不然她的女管家不会皱着眉轻声唤她：“Sylvia小姐？”

也许过了几秒，也许过了几分钟，伽蓝终于从瑞秋脸上移开视线，“她”仍然存在于她的视线之内，一如最初那般孤立无援地躺在地毯上，穿着一袭黑色绣花旗袍，头发梳得一丝不苟，并在脑后绾了一个髻，用木簪斜插着。

“她”是伽蓝见过最优雅的中国女人。

伽蓝忽然间觉得很难过，她托住“她”的头，把“她”小心翼翼地搂在怀里让“她”躺好，“她”睡得很安详……

“她”死了。

伽蓝知道今年2月15日，“她”还会来找她。为了弥补去年的遗憾，她事先在家里改造了一间手术室，一间只为“她”动手术的手术室，但“她”却在手术过程中再一次死在了她的面前。

手术台上，“她”颅骨半开，伽蓝静立数秒，颤抖着给“她”做缝合手术，“她”最爱干净，她不能让“她”这么丑陋地死去。

半个小时后，伽蓝推开手术室的房门，瑞秋正坐在走廊的座椅上靠着墙壁打盹儿，她没叫醒瑞秋，穿着手术服直接回到了主卧室。

洗手间水流声很大，伽蓝机械地清洗着手指，镜子里出现一张苍白的面孔，白发从生……

那一刻，有一种蚀骨疼痛将她绞杀得痛不欲生，仿佛被人逼入绝境一般，她避开镜子里的自己，后背贴着墙壁缓缓地滑坐在了地面上。

她救不了“她”，正如她救不了她自己。

2008年，没有人知道她叫伽蓝，他们都知道她的中文名字叫沈慈，但更多的时候习惯叫她Sylvia，21岁，就读于剑桥大学医学院。

19岁那一年，父亲在剑桥买了一栋房子供她读书居住，两天后有一位自称“瑞秋”的英籍女管家和父亲签订了一份保密协议正式进驻了她的生活。后来她才知道，瑞秋在成为女管家之前，还曾是一位身手极好的英国退役女兵。

她心里很清楚，瑞秋是父亲安排在剑桥的眼线，她在他们眼中毫无隐私可言。

曾有研究中心做过反社会人格障碍相关调查，结论指出，当反社会人格愈演愈烈，男人多半会发展成精神病态，女人多半会导致癔症。

2006年3月末，美国纽约。伽蓝癔症发作，但凡有心理医生试图走进她的伤痛回忆，她总会变得敏感而又易怒，伴随着高度警觉，接连有数名心理医生被她攻击或是被她拿着圆珠笔直逼性命……

某一日午后，沈家庄园一楼书房里，父亲坐在沙发上冷冷地看着她，眼神犀利，就像是在看一个与他毫无关系的陌生人，他说："Sylvia，你就是一个魔鬼。"

母亲说得对，1991年12月，她的所作所为不仅伤害了母亲，也伤害了父亲。当年父亲并不想和母亲离婚，奈何母亲心意已决，百般无奈之下，他虽极力争取过她的抚养权，但爷爷奶奶施压不同意，为此他积怨在心。常年以来，他虽在外女人不断，却从未让那些女人怀过他的孩子，除了对爷爷奶奶有逆反心理之外，另一方面却是自我惩罚……

父亲多情，他虽女人无数，但他最爱母亲。而母亲看得通透，她不要最爱，她要的是只爱。

她13岁那一年，爷爷病重，去世前终于把她1991年12月的所作所为全都告诉给了父亲。得知真相的父亲，难怪会在那一年突然出现在她的面前，难怪会坐在车里一直打量她。他在审视她，反思自己为什么会生出一个怪物来？也许，他在打量她的过程中内心深处还夹杂着那么一丝恨意。

她让他亲眼见证他的儿子是如何在他的多情因果循环下化成一摊血水，自此杜绝任何女人为他生孩子，导致他只有她这么一个怪物女儿，他确实应该恨她。

父亲说她是魔鬼时，她低头不语，几缕白发垂落在眼前，深深地刺痛了她的眼眸。回纽约还不到一个月，但她的头发却在快速变白……

数月后，她先后收到了哈佛大学和剑桥大学的录取通知书，父亲在餐桌上对她说："我已经帮你打点好了，去剑桥吧！"

这是她来到剑桥的第三年，也就是2008年，她常常会在早晨起床后看着镜子里的自己愣愣出神，然后在瑞秋刻板的喊声里回过神下楼吃饭。

她居住在一栋老房子里，木地板的年龄是她的好几倍，偶尔踩在某一块松动的木板上，幸运的话说不定还能听到它咯吱咯吱的呻吟声。

下楼，瑞秋已经摆好早餐，先是查看了一下她的脸色，大概看不出阴晴变化，这才倒了一杯热牛奶放在她面前："Sylvia小姐，沈先生早晨给您打电话，但您的手机关机，如果您方便的话，他希望您能够回一通电话给他。"

她没搭理瑞秋，在瑞秋的死鱼眼盯视下，她吃完了几片果酱面包，又慢条斯理地喝了一杯牛奶，紧接着拿起背包起身走人。

她知道，瑞秋表面尊她、敬她，私底下却对她极为反感，但就算瑞秋对她反感又能如何？瑞秋甚至不敢在家里悄声骂她，只能在心里骂。

去年春末，她趁瑞秋请假回伦敦，偷偷在家里安装了好几处摄像头。那天她坐在图书馆里打开笔记本电脑，监控画面里，瑞秋坐在她书房的办公椅上咬牙切齿地骂她是死变态，还有……瑞秋竟敢摆弄她书房里的脑颅模型！

隔着屏幕，她拨通了瑞秋的电话："瑞秋，我父亲准许你私底下骂我是死变态了吗？"

"什么？"屏幕里，瑞秋右手拿着手机呆坐在椅子上，左手滞留在脑颅模型上一动也不动，显然还没反应过来是怎么一回事。

她冷冷地警告瑞秋："把你那只该死的爪子从脑颅模型上移开，现在、立刻、马上——"

这一次，瑞秋终于意识到了什么，当即面色一变，蓦然离座的同时，已紧张地扫视起房间四周的摆设。

她啪的一声挂断电话，瑞秋很快给她打来了电话，她拒接以后，瑞秋不敢再打来。黄昏回家，瑞秋已在门外恭候多时，见她回来，连忙接过她手中的背包小心翼翼地讨好着："Sylvia小姐，我……"

不等瑞秋说完，她已越过瑞秋朝屋里走去，却顺着瑞秋的话锋半路截杀："我允许你私底下辱骂我，但你必须掂量清楚，在这个家里我是主人，而你只是我的女管家。"说到这里，她转身看着瑞秋问，"瑞秋，你还记得你是我的女管家吗？"

瑞秋步子骤停，过了几秒僵硬地点头："Sylvia小姐，我很抱歉。"

她扯唇笑了笑："你不必感到抱歉，你只需要明白，如果我想玩死你，根本就不需要智商。"

她记得那天黄昏，瑞秋脸色煞白无比，后来果真收敛了许多，虽然对她仍有不满，但瑞秋怕她，就像她父亲一样：厌恶她、疏离她……

那年2月15日，是一个星期五。记事本课表安排一栏显示她那天上午只有一节主修讨论课，下午是空白项。

课堂上，她的德国女同学杰西卡对她小声抱怨道："上课之前，我明明进行过课前阅读，自以为对讨论内容有所了解，但老师开课半小时，却让我深刻地意识到，我很有可能是一个理解白痴。"

她伸手拍了拍杰西卡的肩，对杰西卡温暖一笑，真令人同情。

剑桥大学里，老师讲课只起引导作用，学生善于思考和勤奋求学才是学校倡导的精髓所在，所以抛开平时的上课时间，学生一天的大部分时间是在图书馆里度过的。

如往常一样，讨论课结束后，伽蓝收到了老师发来的下节课的阅读材料清单，杰西卡目测这些清单打印在A4纸上至少要好几页。

伽蓝和杰西卡吃完午饭，一起去图书馆数据库下载阅读材料，那天运气不错，阅读材料基本上都在数据库里，至于纸质材料只能在图书馆里借阅。

大量阅读材料虽不至于让她觉得晦涩难懂，但要完成相关阅读任务，足以消耗她一下午时间。

黄昏她和杰西卡告别，杰西卡从一堆阅读材料里抬起头，邀请她晚上参加朋友聚会。

她将复印材料装进背包里，婉言谢绝了杰西卡的好意，并祝杰西卡晚上玩得开心，对此杰西卡无奈地耸耸肩，表示很遗憾。

来到剑桥后，她几乎没有离开过剑桥，她对这个地方称不上喜欢，但也无所谓厌恶与否。杰西卡曾说她身上装满了秘密，也许是被情伤所累，以至于年纪轻轻就已白发丛生。

杰西卡还说，鲜少有年轻女孩子可以耐得住寂寞，但她可以，不过二十出头，生活做派却已透着暮年苍凉。

伽蓝的人生分为两个阶段：19岁之前和19岁之后。杰西卡不会知道，她在19岁之前也曾特立独行，仗着年轻肆意狂狷过，那时候的她爱一个人可以做到义无反顾，离开那个人同样可以把自己修炼到心如死灰，彻底忘却……

昨夜下雪，剑桥城内却没有下雪的痕迹，空气纯净，大风略寒。

伽蓝这天没有骑自行车，步行去花店挑选花束时，她的手机响了，是父亲来电，她没接。

几分钟后她抱着一捧白玫瑰离开花店，后知后觉地察觉到身后有人跟随已是十几分钟之后了。

她转身，回头。

剑桥暮色已降，一位青年男子站在街道上静静地看着她，他在看她的白头发。

他穿着羊毛衫，黑色长裤，深棕色皮鞋，外穿一件灰色呢子大衣，身姿挺拔，混血脸庞异常俊美。

他很帅，不管是上学期间，还是工作以后，他一直是女性眼里、心里的万人迷。

时年27岁的林宣，比她年长6岁，身高186cm，除了身上拥有四分之一美国血统，同时他也是她的青梅竹马。

林宣在美国某著名大学任教，几乎每个月都会来一次剑桥，假期也多是住在这里。今年他很忙，已经有两个多月没有来看她了……两个多月，足以令她新添很多白头发，而他惊诧于她满头刺眼的白。

第一次，他来看她没有微笑着拥抱；第一次，他在大街上背对着她转过身；第一次，他一句话也不说，当着她的面大步离开。

街道风大，伽蓝把自己整张脸都埋进白玫瑰里，她猜到林宣今天会来看她，却没猜到林宣看到她的白头发会心生难过。

晚上伽蓝一个人坐在餐厅里吃饭，门铃突然响起，瑞秋过去开门，过了一会儿走进餐厅对她说："Sylvia小姐，林先生来了。"

短短一个多小时不见，林宣已染了白头发，白发参差地隐没在黑发间，与她竟是如出一辙。

何必呢?

林宣在她身旁坐下，他还没吃饭，她把自己刚吃了几口的面推给他，吩咐瑞秋再去厨房下碗面。

林宣吃着面，同她说话时声音如水般平静："Sylvia，头发白一点没关系，哥哥陪你一起白。"

她寂静微笑。

也就是那一晚，她看着林宣黑发中掺杂的白头发，主动求婚林宣："目前我还在剑桥求学，如果你同意的话，我们先订婚怎么样？"

那是一盘意大利面，林宣刚把面卷在叉子上，听了她的话他呆愣了一会儿，后来回过神，他把面送到她嘴边，她吃下那口面的同时，也听到了林宣暗沉的回复声——

他说："好。"

2月下旬，林宣给她打来电话，他已将订婚决定告知双方父母，林伯伯和菀姨持尊重赞成意见，至于她父亲……

"沈叔叔没赞成，但也没反对，大概是想和你面谈后再做决定。"电话里，林宣声音很轻缓，也很温和，"你好好上课，订婚这件事交给我，实在不行我会请你林伯伯出面，沈叔叔总会同意的。"

儿时，父亲多次戏称沈家和林家是儿女亲家；多年后儿女订婚，林家乐见其成，父亲却态度不明。

父亲没有给她打来电话，她也不曾打电话给父亲，但她心里很清楚，如果林伯伯出面找父亲商谈订婚事宜，纵使父亲不愿和她面谈，至少也会打一通电话落实一下具体情况。

这事，她不急。

日子缓缓推进到3月，她每天穿梭在教室、餐厅、图书馆和住宅之间，早晨出门，黄昏返家，吃罢晚饭熬夜到凌晨一两点是常有的事。

3月上旬的某一个周六午后，瑞秋匆匆地敲响她的书房门，告诉她，沈先生来了，他在楼下等她。

她没有很意外，也没有很惊喜，父亲从未来剑桥看过她，她也从不期待有一天他会突然出现在她的面前。好比现在，沈先生来了，但他在楼下，他不会进屋查看她的生活环境，更不可能进屋小坐片刻喝杯茶歇歇脚。

楼下停着一辆很大的黑色商务车，沈先生穿着黑大衣，摘下保暖的皮手套和他的英籍男管家马修正站在住宅门口浅声说着话，他对周围环境的关注度远远超过了对倚在门口静望他多时的她。

终于，沈先生在马修的提醒下转眸看向她，精明的眉眼间没有父女重聚时应有的欢喜和激动，只有冷漠和平静。

林伯伯曾说她很像她父亲，她虽不承认，但无法欺骗自己，她和他拥有一样警觉的眼神、敏感的洞察力，包括该死的冷硬心肠。她是他女儿，他的独生女儿。

沈先生指了指门前的台阶，马修和他素有默契，从商务车里找出一块干净的粗布铺在台阶上。

沈先生坐下来，朝她招手道："Sylvia，过来陪我晒晒太阳。"

她在他身旁坐下。

他没看她，也没同她说话，而是坐在台阶上百无聊赖地拍打着手套上的浮灰。

台阶上她的影子有一下没一下地靠着他的肩，她不动声色地往旁边挪了挪。

很难想象，她和他竟然在漫长的沉默里度过了半个多小时，其间他晒他的太阳，偶尔和马修说笑谈天气，至于她……瑞秋走过来悄声对她说，林先生刚才打电话给她，问她是否进屋去接。

她坐在台阶上，没有起身。

这时，沈先生已经开始戴手套了，随口问她一句："你对你这位女管家还满意吗？"

瑞秋在她身边脸色一变，难得地紧张起来。

她淡淡地说："还好。"

沈先生扯了一下唇，算是笑了，笑容意味不明，也许包含着讽刺，也许什么意思也没有，她懒得用心去揣测。

他已站起身来，并丢了一句话给她："我让马修打了一些钱给你和瑞秋，快花完的时候告诉瑞秋，她知道该怎么做。"

"谢谢。"她坐着不动，甚至没有抬头目送他离开。

他也不在乎："不客气。"

话音还未落地，车门闭合，司机已经开着商务车离开了。

"Sylvia小姐，林先生还在等您接电话。"许是因为她刚才为瑞秋说了好话，瑞秋对她的态度明显亲近了许多，势利地嘴角笑意泛滥。

她起身进屋，林宣已经挂断了电话。她把电话打过去，林宣手机正在占线，她放下电话，以她对林宣的了解，林宣会再打过来。

两分钟后，她在书房里接到了林宣打来的电话，一丝隐藏极深的喜悦几欲冲破他的沉稳和内敛，林宣说："我刚才接到沈叔叔的电话，他已同意我们订婚……"

林宣讲话时，她有一些走神，刚才她给林宣回电话，发现他电话占线，她就已经意识到可能林宣正在和她父亲通电话。唯一令她感到意外的是：沈先生为订婚而来，但直到离开都未曾向她提及订婚这件事。

她的沉默让林宣觉察到了异常，他隔着电话问："Sylvia？你在听吗？"

"我在听。"她收回思绪。

林宣声音里笑意明显："我和你父亲已经商量好了，3月下旬复活节大学放假，到时候你回一趟美国，我们先把订婚这件事给办了。"

明知道她微笑林宣看不到，可她还是隔着电话对林宣笑着点了点头，如同2月15日林宣答应她求婚一般。

她说："好。"

怎样都好。

3月下旬剑桥大学复活节放假，假期从3月下旬一直到4月下旬，阔别美国数年，伽蓝再一次回到了纽约。

4月12日，是她和林宣的订婚典礼日。父亲事业做得很大，财富值隐秘难以估算，但所有人都知道，沈家明很有钱。在财富值方面，林伯伯虽不及她父亲，却也是美国投资业的亿万富翁……

儿女订婚，沈、林两家长辈讲究排场，订婚宴极其奢华，仅是订婚蛋糕就高达七层，表演阵容庞大，据说明星云集，除了邀请国外著名歌手登台献唱之外，就连国内当红歌手也在受邀名单之列。

其实关于订婚典礼，有很多细节伽蓝都记不清了，她只记得订婚开始前她把自己关在三楼的休息室里喝了很多酒，其间微风入室，她的头纱被风卷到了窗外……

再后来她对订婚典礼的记忆仅是来源于听说——

他们说订婚宴开始前，林宣他们遍寻不到她的身影，后来在楼下的草坪上找到了她。

那天她穿着一袭修身的蕾丝长裙，抹胸绣花设计，披散着一头未做任何处理的黑白长发，醉醺醺地追着头纱跑。

草坪上，长长的洁白头纱随风起落飘舞，她提着裙摆步伐不稳地追赶着，她父亲站在远处寒着一张脸一言不发。

他们说，那天林宣帮她抓住头纱，并将薄纱轻轻地盖在了她的头上。众目睽睽之下，林宣把她抱在怀里，无限包容地笑着对她说："Sylvia，你喝醉了。"

他们说，那天她先是死死地抱着林宣，后来她推开林宣颤巍巍地走向林锦鹏和陈菀，对着他们又抱又亲，她改口叫他们"爸""妈"；再后来她看着她父亲轻轻地笑，她说："爸，我订婚了。"

她父亲沈家明先生抿着唇，没有理她。

他们说，那天她一直带着笑意，就连她扯掉头纱对着天空喊"妈，我订婚了"的时候，她也在笑——

她已不会哭。

2006年2月15日，她母亲脑出血猝死在家中，两天两夜后才被林宣发现，尸体都冻僵了……

母亲去世后，她的心宛如一池死水，再也没有任何事能够打动她，母亲生前最喜欢林宣，只可惜订婚这一幕，母亲永远也看不到了。

他们说，那天她对着天空喊"妈，我订婚了"，陈菀当场崩溃大哭，后来还是被林锦鹏搀扶着离开了订婚现场。

他们说，那天林宣抱着她离开，她搂着林宣的脖子，睁着血红的眼睛看着天空一遍遍地追问林宣："你说，如果我妈知道我和你今天订婚，她会不会很高兴？"

林宣低头专注地看着她，虽没说话，眼睛却红了。走了几步，林宣转身看着到场的宾客，笑着对众人说："抱歉各位，Sylvia一时高兴贪杯，还请大家包容见谅。"

后来，林宣把她抱回沈家，她在林宣的怀抱里沉沉睡去。她醒来时，卧室光线昏暗，林宣坐在椅子上静静地看着她，还穿着订婚时穿的西装，显然一直守着她未曾离开过。

醉酒头疼，她坐起身靠着床头，林宣调亮床头灯，倒了一杯水送到她嘴边，她沉默着喝了大半杯，然后对他摇了摇头："不喝了。"

林宣把水杯放在床头柜上，她目不转睛地看着他："我是不是搞砸了订婚典礼？"

"是啊，你把我们的订婚典礼给搞砸了。"林宣声音沉郁，近几日忙着筹备订婚宴所以嗓音略显沙哑，但他坐在床沿上看着她却在微笑。

从小到大，他一直纵容她，宠着她，即便她再如何行径恶劣，他也对她始终不离不弃。

她说不出道歉的言语，想必林宣也不喜欢她说出"对不起"三个字。

深夜万籁俱寂，花园里镭射灯宛如七彩霓虹，她沉默片刻，靠着床头往旁边挪了挪，正要掀开被子让林宣上床时，林宣按住了她的手，也终于忍不住笑了起来："不，我今晚不留宿。"

她静默不语，任由林宣握着她的手，却不知道该说些什么话才合适，也许他早已看穿她还没准备好……

林宣看着她，笑容不减，过了半晌他轻轻一叹："Sylvia，除非你爱上我，否则在床事上永远也不要勉强你自己。"

这是林宣第一次跟她提及"床事"，这一刻他终于不再将她当小女孩一样看待，而是女人，他的女人。

是啊，订婚结束，他已不仅仅是她的哥哥，她的青梅竹马，更是她的未婚夫，而他所追寻的爱……

2005年，中国S市，有一个年轻男子曾寒着声音对她说："伽蓝，这种爱情是你要的，不是我要的。"

男子声音冷冽，当时的她内心一阵刺痛，后来她不痛了，因为她不再看重爱，如他所愿丢弃爱，再也不懂什么才叫爱。

订婚第二日，上午伽蓝正在收拾衣服，陶艾琳给她打来电话。昨天陶艾琳也在订婚现场，却闭口不谈她醉酒的细节，先是祝她订婚愉快，后又问她："什么时候回剑桥？"

"今天下午。"剑桥大学的长假几乎与度假娱乐无关，通常各类重大考试或是论文截止期限都会排在假期结束之后，所以虽美其名曰是放假，但学生大都在紧张学习准备迎接黑色6月。

伽蓝回纽约是为了订婚宴，如今订婚结束，自然没必要在这里继续逗留。

"这么快？"陶艾琳在手机那头惊呼一声，追问林宣是否知道她今天下午要回剑桥。

林宣知道。昨天晚上，她已经和林宣约好，今天中午她将去林家吃饭，下午直接从林家坐车去机场。

她在电话里邀请陶艾琳中午一起去林家，被陶艾琳笑着拒绝了："你去见公公婆婆，我可不愿充当电灯泡。"

结束通话前，陶艾琳明显有话要说，但涉及隐晦，所以声音压得比较低："你最近有没有出现癔症？"

"……没有。"

陶艾琳似是松了一口气，声音恢复正常音量："Sylvia，林宣很担心你。"

伽蓝将衣服塞进行李箱，笑着问陶艾琳："林宣为什么不亲自问我？"

"他是怕你不肯说实话——"说到这里，陶艾琳疑心病发作，语气认真了许多，"Sylvia，你刚才说你最近没有出现癔症，是不是在骗我？"

"没有。"伽蓝回应得很快。

陶艾琳忽然沉默不语。

过了几秒，伽蓝笑了，对陶艾琳再次重申："真的没有。"

2008年，陶艾琳刚满30岁，父亲默认陶艾琳成为她的心理医生，两年来，除了父亲、马修、林宣和陶艾琳知道她的病症，就连她的女管家瑞秋也是雾里看花，所知甚少。

林宣要来接她，被她拒绝了，她拨打内线吩咐马修备车，随后提着行李去见父亲。

父亲正在一楼拳击室和他的男保镖打拳击互搏，年轻女秘书站在台下，手里拿着一份行程安排表，似是随时等待父亲开口，逐一念给他听。

她站在拳击室门口打破沉默："爸爸，我来跟您告别，下午林宣会直接送我去机场。"

拳击台上，父亲和保镖缠斗十几秒之后，暂缓搏斗，拿起一条白毛巾擦了擦脸，并回头看了她一眼："去吧，需要钱找瑞秋。"

手中的行李犹如千斤重，她默默站立片刻，然后在父亲和保镖的拳击声里转过身一步步离开了拳击室。

他是她父亲，但也是沈先生，他愿意源源不断地向她提供金钱，她已不能再向他奢求更多。

中午去林家吃饭，陈菀亲自下厨，道道中国菜尽显家庭温情，席间林锦鹏开了一瓶红酒，还未给她满上，就被林宣和陈菀双双拦截。

母子两人同时拦酒，跟她昨天当众醉酒有关，他们宠她不愿多加苛责训斥，她虽不觉惭愧，却识趣不语。

林锦鹏笑着说：“只一杯。”

“半滴都不行。”陈菀往她碟子里夹菜，“别理你爸爸，我们多吃菜。”

菜色可口，伽蓝有两年没有吃过中国菜了，再吃恍若隔世。碟子里的菜越堆越多，她低头吃菜时，林宣拿着筷子伸到她的碟子里，她抬头看他，林宣帮她分吃完碟子里的菜，不理会父母打趣的眼神，拉着她站起身：“我有礼物要送你。”

林宣要送她的礼物，是一条狼青公犬，是由狼和狼犬杂交而成，外形与狼相差无几。

在这世上，再也不会有人比林宣更了解她了，林宣深谙她大大小小各种喜好，例如眼前这条狗。这条狗虽然长得很难看，却出奇地入了她的眼眸。

林宣从背后抱着她，同她一起看向那条狼青狗：“它还没有名字。”

“既然它叫狼青犬，就叫它狼青吧！”她懒得动脑筋。

林宣笑，大概是觉得“狼青”这个名字很显智商。

“这次回剑桥，你要准备6月份的考试，平时应该很忙，狼青也需要我先驯化一段时间，等你下次回美国，我再把狼青给你送过去。”林宣告诉她，狼青是忠实护主的灵性犬，攻击性和警觉性非常高，虽然看似凶猛，但驯化起来并不困难。

中午阳光从茂密的枝叶间洒落下来，照在伽蓝左手的无名指上，那里戴着一枚和林宣手上同款式的订婚戒指，她靠在林宣怀里垂眸看着戒指淡淡发问：“怎么忽然想起来要送我一条狼青犬？”

对此，林宣给她的回复是：“Sylvia，有些话你不方便对我说，但可以说给狼青听。在剑桥，你也需要倾诉对象，哪怕你的倾诉对象只是一条狗。”

她闭上眼睛，他如此懂她，可偏偏她心如止水。一个他，一个林锦鹏，一个陈菀，视她如家人疼宠多年，她辜负了太多，所以很担心欠他们的情太多。

下午乘飞机回剑桥，临别陈菀塞了一张银行卡给她，她没要，却疏忽了林宣。她是在回到剑桥打开行李箱收拾衣物时发现这张卡的，旁边还放着一张手写卡片：“以前你拒绝，我尊重你；现在你要学会收下，仅仅是为了尊重我。”

他写出这样的文字，除了接受，她还能做什么呢?

剑桥没有补考制度，所以每一次考试都会令学子们如临大敌。回到剑桥后，伽蓝经历了一个多月备考期，林宣知道她忙，不曾再来剑桥看望她，只会在每周固定时间和她视频或是打电话。

黑色6月大考结束，很快就迎来了漫长的暑期长假。

2008年8月8日，纽约时间晚上七点半，NBC在延迟十二小时之后，终于独家转播北京奥运会开幕式，据悉此次开幕式收视率不仅在美国破了历史纪录，更是创下了收视新高。

北京奥运会开幕式那天，伽蓝不在美国，也不在剑桥。

这一年暑假，陶艾琳亲自来剑桥邀请她前往瑞士度假，她在瑞士的酒店看到北京奥运相关新闻报道，国内诸事于她来说已仿似前尘旧事，游玩间隙偶尔通过电视看到赛事结果，多是心思静默，犹如风过了无痕。

8月10日和陶艾琳一起飞往苏黎世，晚饭后街头散步，沿途有男女看着她和陶艾琳微微含笑，回头望去，陶艾琳惊喜地尖叫："宣，你什么时候来的？"

夜色中的苏黎世流光碎影，街道上各国游客穿梭其中，夜景太美，以至于林宣的出现仿佛只是她的另一场幻觉。

她所看到的男人，有一头和她相似的头发，情侣标志明显，他喜欢望着她微笑，仿佛内心欢愉可以在微笑里绽放出一朵永不凋谢的花……

她忽然有了一种错觉，仿佛她是可以和林宣就这么走完一生的。

也就是这天晚上，瑞秋在剑桥给她打来电话："Sylvia小姐，刚才有位先生前来找您，我说您外出不在家，请他留下姓名和联系方式，但他一句话也不说就离开了。"

"是剑桥学生吗？"她入读剑桥两年，也曾遇到过男生向她示爱，但若说登门造访，却是从未有过的。

"看样子应该不是剑桥学生，那位先生应该是亚洲人，个子和林先生差不多高，他说英语，所以具体国家我也摸不清楚。"说到这里，瑞秋清了清嗓子，似是对于接下来的话有些难以启齿，"Sylvia小姐，我虽然不知道这位先生来自哪里，但他长得很帅，是我见过长得最帅的亚洲人……"

瑞秋这是在犯花痴吗？

伽蓝难得地皱了一下眉，当时林宣正搂着她在和陶艾琳说话，其间看她一眼，敏锐地捕捉到她的微微皱眉，忍不住开口问："谁打来的电话？"

"瑞秋。"

"有什么事吗？"

"也没什么事，瑞秋说有人——"不知为何，她忽然止了话，不由得想起瑞秋话语里的关键词：亚洲人、身高和林宣差不多、长得很帅……

林宣的容貌已是佼佼姿态，但记忆中似乎有那么一个亚洲男子，容貌惊艳，那样的五官组合和周身气质在万千男子中可谓是寥若晨星。

不，不是他。

林宣觉察出异常，追问答案："有人怎么？"

她和瑞秋还在通话中，挂断电话，她才半开玩笑地道："瑞秋说有人找我，对方听说我不在家就离开了，瑞秋猜测可能是我同学。"

陶艾琳插话进来："男同学，还是女同学？"

"男同学。"

陶艾琳呵呵一笑，对着林宣幸灾乐祸地道："有好戏看了。"

林宣不理会陶艾琳的言语戏谑，他看着她微笑："以后见到那名男同学，记得把订婚戒指亮给对方看，Sylvia名花有主，任谁看了也该识时务望而却步。"

伽蓝笑笑，没接话，瑞秋那通电话并未对她造成任何心绪影响。晚上入住酒店，陶艾琳把房间让给她和林宣，提着行李另开了一间房，说是不愿打扰她和林宣的二人世界。

她和林宣的二人世界其实就是同床睡大觉。

林宣在一所研究型大学任教，每天工作时间大都在十小时以上，工作日除了授课和开会，还要合理安排时间进行研究、参加学术会议、写论文……如果工作量太大忙不完，只能把剩余的工作带到周末，或是假期当中来解决。这次突然飞来苏黎世，已在安排之外，夜间又陪她和陶艾琳闲逛数小时，林宣精神难免有些倦怠，洗完澡出来，她泡了一杯助眠花茶给他喝。等她洗完澡上床，林宣陪她聊了一会儿天，然后就搂着她沉沉睡着了。

深夜时分，一阵阵手机振动声在床头柜上响起，林宣在她身旁翻了个身，也不知道是否已经醒来，她摸索到手机，顺势接通了电话。

"您好——"声音喑哑，她说的是英语。

对方沉默。

她静等几秒，终于察觉到了一丝不寻常，将手机移到眼前查看了一眼手机号码，瞬间呼吸一窒。

林宣还在睡，她掀开被子正要下床，就听林宣睡意蒙眬地道："没关系，在床上接吧！下床容易受凉。"

苏黎世8月份夜间平均12℃，下床接电话确实容易着凉。她恍惚了一下，再看手机，林宣话落的瞬间，对方已挂断电话。

她拿着手机静默几秒，正要删除来电记录时，林宣大概是一直没听到她讲话，终于睁开眼睛看着她："怎么了？"

闻言，她手指微顿，却毫不犹豫地删除了那组号码，语气平静地告诉林宣："不清楚，是一组陌生号码，打过来却不说话，很有可能是打错了。”

“也有可能是骚扰电话。”林宣笑着说了一句玩笑话。

她笑了笑，把手机放在床头柜上，拉起被子重新躺好。过了一会儿，林宣伸手把她搂在怀里，带着睡意叮嘱她：“以后晚上睡觉如果不关机的话，手机最好不要放在床头柜上。”

“嗯。”

林宣很困，她没再起身关机，临睡前想起刚才那通来电，国家代号是中国，至于手机号码……她宁愿不识。

8月临近中旬，伽蓝和林宣、陶艾琳在苏黎世短暂停留，紧接着三人抵达琉森，徒步瑞吉山，琉森湖边野炊浅聊，翌日动身前往因特拉肯，徒步少女峰，入住米伦小镇，然后造访南部瓦莱州……

三人一路走走停停，所选城市和景点也多是心血来潮，全然没有计划性。到了8月末，陶艾琳行程告急，与伽蓝和林宣在日内瓦告别；两天后，林宣应林锦鹏的嘱托，带着伽蓝前往巴登小镇造访昔日老友。

那天巴登天气很好，林父的老友克鲁斯是一位退休富豪，中年时期在德国很有名望，晚年定居巴登，所需不多，生活很是惬意。

克鲁斯很好客，午餐十分讲究，家中的厨师英文流利，每端上一道菜都会站在桌旁讲解一番。值得一提的是，那天克鲁斯年轻的小女儿也在家中，席间看着林宣眼神火辣，频频寻找话题，娇笑不止，倒是对伽蓝颇为忽视。

伽蓝低头微笑，也许用“无视”来形容更妥帖一些。

用餐结束，趁着克鲁斯的小女儿拉着林宣追问“十万个为什么”，她寻了个借口外出透气。

小镇贵族气息浓郁，沿途绿树花草，难怪那么多德国富豪会选择在这个地方收敛光芒，度完余生。

二十分钟后，林宣在湖边找到她，他中午喝了不少红酒，虽然不至于醉，但微醺是有的。找到她，林宣也不上前，而是靠着一棵湖边的柳树看着她默默微笑，她笑着走近林宣：“笑什么？”

林宣抱着她，玩笑式地埋怨她：“由着我被那小妖精生吞活剥？”

她伸手回抱住林宣的腰身，没有接他的话。她与林宣相识21年，如果除她之外，有女子能令他为之倾倒，她只会为他感到欢喜，但这话她不能说，一旦说出口，林宣会不高兴。

湖边拥抱，林宣不再说话，只是轻轻地拍着她的背。她不知道在那段静默的时间里，林宣究竟都想了些什么，只知道片刻后林宣牵着她的手沿着湖边慢慢散步往回走，快抵达克鲁斯家宅时，林宣终于打破沉默，斟酌语气问她：“Sylvia，近两年你有没有特别开心的时刻？”

她抿了一下唇，忽然不知道该怎么回复林宣的话。

“我要听真话。”林宣停下脚步静静地看着她。

草坪上，克鲁斯的小女儿淘气地皱鼻，被克鲁斯太太笑斥数语，母女两人相处融洽，亲情惹人追忆。

她在追忆。

这时，克鲁斯的小女儿远远地看到她和林宣走来，热情地朝林宣招了招手，克鲁斯的小女儿和她年龄相仿，却比她热情、开朗、快乐……

止住步伐，她平静地开口：“自从我母亲去世后，我再也没有真正开心过。”

阔别剑桥数月，伽蓝对于接下来的行程兴致缺缺，她和林宣没有在巴登多做停留，林宣送她回剑桥那天，正值黄昏。

当晚，林宣夜宿剑桥，林宣与她相识21年，几乎是看着她逐年长大，但和她相处，却从不吝啬制造惊喜。翌日醒来，她睁开眼睛误以为犹在睡梦中，触目所及不管是床上，还是地板上，皆是玫瑰花瓣。

趁着她熟睡，林宣偷偷地变了一个大魔术，满室玫瑰花香，藏匿着独属于林宣的一片情深。

她抓一把玫瑰花瓣捧在掌心，低头闻玫瑰花香时，林宣坐在床上搂着她的肩膀问：“喜欢吗？”

“喜欢。”所谓喜欢，不过是做戏罢了，她只需要明白：入戏人是她，看戏人是林宣。

林宣所做的一切，无非是为了她唇角一抹微笑，即便只是一时欢喜，于他来说，也不枉他费尽心思制造出这满室惊喜。

当天上午，伽蓝把玫瑰花瓣收集起来做了几十个玫瑰香囊，林宣离开剑桥那日，她塞了三个香囊给他：“你和爸妈人手一个。”

她的那声“爸妈”取悦了林宣，他抱着她笑意流露：“还是你心细，爸妈看到香囊一定会很喜欢。”

喜欢就好，林家人不缺钱，唯一看重的无非是子女是否有孝心，是否用心。

伽蓝在剑桥的家里休息了大半个月，剑桥终于在10月份迎来了开学日，杰西卡看到她很热情，抱着她贴面亲吻，发出异常响亮的“啵啵”声：“Sylvia，我想了你一个暑假。”

“我也是。”这是假话，但杰西卡喜欢，所以伽蓝说了。

黄昏回家，淡淡的霞光投射在整齐的街道上，伽蓝推着自行车走得很慢，路上遇到一位老人正在卖花，桶里只剩下几枝百合花和几枝白玫瑰，伽蓝对百合花没什么兴趣，却不忍白玫瑰斜躺在桶里无人问津。

她对老人说：“请帮我把白玫瑰包起来。”

老人很高兴，游说伽蓝把剩余几枝百合花也给买了，他可以便宜一点卖给她，她笑着摇头：“不用，我只要白玫瑰。”

她生性就不是一个大善人，也没义务帮老人解决多余的花束，她唯一清楚的是，她不需要百合花，仅此而已。

黄昏时刻，沿途屋舍灯光大亮，孩童三五成群地在石板路上玩耍嬉戏，分不清国籍的学生操着流利的英文和周边的同伴浅浅交谈，伽蓝看着白玫瑰淡淡微笑，有它们陪着她，回家的一路上倒也不寂寞。

那天尚未抵家，远远就见瑞秋站在家门口和一个穿着黑大衣的男人在说话，男子身材颀长，五官英俊得很惹人眼目，伽蓝推着自行车步伐微滞，是江少陵。

暮色中与江少陵重逢，伽蓝有些意外，但也仅仅只是意外罢了，除此之外，没有激动，没有欢喜，甚至没有所谓的心动。

她的心动早已随着2006年2月份那一场大火烧成了满地死灰。

江少陵是怎么知道她的下落的，她好奇心不重，也没兴趣知道。

走近时，瑞秋看到了她，也不知道跟江少陵说了些什么话，江少陵转过脸朝她望了过来。

英国的剑桥镇，暮色炊烟四起，偶尔传来一两道狗叫声，伽蓝和江少陵目光对接，却均是静默无言，仿佛尘世万千喧嚣全都被隔离在时空之外。

许是天色晕染，江少陵盯着她看时眸色很沉，她推车走至近前，他的目光就没有从她身上移开过，似烈火一样灼热，又似寒冰一样蚀骨。两年后再见江少陵，他成熟内敛了许多，俊帅依旧，于她却早已是前世故人，所以江少陵变成什么样子，又跟她有什么关系呢？

瑞秋走过来帮她推着自行车，她取出车篓里的白玫瑰，只听瑞秋小声对她说：“Sylvia小姐，先前就是这位先生来剑桥找过您。知道您正在回来的路上，他已经在门口等您半个多小时了。”

伽蓝笑了，等她做什么？

虽是这么想的，她却拿着白玫瑰慢吞吞地走到他面前，淡淡地跟他打招呼："Hi，好久不见。"

江少陵抿着薄唇，近距离看着她的发，喉结滚动了几下，他没有回她那一声"好久不见"，他说的是："蓝蓝，我一直在找你。"

声音艰涩而又压抑。

她挂着笑容迎视他的眸，几乎可以描绘出他的眸色究竟有多深，听了他的话，伽蓝没有回应，只是轻轻地笑。

江少陵在她的笑声里脸色泛白，她越过他朝屋里走，身体忽然一紧，江少陵已将她紧紧地圈在了怀里，他把脸埋在她的颈窝里，声音低沉却格外滚烫："蓝蓝，我有很多话要对你说，我们谈谈好吗？"

不远处，瑞秋把车推进车库，拉上车库门见江少陵抱着她，瑞秋的表情看上去有些惊讶。

"进去喝杯咖啡吧！正好我也有话要对你说。"伽蓝说着话，却没有尝试推开他，他抱得那么紧，她又何必白费力气？

江少陵不知她心性恶劣，随她进屋时哪里会想过她带他参观她的住宅仅是为了羞辱他！

对，是羞辱。

在此之前，伽蓝从未想过有朝一日她会如此对待江少陵，不顾念旧情，没有丝毫温软，有的只是麻木和冷漠。

客厅里灯光耀眼夺目，家居摆设看似低调却奢华无比，几乎每一件物品都令人不敢深究其真实价值，以前这些东西对于她来说毫无意义，但江少陵来了，所以物件价值不可同日而语。

走进客厅，瑞秋已经端了两杯热咖啡放在茶几上，伽蓝脱掉外套扔在沙发上，请江少陵入座。

双手有些凉，她捧着咖啡杯轻轻暖着，虽没看江少陵，但她知道江少陵在看她，她抬眸迎视他的眸，却见他坐在沙发上眸色猩红地凝视着她的左手无名指，在她的左手无名指上佩戴着一枚钻戒，也是她的订婚戒指。

江少陵既然能找到她，定是知道了她的家世背景，又怎会不知道她已经订婚了呢？既然知道，所以有些话大可忽略，不必再说。

江少陵有话要说，他先是道了一声"蓝蓝"，再开口略显迟疑："那年你母亲出事……"

"过去的事就不要再提了。"她打断江少陵的话，放下咖啡杯，右手轻轻抚摸着左手上的订婚戒指，笑着对他说，“你来得不是时候，如果是圣诞节来找我，兴许还能碰到我父亲，或是我公公……”

说到这里，她顿了一下，掠过江少陵的眼眸，只见他一双眸子仿佛被疾风骤雨袭击过一般，阴冷、寒凉。

她不予理会，趴在沙发扶手上短暂沉默，继续之前未完的话语：“我父亲和我公公虽然在商界为人低调，但他们很富有，如果他们认可你的才能，说不定还能帮扶你开拓海外市场。”

她说这话时，只觉得眼前一黑，紧接着一双大手扣紧了她的肩膀，江少陵带着怒气蹲在她的面前，冷着声音质问她：“你对我说这些做什么？你认为我来找你是因为你有一个有钱的父亲，有一个……”

江少陵脸色难看得很，他说不出“公公”两个字，但他浑身凝聚的失望，伽蓝却感觉到了。

“要不然呢？除此之外，我想不出其他原因。”伽蓝笑着摇头，却毫不留情地挥开他的钳制。

他怕伤到她，虽然僵硬地松开了手，却蹲在沙发前没有动。

伽蓝起身离座，走到客厅一角，伸手指着一件当代雕塑对江少陵解说道：“这尊雕塑，是我公公送给我的，据说价值68万美元。”

江少陵没说话，甚至不曾看一眼那尊雕塑，他双手撑在沙发上，修长的手指却一寸寸地深嵌在沙发里。

他生性高洁孤傲，从未被人如此羞辱过，而且羞辱他的那个人还是她，他心中愤怒的程度可想而知。

伽蓝的羞辱还在继续。

迈步到雕塑另一侧，伽蓝伸手指着一尊铜雕说：“这尊铜雕购自欧洲，是我未婚夫送给我的生日礼物，他虽没说价格，但瑞秋告诉我，这尊铜雕价值好几百万美元。”

江少陵下颌绷紧，垂着头隐忍不语，也沉沉地闭上了眼睛。

客厅壁炉上方挂着一幅偌大的油画，伽蓝观察了几秒，方才笑着说：“2006年我父亲买下这套住宅送给我，据说这套住宅还没有这幅油画贵，名家名作，价值1.83亿人民币。”

江少陵唇线闭合，有一种濒临爆发的怒气漫溢周身，令人心颤胆寒，伽蓝不心颤，也不胆寒，她走到江少陵身边坐下，伸手触碰他泛着青白色的手指关节，他颤动了一下，终于抬眸看着她，她笑着说：“我以前一直在欺骗你，我怎会没有父亲呢？

我不仅有父亲，我父亲还是超级富豪沈家明，我从小就生活在沈家庄园里，庄园占地甚广，里面不仅有电影院、酒窖、游泳池、健身房、图书馆、网球场，还有一个可以容纳几百人的派对宴会厅，仅是我父亲私人收藏的豪车座驾就多达几十辆。”

说着，她抬手摸了摸江少陵的脸，他脸色发寒，触及冰冷一片，他没有避开她的接触，只是用一副复杂无比的眼神看着她，有惊痛，有愤怒，有痛心，有难堪……

伽蓝想，几秒以后，或许是几分钟以后，他会更恨她。

“我未婚夫很爱我，他知道我喜欢木屋，所以特意叮嘱建筑师在设计婚房的时候别忘记加上几栋木屋。设计图我看了，那几栋木屋伫立在婚居内宅河流之上，相信完工之后一定很漂亮。”

江少陵死死地盯着她，良久从紧抿的唇齿间迸出一句痛彻心扉的伤心话：“你恨我，怪我，所以你说这些，只是为了报复我对不对？”

伽蓝摇头，不是报复：“你以前不是说看不透我吗？你只知道我行径恶劣，但我究竟可以恶劣到什么程度，你知道吗？”

距离那么近，伽蓝甚至可以看到江少陵眼中那个死气沉沉的她，她悲悯一笑，不知是在笑话江少陵，还是在笑话她自己。

她不再摸江少陵的脸，收回手的同时朝厨房大声喊：“瑞秋——”

几秒之后，瑞秋系着围裙走进客厅：“Sylvia小姐，您找我？”

伽蓝坐在沙发上扯了扯唇：“瑞秋，今天我有客人在，你学两声狗叫让客人开心开心。”

学狗叫？

闻言，瑞秋脸色一变。江少陵更是反应极大，他腾地一下站起身，不敢置信地看着她。

瑞秋眉头直打结，再开口很不悦：“Sylvia小姐……”

“叫——”

伽蓝音量不仅大，还很厉，一字落地可谓掷地有声。

瑞秋估计心里恨死了她，却迫于管家身份只能强忍屈辱，刚要张口，却被江少陵及时拦截，他目光锁视着她，嗓音窒闷得有些吓人：“伽蓝，你知道你在做什么吗？”

知道，她当然知道。

她没看江少陵，坐在沙发上往一旁挪了挪，拿起勺子不紧不慢地搅动着杯中的咖啡，用最平静无波的语气对他说：“江先生，我行径恶劣不是一天两天了，以前在中国我追你无非是少不更事，一时兴起所为；如今剑桥再见，有些话我不方便说得太直白，但你是聪明人，心里应该很清楚，我和你天上地下，我想要的生活，我现在所拥有的生活，都是你没办法给我的。就算有朝一日你能给我，我也不会要，因为你能给我的，我未婚夫早就已经给了我。我很感谢你跨越万水千山来看我，只盼今后你我互不相识，各自安好。”

客厅里空气窒息得可怕，吊灯的光洒在江少陵的身上，他额头青筋暴起，一贯淡漠的神情此刻宛如地震爆发，裂缝沟壑越来越大，仿佛一不小心就会跌落其中摔得粉身碎骨。

伽蓝从未见他出现过这样的表情，当年公司濒临破产也没见他这么绝望和冷怒过，但他这日是真的怒了，也是真的恨了，他看着她的眼神似是恨不得掐死她……

伽蓝调开视线不看他，窗外灯光晦暗，剑桥已入夜。身旁有风席卷，江少陵带着复杂和期待而来，但注定只能带着满腔痛苦和愤恨离开。

伽蓝在心里叹了一口气：“江先生如果不嫌弃的话，倒不如吃完晚饭再走。”

她转过脸，没有看到江少陵离去的背影，却在几秒之后，听到前院铁栅栏传来砰的一声巨响。

他走了。

他是那么心高气傲的一个人，学生时代人人追捧的少帅，何时这样屈辱过？他接连几次来剑桥找她，她知道他想说些什么，只可惜她不愿意听，也不愿意他说出口，想必此番离开，他和她这辈子都不会再有任何交集。

如此甚好，不管是于她，还是于他，都是最好的结局。

伽蓝坐在客厅的沙发上没有动，任由杯中的咖啡慢慢冷却，她知道瑞秋还在客厅里站着，并用一双愤恨至极的目光注视着她，她抬手覆面低声地笑，她这是结了多少仇、多少怨？

伽蓝笑得眼睛发热泛潮，这才靠着沙发仰脸望着头顶的吊灯，灯光太亮，以至于她的眼睛被刺得有些疼：“瑞秋，你恨我吗？”

瑞秋迟疑数秒，终究还是开口道：“我可以说实话吗？”

伽蓝抬起手臂遮挡在额头上，漫不经心地笑了笑：“你不说实话，难道我就不知道你恨我吗？”

“恨。”瑞秋不再迟疑，字音咬得很重，听起来恨得不轻。

伽蓝不再虐待自己的双眼，避开吊灯的强光，看着瑞秋时视力尚未恢复正常，眼前白光一片：“我让你学狗叫，很显然我不尊重你，你希望我学两声狗叫回礼吗？”

瑞秋愣了一下，大概没想到她会这么说：“我没这么想。”

伽蓝仍是看不清瑞秋的脸：“如果你觉得我学狗叫不解恨的话，我可以给你机会，打我或是骂我，二选一，你定。”

瑞秋皱着眉：“我知道您让我学狗叫并非您的本意，您是想让那位先生对您反感，所以才会说出那样的话。”

伽蓝不需要瑞秋如此善解人意，伴随着啪的一声响，她狠狠地抽了自己一巴掌，虽是打自己的脸，但她一点也不留情，她这一巴掌下去，不仅疼了她的脸，也惊住了瑞秋。

伽蓝说：“我给过你机会，但你不报复我，所以我只能自己动手扇自己一巴掌，但你要记住，我这一巴掌不是白挨的，从此以后你可以在其他方面继续对我心存恨意，但学狗叫这件事一笔勾销，就此作罢。另外，刚才那位先生来剑桥找我，只有你知、我知，不会再有第三人知道这件事，所谓第三人包括我父亲，也包括林先生，你明白我的意思吗？瑞秋——”

她拉长声音唤出“瑞秋”两个字，隐含警告和强迫，瑞秋震慑于她的身份，也震慑于她的手段，终是在她的威胁下点了点头：“明白。”

2008年10月份，在她对江少陵极尽羞辱之后，她以为她和江少陵这辈子都会老死不相往来，谁又能想到回到国内不久，江少陵于2008年11月份在一片哗然质疑声中丢弃了中国市场，只身前往美国从头来过。

2008年美国金融风暴还在动荡起伏之中，时势造英雄，江少陵逆流而上，没有人知道他在纽约究竟经历过什么，又曾经历过多少备受煎熬的日日夜夜，伽蓝知道他舍弃所有来到华尔街打拼已经是一年之后了。

那是2009年12月份，江少陵因将John Anderson的软件公司推上市，在纽约华尔街一夜成名。

江少陵成名后，颜值高再加上才能强，一直深受媒体和华人圈推崇，父亲在多种场合与他相遇，一来二去通过攀谈，父亲对他极为赏识。

2010年2月份，父亲重金聘请江少陵成为他事业扩张的智囊团成员之一，自此江少陵顺利晋升为沈家庄园的座上宾。

剑桥3月下旬放假，伽蓝4月初回到纽约，她和江少陵距离剑桥分开一年半之后，终于在纽约沈家再次重逢……

2010年4月份，伽蓝回到纽约沈家，那天晚上她彻夜未眠，只因为卧室里还有一个“她”与她彻夜相伴。

“她”坐在卧室一角的沙发上，那个位置正对着她的卧室大床，她不敢入睡，靠着床头就那么与“她”对视了一整夜，后来昏昏沉沉地睡着，再次醒来已是翌日上午。

由于睡眠不足，伽蓝只觉得头痛欲裂。上午父亲通常不会在家，她在剑桥随性惯了，假期起床多是穿着睡衣或是睡袍下楼溜达片刻再回房洗漱换衣，回到纽约也是如此，但这天……

这天，她披头散发地穿着一件及膝黑色睡袍，腰带松系，脚穿一双白色家居拖鞋就往楼下走，听到客厅里传来一阵阵英文交谈声，她这才止步想要重新回到楼上去。

她不知道父亲在家里会客，听声音，客厅里应该坐着不少人。

父亲已经看到了她，对着她的背影说："不是要下楼吗，怎么又上去了？"

"您在会客。"伽蓝止步楼梯间，却没有回头看父亲，她这个样子如果被客人看到，应该会丢他的人吧？

父亲道了一声"不影响"，紧接着对她说："你过来，我介绍几位事业伙伴给你认识。"

她对父亲的事业伙伴没什么兴趣，但父亲当着众人的面叫她，她不能不给他几分薄面。她下了楼，客厅里的一景一物尽收眼底，除了父亲之外，客厅的沙发上还坐着几个男人，欧洲人至少占了四个，还有两个看发色和侧面轮廓应该是亚洲人，还有一个男人背对着她坐在沙发上，她走近时，父亲的几位客人出于礼貌纷纷站了起来，先前背对着她的那个男人起身离座，缓缓转过身接住了她打量过来的视线……

她的眼神中有一丝极其细小的波动，那丝波动别人看不出来，但她知道在沈家突然看到江少陵，她很难不吃惊。

她不关注任何金融信息，除了上课时间，课后很少参加学生聚会活动，父亲杜绝她看报纸新闻，避免她触及社会上的各类凶杀或是枪击案，她在剑桥的生活一直以来都跟坐牢没两样。

在此之前，她并不知道江少陵在2008年就已经来到了纽约，更不知道父亲和江少陵竟会有所来往。

时隔一年半再见江少陵，他穿着质料上好的白衬衫，一双眼睛深邃而又晦暗，非常英俊。

那天，伽蓝思维有一些混乱，父亲是怎么介绍江少陵的，她已经都忘了，只记得江少陵握着她的手，生疏有礼地道了声："您好，沈小姐。"

江少陵手指温热，触及她的手不过两秒就松开了她的手，他是江少陵，却不再是她记忆当中的江少陵，2010年的他与父亲和周边的欧洲人交谈，性格越发沉着冷静，与人相处更是处变不惊，尤其是他的眼神……

那是一双孤傲淡漠的眼神，却夹杂着不露声色的贪欲。

这时，父亲喊马修过来："让厨房煮一些食物给小姐。"

交代完马修，父亲没有理她，示意几位客人去会客室接着谈事情。后来伽蓝才知道，父亲当天和江少陵等人正在策划一起交易骗局，父亲一心想要收购诺亚公司，江少陵投其所好手腕阴险而又强硬，父亲得他所助，数月后在步步算计之中成功收购诺亚，当然这是后来发生的事情。

那天纽约上空云淡风轻，伽蓝在草坪上散步时，只见远处有车开来，是林宣。

林宣没有进屋，他把车停在大草坪道路旁，然后带着笑意走向她，他手里拿着一束白玫瑰，伽蓝眼眸沉了一下，却笑着伸手接过："今天下午还有课吗？"

"没有。"林宣见她发丝凌乱，伸手摸了摸她的发，笑着说，"没梳头就跑出来了吗？"

她微笑不语，抱着花对林宣说："既然你下午没课，我回去换身衣服，中午正好可以陪爸妈一起吃顿饭。"

她说的爸妈是林锦鹏和陈菀。

林宣点头，搂着她朝主宅方向走："爸爸在家吗？我去跟爸爸打声招呼。"

伽蓝不紧不慢道："在家，前不久正和几位客人在会客室里谈公事，也不知道现在结束没有。"

"是吗？"林宣倒也不以为意，亲了亲她的脸对她说，"那我就不进去了，我在车里等你，你快点出来。"

最后那句"你快点出来"虽是催促，却饱含着笑意和纵容，伽蓝笑着转身，但转过身的她嘴角的笑容却在一点点消散，相信林宣亦然。

她并不喜欢花，唯一看重的就是白玫瑰，而白玫瑰是母亲生前最喜欢的花束，平时她可以自己顺应心情买白玫瑰，但若别人送她白玫瑰只会勾起她的伤心事……

关于这一点，林宣不会不知道。

江少陵在华人圈锋芒渐露，林宣不会不知道，也许江少陵今日出入沈家，他早已从沈家用人口中获知，要不然也不会送她一束白玫瑰，只为提醒她，别忘了她母亲是怎么死的？

沈家竟有用人被林宣收买，伽蓝只觉得讽刺，她所身处的天地，不管是剑桥，还是纽约，几乎处处是牢笼。

林宣狠心，无非是感受到了情感危机，担心她看到江少陵会心生动摇，他又怎知，自从母亲去世后，她怎么可能和江少陵再续前缘？

也许林宣早已知道，他只是不愿疏忽那个"如果"。

其实有一件事情，很多人都不知道，包括伽蓝、林宣和江少陵。生态学上有一个词汇叫"食物链"，各种生物通过一系列吃与被吃的关系逐渐形成食物链，最浅显的例子就是：鳄鱼吃大鱼，大鱼吃小鱼，小鱼吃虾米……

沈家草坪地，林宣送花给伽蓝，搂着伽蓝的肩微笑散步，紧接着亲吻伽蓝的脸颊，这一切都被二楼会客室里站在窗前的某个男人尽收眼底。

当江少陵面色无恙、心里却充满了肃杀之气时，还有那么一个中年男人虽然坐在沙发上和几位智囊团成员商谈收购方案，但喝茶的间隙，一双警觉的双眸却淡淡地扫视了一眼江少陵，那茶他只抿了一口，放下茶杯时，嘴角似笑非笑，却藏匿着一抹洞悉世事和冷眼旁观……

2014年2月15日，酒店房间里，江少陵和林宣大打出手，江少陵眸子猩红，手段凶狠，林宣回击起来也是丝毫不留情面。

一门之隔，郑睿虽不知道里面究竟发生了什么，但从里面隐约传出来的器物破碎声，依稀可以察觉到里面战况激烈。

后来陈菀回酒店见郑睿站在林宣房门外，好奇走近，只听里面声音似有异常，连忙按响门铃，等了好一会儿都不见林宣开门，陈菀这才急了。

陈菀问郑睿："谁在里面？"

"我家先生。"郑睿见陈菀还没反应过来他家先生是谁，干脆又对陈菀补充了三个字，"江先生。"

江先生？

陈菀眉头紧皱："江少陵？"

见郑睿点头，陈菀脸色难看得很，再次抬手使劲按门铃，其间问郑睿："江少陵进去多久了？"

郑睿查看腕表上的时间："五分钟左右。"

这么久？

陈菀不再按门铃，正要找客房工作人员前来开门时，只听房门传来咔嗒一声响，待门打开，露出一张擦伤的脸庞，是林宣。

"怎么受伤了？快让我看看。"陈菀焦急万分，抓着林宣的手臂就上下打量起来。

郑睿忧心江少陵，正要走进房间查看江先生是什么状况时，就见江少陵慢吞吞地走了过来。

江先生挽着衬衫袖子，衬衫衣摆一半还掖在黑色长裤里，一半却跑了出来，手里拿着他的黑大衣，走过来时气息还有一些不稳，脸上虽没挂彩，但手臂上却有伤口……

不管是江少陵，还是林宣，两人都很狼狈，刚才这两个人是在房间里搏命吗？

林宣站在门口，江少陵经过他身边时，没有选择侧身而过，而是硬生生地与林宣擦肩而过，与其说是“擦肩”，还不如说是“蹭”了林宣一下，那一下很狠，带着嚣张，也许还带着余怒未消。

陈菀看不下去，恼声道：“江少陵，你别太过分了。”

“妈——”林宣阻止陈菀继续说下去，他抬手擦了擦出血的唇角，嘴角泛起冷笑，江少陵下手有多狠，就代表江少陵心中的怒气有多盛，而他的目的无非是为了惹怒江少陵，他成功了不是吗？

林宣确实成功了，江少陵离开房间时冷冷地丢了一句话给林宣：“你如果再碰她一下，我一定会毫不犹豫地杀了你。”

闻言，陈菀皱眉不再吭声，其实她心里很清楚，江少陵和林宣相互仇恨多年，无非是因为Sylvia，林宣今日带Sylvia离开墓园，定是做了什么事，否则江少陵绝对不会跑到酒店来闹事。

有些话，陈菀自知多说无益，索性不再多说，目光移向林宣，林宣面色冷漠，但转身朝洗手间走去时，陈菀分明感受到了他的悲凉和隐藏极深的痛苦……

自从他和Sylvia分开之后，他不曾开心过一天，而他的所作所为看似伤害的是别人，其实何尝不是在自伤？

下午四点多，江少陵浑身湿透地回到家里，刘嫂追着他走了几步，对着他的背影说：“江先生，厨房里有姜汤，要不您先喝一碗驱驱寒？”

江少陵没理刘嫂，刘嫂不敢再吭声。

二楼主卧室里，伽蓝躺在床上睡得很沉，没心没肺被她发挥到了极致，2014年的她不喜欢任何人，也不在乎任何人，她只看重她自己。

江少陵站在床边凝视她片刻，然后俯身凑近她，伸手碰了碰她的脸，她的脸很热，也很红，虽然没醒，但睫毛却颤动了一下。

江少陵冷冷地扬起唇，手指移到了她纤细的脖颈上，他的手很凉，触及她的脖颈皮肤时，她下意识地皱了皱眉，但很快眉头舒展，仿佛先前皱眉只是江少陵一个人的错觉。

一分钟过去，两分钟过去……

江少陵的手指一如最初那般轻轻地贴放在伽蓝的脖子上，没有紧一分，也没有松一分，他这么做，好像只是为了让伽蓝帮他暖暖手。

最先打破沉默的那个人是江少陵，他音色毫无温度：“既然醒了，为什么还要装睡？”

“我在等你下狠心掐死我。”伽蓝说这话时，依然没有睁开双眼。

江少陵低低地笑，似讽似嘲，近乎呢喃自语：“是啊，我为什么下不了狠心掐死你呢？”

他虽在笑，但笑声里却夹杂着太多情绪，因为太过复杂难测，所以伽蓝终于睁开了眼眸。

伽蓝看着他深邃的眼睛，从被窝里探出手摸了摸自己的脖子，其实她要摸的并不是自己的脖子，而是他贴放在她脖子上的手指。

她握着他的手，然后将他的手贴放在自己的脸上，很平静地对他说：“林宣亲我太突然，撕扯我衬衫的衣领带着报复，除此以外，我和他之间什么也没发生。”

她这是在向他解释吗？

江少陵没有挣开手，手指和掌心贴着她的脸，热度缓缓传递，以至于他的一颗心偷偷暖了下，他冷着声音问她：“你跟我说这些做什么？”

伽蓝轻轻地叹了一口气：“因为你是我丈夫，还是你认为像我这种人根本就不具备对丈夫忠诚的能力？”

江少陵抿着唇，过了一会儿才说：“我没有不相信你。”

“如果你信我，何必去找林宣发泄怒火？”虽是质问，却不见伽蓝有丝毫生气的苗头，她话语平淡，就连表情也很轻淡。

“你真的不明白吗？”江少陵疲惫地笑了笑，贴在她脸上的手指动了动，指腹停在她被咬伤的唇瓣上，他轻轻抚摸流连，眼神寒凉，嗓音更是切齿痛恨，“蓝蓝，我接受不了任何男人碰你，尤其是他。”

伽蓝唇部一痛，他抚摸她唇瓣的手指遽然发狠，她偏过脸不看他，却有淡淡的血腥味漫溢在唇齿间，她平复呼吸，隔了几秒，对他说：“江先生快去洗个热水澡，别回头感冒又加重了。”

2014年，江少陵喜怒难测，时常徘徊在理智与分裂之间，不管她愿不愿意承认，这一切都是她间接造成的。

第四章

拾爱：逆着光微笑，死灰亦能复燃

翌日醒来，虽然伽蓝没有感冒，但江少陵却没有她那么幸运。昨天下午，他洗完澡回到床上补眠就一直睡得很沉，晚餐时间伽蓝叫他叫不醒，摸了摸他的额头，后知后觉地发现他正在发烧。

上半夜一直在忙，陆离外出请医生，伽蓝发现江少陵后背睡衣潮湿，知道他出了不少汗，她自己一个人忙不过来，于是打电话给郑睿："你上来帮你们江先生换一下睡衣。"

郑睿帮她给江少陵换睡衣时，江少陵警觉地苏醒，但意识尚未完全恢复过来，刺眼的灯光提醒他已是深夜，他昏昏沉沉地看了伽蓝一眼，再次闭上眼睛，却哑着声音对她说："想吃什么，交代厨房去做，别饿着了。"

伽蓝正在帮他解睡衣的纽扣，听了他的话，手指动作僵滞，移眸看他，他还发着烧，出口的话语无非是下意识说的，如果清醒，他在憎怨她的情况下，绝对不会对她说出这番话。

一如2005年4月，她当众展示记忆绘画天分，S大新闻系将她的作画过程曝光在校网之上，那天给她打电话的人有很多，几乎都是在询问绘画的相关问题，唯有他一心关注的是她中午有没有吃饭。

如今九年过去，而她和他相识又何止一个九年？从2002年至2014年，整整十二年，试问她和他之间还能有多少个十二年？

这边，郑睿正在帮江先生换睡衣长裤，余光中见江先生上衣尽褪，完美的身材比例展露无遗，虽说性感得足以令人浮想联翩，但他们江太太……

伽蓝趁着江少陵生病昏睡，竟伸出指尖沿着江少陵的胸肌一路滑到了江少陵的腹肌周围打转……

伽蓝此番举动，险些没有惊爆郑睿的眼球，他看着都觉得脸红，江先生躺在床上虽说很有魅力，他家太太为此内心饥渴倒也可以理解，但江太太就不能等他离开卧室后，再揩油江先生吗？

“太太，还是我来帮江先生换睡衣吧？”郑睿担心江先生再不穿上睡衣盖上被子的话，很有可能会病情加重。

伽蓝收回手，腾出位置给郑睿，江少陵身上有青紫痕迹，手臂上也有划伤血痕，好在伤口很浅，她没有询问郑睿是怎么一回事，只因她心里明白，他身上有伤多半和林宣脱不了干系。

她站在一旁盯视着郑睿的一举一动，其间唇角微勾，淡淡地提醒郑睿：“好好穿衣，别趁机乱摸你家江先生。”

郑睿：“……”

她以为，人人都像她那么色？

这一晚，江少陵输液到深夜，虽然后半夜退了烧，但感冒怕是要好几日才能完全康复。

尽管生病，但他的生物钟一向精准，翌日清晨苏醒，除了头疼没精神，其他一切还好。伽蓝不在卧室里，他掀被起床先是去了一趟洗手间，等他再回到卧室，这才发现床头柜上放着一张纸。

是他之前“送”给她的《好妻子指南》，除了他列举的10条标准以外，她用圆珠笔又在下面新添加了一条附加指南——“好妻子附加标准：听江少陵的话。”

听他的话吗？

江少陵拿着那张A4纸坐在床上，揉了揉发疼的额头，昨天下午他被怒火和妒火冲昏了头脑，站在雨幕中质问她是否懂爱，如今她写下这看似简短的几个字，是回应，还是心血来潮？

那张A4纸被江少陵放进了床头柜的抽屉里，洗漱更衣不过数分钟，刘嫂就敲响了卧室门：“先生，您醒了吗？”

他走过去打开门，刘嫂见他已经起床，转达伽蓝的吩咐给他听：“先生，太太请您下楼用餐。”

早餐不是伽蓝做的，但她亲自下厨熬了一锅白粥，江少陵走进餐厅时，伽蓝正在盛粥，听到脚步声，看着他问："感冒有没有好一些？"

江少陵若有似无地嗯了一声，显然是怒气未消，他走到餐桌前坐下，她把一碗刚盛好的白粥放在他面前，笑意轻浅："刚熬好，养胃。"

他垂眸看了一眼冒着热气的白粥，在她的目光注视下拿着勺子搅动了几下，舀起一勺放温了，这才放进嘴里，很糯，也很香……

"昨天晚上你的手机响了好几次，有两通越洋电话是宋文昊打来的，还有三通电话分别是杜衡、侯延年和慕清……"

江少陵打断她的话："我今天行程安排比较紧，吃完饭你收拾一下跟着我一起去公司。"

伽蓝："……"

伽蓝沉默，是因为她通悟江少陵话语间隐藏的深意，他让她随他一起去公司，无非是想看着她，想必林宣尚未离开S市，纵使他愿意相信她的话，却不能不防着林宣。

她迟迟不说话，江少陵终于抬眸看着她，却避开她唇部的伤口不看，沉着声音问："你不愿意？"

伽蓝无奈地微笑，江先生之所以会提出这样的要求，多半是看到了A4纸上新添加的内容，她既然承诺听他的话，纵使不喜，也该做做样子。

伽蓝斟酌语句："我在想你身体不舒服，如果工作可以延后的话，倒不如待在家里休息一天。"这是真心话。

闻言，江少陵移开眸子，语气有所松动："美国公事挤压，我不宜在国内久待，今天处理完公事，明天抽空见一见杜衡他们，最迟后天我们必须启程回美国。"

话已至此，伽蓝不再多言。

2月16日，雨过天晴，S市那天阳光普照，吃完早饭，江少陵在楼下接电话，示意伽蓝上楼换衣服。

几分钟后，伽蓝拿着风衣外套下楼，她已经换了一身外出的衣服，白色衬衫搭配灰色毛衣，外加黑色小腿裤和黑色短靴，衣着简单而又利落。

与她相比，江先生西装革履英气逼人，伽蓝再看一眼自己的衣着打扮，尽职尽责地追问江先生："我需要再换身衣服吗？"

"不用。"

江少陵的回复言简意赅。

出门上车，在前去未世分公司的路上，江少陵的电话倒是响了好几次，他不接，闭目小憩似是睡着了；伽蓝仿若未听到，顺从江少陵的意愿，对于手机铃声不予理会。

伽蓝与江少陵相识多年，从未接触过他的工作，原因不外乎有二。

其一，隔行如隔山，不懂。

其二，纯粹是没兴趣。

这天随他出入未世分公司，他和郑睿等人在前，她和陆离在后面跟着，以至于分公司各位高管全都误以为她是美国那边名不见经传的小秘书，但尽管是小秘书，她随性的衣着和刺眼的白发还是吸引了不少人的目光。她心里明白，她这身衣着与江少陵为首那群正装人士确实是有些格格不入。

伽蓝以前只听说过职场残酷，但回望她的职场生涯，貌似她一直走得顺风顺水，博士毕业后她一直在美国脑研究院工作，每天和人脑打交道，对于职场的钩心斗角多是从同事和陶艾琳那里断续听说，直到“光临”未世中国分公司，目睹公司CEO追随江少陵左右逢源，高管与高管之间眼神微妙对接，某些高管向江先生汇报工作时听似随意却又经过巧妙设计的言语，无不透露着商场如战场，心机无处不在，若说职场内部宛如一出精彩绝伦的《宫心计》倒也不为过。

伽蓝看出来了，公司上下所有人都很敬畏江先生，他是一个名副其实的商人，商海沉浮多年，喜怒不形于色，尤其是那双深邃的眼睛横扫众人时，只会令人觉得压迫感如影随形。

这天上午，未世分公司各部门高层主管开会，十几位老总和副总环坐在椭圆形会议桌周围，二十几位秘书穿着各品牌时尚职业套装分别坐在直属上司后方，一个个有条不紊地整理着资料，只有伽蓝两手空空。

办公室一角，伽蓝靠墙而坐，环顾一眼四周的秘书群，看样子公司的“一秘”“二秘”和“三秘”全都赫然在列。

江少陵今日生着病，但并不影响他投入工作时的魅力值，这个男人行事果断，坐在首位聆听下属汇报年度业绩，无须提及他的举手投足、掌控全局，仅是眉眼的气势就足以彰显出他的不测城府。

伽蓝倒是认真听了一会儿，结果发现都是一大堆数字增长和下滑率，难免觉得有些索然无味。不过这些老总和副总能在未世中国区登上高管之位，一个个必定都是江湖高手，旗下的秘书记录会议内容或是向直属上司递交资料，想必也都不是善茬儿。

术业有专攻，未世分公司各位高管都希望自己有朝一日可以成为中国区首席代表，同理，各位秘书也都希望自己有朝一日可以从“三秘”成功上位到首席秘书，听似跨步简单，但独木桥那么窄，纵使有才能上位，若是少了几分心机和虚伪奉承，到头来注定是竹篮打水一场空。

在职场或是商场混口饭吃，当真是不容易。

伽蓝无所事事，总归有一些犯困走神，其间有不少女秘书春心萌动偷偷打量江少陵，伽蓝略作观察，这些女秘书外表长相各有千秋，或漂亮，或气质出众，她们对江少陵是什么心思，伽蓝懒得去想，好在她们的目光落在她身上时还算温善，只因她是江少陵带过来的人，虽说低调，但既然能追随江少陵左右，想必职位在总公司里也是不低，所以她们流露微笑保持善意的同时，怎能说那一刻她们没有动一丝一毫的小心思呢？

会议室里坐了一屋子的奸商和“白骨精”，毫无疑问江少陵也是奸商，但她却不是“白骨精”。

会议进行到一个多小时时，有秘书进来换上热茶和热咖啡，江少陵转眸看一眼伽蓝，下意识地抿了一下唇，会议内容令她觉得很乏味吗？

上午十点多，未世分公司会议室里，中国区市场总监正在汇报工作，但随着江先生起身离座，他的声音越来越低，几乎所有人的视线都偏移到了江先生那里——

江先生走到室内一角，只见他的“女秘书”侧坐在椅子上，正双手抱着椅背睡得天昏地暗，那一刻会议室里悄无声息，须知江先生在总公司以严厉著称，他的“女秘书”竟在分公司开会过程中睡大觉，看样子江先生是要发火了。

见此情形，有人等着看笑话，有人屏息不敢吭声，也有人暗自为“女秘书”捏了一把汗。

但江先生的举动却让众人大吃一惊。

江少陵弯腰拿开“女秘书”环住椅背的手臂，然后站在她身侧，伸出手臂搂着她的肩，“女秘书”顺势靠在了他的腰畔，只能说“女秘书”警觉性不错，没过多久就睁开了眼睛。

江少陵垂眸看她：“很困？”

伽蓝笑了笑没说话，却坐直了身体，这里是会议室，众目睽睽之下，她总不能说会议内容乏味无比，她是无聊犯困吧？

“困的话，你先回办公室休息一会儿，等开完会我去找你。”

他说着，正欲打开会议室大门喊陆离进来，却被伽蓝握住了手：“白天睡眠过量，晚上该睡不着了。”

会议室里飘散着一股咖啡香味，之前进来送咖啡的女秘书端着托盘正愣愣地看着伽蓝，伽蓝嘴角有笑，对江少陵说：“我能喝杯咖啡提提神吗？”

于是，在众人浮想联翩的注视下，江先生回到位置上端起自己未曾喝过的热咖啡送给他的“女秘书”，然后示意市场总监继续汇报工作。

市场总监汇报工作时，江先生并未回首位落座，即便如此，却没有人敢目光乱瞄，只因江先生虽然站在他的“女秘书”身边，却双臂环胸静静地看着他们，眼神稳重而冷厉，谁敢不要命与他眼神对接?

直到“女秘书”喝完了一杯咖啡，江先生接过她手中的咖啡杯，这才回到首位落座。

无论是江先生，还是江先生的“女秘书”，两人全程话语很少，虽有亲昵举动，却也是稍纵即逝，基于以上种种，关系令人难以揣测。

大部分人都在怀疑“女秘书”是江太太，也有一些心思邪恶的人“念走偏锋”，觉得“女秘书”很有可能是江先生的红颜知己。

当然，这个“红颜知己”是打双引号的。

这个双引号在会议结束第一刻猝然瓦解。上午十一点多会议进入尾声，江少陵不仅肯定了中国区的业绩，也对各部门团队合作予以高度评价，最后他起身离座，朝伽蓝伸出手，伽蓝正在摆弄手机，离近了江少陵才发现她在发短信。

短信发完，伽蓝把手机放进风衣口袋里，握住江少陵的手：“我在给爸爸发短信，他问我们什么时候回纽约。”

“怎么不通电话？”他以为她在玩手机游戏，有高管打开会议室的大门，他牵着她的手走了出去。

“你在开会。”

伽蓝声音刚落，守候在外的两位保镖见江少陵带着她一起出来，分别叫了一声“先生”和“太太”，然后紧随在两人身后一起去了中国区总裁办公室。

那声“太太”导致一切胡乱猜测尘埃落定，众人面面相觑，秘书之间议论纷纷——

“开会的时候，我不是小声对你说过吗？她很有可能是江太太。”

“我也猜到了，数日前江太太送了好多衣服来公司给江先生，既然江太太在国内，那么追随江先生一起来公司也在情理之中。”

“原来这就是传闻中的江太太啊！先前是谁说她为人张扬的？分明很低调好不好？”

还有一些话，这些秘书都没好意思说出口，他们原本以为江先生为人冷漠，对他妻子也定是不通温情，谁料……两人虽然没有太多互动，但江先生对其妻却是体贴入微。会议进行过程中，有不少秘书窥探到江先生有意无意就会看向他太太，那样的目光频率和眼神凝望，分明透着有情。

唉，看来想要不计名分抱一抱江先生的大腿，只能等下辈子再世为人了。

江先生中午有饭局，在知名餐厅宴请未世中国区各位高管。偌大的包间里，侍者穿着统一制服有条不紊地上着各类菜色，美食地道，就连造型也是赏心悦目。

伽蓝用餐很沉默，在这群商界精英面前，她的存在感很弱，不像身旁某人，虽然用餐过程中沉稳微笑，但交际世故，眉眼深沉，试问下属应酬之余，有谁敢掉以轻心？

中午用餐告一段落，移步包间内设的茶话室，中国区总裁摸不透大老板喝茶的喜好，把茶单恭敬地递给大老板，大老板没看，他正在跟一位项目经理说话，接过茶单之后递给了他太太。

伽蓝没有在喝茶问题上过多打转，只选最贵的茶和最贵的点心。茶水和点心上得很快，眼见这群人又在谈公事，她很识趣地端起一杯茶站起身，一直没“留意”她动静的江少陵忽然停止谈话转过脸问她：“去哪儿？”

伽蓝指了指一旁的休闲区，那里最起码还有报纸和杂志，倒也适合她打发时间。

江少陵没再说话，微微起身端起一盘糕点递给她，那是一盘看起来晶莹剔透的小糕点，她刚才多吃了两块，没想到竟被一直在谈公事的他注意到了……

午后看报喝茶，偶尔看一眼窗外，街道上车流如织，其实那盘小糕点，她之前贪吃两块无非是缘于新鲜，倒也无所谓喜欢或是不喜欢，但江先生误以为她喜欢吃，那她就喜欢吃吧。

她吃了好几块，他虽在和几位下属说话，但她知道她的一举一动他都看得到，而她不介意被他掌控，他高兴就好。

后来，伽蓝翻开一份娱乐报，新闻主角是杜衡，她大概扫视一眼，合上报纸，端起茶杯眉目低敛地喝着茶，长时间望着窗外。偶有高管看向她，只觉女子侧颜虽不惊艳，却抓人眼眸，太过沉静缄默，反倒气质令人着迷。

下午江少陵还有两个公事会面，乘车往返于会面的目的地，沿途高楼大厦林立，这座城虽和纽约都是“欲望”大城，却不及纽约残酷，他常年穿梭在各大商业密集地，在华尔街与人对峙钩心斗角，看似衣着光鲜，但纽约对于他来说毕竟是陌生地，当夜深人静寒冷和痛苦无人可诉说，他的心肠也随之变得越来越冷，越来越敏感病态……

车内很静，江少陵腿上放着一台笔记本电脑，敲击键盘回复国外公事邮件的同时，他对伽蓝轻描淡写地道：“阿衡的事，你想知道什么，可以问我，报纸内容一半真一半假，不可全信。”

伽蓝暗自叹了一口气，显然她在酒店休闲区看过什么报纸，他都知道，她没有深究他为什么会知道，如果他想知道，他有的是办法和手段。

既然他开启了话题，伽蓝倒也不介意询问几个问题用来打发时间：“报纸上说，杜衡情史丰富，这些年睡过不少网红、嫩模和演员？”

江少陵看着电脑屏幕，冷漠地回应：“不过是你情我愿，阿衡充其量是多情，而不是滥情。”

伽蓝默认片刻，觉得有些意外：“他以前不是这个样子的。”

江少陵：“……人总是会变的。”

伽蓝转眸看了他一眼，见他一心关注的是公事邮件，仿佛刚才那句话只是随口那么一说，倒像是她多想了。

“报纸上说，杜衡成名之前谈过一个女朋友，他很爱她，当时有不少朋友劝他和那个女孩子分手，但杜衡不听劝阻，甚至为了那个女孩子不惜和周边的朋友断绝来往，后来他才知道那些朋友为什么会劝他不要和那个女孩子交往，因为他那位女朋友其实之前是一位坐台小姐，认识杜衡之前貌似和杜衡的好几位朋友都曾有过暧昧关系。”说到这里，伽蓝顿了一下，见江少陵虽然还在回复电脑邮件，眉头却微微蹙起，伽蓝面无表情地道，“杜衡因为一个坐台小姐，这些年一味自虐放纵自己，值得吗？”

江少陵终于从电脑屏幕上移开视线，漆黑的眸子深深地锁着伽蓝：“阿衡爱上她的时候，并不知道她曾经坐过台。”

伽蓝笑了笑，她笑是因为江少陵很袒护他的朋友杜衡：“杜衡曾经不知道，但他后来知道了，明知前女友不自爱，杜衡又何必念念不忘、自讨苦吃？”

说者无心，听者却有意，江少陵合上笔记本电脑，眼神看似温和，却夹杂着挥之不去的凛冽，但他没有回应伽蓝的话，他只是笑，笑容起初无声，后来却是低低地笑出声来……

江少陵如果微笑，若是无声必定迷人勾魂，若是有声必定沁人心脾，但这日他靠着后座发出讽刺的笑声时，伽蓝后知后觉地发现她曾说出“不自爱”三个字，仿佛是自己在抽打自己的耳光一般，顿时嘴角的笑容消散，冷着一张脸看着窗外不吭声。

笑笑笑，笑死他。

江少陵没有笑死，伽蓝倒是气了个半死，若是别人讽刺她“不自爱”，她绝对会铆足劲儿报复对方，但对方却是江少陵，该死的江少陵——

抵达目的地，伽蓝鼓着腮帮子赖在车里不下来，郑睿和陆离站在车旁，从未见江太太还有这么孩子气的一面。

江少陵打开后车门弯腰叫了她两声“下车”，见她气鼓鼓的不理他，也不纵容她，上半身探进后车厢伸手一捞，转眼间，只见伽蓝就像是被渔人捕上岸的大鱼，虽被渔人抱在怀里，却因缺水扑腾挣扎个不停。

“江少陵，你为什么不拿个狗链子把我拴起来？”

她说这话时，江少陵刚把她抱出后车厢，见她扑腾个没完没了，不知道还会说出什么话来气他，干脆俯首吻住了她的唇，伽蓝扑腾得更厉害了，江少陵真不是个好东西，明知她下唇有伤，竟狠狠地吸吮着她下唇的伤口，她疼得眉头直打结，眼泪都快下来了……

他在吸她的血，并且试图把感冒传染给她。

伽蓝唇疼钻心，不敢再扑腾，主要是担心自己会从他的怀抱里掉下来，她在这个前半段称不上是吻的吻里，没有感受到丝毫过电般的情愫，只感受到了他迟来的怒气和惩罚。好在后半段他吸食她唇部鲜血时感受到她呼吸遽然变得又急又乱，这才大发善心地放过她，先是舔了舔她的唇，然后发狠进攻她的唇舌，浓浓的血腥味无关甜蜜，迅速在两人的唇齿间蔓延扩散……

这里可是高级会所门前，周围人来人往，江先生对江太太忽然做出这样的亲昵举动，郑睿和陆离在最初的惊愣过后，不仅尴尬，更是纷纷掉头不敢多看一眼，郑睿怕脸红，陆离怕眼神泄露心事。

伽蓝知道周围有不少人出入会所，也知道会所门口有两位侍者正红着脸看着她和江少陵，但江少陵饥渴地缠着她的舌，显然不在乎有没有人看到这一幕，既然扑克脸不在乎，她一个不知脸面为何物的人，又何必在乎？

那天下午，伽蓝不知道自己的唇肿成了什么样子，只知道被他那般碾压折磨后，他碰一下她的唇，她都觉得疼。

离开她的唇，扑克脸一双深幽的眼眸仿佛被冷月浸泡过一般，带着湿气和迷光，却专注地看着她，声音较之往日暗沉了好几分："我舍不得。"

"什么？"没头没尾几个字，伽蓝不明白。

"我怎么舍得拿狗链子把你拴起来？"尽管他很想这么做。

伽蓝搂着他脖子，嘴角有笑，被她忍住了。

距离很近，江少陵眼眸漆黑无比，似是要吸走她的魂魄一般："你说阿衡的前女友不自爱，我笑没有讽刺你的意思。"

"你明明是在笑话我。"伽蓝不信他的解释，他笑得那么恶劣，不是讽刺还能是什么？

江少陵勾起唇角，压低声音对她说："我为什么要笑话你？我太太牢记女子该自爱，我是欣慰而笑。"

伽蓝不吭声，他这是在表扬她，还是在损她？

周围的行人纷纷看向她和江少陵，看架势，江少陵很有可能会抱着她直奔会所内部，伽蓝觉得这样也挺好，省得自己下地走路了，不由得想起《好妻子指南》，伽蓝顿时轻松无比，还真是一举两得，江先生这么一抱再加上适才激情一吻，倒是阴差阳错帮她提前完成了今天的亲吻加拥抱任务，可喜可贺。

这么一想，伽蓝搂着江少陵的脖子忍不住眉开眼笑地道："每天一个吻，一个拥抱，我今天已经超额达标，我先跟你报备一声，免得你说我……"

不等她把话说完，江少陵已经寒着脸把她放了下来，看也不看她一眼就率先走在了前面——她倒是好意思滥竽充数。

扑克脸如此阴晴不定，伽蓝只觉得心力交瘁，小跑几步追上了他，极力讨扑克脸的欢心："我倒是想亲你，但我嘴疼，估计晚上吃饭都成问题。"

嘴疼吗？

江少陵脸色瞬间阴转晴，虽没回头看她，步伐却慢了，甚至朝她伸出手，等伽蓝把手放在他的手心里，他缓缓握紧，似笑非笑地对她道："嘴疼不方便吃饭倒也好办，吃流食。"

伽蓝沉默数秒，使劲挣了挣自己的手，奈何挣不开，她不想让他牵着手走路，这人说话实在是太毒了。

2月的S市，白天温和可亲，到了晚上却是风声猎猎，那样的冰寒气倒是和江少陵很相似，唯一不同的是，S市温度冷暖分明，江少陵却是冷中带暖、暖中带冷。

2月16日，伽蓝追随江少陵外出一整天，重新认识了一个多面化的江少陵：对于公事，他运筹帷幄；对于下属，他褒斥有度；对于商人，他滴水不漏……

她知道，他还有更多面不被她所知，其实她也无须知道，人生几十载，再多的功成和名就，也不过是一场华而不实的美梦，到头来无一能带走，唯一能留存心间的只有少数几个人的名字，或是一段，抑或是数段经久不忘的回忆，但即便是人名和回忆也会有消停、再不被人记起的那一刻。

都说死人不会惦记活人，唯有活人才会惦记死人。其实这话说得并不全对，至少挪用到伽蓝身上不合适。

这晚回到家里，伽蓝刚洗完澡走出浴室，就见江少陵和"她"分别坐在卧室一角的沙发上，江少陵坐在沙发上看杂志，"她"坐在沙发上看着江少陵，见她洗完澡出来，"她"终于移开眸子看着她，表情冰冷而又沉痛。

伽蓝身心俱凉，站在卧室入口处愣愣地看着"她"，昨日她才见过"她"，怎么今日"她"又出现了？

这时，江少陵已经看到了她，将手中的杂志放在一旁的桌子上，也顺势起了身："辛苦了一整天，过来泡泡脚。"

伽蓝这才注意到沙发旁边放着一只泡脚木桶，她迟疑了一下，不愿江少陵看出端倪，在"她"的目光注视下来到江少陵身边，并坐在了"她"旁边的沙发上。

江少陵把木桶端放在伽蓝面前，伽蓝坐姿僵硬，抬脚放进木桶里，江少陵蹲下身帮她洗脚，不曾注意到她呼吸越来越急，更不曾注意到她微微变白的脸色。

泡脚不仅可以疏通血脉，足部按摩更能加速血液循环，江少陵握着伽蓝的脚，终于感受到了她的僵硬，一边按摩，一边轻声对她说："放松。"

伽蓝试着放松双脚，但夜间卧室，她在"她"悲痛的目光注视下除了感受到难以承载的负疚感，更在江少陵的体贴按摩里备受煎熬，一边是冰，一边是火，仿佛有两拨儿力量正在她的血液里较量，只因势均力敌，所以难分输赢。

伽蓝把注意力凝聚在江少陵身上，他有漆黑的头发，冷峻的眉眼，挺直的鼻梁，不苟言笑的薄唇，他在帮她洗脚，而"她"……

伽蓝不看"她"，却打破了这份沉默，似是担心会惊扰到"她"，所以她的音量很低："2012年年末，苏姨来江水墅过春节，有一天晚上我从脑研究院回来，当时苏姨正坐在卧室里泡脚，我曾进去帮她洗过脚。"

伽蓝突然说出这样的话，似乎只是心血来潮，却让江少陵心里一惊，他不知道这件事，也从未听苏姨提起过。

2012年年末，苏姨被他接到纽约一起过春节。苏姨入住江水墅期间，他和她倒也默契，尽管以忙碌为借口从未同进同出，但他和她分别与苏姨相处却从未露出马脚让长辈担心。

苏姨是他的亲人，来到纽约之后，她愿意陪他演戏，他已不能再奢求其他，但她曾帮苏姨洗过脚，却是他第一次听说。

"我帮苏姨洗脚的时候，苏姨不好意思，缩着脚一直不让我碰，但禁不住我软磨硬泡，她终究还是让我帮她洗了一次脚。"伽蓝嘴角含笑，至于有几分真实笑意大概只有她本人最清楚，江少陵想事情有些失神，帮她洗脚时动作很慢，她前倾身体，伸手摸了摸他的发，声音轻飘似耳语，"我帮苏姨洗脚纯粹是为了圆我的一个遗憾。从小到大，我母亲没少帮我洗脚，但我从未帮我母亲洗过一次脚，她不让我帮她洗，她说我这双手很金贵，是用来画画的，不是用来给她洗脚的。"

多年来，这还是伽蓝第一次当着江少陵的面主动提起她母亲，话语里没有悲伤，只有再平静不过的叙述，也许在她平静的叙述里还夹杂着一丝讽刺，她展开双手，然后举高迎着光对上"她"的视线，隔着手指的隙缝，她和"她"目光对视，"她"错了，不再画画的她，这双手其实远没有"她"想象中那么金贵。

江少陵拿着毛巾帮她擦脚，他很清楚伽嘉文之死一直是她心头的刺，也是她当年决绝地离开S市、前去纽约最重要的原因。

对于她，他一直心存愧疚和自责，他在她最痛苦的时候，不仅没有守护她，反而将她越推越远。

近几年他敏感地觉察到，伽嘉文是她与人相处过程中最易燃烧的一根导火线，不管是谁当着她的面提起伽嘉文，哪怕是沈家明也不例外，她总是会变得很暴躁，久而久之他也尽量不在她面前提起伽嘉文。

不主动提起，或是被动提起，主要是他在害怕，怕她回忆起过往，记恨他当初的冷漠，难以释怀他的不闻不问……

伽蓝放下手指时，身旁已经没有了“她”的存在，她又朝卧室里看了看，这才确定“她”是真的走了。

江少陵已经帮她把双脚擦干净，她把双脚套进家居拖鞋里，坐在沙发上看着他，既然已重提旧事，倒是不介意再多说一些其他的，比如——

“2006年春季开学不久，听说学校里传言四起，他们说苏薇对你用情至深，不惜剁了一根手指为你抵债，而我……”

江少陵站在沙发一旁，弯腰捞起一条白毛巾，刚才为她洗脚，他的手臂上沾了不少水珠，现在正拿着毛巾不紧不慢地擦拭着，听了她的话，他淡淡地瞥了她一眼：“你怎么？”

“危难关头显真情，苏薇对你是真爱，我对你总归是虚情假意多一些。”当年学校里的传言大抵如此，如今伽蓝不过是实话实说，说完看了一眼江少陵。

江少陵垂眸擦手，嘴角却有一丝笑意。

擦完手，他把毛巾丢到木桶边沿上，然后弯腰把她从沙发上抱了起来，伽蓝挣扎着要下来：“我有脚。”

他笑意加深：“听江少陵的话。”

白纸黑字，她确实写过这么一句话，伽蓝不再挣扎，主要是无话可说。

江少陵把她放到床上，掀开被子的一角，伽蓝很配合江少陵的指令，手脚并用地爬过去，长发披散在肩头，衬得她很小，若不是白发刺眼，活脱脱就是一个长不大的小孩子。

等伽蓝靠着床头坐好，江少陵捞起被子盖在她身上，再对她开口说话声音温软，但话语中的意思却是硝烟弥漫：“2011年5月份，华康破产倒闭，董事长袁斌背负巨额债务，众多投资者上门讨债，袁斌一度想一死了之。”

江少陵点到即止，似是不愿伽蓝知道太多其中的隐晦，见她用探究的目光看着他，他笑了笑，用眼神告诉她，是他做的。

伽蓝不意外，也没什么情绪反应，她曾对袁斌说过，戏弄她和苏薇剁手指抵债，等于是给他自己埋了一个祸患，不仅慕清恨他入骨，苏家人记恨他一辈子，对于此事江少陵更不会善罢甘休。

别人的死活关她什么事？但袁斌背负巨债潦倒余生，倒是和她脱不了干系。当年若非她逼袁斌动怒，袁斌又怎会说出切指抵债的气话来？若非她逼问苏薇什么才叫对江少陵有爱，苏薇又怎会一时冲动切下尾指表真情？

说起来，最坏的那个人不是袁斌，而是她。

伽蓝感慨：“袁斌好不容易混上董事长职位，到头来却被江先生报复到如此田地，当真是可怜。”

“报复？”江少陵摇头失笑，不是报复，“袁斌对慕清如何，毕竟是他们夫妻两个人之间的事，我不便插手，但袁斌怂恿苏薇切指抵债，玩笑太过恶劣，我不能不为苏薇讨一个说法。”

伽蓝点头，明白了，原来是冲冠一怒为红颜啊！

“你点什么头？”江少陵眉眼间笑意微露，伸手点了点她的额头。

伽蓝可不敢说江先生为苏薇冲冠一怒这件事，避重就轻道：“江先生仅是讨要一个说法，就将袁斌害成那样，若是报复的话，袁斌还有活路吗？”

话落的瞬间，忽听有人敲响了卧室门，江少陵走过去开门，片刻后回来，手里端着一杯热牛奶。

热牛奶是给伽蓝喝的。

伽蓝握着牛奶杯，已经忘了先前的问话，她这边正喝着奶，忽听江少陵丢了一句话给她：“如果当初做傻事的那个人是你，华康和袁斌的命运绝对不是破产欠债那么简单，我会亲自剁了他的手，不惜一切代价让他一辈子生不如死。”

“咳——”

伽蓝差点被牛奶给呛死，抬眸望向江少陵，只看到他端着洗脚木桶消失在浴室里的背影，但他发狠的言语却在卧室里久久徘徊，并且经久不散。

原来，他理解中的“说法”和“报复”完全是两个概念，“说法”是在正规渠道里报复，而“报复”却是在非法渠道里犯罪。

这天晚上，伽蓝睡得并不安稳，缘于身旁某个男人一直翻来覆去睡不着。夜间她习惯侧身而眠，某人起初抱着她入睡，但没过多久就松开手臂，背对着她而眠，谁知片刻后，某人再次从身后抱住了她……

伽蓝知道，像这样的反反复复，还会在深夜和凌晨时间段里继续发生。

自从两人同床以来，他的睡眠质量就一直不太好，连带也影响了她，但她多是选择无视。无非是男女之间那点小情色，无论江先生外表再如何高洁清雅，回到床上也不过只是一个成年男子，虽说感冒未愈，但并不影响他在情事上蠢蠢欲动。

他是一个强势而有力的男人，但2014年他之所以在床事上备受煎熬，那般迟疑不定，甚至滔滔欲望只敢在她熟睡时悄然流露，无非是缘于2011年12月份的那场情事因果。

伽蓝在睡与醒之间挣扎，早晨醒来，江少陵已不在床上。伽蓝洗漱更衣，后来拉开卧室的窗帘，透过玻璃窗，原以为江少陵隐忍一夜，清晨多半是在健身房里发泄过剩的精力，不承想竟在别墅前的木桥上看到了他。

这天清晨，S市上空弥漫着淡淡的雾气，青年男子穿着家居便服，沿着内院道路散步，举手投足间不仅成熟理性，周身更是透着一股举重若轻的温雅和清贵。

他在打国际电话，用流利的英语对纽约未世总部传达工作指示，路走到一半，他忽然心有所感转过身，然后在薄雾中看到了伽蓝。

站在薄雾里的女子，默默地跟在他后面走，见他转身发现她的踪迹，她只是笑。离得远，伽蓝唇角的笑容仿佛在薄雾中散发出耀眼的光，宛如少女时期的她，曾有那么几次神不知鬼不觉地跟在他后面走，被他发现后，她要么微笑着离开，要么一脸欢喜地跑到他面前……

她今年27岁，历经多年岁月洗礼，她沉淀了许多，眉眼间更是跳跃着难以让人洞悉的阅历，就连泛白的长发似乎也在诉说着沧桑。27岁的她，恶劣也好，成熟也罢，他只愿她一辈子都能言笑晏晏，就像现在这般把笑意凝固在秋水眼眸里和略显调皮的步伐间。

工作电话还在继续，江少陵眸子柔软地看着伽蓝，待她走近时，他朝她伸出手。

伽蓝不愿与他手牵着手走路，见他正在讲电话，所以压低声音道：“江先生背背我。”

江少陵扯扯唇算是笑了，对于她的清晨小要求不予理会，通过手机沉稳地讲话，余光中只见伽蓝坏笑着绕到他的身后，他唇角的笑容加深，任由她踮起脚尖搂着他的脖子使劲往他身上蹿。

伽蓝蹿跳几次均以失败告终，江少陵无奈一笑，讲话途中微微弯腰，伽蓝心中一喜，成功蹿跳上他的背。

被伽蓝这么一折腾，江少陵也无心再通话了，寥寥数语结束工作电话，放好手机后笑斥伽蓝一声“野猴子”，但斥归斥，却认命地背起伽蓝消磨着清晨时光。

雾中看人并不真切，内院一角站着两个男子，看身形应该是郑睿和陆离，男、女主人晨起散步，他们不便近前。

伽蓝趴在江少陵的背上问：“怎么不在卧室里讲电话？”

江少陵：“你在睡。”

伽蓝继续问：“怎么不在书房里讲电话？”

江少陵：“出来透透气。”

伽蓝笑出声，是该出来透透气，外面寒风来袭，倒是很适合帮他醒醒神，吹灭欲念想必也不在话下。

昨夜，他曾洗过热水澡，今天一大早她去浴室洗漱时，发现里间地面很湿，显然江先生起床后又冲了一次热水澡。

生着病，还时刻惦念着那种事，真是难为他了。

伽蓝是怎么想的，江少陵不可能知道，但她笑声太过叵测，显然是心思不纯。他背着她微笑不语，由着她乐吧，总好过她对他漠然相对……

想起漠然相对，江少陵嘴角的笑容一点点地消失了，伽蓝没发现，下巴支在他的肩上，漫不经心地同他说着话：“今天还需要我陪你一起外出吗？”

“不用，你留在家里好好休息。”他声音平静，昨天他带着她外出办公，不过是为了杜绝她和林宣见面，昨天黄昏林宣已经乘机回纽约了，他没道理还拴着她不放，但等他们回到纽约……

似是一种病态，多年的情感压抑造就出一个患得患失的他，他相信她的忠贞度，却从不相信她的心事游移。她是否爱林宣，对林宣的爱有几分，他不愿衡量，也不允许自己纵容思绪去计较，否则他会变成什么样子，连他自己也不敢想象。

有些话，江少陵虽然没有明说，但伽蓝又怎会不知？江少陵严防她和林宣私下接触，今天却放她留在家里休息，不外乎林宣已经启程回纽约去了。她太过聪明，意识到江少陵突如其来的沉默势必是忌惮于她和林宣的过去，所以故意打趣道：“看来江先生今天要背着我做坏事，所以不方便我继续跟着。”

江少陵笑了。

在他的精神世界里，有一个女孩子一直让他欲罢不能，哪怕她只是说一句再简单不过的俏皮话仿佛都能钻进他阴云密布的心里，为了这一句话他甚至可以忘记先前所有的不快，就这么心甘情愿地背着她走一辈子。

白天还有公事和琐事缠身，而脚下的道路亦有尽头，江少陵注定没办法背着伽蓝一直走下去。

江少陵背着伽蓝走向主宅时，刘嫂和几位用人都在笑，郑睿心疼他家先生，站在一旁忍不住小声嘟囔道：“太太，先生感冒还没好。”

他话里的深意是：先生带着病背着你走了这么长一段路，身为太太，你该体谅一下你丈夫，意思意思就得了，还不赶紧下来。

伽蓝接收到郑睿话里的深意，很“懂事”地把脸凑过去贴着江先生的脸：“相公，你累不累？”

相公？

闻言，两位保镖和几位用人同时沉默。

江少陵背着她进屋，语调平平：“少一些坏心眼，家宅会安宁许多。”

伽蓝：“……”

唉，被看穿了。

早晨在餐厅吃饭，伽蓝的手机响了好几次，她没接，任由手机铃声归于沉寂。

江少陵在看报纸，后来合上报纸丢到一旁，喝了半杯牛奶，这才开口问她：“怎么不接？”

“不想接。”伽蓝回答得很任性。

不想接吗？

江少陵放下牛奶杯，朝她伸出手：“手机给我。”

伽蓝手机里没有什么见不得人的秘密，不惧江先生多疑查岗，把手机递给他，他简单翻看了一下来电记录，随后把手机递给她：“国内来电？”

从昨天开始，她的手机就曾断断续续响过好几次，但她并没有接听的打算，今天早晨吃饭又是如此，所以江少陵才会索要手机查看，跟控制欲无关。

手机里有好几通未接来电，虽然手机号码各异，但都来自于国内。

伽蓝淡淡地解释：“元宵节那天我们去超市购物，后来你去取车，我在超市外面遇到了一位老同学，她叫桂婷婷。这两天有不少电话打给我，估计桂婷婷把我的手机号告诉给了其他同学。”

伽蓝不想接电话，无非是在回避过往，更是在回避与绘画有关的所有人和事，江少陵看出来了，所以并未多说什么，不想接电话就不接吧，她自己开心就好。

这天吃完早餐，江少陵回房换衣服时想起晚上的饭局：杜衡舆论风波未平，不管是网络还是媒体，对于他的过往情史还在持续热议之中，侯延年和周强得知江少陵和伽蓝明日要回纽约，所以晚上有意组织饭局，表面上看来是为江少陵和伽蓝送行，实际上却是拉杜衡出来散散心。

杜衡出事，江少陵最近两天虽在忙，却也跟他通过几次电话，但只通电话毕竟不妥，回美国之前见一面还是很有必要的。

拜上次的聚会风波所赐，江少陵对于此次聚会不再强势，他把晚上的饭局说给伽蓝听，让她自己做决定。

伽蓝从衣柜里取出他的黑大衣，笑着问：“如果我不去，你会不会很生气？”

他笑，难道她还不明白吗？他只有在涉及林宣的时候才会生她的气，至于其他事……他不勉强她，也不愿意勉强她。

他在系西装的纽扣，却抬眸定定地看着她："我是否生气，你在乎吗？"

伽蓝把他的黑大衣挂在臂弯里，走过去接替他的工作，帮他系纽扣的同时，仰着脸言语清晰地告诉他："在乎。"

江少陵被这声"在乎"打动了，这说到了他的心里去，他带着笑意看着她，情难自制地亲了亲她的唇，见她微笑不语，他伸出手臂紧紧地抱着她："晚上见到阿衡，我和他简单说几句话就回来，不会逗留太晚。"

很简单的一句话，不仅包容了伽蓝未曾出口的"不去"，也夹杂着江少陵悄然流露的温情。这一刻，他不惧她窥探出他的心事，他对她爱恨不得，不过是因为恐惧记忆里的那份温暖会随着她的漠然渐行渐远，只要她不排斥他的靠近，他愿意效仿旧时光里她曾对他做过的步步递进，他想告诉她的是：一米八五和一米六三虽然无法在大学校园里共同谱写一段恋情，但他们却可以在都市婚姻里重新谱写出一段烟火人生……

晚上在一家私人餐厅里聚餐，顾及杜衡不宜曝光，出入十分隐秘。江少陵路上耽搁了，晚去了十几分钟，走进包间时，窗帘闭合，灯光刺目，杜衡正和周强、周强的妻子，以及侯延年坐在一起玩纸牌，有女子坐在侯延年身旁微笑着观牌，应该是侯延年的妻子。

2012年隆冬，29岁的周强与同公司企划室女总监步入婚姻礼堂；2013年初秋，30岁的侯延年与女助理日久生情领取结婚证，截至现在尚未听说他们有筹办婚礼的打算；目前只有杜衡还是单身一人，杜衡多年来游走在娱乐圈，女朋友倒是交往了不少，却还没有定下来的意思。

2012年，江少陵曾在百忙之中回国参加周强的婚宴，倒是和周太太有过一面之缘，至于侯太太却是第一次见。

杜衡等人正在玩牌，见江少陵走进来，虽然三位好友坐着没动，但周太太和侯太太却出于礼貌站了起来。

耀眼的灯光下，朝几人缓缓走来的男子成熟而又稳重，帅得令人直飙血，简直是360度无死角。

"江先生，好久不见。"周太太率先朝江少陵迎了上去，并朝他伸出了手。

周太太结婚的时候曾见过江少陵，自此再也不追娱乐圈的男明星了，完全成了江少陵的脑残粉，如今见到江少陵分外兴奋。周强倒也大度，坐在椅子上只是微笑，如果是别的男人他或许还会担心妻子红杏出墙，但如果对象是少陵，就另当别论了，这世上谁都可能游走在婚姻边缘，唯有少陵不会。

“好久不见。”

江少陵声音似有磁性，伸手回握周太太，垂眸微笑的时候，嘴角……

性感啊！

周太太吞咽了一下口水，侯太太也没好到哪里去。侯太太是第一次见到江少陵真人，以前倒是在公司里听说过不少他的传闻，也曾见过他大学时期的照片，包括近几年他的一系列商业访谈，但现实中第一次接触江少陵，只觉得真人比报纸杂志上还要英俊，尤其是他嘴角微笑的时候，仿佛暖春来袭，室内室外早已是花开遍地。

第一次见到这么英俊的大帅哥，侯太太多少有一些沉迷流连，以至于江少陵伸出手同她打招呼时，她还愣愣地站在那里一动也不动。

杜衡一扫之前的阴郁，坐在椅子上哈哈大笑，盖上牌不玩了，看热闹不嫌事大地拍了拍侯延年的肩：“益寿，我早说过千万不要带你老婆来见少陵，这不，魂被勾走了吧？你还不赶紧帮她把魂给叫回来？”

侯延年原本还坐在椅子上佯装大度，听了杜衡的话，腾地一下站起身，动作极快地把妻子拉到身后，然后伸出手狠狠地回握江少陵：“我帮我老婆代握回礼，我老婆叫邓飞飞，我之前跟你提过。”

江少陵无视手指上传来的力道，嘴角笑容迷人，益寿是说过。

这时，周强也有意无意地挡在了周太太面前，不让她正面接触江少陵，扑克脸有毒，尤其是结过婚的有夫之妇，还是少接触比较保险，要不然容易出事，也不利于家庭和谐。

杜衡离开牌桌，走到餐桌前坐下，见江少陵一个人过来，好奇地道：“小天才没跟你一起过来吗？”

“明天启程回纽约，她还有一些私事需要处理，不方便过来。”江少陵无意说太多，杜衡与周强等人虽然有其他想法，却也不便多说什么，一如多年前，即便是伽蓝和林宣在一起出双入对，他们也不能当着江少陵的面吐槽伽蓝的不是，因为江少陵不喜。

侯延年伸手握住妻子的手，发现她脸色泛红，手心更是出了一层虚汗，忍不住开口问她：“你很热吗？”

侯太太摇头：“我不热，主要是江先生实在是太英俊了，所以我才会激动得直冒汗。”

侯延年：“……”

他忽然不想说话了。

晚餐尚未开席，窗外已是夜幕降临，包间内静谧而又温暖。这晚杜衡回归朋友圈状态还不错，但一切不过是表象罢了，事情发生在他自己身上，就算再难也只能咬着牙挺过去。

也就是这天晚上，侍者敲门送菜，江少陵并未察觉出异常，他正在和杜衡说话，直到侯延年和周强笑出声，他才抬眸望向门口。

目光所及，本不该出现在这里的伽蓝，宛如盛开在阳光下的一朵耀眼名花，她穿着打底及膝连衣裙，黑色毛呢大衣和同色高跟鞋，同她一起现身包间的，还有两位推着送餐车等待上菜的侍者。

灯光洒落在她的身上，黑白相间的发丝闪烁着点点光芒，魅力惊鸿，她和江少陵一样都有一双引人犯罪的眼眸，智慧中带着冷锐和警觉，却偏偏勾人心事、扰人情绪。她是极少数可以把正与邪融为一体的女子，当她优雅得体地走进包间时，周身的气质大概只能用“蛊惑人心”才足以形容。

她蛊惑的是江少陵的眼，江少陵的心。

这个叫江少陵的男人，有一颗高深莫测的内心，沉稳坚忍的性情，对异性的关注度几乎为零，入席后几乎很少微笑，但看到伽蓝忽然出现在包间里，他坐在椅子上不动，一颗心却隐隐躁动起来，只因她给了他意外，也给了他惊喜。

众目睽睽之下，伽蓝端着一盘爆炒深海鱼放在餐桌上，鱼头特意对着杜衡，笑着说：“研究发现，全世界住在海边的人都比较快乐，据说海鱼中的OMEGA-3脂肪酸有让人神清气爽的功效，所以住在海边的人都很喜欢吃深海鱼，希望杜学长吃完这条深海鱼之后可以忘掉过往的烦恼，重整旗鼓高歌上路。”

包间里无声。

此时此刻的杜衡，需要这样的温情，同时也需要一条深海鱼忘记先前的不快，而这一切全都被伽蓝给做到了。

愈是处境艰难，愈是真情可贵。

杜衡看了一眼那条鱼，又看了一眼伽蓝，因为太过激动，所以语速很慢：“这条鱼是你做的？”

“是啊，杜学长有福，就连江先生也没吃过我做的深海鱼。”伽蓝是玩笑语气，回头看了一眼江少陵。

伽蓝那一眼笑意盈盈，牵引出江少陵内心的柔情，他伸手示意她过来。

她笑着走到他身边坐下，他把玩着手机，一语双关道：“不是还有一些私事需要处理吗？怎么又过来了？”

伽蓝懂他的意思，对着杜衡展露笑容：“我过来给杜学长做一条深海鱼，再说……”伽蓝伸手放在江少陵的腿上，目光安定地看着他，“再说，江先生不是在这里吗？”

江少陵微笑不语，却伸手握住了她的手，然后送到自己唇边亲了亲她的手背，他做出这样的举动，当即惊得包间内所有人缄默无言。

侯延年、周强和杜衡还好，江少陵对伽蓝有多走火入魔和执着，这些年他们都看在眼里，这两人能够柳暗花明，身为朋友他们看着也高兴。

不淡定的是周太太和侯太太，在她们眼里沉默起来酷得没朋友、即便是对朋友也是不苟言笑的江少陵，对他妻子做出这样的举动来，当真是闪瞎了她们一双双明媚大眼。

江少陵应该很爱他妻子吧？从他妻子出现在包间门口的那刻起，他的目光就没从她身上移开过……

一个男人爱不爱一个女人，他可以说言不由衷的话，做言不由衷的事，但眼神中的情意却是骗不了人的。

江少陵的妻子不属于美女，但她的光彩和气质却足以盖过一众美女，尤其是微笑的时候，看上去宛如花朵绽放，真的很美。

晚上来聚餐之前，虽然周强和侯延年都对自家太太简单提起过江少陵和他妻子原本就是大学恋人，但江少陵是谁？现如今的江少陵游走在财富上游，却在长达十几年的时间里对他的大学女友忠贞不贰，试问他的大学女友又岂是泛泛之辈？

如今她们看到了，江太太黑白头发醒目独特，衣着高雅得体，素颜寡淡，一言一行无不充斥着睿智。

没错，江太太惊喜现身，做出一条深海鱼宽慰杜衡，此乃睿智一；江太太说出那番走心的鼓励言语，此乃睿智二；江太太对杜衡好，不过是缘于江先生，视丈夫的朋友之事为己事，博丈夫内心欢喜，此乃睿智三；睿智四——

伽蓝主动找周太太和侯太太攀谈，魅力指数飙升，教养好得没话说。

席间用餐，众人拿着筷子分吃那条味道鲜美的深海鱼，侯延年夸赞伽蓝做的鱼好吃，话里话外无不暗示着江少陵好生有福。

是有福。

江少陵不参与评价，把鱼刺挑干净，不动声色地放在了伽蓝面前的餐盘里，惹得周太太一脸艳羡。

周太太对着周强撒娇：“你也帮我把鱼刺挑干净吧？”

周太太说这话时，周强刚夹了一块排骨，听了自家太太的话，周强把排骨送给自家太太，笑着哄："挑鱼刺比较麻烦，还是吃排骨吧！这家餐厅排骨做得不错，你尝尝。"

周太太气结。

这晚用餐结束，众人移步休闲区，还没交谈几句，江少陵的手机就响了起来，他摸了摸伽蓝的发，起身接电话，身形俊朗挺拔，彰显出他日渐厚重的阅历和成熟。

伽蓝看着侯、周、杜三人，虽说他们一个个早已不复旧时模样，如今都有各自的事业和情感轨迹，但还好江少陵和他的这些朋友一直紧密牵连，从未离散过。

趁着江少陵接电话，杜衡有话要对伽蓝说。

包间牌桌的一角，纸牌尚未整理，乱七八糟地摊放在桌子上，杜衡请伽蓝入座，看着伽蓝说话时，眼眸温润，隐有光华浮动："蓝蓝，我要谢谢你，你做的深海鱼很好吃。深海鱼的味道，我想我会铭记一辈子。"

伽蓝嘴角含笑，百无聊赖地翻了翻桌上的纸牌，淡淡地开口："杜学长，很多智者都曾说过一句话，今日的大事，明日就是小事，来年就是故事。爱也好，恨也罢，你曾不顾全世界的反对爱过一个人，也曾顺应内心结束一段让你痛苦无比的爱情。人生苦短，不管是爱，或是不爱，你都曾亲身经历过，对于你来说已是莫大的幸运。闹市生活，其实每一段爱情都充斥着危险，失去了不过是无缘无分，大可不必将爱情剔除在生命之外，2014年你是讲故事的人，而不是活在故事里的一个悲情小角色。"

伽蓝这番话说得很轻，却入了杜衡的耳，也扎入了他的心，出事以来虽有不少人劝慰过他，但真正能令他有所触动的唯有伽蓝一人。

她治愈了他。

"蓝蓝，你这么聪慧，如果你不是少陵的妻子，我想我一定会爱上你。"杜衡说出这样的话，总归是欣赏盖过喜欢，若是他真的爱上伽蓝，哪怕伽蓝是江少陵的妻子，想必也无法阻止他为她蠢蠢欲动。

毕竟，爱由心生，只要不破坏对方夫妻感情，爱原本就是很私人的一件事。

伽蓝不会不明白这个道理，杜衡说的是玩笑话，她也无须当真，遂半开玩笑道："幸亏杜学长没有爱上我，要不然你多半会变得很不幸。"

杜衡顺着伽蓝的话，目不转睛地看着她："这个不幸也包括少陵吗？"

问话里夹杂着试探。

伽蓝笑了笑，不紧不慢地将桌上的纸牌收集在一起，看来杜衡真正要对她说的话才刚刚开始，既然他有话要对她说，她只需静等便是。

休闲区的说笑声传过来，越发显得牌桌一角寂静得有些异常。杜衡沉默，是因为他在斟酌即将出口的话，顾虑江少陵不知何时会结束通话，所以杜衡并没有沉默太久：“蓝蓝，我想没有人会比少陵更爱你了，他只是不善表达，但他爱你，明眼人都能看出来，我相信你也能。”

伽蓝听着他的话，嘴角的笑容宛如淡墨晕染在宣纸上，情绪未受影响，她从纸牌里去掉大小王，重新把牌洗好，然后分成了十二摞。

杜衡看着她分牌，不愿其他人听到他们的谈话，所以压低声音道：“蓝蓝，因为少陵爱你，所以他可以漂洋过海去找你；因为少陵爱你，所以他可以孤身在华尔街打拼。你应该很清楚，华尔街是高智商的集结地，那里从不缺人才，2009年春末我去看他，他生着病还在工作，我看着他很难过，所以那时候我有点怪你，他抛弃国内所有只是为了更加靠近你，哪怕当时你已经是别人的未婚妻，他依然陷在一个叫伽蓝的怪圈里走不出去，所以他只能自己在痛苦里备受煎熬，苦苦挣扎……”

说到这里，杜衡看着伽蓝，伽蓝从第一摞纸牌里抽出最下面一张牌，然后根据牌上的数字，去抽数字牌下面的最后一张牌。

她反复做这些动作时，表情平静，思绪不明，垂落在脸侧的白发进到杜衡的眼眸里，杜衡轻轻地叹了一口气：“我不应该怪你，我知道你心里其实也不好受。当年少陵公司出事，我回家求我父母借钱给我，后来匆匆签约经纪公司，只是为了能够尽快拿到钱帮衬少陵一把；益寿和周强为了筹钱也是四处奔波；苏姨背着少陵打算把房子给卖了；就连我们一直觉得太过娇气的苏薇，也曾为了少陵情急之下做出傻事；那时候唯有你这个正牌女友不见踪影，我们难免会对你有些成见，我们不求你帮助少陵，但至少你在他最难的时候给他打一通电话也好，但你没有。”

伽蓝反复抽牌，嘴角的笑容却在逐渐变淡，对于杜衡的话，她没有拒听的打算，她很沉默，也只能沉默地听着了。

杜衡说：“软件公司寻求到新投资之后，少陵一直很忙，他有很多事情需要收尾处理，我知道他疏忽了你，他也知道他犯了一个大错。你离开之后，我们才知道你母亲去世了，为此少陵在你家台阶上坐了两天一夜，我和益寿都去劝过他，但他不听，他垂着头一直在流泪……”

伽蓝抽牌的动作僵滞，心事开裂，她的痛觉姗姗来迟，难以抑制。

她从未见他流过泪，她以为他是不会哭的。

杜衡的声音还在棋牌室里持续发酵：“我记得很清楚，那天若不是苏姨陪着少陵坐了大半夜，想必他会一直坐在你家门口不肯走。他本来就不是一个喜欢吐露心事的人，你离开以后，我们很少见他笑过，就连私下相处他的话也很少，他在惩罚自己。你说你没有父亲，S市也没有你的亲人，为此少陵去找过廖鸿涛，甚至找过很多与你幼时有关系的人，但他们都不知道你去了哪里。你以前的那些邻居虽然对他说，你母亲去世后，有一位中年外国男人带着妻子和儿子出入你家，帮着你一起料理你母亲的后事，但他们能给出的信息实在是太少，少陵想要找到你无疑是大海捞针。他只能把希望寄托在你母亲的墓园里，2006年清明节、2007年春节期间、2007年2月15日、2007年清明节、2008年春节期间、2008年2月15日、2008年清明节，他几乎全天都守在你母亲的墓地里，他以为你会回来祭拜你母亲，但你没有，他从清晨等到深夜，也从满心期待迎来了满心死灰。2008年4月初，我经纪人代我接受顶级富豪沈家明的重金邀约，预定4月12日前去纽约为他女儿的订婚宴献唱，我真是没想到，你竟然会是沈家明的独生女儿。”

这时，伽蓝率先抽完了一摞数字牌，类似塔罗牌算命，她不信所谓的幸运月，随手打乱，如同她看似平静，却早已乱了节奏的心事跳动。

2008年，江少陵得知她的下落前去剑桥找她，她知道一定有那么一个契机才会让他得知她的下落，但她从未想过竟是和杜衡有关。

也对，她订婚的时候，杜衡在国内正当红，父亲邀约……是父亲邀约的吗？

伽蓝的笑容原本已经消失不见，但此刻她又想笑了，她想大声讽笑。

杜衡回忆往事，语气沉重了许多：“蓝蓝，你一定没有发现我的存在，你那天喝了很多酒，醉醺醺地追着头纱跑，我站在人群里看着你，震惊、激动，还有一丝难过。我震惊你的身份，我为少陵感到激动和欢喜，我难过是因为那天你成为别人的未婚妻，更难过你的白头发，我以为你是漂染成了白发，但我身旁有位宾客熟知内情，他对其他宾客说，他在2006年3月份见到你的时候，你的头发已有发白迹象，你那天对着你天上的母亲大声喊你订婚了，我难过的同时，忽然很庆幸少陵没有看到这一幕，如果他看到这一幕他一定会比我难过千倍、万倍。回国后，我原想第一时间把你的行踪告诉给少陵。4月18日那天是少陵的生日，我去找他，他请我去S大夜市吃了一碗长寿面。只有我和他两个人，但他却叫了三碗长寿面，他说另一碗是给你留的。2006年4月18日，还有2007年4月18日，他都会去那里叫上两碗长寿面，一碗他自己吃，一碗摆上筷子留给你吃。蓝蓝，少陵对于感情一向看得很淡，我从未见他那么在乎过一个人，我忽然不敢告诉他实情了，你离开他已经两年，万一你很爱你的未婚夫，如果少陵知道真相的话，他怎么受得了？”

伽蓝又开始洗纸牌了，似是在强迫自己必须忙碌起来，她一直以为随着时间的流逝，生命里存在的创伤和疼痛一定会跌落在时光长河里渐渐消散，却忘了这世上有一种情感哪怕是埋藏经年，一旦被人触及，注定会狰狞苏醒，残忍至极。

她曾试图淡化过往，也曾尝试着将过往剥离出她的灵魂，但杜衡的话却搅得她内心一阵刺痛，她曾深深地爱着江少陵，但她的爱不仅痛苦了她自己，也给江少陵带来了咄咄逼人的伤痛……

从一开始，她就不该招惹他。

远处阳台上，江少陵结束通话走了进来，见伽蓝和杜衡避开众人坐在棋牌区域讲话，并未上前，而是坐在了休闲区同周强和侯延年有一搭没一搭地说着话。

江少陵想的是：蓝蓝说话自有慧黠处，若是和阿衡交谈一番，能够让阿衡尽快走出阴霾，倒也称得上是好事一桩。

他又怎知，杜衡谈话中的男主角从头到尾都是他？

伽蓝洗牌的动作流畅，修长的手指格外纤细漂亮，杜衡沉了眸，这双手原本应该是一位画家的手……

杜衡看着伽蓝："2008年7月中旬，苏姨帮少陵打扫房间时，不小心摔坏了你当初送给少陵的肖像画框，你还记得你在那幅油画背面都曾写过一些什么话吗？"

伽蓝沉默不语，写过什么话很重要吗？

2006年，伴随着母亲离世，有关于她的爱情之镜猝然砸落在地，镜面破碎难以成形，她在碎片中看到了她和他的穷途末路，更看到了一场爱情是如何在痛不欲生中戛然毁灭的。

情事消散，连带消散的还有那些被她悄然隐藏在油画背面的寥寥心境爱语，所谓往事不可追，与其恍惚惦念，还不如清醒遗忘。

杜衡却"不容许"她遗忘，他"强迫"她接受过往的事实："2005年4月18日，你在少陵生日那天送给他一幅油画，油画背面写着'此生，唯母亲孝，唯陵足矣'，这十个小字被你悄然隐藏在油画后面，它们在延迟三年之后才被少陵看到，8月初我去探望苏姨，苏姨讲起这件事，我才知道当晚少陵回到家里看到那十个小字，他的眼里都是泪……"

说起往事，杜衡眼睛湿了，就连声音也是几度凝噎："我在想，或许你心里还深爱着少陵，所以我把你的行踪告诉给了少陵。知道你的行踪，少陵很激动。我告诉他，你已经订婚了，他整个人都蒙了，你很难想象笑容在他脸上从有到无，再从无被迫变成有，其间的过程究竟有多残忍和虚弱。他回书房订机票的时候，眼睛湿润，却笑着对我说：'阿衡，我伤了她的心，我必须把她找回来。'"

伽蓝把纸牌成双成对地摆放在牌桌上，杜衡真情流露，唯有她看起来是那么无动于衷，但又有谁知道，常年以来她一直在用最无所谓的姿态捧着伤疤疲惫上路。

她从未恨过江少陵，也从未怨过他，他没有错，错的是她，她无法原谅自己，更无法无视母亲的死亡继续和他在一起。不是他不好，而是她再也爱不起他，所以只能快刀斩乱麻，还他一片清明，奈何他看不破……

杜衡望向休闲区，堪堪对上江少陵的目光，看得出来少陵虽放任他和伽蓝坐在一起聊天，但他在和其他朋友聊天时显然是有一些心不在焉，数次目光凝视，可见占有欲该有多浓。

杜衡对江少陵做了个少安毋躁的表情，江少陵漠然以对，却移开眸子不再看着伽蓝，大概连他本人也觉得他的注视太过频繁了一些。

目睹此景，杜衡坚信，如果伽蓝是一只鸟的话，依江少陵的性子，他绝对会打造出一个金丝笼把伽蓝关进去。

2008年8月正值暑期放假，江少陵以为伽蓝回到了美国纽约，他乘机抵达美国纽约那天，从沈家门卫那里获知伽蓝暑假并未回纽约，未曾多做休息，他连夜乘机飞往伦敦，辗转抵达剑桥。

几日后，江少陵回国，杜衡询问他是否见到伽蓝，他很沉默，只对杜衡简单提及伽蓝不在剑桥，他并未见到她。

10月份，侯延年和杜衡一起吃饭，侯延年无意中提起江少陵，说他前一日飞去英国，也不知道是为了什么事。

剑桥大学10月初开学，杜衡知道江少陵是找伽蓝去了。令杜衡没有想到的是，江少陵从英国回来后竟开始清算个人资产，不惜丢弃一手建立的事业，甚至不顾众人的劝阻执意去了美国……

他做这一切，不过是因为一个伽蓝。

2014年2月深夜，杜衡对着伽蓝吐出内心的肺腑之言：“蓝蓝，一旦少陵心里认定了某个人，他就会一条路走到底，哪怕这条路漆黑无比，根本就看不到未来，他也不会有所动摇。是你对我说的，今日的大事，明日就是小事，来年就是故事。2014年，我们应该跳出来讲故事，而不是继续活在故事里被角色所累。我希望你和少陵能够快快乐乐地过一辈子，你们智商那么高，实在不该在情爱世界里兜兜转转，我看着不忍，苏姨在天上看到了也会不忍，我想你母亲也会……”

“杜学长，我明白你的意思。”伽蓝拿着手中的纸牌，对上杜衡的眼眸，她没想到杜衡竟会用她之前劝慰他的话反过来开导她，她是给自己挖了一个坑吗？

伽蓝这话类似于承诺，杜衡终于笑了，大概觉得自己的一番真心话物有所值，所以满意地站起身，示意伽蓝随他一起回到休闲区：“我怕我们再不回去，少陵很有可能会用眼神杀死我。”

伽蓝笑了笑，坐在椅子上不动：“杜学长先过去吧，我把纸牌配完对就过去。”

给纸牌配对很重要吗？

杜衡嘴角抽搐了一下，摸摸鼻子率先去了休闲区，坚持完成一件事情，有时跟责任心有关，有时跟完美主义有关，有时却是跟强迫症有关。

伽蓝应该属于后者。

几秒以后，还是十几秒以后，有人朝她走来，然后在她身旁止步，垂眸看着她分牌配对，那人声音低沉而又浅谈：“阿衡都对你说了一些什么话？”

伽蓝分着牌，很孩子气地小声嘟囔道：“我不敢说，我怕江先生会生气。”

“你说，生不生气我定。”其实说这话时，他有一些心不在焉，因为伽蓝配对纸牌数字时出现了一个小“偏差”，她把“3”和“4”配成一对，江少陵看到了，本想说她配错了，但她不可能配完两张“3”和“4”，紧接着又将另两张“3”和“4”放在一起……

伽蓝把手中的纸牌配完对才仰脸看着江少陵，他垂眸看着她，瞳眸暗沉却有微光划过，宛如皎月在夜色中散发出清辉，又如滔滔清泉流动，因为太过真实，所以终于不再是一场幻象残梦。

在他轻而柔的目光注视下，伽蓝对他露出微笑，用真假不明的语气试图挑拨离间：“杜衡说，如果我不是你妻子，他很有可能会爱上我。”

“阿衡真的说过这种话？”江少陵不受伽蓝话语的影响，但嘴角有笑却是真的，笑容无奈、纵容，只因伽蓝这番话玩笑心态过重，十有八九是在说谎。

伽蓝只笑不语，她说的是真话，但多少夹杂了几分恶劣本性，眼神与他对接，她看到自己的微笑在他漆黑的眼眸里正在摇摇欲坠，遂伸手抱住了他的腰身，然后把脸埋在了他的怀里，他的衬衫衣料上有着清冽的植物香，伽蓝觉得很好闻。

对于江少陵来说，她的这个拥抱终于不再像前几天那么敷衍了事，至少他能清晰地感受到来自于她的依赖和撒娇。

他还真是有点受宠若惊。

他抬手抚摸着她的发，扫了一眼牌桌上的四对“3”和“4”，过了好一会儿，他终于轻声开口，是提醒，也是试探，他问：“你确定‘3’和‘4’是一对吗？”

“确定。”她声音闷闷的，笑意却很明显。

闻言，江少陵心事喧嚣沸腾，却又怕惊扰到她，所以呼吸极轻，也极缓。

她的生日月份是3月，他的生日月份是4月，她和他在日常相处过程中，虽然话语不多，但默契度一直都在，他意识到那个“3”和“4”很有可能代表了月份，只是不敢确定，但她一句“确定”宛如初春花朵脱离枝头，忽然砸落在他的心里，虽然没有声响，却带来柔软的疼。

这时，伽蓝恶劣心态不减，似是发现了什么新奇事：“江先生心跳速度好像有点快。”

江少陵笑着说："是有点快。"

包间休闲区不知何时已经归于沉寂，众人朝牌桌的一角望去，白衬衫男子垂眸跟妻子说话时，满眼温柔，一举一动简直帅出了新高度，周太太和侯太太目睹此景可谓是满脸艳羡。

怎么办？她们也想被江先生抱一抱。

别说女人看到江少陵会脸红心跳、猛咽口水，就连身为男人的周强有时候看到江少陵也会想入非非。

周强拿着一块糕点塞进嘴里，边吃边感慨："但愿下辈子我能投胎做一个女人，到时候我一定会想方设法成为少陵的女人。"

此话一出，侯延年和杜衡都觉得有点恶心，实在是不敢想象那一幕，至于周太太……

周太太皮笑肉不笑地看着周强，周强后知后觉地反应过来自己说错了话，颤巍巍地放下吃了一半的糕点，心里呜呼哀哉，他老婆怨气这么浓，回家后该不会效仿容嬷嬷拿针扎他吧？他好怕!

深夜回家，该感到害怕的那个人应该是伽蓝才对。这晚回到二楼主卧室，江少陵把臂弯里的黑大衣随手扔在沙发上，然后开始动手解西装的纽扣，提起晚餐那条深海鱼，江少陵似笑非笑道："我不知道你还会做鱼。"

他说这话时，伽蓝刚把毛呢外套上的带子给解开，听了他的话只是笑，她为其他男人下厨做鱼吃，他在饭桌上不便说些什么，但心里总归是有一些不高兴。

"改天我做给你吃。"

伽蓝脱下毛呢外套，走到沙发前，弯腰捡起他的外套，正准备挂起来，却听他说："先不用管外套，你过来帮我把衣服给脱了。"

什么？

伽蓝愣愣地看着江少陵，帮他脱衣服？她没听错吧？

"听江少陵的话。"江少陵淡淡地提醒她，一双深幽的眸子更是目不转睛地看着她，眼神灼热，手上的动作却没停，他把西装外套脱下来，当着她的面再次抛到了沙发上。

动作一气呵成，透着痞气，他这是仗着男色在对她耍流氓吗？

伽蓝受制于"听江少陵的话"，放下手中的外套，走过去先是把他的白衬衫下摆从系着皮带的西装长裤里抽出来，然后抬手帮他解衬衫的纽扣，一颗一颗纽扣解开，她知道他在看她，严格意义上来说，是一直盯着她看。

伽蓝还算镇定，帮他把衬衫的纽扣全部解开之后，她垂眸看着他若隐若现的腹肌，目光“不小心”再往下是他的黑色皮带和西装长裤……

伽蓝有点下不去手，也有一些迟疑。

“继续。”

男子嗓音暗沉。

伽蓝犹犹豫豫地伸出手解开他的皮带扣，刚抽掉皮带，就听他哑着声音说：“你今天还没亲我。”

伽蓝呼吸的节奏变了，他说的是事实，她今天只是拥抱了他，还没有给他一个吻。她终于抬眸对上江少陵，她在他的眼眸里看到了隐忍跳跃的火花，火花危险，他含情脉脉地看着她，无声蛊惑她更危险。

就是因为危险，所以伽蓝飞快地亲了亲他的唇，他却不等她落实逃离的冲动，已伸手搂着她的腰迫使她亲密地贴在了他的身上。

从江少陵身上散发出来的热量透过衣料过渡到伽蓝身上，属于他的体温和气息无声无息地包裹着伽蓝，大概是他太过温暖，所以她的头有点晕。

江少陵嘴角上扬，英俊的脸庞凑近她，声音很轻：“你在紧张？”

“没有。”伽蓝口是心非，她好像听到了自己的心跳声，他一定要和她靠得这么近吗？

“你知道我要做什么吗？”他说着话，薄唇却有意无意地贴着她的唇，他在蛊惑她，也是在引诱她。

距离那么近，伽蓝挣扎在他迷人的眼眸里，暗自咬着牙，心里极为不齿：以色诱人，实在是太过分了。

江少陵要做什么，她知道，但她不想说。

见她倔强地瞪着他，他轻轻地笑，笑声低沉悦耳。

他这是在笑话她吗？伽蓝挣了一下身体，但他的手臂有力，紧密的拥抱一如2011年12月份那个夜晚，唯一有所不同的是，那晚他粗暴而又凶狠，毫无柔情可言，但这天晚上他手臂的力道虽重，却带着隐隐躁动的情欲，他的目光不再冷如寒冰，更像是烈火焚烧。

他要烧的那个人是她，就连呢喃的言辞也是饱含着情事色欲：“不用改天做鱼给我吃，因为我只想吃掉做鱼人。”

吃掉做鱼人？

这话既简单又露骨，伽蓝呼吸又乱又急，还不等她缓过神，江少陵的唇已紧密地压在了她的唇上，她气喘吁吁地避开，近乎拙劣地寻找着借口：“我们还没洗澡。”

江少陵不许她逃避，缠着她的唇，声息灼热，音量若有似无，有些字音飘进了她的耳里，还有个别字音消失在他与她交缠的唇齿间。

但即便是模糊不清，伽蓝还是听清了他的话，他说："结束后再洗。"

结束后再洗?

他这么不要脸，伽蓝无话可说，回归床笫之间，哪怕她再如何被动，也抵挡不了一个男人压抑经年忽然迸发而出的强大欲望，她很清楚如果没有那个"3"和"4"纸牌配对，回到卧室里的他，哪怕隐忍得再辛苦也不会碰她一下。

"3"和"4"的配对成功，仿佛为他的欲望找到了一个出口，所以他才会不顾及她的抗拒，选择以最直接的方式用眼神蛊惑她，用唇堵她的话，用气息引诱她，用手指取悦她……

伽蓝不再回避，衣服被他剥除之前，她承受着他的吻，却伸长手臂摸索到卧室大灯的开关，伴随着啪的一声响，卧室陷入黑暗之中。

他身体僵了一下，黑暗里他暂缓厚重的呼吸，绷着声音问她："怎么把灯给关了？"

他对她爱慕痴缠，所以在乎她的一举一动，而伽蓝不愿他多想，她主动脱掉被他剥除了大半的衣服，然后伸手攀着他的背，引导他覆盖在她纤瘦的身体上，柔着声音对他说着露骨的言语："开灯容易分神，我想在黑暗里好好地感受你。"

他的多疑和僵硬，最终抵不过她轻飘飘一句话，被她的言语击中的他，身体开始放松。那年那月那日，他对她的粗暴之举至今还历历在目，他和她避之不谈，无非是过往太过不堪，但不谈并不意味过往不存在，事实上他担心她记恨他，甚至会在床笫间排斥他。

结婚后，为了杜绝他的靠近，她甚至拿枪指着他，不过是因为她心里有了阴影，而他当初伤她太重。

他有心弥补她，所以才会极力取悦她，他在黑暗里沿着她的额头开始往下亲吻，薄唇温润柔软，伽蓝的触觉在黑暗里被无形放大，此时的她眼睛已经适应黑暗，天花板上浓墨变淡，过往的伤痛好像也在无形中被一缕缕微光给打散，宛如夏花般明媚生长。

他和她的身体在黑暗里肌肤相亲，热度交融宛如持续温烧的病人，都说性是爱的催化剂，他虽沉稳地掌握着节奏，但在激情的催动下，伽蓝被他的热情震慑，一贯冷静从容的他仿佛在她的身体里迷了路，所以才会反复探索，强硬的力道致使伽蓝内心生怯，却毫无回旋余地。

他和她之间没有任何言语交谈，有的只是进攻和承受，直到后来他抱着浑身没有力气的她融为一体，伽蓝只觉得身心分离，精疲力竭得似乎只剩下喘息和呼吸。

她汗湿的长发铺陈在枕头上，身体被他抱在怀里，等待余韵过去的那段时间里，她聆听着他强壮的心脏跳动声，感受着他紊乱的呼吸节奏，忍不住哑着声音说：“我没想到江先生的持久力会这么好。”

他笑，温存地亲了亲她的唇，半真半假道：“休息片刻，我们继续。”

继续?

自作孽不可活，如果再来一次，伽蓝觉得自己很有可能会晕过去。

伽蓝没有晕过去，两人疲倦而眠，直到凌晨四点多，她在睡梦中再次感受到他复苏的欲望，基于先前的教训，她化被动为主动只是希望能够速战速决。她在朦胧的卧室光线里，配合他的探索和进攻，如此肆意地放纵她自己，却也不过只是在泛白的天色中重复先前的战栗和迷失罢了。

也就是这天清晨，江少陵洗完澡穿着浴袍回到卧室，就见伽蓝已经起床，她穿着一件长及大腿的白衬衫刚把窗帘拉开，而她身上那件白衬衫是他的，昨天被他丢到床边的地毯上，如今却被她穿在了身上。

晨曦洒落在她身上，他走过去从身后紧紧地抱着她，俊颜微侧亲吻她的脸、她的脖颈……

伽蓝微笑着露出颈部让他亲，直到衬衫下摆被他捋高，他修长的手指贴放在她的大腿内侧并缓缓向上游移，她才伸手按住了他不安分的手。

他精力充沛，但她知道自己已经没力气了。

江少陵没有强迫她，他贪恋她的身体，无非是情难自制，但同时他也知道，他把她折腾得精疲力竭，她也确实是累了。

玻璃窗镜面上若有似无地映射出她和他的身影，他抱着她，脸颊贴着她的发，同她一起看向窗外的园景，镜面里的“他”眸色温情。

万籁俱寂的清晨，伽蓝对着镜面里的“他”淡淡开口：“江先生，我不跟你回纽约了。”

江少陵手臂力道微松，拉开彼此的距离，静静地看着她。他没有追问原因，是因为伽蓝在他怀里转过身，双手扯着他腰间的浴袍，轻声细语道：“我想在这里住一段时间，想一想是否有必要见一见过去那些人……”

不等伽蓝把话说完，江少陵已打断了她的话，他说“好”，然后把她抱在怀里，贴在她的耳边再次说了一声“好”。

只要她听话，不做他勒令禁止的事，她想做什么都可以，是真的都可以……

第五章

藏爱：柳暗花明，四叶草也有春天

这天江少陵乘机飞回纽约，透过舷窗望向窗外，云朵在高空中连绵起伏，似海浪又似山峦。多年来第一次，江少陵游离在国与国、城市与城市之间，心中不再流淌着无法回避的空虚和无穷无尽的欲望，高空放松地入眠，不过是贪恋俗世欢喜，不过是因为梦里有她。

此番回纽约，郑睿和几位随从下属全程跟随。三万英尺的高空里，空姐身材高挑，容貌极佳，不时在头等舱里来回走动，每次经过江少陵身边时，总会忍不住多看他两眼。另外，过道旁有位美国女孩以看书做掩护已经盯着江少陵看了许久，直到对上郑睿的目光，女孩这才露齿一笑，她用地地道道的美国英语跟郑睿搭讪，询问郑睿一伙人去纽约是出差，还是去做生意。

郑睿说："做生意。"

女孩看了一眼闭目入睡的江少陵，问："你和这位大帅哥是什么关系？"

郑睿说："他是我老板。"

女孩想问大帅哥是否有女朋友，许是觉得太过唐突，所以拐着弯评价道："你老板看起来很年轻。"

郑睿说："我老板已经结婚了。"

女孩手指抖了一下，搭讪终结，她笑了笑不再说话，但一直形同虚设的书籍终于在她的手指微动下翻到了下一页……

作为一名商人，江少陵以鲨鱼姿态并购各大、中、小型企业，对于经商，他有着极其敏锐的洞察力和精准的决策力，很多时候哪怕他不发火，也会让很多下属对他望而生畏。

他们敬畏他的不苟言笑，颜值高又怎样？没有人能在他极具震慑力的目光注视下还能保持冷静和平静，但归国奔丧的他再次回到纽约，尽管神色冷漠，举手投足间却透露着惯常难以出现的温善。

抵达纽约未世总部，除了接连不断的会议，仅是客户预约会面就有好几页，更何况还有一大堆公事等着他逐一完成……

当天深夜江少陵给伽蓝打电话，中国那边正是阳光晴好的上午。江少陵给伽蓝打电话之前，伽蓝有事吩咐陆离去办，她让陆离帮她寻找一个人，因为年月久远，所以寻找起来多少有一些麻烦。临别前，伽蓝叮嘱陆离："这件事需对江先生保密，如果他打电话问起你的行踪，你就说我放你半个月假期回家探望双亲。"

陆离不放心她的安全问题，她笑着丢给陆离一句话："我不伤害别人就不错了，所以在我制造杀孽之前，你早去早回。"

陆离受她话语的影响，不再多言，转身就走。

江少陵打电话给伽蓝，得知她正坐在花园草坪上看书，他在电话那端反问她："阳光下看书不伤眼睛吗？"

"我这就进屋。"伽蓝合上书籍，从草地上站起身，嘴角笑意轻微，江先生话间的深意，她懂。

电话里短暂沉默，面对她的乖顺和听话，江少陵再度开口说话，声音较之先前柔和了许多："我给你留了一张卡，在床头柜的抽屉里放着，没有密码。"

回纽约之前，江少陵在床头柜的抽屉里放了一张卡，这事伽蓝并不知道。花园里春花娇媚，她看着那些热烈绽放的花朵，对着大洋彼岸的他淡淡回应了一声"知道了"，然后对他说："少陵，你好好保重身体。"

伽蓝说这话时，江少陵和几位软件公司的下属正坐在一家法国餐厅里聚餐。去年他从知名软件公司挖来了三名工程师，计划在两年内设计出一款全新的科技产品，宋文昊说他们最近在设计产品过程中有了很多新想法，江少陵这才约他们在餐厅见面，用餐当中聆听几人的新构思，不知不觉时间竟已走到晚上九点半。

回纽约后，缘于时差关系，他还没给她打过电话，起身离座前他示意宋文昊和他们继续详谈。僻静的一角，一通电话浅聊，最让江少陵触动的并非她那句"你好好照顾身体"，而是她口中的那声"少陵"。

从2006年开始，她已经有八年没有再叫过他"少陵"了，如今被她道出，他方才惊觉内心某一角被刺痛，只因他对她口中的“少陵”早已怀念经年。

翌日乘车前去会见客户，休闲街道两旁设有不少露天咖啡雅座，他在批阅文件中途移眸望向窗外，不经意间看到一位亚洲女子独坐一桌安静地翻看着书籍，收回目光时他忍不住笑了笑，只因他想起了她。

犹记得那日尚未离别，他对她已是诸多不舍；回到美国后，他对她的思念更是与时俱增，但凡是任何与她相牵连的人和事，似乎都能令他在转瞬间心存温软。

一日清晨，他在江水墅健身房里跑步，管家肖玟站在门口告诉他：“沈先生来了。”

回来已有三日，他还不曾见过沈家明，他和沈家明都很忙。

其实，他和他的岳父都称不上是什么善人。

清晨司机开车经过江水墅一带，沈家明突然造访不过是心血来潮，他没有进屋叙谈的意思。

沈家明站在主宅的台阶上，见女婿穿着一身家居服走出来，他温和地拍了拍女婿的肩：“逝者已矣，好在是善终，节哀。”

江少陵微笑不语，确实是善终，苏姨死前没有经历太多痛苦，生死之事，向来是身不由己，发生后只能被迫去接受，不节哀又能怎样？

他请沈家明进屋喝杯茶，沈家明笑着摇摇头，问他：“Sylvia没有随你一起回来吗？”

晨曦投射在江少陵的脸上：“国内气候不错，她有意住上一段时间再回来。”

“Sylvia太过任性，你多担待。”沈家明的声音很平和。

“她很好。”

闻言，沈家明失笑，已有意结束谈话：“得空回沈家陪我打场球。”

“好。”

江少陵站在台阶上，目送沈家明乘车离去。多年前初见沈家明，他便明白沈家明是一个厉害角色，严格意义上说，心肠足够狠，也足够硬，在沈家明的价值取向里没有“输”这个字，涉及赚钱的门道根本就不存在是与非，或是善与恶，只有弱肉强食和优胜劣汰。

作为商人，沈家明很成功，但作为父亲，很多人都觉得沈家明失败透顶。蓝蓝童年时期和少女时期，沈家明放任她在国内，对她不闻不问；蓝蓝19岁回到纽约之后，他冷落她，忽视她，监视她，久而久之父女之间的感情越来越差，甚至是越来越僵。其实，一切不过是表象罢了。

2013年春末，江少陵受邀出席一个私人聚会，原以为只是商业聚会，走进邀请方的别墅方才惊觉里面竟是一片光怪陆离。

女侍者穿着兔女郎服饰穿梭其中，多达几十位姿容绝佳的年轻女子盛装出席，江少陵止步在门口。

那天有一位金发混血女子穿着一袭真丝裙朝他袅袅走来，刚对他示好地伸出手，就听身后有人在叫他：“少陵——”

江少陵转过身，是沈家明。

那天沈家明当着他的面，花费五十万美元买下一个混血女孩子的一夜春宵，但他只是付款人，受益人却是他的司机。

是夜，司机开车带女孩子去酒店，女孩子坐在车里娇声赔笑。座驾离去，沈家明似笑非笑地看着江少陵，声音很平静：“看到了吗？金钱可以让妓女伪装成名媛，但同样是金钱，也可以让有些假名媛一秒钟变成最淫荡的妓女。”

沈家明说这话时，江少陵和他正置身在别墅出口，司机把车开过来，郑睿下车后顺势打开了后车门。

江少陵面无表情地朝座驾走去，身后传来沈家明冷冷的声音：“少陵，有些女人我可以嫖，但你不可以，谁让你娶了我女儿，谁让你的岳父是沈家明呢？”

嫖？

江少陵靠着后车座轻笑出声，然后他按下车窗玻璃，对着沈家明慢悠悠地开口：“岳父，我不是您。”

沈家明没有动怒，甚至连眼皮也没有抬一下，他扯唇微笑：“我很欣慰，你不是我。”

“开车。”这话是对司机说的，车行一分钟，江少陵对坐在副驾驶座上的郑睿下达命令，“去查究竟是谁泄露了我的行踪。”

邀请方没有那么傻，他和沈家明是翁婿关系，商界谁人不知？面对如此不单纯的聚会，邀请方绝不可能同时邀请他和沈家明出席，所以唯一的可能就是沈家明收买了他的人……

当天晚上，江少陵通过电话告诉宋文昊，负责邀约审查的秘书被开除了，邀请方更是被他拉到了拒绝往来客户名单；两天后，一位跟随他两年的随从下属再次被炒。

其实他和沈家明在掌控欲方面半斤八两，就连公事对决也是毫厘不差，公事落定更是一言而决，不容置疑。在此之前，他一直以为沈家明对蓝蓝漠不关心，但沈家明误以为他做坏事现身阻止，对蓝蓝又何尝不是一种变相的维护呢？

回到纽约的第四日，参加晚宴，席间觥筹交错，郑睿拿着手机来找他，他没有接听的打算，直到郑睿凑到他耳边说："是太太。"

她在遥远的中国发视频电话给他，他避开晚宴的音乐，站在庭院中看着手机里的她，背景是茶餐厅，设施有些陌生，但桌子上摆放的饭店招牌却清晰入目，原来她回到了S大东苑美食街，回到了她曾经最爱吃的那家茶餐厅里。

伽蓝坐在茶餐厅里，长发披散，嘴角微微翘起："我没想到，它还在。"

迎着风，江少陵笑着问她："饭菜味道变了吗？"

"变了。"虽然变了，她却没有丝毫触动，只是淡淡地陈述着事实，"还是以前那位厨师，可能是年纪大了，做菜味道大不如前。"

江少陵沉默片刻，温声宽慰她："有一种东西是不会变的。"

"什么？"她在视频画面里目不转睛地看着他。

对着手机，他迎上她的眸，眼神潋滟中透着柔情，他把答案丢给她："你知道的，蓝蓝。"

听了他的话，仿佛有韶华光芒在她的眼神里流动，就连低眉浅笑也带着撩人心弦的暖，她懂了他的意思，却没有回应他的话，只是低头沉默地吃着菜。

江少陵眼角眉梢都是情，忍不住笑着问："你和我视频，是为了让我看你吃菜？"

她笑，很直白地告诉他："不抬头看你，是怕自己会泄露心事。"

他屏住呼吸问："什么心事？"

"你知道的，少陵。"话音落地，她终于抬眸看着他，笑盈盈的嘴角让他怦然心动，隔着屏幕，隔着中国和美国万里之遥，两两相望的瞬间，仿佛时间就此停止。

那句"你知道的，少陵"搅得他隐隐躁动，若不是一堆公事等着他处理，他早就乘机过去找她了……

回到纽约的第七日，听说沈家明日前偶感风寒，便于午后乘车前去探望。

马修告知他沈先生在马厩喂马，沏了一杯茶放在江少陵面前，这才转身去马厩通报沈先生。

那茶，江少陵没喝，他走出主宅透气，没想到竟在小花园里和苏薇相逢。

拥有一头黑发的青年女子穿着高领毛衣和半身裙，脚下踩着高跟鞋，身材纤细有度，面容美丽而又精致。

四目相对，静默无言，苏薇心事起伏，江少陵一如既往地平静无波。

"如果当初你找不到她，你会不会选择我？"这不是苏薇第一次问他这个问题了，每当这个时候，她执着，他冷漠。

"不会。"这世上根本就没有所谓的"如果"。

苏薇黯然：“她就那么好，好到让你再也爱不上别人吗？”

午后的阳光落在江少陵英俊的五官轮廓上，平日里的他在公司运筹帷幄，唯有在提及伽蓝时方才流露出点点温情：“她是我的初恋女友，自幼天赋惊人，恋爱期间对我诸多忍让，她懂我，逗我开心，即便我伤了她的心，她在经历丧母之痛后，依然笑着告诉我，我会越来越好……初恋女友标准在那里摆着，对于我来说我的情感起点太高，没有女人能比得上她。”

苏薇脸色青白交加，他的意思是围绕在他身旁的女人都达不到伽蓝设下的及格线，所以他才会宁缺毋滥？

不够格的那个人还有她，这就是他要传递给她的事实。她被事实刺伤了，又气又恼地反击道：“你别忘了，她曾经是林宣的未婚妻。”

也不见江少陵动怒，他侧过脸看着苏薇，慢慢地笑：“那你呢？你又是沈先生的什么？”

苏薇脑子里嗡的一声响，刹那间难堪得说不出任何话来。

江少陵见她这副模样，毕竟是有一些不忍心，他和她虽然称不上是青梅竹马，但总归认识了十几年，更何况她曾为他做过傻事，而且她还是苏姨的亲侄女……

实话，总归是太过伤人。

江少陵的语气温软了几分：“薇薇，我无意伤害你，你也无须拿林宣来刺痛我，我可以告诉你的是，或许她曾经为林宣动过心，也曾爱过林宣，但她并非你想象中那般轻浮……”

苏薇自嘲一笑，不知是在嘲笑她自己，还是在嘲笑江少陵自欺欺人：“她在美国这些年轻浮不轻浮，不是有目共睹吗？你又何必替她掩饰？”

“掩饰？”向来沉稳老练的他竟然笑了，“有就是有，没有就是没有，她清者自清，我又何必替她掩饰？”

话说到这里，江少陵漠然地补充：“你希望我说得再直白一些吗？”

苏薇惊讶地看着江少陵，再直白一些？

她不笨，自然知晓所谓的“直白”必定涉及夫妻床事，而他那么笃定……

午后时分，数只白鸽从沈家上空飞快掠过，花园的某一棵老树上爬满了绿色藤蔓，在阳光的照射下散发出点点亮光，白鸽诉说着千帆过尽，老树象征着韶华渐逝，藤蔓意味着新生欢喜。

周遭很静，难以顺应大自然的安静的是苏薇一颗波澜起伏的心，她在江少陵的笃定言语里感受到了刀刻般的痛苦。

她忽然明白了他的意思，所以她扯唇微笑，她曾经以为哭是这世上最丑陋的表情，如今方才惊觉，强撑微笑竟比失声痛哭还要残忍。

“薇薇，如果你一味放不下过去，到头来不过是苦了自己。或许你该问一问你自己，现在锦衣玉食的你，快乐吗？”

这是江少陵留给她的最后一句话。多年前，她为了江少陵来到美国，得知他和伽蓝的婚讯，那一刻她对伽蓝既痛恨又嫉妒，自甘堕落，一时冲动引诱沈家明。那一夜，她技术拙劣，青涩至极，沈家明对她更像是发泄，而非疼爱，他笑声低沉，话音藏讽：“苏小姐，我不得不说，身为床伴，你还不够格。”

她脸色苍白，只听他又笑着说：“不过，我倒是不介意慢慢地陪着你磨炼床技。”

苏薇血液僵了，转瞬间她已被沈家明压在身下，他虽人到中年，却是一个很有魅力的富商，但他凑到她耳边说话时，那一刻分明有泪水从苏薇的眼角猝然滑落。

沈家明说：“苏小姐，你青涩得让我着迷。”

苏薇成功了。

苏薇被沈家明带回沈家那天，伽蓝表情变了，她起初微笑无声，后来她红着眼睛瞪着她父亲笑声越来越大。那天伽蓝一句话也没说，她只是笑，然后带着笑离开了沈家，与她父亲冷战长达半年时间。

苏薇以自己的身体和青春为代价，成功离间沈家明和伽蓝之间的父女关系，并且狠狠地报复了伽蓝。沈家明很宠她，除了江少陵，伽蓝有的她都有，但她不快乐……

其实有一件事开始连苏薇本人也不知道，沈家明带她回来那天晚上，她和沈家明分房睡，那晚沈家明可能是受女儿情绪的影响，独自一人睡在了书房。

凌晨时分，除了马修和两位值班门卫知道伽蓝回来之外，再没有人见过她。书房里面的卧室里，沈家明躺在床上沉沉地睡着，其间有一道黑影拿着一把匕首悄无声息地走近床畔，是伽蓝。

夜晚沉寂，窗外明月皎洁，伽蓝拿着匕首抵在沈家明的脖子上，并反反复复地比画着，她爱她父亲，却又深深地恨着他，她在杀与不杀之间来回撕扯，她在血缘和怨恨之间来回徘徊，她在孝与不孝之间暗自痛苦……

僵持了几分钟，她移开匕首，转身离开时却有一滴接一滴的泪砸落在她的衣服上，砸落在地板上。

那天凌晨，有几人知，头发灰白的她隐身在灌木丛后无声恸哭；又有几人知，沈家明站在黑暗的一角目光疼痛地看着她……

在这座沈家庄园里，没有人真正快乐，每个人都有隐藏极深的伤疤，不敢轻易示人，所以藏头藏尾，都以为秘密无人知，殊不知别人只是窥探不点明罢了。

2014年2月即将走进尾声，江少陵选捷径前往马厩，并未在路上遇到马修。沈家明在马厩里帮一匹老马洗澡，江少陵走过去帮忙，沈家明没有阻止，吩咐平日里照顾马匹的男佣取一套干净的工作服给江少陵。

这日翁婿合作，江少陵拿着工具清理马厩，与之相比，沈家明刷马更细致，他用湿毛巾帮老马清洁完，又蹲在地上给马蹄涂上蹄油。

马喜爱清洁，每天至少要清蹄一次，沈家明拿着毛刷蘸着蹄油一边涂抹角质层，一边对江少陵感慨道："这匹马已经活了29年，比Sylvia的年龄还要大。"

提及Sylvia，沈家明拿着毛刷短暂失神，数秒后回过神，又继续先前的涂油工作，不过语气却沉重了许多："Sylvia小时候很喜欢这匹马，我和她妈妈离婚以前，我常常带着她骑着这匹马在庄园里瞎溜达。"

这是江少陵第一次听说伽蓝和这匹马的渊源，并将沈家明的一举一动尽收眼底。他不能否认的是，这样的沈家明，很父亲。

回到纽约的第八日午后，曼哈顿一家西餐厅里，江少陵有一个为时20分钟的报刊采访。

作为一名成功商人，江少陵无疑是公众生活的一部分，近几年想要采访他的人更是趋之若鹜。

这话并不夸张。

众所周知，美国是世界新闻事业发达国家之一，现有杂志多达一万多种，仅是发行量在百万以上的报纸杂志就有60多种，街头小报更是不计其数。新闻竞争这般激烈，再有美国知名报刊约访身先士卒，所以一位亚裔报刊主编致电未世秘书室之前，包括之后，并未抱丝毫希望。谁料数星期后，未世秘书室一通电话打来，瞬间在杂志社激起千层浪，职员们一边欢呼雀跃，一边又浮起同一个疑惑：江少陵平时很少接受采访，否则也不会有那么多家知名报刊约访遭拒，可为何会对这么一家名不见经传的杂志社拨冗破例呢？

没有人能够为女主编指点迷津，纵使有人愿意，想必此刻她也无暇顾及，只因她已奔赴采访约定地。

女主编抵达曼哈顿的餐厅时，已有专人在外等待。江少陵很忙，专访时间有限，二十分钟已是拨冗恩赐，女主编实在不敢奢求太多。事实上，此刻并非女主编第一次见江少陵，之前为了采访她曾远远目睹过他的真容，虽然采访失败，但毕竟也算见识过真人。

青年男子的西装外套搭在椅背上，穿着面料极好的白衬衫，容貌十分英俊。在接受采访之前，他有公事缠身，包括他在内，共有三人同席，早过了饭点儿，桌面上的西餐想必早已变凉，另两人食欲不大，跟他说话均是恭敬谦卑，应是下属。

许是察觉到有人走近，江少陵转过脸朝女主编望去，女主编不察，猝然与他对视，顿觉男子目光坚定冷锐，足以促成男人眼中的敬，女人眼中的劫，偏偏她不敢长久对视。这样的目光看多了，会失心，会迷路，更甚至会摔得粉身碎骨。

江少陵移开目光，他或许不知女主编身份，但因为是跟随下属入内，女主编的采访身份昭然若揭。

江先生虽没任何表示，但下属敏锐，带女主编入席邻座，叫了午后茶点，道了声“稍等”，方才回到江先生身边。

隔壁交谈顺畅，晦涩难懂的金融术语不时传过来，女主编原以为还要再等片刻，谁知——

“您好，我是江少陵。”一道清冽的男子声忽然响起，女主编转眸望去，只见江少陵暂停公事，不知何时已经来到她的身边，女主编连忙起身，伸手与他回握时有些恍惚，男子魅力惊人，眼神抓人心啊！

采访内容按着流程走，江少陵话不多，但对女主编的问话很配合。采访结束前，女主编按捺不住好奇，询问江少陵为什么会敲定他们杂志社进行专访。

江少陵回复：“因为你们杂志社没有说过我太太的坏话。”

女主编愣了一下，随后反应过来这是江先生的冷幽默，忍不住笑了笑，没想到素以“冷漠”著称的江少陵私底下竟也会开玩笑。

这时，宋文昊走过来轻声提醒：“江先生，下午两点您还有一个约会。”

午后，江少陵与女主编握手道别，女主编目送江少陵等人离开后，不由得想起江少陵那句玩笑话，起初还觉得有趣，但后来……

江少陵的妻子虽然是沈家明的独生女儿，但直到结婚后她的名字才随之曝光，虽然被媒体挖到一些她在剑桥大学的学生照和毕业照，但距离真人毕竟相差甚远，奈何沈家明和江少陵对她保护严密，即便有人偷拍到她的面容，想必照片也已被沈家明和江少陵买走，以至于她从未在媒体视野里出现过。豪门名媛太过低调神秘，难免传闻版本五花八门，但女主编所在的杂志社好像还真是没有写过她任何坏话。

女主编瞬间凌乱，所以江少陵说的究竟是玩笑话，还是心里话……

回到纽约的第九日凌晨，江少陵跟几位下属有一个跨国视频会议，时间比较长，一直开到清晨。

清晨，江少陵坐在书房里和伽蓝视频通话，当时伽蓝正准备去浴室洗澡，没聊两句就有意结束通话："江先生，要不先挂了吧？"

"一会儿我要去公司。"意思是如果现在不视频通话，今天他很难再抽出时间和她好好说上几句话了。

"我刚才在健身房跑步，出了一身汗，现在要洗澡。"伽蓝在纽约很少健身运动，留在S市之后才开始健身，每天清晨和晚间要么在花园里散步，要么就是在健身房里跑步，大汗淋漓之余，倒也累并快乐着。

江少陵很体贴："你洗吧！"

"那我挂了啊！"

江少陵很平静地告诉她："没必要挂电话，拿着手机去浴室，不影响我们通话。"

伽蓝无语三秒，不耻下问道："江先生难道想看现场直播吗？"

"嗯？"江少陵佯装不解，等他"意识"过来她是什么意思，竟敷衍地点了点头，"既然你希望直播的话，那就直播吧！"

伽蓝彻底沉默。

伽蓝擅长调戏他人，每次出口都会让被她调戏的人脸红尴尬，唯有江少陵不上她的套。想要打压她其实很简单，只要做到比她不要脸，准能镇住她，但这种镇压并非每次都管用，比如说这天清晨。

听了江少陵的话，伽蓝摆放好手机角度，然后背对着江少陵开始脱衣服。视频镜头只对着她的腰部以上背影，待上身衣服褪尽，只见玉背白皙、曲线玲珑……

伽蓝暂缓脱衣举动，回眸看向视频里的男子，男子嘴角含笑地盯着她，目光深幽无比。

伽蓝恶劣本性难移，虽然嗔笑着挑逗江少陵，却又婉约含蓄："江先生还要看吗？"

看不看？

当然要看，但却不是隔着屏幕，更不可能隔着万水和千山。

生平第一次，他像一个初尝情滋味的少年，丢下美国的一切，不管不顾地乘机回到了国内，并于午后在树屋里找到了正在午休的她。

江少陵盯着她看，然后动手脱掉外套，又摘掉了腕表，扔在了树屋里的圆桌上，伴随着吧嗒一声响，伽蓝在睡梦里警觉地起身，却被江少陵温柔地压在了身下，并在她惊讶的目光里堵住了她的唇。

他带着疲惫回来，却丝毫不影响他的精力爆发，他在她带笑的眼眸里以最快的方式剥掉了两人的衣服，树屋里的双人床距离窗户很近，一缕缕阳光透过窗户洒落在他和她的身体上，美得像是一幅画。

怕她着凉，他捞起被子盖在了他和她的身上，修长的手指却在被子里不知疲倦地反复探索着身下柔软起伏的身躯。

伽蓝被他撩拨得气息紊乱，字不成句道：“江先生为什么回来？”

隐忍的汗水从江少陵的脸上缓缓滑到他的下巴上，转瞬间凝聚成一滴汗砸落在伽蓝汗湿的脖颈里。

他俯首亲吻她的脖颈，声音含混不清：“回来讨债，你欠我至少10次拥抱，外加10次亲吻。”

伽蓝亏欠的本金不多，但江少陵索要的高利贷利息却是翻倍暴涨。午后的阳光游移到树屋里，伴随着窗外鸟声低吟，只闻男女呼吸似海浪冲击沙滩一般此起彼伏，声息急切而又愉悦。这是一场无休止的情事纠缠，欢爱滋味销魂蚀骨，伽蓝在高潮来临的那一刻，手指紧紧地贴附在木质窗户玻璃上，她就那么颤抖地停驻了十几秒，然后无力地缓缓滑下……

江少陵跨国回来似乎只是为了午后一场床第之欢，那天午后他抱着她休息了一个多小时，后来她趁他去浴室洗澡时，打电话给刘嫂，让她去主卧室帮江少陵取一套衣服送过来。

刘嫂送衣服过来时有些脸红，倒也可以理解，江少陵回来第一件事就是找伽蓝，走进树屋待了好几个小时，几个小时后女主人让家里的管事送衣服过来，其间发生了什么可想而知。

江少陵下午五点的飞机，没有在这里过多停留，洗完澡换好衣服，牵着伽蓝的手离开树屋，阳光穿过小树林枝丫的隙缝，在两人身上留下斑驳光影。前些时候，伽蓝通过电话曾告诉江少陵放陆离假这件事，江少陵虽没说什么，却有意让郑睿回国替下陆离。

伽蓝阻止了他的决定，那天她在电话里轻声问他：“少陵，我可以做半个月正常人吗？”

没有人跟着她，没有人提醒她什么该做、什么不该做……

那天江少陵在电话里沉默良久，最后只留给她短短七个字，他说：“有事给我打电话。”

这天下午送江少陵离开，他随口询问陆离什么时候回来。

昨天陆离曾告诉过伽蓝归期，预计就在这两天，伽蓝说了一个日期给江少陵，江少陵微笑着点头。

路上，江少陵问她：“最近一个人在家里都在忙些什么？”

“你没打电话询问刘嫂我在做什么吗？”江少陵的掌控欲不亚于父亲，陆离不在她身边，他表面放任她不管，但私底下怎么可能做到不闻不问？

江少陵倒也不避讳掌控她的事实：“刘嫂说你每天会花费大把时间在卧室里待着。”

她笑，刘嫂说的是实话。

他柔声说：“偶尔也要出来活动一下。”

伽蓝只笑不语，算是应了。

走出后院小树林，远远就见主宅前方刘嫂等人和郑睿正站在车旁等他，他紧了紧她的手：“不管是上次，还是这次，我都没有采取任何避孕措施，你不要背着我吃药，下次我会注意。”

伽蓝必须承认的是，江少陵既有阅历又聪明，就连试探都能做到这般不动声色，他没有避孕的打算，同时又不愿她吃避孕药，所以才会拐着弯说出这番话。

伽蓝垂眸看着地面，脸上的表情宛如暮春暖阳，看似有些清冷，却溢着温暖，她明知故问道：“江先生不想要孩子？”

江少陵止步，眸色温软地投落在她的脸上，他怎么会不想要他和她的孩子呢？他是……

唉。

江少陵在心里叹了一口气，用低沉克制的声音道出内心的担忧：“我是顾及你还没有做母亲的打算。”

听了他的话，说伽蓝没有感动是假的，已经有些泛冷的阳光铺陈在他冷峻的脸上，流连在他动情的眉眼间，伽蓝心事泛潮，这一秒她不再有缜密的逻辑思维，也不再说着让人分不清真假的话语，她伸手抱着他的腰，用最朴实的话语对他说：“少陵，我有做母亲的期许，但怀孕生子这种事向来是顺其自然，命里注定的缘分强求不得。”

江少陵没想到她会这么说，对于她的一言一行，包括一举一动，他的反应一直都很敏锐。她这么窝心的一句话，除了调动出他欢喜的情绪，似乎又在无声落实着近来他的莫名猜测和不确定。

他原本以为，她对他突如其来的改变和温情，主要是因为苏姨去世，但随着近段时间相处，他已无比笃定，苏姨去世虽是一部分原因，但必定还存在着另外一部分原因。他所设想的另外一部分原因是她的情，如果她对他只有漠然和憎恨，又怎会因为苏姨的去世对他做出诸多让步和改变？

除非爱，否则她不可能被他带动出情感反应，更不可能顺从他的步步逼近并做出回应。

她爱他吗？

回程途中，江少陵被迷茫的思绪挤压，许是觉得衣领的纽扣勒得太紧，他抬手一连解开了两颗衬衫纽扣，这才成功解救出他正常的呼吸节奏。

如果她爱他，难道这些年他所看到的，所听到的，所感受到的阴郁和痛苦，仅是因为她难以释怀他当年对她的冷漠？仅是因为林宣对她付出很多，她不愿负了林宣的情？

是这样吗？

从美国飞往中国，再从中国飞往美国，江少陵在沉寂的机舱里虽然混淆了白天和黑夜，却在虚幻的梦境里无比清醒地回到了过去。

2010年美国纽约，沈家明将收购诺亚公司提上日程，江少陵和几位收购组成员历经半年策划，于下半年展开收购计划。

这一年，江少陵的事业一共出现了三个大跨度——

跨度一：8月末，江少陵帮沈家明成功收购诺亚。

跨度二：沈家明极为赏识江少陵，笼络手段是让江少陵成为他事业王国里的股东受益人之一。

跨度三：9月上旬，沈家明委任江少陵接管诺亚，江少陵一跃成为诺亚的第二实权执行者。

但凡事有利就有弊，江少陵用极其阴险的手段帮沈家明成功收购诺亚，为他获取了无数骂名。

他不在乎。

沈家明除了身边女人比较多，其实生活一直都很规律，对于饮食他特别挑剔和偏执，只选择高维生素食物，马修私底下曾对厨师说："沈先生为了保持他敏锐的商业头脑，虽然偶尔也会吃一些高纤维食物，但他对餐食很挑剔，他要吃什么，你就给他做什么，最好不要有所偏差，否则我只能跟你说抱歉了。"

当时，江少陵为沈家明做事差不多已有一年，沈家明休闲时喜欢旅行度假，或是在家里组织一些体育活动，体育活动五花八门，其中他最爱的一项运动是打网球。

沈先生喜欢打网球的后果是，他的管理层下属们几乎人人都在私底下练成了网球高手。

2010年9月上旬，伽蓝结束暑假旅行，趁着剑桥还没开学回到纽约休息了大半个月，其间正是江少陵在诺亚最忙的时候，直到9月下旬，沈家明邀请管理层几十位老总一起去沈家打网球。

那天林宣也在，原本他是来接伽蓝去林家吃午饭的，由于沈家明的网球邀约，所以才促成了和江少陵的网球场初见。

是初见。

林宣2006年知道江少陵的存在，但他一直没有见过江少陵真人，就算江少陵2010年成为沈家明的左膀右臂，在华人圈里名声大噪，他依然没有会一会江少陵的打算。何必见？横竖是怒气值暴涨的事，所以林宣不见。

而江少陵何尝不是如此？江少陵2008年获知林宣的存在，仅是见过林宣的照片，对于林宣本人他无心见，也没兴趣见。

他们熟知彼此的存在，却因忌惮和憎恨对方一直冷漠回避，在沈家网球场初见，情敌之间四目对视，看似无波无澜，殊不知眼眸深处却藏匿着波涛汹涌。

沈家明似是不察江少陵和林宣之间的彼此仇视，他试了试球拍，然后笑着喊林宣和他来一场对局。

是四人对局，沈家明和江少陵一伙，有一位管理高层过来配合林宣打球时，林宣微笑着婉拒："若论打球，我和Sylvia可能更默契一些。"

林宣是故意的，交代马修打电话给伽蓝，让她来网球场帮他打一场对局。在等待的过程中，隔着网球网，林宣和江少陵在彼此的凝望中各自微笑，却都心怀鬼胎，各有各的阴霾和愤怒。

那天伽蓝还没走到网球场，见林宣和江少陵都在，很快就明白了是怎么一回事，她的表情很漠然，接过马修递给她的球拍，又慢吞吞地走到了林宣身边。

林宣和她拥抱，亲吻她的脸颊，这在美国原本很正常，更何况他们还是未婚夫妻，但那天也不知道是不是由于江少陵在场，伽蓝睫毛颤动了一下，却没有避开。

第一局伽蓝发球，伽蓝对上江少陵的视线，距离很远，她依稀可以看到他深邃结冰的双眸……

球场如战场，林宣和伽蓝配合良好，但在默契十足的沈家明和江少陵面前很快就沦落到被动局面，三局双打下来，林宣和伽蓝败了两场，第四局开球前，林宣和伽蓝商量策略，伽蓝讲话时，林宣帮伽蓝擦了擦汗，并在比赛开始时亲了亲她的额头。

江少陵在休息区一口气喝了半杯水，拿着毛巾随便抹了一下脸上流淌的汗，抄起球拍就往场上走。

第四局发球人是江少陵，他抡起球拍发球时，目标直击林宣，发球力道又快又狠，林宣不仅没接住那个球，网球更是从他脸侧擦过。

如利箭一样的速度，导致林宣右脸擦伤，伤势不重，但红个几天是一定的。

比赛中断，伽蓝和沈家明上前关切地询问林宣有没有受伤。

江少陵一脸歉疚，拿着球拍走近林宣，为他的“无心之举”向林宣道歉，林宣微笑着摇头，很大度地说：“球场打球难免会发生这样的擦伤事件，跟江先生无关。”

江少陵笑了笑，不说话。

一行人回到网球场休息区，林宣将球拍递交给用人，随之牵着伽蓝的手对沈家明说：“爸，我父母有一段时间没有见Sylvia了，我先带她回去，改天我再过来陪您打球。”

沈家明拿着毛巾擦汗，和蔼地说：“去吧！”

那天，林宣带着伽蓝离开后，沈家明用余光观察江少陵，江少陵坐在椅子上低着头，很英俊，也很冷漠，脸上的汗水一滴接一滴地往下落，却对沈家明造成了不小的冲击。

那天，江少陵的情绪里除了痛苦，就是愤怒。他愤怒林宣如此亲近伽蓝，痛苦林宣口中的那声“爸”，痛苦林宣和伽蓝既定的未婚夫妻之实。

其实还有一件事，身为老狐狸的沈家明和江少陵彼此内心通透，却都选择不说，假装不知道。

作为一个事业王国的缔造者，沈家明做事谨小慎微，他聘请人才为他做事并出任公司高职，又怎会不事先摸清对方的底细？

当年江少陵和伽蓝都是S大的风云人物，如果沈家明追查他的底细，势必会知道他曾和伽蓝谈过恋爱。

江少陵很清楚，很多时候沈家明看他，目光中都会自带衡量标准。沈家明虽然很高深，奈何江少陵所表现出来的冷漠和不轻易示人的情感常常会让沈家明觉得摸不透。

看破不说破，这就是江少陵和沈家明常年“玩游戏”的乐趣所在。

2010年圣诞节伽蓝放假回到沈家，圣诞节是欧美人的狂欢节，不是他江少陵的。在美国生活的这几年时间里，他的生活作息几乎可以用“死板”来形容，他在忙碌过后，夜深人静的时候内心深处总会被空虚包裹，除了工作获取财富，他已感受不到丝毫快乐。但他获取财富又是为了什么？

2008年10月，他去剑桥找她，她用她父亲沈家明和林宣的家世金钱观把他推到了悬崖边上，他赚钱是为了她，只要她开口，他会拿最好的一切给她，但她要吗？如今的她还在乎吗？

她视他如陌路，她不在乎。

从2009年到2011年，他每天早上六点起床，忙到凌晨一两点才入睡，平均睡眠四小时，或是五小时。生活方式单调枯燥，每天他会跑步一小时，若是有空闲时间，他会翻阅大量的书籍，宋文昊曾跟郑睿开玩笑："江先生的业余爱好，除了看书，还是看书、看书……"

2011年的他，保镖、助理和司机每天随同在后，有专门的私人银行为他提供金融服务，出入公司评核方案计划常常会让下属觉得如履薄冰……

他拥有了很多，但他失去了什么，只有他自己最清楚。

2011年2月，沈家明和他应邀出席一个商业聚会。聚会上遇到几位商业故友，沈家明和他们坐在僻静的一角聊天，那天诺亚公司临时有事，他需先走一步，远远看到沈家明，还未走近，就听沈家明对着几位商友说："Sylvia订婚接近三年，目前正在剑桥读博，2010年圣诞节两家聚会，林家倒是跟我提过两个孩子的婚事，虽说读博并不影响结婚，但Sylvia还没过24岁生日，想到要嫁女儿，我还真是舍不得。"

江少陵步伐僵了，胸腔里的某一个器官被沈家明"不经意"的一句话给刺伤了。

2月中旬，英国剑桥。那夜寒风刺骨，江少陵疯狂地按着门铃，无人开门；他给伽蓝打电话，伽蓝直接关机；他站在院子里嘶哑着声音，一声又一声地喊着她的名字，他在"伽蓝"和"蓝蓝"里转换，前者是恨，恨意扎人思绪，浓重得难以化解，后者却是悲恸之余却又无计可施的爱、绝望的爱……

周围有住户出来探望情况，郑睿连忙跑过去安抚解释，郑睿想劝江先生不要再喊了，但他从未见过那么疯狂无助的江少陵，不敢劝。

后来江少陵不再喊她的名字，却在住宅外站了一整夜，当时天寒地冻，郑睿出来一会儿都觉得冷，更何况是在寒风里站了一整夜的江少陵？

郑睿不喜伽蓝，对她有意见，觉得她冷血无情就是从那时候开始的，江先生按门铃，江先生打电话，江先生喊她，江先生守在外面一夜，她不可能不知道，但她却选择了置若罔闻。

江少陵和郑睿都不知道的是，那夜别墅内漆黑一片，伽蓝在楼梯上垂着头坐了一整夜。

瑞秋看出端倪，对她说："Sylvia小姐，外面天寒地冻，要不还是请江先生进来吧？"

伽蓝姿势不变，一动也不动地坐在那里，仿佛被抽离了思绪和灵魂，只剩下空洞和麻木。

瑞秋不再多话。

伽蓝有心回避江少陵，翌日没有去上学。上午时分，郑睿去拉江少陵的手，只觉得刺骨地凉，而江少陵整个人都冻僵了。

江少陵发着高烧，浑浑噩噩地被郑睿给拉上车，瑞秋透过窗户看到这一幕，对坐在楼梯上的伽蓝叹声说：“江先生是被他的司机和保镖搀扶着上车的，我看他僵硬得都不知道该迈哪条腿……”

瑞秋还在说话，伽蓝却不听，她从楼梯上站起身的时候，双腿因为长久静坐酸疼无力，差一点跌跪在楼梯上，瑞秋上前扶她，她拂开瑞秋的手，然后撑着墙壁一步又一步地缓慢上楼。

回到卧室后，她在床上坐了一会儿，后来她去了浴室，接起一盆冷水，举到头顶哗啦一声兜头浇下。

她在刺骨的寒冷中紧紧地抿着唇，有一种破土而出的剧痛将她绞杀得痛不欲生，但她却在冷水的浇灌下体会到了蚀骨般的快感……

2011年2月，江少陵生了一场大病，同他一起生病的还有一个伽蓝。一个在美国纽约，一个在英国剑桥；一个在诺亚公司和华人圈尽人皆知，一个平静地游走在家和学校之间无人知晓。

生病当天，伽蓝麻木地看着天花板对瑞秋说：“我生病这件事不要告诉任何人，尤其是我父亲。”

第一次，瑞秋对伽蓝有了一丝触动，也是第一次，瑞秋对这个倔强又寂寞的女孩子放下了警惕和憎怨。

瑞秋心存柔软。

江少陵再见伽蓝是2011年8月，剑桥大学放假，伽蓝假期一直在实验室里做科研，回纽约是因为沈家和林家有意坐在一起商量一下婚期。

婚期敲定在明年伽蓝生日那天，林锦鹏说生日加上结婚日，喜上加喜。

中午饭是在沈家吃的，林宣欢喜之余喝了很多酒，午后回她房间躺着。下午，林锦鹏和陈菀还有事，嘱咐伽蓝等林宣醒了，让他给家里打一通电话。林锦鹏和陈菀离开不过半小时，沈家明接了一通电话，紧接着也出了门。

那天下午林宣睡得很沉，伽蓝在卧室里看了一会儿书，后来躺在床侧休息，昏昏沉沉间觉得脸上似有暖风吹拂，她下意识地睁开眼睛，触目就是一双冰冷无温的黑眸，伽蓝大吃一惊，这是她的卧室，江少陵是怎么进来的？

江少陵瘦了，但依然英俊得令人不敢逼视，以前他看伽蓝的目光里虽然有恨，但多少还夹杂着隐藏极深的爱，8月份他近距离凝视着伽蓝时，似乎只剩下恨意。

他疯了。

当江少陵坐在床沿，将薄唇狠狠地压在伽蓝的唇上时，伽蓝吃力地侧过脸去看林宣，林宣躺在她身旁还在沉睡之中……

她看向林宣的举动刺激到了江少陵，他毫不留情地咬伤了她的唇，她吃痛却不敢吭声，虽然闭着嘴瞪着江少陵不肯配合，但她又怎能抵得过一个陷入疯狂中的男人？

江少陵掐着她的脖子，伴随着呼吸受阻和突如其来的疼痛，伽蓝被迫张开嘴，她在窒息般的求生困境下被江少陵堵住唇。那个压抑经年的吻，早已没有任何温情和柔情可言，他在她渐渐泛红的眼眸里察觉到了自己扭曲的内心。因为太过陌生，也太过震惊，所以他离开了她红肿的唇，并在她断绝呼吸的前一刻松开了他的手。

那天，伽蓝躺在床上红着眼睛看江少陵，江少陵的眼睛也很红，他落寞地站起身，然后在她的目光注视下一声不吭地走出了卧室，挺拔的背影看上去明明很绝望，偏偏在他的强撑下演变成了无坚不摧。

翌日，伽蓝故意发难开除了一个用人，马修没有过问，她是沈家大小姐，看谁不顺眼直接炒掉很正常。江少陵获知她婚期敲定，拿到她房间的钥匙，均是那名用人所为，所以伽蓝才会故意发难，她已容不下那名用人出现在她的视野之内，为了避免伤人伤己，她必须率先炒掉对方。

2011年10月，江少陵与沈家明联合创立Legend电讯公司；2011年12月最后一天，沈家明在沈家举行公司年会，他那天演讲了半个多小时，奖金派发高达几千万美元，走到人群中与公司的老员工谈话，不仅客气还很温和，言谈举止间没有丝毫架子。

那天晚上，沈家灯火通明，宴会厅人流穿梭，江少陵手里拿着一杯水，趴在阳台上看着院中的夜色，穿着黑色西服的他气质淡漠，背影却难掩其俊秀挺拔。

郑睿走过来悄声对他说：“江先生，林家夫妇来了，目前沈先生正在款待他们。”

江少陵慢悠悠地喝了半杯水，不说一句话。几分钟后，他拿着空水杯去了宴会厅，把空水杯放在侍者的托盘之上，用流利的英语和沿途向他打招呼的人应酬着……

同样是那天晚上，伽蓝坐在卧室里看书，前不久她刚跟林宣通完电话，林宣在国外出差，预计几天后才能回来，他说如果她愿意的话，明年3月份他们可以在不丹举行婚礼。不丹以大乘佛教立国，不管是伽嘉文，还是陈菀，都是信佛之人，林宣选择在不丹结婚，倒也亲孝。

林宣却说这只是一部分原因，另一部分原因是不丹女尊男卑，敲定在不丹结婚，也是为了告诉她，婚后一切以她为尊。

伽蓝微笑地听着，她一直都坚信婚后他会是一个好丈夫。二楼很静，沈家明虽在家里举办年会，却禁止宾客出入二楼，伽蓝结束通话看了一会儿书，后来走到阳台上，院子里的喧哗声和谈笑声如海浪般汹涌袭来，偶尔还能听到一两道狼青的叫声。2008年她把狼青从林家带回剑桥，2009年邻居小孩儿逗狼青玩，狼青恼怒之下险些咬伤那个孩子，同年她把狼青安置在了纽约沈家。

沈家明虽然不喜欢宠物，却也没有说什么，只是让马修私底下告诉她："沈先生不希望这只狗出现在他的视野之内。"

那晚，庭院太过嘈杂，以至于她没有听到卧室门被人打开，等她有所警觉，转身回到卧室时，室内某人跃入眼中。

那人虽然英俊，却面色冰冷，眼眸深处更是死气沉沉，他默默地盯着她，并当着她的面脱掉了西装外套……

那晚，伽蓝一言不发地朝卧室门口走，只可惜她只走了几步，就被江少陵暴力地推到了床上。

她的家居服是被他扯掉的，他对她的求而不得和挤压经年的苦闷以一种近乎残酷的方式，在2011年12月的最后一天里如数施加给了她。

他的果断和冷酷脱离了爱，却保留了最原始的性，掌握主动权的他只有发泄，当他不带丝毫感情地刺进她的身体，那一刻仿佛有一支失去理智的利箭也狠狠地扎在了她的心里。

她痛得浑身直发抖，趴在床上猝然回望他一眼，他与她目光对视的瞬间，他看到了她湿漉漉的眼睛，她看到了他分裂的残忍和粗暴。

那晚，江少陵暴力占有伽蓝，原本是一场算计和惩戒的开始，怕自己会心软，所以他的一举一动无不透着快狠准，但真当他粗暴地进入她的身体，刹那间他的脑子一片空白，心中坚硬的城墙忽然间崩塌破碎。

他知道他错了，但错了又能如何？他宁愿她恨他一辈子，也不能眼睁睁地看着她嫁给别人。

他对她的爱，从来都不是祝福，而是占有。

那是一场充满罪恶的性爱，音乐声、狗叫声、宾客的说笑声从敞开的阳台一波波地传入，卧室大床上的他和她带着各自的痛苦紧密地结合在一起，他们在痛苦中却都可耻地感受到了致命般的快感。

当痛苦和欢愉被推到某一种极致时，江少陵伸手捂住了她的唇，她在发出一道沉闷至极的呻吟后，姗姗来迟的眼泪终于从她的眼角滑落。

她避之、爱之、疼之的表哥，仿佛只是她少女时期的一个梦，梦醒了，所以他在她醒来的瞬间消失了……

她趴在床上一动也不动，后来他抱着她去洗澡，哗啦啦的水流冲刷着浴室地板，隐约可以看到有鲜血沿着她的双腿缓缓滑落。

空气冻结，四目相对，他和她都在极力控制内心的困兽，不知过了多久，他亲吻她的唇，她在那个瞬间打开了兽笼，对着他抬手就是一巴掌，他的表情既痛苦又愉悦，他把她紧紧地抱在怀里，哑着声音叫她："蓝蓝——"

那晚，伽蓝推开他的身体，甚至未曾擦拭身上的水渍，就捞起一件浴袍穿在身上，回到卧室拾捡他的衣服正准备扔到门外时，忽然卧室门开了，伽蓝半跪在地上转过头……

那晚，陈菀在一楼宴会厅打电话，其间听一个男宾客询问沈家用人，怎么不见沈大小姐?

用人告诉那名男宾客，Sylvia小姐身体不舒服，在卧室里待着，没有下楼。

那名男宾客是郑睿，那名用人所说的话不过是一场金钱收买。只不过，陈菀不知道罢了。

陈菀唯一知道的是，她去二楼探望Sylvia，卧室门虚掩，她疑惑地推开门，几秒之后，陈菀脑子里轰的一声，手里拿的包和手机瞬间砸落在地。

伽蓝披散着潮湿的长发半跪在地毯上，手里拿着男式衬衫和长裤，周围散落着男式皮带、男式皮鞋，床上褶皱凌乱，卧室里似乎还飘浮着未曾散去的情欲……

那晚，卧室里寂静得近乎可怕，陈菀愣愣地看着脸色苍白的伽蓝，然后又看了看一脸漠然、穿着浴袍同样湿着发走出浴室的江少陵，陈菀饱含热泪，抖着声音说："Sylvia，你对得起林宣吗？"

2012年1月初，伽蓝有负林宣，招来了林家的不可原谅，为此沈家明曾亲自登门代女儿向林家道歉，奈何林锦鹏和陈菀毫无求和余地。

同样是1月份，伽蓝和林宣之间的婚事无疾而终，沈家明很能耐得住性子，自从伽蓝和江少陵之间的事情出来以后，他始终没有找伽蓝或是江少陵谈过此事。

3月中旬，江少陵与沈家明去年联合创立的Legend电讯公司正式上市。3月下旬剑桥大学放假，沈家明打电话给伽蓝，让她回一趟纽约。

沈家明有意谈一谈伽蓝和江少陵之间的事，但伽蓝回到纽约后，对他始终避而不见。

那天书房交谈，马修送进来一壶茶，随后离开。沈家明像是陶渊明笔下的隐士，沏茶、说话无不透着优雅和从容笃定，他沏了一杯茶递给江少陵，江少陵把茶杯放在桌子上没喝。

时隔两个多月，沈家明终于选择了开门见山：“关于你和Sylvia之间的事，我想听听你是怎么想的。”

“我会和她结婚。”江少陵声音很坚定。

沈家明闻了闻茶香，送到唇边抿了一口才说话：“如果Sylvia不同意呢？你知道的，我虽推崇中国传统文化，但我在两性关系上并不封建，你和Sylvia发生关系，并不意味着Sylvia非你不嫁。你想让她冠上‘江’姓，除非她自己同意，否则就算是我也勉强不了她。”

江少陵很清楚，这不是沈家明的真心话，如果沈家明对女儿的婚事当真隔岸观火，又怎会几次三番推波助澜？

“我跟着沈先生不多不少正好两年，同时您也试探了我两年。历来成事者，要么迎难而上不达目的誓不罢休，要么适时改变策略完成目标，至于轻言放弃……”江少陵停止话锋，抬眸对上沈家明的视线，将沈家明丢给他的试探改头换面之后重新抛给他，“对她，我志在必得，沈先生觉得我会轻言放弃吗？”

沈家明笑出声，他笑不是因为江少陵的问题，而是：“我为什么要试探你？”

江少陵报以微笑，漫不经心地回复沈家明：“是啊，为什么？”

沈家书房里，两个不动声色的老狐狸暗自较量，却又暗自赏识，江少陵把四两拨千斤的本事发挥到了极致，看不见的刀光剑影中多少消减了几分沈家明强烈的操控欲。

他和他精准地拿捏着彼此的心思，唯一有所不同的是，江少陵复杂，沈家明多变。

沈家明嘴角笑容加深，像是一个和蔼可亲的大家长，所以才会容忍晚辈在他面前如此放肆，他没有在“试探”话题上过多打转，提着茶壶重新沏了一杯茶：“少陵，你确定你真的了解Sylvia吗？”

江少陵眸色微敛，表情没有多余的变化：“我原本以为我对她多少有一些了解，但您这么问我，想必我对她的了解远不足以谈婚论嫁。”如果他真的了解，沈家明不会这么说。

沈家明又笑了，他欣赏江少陵，这一点毋庸置疑。很少有人能够在他悄然布下的局中全身而退，江少陵是少数人中的一个。

但对于他即将说出口的话，这个老奸巨猾的中年富商总归是受了些许影响，如果细看的话，可能还会发现他唇角的笑容已有转淡迹象，他要提起的人是Sylvia，话语出口的瞬间却没有丝毫迟疑，因为对方是江少陵，所以他无须迟疑。

沈家明慢条斯理道："如果我说Sylvia是一个让人捉摸不透的人，你会反驳我的说法吗？"

捉摸不透？

江少陵终于有了一丝触动，2005年他曾对伽蓝说他看不透她，从此他自责多年，懊悔自己不该对她说出那样的话，令他没想到的是2012年的纽约沈家，就连她的父亲也是这么评价她的。

沈家明靠着椅背，再次语出惊人："你听说过高智商反社会型人格患者吗？"

江少陵惊讶地看着沈家明，高智商反社会型人格患者？他是在说伽蓝吗？

沈家明的确是在说伽蓝："Sylvia善于欺骗，善于使坏，做事细致周密，攻击性很强，混账起来比你我还要阴险，但她十分聪明，伪装技术一流，就算你察觉到她可能做了坏事，她也会让你觉得雾里看花，真真假假，假假真真。她对人对事毫无羞惭心，视自己或他人的安危于不顾，伤害虐待别人也不会觉得愧疚，很多女性患者对丈夫极为不忠实，作风轻浮或是在外有不正当的性生活也是家常便饭……"

"她没你说的那么坏。"江少陵接受不了任何人这么说伽蓝，哪怕是她父亲也不行，但他打断沈家明的话后，却是长时间沉默，他惊诧于她的性格养成，再回忆起他和她曾经相处过的点点滴滴，只觉得万箭穿心。

"她——"他只道出这么一个字，然后所有的话语全都卡在了喉咙里，他只是想重复自己先前的话，她没有沈家明说的那么坏，真的。

沈家明将他惊痛的神情尽收眼底，抑扬顿挫道："如果你决定和Sylvia结婚，就必须要接受她的残缺，甚至要一辈子为她提心吊胆，防着她、护着她，容忍她各种各样的恶劣行径，你觉得自己能做到吗？"

江少陵皱着眉，防着她？他为什么要防着她？虽说和反社会人格者处事很危险，但每个人性情不同，自小接受的教育也不同，怎能一概而论？

江少陵声音泛凉："如果她在乎的人包容她、爱护她，她再如何铁石心肠也会心存柔软；如果她坏得人神共愤，我觉得首先应该检讨的不是她，而是她身边的那些人是否对她做到了面面俱到。"

宛如一巴掌轻轻地扇在了沈家明的脸上，但他没有生气，他只是苦涩地笑了笑，江少陵不会没有察觉到。

沈家明的苦涩注定不会延续太久，他的年龄和阅历促使他喜怒不形于色，所谓反思不过是一时情绪。

沈家明问他："你爱Sylvia吗？"

江少陵这次沉默的时间有点长，后来他告诉沈家明："爱，但不是最爱。"

他爱Sylvia，但最爱伽蓝，如果时间可以倒回到2005年，他愿意拿一切去换。

当年他一心认定她行径恶劣，又怎知她生性残缺，对他已是最极致的好？她刮着自己的逆鳞，忍着痛，字字句句泣血。

她说她不对他说谎，她说她不敢对他使坏，她说如果她做错事她愿意为了他去改……

残缺的那个人不是她，是他在情感上的残缺重重地伤了她的心，所以她恨他、怨他都是应该的。

江少陵和沈家明谈话结束的两天后，沈家明给江少陵打了一通电话，电话里只有短短一句话："Sylvia刚才对我说，她同意和你结婚。"

江少陵忘了呼吸。

两天前，她还避而不见，绝口不提结婚这件事；两天后，是什么让她改变了想法？

"为什么？"江少陵困惑不解。

"我也想问为什么。"沈家明仿佛置身事外的旁观者，对他提出中肯的意见，"或许你可以亲自去问她。"

江少陵没有问伽蓝，越是情意深，越是对有些回答心生怯意，自从那件事发生以后，她再也没有接过他的电话，虽然她同意和他结婚，却拒绝和他说话，就连4月中旬目睹沈家明和苏薇同进同出，她所表现出来的神情也仅是冷漠。

好像这世上再没有人能够触动她的喜悲。

2012年7月初，江少陵与沈家明的独生女结婚，婚讯震惊商界，各种猜测传闻更是五花八门。

有人说，Sylvia恋慕江少陵男色惑人，所以才会移情别恋，抛弃了未婚夫林宣。

有人说，沈家明赏识江少陵，为了拉拢江少陵继续为他拓展事业王国，所以才会强迫女儿抛弃未婚夫下嫁江少陵。

有人说，江少陵娶沈家明的女儿十有八九是夹杂着功利心，比如说可以少奋斗几年，比如说借助沈家明手头的资源以扩展事业版图。

这种说法惹来了不少人的驳斥，江少陵的经商天赋有目共睹，2009年名震华尔街；2010年被沈家明网罗到旗下做事，同年帮沈家明收购诺亚轰动一时；2012年推动Legend电讯公司成功上市。熟知江少陵的人都很清楚，如果江少陵决策上不出什么大失误，如果未来十几年全球经济走向趋势良好的话，依江少陵的经商手腕，财力赶超沈家明只是时间问题……

很多人不知道的是，外界的喧嚣传闻远不如婚礼现场精彩纷呈。

江少陵和伽蓝结婚那天，婚礼现场低调而又奢华，安保措施严密，受邀宾客数量不多，但都是各大上流社会名士。

那天，伽蓝穿着一袭火红色婚纱，黑白卷发披散在肩，她挽着沈家明的手臂行走在草坪上，行走在蓝天白云下，阳光照耀在她的身上，她仿佛整个人披了一层耀眼的彩光。

那天，伽蓝行走在喷泉水池边，只见无数道水流光影变幻，在彩灯的照耀下美轮美奂，宛如五彩流苏一般，那一刻女子让人惊艳。

那天，江少陵和伽蓝没有誓词，更没有所谓的“我愿意”，是江少陵的意思，若是她像她父亲一样善变忽然说出“我不愿意”，他虽能见招拆招，但前来参加婚宴的苏瑾瑜又该作何感想？

只能说百密一疏。

他和她在互换婚戒的时候，宾客群里有人发出惊呼声，因为有人不顾保镖的阻拦，冷着一张脸闯进了婚宴现场。

是林宣，也是数月前伽蓝差一点就要结婚的未婚夫。

草坪上，林宣消瘦了很多，虽然无损他俊美的容貌，眉目间却凝聚着冰寒之气，他先是面无表情地看一眼江少陵，紧接着又死死地盯视着伽蓝，最后声音低沉地用中文问她：“你确定你要嫁给他？”

伽蓝很镇定，看着林宣不说话。

林宣红着眼睛，狠狠地又掷了一句话给她：“我在问你话，回答我——”

宾客哗然。

在等待伽蓝回复林宣的过程中，沈家明抬手制止保镖对林宣不敬，江少陵不看林宣，他只是目不转睛地看着伽蓝，修长的手指拿着女式婚戒固执地伸到她的面前，不肯垂下一寸，哪怕半寸，他都不允许。他看似平静，但只有他自己最清楚，他的内心被一种焦灼感攻城略地，紧张得后背直流汗。

伽蓝终究还是说话了，但她回复林宣的不是“我确定”，她用中文笑着对林宣说：“哥，你能来祝福我，我很开心。”

虽说婚宴宾客西方人居多，很多人都听不懂中文，但现场毕竟还是有不少华人出席婚宴的，听到伽蓝的话顿时明白她是在打圆场，顾全所有人的面子，更是在给林宣找台阶下。

林宣面如死灰。

众目睽睽之下，伽蓝从江少陵手中取走女式钻戒，然后笑盈盈地戴在了无名指上。

那天结婚，她只说了两句话，一句话是对林宣说的，另外一句话是对宾客说的：“感谢大家百忙之中参加我的婚礼，不胜欢喜。”

伽蓝清冷的声音在夏风中缓缓飘散，同样面如死灰的还有一个江少陵，她说“不胜欢喜”，却没有欢喜的痕迹，还有……

她说的是“我的婚礼”，而不是“我们的婚礼”。对于她来说，这场婚礼没有他的存在，只是她一个人的婚礼而已。

结婚，并不意味着救赎，反而是另一场罪恶的开始。

新婚夜，她取出一把枪对着他，他无惧，但她熟知他的软肋，所以她可以一再刺痛他。

她把枪口对准了她自己。

他不能不妥协。

婚后第二天，她无视正在吃早餐的他，独自乘机回了剑桥。初冬她因实验项目回到了纽约，却一直住在实验室里，很少回江水墅。

2013年年初，江少陵创立未世集团，因为前期准备充分，所以在很短的时间内并购了好几家中小型企业，为此在商界引起轩然大波。

2013年4月至2013年年末，未世分公司开始落脚在其他国家和城市，伴随着财力发酵，未世产业链所带来的持续效应势如破竹。

2013年6月，伽蓝博士毕业，有意留在剑桥，江少陵曾推开工作去剑桥接她回纽约，但她避而不见，后来陆离迟疑不定地将她的意思转达给他：“太太说，谁是她的金主，她听谁的话。”

她又在拿话刺他了。

这些年沈家明提供她的学费和生活里的一切开支用度，即便是她和他结婚后，她也从未花过他的钱。

其实，他几乎每个月都会派人送钱给她，或是把钱打到她的卡上，但她全部退给了他，她不要。

2013年7月，沈家明去了一趟剑桥；几天后，她把瑞秋留在了剑桥，并在陆离的陪同下一起回到纽约；同月，她受聘于知名脑研究院，每天在实验室里和一堆脑颅打交道，回江水墅的时间屈指可数。

2013年年末，江少陵在Legend电讯公司成立两年后，折算手中股份，以42亿美元的高价卖给岳父沈家明，紧接着清算股份，卸职诺亚，正式脱离沈家明家族企业。

沈家明曾试探他：“脱离沈家自立门户，是因为外面传闻你娶Sylvia是功利心作祟，还是单纯因为Sylvia？”

是因为伽蓝。

别人怎么看他不重要，重要的是他不能让他太太瞧不起他，沈家明能给她的，不管是他有，还是没有，他都会尽最大的努力给她。

除了父爱。

其实他很清楚，自从沈家明和苏薇在一起之后，她早已舍弃了父爱，她对沈家明的一言一行比任何时候都要敷衍，虚假得连遮掩都觉得是一种浪费。

他以为，他和她会在冰冷和漠视中消耗完彼此的余生，但2014年来到杏花村的她，回到S市的她，仿佛忘却了前尘旧事。恍惚中，他的蓝蓝好像一直都未曾从他身边离散……

她爱他吗？

2014年3月，从S市飞往纽约，正是用餐时间，郑睿轻声唤醒江少陵，他从无数的碎梦片段中缓缓睁开眼睛，尚未从过去抽离而出的他，仿佛踏着过往的虚幻迷雾刹那间跌落到了现实之中。

是西餐，餐点丰盛，味道也不错，但他这日胃口不大，年轻的空姐过来给他续白开水时，目光先是落在了他手指的婚戒上，然后偷瞄他的白衬衫衣领时被他逮了个正着。

年轻的空姐有点尴尬，也有点脸红，一边往杯子里续水，一边笑着开启话题：“先生，您的太太一定很爱您。”

“嗯？”

江少陵心口一紧，放下刀叉转眸看着她。

就连郑睿也是一脸疑惑不解，这位空姐何出此言？

空姐指了指江少陵的白衬衫，轻声解释：“先生，您身上这件白衬衫出自知名品牌，衬衫衣领上原本应该没有任何图案，但您的白衬衫衣领上却手工绣着一朵四叶草，所以我才会猜测是您太太给您绣的。”

闻言，江少陵愣了一下，低头查看白衬衫的衣领，果然看到一朵四叶草安静地绽放在衬衫衣领上，异常醒目。

他身上这套衣服是刘嫂送到树屋的，紧接着又是蓝蓝帮他穿的白衬衫，他并未注意到这样的细节图案，反倒是趁着她帮他系纽扣，情难自制地把她拽到怀里吻得她气喘吁吁……

想起树屋里发生的事，江少陵端起杯子喝水润喉，清明紧绷的意识宛如天窗开启，阳光洒进来，热度烫人。

四叶草图案是她绣的，还是她让家里的用人绣的？

空姐拿着水壶站在一旁继续道："俗话说，找到四叶草就等于找到了幸福，四叶草有四片叶子，每片叶子都有它不同的意义，分别象征着人生梦寐以求的东西：财富、名誉、爱情和健康。您太太在您的衬衫衣领上绣一朵四叶草，很显然是想把这世上所有的幸运全都送给您。"

江少陵呼吸越来越慢，一颗心却难以抑制地躁动着，近段时间他曾跟刘嫂通过电话，刘嫂说她每天都会花费大把时间在卧室里待着，他以为她是贪睡，难道……

四叶草图案的确是伽蓝绣的。

江少陵下飞机后，第一时间致电刘嫂，让她在不惊动伽蓝的情况下去一趟主卧室。几分钟后，刘嫂将一张又一张图片传送到了江少陵的手机里，每一张图片都是一件衬衫，每一件衬衫上都赫然绣着一朵四叶草。

刘嫂说："先生，您有一柜子的衬衫上都绣着四叶草；还有一柜子衬衫，太太还没来得及绣上图案。"

她爱他！

有这层认知的时候，汽车穿梭在繁华的纽约街头，江少陵垂眸看着图片里满柜子的四叶草衬衫，猝然间湿了双眸。

第六章

秘密：时光深处，心劫难赎

3月的纽约，天气开始回暖，偶尔在阳光下待的时间久一些还会有丝丝缕缕的灼痛感。月初，有一位华人老先生做寿，老先生祖籍香港，少时随父母移民美国，成年后凭借多年努力在广告界很有名望，林锦鹏和陈莞当时出差在外，没能赶回纽约，打电话给林宣，让他代林家亲自走一趟。

那是一家星级酒店的宴会厅，林宣刚走进宴会厅就看到了江少陵，江少陵穿着黑色西装正在用娴熟的广东话和老先生微笑着交谈。

交谈声并不热络，但礼节到位，让人难以诟病，这般不亲不疏，很符合江少陵的处事风格。

有女宾从旁经过，几乎都会忍不住多看他一眼，在女宾的眼里和心里，江少陵的容貌和身材一直都占据着首位，其次才是他的经商头脑，这与男宾的排位顺序恰恰相反。

林宣不予评价。

在纽约市，林宣和江少陵几乎从未在公开场合里同时露过面，这天前后脚现身宴会厅，对于宾客来说无疑很微妙。两个男人都是教养极好的男子，无论是身份还是地位，在各自事业领域里都是佼佼者。

林宣和沈家明的独生女解除婚约后，很快就辞去了高校教授职位，休整数月后回到商界帮父母打理生意，俊美的容貌，出色的高学历，良好的家世，使他身边从不缺少追求者，只可惜他无心情事，绯闻几乎为零。

很多人私底下都在传，说他和Sylvia青梅竹马感情深厚，Sylvia虽然有负于他，但他一直未曾忘情于Sylvia。

两个好看的男子站在一起，毫无疑问他们是整个宴会的焦点所在，也是八卦的来源和聚集地。他们是情敌，也是前任和现任，都是理智成熟的成年男子，宴会厅邂逅，林宣和老先生简单寒暄数句，随后林宣朝江少陵伸出手，很有风度地保持着微笑：“好久不见，江先生。”

“好久不见。”江少陵握着林宣的手，吐字清晰，同样是一副谦谦君子姿态。

手指交握只有一瞬，分开时各自控制擦手的冲动，笑意却是越来越重。

他们之间除了最简单的问好，多余的话却一句也不愿意说。其实又何必多说？如果两个人彼此憎恨，求和不得，最理智的方式不外乎两种，要么回避碰面，要么漠然相处。

通过恶言恶语和暴力手段来宣泄憎恨，那是私底下才有可能爆发的事，人前他和他都是有头有脸的人，彼此也都看重自己的一张脸，所以握完手，自有宾客与之交谈，自有满场衣香鬓影隔开他和他，想要做到眼不见为净，倒也容易。

但这世上并非只有眼睛才能直通心灵，耳朵同样是接触外界风云琐事最重要的途径。

林宣和两个意大利商人聊天时，有几位女宾站在不远处交谈，法文声若有似无地传递入耳，她们是在说江少陵，但字字句句却都涉及Sylvia。

“刚才江太太给江先生打电话，他走出宴会厅跟他太太讲话时轻声软语，似乎很爱他太太，看情形并非是利益婚姻。”

“他们夫妻私下关系怎么样，我们这些局外人怎么清楚？但我有一个叔叔，他是做钻石生意的，有一次叔叔跟我说，江少陵和Sylvia结婚后，每年大小节日他都会搜集稀有的蓝钻送给他妻子，照这么看来，人家是真爱，如果江少陵不爱他妻子，随便一件珠宝首饰就把他妻子给打发了，又何必大费周章来回折腾自己？”

“Sylvia倒也好福气，父亲有钱有势，丈夫和前任未婚夫又都是男人中的极品……”

女宾还没说完，另外几位女宾后知后觉林宣就在不远处站着，连忙碰了碰女宾的手臂，示意她不要再说了。

林宣和两位意大利商人微笑着应酬，无动于衷得似是没有听到女人间的热聊话题。几位女宾面面相觑，然后心照不宣地吐吐舌头，调皮地笑了笑。也对，她们说的是法语，林宣可能听不懂。

林宣能听懂，他熟练掌握五国语言，其中就包括法语。但他宁愿自己听不懂，痛苦的情绪就像是常年埋藏在他身体里的炸弹，哪怕只是凑过去一丁点火苗，仿佛也能在瞬间彻底引爆。

宴会声潮宛如海浪冲刷海滩，涨潮过后又快速消退，他所体会到的痛彻心扉，一如2012年1月初。

2012年1月1日，他从父母口中获知Sylvia和江少陵之间发生的事，那天他整个人从里到外，从身到心仿佛隆冬霜寒天悬挂在屋檐下的冰凌，僵硬得近乎撕裂。那种撕裂就像是有人强行扒开他身体上的伤口，动作凶狠得让他连呼痛的权利都没有。

他和Sylvia是在沈家草坪上见的面，他去找的她。那天风很大，远处的树木在寒风凌虐下呼啦啦作响，他仿佛看到了2005年的自己，兜兜转转七年过去，原来他始终哼唱的只是一首走音跑调的情歌。

那天，她在他喷火的目光注视下率先开口，只有短短三个字："对不起。"

对不起，对不起——

那一刻，他苦苦支撑的坚强刹那崩塌，再也控制不住内心愤怒的他，抬手狠狠地扇了她一巴掌。

那一巴掌力道很重，比2006年2月在伽家院落里那次扇得还要重，不仅扇得伽蓝脑子发晕，更扇得伽蓝嘴角鲜血往外渗。

仅仅是沉默了一秒，还是两秒，她再次对他说："对不起。"

历年来，不管她做错什么事，她从不承认错误，只对亲人和爱人承认，2005年她跟江少陵认错，江少陵没有接受；2012年她跟林宣认错，林宣同样没有接受。

寒风抽打着他和她的脸庞，比寒风更冷的是林宣的声音，他切齿逼问："Sylvia，你还记得你母亲是怎么死的吗？"

空气似乎停止了流动，周遭寂静无声。

四目相对，她苍白着一张脸，低着头沉默。

他就那么死死地盯着她，前所未有的怨恨和愤怒在他的心里烧成了一把燎原大火，他绷着声音说："婚期不变，这件事从此以后不要再提。"

她终于抬眸看着他，目光惊讶。

他咬着牙，再次重申："婚期不变，你和他之间的事就当没有发生过，我不会再提，你也最好忘了。"

她无悲无喜地陈述事实："可它毕竟发生了。"

"我让你忘了——"

太过愤怒，他失去理智地冲她喊出了满腔怒火，音量太大，以至于有用人听到声音诧异地朝他们望了过来。

她似乎在他的愤怒中意识到了什么，所以她很平静，她甚至笑着对他说：“你刚才问我，我还记得我母亲是怎么死的吗？我记得，而且我会一辈子都记得，但我心魔已除，她不再活在我的幻觉里，她只存在我的记忆里、我的心里。如果我愿意，她和江少陵完全可以在我的人生里共存……”

啪——

又是一巴掌落在她的脸上，她伫立在草坪上，因为他的掌掴，所以黑白发丝遮住了她的半张脸，她抬手拂开长发时，无边无际的恨意吞噬着他的理智，他咬着牙说：“这一巴掌是为你母亲打的，你不配做她女儿。”

2012年1月，他说完这句话转身上车。车子驶离沈家没多久，纽约暴雨来袭，沿途的树木被风刮得摇摆不定，玛雅人预言2012年12月21日那一天将会是世界末日，谣言尚未不攻自破，属于他的爱情却率先迎来了穷途末路。

2006年至2011年，在长达五年的时间里，虽然林宣和Sylvia聚少离多，但假期聚在一起也曾多次同床共枕。

同床，却很清白。

他自幼看着Sylvia长大，亲情总归是凌驾在爱情之上，她不仅是他的爱人，更是他从小看着长大的亲人，感情浓郁得亲不可分。

伽嘉文去世后，他很清楚Sylvia和江少陵之间的缘分彻底断了，正是因为明白，所以才会在江少陵出现后，只是偶尔心存卑鄙，拐着弯提示Sylvia别忘了伽嘉文之死，却不曾真正有过危机意识，只因Sylvia若是心狠起来，会比任何一个人都要无情，她对江少陵的漠视和不闻不问，他一直都看在眼里，所以他没什么不放心的。

同睡一床，他对Sylvia怎会没有男女欲望？但她向来口是心非，如果他要她的身体，她绝对不会拒绝，但她心里是否真的愿意呢？一旦结婚就不一样了，他们是合法夫妻，届时夫妻性事顺其自然，跟勉强无关，再过几年有了孩子，她自然会把重心放在家庭上……

不能再奢求更多了，他很清楚，她曾经飞蛾扑火地深爱过江少陵，但伽嘉文的死掏空了她的爱情，伽嘉文在她幻觉里的每一次诡异现身，其实都彰显着她内心深处极力隐藏的负罪感和痛不欲生，她已不敢再爱，尤其是对江少陵。

2012年2月，已经逐渐冷静下来的林宣开始意识到2011年年末那场床事风波，也许并没有想象中那么简单。

他了解Sylvia，若非江少陵强迫，哪怕她再如何深爱江少陵，也不会和江少陵做出那种事情来。

在两性关系上，林宣承认他不及江少陵心狠，江少陵可以不顾及Sylvia的痛苦为所欲为，但他不能。他盼着她有心甘情愿的时刻，盼着她能欢喜地接纳他，哪怕她有一丁点的迟疑，他都不忍心为难她，所以江少陵根本就是一个畜生，一个披着伪善外衣的无耻之徒。

2014年3月初，宴会进行到一半，林宣端着一杯红酒来到江少陵面前，正与江少陵攀谈的富商很识趣，优雅地朝林宣点了点头，微笑着离开。

显然，林宣是为江少陵而来，但他并不看江少陵，他侧身而立，看着宴会厅川流不息的宾客，声音低沉地用英文道出来意："江先生，Sylvia曾在我那里存放了不少旧物，只可叹世事无常，纵使我留着想必也没什么意义了，您是希望我邮寄给她，还是邮寄给您？"

林宣说出这种话总归是添堵居多，江少陵很想回敬一句"留着没意义直接扔了"，但林宣太过聪明，如果他不收，林宣就会邮寄给蓝蓝。

其实江少陵很清楚，林宣说他把旧物邮寄给伽蓝不仅是托词，更是在逼迫他做出选择，林宣真正的目的无非是拿所谓的旧物来刺激他。

"林先生'提点'到位，我还有选择的余地吗？但愿旧物不要太多，江水墅庙小，我怕装不下。"江少陵态度如常，他和林宣在眼不见为净的基础上，虽然都在同对方说话，却都懒得看向对方，见附近有宾客朝他举杯示意，他露出微笑也算是回礼了。

"放心，不多，就是重量可能有点沉，江先生搬动的时候一定要注意，千万不要一不小心闪了腰。"

林宣微笑着离开，江少陵英俊的脸上不见任何情绪起伏，转眸看着林宣的背影隐没在宾客里，手中的酒杯壁折射出凛锐的光线，隐隐带着看不见摸不着的肃杀之气。

林宣忽然送旧物给江少陵，来者不善；旧物送达江水墅，速度更是出奇地快。

翌日，未世召开高层会议，管理层如临大敌，倒也不是江少陵盛气凌人，恰恰相反，他在管理层出现不合言论时冷静沉稳，不驳斥，也不打断，但所有人都很清楚，他并不亲和，他和他岳父沈家明一样，纵使发现管理层出现工作漏洞，他当时也不会多言，只会在观战结束后似笑非笑地做出总结性发言。

就像现在，争论暂歇不过三秒，坐在主位一直撑着脸观战的江先生终于开口说话了，笑容迷人："要不要喝杯水继续？"

会议室静寂一片。

江少陵坐正身体，慢慢地说："如果各位争论结束了的话，可否允许我发表一下个人的拙见？”

可否？拙见？

这次会议室不仅是寂静无声，刚才争执不休的那几位管理层成员更是垂着头不敢再开口多说一个字。

未世上下很多员工都害怕江少陵，他的财富、阅历和人脉，包括他的智慧和狠戾都让他们感到害怕，但他们不知道的是，他们害怕的青年富商其实也有恐惧的人和事，他恐惧有些事超越他的掌控，恐惧有些不敢深思的真相终有一天会被人残忍地揭开，而他恐惧的源头恰恰是他的妻子，他恐惧的真相恰恰是林宣派人送到江水墅的旧物……

黄昏回到江水墅，肖玟接过他的外套，并递给他一个扁平的四方形包裹盒，盒子很小，重量很轻。

肖玟告诉江少陵，包裹盒是林宣派人送来的。

反复看着手中的包裹盒，江少陵强忍皱眉的冲动。有一点林宣倒是没有骗他，林宣说旧物不多，还真是不多，只有一个轻得不能再轻的包裹盒，也是一个林宣宣称可能会让他闪了腰的包裹盒。

江少陵意识到，林宣口中的重量其实取决于包裹盒里面物品的意义。

回到卧室，江少陵将包裹盒随手扔在卧室的床头柜上，去浴室放洗澡水不过一分钟，他又再次走进卧室拉开床头柜的抽屉，把包裹盒扔了进去。

他很清楚包裹盒里的东西势必会扰乱他的情绪，所以他才会警告自己不要看，但下楼吃饭时，他明显有些食不知味，刚吃了几口菜，就撂下筷子猛地起身往楼上走。

肖玟吃了一惊，直到江少陵的身影消失在楼梯间，肖玟连忙让用人重新拿一双筷子给她，她尝了尝菜色，色香味俱全，这才松了一口气，看来江先生突然离席跟晚餐是否入味并没有太大关系。

江水墅二楼书房里，江少陵打开包裹盒，出现在他眼前的是一盘录像带。他没想到会是一盘录像带，但如果不是录像带，又能是什么呢？

江少陵的内心陷入挣扎之中，他抿着唇注视着那盘录像带至少有十几分钟，然后他拿着录像带去了媒体室。

几分钟后，那盘让他犹疑不定的录像带被他放进录放像机里；几秒种后，真相的闸门向他开启，当他看到出现在画面里的年轻女孩时，那一刻有一种残忍的情绪将他凌迟得神魂分离。

那是一盘类似于真人秀的录像带，片头打着英文字幕——中国绘画记忆天才挑战柏林天际线，历时十一天精准还原柏林892平方公里城市全貌。

那是一间封闭的一室一厅，除了浴室和卧室，独立的画室里到处都安置着摄像头，除了一日三餐有人送饭进去，被拍摄对象与外界隔绝形同坐牢，一天二十四小时几乎都被制作团队监控在内。

被拍摄对象是伽蓝，还不满19岁的伽蓝，还是满头黑发的伽蓝。

录像带最初显示时间是2月8日上午，江少陵红着眼睛盯视着坐在直升机里的伽蓝，直升机里的伽蓝戴着不受干扰的耳机目不转睛地盯视着下方的柏林街景，江少陵像是沙漠里极度缺水的苦行客，喉咙干裂得思维游离。

2006年2月8日，她在飞机里待了一上午，当天下午她正式走进那间画室，并在之后很长的时间里再也没有出来过。

三天三夜，她彻夜未眠，一直在疯狂作画，甚至在吃饭的过程中也在不间断作画，歌剧院、高校、各大街道以及车辆在长长的白纸画卷上逐一还原。

在这三天时间里，她不说话，不洗澡，不睡觉，到了第四天，原本自信的她开始出现分裂，她有时候会抵着画纸长时间没有动静，有时候会坐在地板上抱着头挣扎不休，也就是这一天她终于强迫自己去卧室休息片刻，字幕显示她只休息了两个小时就再次回到了画室。

作画第七天，她疲惫而又憔悴，她已混淆时间，但她却开始加速压榨她的大脑存储量，这天她坐在地板上刚扒了几口饭，就捂着嘴干呕，然后跑到洗手间吐得天昏地暗。很快有医生帮她查看身体，她沙哑着声音说："不碍事，我只是压力太大了，缓缓就好。"

作画第八天，她连续两餐全都在干呕，手指僵硬无力，好几次画笔从她手中滑落，她却不察，仍然机械地作画，却在几秒后思绪回笼，木然地弯腰重新把画笔捡拾起来……

作画第九天，她的进度越来越缓慢，在她苍白消瘦的脸上再也不见往日的自信，她在绝望之余，表情分裂而又痛苦，作画过程中甚至靠着画纸在打盹儿，其间猝然苏醒，她像是一个被抽走思绪的人偶，呆坐片刻，弯腰去捡画笔，却因为精神恍惚，那画笔她捡了三次，同样也掉了三次，后来她不捡了，她把脸埋在膝盖上，从脖子里拽出一物紧紧地攥在手心里，良久都没有再动。那天晚上，她画画途中伸手拂开发丝，摊开手指，掌心里竟是一缕缕黑头发。她沉默地看了一会儿，然后丢掉头发继续作画。凌晨她回卧室休息前，对着其中一个摄像机镜头说："我不知道我在画室里究竟待了多少天，我也不知道今天是几月几日，我妈妈的生日过了吗？过了吧？一定是过了。我表哥最近过得怎么样？他是不是举步维艰，日子过得很难？我有很多问题，也有很多困惑，但是谁在乎呢？你们不在乎，你们在乎的是我能不能完成这幅画。那么我在乎的又是什么呢？来之前，我是为了你们的一百万美金，但现在我只想完成这幅柏林全景图。你们真是了不起，区区一百万美金，你们击垮了我的自信，击垮了我的绘画热情，以至于我现在看到建筑就恶心，但我必须要完成对不对？因为你们心里清楚，我心里也很清楚，那不是区区一百万美金，不是区区，如果我现在放弃，那我之前的痛苦煎熬又算什么呢？岂不成了一个大笑话？我不是笑话，历来只有我看别人的笑话，没有人能看我的笑话，没有人……”

她话语凌乱，完全不知道自己在说些什么，长发凌乱的她就像是一个被逼入绝境的疯子，却滔滔不绝地跟摄像机镜头说着话……

江少陵看着屏幕里的她，就像是一把寒光霍霍的匕首狠狠地扎进了他的身体里，然后突然拔出来，紧接着再次重重地插进去，一刀又一刀，残忍、粗暴、凶狠……

媒体室里，江少陵哭了，泪水沿着脸庞汹涌滑落，原来，原来——

他说不出那个原来，那个原来有若干个，但不管是哪一个都让他自责悔恨不已。

原来，邻居说她母亲横尸在家两天两夜，她是因为给他筹钱，所以才间接害死了她母亲。

原来，她回国那天还不知道她母亲已死，她抵达S市直接去公司找他，是为了给他送钱，他当时在干什么呢？他为什么不理她？他为什么不出面跟她说句话？

江少陵失声痛哭，那天她带着满身的疲惫目光殷切地注视着他，他怎么能对她视若无睹？他怎么能那么伤她？

原来，她不再画画的罪魁祸首竟是他，如果不是因为他，她母亲生日的时候，她一定会陪在她母亲身边，纵使她母亲脑出血晕倒，如果抢救及时的话，完全可以活过来，又怎么会惨死家中无人知晓？

江少陵只觉得万箭穿心，2005年8月末，苏姨过生日，当时她笑着对他说：“今年苏姨过生日，你带我见家长，明年我母亲过生日，我带你见家长，你觉得怎么样？”

她的话言犹在耳，谁承想真相里悄悄流走的2006年2月15日竟是这般惨不忍睹。

江少陵并非那么愚钝，他也曾设想过一种可能，如果她在家，如果她在S市，她怎么可能放任她母亲横尸两天两夜？她母亲死亡前后，她在哪儿？她在干什么？他不是没有往自己身上联想过，却从不敢继续往下深想。

2008年获知她的下落，他猜到她学医是为了她母亲，却没想到她学医只是为了自我惩罚和赎罪，难怪她回避他陪她一起去拜祭她母亲，难怪2008年重逢后她对他那么冷漠和无视，她痛了，她被他伤得太重，历经母亲惨死之后，她被前所未有的罪恶感拉进了深渊，她内心的苦痛又有几人知?

他错了。2011年12月末，他不该在她的伤口上撒一把盐，让她一伤再伤，但他如果不那么做的话，他又能做些什么呢?难道眼睁睁地看着她嫁给林宣?不，他做不到。纵使他当年获知真相，他也做不到放任她嫁给别人……

这些年他与林宣彼此憎恨，却又彼此观察着对方的一举一动，是敌人，却也是最熟悉对方软肋的人，所以林宣才能一刀刀地插在他的痛处。林宣成功报复了他，不费一兵一卒就把他绞杀得血肉模糊……

对于林宣来说，录像带只是他报复江少陵的前菜，真正的主菜还在后面。2006年，他斥巨资买下Sylvia所有参赛细节录像带，禁止主办方私自传播；其实有一件事也许连Sylvia自己也不清楚，天际线大赛主办方的身份首先是商人，商人以赚钱为首要，规定五天完成柏林全景图，她逾期六天才完成，主办方即便会给她奖金，但怎么可能会把奖金全部都给她?

也许，她不是没有那样的疑惑，但她实在是太需要那笔奖金了，所以不愿深究，也不想深究。

这天黄昏，林宣知道江少陵的回家时间，算准了江少陵会打开包裹盒，所以七点钟他准时打了一通电话到江水墅……

肖玟在媒体室找到江少陵，她先是敲了敲媒体室的房门，等了几秒没听到回音，这才悄悄地推开了房门。

媒体室投放屏幕漆黑一片，江少陵背对着她坐在沙发上，肖玟看不到江少陵的表情，如果她能看到，一定会震惊不已。此时此刻的江少陵泪流满面，英俊的五官因为痛苦看上去有些扭曲，清晰可见的悲恸遍布他的全身。

肖玟站在门口说："江先生，刚才林先生给您来电话，需要把电话接进媒体室吗?"

江少陵过了好一会儿才说："接进来。"

"好。"肖玟关门离开，却忍不住在想，江先生刚才说话的声音好像跟往日不太一样。

外面天色已入夜，林宣的电话接进媒体室，伴随着免提音开启，林宣短暂沉默，然后他的声音比夜色还要重、还要沉——

"江先生，我派人送给你的录像带，你看到了吗?应该是看到了吧?

"长焦镜头可以精准地捕捉到Sylvia脸部最细微的表情，甚至连她眼神的闪烁都能完美记录在摄像头里，她是那么骄傲的一个人，却心甘情愿为你活在监控里，甚至不惜从操纵者变成被操纵者，你看了作何感想?

“摄像头几乎一天二十四小时都在记录Sylvia，她一共封闭作画十一天，你只看到被剪辑好的很少一部分画面就痛苦成这样，那么Sylvia呢？她是怎么在封闭的画室里熬过了十一天，熬过了崩溃绝望的十一个二十四小时？

“江少陵，你现在是不是很痛苦？那我呢？2006年2月18日，我带着她母亲的死讯抵达柏林，通过监控看到室内机械作画的小疯子时，你知道我心里是什么感受吗？我恨不得杀了你，你何德何能，你怎么能让她变成那副人不人鬼不鬼的模样？

“江少陵，你见过鬼吗？

“Sylvia见过。

“你知道她在剑桥的家里有一间手术室吗？那是一间她专门为她母亲准备的手术室，自从她母亲死后，有长达好几年的时间，每年2月15日，她都能看到她母亲脑出血躺在她面前，她在她自己的精神世界里给她母亲做手术，步骤严谨，但每一次她母亲都会残忍地死在她面前，你能感受到她的痛苦和绝望吗？她救不了她母亲，哪怕她是脑研究科学家，她也救不了她母亲。

“你岳父可能跟你提过Sylvia是反社会人格，但他一定没有跟你讲过Sylvia有癔症吧？如果你知道，你还敢娶她吗？你忍心娶她吗？你知道她和你结婚意味着什么吗？意味着她踩着她母亲的尸体把泪和痛苦往她肚里吞，意味着她的负罪感越来越重，意味着她见到她母亲的概率会越来越高。你们的新婚夜，她可有见到她母亲充满恨意地看着她？她和你在一起的每一分每一秒，你看到她在对你笑，但她真的在笑吗？她如果真的那么没心没肺，她为什么会冒险前往叙利亚？难道只是因为她人格残缺不顾及自己或是他人的安危？你一定不知道，上个月15日，她在墓园里再次看到了她母亲，如果她真的放下了她母亲的死和你在一起，纵使她还能看到她母亲，她又怎会那般痛不欲生？

“Sylvia幼时被诊断出反社会人格障碍，为此沈家放弃了她的抚养权，是她母亲带着她回到了国内，多年来一直对她不离不弃，你知道她母亲对她意味着什么吗？是她的命。因为你，她的命没了，她和你在一起，不过是可怜你继母新丧，她或许深深地爱着你，但爱你又能如何？她心里的伤疤呢？你看不到她的时候，她是痛是悲，她是怎么活在她母亲的谴责里的，你都知道吗？你以为你获取了她的爱，就等于获取了幸福，但你确定Sylvia和你在一起，她真的幸福吗？

“她的头发是怎么白的，你知道吗？2006年2月她脑力消耗过度，为了帮你间接害死了她母亲，她在回到纽约不久，忽然生出了很多白头发，从此活在她母亲带给她的癔症折磨中，头发再也没有变黑过，不知情的人都说她是少白头，但她不是，我以前认识的Sylvia，她的头发很黑，也很浓，我知道她不是少白头，她只是太痛了。

“江少陵，能让你痛，我真的很开心。此时此刻你所感受到的痛苦，一如你从我身边夺走Sylvia所带给我的痛苦一样，深刻入骨，没齿难忘……”

在这世上，有一种痛宛如抽筋剔骨，有一种悲令人心如刀割，有一种绝望堪比切肤之痛，有一种愤怒是即便摔了电话机生生斩断林宣的挑衅，但内心的痛楚非但没有消减分毫，反而殷红的鲜血从伤口里汹涌逃窜而出，他却只能眼睁睁地看着，仿佛是在看一场年少不可追的回忆，回忆里除了宿命变迁和面目全非，余留下的似乎只剩下残忍。

江少陵首先想到的是陆离，陆离跟随蓝蓝长达一年半，又曾入住过剑桥，难道他从未发现蓝蓝有癔症？更不曾发现林宣口中的那间手术室？

陆离近年来虽有袒护蓝蓝之势，但在蓝蓝的异常问题上他绝对不敢有所隐瞒。

是蓝蓝伪装太深了吗？

她究竟还有多少潮湿的秘密隐瞒着他不让他知道？2008年，她对他的嘲讽和冷漠是假的；2010年至2013年，她对他的无视和无情也是假的；那么2014年呢？2014年她丢下过往的不堪与他重修旧好，听他的话，对他笑，不动声色地顺从他，难道也是假的吗？

如果是假的，那他衬衫衣领上的四叶草又算什么呢？她是带着对她母亲的负罪感来爱他，他什么都不知道，只知道每天掠夺她的爱，掠夺她的身和心……

3月春夜，江少陵的后背不知何时早已出了一层细细密密的冷汗，他就像是一条被丢到烈日下暴晒的鱼，在煎熬中感受着灼痛，在灼痛中承受着濒临死绝般的酸楚和悲凉。

他在这个时候想起了他的岳父沈家明，那个习惯掌控他人的中年富商，对于当年所发生的事情究竟知道多少？

有这种想法时，江少陵脑海中血光一片，心跳停了，周身的血液紧跟着也停止了流动。他寒着一张脸，忽然取出录像带大步朝门口走去，他身陷迷雾多年，事到如今他需要的不过是一个真相，为此宁愿伤上加伤，也决不伤口舔血。

这天晚上，沈家厨房如履薄冰，事情的起因是厨房某个新来的小助理私自在西餐上添加了入味作料，结果沈家明刚吃了一口就直接吐在了旁边的盘子里，手中的刀叉更是哐啷一声甩在了桌上。

马修立刻皱起眉，看了一眼既紧张又疑惑的主厨，不问原因，而是镇定地开口：“凯文，用最快的时间重新做一份一模一样的晚餐给沈先生送过来，记住，你亲自做。”

“沈先生，我很抱歉。”名唤凯文的主厨忐忑不安地跟沈家明道歉，见沈家明没有理会他，而是拿着餐巾擦拭嘴角，凯文连忙端着那盘西餐去厨房找原因。

沈家明对食物极为挑剔，但凡有其他作料入味，他一定能第一时间就察觉出端倪来，这个中年男人不管是对待身边人，还是一日三餐，时常会让人觉得太过吹毛求疵。

沈先生这么一发火，苏薇的食欲颇受影响，正欲放下刀叉陪他一起等他那份晚餐上桌时，沈家明却开口说话了，他抿了一口红酒，很和蔼地对苏薇说：“你吃你的，不用理会我。”

厨房里，主厨拿着刀叉尝出那盘西餐味道不对，得知出锅时助理私自加了作料，顿时火冒三丈，但训斥归训斥，还是用最快的速度做了一盘西餐重新端给了沈家明。

那道西餐，沈家明只吃了两口就再次放下了刀叉，不过却跟食物是否合口味无关，而是因为——

江少陵来了。

沈家餐厅里灯光耀眼，用人站在餐厅入口处传报：“沈先生，苏小姐，江先生来了。”

闻言，沈家明不易察觉地闪了一下眸，少陵怎么会在这个时间过来？扫视一眼坐在他对面默默用餐的苏薇，沈家明嘴角笑意微露，她成熟了不少，至少懂得收一收她的外放思绪，不过……难道他没发现她的进餐速度较刚才有些慢吗？

餐厅入口，拥有帅气外表的青年男子突然造访沈家，浑身上下不再散发沉稳和理智，他眉头紧锁，泛红的眸子却像是零下几十摄氏度结冰的湖面，对视者只消看一眼就会觉得浑身发寒。

沈家明终于有了皱眉的冲动，只因触及女婿的双眸，那一刻他分明感受到了来自于女婿极力压制的天翻地覆。

出什么事情了吗？

沈家明笑着跟江少陵打了声招呼，一边慢条斯理地分切食物，一边温和地开口问：“来之前吃过晚餐了吗？如果没吃的话，让马修……”

“我有事情要问你。”江少陵打断他的话，声音冷硬艰涩。

“什么事？”沈家明虽是这么问的，却忍不住笑着说，“不能等我吃完饭再说吗？”

“不能。”

江少陵掷出这两个字时，马修和苏薇诧异地看向江少陵，但他除了沈家明之外完全看不到其他人，冷寒的目光与沈家明审视的目光在半空中交接，阴郁的坏情绪瞬间土崩瓦解，慌不择路地哗啦啦砸落了一地。

沈家明扫视了一眼江少陵手中的录像带，好像意识到了什么，所以他平静地放下刀叉，先是喝了几口红酒，然后拿起餐巾擦了擦嘴角，最后站起身对江少陵说："走吧，我们去书房。"

沈家一楼书房里，沈家明示意江少陵在沙发落座，他有促膝长谈的打算。窗外夜色沉甸甸的，像是一张漫无边际的黑网将沈家庄园笼罩其中，窒闷得令人喘不过气来。

也许，最让沈家明感到窒闷的并非是夜色中大片大片的黑，而是江少陵泛红的双眸，压抑而又混乱。

书房里，沈家明沉默地看着江少陵，江少陵亦深深地看着沈家明，最终他把录像带递给沈家明，嗓音沙哑："这是林宣送给我的录像带，刻录时间是2006年2月，内容是关于蓝蓝的，你要看一看这盘录像带的内容吗？"

"不。"沈家明带着微笑摇了摇头，对于录像带的内容，他的表情并不意外，他伸手把录像带推还给江少陵，很平静地说，"少陵，我毕竟是Sylvia的父亲，所以我不看。"

果然，所有的事情，沈家明都知道。

那盘录像带仿佛有千斤重，被江少陵颓废地放在了茶几上，他靠着椅背目光虚望着书房某一角，身上一会儿冷，一会儿热，以至于长时间都没有再说话。

沈家明的话，就像是一阵狂风刮打在江少陵血肉模糊的心里，牵动起一缕缕若有似无的疼痛，明知真相伤人，他却偏要自伤。

在女婿面前，沈家明作为一个大家长看似镇定，但缓慢的呼吸却泄露了他的内心复杂。

2006年2月突然获知嘉文去世，那是一个清晨，他坐在床上拿着手机一动也不动，脑子里一片混乱，身旁传来一阵窸窸窣窣的声音，紧接着两条细软白嫩的手臂缠绕着他的身体，与他共度一夜春宵的女伴嗲着声音说："家明，要不要再多睡一会儿？"

家明？

沈家明心里忽然间一阵恶寒，他极其缓慢地转过脸，用犀利无比的目光打量着那名女床伴，如花容颜，身段前凸后翘，昨晚他还觉得她是一个很称职的性感尤物，但今天一大早却觉得反感至极。

女床伴晨间还想再取悦沈家明一回，沈家明转脸看着她的时候，她正在用温软的娇躯有意无意地磨蹭着沈家明，突然接触到沈家明冷锐的目光，女床伴刹那间身体一僵。

沈家明心里有火，却一句话也不说，火大地掀开被子正欲下床，却被被子的一角缠住了一条腿，跌跪在地的那一刻，只觉得疼痛钻心。

“家明——”

女床伴惊呼一声，赤裸着身体下床要去扶他。

她刚碰到沈家明的身体，还没来得及询问一下他有没有受伤，就被沈家明挥手一甩，喷火的双眸更是噌的一下瞪射过去，那样的目光力道仿佛要把女床伴给凌迟处死一样。

那天清晨，沈家明瞪着女床伴，牙齿直打战，几乎是僵着声音说：“就凭你，也配叫我一声家明？”

已经有很多年了，那时候伽嘉文还很年轻，脸庞清秀的她每次微笑都会让他觉得很温暖，婚后每天早晨送他出门时，她都会柔柔地笑：“家明，晚上我等你回来一起吃饭。”

那个曾经无怨无悔等着他回家吃饭的女子最终化成了天边的一道云，离开人世的那一刻竟残忍地不愿托一个梦给他。

那天清晨，沈家明穿衣服时手指一直在哆嗦，女床伴见他泪花闪烁，吓得回到床上不敢吭声，也不敢再帮忙……

是林宣给他打来的电话，得知嘉文死亡期间Sylvia并不在家，他派人去查，却比林宣晚了一步，录像带被林宣捷足先登，不过不重要，他原本就没打算看那些录像带，林宣买走了也好。

那些录像带，他以前不过问，现在更不会窥探分毫，因为画面里的女孩子是他女儿，正视她，如同是在正视他造下的罪恶，所以他不看。

“为什么？”江少陵没有掺杂任何喜悲的声音在书房里暗暗发酵，他心里有着太多不明白——

林宣是被沈家明从小看到大的，沈家明为什么不帮林宣，反而一直推波助澜地帮他靠近蓝蓝？

他间接害死了蓝蓝的母亲，害苦了蓝蓝，沈家明不是该恨他吗？为什么还要帮他？

江少陵的问话只有一半，但沈家明却懂得他话里的意思，所以沈家明直直地盯着他看了一会儿，沉着声音说：“因为Sylvia爱你。”

Sylvia心里爱着谁很重要，其次才是那个男人是否也深深地爱着她。

江少陵脸色发白，然后他突然笑了，却笑得眼眶湿润，他问自己，他真的认识眼前这个中年富商吗？

他问沈家明："你恨过我吗？"

沈家明再次带着微笑摇了摇头："年轻人创业跌进困境很正常，筹钱帮你是Sylvia的个人意愿，她从未拿她母亲的死迁怒于你，更不曾恨过你，我又有什么权利来恨你呢？"

沈家明的语气很温和，心情却有一些复杂，他望着窗外黑漆漆的夜色沉默了许久，嘴角的笑容不知何时早已消失不见，再开口声音里带着些许沉重："少陵，我只会怨恨我自己，堂堂沈家明的女儿竟然会缺钱，甚至为了一百万美金间接害死了她母亲，你觉得我心里会好受吗？你知道Sylvia为了一百万美金煎熬作画的时候，我在干什么吗？我有一位法国小情人过生日，我送了她一艘价值几千万美元的游艇，我和她在那艘游艇上厮混了三天两夜；几天后我在车展上看中了几辆跑车，花费将近一个亿……所有人都知道沈家明很有钱，我女儿也知道，但她宁愿为了一百万美元折磨她自己，也不愿开口向我要钱。只要她张嘴，她要多少我给她多少，但她就是不张嘴，你说气人不气人？她像她妈妈一样倔，一样无情，当年母女两人离开美国的时候走得很决绝，我以为她们离开我会过得很快乐、会幸福，就算不快乐、不幸福，至少也该比我这个大恶人活得更长、活得更久一些，但她妈妈怎么突然间就死了呢？我想不通，我这个大恶人还好好地活在这个世界上，她怎么就先我一步死了呢？"

沈家明谈起母女两人的时候，懊悔自责的表情似笑非笑，似哭非哭，江少陵内心有所触动，抿着唇不说话，每个人的心里都藏匿着一道伤疤，或深或浅，却如拔牙之痛，疼痛自知。

"Sylvia回美国不久，同样是在这间书房里，我对她说：'Sylvia，你就是一个魔鬼。'其实那不是我的真心话，她回美国后状态很差，短短时间内接连攻击过好几个心理医生。我说她是魔鬼的当天，她拿着圆珠笔差一点插进心理医生的脖子里，如果不是马修及时冲进去，那名心理医生只怕早就死了。我心里又急又怕，怕她被人视作怪物，怕她有一天会一不小心变成一个杀人犯直接毁了她自己，但我不能说出我的害怕，我甚至不能当着她的面表现出我的害怕，我已不知道该怎么跟她和平相处，一个疏于给予亲情的父亲又有什么资格从她那里获取原谅？每个孩子生来都是纯洁无瑕的，如果她性格出现残缺，追究原因，大部分原因一定是出在我这里。我知道得太晚，等我有心想要去弥补时，却发现她已经长大了，比起父亲她更需要的是母亲。"

沈家明说到动情处，眼里已是泪花闪烁。他抬手搓了一把脸，稳了稳情绪，这才勉强挂着笑容说："少陵，你知道吗，如果按照丈夫的标准来为Sylvia选婚姻伴侣的话，其实林宣比你更适合Sylvia，但谁让Sylvia喜欢你呢？她为什么会常常看到她母亲？如果她真的放下了你，她又怎么会因为负疚感被她的心魔纠缠不休呢？这么多年来，你我虽然没有说透，却都彼此心知肚明，你利用一年时间在华尔街名声大噪，不过是为了接近我，其间吃了多少苦我都知道。同时你心里也很清楚，我熟知你和Sylvia在国内所发生的一切，一直在用审视的目光观察你……我很喜欢你，少陵，比喜欢林宣还要喜欢你。我喜欢你不是因为你有多好的修养，多高的才气和经商头脑，而是你对Sylvia的这份心我都看在眼里。林宣对Sylvia向来是亲情和爱情密不可分，但太过理智总归是亲情略胜爱情三分，你就不一样了，爱一个人太深，很容易就丢了魂，你每次看到Sylvia的时候，就像是一个患了失心疯的病人，痛苦也好，愤恨也罢，不过是因为你爱她……”

江少陵垂着头不说话，却被沈家明刺中了心中的软肋，沈家明见他一滴接一滴的眼泪砸落在地面上，不多时沈家明的眼眶里也涌出了泪水，这两个在商界一贯雷厉风行的男子，遇到伤心事却也不过只是两个平凡得不能再平凡的普通人而已。

沈家明伸手重重地拍了拍江少陵的肩，流着泪语重心长地道：“少陵，一个人的成长过程原本就很痛苦，每一段喜怒哀乐都需要费心拼接才能汇集成完整的一生。世上所有的事情都该有个期限，生老病死如此，恩怨情仇更是如此，过去的那些是是非非虽然很残忍，但时间会消弭一切，所有的伤痛都会被温情治愈。有些事情我之所以不告诉你，无非是觉得没必要，逝者已矣，但你和Sylvia还有漫长的人生要走，嘉文那么爱Sylvia，如果嘉文在天上看到这一切，她在痛心之余，一定是希望Sylvia能放下过往和她最喜欢的你在一起幸福快乐地过一辈子。”

沈家明宽慰江少陵的时候，江少陵只觉得胸口的痛楚撕心裂肺，这个傲气无比的男人，几乎从未向外人展示过他的眼泪，但这天晚上他在沈家书房里却哭得痛心疾首，若不是心如刀割，又怎会伤心成这副模样？

终于，江少陵抬起眸子，他叫了沈家明一声“爸”，然后他抬手摸着胸口哽咽道：“我这里疼，我想到蓝蓝这里就会隐隐作痛，她怎么能瞒着我一个人承受痛苦？我想到她的白发头，想到她痛苦绝望地爱着我，我就受不了——”

沈家明悲痛地看着江少陵，虽然极力克制着情绪，但低头的瞬间还是痛得落下了眼泪，他说：“少陵，Sylvia还没从丧母的痛苦中走出来，你不能再因此走进痛苦中去，我把我女儿交给你，不是让你陪着她一起痛，而是希望你能够软化她的痛。”

他说：“少陵，你岳母心地善良，她不会责怪Sylvia，更不会迁怒于你。”

……

那天沈家明说了很多话，字字句句都是肺腑之言，苏薇端着茶盘站在书房外，托盘里的茶杯哗啦啦砸落一地，她动作迟缓地蹲在地上伸手捡拾碎片，美丽的五官却痛苦地扭曲在了一起。

2014年2月1日凌晨，她在沈家厨房外从身后紧紧地抱着江少陵的腰，当时江少陵寒着一张脸推开她，冷冷地对她说："苏小姐，你以为你对我是什么心思，包括你曾经为我做过的那些傻事，沈先生会不知道吗？你有没有想过一种可能，也许此刻，你口中正在熟睡的沈家明，很有可能正站在黑暗的一角冷冷地窥视着这一切？很多事情他不是不知道，他只是不想说罢了。"

原来那天凌晨江少陵说给她的话，并不是恶意恐吓她，而是——

没有而是。

沈家明听到门口传来动静，坐在书房里沉着声音喊："是薇薇吗？"

已有用人听到声音赶了过来，苏薇背转身不让用人看到她的慌乱无措，她迈步走进书房时顺手关上了房门。

书房里，沈家明背对着她，江少陵望着窗外，虽然无法窥探出两人的表情，但他们适才的交谈，话语里的悲痛，苏薇觉得"历历在耳"。

他们爱着同一个女人，只可惜那个女人不是她。

"沈先生，我跟了您差不多两年，我在您的眼里难道一直都是一个笑话吗？"苏薇这么说着，眼眶又是一阵发酸泛潮，痛楚蔓延，几欲落下泪来。

沈家明轻叹出声："你是一个为了一段单恋执迷不悟走入迷宫出不来的小丫头。"

听了他的话，苏薇瞬间泪如雨下。

深夜九点多，纽约街头霓虹迷乱，江少陵在回江水墅的路上接到了伽蓝打来的视频电话。他和她，一个在美国纽约，一个在中国S市，虽然相隔甚远，但几乎每天都会视频连线，今天……

今天不行，回程的路上江少陵可以控制自己的声音和复杂的心绪，却无法遮掩泛红的双目。

他不愿她多想，所以挂断她的视频电话，紧接着拨了一通越洋电话给她，等待她接听的过程中他甚至还清了清嗓子，缓了缓呼吸。

"吃早饭了吗？"电话接通，江少陵的声音平静无比，令人窥探不出任何情绪起伏，仿佛之前所经历的心绪变迁悉数不复存在，淡漠得像是一场梦。

“嗯。”伽蓝并未察觉出异常，反过来问他，“你呢？晚饭吃了吗？”

“……嗯。”这是谎话。

伽蓝问：“你在回家的路上吗？我听到了汽笛声。”

“……嗯。”这是真话。

伽蓝叮嘱道：“你让司机开车慢一点，到家了给我打电话。”

声音温暖，却让江少陵呼吸一窒，隔着电话冲动地唤出她的名字：“蓝蓝——”

“嗯？”

纽约深夜，江少陵的声音很低，也很轻：“我很想你。”

这晚是郑睿开车，除此以外江少陵并未再带其他人出门。对于郑睿来说，江先生今晚的情绪很糟糕，仿佛被人逼进了绝境一般，害得来回路上他也不敢多说话，但此刻……

郑睿觉得自己是多想了，江先生既然能说出这么肉麻的情话来，看来他和江太太之间并未发生不愉快，只要不涉及那个奇葩，什么事都好说。

郑睿心里的那个奇葩正在电话里轻轻地笑，很无奈地叹了一口气：“江先生这么热情，看来等你回国我又要受罪了。”

显然，她误会了他的意思，江少陵却不愿过多解释。过去的事情他无力改变，但他和蓝蓝山高水长，所有的苦和痛，他都愿意陪她一起担、一起尝。

现在，还为时不晚。

沈家一楼书房里，苏薇坐在沙发上泣不成声，倒也不是说她心里的小九九被沈家明两年前就看穿，所以才会恼羞成怒，她只是心里莫名地委屈和难过。

这天晚上，苏薇哭了半个多小时，沈家明就坐在一旁的沙发上看了她半个多小时，后来带着微笑轻叹出声：“伺候我这个老头子，是不是一度让你很委屈？”

苏薇听他这么一说，顿时哭得更厉害了，沈家明这次却是真的笑了，见苏薇哭得直打嗝，他忍着笑，抽出一张面纸递给她：“别哭了，谁让你父亲不是沈家明呢？你想要和江少陵在一起，这辈子是不可能了，只要我活着一天，他生是Sylvia的人，死是Sylvia的鬼。”

说到这里，大概觉得自己有些不近人情，沈家明扯了扯唇，自嘲一笑：“你也无须嫉妒Sylvia，因为你有的，她没有，如果她母亲能够活过来，她才不稀罕当我闺女呢！”

沈家明最后一句话类似于呢喃自语，却又透着怅然和失落，苏薇从未听他用这样的语气说过话，宛如隐晦的心事曝光，苏薇怔怔地看着他，一时之间竟不知道该说些什么。

当年她不顾家里的反对，执意来美国找江少陵，没过多久就听说了他的婚事，突然听闻他要娶一个叫沈慈的豪门千金，内心深处溢满了不甘心。后来无意中获知沈慈竟然就是伽蓝，她震惊、愤怒、痛苦，却又绝望得无可奈何……

一步错，以至于步步受限。

苏薇哭着问："你明明知道我当初千方百计地接近你，不过是为了利用你伤害伽蓝，你为什么还要将计就计带我回沈家？"

沈家明眼眸深沉，他不善良，也不温软，所以无须找借口搪塞苏薇，更何况他是沈家明，沈家明要么什么也不说，要么只说实话："Sylvia的母亲去世后，她虽然不恨少陵，但少陵逼她对不起林宣，她却不能不怨。Sylvia和你毕竟是旧识，如果我放浪形骸到连你也染指，她只会对我越来越恨，只要你在沈家一天，她婚后回到纽约就只能住在江水墅。况且，你这丫头对少陵太过走火入魔，我把你放在身边，至少可以禁止你胡作非为破坏Sylvia的婚姻，一旦你成为我的女人，等同是斩断了你对少陵最后一丝念想，就算全世界只剩下你一个女人，你觉得少陵会觊觎他岳父的女人吗？"

说到这里，沈家明话锋一转，感慨万千道："你也别恨我，就算你恨我也没关系，Sylvia比你吃的苦还要多，比你受的罪还要重，我没好意思给她的宠，全都给了你，你比她有福。"

比伽蓝有福吗?

苏薇哭得眼睛发肿，失魂落魄地沉默了好一会儿，良久才颤着声音问："沈先生，你爱我吗？"

沈家明温和地说："我喜欢你。"

苏薇心里一涩，是喜欢，不是爱。也对，她甚至怀疑沈家明真的懂爱吗？也许他是懂爱的，比如——

"你爱你前妻吗？"这还是她第一次和他谈论起伽嘉文，以前是没敢问，现在是好奇。

沈家明并不回避这个问题，他只是目光复杂地道："她是这世上最好的妻子，在她面前谈爱是亵渎，我不配。"

"你一定很爱伽蓝。"

沈家明苦笑道："我不配爱她，因为我不是一个好父亲。"

他语气如常，但其中的痛楚和无奈却令苏薇痛彻心扉，那一刻她泪眼蒙眬地看着沈家明，也许连她自己也说不出来内心是什么感受，她起身朝他走去，然后蹲在他面前仰脸望着他，哑着声音说："这两年，你和外面的女人几乎都断绝了来往，为什么？"

“我老了，玩不动了。”他垂眸看着她，嘴角再次挂上了一抹笑容，“薇薇，除了商友知道你的存在，你跟在我身边从未曝光过，或许你该好好地想一想你的未来，你还年轻，如果继续没名没分地跟着我，你父母该心疼了。”

苏薇心里难受，刚刚止了的眼泪又几欲夺眶而出：“你是要赶我走吗？”

沈家明在她的泪眼里看到了一张中年老男人疲惫的脸庞，沈家明嘴角有笑，眸子里却没有半分笑意：“你不想为人妻，为人母吗？除了嘉文，我不会再娶妻；除了Sylvia，我不会再有其他孩子。”

苏薇身体一僵，紧紧地咬着唇，过了半天回复沈家明：“我不在乎。”

沈家明思索了几秒，说：“如果哪一天你不想待在我身边了，我会给你一大笔钱，足够你……”

“我不要——”她近乎慌乱地打断他的话，对于未来她充满了恐惧和茫然，除了在他身边，她已不知道自己还能做些什么。

现在的她，何尝不是一个废人？

有这种念头时，苏薇心脏骤疼，她把自己无助的表情埋藏在沈家明的腿上，声音闷闷地再次重申：“我不要。”

沈家明垂眸看着苏薇，轻声叹息道：“薇薇，你是依赖我，还是对我动了情，你分得清楚吗？”

苏薇默默流泪，泪水浸湿沈家明长裤的布料，他终于抬手抚摸着她的发，十几秒后又是一声叹息：“所以我说你是一个乱入迷宫跌跌撞撞却找不到出口的小丫头。”

S市一连阴沉了好几天，这天晴空万里，太阳偷懒数日，终于记起了它的职责所在，悬挂在蓝天上，让人看了心情不是一般地好。

陆离回来已有一个星期左右，这天上午伽蓝有事外出，报了一个地址给陆离，一路上几乎没怎么说过话。

她按下后排的车窗，微风吹拂着她的脸，回到S市有些时候了，每日待在家中绣几朵四叶草给江先生，重拾画笔在画板上涂涂画画，午后在树屋或是阳光房里喝茶看书，若是阳光有心与她谈一场春日恋爱，总能在静默无言中暖化她的身和心，令她昏昏欲睡。

沿途女子三两成群，姿容、曲线，包括时尚的衣着无不透着赏心悦目，远观某一对小情侣在路边接吻，女子表情羞涩，伽蓝素净的脸上溢满了笑容，3月满城飞花，倒是很适合邂逅一段花香四溢的爱情。

陆离正在开车，无意中回眸，青年女子嘴角笑容明媚，刺得他眼眸发烫。

回到S市之后，不，是她辞职以来，不仅心境平和，似乎就连为人处世也温善了许多……

阔别多年，伽蓝再次造访廖院长的故居，站在别墅外按门铃，她只觉得恍若隔世，不紧张，不忐忑。

开门的是一位老太太，老花镜架在她的鼻梁上，所以她一时之间没有认出伽蓝来。

阳光正暖，伽蓝轻轻地叫了她一声："师母。"

师母？

开门的老太太是廖鸿涛的妻子，八年不见，她苍老了许多，听到伽蓝唤她"师母"，她一边扶正眼镜，一边笑着说："哦，是鸿涛以前的学生啊，你——"

苍老温和的声音戛然而止，廖妻睁大眼睛，先是不敢置信地看着伽蓝，然后五官忽然抽动了一下，看情形似是想哭，却又激动兴奋地"啊"了好半天，最后猛地一跺脚，转身就朝里面喊："老廖，你快起床别睡了，你快出来看看是谁来了！你快点——"

廖妻虽是在催促丈夫，但说到这里，忽然泪流不止，不等丈夫出来，她就快步冲到伽蓝面前，伽蓝怕她摔倒，连忙迎上去扶着她，却被她紧紧地抓着两条手臂，她又哭又笑道："蓝蓝，你总算是来了，我和你老师知道你回国，天天盼着你能来，你来了就好，来了就好，今天师母给你做好吃的，你以前最喜欢我做的菜了。"

说到这里，师母崩溃大哭，她终于松开伽蓝的手臂，紧紧地抱着伽蓝，痛心道："你头发怎么白了？这些年你在外面是不是吃了很多苦？既然回来了，就不要再走了，当年你走得太突然，你老师提起一次，就偷偷地背着我哭一次，你能回来，你不知道我和你老师有多高兴。"

伽蓝轻轻拍着师母的背，不知道该怎么安慰她，这时有人穿着拖鞋急匆匆地跑出来，却在看到伽蓝时猝然止步，看得出来他惊喜得很想张嘴大笑，但眼泪却很诚实，转瞬间就湿了眼眶。

这一刻，伽蓝仿佛回到了少女时期，她看着廖鸿涛笑弯了眉眼，笑得眼睛里铺满了阳光，明晃晃的。

她说："老师，我来看看您和师母。"

差不多四年前，廖鸿涛从S大退休，但退休后又被S大返聘。三年前，廖鸿涛检查出心脏有问题，并于两年前做了一次心脏手术，好在术后身体恢复不错，但每隔一段时间就要到医院复查身体，倒也奔波。

师生八年不见，廖鸿涛也整整念叨了伽蓝八年，但重逢再见廖鸿涛却生疏了语言，其实他有很多问题要问伽蓝，比如说她现在过得好吗？这几年她究竟去了哪里？有没有吃苦？她现在有男朋友了吗？或是已经结婚了？目前又是在从事什么工作？……

廖鸿涛没有问出口的好奇，宛如一根丝线牵系着伽蓝的思绪，她了解廖鸿涛，所以恩师想问什么，她都懂。

窗外阳光灿烂，不知名的小鸟在院子里叽叽喳喳叫个不停，伽蓝坐在客厅里温声告诉廖鸿涛和廖妻，2006年她被父亲接回美国，同年就读剑桥大学医学院，并在剑桥生活了很多年。

剑桥大学医学院吗?

廖鸿涛神情有些发愣，等反应过来，强撑笑意说："好，真好……"

所谓"好"或是"真好"，不过是客套的假象，有关于这一点伽蓝心知肚明。

她是廖鸿涛最寄予厚望的学生，也是他花费心血和精力最多的学生，忽然听闻她弃画从医，廖鸿涛心里总归是有一些不好受。

这时，廖妻沏了一壶茶端过来，先是倒了一杯茶给伽蓝，随后倒茶给陆离，虽然好奇陆离的身份，却也不方便多问，只好拐着弯问："蓝蓝，你有男朋友了吗？"

"我已经结婚了。"

听说伽蓝已经结婚，廖鸿涛和廖妻又惊又喜，两人的目光下意识地望向陆离，伽蓝知道他们误会了她和陆离的关系，笑着解释："他不是我丈夫，他叫陆离，是我的家人，也是我的朋友。"

前一秒，陆离被廖鸿涛和廖妻误会，还略显尴尬；后一秒，听了伽蓝的话，陆离只觉得有一股又酸又甜的感觉在心口蔓延，不是保镖，更不是无关紧要的下属随从，而是家人和朋友……

其实廖鸿涛和廖妻也有一些尴尬，看到年轻小伙子跟随伽蓝左右，也难怪他们会多想。

廖妻笑容温暖，询问伽蓝什么时候结的婚。

"2012年。"伽蓝没有围绕她的婚姻说太多话，只是对廖鸿涛和廖妻说，"我先生在美国工作，等他忙完公事回国，抽时间我们再一起过来看望老师和师母。"

廖鸿涛和廖妻听了，连忙点头说"好"，廖妻示意伽蓝和陆离喝茶吃糕点，起身要去厨房和家政阿姨做菜，还不忘叮嘱廖鸿涛："老廖，你多陪蓝蓝和陆离说说话，我先去做菜。"

伽蓝自知廖妻不会让她进厨房帮忙，所以坐在沙发上没有动，见廖鸿涛坐在沙发上拭了拭眼角，伽蓝有些恍惚，老头儿以前性格倔强很少落泪，但现在终归是年龄大了……

“太太，我去院子里转一转。”陆离很有眼色，把客厅空间留给了廖鸿涛和伽蓝。

客厅沉寂，廖鸿涛一直盼着有生之年再见伽蓝一面，如果能见到，他一定要问一问她是否还在画画，可好不容易见到了，他却不敢问了。适才她已经告诉他，她攻读的是医学院，而不是继续在建筑学院深造，看来……

果然。

伽蓝开口打破沉默：“老师，我有八年没有拿起画笔画过建筑物。”

廖鸿涛扯出一抹笑，猜到了，他只是不死心罢了。

伽蓝垂眸微笑，像是在问她自己，又像是在问廖鸿涛：“这八年来我不止一次地问过我自己，如果再让我重新拿起画笔，我还能画画吗？”

“能，一定能。”廖鸿涛的声音又快又急，她有重新画画的念头，这是好事，真的是好事。

伽蓝目睹廖鸿涛的急切，内心静谧安定，往事于她不过是日落月沉，她端坐在沙发上静静地看着廖鸿涛：“上个月我买了一套作画工具，拿起画笔的那一刻我才发现，有些东西早已融入了我的血液里。我答应您，纵使我不在建筑界大放异彩出人头地，但只要我还活着，我就一定会造最好的房子给幸福的人，或是不幸福的人居住，我要让幸福的人更幸福，不幸福的人变得很幸福……”

廖鸿涛忽然笑了，笑容中夹杂着泪花，他按捺不住地站起身大步走向伽蓝，伽蓝站起身的同时，廖鸿涛神情复杂无比地拍了拍她的双肩，然后伸手把她搂在怀里，他实在是太激动也太兴奋了，要不然也不至于身体微微颤抖着。

“蓝蓝，你对我说出这样的话，我真高兴，老师再也没有遗憾了。”

此刻的廖鸿涛不再是遗憾失落的老人，而是一个神采奕奕的老先生，伽蓝伸手轻轻地拍着他的背，近段时间她在S市想了许多，若不是觉得自己可以给恩师一个交代，想必她绝对不会贸然登门拜访。

若是久别再见所带来的结果是重创恩师的期望，那么相见还不如不见。

但愿历经尘世变迁，她所呈现出来的她，还是当年那个披着伪善外衣掺杂着些许温情的她。

用微笑撑起浮世空幻，逝者已矣，生者当如斯。

吃完午饭，伽蓝陪廖鸿涛和廖妻坐在花园里聊了两个多小时，多是他们问，伽蓝逐一回答，八年空缺，这么看来他们确实有很多话要说。

廖鸿涛下午要去S大建筑学院，得知伽蓝下午没事，有意邀请伽蓝回母校看一看。伽蓝没有告诉廖鸿涛，其实她先前回过一次S大，不说是因为她看到了廖鸿涛眼眸中流露而出的热切。

也好，去一趟S大吧！

廖鸿涛去车库取车，伽蓝拜别师母，出于礼貌选择了廖鸿涛的座驾，陆离开车在后面默默跟着。

闲谈一路，廖鸿涛直接把车开进S大建筑学院，林荫大道、石桥、花园、各大自习室和图书馆周围处处可见学生行走其间，容颜年轻，笑容灿烂如花。

窗户半开着，沿途花树暗香浮动，一棵棵老树不知历经了多少风雨洗礼，却还坚强地伸展着它们的粗枝蔓叶，这里曾经承载着她的绘画天赋和风光无限，如今她和S大不过是错失了一个成语的距离——

物是人非。

这天下午，伽蓝随廖鸿涛出入S大建筑设计院，遇见不少建筑师抱着设计稿穿梭在各个工作区域，见到廖鸿涛，均是礼貌地打招呼，八年时间里有不少新面孔入职设计院，他们或许不知道伽蓝是谁，但设计院还有一批资历很老的建筑师，其中几人甚至是伽蓝当年的硕士班同学、本科同学……

比如说叶蓁蓁。

叶蓁蓁外出回来，从同事口中获知伽蓝随廖鸿涛一起来到了设计院，顿时激动不已，一路小跑前去院长办公室查看情况，却因房门紧闭，只好弯着腰把耳朵贴在门上，试图从里面听出端倪来。

什么也听不到，有一位同事从一旁经过，他曾经是伽蓝的硕士班同学，见叶蓁蓁像条花蛇一样撅着翘臀贴着门偷听，自然知晓她所为何事，门板隔音，叶蓁蓁能听出声音才有鬼。

男同事说："伽蓝确实在里面，但我劝你最好不要进去，因为就在你来之前，有好几位曾经教导过伽蓝的老教授刚走进办公室不久。"

不进就不进。

叶蓁蓁白了男同事一眼，虽然心不甘情不愿地离开了院长办公室，却掏出手机在小群里发微信给徐惠和蔡小竹："姐妹们，蓝蓝出现了。"

徐惠："在哪儿？"

蔡小竹："快拉住她，告诉我地址。"

叶蓁蓁低头又发了一条微信："她刚才随廖院长一起到的设计院，目前正在廖院长办公室里待着，我还没见到她，但情况属实。”

徐惠：“我请假，现在马上过去。”

蔡小竹：“天啊，我怎么会忽然间有点想哭呢？”

伽蓝在廖院长办公室里待了三个多小时，廖院长找来好几个大学教授喝茶深聊，无非是想坚定她重拾画笔的念头，伽蓝知道，她只是不说。

S大建筑设计院古朴而又素净，阳光、树木、绿植和木质建筑框架完美结合，下午时间阳光洒满一室，看窗外飞花飘落，犹如跌落时空误闯世外桃源，这与建筑师善于发现美、创造美息息相关。

伽蓝并不排斥和长者说话，常年以来她缺乏主要的情感反应，就连激动和痛苦也是淡淡的，除了伽嘉文，除了江少陵，他们是为数不多可以刺痛她的人，但她最爱的他们却无法共存，不可谓不讽刺。

长者聚在一起，智慧和阅历相融合，有一位刘教授语重心长地道：“蓝蓝，很多建筑师拼搏一生都不及你三分才情，你要对得起老天爷对你的这一份偏心。”

几位老教授惜才爱才，一如她的恩师廖鸿涛，毫无血缘亲情，却希望她的未来能够前程似锦，仅是这份用心，伽蓝听了当真是有几分触动。

黄昏时结束了谈话，伽蓝随几位老教授一起走出廖鸿涛的办公室，廖鸿涛心里高兴，恰好前段时间设计院刚完成一个大项目，于是跟几位老教授商议晚上聚餐的事宜。伽蓝对聚会兴趣不大，正想委婉地拒绝参与，忽听有人拔尖声音大叫了一声她的名字：“蓝蓝——”

惊喜之情溢于言表。

伽蓝循声望去，那是三位衣着靓丽的成熟女性，时隔八年不见，虽然她们变得更加美丽和自信了，但熟悉的轮廓却没有丝毫改变，唤她名字的是蔡小竹，站在蔡小竹旁边乐呵呵微笑的是徐惠和叶蓁蓁。

这里是2014年S大建筑设计院，但这一刻却在彼此凝望的目光里仿佛回到了2002年、2003年、2004年和2005年……

伽蓝不是一个好室友，年少时遵从母亲的叮嘱与室友交好，内心深处却与她们不亲不疏。2006年不打一声招呼就离开，徐惠等人心痛之余，一直自责不知她的痛心事，继而牵挂她多年，哪怕是她不接她们的电话，她们也不曾埋怨过她。2014年再见，她们是职业女性，却也是最温情的同窗室友，往事回不去，有很多东西或许会随着时间颜色不明，但思念却会伴随着重逢如潮来袭。

伽蓝望着她们微笑，千言万语悉数汇集在她们热情的拥抱和问候里。

舍友相聚，上个月徐惠等人就从桂婷婷口中获知伽蓝头发变白，甚至已经结婚，所以见面拥抱后一直避开伽蓝白发不提，反倒是问起近几年她的生活状况。伽蓝浅笑着回应，不唏嘘，不无措，人生不过是一段旅程，分别挥手再见，重逢相视一笑，如此已不枉在人世间走一遭。

伽蓝和徐惠等人说话间，廖鸿涛已宣布设计院全体职员晚上聚餐，徐惠和蔡小竹也在受邀之列，几位舍友欣然答应，伽蓝微笑不语，心里却叹了一口气，看来晚上这顿饭她是跑不掉了。

距离晚饭还有一段时间，昔日舍友校园散步漫谈，去过教学楼，去过昔日宿舍，建筑学院有些校舍几经翻修扩建，徐惠感慨大学时光一去不复返。

2014年，徐惠任职于一家建筑事务所担任设计师，有一个相处四年的同居男友，目前还没有结婚的打算。

叶蓁蓁在S大建筑设计院工作，交往过几个男朋友，却都无疾而终，目前一心扑在事业上，愁嫁导致最终成了恨嫁。

结婚最早的是蔡小竹，她比伽蓝结婚还要早上两年，丈夫是国家公务员，据说她和她丈夫相亲不到三个月就举行了婚礼，目前有一个女儿正在上幼儿园。

徐惠等人问起伽蓝的婚姻，伽蓝不知道该说些什么，又能说些什么，笑着回：“我和我先生是2012年结的婚，他对我很好。”

也是2012年？

徐惠等人面面相觑，最终蔡小竹忍不住开口道：“蓝蓝，你听说了吗？江少陵2012年也结婚了，据说他常年定居在纽约，并且娶了一位叫沈慈的豪门千金，近几年生意越做越大。”

“小竹——”

“小竹——”

这是两道不悦的声音，几乎是异口同声，说话人是徐惠和叶蓁蓁，蔡小竹说话率性直白，但伽蓝毕竟和江少陵谈过恋爱，不管怎么说也曾旧爱一场，各自婚嫁原本就很伤感，当面提及，总归是不妥。

这只是她们的私人想法，伽蓝笑着回复蔡小竹：“小竹说的是事实，但也并非全是事实，他纵使不娶豪门千金，生意也会越做越大，他有经商头脑，那位豪门千金作为他的妻子，除了给他添堵，其实并未帮衬他什么。”

伽蓝说出这样的话，让徐惠等人都很意外，事到如今她和江少陵各自婚嫁，难道她还对他留有旧情吗？要不然何至于维护他？

这话徐惠等人并未说出口，心里却为伽蓝感到难过，2006年江少陵获知伽蓝退学离开，曾在伽家门外苦等两天一夜，当时传遍了整个S大，试问当年的学生有谁不知道这件事?

只可惜世间万物流逝匆匆，没有人能逃得开时间和距离带来的迷魂阵，即便江少陵和伽蓝同在美国纽约又能如何？最终不过是有缘无分。

这时，叶蓁蓁想起一事，迟疑片刻，这才轻声叹道：“上个月我们建筑学院有一位老教授在面包店里好像看到了江少陵，貌似他当时还跟江少陵打了一声招呼，但江少陵一句话也没说，付完账拿着一杯热牛奶就离开了。”

伽蓝皱了一下眉，回头望一眼远远跟在后面不曾被徐惠等人注意的陆离，上个月陆离曾对她说过，他去面包店买牛奶的时候，有一位老人将他误认成了江少陵。

看来，江少陵替陆离背了没礼貌的黑锅，在脾气古怪这一点上，陆离倒是跟他家江先生很像。

沿着S大建筑学院慢吞吞地走一圈，S大已入夜，设计院晚上聚餐在即，伽蓝一行人途经建筑学院入口广场时，只见现场聚集了不少围观市民和S大学生，叶蓁蓁一看这阵势，顿时明白过来：“又有学生在撒‘狗粮’了。”

近几年高校学生表白求婚事件层出不穷，S大自然也成为众学子心目中的求婚圣地。

徐惠等人拉着伽蓝挤进人群里面看热闹，十几位年轻男女举着求爱横幅助威，横幅上写着：“薛晴晴，你就是我的全世界。”

一个戴着眼镜文质彬彬的小伙子，为了向心仪的女孩子表白倒也煞费苦心，用红色蜡烛在地面上摆出“LOVE”和心形图案，站在心形图案里抱着一大捧红玫瑰，对着那名叫薛晴晴的女生单膝下跪，在围观人群的起哄下对薛晴晴大声说出表白宣言：“薛晴晴，我喜欢你，请你接受我的爱。”

伽蓝见此情形，当场就失声笑了起来，她所看到的这场表白布置还真是俗气，比如说：蜡烛、鲜花、下跪和横幅。

站在心形图案里表白更俗气。

那名叫薛晴晴的女孩子显然对眼镜男不感冒，面对众人的起哄已是难堪至极，再看眼镜男下跪表白，立马又急又怒地呵斥眼镜男站起来……

徐惠双手环胸看笑话，关注的焦点和周边看客不太一样：“这满地的红蜡烛，没有两个小时很难清除干净，我真同情这拨儿孩子。”

蔡小竹见眼镜男不理会薛晴晴的劝阻，执意跪在地上强迫薛晴晴接受他的爱，蔡小竹老气横秋地摇了摇头：“何必呢？郎有情，妹无意，这人算是丢大了。”

叶蓁蓁举起手机看了一下时间，说聚餐时间快到了，催促徐惠等人别看了，徐惠和蔡小竹倒也配合，但刚走动两步却发现伽蓝还站在原地没动，只好走回去叫她：

“蓝蓝，聚餐地址距离学校有一段距离，如果再不去，我们该迟到了。”

蔡小竹她们在说些什么，伽蓝一句也没有听到，她凝望着人群对面，就在刚刚她突然发现那里站着一个青年男子，身材修长挺拔，太过英俊的容貌吸引了周边不少男女侧目拍照。

他看着她微笑，路灯和烛光照耀下有一朵四叶草安静地绽放在他的白衬衫衣领上，浓浓的绿色不仅温热了她的笑容，也令他唇角笑容加深。

心形图案里，眼镜男硬是把鲜花塞给了薛晴晴，薛晴晴一怒之下直接当着众人的面狠狠地把花摔在了地上……

众人哗然。

与此同时，江少陵和伽蓝快步朝彼此走去，然后在别人布置的表白现场里紧紧地拥抱在了一起。

众人再次哗然。

在S大忽然看到江少陵，伽蓝心里又惊又喜：“什么时候回来的？怎么也不提前跟我说一声？”

“陆离知道，我没让他告诉你。”江少陵的声音在夜色的晕染下很有磁性，魅力迷人。

伽蓝抬眸看他，却直接撞进一双漆黑暗沉的眼眸里，眸子里的情感沉甸甸的，仿佛要把她溺毙在里面一样，伽蓝只觉得喜悦在心里漫溢成了一朵朵芳香馥郁的小花。

江少陵见她笑意融融地看着自己，目中情意加重，年少时她素来喜欢与他亲密，无论是否有人在场，行事作风一贯光明正大，从不介意他人眼光，他任由她用眼神抚摸他，却难以抑制内心情动垂首吻上了她的唇，但……有人恼羞成怒了。

眼镜男表白失败，正感到窝火之际，竟见有人不识相地误闯表白现场，瞬间就怒了，集合几位助威男同学正欲上前理论，就见那名帅得人神共愤的青年男子离开怀中女子的唇，寒锐的目光扫视几人一眼，震慑力十足，瞬间压得几位年轻人止住脚步不敢再吭声。

江先生欲求不满发威了。伽蓝这么想着，额头抵在江少陵的怀里，忍不住轻声笑了起来：“江先生可别吓坏了这群小学弟。”

江少陵失笑。

这晚表白现场正主被拒，却有一对成年男女亲密相拥撒“狗粮”，围观看客直呼辣眼睛，更纷纷拿出手机拍照发微博，或是发朋友圈，镜头里女子埋首在男子的怀里，虽然面容模糊，黑白长发却很新潮个性，至于男子的容貌……

不少女看客盯着男子的面容直咽口水，人间极品啊！像这样的大帅哥不进娱乐圈实在是太可惜了。

徐惠、叶蓁蓁和蔡小竹也想流口水，不过却不是贪恋男色，而是受到了惊吓。严格意义上来说，她们至少惊吓了两分钟左右。

那个姿容逆天的男人不是江少陵吗？他怎么会在S大？好吧，他怎么会在S大其实并不重要，重要的是他怎么会和蓝蓝抱在一起呢？

怎么回事？

难道——

徐惠看了一眼叶蓁蓁，叶蓁蓁看了一眼蔡小竹，蔡小竹又看了一眼徐惠，然后各自缓缓地咽了一口口水。

难道江少陵和蓝蓝旧情复燃，所以这两人婚内出轨把S市当成了偷情场所？

天啊，他们做出这种事情来，这是要上天的节奏啊！

第七章
迷失：两个人，半城春色满世情

夜幕降临，华灯初上，一缕缕夜风正以无比温柔的姿态轻轻掀开S市神秘的面纱，伽蓝站在人潮汹涌的南苑门口，静静地看着三位昔日舍友，她们既成熟又美丽，眉眼间却装满了震惊和忧虑。

她们内心动荡，不受控的情绪交替逃窜，宛如跌进混沌未开的深渊里，惶恐下坠，迷茫得无处安放。

她们曾陪伽蓝在阳光下恣意行走，也曾陪伽蓝插科打诨度过了好几年大学时光，她们不是她无关紧要的陌生人，离别几年后她们用氤氲雾气迎接一场久别和重逢，她们是她的朋友。

南苑附近路灯光线明亮，照在伽蓝清冷的轮廓上，她对徐惠等人淡淡解释："我还不曾告诉过你们，我父亲姓沈，小时候我的名字叫沈慈，我的英文名字叫Sylvia，我的丈夫名字叫江少陵。"

伽蓝停顿了一下，接着补充："我们是夫妻。"

空气似乎停止了流动，徐惠等人愣愣地看着伽蓝，忘了呼吸，也忘了言语，仿佛被人抽走了思考能力，只剩下一片空白。

伽蓝对晚上的聚餐原本就兴致缺缺，江少陵突然回国，正好帮她寻了一个借口，见徐惠等人还一脸呆愣地看着她，她勾唇笑了笑，掏出手机给廖鸿涛打电话，推说自家先生回S市看她，对于无法参加晚上的聚餐很遗憾，但无法成行已是铁板钉钉。

廖鸿涛很遗憾，极力说服伽蓝："让你先生也过来吧！人多热闹。"

"不了，热闹场合他容易害羞。"她家先生不喜热闹，况且设计院聚餐，她和她家先生都属于圈外人，像这样的热闹不凑也罢。

伽蓝那句"他容易害羞"显然是在说江少陵，宛如一盆冷水浇头，徐惠等人瞬间神志一清，纷纷望向江少陵——

江少陵容易害羞？还真是天下奇闻。

先前伽蓝跟她们讲话，江少陵很绅士地站在不远处将交谈空间留给她们，徐惠等人一致望过去：男子身材颀长，颜值醒目，附近有女生大概没有见过这么帅的男人，所以隔着一段距离一直在偷拍他。

他在看伽蓝。

江少陵的冷漠和寡言以前在S大是出了名的，几乎很难见他如此目光深邃地凝视着一个人，目光所及，无形中不知牵动了多少人的思绪，仅是目光里的专注度，就极具蛊惑力。

所谓帅哥花心，找一个英俊男子做男朋友或是老公，虽然会时常被其他女人觊觎，但并不意味着他变心或出轨的概率就会很高。

容貌是天生的，但一个男人的专情和忠贞观，势必与他所接受的教育和自身修养有着极其密切的关系，好比说江少陵。

江少陵其实就是一个妖孽，岁月并未在他脸上留下任何痕迹，反倒是丰富的阅历和沉稳内敛的气质为他加分不少。

这时，伽蓝已经结束了通话，对于晚上不能和徐惠等人一起聚餐，她还特意道了歉，她微微歪头看向江少陵，路灯在她漆黑的眼眸里缓缓流动，只能说夫妻默契很好，江少陵在她的无声中读出了有声，终于迈步走近徐惠等人，先是给了几人一抹微笑，然后逐一与几人握手道别，举止有礼有节，亲和得令徐惠等人心生暖意。

2014年的今天，江少陵的身份和地位虽然变了，但在待人接物方面却不会让人觉得无法亲近。

江少陵说："我太太逗留国内期间，如果三位有时间的话，欢迎你们随时来家里做客。"

徐惠等人连忙点头应下。

夜幕中伽蓝与她们拥抱告别，这才随着江少陵乘车离开。

眼见两辆黑色座驾消失不见，徐惠叹声道："直到现在我还晕头转向，蓝蓝怎么会是沈慈呢？我们和她同宿舍生活好几年，除了知道她和她母亲相依为命，对于她的一切竟一无所知。你们说，她是太过深藏不露呢，还是太过低调？"

蔡小竹感慨万千道："不过我还真是没有想到，这两个人兜兜转转一大圈，到最后终究还是走在了一起，只能说命里有缘天注定，再远的距离也打不散。"

叶蓁蓁自怨自艾道："我也想找一个这么长情的男人做我丈夫，但这世上还有第二个江少陵吗？"

徐惠叹了一口气："做梦吧，说不定梦里会出现这么一个男人。"

蔡小竹也叹了一口气："蓁蓁，你还是别做梦了，你今年已经30岁了，趁着现在还有点小姿色，抓紧时间找个踏踏实实的好男人嫁了。需要我再刺激你一下吗？我家孩子都会打酱油了。"

说着，蔡小竹话锋一转，直接对着徐惠开炮："我说你也别瞎晃荡了，你和你那位同居了四年多还不结婚，再拖下去，难道你准备当高龄产妇吗？"

徐惠反击："小竹，我们好歹也是十几年的好朋友，但每次见面除了'结婚'和'生子'这两个话题可以聊，难道就没有其他话题可以聊了吗？"

叶蓁蓁附和道："惠惠说得对，姻缘天注定，像结婚、催生这些事，以后我们都不要再说了，心急吃不了热豆腐。"

蔡小竹一脸不屑："如果你们不是我朋友，我才懒得说你们呢！好心没好报。"

徐惠："……"

叶蓁蓁："……"

下次再听到这种话，她们可以按着蔡小竹的头往豆腐上撞一撞吗？要不然扯上几根湿面条吊着她的脖子也行……

晚上是在一家西餐厅用的餐，四人座位，江少陵征询过伽蓝的意思，点了两份牛排，把菜单交给坐在对面的郑睿和陆离，示意他们继续点餐，至于他……他有一通工作电话要回拨给宋文昊。

餐厅氛围很好，每张餐桌上都摆放着鲜花和手工艺品，当然还有舒缓动听的轻音乐在餐厅内安静流淌。

江少陵正跟宋文昊讲着话，忽然察觉左手被人碰了碰，他一边听电话，一边转眸看向罪魁祸首——

伽蓝左手端起水杯，望着窗外神色平静地喝着水，却伸出右手小拇指轻轻地勾住了他的左手小拇指……

如此孩子气，却有一种深刻的情愫宛如藤蔓一般缠绕着他的心。

江少陵看似无动于衷，但跟宋文昊讲话过程中嘴角却浮起了一丝笑容。在她面前，他的性格向来复杂多变，随着她的一言一行堪比天气一样变化无常，时而风和日丽，时而云迷雾锁，时而乌云密布，时而雪窟冰天，时而云销雨霁……

好比此刻，她只是轻轻一勾手，却像是巨石砸落在他的心湖，瞬间就能搅动成汹涌澎湃之势。

对面，郑睿和陆离虽然没有觉察到男、女主人私底下的小举动，但目睹男、女主人嘴角笑容微妙，倒也隐约意识到两人之间心照不宣式的小暧昧。

郑睿和陆离忽然间有点如坐针毡。

餐点可口，上完开胃菜，紧接着是正餐，伽蓝等人对甜点和水果兴趣不大，没等甜点上完就结账离开了。

S市夜景很美，走出西餐厅，微风袭面，江少陵有意和伽蓝步行半小时再回去，郑睿还有行李要放，先开车回去了，留下陆离一人开车跟在后面。

虽说饭后散步助消化，但伽蓝白天出门时穿的是高跟鞋，黄昏时抵不住徐惠等人的热情，几乎沿着建筑学院走了一整圈，确实是有些累。

伽蓝没有告诉江少陵，但走了几步，他就发现了端倪，牵着她的手放慢脚步，倒也没有不悦："下次出门可以不必穿高跟鞋。"

2006年她前往美国之前，净身高已有163cm，后来去剑桥读书又长高到165cm，其实身高并不低，实在没必要穿着高跟鞋受苦。

伽蓝知道江少陵是关心她穿着高跟鞋走路会累，双脚会疼，却故意曲解他的意思："外出拜访长辈，穿高跟鞋会显得庄重一些，如果江先生觉得我穿高跟鞋走路太有魅力，我可以答应你，以后我只在你面前穿高跟鞋，再也不让其他人见证我的美。"

不害臊。

江少陵笑出声，无意再散步，抬手示意陆离把车开过来，却被伽蓝握住手："好久没有夜间散过步了，我们再走走。"

"不累吗？"他知道她是不想扰了他的散步兴致，说起来这事怪他，是他一开始考虑不周。

"我看附近有不少小摊位，随便买一双鞋穿上就行。"伽蓝说的是大实话，这一带到了夜间很热闹，也很喧嚣，夜市上人来人往，更是摆满了各种各样的小摊位。

夜间逛夜市的市民有很多，江少陵交代陆离开车去街口等他们，等他再回头看向伽蓝，只来得及看到她消失在人群里的背影。

江少陵无奈微笑，瞧她这般健步如飞，貌似不换鞋也不打紧……

整整一条街道上几乎摆满了夜市摊，五颜六色的彩灯在各个摊位前闪烁发光，宛如一条七彩长河，杂乱的音乐声和人潮喧嚣声汇集成了光怪陆离的人生百态。

江少陵跟在她后面，表情柔软，行走在夜幕红尘里的她，身姿轻盈流动，于他来说不仅真实，还很温暖。

她停在了一个专卖拖鞋的摊位前，摊主是一位拄着单拐的残疾人士，她指着一双白色家用拖鞋问："这个款式有36码的吗？"

"有。"

有生意上门，摊主很高兴，拄着拐杖弯腰找了一双36码的拖鞋递给伽蓝。

伽蓝坐在一旁的塑料凳子上换穿拖鞋，江少陵取出钱包付钱给摊主，见摊主找零，江少陵并未阻止。如果摊主四肢健全，他或许会说零钱不用找了，但这位摊主行动不便，所以他需要顾全摊主自力更生的尊严。

夜市八点半，霓虹灯覆盖着周遭的高楼大厦，街道上人流如织，江少陵左手提着一双高跟鞋，右手轻轻地握着伽蓝的手慢吞吞地走着，引来不少行人侧目。

刚才拖鞋摊位附近其实有好几家卖鞋的摊位，但伽蓝独独选了那一家，她在想什么，江少陵不会不知道，正是因为知道，所以才会觉得心疼。2012年沈家明说她具有病态反社会人格，但他心里很清楚，她并没有其他反社会人格患者那么坏，她母亲把她教育得很好……

想起她母亲，江少陵的心情忽然变得很沉重，她并未察觉到他的思绪变迁，对于沿途街景兴趣颇浓，但凡有行人盯着她看，她都会厚着脸皮送上一抹微笑，只差没有对着行人弯腰说谢谢。

沿途的灯光笼罩在江少陵和伽蓝的身上，偶尔刺眼明亮，偶尔光影斑驳，伽蓝脚上那双白拖鞋在夜色中尤为醒目，江少陵担心她穿着拖鞋走路不舒服，开口问她："要不再买一双运动鞋？"

"不用了，穿着拖鞋走路回头率高，你看有这么多人在看我。"伽蓝睁眼说瞎话，身旁跟着一位大帅哥，回头率能不高吗？

江少陵嘴角笑意撩人，回头率确实很高。

成为众人焦点，伽蓝不喜不厌，无非是因为十指紧扣，他传递给她的温暖令她觉得很踏实，也很心安。

夜市包容着各种各样的人穿梭其中，各有各的喜悲事，也各有各的不容易，路过夜市一角，有一位中年女人正跪在地上向来往行人讨钱，水泥地上用粉笔写着为孩子募钱治病等详情……

有人掏出十块钱正要递给中年女人，却被随行朋友给拉走："别捐，一看就是专业骗子，月收入比你我工资还要高。"

伽蓝没有过多停留，仅是扫了一眼地面上的粉笔字就拖着江少陵离开了，走出夜市，她才半开玩笑地道：“江先生身家丰厚，以后不妨多积一些阴德，俗话说多积阴德福报大，于人于己都是好事一桩。”

江少陵失笑。

积德分阴、阳两说，积阳德是从善众人知，积阴德却是从善不被人知，她是希望他做好事不留名，倒也大义凛然。

佛书看多了吗？

婚后入住江水墅，在她的私人书房里摆放着不少佛书，有些佛书倒是被她翻看过，有些佛书却是连包装都没拆开过，显然她在求佛心态上并不是特别虔诚。

深夜S市，宽敞的街道上灯光闪耀，江少陵启唇，嗓音里带着百转千回的魔力，宛如清澈的泉水流过心头，他说：“我不稀罕什么福报，但如果福报能回馈到你的身上，我愿意听你的话，以后多积阴德，多做善事。”

伽蓝眼眸泛潮，被江少陵厚重的情感重重包裹的她，仿佛醉酒半醺，一阵阵暖意涌上心头……

不愿他看出端倪，她止步于繁华的街头，像个孩子一样依偎在他的怀里，带着笑音对他说：“江先生，你对我这么好，所以我决定今天晚上好好伺候你。”

江少陵：“……”

几秒后，街道上来往的车灯照在江少陵英俊的五官轮廓上，他嘴角的笑容远胜夜空繁星，熠熠生辉，仿佛对怀中女子所有的情和所有的爱全都融在了他的笑容里。

伽蓝和江少陵至少认识了十年以上，她对他的了解有时候比认清她自己还要透彻分明——

所谓了解，不仅表现在衣食住行等方方面面，还包括他的城府和圆滑手段。

据说2011年，他放长线钓大鱼，为了争取一位合作商，以打高尔夫球的名义通过比杆赛赌了一场高价球，短短数小时就输掉了一千万美金；到了2013年年末，据说那位合作商为沈家明带来的利益远超一亿美元。

他做事布置周密，手腕繁复多样，甚至还有一些阴险自负，似乎只要他愿意，任何人都可以成为他算计的棋子，但2008年至2009年初入纽约打拼，他所受到的冷遇和各种各样的骚扰，又有几人知晓？

他性格复杂，内心敏锐而又坚毅，不是没有原因的，一个人吃过多少苦，犯过多少难，待他日成功，要么越来越温软，要么越来越冷漠。

但再冷漠的人，也会有沉迷温暖和贪恋柔情的时刻，更衣室里满满两柜子的四叶草图案晃花了他的眼睛，尽管他之前已经从刘嫂那里看过图片，但亲眼目睹总归是震撼于心……

他像是第一次看到这么多的四叶草，语气里有惊，也有暖暖的欢喜：“绣这么多四叶草不累吗？”

“累，但江先生在外工作更累，我没理由不修炼成一个合格的贤内助。”说这话时，伽蓝正站在衣柜前帮他找睡衣，晚上在S大见到他穿着四叶草衬衫回来，她就深深地意识到家里两柜子四叶草衬衫早已通过刘嫂被他洞悉无遗。

最初绣四叶草，她原本想绣在衬衫的胸口位置，四叶草下面是心脏，寓意也挺好，但那个位置偏中性风，对于一个在商界游走的男人来说，胸口绣四叶草既传统又不出彩。

伽蓝把四叶草绣在了江少陵每一件衬衫的右边衣领上，那个位置虽醒目，但只要绣工细致，总能在无形中为衬衫或是穿衬衫的人增色不少。

他喜欢她绣的四叶草，她能看得出来，当然他更喜欢她的体贴和她口中的那句“贤内助”。

江少陵不知何时走到了她的身后，等她察觉他的靠近时，他已将她抱在了怀里，滚烫的热气流连在她的颈窝周围：“不用找睡衣，穿完再脱很麻烦。”

伽蓝眼睛里闪着笑意，听他这么一说，确实很麻烦，抬手关上衣柜门，在他怀里转过身的同时伸手搂住了他的脖子，并顺势吻上了他的唇。

她说过的，今晚要好好伺候他。

其实，掌握主动权和控制权的那个人一直以来都是他。因为是他，所以她甘愿事事落败，甘愿在他的流沙欲望里越陷越深，甘愿在他如海的情感里化作一滴水只为和他亲密地交融在一起。

这天晚上，他的进攻节奏极具侵略性，他的缠吻和抚摸令她柔肠寸断，她迷失在他旋涡一样的眼睛里，深陷在他炙热的温暖里，仿佛春雨降临人间，世间万物悄悄滋生成长，他和她在云雨中见证了3月群花在甘霖和阳光下肆意绽放，闪闪发光的雨珠悬浮在花瓣上，不知是雨珠滋润了花朵，还是花朵迷醉了雨珠？

夫妻床笫之欢，其实就是一个相互折腾的过程。有这种想法时，正值激情过后，伽蓝把脸埋在枕头里，忍不住低低地笑出声，出口的话语可是一点也不含蓄：“江先生，如果你允许的话，要不下次上床我戴上一顶小红帽？”

“嗯？”

伽蓝笑容不减：“你听说过小红帽与大灰狼的故事吗？凶狠的大灰狼太贪吃，直接把小红帽吞进了肚子里，我感觉我就是小红帽，而江先生就是那只大灰狼，你刚才在床上的架势真吓人，横扫千军，真是持久……”

江少陵哭笑不得，像抱小孩儿一样把她抱进怀里，她又往上蹭了蹭，把脸埋进他的颈窝里，她的脸很烫，但绝对不是害羞，而是激情未退。

他伸手抱着她，侧脸贴着她的发，轻声告诉她："与你分开后的每一天，我从未停止过想念你。"

"感受到了。"她又笑了。

他也笑，然后就听到她凑到他耳边直抒内心的感受："江先生，不妨实话告诉你，就在刚刚我欲仙欲死。"

这话不仅露骨，还很轻佻，完全是妖精语气，但她说这话时笑容温暖，眼神清澈明亮，仿佛星星安枕其中，触手可及。

江少陵迎视着她的目光，动情地抚摸着她的眉眼，她用自己的方式融化着他的冷漠，他对她的情感随着岁月的流逝只会越积越沉，他喜欢她的一切，不管是好，还是不好，比2006年以前更喜欢，更爱……

伽蓝察觉江少陵把唇贴在了她的白发上，心里骤然酸甜交加，靠在他的颈窝里闭上眼睛，似是太过疲倦和困顿，所以她的声音很低，仿佛水珠砸落在棉絮里，微不可闻：

"少陵，你这次回来准备待多久？"

"至少一个星期，我在家里好好陪陪你。"

"真好。"

江少陵轻轻地抱着她，心脏隐隐发烫。他明白，在这世上有一种情深不能说出口，它的名字叫：真好。

翌日清晨起床，江少陵先后接到了侯延年和杜衡打来的电话，就连伽蓝也未能幸免，廖鸿涛给她打了两通电话，徐惠一通，蔡小竹一通，叶蓁蓁两通……

事情的起因是昨晚两人"误入"S大建筑学院表白场地，以至于和那位表白被拒的眼镜男一起上了S市当地新闻，图片上伽蓝的容貌不是很清楚，但江少陵的容貌却很醒目，听说相关评论瞬间炸翻了天，这要归功于某人颜值太高，害得他怀中的女子和他一起成为"吃瓜观众"的扒挖对象。

江少陵和伽蓝各自挂断电话，该洗漱洗漱，该健身健身，谁都没有把这当成一回事，甚至不曾感概交谈过。

类似于这种事，无聊至极。

上午阳光很温暖，江少陵有一个视频会议要开，时间比较长，一直开到了中午。

伽蓝自有事情做，她在树屋里待了一上午，临近中午回到主宅，先是喝了一杯白开水，这才拿着几张图纸慢吞吞地往楼上走。

伽蓝看图纸倒也不至于太过入迷，多半是在思考问题，以至于没有发现江少陵正往楼下走……

“在看什么？”江少陵止步在楼梯上，他下楼是为了找伽蓝，见她如此关注手中的纸张，难免有些好奇。

伽蓝抬眸对上江少陵的视线，忍不住一笑，将手中的几张图纸递给他，有意咨询他的意见：“少陵，如果我要设计一座现代化多媒体图书馆，内部结构采用多空间转换……”

伽蓝忽然收声，只因江少陵垂眸看着那几张建筑外形草图时一直皱着眉。他皱眉，并不是伽蓝的设计理念不好，也不是草图太不尽如人意，而是她阔别八年后再重拾画笔设计建筑，这让他既惊诧又惊喜——

惊诧是怎样一种契机让她重燃设计热情，是归功于拜访廖鸿涛，还是归功于造访S大建筑设计院？但惊诧的同时，不能说他没有惊喜，她放弃画画是出于对她母亲的负疚和阴影，那么她重拾画笔又是因为什么呢？是放下，还是释然？

江少陵是怎么想的，伽蓝不会不清楚，她是一个拥有七窍玲珑心的女子，她弃画多年突然重拿画笔，也难怪江少陵会皱眉了。

“少陵，你是觉得草图不够好，还是我的设计理念需要改变？”她明知故问，关于过去的那些风风雨雨她不想说，原本也没什么可说的。

“没有不好。”江少陵的目光终于从那几张草图上移开，他在持续凝视伽蓝长达十几秒之后，目光开始变得有些复杂，“怎么会突然间想要画画了？”

伽蓝没有回避江少陵探究的目光，后背倚着楼梯护栏，姿态闲适，含笑的眼眸里藏匿着深意，就连语气也是一派淡定平和：“如果我重新开始画画，一定是因为江先生。”

这是伽蓝的真心话，发自肺腑。

楼梯上很安静，暖暖的阳光投射入室，拉长到楼梯下方，夫妻两人静默凝视，江少陵的一颗心，和他的一双眼眸越来越温软，见伽蓝对他俏皮地眨了眨眼睛，并朝他伸出双臂，江少陵猝然微笑，上前一步把她紧紧地搂在怀里，薄唇贴在她的耳朵上轻声说：“蓝蓝说出这样的话，江先生心里乐开了花。”

伽蓝嘴角笑容轻微，在他怀里轻轻地闭上了眼睛。

数天前父亲曾给她打过一通电话，于是她知道了林宣伤人不见血的报复，也知道了江少陵的痛不欲生。

获知真相，于他来说怕是晴天霹雳，她不知道他在美国需要做多少心理填补，才能佯装风平浪静地回到国内，她只知道，他冷漠，但内心深处一直都存有两处软肋，一处是她，一处是他的亲生母亲，前者触及伤心事，会痛；后者触及伤心事，会恨。

见面后，他之所以不提往事，无非是不忍心再撕开她的伤疤，同时他也在害怕，害怕他重提2006年2月，她会对他心生怨恨，如果是这样，他一定会受不了……

她懂，她一直都懂。

他寡言少语，但在她面前从不吝啬语言；他传统严肃，却能接受并包容她的插科打诨和不知羞；他不苟言笑，但只要她对他微笑，他绝对不会吝啬他的微笑；他不近女色，却对她察言观色患得患失，包括床笫间的纠缠失控，何尝不是因为他爱她？

她从未怀疑过他对她的爱，哪怕2005年他不理解她的所作所为，哪怕2006年她心如死灰地离开S市，哪怕2008年她和他在剑桥重逢，她都不曾怀疑过他爱她这份心是真的。

江少陵6岁那年被母亲抛弃，父亲自此嗜酒如命，哪有心思顾及他的内心伤痛，后来他被爷爷接回江家老宅相依为命，10岁那年父亲醉酒死在了外地宾馆里，13岁那年与他相依为命的爷爷患病去世，后来虽有苏瑾瑜温暖他、爱护他，但他的心里势必存在着难以言喻的创伤。他冷漠，她理解；他寡言，她理解；他内心敏感，一旦被刺伤就会变得很无情，她也理解……

她不恨他，从未恨过他，她恨的只是她自己，自以为能够帮他摆脱困境，明知逾期还要执拗地完成天际线，如果她不是太追求完美，如果她不是为了那一百万美金，也许她母亲根本就不会死，哪怕她母亲脑出血留下后遗症出行不便，最起码还活着。

她是太痛心了，母亲走得那么突然，走得那么悲惨，她无法原谅自己。看到他，她就会想起母亲；心里有他，母亲就会随时出现悲伤地看着她；结婚后，她的癔症越来越严重，她时常能看到母亲充满恨意地看着她，甚至一度要杀她……

她知道自己很病态，2006年3月回到纽约，有一位心理医生试图进入她和她母亲的回忆，瞬间就激怒了她，她掐着那名女心理医生的脖子，险些把对方给掐死。事后父亲狠狠地扇了她一巴掌，她忽然很难过，孤零零地站在心理治疗室里，内心深处无比绝望，她已看不到自己的未来。

她曾觉得苏薇和他在外貌上很般配，就连慕清也比她更配得上江少陵，这话是发自真心的，就算苏薇和慕清入不了他的目，走不进他的心，也会有无数心理健全的女子比她更适合他，但他执拗得令她又气又疼。

若不是苏瑾瑜去世，她担心他独自一人承受痛苦，担心他以后更加无悲无喜，她——

佛说："今生你嫁的人，就是前世葬你的人。"

所以这辈子无恩怨不成夫妻债，他来找她，她需还他前世恩情，哪怕只有一时快乐，她也要拼尽所有让他欢喜多过孤冷。

吃午饭的时候，伽蓝曾告诉江少陵，她缺少一些作画工具，所以午休起床后，江少陵吩咐陆离备车，有意陪伽蓝外出购买绘图工具。

路上，伽蓝看起来有些疲惫，脸色也不太好，江少陵担心她生病了，探手摸向她的额头，却被她握着手安慰："没有不舒服，就是没睡好，有点起床气。"

"午休起床，这事怪谁？"江少陵微笑，他知道她有午休习惯，也由着她睡，下午是她自己起床戳在书房门口嚷嚷着要出去，所以午觉没睡好，这事还真不怪他。

"怪我。"伽蓝认错很快，靠着江少陵的肩头唉声叹气道，"就是因为不能怪你，所以我才生闷气。"

江少陵忍不住发笑，听她的意思，他是不是应该为了避免她生气，需要大义凛然地请她把闷气撒在他身上？

"你那位'管家婆'哪儿去了？"伽蓝一上午都没见到郑睿，下午出门也没看到他的身影，显然郑睿并不在家。

"管家婆？"江少陵没反应过来。

"郑睿。"伽蓝笑容轻盈，宛如旧时痞坏模样，慢条斯理道，"他像是你另外一个妻子，每次见我都对我横眉竖目，完全是一副怨妇相，害得我常常误以为你和他私底下有一腿。"

"咳——"

正在开车的陆离开始有些不淡定了，咳嗽一声之后，嗓子还有些痒，于是又咳嗽了一声，"咳——"

陆离想的是，郑睿如果知道伽蓝这么评价他，估计会瞬间飙血三尺。

江少陵却笑了，不仅没有斥责伽蓝胡说八道，反而顺着她的意思，半开玩笑道："听你这么一说，郑睿确实有点怨妇相，回头我好好说说他，我和他私底下有一腿原本就不对，至少面对正妻，他该安分守己一些，不能坏了规矩。"

陆离开着车，再次各种凌乱，估计郑睿听到江先生的话会羞愤至极，陆离瞥视一眼后视镜：后座女子笑倒在了江先生怀里，江少陵抱着她亦是笑容迷人……

陆离收回目光，心里一半欢喜一半酸楚，欢喜江先生如此纵容、宠爱伽蓝，酸楚一开始就不该对伽蓝心动。

伽蓝提起郑睿只是心血来潮，听了江少陵的玩笑话瞬间就将郑睿抛到了脑后，她或许不知郑睿去了哪里，但总能猜到几分，很有可能是江少陵让郑睿积阴德去了。昨晚夜市上有一位中年妇女为了给孩子治病募款下跪，用粉笔写下了联系方式，依江少陵一贯的做事风格，积阴德不算什么，但一定会事先调查情况是否属实……

她看过的东西，他素来留心；她说过的话，他向来上心。有时候太过熟悉和了解一个人，不知道是好事，还是坏事。

下午天空湛蓝，风轻云淡。伽蓝购买绘图工具的地方就在休闲广场附近，一群白鸽迎着阳光起起落落，不少市民或是游客正在给鸽子投食……

城市中鸽群起飞最为动人，伽蓝挑选完绘图工具，放任江少陵付账和陆离往车里搬运绘图工具，独自一人晃晃悠悠地去了广场一角，那里市民和游客不多，鸽子也比较少，它们生活在城市里，见惯了人类，所以伽蓝走近时，它们并不害怕伽蓝。

这时，江少陵走了过来，见好几只鸽子围着伽蓝等待喂食，他从附近的小商贩手里买了两包鸽食递给她。

真是一个坏丫头。

江少陵站在旁边双臂环胸看了一会儿，恰逢几个小孩子走过来目瞪口呆地看着伽蓝，那一刻他终于听到了自己的叹息声，哭也不是，笑也不是。

就在刚刚，伽蓝拆开了一包鸽食，倒了一些放在手里，却不撒食，而是弯着腰把手心送到几只鸽子面前，那几只鸽子扇动着翅膀看起来很欢喜，就在几只鸽子要“大开吃戒”的时候，伽蓝却一脸微笑地合上了手掌。

那几只鸽子等了好一会儿，不见伽蓝喂食，意兴阑珊地往一旁飞去，或是踱步到了另一边，这时，伽蓝再次伸出手掌，吸引鸽子飞过来……

最先看不下去的不是江少陵，而是那几个热心肠的小孩子，那几个小孩子忍不住教育伽蓝：“阿姨，鸽子是我们的好朋友，你不能这么对待它们。”

“阿姨，你看鸽子都生气了。”

“阿姨，你这么做是不对的，如果我是鸽子，看到你这么欺骗我，我一定会对你很失望。”

江少陵嘴角笑意流露，站在一旁静观其变，被几个孩子教训，倒也活该，谁让她那么调皮。

也不见伽蓝尴尬或是生气，她笑眯眯地看着那几个小朋友说：“姐姐刚才只是在想一个很重要的问题，比如说我究竟该不该给这些鸽子投食？”

姐姐?

江少陵这次是真的笑了，为了分散笑意他转脸看向一旁，他通晓她的恶劣和聪慧，知道她又要口吐莲花了。但几个孩子并不知道，有一个年龄稍微大点的男孩子听了她的话，立马激动地表示："当然要给鸽子投食啊！你看它们吃饱了飞起来多开心呀！"

伽蓝笑着点头："是啊，它们飞起来之后很开心，但周围行走的市民和游客却要倒大霉了。鸽子在高空中产下的鸽子粪如雨点般密集而下，不仅破坏了建筑美观，也影响了周遭环境卫生，最重要的是鸽子粪还伴有传播疾病风险，每对鸽子一年可以繁殖八窝小鸽子，广场里鸽子这么多，可想而知繁殖力有多惊人，最重要的是一只鸽子每年至少可以产20斤鸽子粪，如果没有专业部门加以控制的话，以后你们再来这里很有可能就不是喂鸽子，而是需要穿着雨衣时刻迎接一场场铺天盖地的鸽子粪。"

闻言，几个小孩子顿时一脸嫌弃和害怕，有位小姑娘弱弱地问："阿姨，不会这么可怕吧？"

伽蓝很慈祥地指了指路旁一辆分不清颜色的车辆，距离不算太远，车身上星星点点的鸽子粪异常醒目，几个孩子见了猛咽口水，之前也有鸽子把粪拉到他们的头上，或是身上，但他们只是觉得有趣，从未想那么多，就连很多大人都没想那么多。

几个孩子刚觉得伽蓝说得很有道理，就见她把两袋鸽子食全都抛到了空中，一群鸽子火急火燎地飞过来抢食，有个孩子显然是有些凌乱了："阿姨，你不是说鸽子吃饱飞起来会拉粪吗？那你怎么还喂鸽子呀？"

伽蓝拍拍掌心里残留的鸽子食，笑得很温和："姐姐这是在勤俭节约，鸽子毕竟是一条生命，况且我已经买了鸽食，不能浪费。"

几个孩子顿时对伽蓝肃然起敬："阿姨，你懂得可真多，人也很好。"

伽蓝很认可他们的话，郑重叮嘱道："好好学习，以后你们也会像我一样……"优秀的。

伽蓝没有把话说完，因为江少陵听不下去了，当机立断直接把祸害给带走了，但他眉眼间的笑意却是骗不了人的。

她坏，却自有动人心弦处，更何况她说的是事实，鸽群不加以管理的话，确实会影响城市卫生，甚至会为市民带来疾病隐患。

伽蓝被他拉着走，不甚情愿："少陵，我还有几句肺腑之言没有对孩子们说。"

"嗯，你要说什么？"江少陵忍着笑，语气很平静。

伽蓝："孩子们还不知道解决方法，其实可以效仿美国，给鸽子投喂避孕药，在治理鸽子繁殖问题上效率会更高。"

江少陵："……"

伽蓝："少陵，你怎么不说话了？"

江少陵非常沉默地走了几秒钟，然后很由衷地回复伽蓝："我认为既然是肺腑之言，还是应该留在肺腑里，你觉得呢？”

伽蓝觉得，江先生真有才，她竟无言以对。

下午五点左右，城市广场里白鸽展翅高飞，灵动漂亮，它们深爱着高空的暖阳，暖阳融化着白鸽的喜悲，淡淡阳光洒落在白鸽的身上，那一刻白鸽好像看到了爱情。

翌日天气有些反复无常，上午晴空万里，下午竟是乌云密布，到了黄昏直接下起了暴雨。

这天江少陵和伽蓝待在家里哪儿都没有去，关闭电话几乎在床上腻了一整天。男女情事不过是你迎我进，忽如一夜春风来，千树万树梨花开，再不然就是春江潮水连海平，海上明月共潮生。

伽蓝一直觉得江少陵下了床是高洁君子，可一旦上了床绝对是一只狼。江少陵并不觉得被妻子形容一声“公狼”有什么不对，自古以来狼群遵循一夫一妻制，据说一只公狼一生只爱一只母狼，不仅求爱期漫长，其间还要接受诸多考验，但公狼从未动摇过……

云雨之欢，与其说是在情感与性爱之间反复转换，还不如说所谓欲仙欲死不过是为了你中有我，我中有你，爱在性的过程中得以升华，性在爱的基础上得以浴火重生。

隔天虽没出太阳，好在暴雨告停，清晨雾气浓重，到上午十点左右还没散尽，伽蓝担心待在床上江少陵再次兽性大发，所以一大早起床后就离卧室远远的，窝在书房里喝茶绘图，中午江少陵忙完公事拉她下楼吃饭，吃完饭午休两个小时后，她再次爬起来继续绘图。

下午三点，江少陵端了一壶茶放在她书房的办公桌上，若有所思道：“需要这么赶吗？”

不是参赛，也不是上交作业，只是她的热情复苏，但她压榨时间只为尽快设计好理想中的建筑，仅是这份急切无疑震撼到了他。

她开启电脑，笑着对他说：“早点设计完，就可以早点拿给你看，所以平时赶一赶是很有必要的。”

她说着这么温情的话，他笑了笑，不再说话。

临近黄昏，江少陵去书房找她，却猝然止步在门口。书房门没关，她坐在办公桌后，桌子上散落着一些图纸和作画工具，但她的注意力并不在那些图纸上，她靠着办公椅侧脸看向身旁，那样的眼神注视，像是在看一个人……

她在看什么？是想事情入了迷，还是看到了她母亲？

江少陵脸色一沉，担心直接走进书房会吓着她，干脆站在门口敲了敲书房门，见她回过神望向门口，他笑着问她："要不要去院子里转转？"

笑容绽放在她的唇角，她朝他点点头，简单收拾了一下桌面上的图纸，然后随他一起离开了书房。

黄昏天色阴暗，院子里种植了不少郁郁葱葱的树木，微风略显粗暴地吹动着叶片，江少陵搂着伽蓝的肩膀从树下经过，可以清楚地听到它们疼得哗啦啦作响。

江少陵率先打开话题，却有些迟疑："明天是你生日，还是不打算过生日吗？"

伽蓝微笑不语。

2006年，她终于理解他为什么不愿意过生日，因为他的出生日同样是他母亲的苦难日，每一年过生日都会让他联想到他的母亲……

她也一样。

她已有八年对生日避而不谈，2011年她和林宣婚期敲定，与其说是林锦鹏刻意选在2012年她过生日那天完婚，还不如说是林宣的意思。

如果选在她生日那天完婚，纵使她今后依然对生日唯恐避之不及，却不能避开结婚纪念日不庆祝。

2011年林宣用心良苦，2014年江少陵回国一星期，不外乎是为了她的生日，推迟三天才说，无非是因为明天就是她的生日，已无时间可拖。

院子里很安静，虽有微风袭面，但江少陵搂着伽蓝走着，彼此传递温暖，总归是沾染了几分烟火气。

他没有在生日问题上过多打转，但这样一个黄昏，忽然有一种冲动促使他道出困惑已久的谜题，比如说——

"蓝蓝，2012年是什么原因让你决定嫁给我的？"他语气温和，眼睛却安静地看着伽蓝，其实沈家明也好，他也罢，若论内心情绪修炼全然不及伽蓝精湛老到，她自小就开始控制她的情绪和欲望，快乐时微笑，悲伤时也在微笑，所以出现在她脸上最多的表情始终是淡淡的一抹喜悦色。以前他说摸不透她，其实不是摸不透，而是他看到她伪装的笑容会疼，疼痛屏蔽理智，所以他摸不透……

如今她还在笑，却无关虚伪，素净的脸庞上反而覆盖着一层无奈："少陵，实话伤人，但我知道你只听实话，对吗？"

她停下脚步，迎视着江少陵漆黑的双眸，温声告诉他："2012年我父亲告诉我，你爱Sylvia，但不是最爱。"

江少陵皱眉，急于解释："我——"

伽蓝却伸出食指点住了他的唇，不疾不徐道："我明白，你最爱的是伽蓝，可我不仅是伽蓝，也是Sylvia。其实，Sylvia和伽蓝在你心里一样重，你只是占有欲太强，不喜欢心里有林宣的Sylvia，不管我是谁，你对我的情一直都没变过。”

江少陵心里一阵刺痛，就连凝视她的眼神也开始变得疼痛起来，她这么了解他，他还能说什么呢?

“我父亲让我嫁给你，所以我嫁了。”伽蓝叹了一口气，不自嘲，也不激烈，她只是很平和地叙述着过往的事实，“据说世界上学费最昂贵的专业，剑桥医学院一直位居榜首，我在剑桥整整待了七年，我花他的钱，所以听他的话，很公平。”

2012年沈家明给江少陵打电话，仅在电话里告诉他，Sylvia已同意结婚，至于原因却只字不提，他虽猜到是沈家明出面促成此事，却忽视了父女之间的感情竟已恶化至此。

他深知伽蓝对于这段婚姻的排斥和挣扎，正是因为知道，所以他把双手放在她的肩头，屏着呼吸问她：“如果你父亲让你嫁的那个人不是我，也不是林宣，你还愿意嫁吗？”

她微笑着摇了摇头：“如果2011年12月末那天晚上走进我房间的那个人不是你，我会让他生不如死，对你……”她流动的眸子里有了一丝温情，“我只能做到冷漠。”

江少陵伸手摸着她的脸，近乎苦涩地笑了笑：“我把你推进林家的怨恨里，逼你面对林家的责难，难道你从来都不曾怨过我吗？”

她朝他走近一步，他伸手搂着她，而她无比依恋地靠在了他的怀里：“少陵，你我之间从来都不是怨不怨、恨不恨的问题，而是你我是否能放下彼此重新开始，你不能，我也不能，所以现在你搂着我，而我在你的怀抱里。”

仿佛有一股强而有力的潮水冲击着江少陵敏锐的感知，常年以来杜衡他们只看到他对她的执着不弃，却从不知道他曾得到的爱情远远超越了世间一切，他知道自己再也找不到比她更疼他的女人，她宁愿自己背负疼痛，也不愿他痛上半分。

他抱紧她，凑到她耳边轻声说：“明天不办生日宴，你想做什么，我陪你。”

她沉默了一会儿，笑着说：“我想让你听我的话。”不管以后发生任何事，都要听她的话。

其实她很想告诉他，过不过生日并不重要，和他在一起的每一分每一秒，何尝不是在过生日呢？欢喜流溢，笑容生姿……

伽蓝过生日这天阳光很刺眼夺目，宛如一场盛大的白日焰火普照大地，地面上明晃晃的，仿佛铺了一地白银。

昨天黄昏，江少陵答应她今天听她的话，果然说到做到。上午时分，她说："江先生，我们中午出去吃饭，可以不带郑睿和陆离吗？"

"可以。"

临出门的时候，她把他的钱包和手机丢在床上，见他警觉地看着她，她笑："我请你，今天你的一切开销，我包了。"

江少陵毕竟不是善茬儿，被她拉着出门时，他半笑不笑道："我怎么感觉你是在挖坑给我跳？"

他太聪明了，反应极快，并能在最短的时间里精准地发现异常，伽蓝不怕他知道，甚至光明磊落地反问他一句："如果我挖坑给你，你跳还是不跳？"

"我不是已经在坑里了吗？"江少陵笑容很无奈，她虽然偶有恶作剧，但做事向来有分寸，所以他并不担心。

只能说，在玩套路方面伽蓝是行家，中午吃饭的西餐厅是伽蓝自己敲定的，她说这里新来了一位大厨，貌似很多食客都对他的厨艺评价很好。

江少陵坐在驾驶座上抿着嘴不说话，他觉得一点也不好，因为他们没钱。就在刚刚，他把车停在西餐厅门口时，她忽然惊呼一声："哎呀，我忘记带钱包和手机了。"

江少陵没有感到很意外，他只是淡淡地瞥视她一眼，然后很平静地解开安全带坐在车里不动。

演技太浮夸，难道她不知道她在哎呀一声时，眉眼间都是笑意吗？

"江先生，没钱怎么办？"伽蓝笑得合不拢嘴，没办法，笑意止不住啊！

江少陵冷静地分析："打电话给郑睿，让他送钱过来，或是转账给餐厅，在这期间我们可以先吃饭，不是问题。"

伽蓝目的并不在此，继续诱导江少陵："如果你是一个穷光蛋，你妻子这时候很想吃一顿西餐，你该怎么办？"

"没钱还硬拉着穷光蛋过来吃西餐？我想穷光蛋的妻子可能有点作。"纯粹是在为难穷光蛋。

她笑，把"作"当成美誉，抱着他的手臂摇啊摇："江先生，我今天可以作一回吗？"

他被她逗笑，抬手轻轻地捏了一下她的鼻子，纵容道："下车，穷光蛋带你去吃一顿最好的霸王餐。"

江少陵没有食言，他给伽蓝点最好的西餐，叫最好吃的甜点，随后抬手招呼侍者近前："你好，我想见一见贵餐厅的经理。"

江少陵和餐厅经理有过怎样的对话，伽蓝不知道，她只知道江少陵选择了一种最接地气的方式来付账：街头拉拢客人，为餐厅招揽生意。

西餐厅二楼，伽蓝的用餐位置临窗，餐厅里随机播放着一首首情歌，其中有两首情歌好像还是出自杜衡之口，似曾相识的音乐，暖暖的阳光，精致美味的西餐，伽蓝单手撑着脸静静地看着窗外的街头，嘴角的笑容仿佛晕染在了无限春光里。

街头法国梧桐枝叶青翠，青年男子站在阳光下招揽生意，穿衣款式极为简约，但无论是他的身材还是他的容貌，都帅得让人窒息，仿佛刚从电视或杂志里走出来一般。

这一刻，他不再是未世运筹帷幄的负责人，不再是行事雷厉风行的男子，他在暖春季节里化身成一个为了妻子的温饱而辛苦工作的丈夫，坦然应对过往市民投来的一切目光。

世人对美丑的定义向来直白残忍，帅气的男人或是美丽的女人总能在工作上占据优势，哪怕是拉拢客人，同样具备事半功倍的效果。

男人喜欢看美女，女人喜欢看帅哥，这天中午江先生在大街上一站，餐厅的女性食客骤然暴增，甚至有不少女性拉着心不甘情不愿的男朋友或是老公往餐厅里面走，场面很是火爆。

餐厅座无虚席，江少陵充当侍者帮忙，就连经理也打起了下手。伽蓝不远处有一对情侣要点餐，男朋友点餐时见女友一直拿着手机对着英俊的侍者不停拍照，顿时脸色一黑，拿着菜单直接遮住女友的手机镜头，凶巴巴道：“点餐。”

女友羞涩一笑，不宜再惹男友吃醋，遂收心点餐，江少陵站在一旁正在记录菜名，忽然一只叉子伸到了他的面前，叉子上叉着切好的肉，他移眸看去，直接撞进了一双含笑的眼眸里。

江少陵张口吃下食物，微笑着说话：“味道还不错。”

“是很不错。”伽蓝看着眼前穿白衬衫的男子，她与他是如此地近，又是如此地亲，尽管身无分文地困守在餐厅里，但只是看着他，就仿佛看到了全世界。

记录好菜名，江少陵搂着伽蓝的肩把她带回到座位上，毫不顾忌周围人的目光，俯首亲吻她的唇，声音温润：“你先吃饭，我忙完就过来。”

好几桌顾客诧异地看着这一幕，误以为是女顾客大胆追爱，但也有顾客前几日看过S市新闻，对于“误入”表白场地的英俊男子和黑白长发女子记忆深刻，尤其是近两天有好事者率先扒出那名英俊男子的身家背景，简直是亮瞎眼。

那么有钱还做侍者，难道这家餐厅的幕后老板是江少陵，所以他才会纡尊降贵、事必躬亲?

还是说，这位有钱帅哥，仅是为了在餐厅里体验一下生活？

不懂，有钱人的世界真是看不懂。

江少陵用餐时已经是下午两点了，那个时间段餐厅里只有寥寥几桌顾客，伽蓝安静地看着他吃饭，他的存在照耀着她的人生，私心里她很愿意陪他吃一辈子的饭，不舍他孤独地站在江家老宅里望着几棵杏花树发呆，不舍他寂寥寡言地回到江水墅独自面对生活的喜悲，更不舍他在快节奏的都市生活中变成一台不知喜悦为何物的冰冷机器……

江少陵正吃着饭，忽然察觉有人用温软的手指捂住了他的耳朵，几秒后女子手指下滑到他的肩上，然后女子依偎在他的身边，偏头靠在他的肩膀上，像是无声的撒娇，又像是难以言明的依赖和情深。

餐厅经理和两位侍者微笑着从一旁经过，不管是眉眼神态还是笑容，看起来都充满了善意。

“为什么捂我耳朵？”放下刀叉，他笑着问。

“江先生辛苦一中午，我想道谢，又怕你听了会不高兴，所以道谢时特意捂住了你的耳朵。”她说着，很率性地轻咬了一下他敏感的耳际，宛如孩童急需大人夸奖一般，“我是不是很聪明？”

“嗯。”小聪明。

江少陵笑容加深，耳朵却有一些发烫，伸出手臂搂着她。

下午阳光慵懒地趴伏在餐桌周围，耀眼的亮光跳跃在他的左手手背上，无名指上男式婚戒光华四射，他紧紧地握着她的手沉默无言，仿佛过往时光全都悄然回到了血液和灵魂里。回首望去，他们不过是最平凡的普通男女，在无常中坚守内心，在无言中汇聚欢愉，2014年他们的笑容很真实，仿佛烟花绽放在夜空，看似无法触摸，却暖意融融。

也就是这天下午，两人开车回去，半路上有小摊贩为了招揽生意正在吹泡泡，伽蓝觉得有趣，让江少陵把车停在了路边。

她的绘画天赋和记忆天赋促使她的童年并不如其他同龄孩子那么丰富，正是因为太过单调，所以她几乎没有什么同龄朋友，好友多是比她年长几岁的同学，在外人眼中她冷静聪明，但在江少陵看来，她的某些行事作风无疑跟孩子没什么两样。

她对泡泡机有兴趣，江少陵知道，所以不问，停好车后她拿起搭放在椅背上的外套直接下了车，但没过一分钟她反身回来，并抬手敲了敲车窗玻璃。

江少陵按下车窗，很平静地看着她：“怎么了？”

“我的钱包不见了。”她说着话，犹不死心地再次伸手探进外套口袋里反复摸了摸，最后忍不住皱起了眉。

江少陵坐在车里笑斥她一声“糊涂”，好整以暇地提醒她：“中午出门时，你把钱包忘在了家里，所以你的外套口袋里怎么可能会有钱包？”

伽蓝无言以对。

她的外套口袋里确实有一个钱包，中午她欺骗江少陵她忘记带钱包出门，他当时不言语，并不代表他不知道。

她的钱包一定在江少陵手里，伽蓝自知理亏，软着声音说：“少陵，你先借我五十块钱，我想买一个电动泡泡机。”

“嗯？”他用疑惑的表情告诉她，他听不懂她在说什么。

装装装，他可真会装。

伽蓝站在车旁鼓着腮帮子，先是哼了一声，紧接着气哼哼地说：“我不喜欢你了。”

小孩儿脾气。

江少陵笑出声，见她鼓着腮帮子对他翻白眼，又是好笑，又是没来由地一阵心软，他侧过身从外套口袋里取出一个女式钱包，并从里面抽出一张钞票伸到窗外，用公事公办的语气问她：“借你一百块，我想知道回去后连本带息怎么算？”

真是奸商，貌似这一百块钱是从她的钱包里拿出来的，她用自己的钱还要还本金和利息，天下奇闻。

伽蓝悻悻地接过那一百块钱，虽说有些心不甘情不愿，却语出惊人，她说：“要不今天晚上女上位？”

女上位？

江少陵别开脸不看她，深黑色的眼睛里却猝然蹿升出一抹血色，他抬手扯了扯衣领，强迫自己克制住由内而发的燥热感，并暗暗嘘了一口气，但总归是无奈居多，大白天讲出这种话，不知羞……

2014年1月下旬，杜衡所在的独立音乐室宣布杜衡将会在4月22日举办演唱会，虽然2月份被媒体爆出过往情史黑料，余波至今未平，但演唱会刻不容缓，杜衡和他的工作团队最近一直在紧锣密鼓地筹备着彩排事宜。

这天杜衡好不容易休息一天，有意赶在举行演唱会之前和朋友们聚一聚，于是一大早打电话给几位好朋友，邀请他们中午一起去他家里聚餐。

杜衡给江少陵打电话的时候，伽蓝正和江少陵穿着运动服在内院道路上晨间散步，听说侯延年和周强中午会携妻前往，伽蓝倒也爽快，对着江少陵做了一个OK的手势，只因她心里很清楚，如果她拒绝的话，江少陵十有八九不会丢下她独自赴约。

他回国一趟不容易，在美国几乎没有可以谈天说地的好朋友，所以回到国内和昔日老友聚一聚很有必要。

吃罢早饭，江少陵去未世分公司开会，伽蓝在阳光房里修改设计图，临近中午江少陵给她打电话："换好衣服站在桥上等我，我马上到家。"

"哦。"

伽蓝正要挂电话，江少陵在手机那端又适时叮嘱道："不要穿高跟鞋。"

这天中午，大朵大朵的白云盛开在蓝天上，郑睿开着车抵达内院，就见他家江太太一副现代侠女打扮，短款黑色皮衣，黑色小腿裤，黑色高跟鞋，黑色墨镜，大红色斜挎包，虽然不愿意承认，但他家江太太身材好，穿什么衣服都很好看，这身衣服穿在她的身上十分帅气。

伽蓝见郑睿开车过来，穿着高跟鞋却依然能够做到健步如飞，郑睿在心里悄悄地为她点了一个赞，她怎么不飞起来呢?

江少陵伸手开车门，吩咐郑睿下车，中午去杜衡家做客，他有意亲自开车过去。木桥附近，江少陵绕过车头，打开副驾驶座的车门，伽蓝坐进去的时候，江少陵身子探进车内帮她系安全带，语气却不甚认同："我好像对你说过，不要穿高跟鞋。"

"不穿高跟鞋的话，我不方便'凹造型'。"她耸耸肩，表示很无奈。

江少陵失笑，此时他已帮她系好安全带，深幽的目光与她近在咫尺，他眼神里夹杂着宠溺，语气里却夹杂着警告："像你这样不听话，如果穿高跟鞋脚疼，到时候别怪我没有提醒你。"

不怪，绝对不怪。

伽蓝伸手搂着江少陵的脖子，一门心思想要讨好他，所以额头与他亲密地相贴，笑语微不可闻："少陵，我一定是中了你的毒，竟然会觉得你警告我的时候很迷人。"

江少陵薄唇弧度上扬，心里欢喜，却没有表现得太明显，柔声斥她："不要给我灌迷魂汤。"

"灌迷魂汤太粗鲁，我只会喂你喝迷魂汤。"伽蓝笑音三分缱绻，外加七分蛊惑，但柔软的唇刚刚碰到江少陵的唇就火速离开，似是后知后觉发现忘了问他的意见，于是假模假样地补充一句，"少陵，我喂你迷魂汤，你喝吗？"

"喝——"

江少陵的眉眼间都是笑意，话语尚未落地，他已密密实实地堵住了她的唇，温柔吮吻，强势而又滚烫……

她戏称她中了他的毒，其实他才是那个真正中了毒的人，她随便一句话就能点燃他的热情，击溃他的理智一秒足矣。

她是他的劫，也是他心甘情愿背负一生一世的债。

正午时分抵达杜衡家，沿着石板路走进内院，空气里已是香味扑鼻。院子里支着烤肉架，一旁的长桌上摆满了待烤的食材，杜衡在烤肉的间隙，抬眸看到江少陵和伽蓝，眸子里有着清晰可见的欢喜，扬声喊："两位迟迟不现身，我还以为路上堵车呢，益寿和强子拖家带口早来了。"

是埋怨语气，却无埋怨意思，所以江少陵和伽蓝仅是笑笑，并不接话。夫妻两人跟几位朋友打过招呼，双双洗手加入帮忙行列，七人分工合作有说有笑，倒也热闹。

中午是在草坪上用的餐，长方形餐桌上除了摆放着韩式烤肉，还有一道道家常食物，看起来很丰盛。

杜衡打开红酒，先给在座的三位女士倒酒，轮到给伽蓝倒酒时，伽蓝凑近江少陵悄声问："少陵，我可以喝酒吗？"

"只能喝一杯。"小喝怡情，大喝伤身，像今天这种情况，喝少许酒应应景，倒也不打紧。

男女聚在一起，碰杯浅聊，说些温暖的话，那一刻仿佛能够忘掉尘世间所有的纷扰和不快。

人与人之间的缘分，或许会随着时间变浓或是变淡，但共同经历过的回忆，一起见证过的时代变迁，很多时候将会留在灵魂里被彼此铭记一辈子。

阳光下聊天，聊的不仅是青春，还是肝胆相照。

席间，男女之间谈论的话题略有不同，江少陵等人讲金融，讲货币，讲政治；侯太太和周太太对伽蓝在剑桥的生活很感兴趣。伽蓝虽在那里生活了好几年，但她的生活一直都很枯燥无味……

江少陵解救了她。

生菜叶子包着两块香味浓郁的牛肉，被某人蘸了少许辣椒酱送到了她的唇边，伽蓝适时止话，刚吃完生菜卷，紧接着一碗冒着热气的鸡汤放在了她的面前。

伽蓝微笑着喝汤，2014年除了她的丈夫江少陵，试问还有谁会劳心为她张罗食物惦记她一日三餐是否吃饱?

有夫如此，妇复何求?

周太太和侯太太看得心力交瘁，再看自家丈夫正在天南海北地喝酒聊天，不禁悲从中来，人家江少陵聊天之余一直都没疏忽伽蓝，反观自家丈夫……

越比较，越伤人。

真正的伤人一幕发生在午后。吃罢饭，一群人坐在遮阳伞下玩纸牌，本来是四个男人坐在牌桌上，其间伽蓝站在一旁观战，偶尔心血来潮帮江少陵出了几次牌，江少陵见她颇有玩牌的兴趣，干脆让出位置给她，不过却对伽蓝半开玩笑地道：“玩牌过程中，不必手下留情。”

杜衡等人一个个不吭声，私心里他们是真的不想跟伽蓝一起玩牌，伽蓝记忆力逆天，和她玩牌无疑是死路一条。

杜衡、侯延年和周强分别使了一个眼色，彼此心照不宣，一会儿在牌桌上他们将会联合围攻伽蓝，过程不重要，重要的是结果，事关男人尊严，说什么也不能输给伽蓝。

只能说杜衡等人低估了伽蓝异于常人的记忆力，他们在牌桌上的小把戏对于伽蓝来说根本就无关痛痒。

伽蓝心细如发，在记牌方面如鱼得水，对于杜衡三人出过的牌记忆深刻，并能很快地推算出杜衡三人接下来的出牌走向，判断牌局游刃有余，以至于杜衡等人空有一手好牌，却总是受制于伽蓝，内心深处可谓是郁闷至极。

每次都是伽蓝赢，这牌玩得真是没意思，不好意思赶伽蓝起身，他们只好朝江少陵挤眉弄眼，奈何江少陵看不到。

今天气温有点高，江少陵坐在一旁翻看杂志，余光看到妻子热得满脸通红，先是倒了一杯温水递给她，然后坐在她身旁拿杂志帮她轻轻地扇着风……

周太太和侯太太再一次心如刀割。

目睹江少陵宠妻无度，周强和侯延年下意识地看向自家老婆，见老婆目光幽怨，顿时颤巍巍地移开眸子，有气无力地出着牌，想死的心都有了。

像这样的聚会，如果再多来几次的话，只怕婚姻不保。

周强和侯延年一致决定：下次聚会，绝对不带老婆一起出席。不见，就没有攀比；不攀比，就没有伤害……

2006年大年初二，慕清收到了一份匿名快递，快递里除了一个U盘再无其他，那个U盘里的照片为袁斌婚内出轨提供了有力证据，同时也为慕清谋取了财产分割主动权……

慕清曾查过快递来源，只知道寄件人是一位年轻女孩子。那天S市很冷，快递员说女孩子捂得严严实实的，很难描述出她的相貌，他唯一能确定的是，女孩子年龄不大。

2013年秋末，慕清参加一位朋友的婚宴，恰巧和一位叫徐惠的女宾客同坐一桌。席间徐惠很热情，说她也曾就读过S大，并且还是建筑学院2002级学生——

2005年，慕清听说江少陵在S大谈了一个女朋友，出于好奇，慕清曾登录校网查看过伽蓝的照片和简介，所以对伽蓝印象极为深刻。2008年，江少陵忽然放弃国内事业孤身前往华尔街，她一直百思不得其解，这几年频繁去到纽约，渐渐获知他所做的一切都是为了伽蓝，那一刻百般滋味涌上心头，既羡慕伽蓝被这样一个男人所爱，又心疼江少陵在情感世界里犹如困兽挣扎不休。

慕清认识江少陵十几年，自然看他事事都好，至于伽蓝是否配得上江少陵的情，她从未在此类问题上深思过。配不配，向来是当事人说了算，她一个外人又何必碎嘴多言？更何况，恋人之间的爱恨纠葛向来一言难尽，她在不知内情的前提下还是不要瞎掺和比较好。

2013年秋末，慕清听说徐惠曾经是建筑学院2002级学生，一时心血来潮询问徐惠是否认识伽蓝。

没想到徐惠和伽蓝竟是大学舍友，两人围绕伽蓝交谈数句，后来徐惠迟疑地开口："学姐，我有一位高中同学曾不小心拍了十几张你前夫出轨的照片。2006年春节期间，蓝蓝想要帮你收集证据，于是我把照片全都发给了她，也不知道那些照片有没有帮到你？"

慕清大吃一惊，她没想到当年邮寄U盘给她的那个人竟然会是伽蓝。

获知是伽蓝帮了她，慕清一直想要当面道谢，但时隔那么多年，再加上她和伽蓝私底下一直没有往来，所以慕清只能将谢意埋在心里。2月份，江少陵带着伽蓝奔丧回到S市，当晚在餐厅吃饭，她虽见到了伽蓝，但念及苏瑾瑜刚刚过世，所以有些话并未说出口。

慕清一直以为2月下旬伽蓝随江少陵一起回纽约去了，直到那天看新闻发现江少陵和伽蓝现身S大建筑学院，后来又问过侯延年，这才获知伽蓝逗留S市已有一月有余。

慕清去找伽蓝那天，事先给江少陵打过电话，江少陵听说U盘往事，沉默了好一会儿，再开口他对慕清说："蓝蓝帮你，不是为了让你谢她。"

"我明白，她帮我无非是因为我是你朋友。"慕清说着，轻轻地叹了一口气，"少陵，蓝蓝帮了我，我总要当面道声谢，要不然我于心难安。"

江少陵不再多言。

上午十点左右，慕清开车来见伽蓝，还没停下车，就见天空中飘浮着五颜六色的肥皂泡。

暖暖的阳光下，江少陵坐在遮阳伞下办公，桌子上摆满了文件，他在审批签字的同时，偶尔会抬眸看一眼伽蓝。

伽蓝拿着电动泡泡机，一串接一串的泡泡从机器里飞出来，一朵朵飘浮在阳光下，色彩斑斓，看起来很梦幻。

慕清开门下车时，伽蓝正在对江少陵使坏，她拿着电动泡泡机直接朝江少陵射出了一连串肥皂泡，江少陵暂停工作似笑非笑地看着她，肥皂泡触及江少陵的黑发瞬间破裂，伽蓝一脸笑意地摸了摸他的头发，江少陵坐在椅子上伸手抱住了她的腰……

慕清看到这一幕，心里有甜有涩，甜的是江少陵和伽蓝夫妻恩爱，涩是单恋心境使然。

人人都爱江少陵，慕清也一样，只可惜江少陵对伽蓝情深不移，与其表白被拒，还不如淡化心境成为一辈子的好朋友。

暖春季节，树影婆娑，江少陵看到倚着车身微微含笑的慕清，松开伽蓝的同时顺势从她手里取走泡泡机："去吧，慕清有话要对你说。"

伽蓝转过身，对着慕清微笑。慕清过来找她之前，江少陵跟她打过招呼，对于她来说不过是举手之劳，但对慕清来说道谢是礼貌，更是感激。

两人在院子里散步，时隔八年慕清重提旧事，话语里充满了感激："蓝蓝，我欠你一声谢谢。"

"不必谢。"

慕清打趣道："因为我是少陵的朋友？"

"我帮你，不仅仅因为你是少陵的朋友。"伽蓝目光转到慕清的脸上，露出浅浅的笑容，"在某一个时间段里，你很像我母亲。"

慕清愣了一下，听说沈家明当年婚内出轨，这才导致前妻和他离婚，这么看来在离婚事件上，她和伽蓝的母亲确实境遇类似。

这时，有一片叶子飘落在慕清的肩上，伽蓝伸手帮她拿掉，慕清心里一暖："谢谢。"

她再次笑着说："不必谢。"

慕清看着伽蓝，暗自惊奇一个女子微笑起来怎能如此动人？江少陵爱慕她不是没有原因的。

她很迷人，也很有魅力。

江少陵逗留S市的最后一天晚上，他和伽蓝在浴室里和床笫间缠绵厮磨了大半宿。后半夜的时候，她窝在江少陵的怀里说："少陵，我饿了。"

二十分钟后，江少陵端着一碗面走进卧室，伽蓝早已穿好睡衣靠坐在床上等他，看来是真的饿了。

江少陵把面递给伽蓝，伽蓝却把面放在了床头柜上，江少陵目睹她的举动，眼神里闪过一丝探寻，笑着问："不是饿了吗？"

"我有一件事想同你商量。"此刻已是凌晨，上午时分江少陵将乘机飞往纽约，有些事她不宜继续拖下去。

"你说。"江少陵坐在床沿上，微笑着看着她。

伽蓝道出内心的想法："陆离跟着我有些大材小用，我发现他在数字方面很敏感，所以想问问你，可不可以把陆离带在身边好好栽培他，说不定将来他会像宋文昊一样成为你不可或缺的左右手。"

江少陵表情如常，没有立刻表态，重新端起面碗递给伽蓝："先吃面。"

伽蓝看不透他是什么意思，悻悻地接过面碗，拿着筷子搅拌了几下，却没有开吃的意思。

江少陵坐在床沿看了一会儿，再搅拌下去，热面还能吃吗？

这话江少陵没有说出口，他起身去隔间茶水室里加水烧热，身后有脚步声传来，他没有回头。

伽蓝站在他的身后抱着他，脸颊贴着他的背轻声说："2012年，有那么多保镖来江水墅应聘，你为什么唯独挑选了陆离？"

江少陵沉默着不吭声。因为她多看了陆离一眼，因为他回江水墅看到陆离，发现陆离和大学时期的他隐有几分像。

"少陵，我一直不曾忘记你。"

江少陵看不到伽蓝说话时的表情，却听出了她语气里的认真，他转过身抬手抚摸着她的脸，声音低沉："我知道。"

尽管2014年他才知道。

2012年，他和伽蓝结婚后，伽蓝对他的存在几乎可以用"视若无睹"来形容，他把陆离放在伽蓝的身边，心里多少有一些扭曲病态，一方面希望她看到陆离就能想起他；另一方面却又憎恨陆离与她走得太近……

他的心思，伽蓝都知道，她看着他，笑意温柔，眸子里波光流动："少陵，没有人能成为你。"

没有人能成为他吗？

江少陵薄唇间已有上扬弧度，她总是能够在谈笑间直击人心，若是想要操纵他的情绪，于她来说轻而易举。

聪慧如她，看出江少陵已有松动迹象，遂趁热打铁道：“少陵，你带着陆离一起回美国吧！如果你担心我在国内背着你找男人，不妨留郑睿在国内看着我，他跟随你多年，总不至于欺骗你。”

若是她有心操纵一个人，郑睿又岂是她的对手？但这并不是江少陵关注的焦点，而是——

江少陵淡淡地提醒她，语气泛凉：“婚后，你在纽约就没有背着我找过男人吗？”

江先生习惯秋后算账，伽蓝不敢隐瞒，如实交代道：“找过，我偶尔会和两位身材一流的外籍男模在Standard酒店顶层喝酒约会。”

温热的气息吹拂在伽蓝的脖颈上，他把所有的嫉恨全都汇集在了“吸血”举动上，伽蓝疼痛之余，急忙解释：“他们是gay，不喜欢女人。”

他终于大发善心不再“吸血”，却用最亲密的姿势将她整个人搂在怀里，薄唇贴着他适才“吸血”的位置轻轻地吻着，声音含混不清：“虽然是gay，但他们一样是男人，不许你再和他们来往。”

若非“偶尔”只在婚后出现过两次，若非那两个男模对女人不感兴趣，若非其中一位男模是沈家明安排给她的服装顾问，1月31日深夜目睹她枕在一位外籍男模的腿上入睡，他怎么可能善罢甘休？

想起那一幕，江少陵又是一阵恼意袭来，伽蓝察觉他又要“吸血”，连忙讨好他：“少陵，我以后只跟你来往！要不然这样吧，你把我缝在身上以后走到哪儿带到哪儿，你不知道我有多喜欢和你在一起。”

伽蓝溜须拍马技术一流，江少陵失笑，把脸埋在她的脖颈里，温柔地摩挲着。

“我一定是着了你的魔。”他说。

在夫妻两性关系上，他可以给她很多东西，但如果她不喜欢，那么他所做的一切将毫无意义。

她希望陆离跟着他做事，他起初不说话，纯粹是不喜她对其他男人那么上心。也罢，陆离近年来心思偏移，适时转换一下位置对他来说未尝不是一件幸事。

清晨吃罢饭，未世分公司CEO来找江少陵，趁着他们在书房交谈公事，伽蓝把陆离叫到了院子里。

伽蓝让陆离随江少陵一起回纽约，因为太过突然，陆离整个人都蒙了，他吃惊地看着伽蓝：“太太，我不明白。”

S市今天雾气很重，能见度很低，伽蓝不再有无懈可击的笑容，眉眼间隐隐透着一抹孤清：“陆离，我曾经对你说过，你不能一直做我的保镖，江先生愿意培养你，你该珍惜机会。”

陆离嗓子好像被堵住了一般，又干又疼，他想拒绝，但拒绝之后呢？伽蓝不给他拒绝的机会……

她看着浓浓的雾气，眼神空茫而又冷漠：“陆离，我尊重你的意愿，如果你不愿意跟随江先生涉足商界，我和江先生都不会勉强你，但我必须告诉你，我不再需要保镖。”

陆离低头站着，鼻子一酸，险些落下眼泪。

伽蓝见他这样，心里其实也有点难过，过了半晌，她抬手落在陆离的肩上，对他柔声道：“陆离，等雾气散了，又是一个大晴天。好男儿志在四方，你的天地不该只局限在我的背影上，你该追随江先生好好看一看天和地究竟有多大，你的路还很长，比你想象的还要长……”

陆离说不出一句话，忽然想起那天她对她的老师和师母说：“他不是我丈夫，他叫陆离，是我的家人，也是我的朋友。”

陆离眼中泪花闪烁，他原以为自己能撑住不哭，却有一滴接一滴的泪水猝然间从他眼眶里无声地涌出……

第八章

密谋：情不知所起，一往而深

江少陵带走了陆离，却留下了郑睿，伽蓝迟迟不回纽约，他不便多说什么，却又不放心把她一个人留在国内。

“留郑睿在你身边，出行时有人照应，我会比较安心。”这是江少陵离开前对伽蓝说的最后一句话。

不是掌控，是保护，伽蓝懂。

3月末，伽蓝带着设计好的图纸去见廖鸿涛，温室品茶，她把图纸递给恩师审核，后来见恩师摘下眼镜，抬手捏着眼角止泪，她淡淡地移开视线，笑着说：“老师，我请我先生在S市建一座公益图书馆，你觉得好不好？”

“……好。”廖鸿涛语声哽咽，抬眸看着伽蓝欣慰一笑，眼睛却有些红。

4月初，杰西卡先后给伽蓝打了好几通电话，伽蓝没有接。她当时正在前往机场的路上，此番回纽约未曾事先知会江少陵，用她的话来说，是要给江少陵一个惊喜。

出发之前，伽蓝再三提醒郑睿，不许泄露行踪给江少陵，郑睿很听话，不停地点着头。

郑睿对她言听计从，与江少陵私下的训诫息息相关。

抵达纽约已是下午，太阳高悬于空，照耀在重峦叠嶂般的高楼大厦之间，场景十分壮观夺目。

伽蓝没有回江水墅，她第一站的目的地是沈家。座驾还没靠近主宅，离得很远就看到了马修，每次看到马修，伽蓝总会想起瑞秋，其实瑞秋和马修极为相似，做事谨慎刻板，语调严肃深沉，最重要的是伽蓝从未听马修和瑞秋开怀大笑过，就算偶尔微笑也是笑不露齿，抑或是笑不出声。

汽车停在主宅前，马修上前为伽蓝打开后车门："Sylvia小姐，沈先生和苏小姐正在马厩里清理马匹，您回来这件事需要通报他们一声吗？"

"不需要。"伽蓝回沈家不是为了见父亲，而是有事找马修。

结婚以来，江少陵曾送了不少蓝钻首饰给她，若是她在江水墅，江少陵会直接把礼物放在她的首饰柜里，那些蓝钻江少陵收集起来颇费功夫，只可惜她一次也没有佩戴过。

撇开江水墅不谈，婚后两次春节她和江少陵都是在沈家度过的。2013年春节期间，江少陵送给她一条蓝钻项链，被她丢在了垃圾桶里；2014年春节期间，江少陵送给她一枚蓝钻古董胸针，被她再一次丢在了垃圾桶里。

她曾把江少陵的心意一次又一次地丢弃在垃圾桶里，而现在她想把被她丢弃的心意重新从垃圾桶里找回来。她很清楚，蓝钻项链和蓝钻古董胸针价格昂贵，纵使用人捡到也不敢占为己有，很有可能是上交给了马修……

马修告诉伽蓝："项链和胸针并不在我这里，我第一时间就交给了沈先生。"

伽蓝抿着唇，不作声。

"Sylvia小姐，需要我陪您一起去找沈先生吗？"见伽蓝没有任何表示，马修再次提出建议，流利的英语字正腔圆，"如果您不想去马厩的话，打电话给沈先生其实也是一个很不错的选择。"

伽蓝沉思片刻，回复马修："你陪我去一趟马厩吧！"

对于伽蓝的回答，马修不仅意外，还很惊喜。

自从2006年回到纽约，伽蓝便不曾踏足过马厩，那里曾经装满了她和父亲的回忆，而"回忆"是最残忍的代名词，它和温暖背道而驰，不仅代表着面目全非，还代表着满目疮痍。

这天下午，伽蓝没有走进马厩，而是在半路上止步，马修面带不解，顺着伽蓝的视线望了过去——

马厩附近杉树、枫树交织，树林间布满了绿色苔藓，离远看颇有几分禅意。林荫路径上沈家明骑在马背上，胸前坐着一个年轻貌美的女子，是苏薇。

黑马慢悠悠地散着步，沈家明和苏薇喁喁私语，脸上均是笑意融融……

伽蓝垂眸笑了笑，转身往回走，马修亦步亦趋地跟在她的身后："Sylvia小姐，要不然您在这里稍等片刻，我去跟沈先生说一声？"

“不用。”是真的不用，她已不想再见他，至少今天下午不想再见。

一条条鹅卵石小路错综复杂地伸向清幽的花园，沿途苔藓和植被看上去清新而又自然，伽蓝步伐迟缓，一步步走得很慢，半晌轻唤一声：“马修？”

“Sylvia小姐，我在。”

马修腔调无温，态度却很恭敬，他做事向来一板一眼。

这些年来伽蓝几乎没有和他说过什么话，但今天下午她忽然很想同他说些什么，随便什么都可以。

“近几个月我总是会不禁想起我小时候，那时候父母恩爱，我看到那么恩爱的他们，心里很欢喜，说不出来地欢喜。”伽蓝这么说着，仿佛真的回到了小时候，一阵阵欢喜涌上心头，就连语气也轻快了许多，“我记得1991年的时候，爷爷每次去鱼塘钓鱼都会带着我，每次钓鱼至少也要大半天，我却不觉得无聊，爷爷钓鱼的时候，我就坐在一旁的小凳子上撑着脸看着、笑着；奶奶喜欢烹饪，她做的每一道菜、每一道甜点我都很喜欢；碰上阳光温暖的日子，我母亲喜欢在草坪上铺块毯子抱着我晒太阳，她会跟我说很多话，知识渊博，气质洁净，她是我见过最有魅力的女人；我父亲忙完公事，常常会抱着我骑在马背上，马背太高，我爬不上去，他就伸出手臂把我夹起来，我吊在他的臂弯间笑得合不拢嘴……”

说到这里，伽蓝短暂沉默，眼神冷漠地环视着沈家大院，随后回头看一眼马修，嘴角的笑容已有消散迹象，伽蓝轻声问他：“马修，这里真的是我的家吗？”

马修目光有些复杂：“Sylvia小姐，这里当然是您的家。”

伽蓝笑着摇头，注视他片刻再次摇了摇头：“这里不是我的家，我所挚爱的亲人，他们都不爱我，我被他们视为不祥的人，所以爷爷奶奶至死都不愿意见我一面；唯一深爱我的母亲，却用最残忍的方式跟我天人永隔，我连跟她说一声对不起的资格都没有；在这世上，我只剩下他一个血缘至亲，我小时候那么爱他，但我回到他的身边后，为什么每次看到他，我都会觉得很难过？他是沈先生，不是我父亲。”

马修迟疑地开口，语气沉重：“Sylvia小姐，其实沈先生很爱您。”

是吗？

伽蓝动了动唇，想说些什么，但最终什么也没说。转身离开前，她重新挂上一抹笑容，树影落在她的脸上，使她的面容陡增柔美，眼神里却流转着孤清：“马修，有关于我的来意，请你务必转告给沈先生，如有项链和胸针的下落，还请你第一时间通知我。”

“好。”

马修在心里叹了一口气，前方女子身形修长，影子无声无息地投落在路径上，被下午的阳光一寸寸拉长，直至越来越远，越来越淡，就好像她从未回来过……

回到江水墅已是黄昏，天边的晚霞五彩缤纷，肖玫看到伽蓝很高兴："太太，先生知道您今天回来，所以今天下午哪都没有去，把工作全都挪到了家里。"

郑睿正在卸行李，听了肖玫的话，连忙对伽蓝表忠心："不是我说的。"

郑睿说他没有告诉江少陵，这话伽蓝相信。从S市到纽约，长途飞行需十几个小时，其间国内夜色渐浓，按照以往的习惯，江少陵一定会掐着时间给她打电话，发现她手机关机，他一定会打电话给郑睿，若是郑睿的手机也打不通，毫无疑问他会直接打给刘嫂……

刘嫂知道她的行踪，势必会告诉给江少陵。

回纽约之前，伽蓝曾告诉郑睿，她要给江少陵一个惊喜，但她所谓的惊喜绝非突然出现在江少陵面前，而是回沈家寻回那条项链和那枚胸针，只可惜出行沈家不利，只能等父亲或是马修给她打电话了。

伽蓝和肖玫并肩走进主宅，肖玫提醒她："太太，先生正在客厅里和几位风险投资家商谈公事。"

客厅里洒满了夕阳的余晖，不仅为家具摆设镀了一层浅淡的颜色，也为客厅里几位精明严肃的商人增添了几分亲和度。

伽蓝出现在客厅入口的前一秒，江少陵正在和几位风险投资家不紧不慢地说着话，他的助理宋文昊抱着笔记本电脑坐在一旁飞快地敲打着键盘，第一时间记录谈话重点，以便备案。

肖玫站在伽蓝的身旁，率先打破了客厅里的工作氛围："先生，太太回来了。"

客厅里瞬间一静，青年男子将目光移到伽蓝身上，他没说话，嘴角却被夕阳温热，有一丝极其微妙的弧度微微上扬。

在事业上，江少陵并非无往不利，他曾在二十几岁的年纪里经历过事业低谷，后来否极泰来，又曾在纽约经历过地狱洗礼，所以他比绝大多数商人都懂得把控时局，对于经商更是远见卓识。

他虽成功，却行事低调，常年穿黑、白、灰三色衬衫，冷漠的性情数十年如一日，不同于沈家明的奢华和糜烂，他不需要游艇，不需要私人飞机，更不需要群女环绕，他所贪恋的不过是这世间最平凡的幸福。

伽蓝露出含蓄矜持的笑容，她从未见过有谁比江先生更能沉得住气，他看到她说不定心里早已是星月耀眼，却偏偏表现得镇定自若，表里不一的功夫可谓被他修炼到了极致。

他“不在乎”她，她也“不在乎”他，伽蓝走进客厅对着几位风险投资家礼貌地微笑，并跟他们拥抱打招呼，其中一位风险投资家是一个中年男人，留着很帅气的络腮胡，伽蓝夸对方胡子很性感，对方哈哈大笑，朝她顽皮地眨了眨眼睛：“有很多女孩这么说过我，但对我而言，留着络腮胡偶尔喝汤的时候会比较不方便。”

话音落地，客厅里笑声朗朗，伽蓝跟宋文昊打完招呼，这才朝江少陵笑笑：“我回来，江先生好像不怎么高兴？”

她说的是中文，声音又低，客厅里除了她和江少陵，只有宋文昊懂中文，而她并不介意宋文昊听到她和江少陵之间的对话内容。

听了伽蓝的话，江少陵笑了笑，终于舍得放下他的文件，站起身的同时伸出手臂把她抱在了怀里，薄唇贴着她的耳畔说出动情的言语：“我满心欢喜。”

虽然只有短短的五个字，但她已经决定原谅他先前的表里不一。

他有公事要谈，伽蓝很善解人意地离开他的怀抱，对着众人说了几句客套话，离开前她靠在江少陵的怀里，用极轻极轻的声音对他说：“我洗好澡，在房间里等你。”

江少陵的笑容开始变得僵硬，眼眸开始归于暗沉，就连呼吸也乱了好几个节拍，站在一旁的宋文昊更是咳嗽不已……

伽蓝有没有回房洗澡，江少陵不知道，他只知道他的手机放在茶几上振动了好几次，公事尚未敲定，他很清楚他上楼的后果，所以暂停公事示意肖玟近前，压低声音吩咐肖玟：“你上楼看一看太太是否需要什么。”

几分钟后，肖玟再次走进客厅，凑到江少陵的耳边小声说：“江先生，太太说她想喝水，特意强调让你亲自送上去。”

江少陵瞬间头疼，无奈地揉了揉额头，心里忍不住直叹气，拿起手机起身离座，示意宋文昊继续跟进公事，对着几位风险投资家淡淡地开口：“我处理点家事，去去就来。”

宋文昊觉得“去去就来”风险极大，很有可能江先生这么一上楼，会直接演变成“去去不来”。

肖玟把一杯白开水交给江少陵，见江少陵上楼，肖玟明显察觉到男、女主人的感情今非昔比，少了冷漠和疏离，虽然互动不多却透着点点温情，看起来终于有了烟火夫妻的神韵。

江少陵走进主卧室，就看到伽蓝穿着睡袍躺在被窝里看着他，素净的脸庞上一双眼眸漆黑明亮，带着难以遮掩的笑意……

妖精。

“喝完水先睡一会儿补补眼，等晚饭做好，我再上楼叫你。”江少陵把水杯递给伽蓝，见伽蓝躺着不动，根本就没有喝水的打算，通晓她的坏心思，他忍着笑，将水杯放在床头柜上，作势就要离开，却被她紧紧地抓住手臂。

她一脸委屈道：“少陵，我睡袍里面什么都没穿，你就不想我吗？”

不害臊。

江少陵轻笑出声。

“长途飞行不累吗？不需要调时差？”他是担心她的身体会吃不消。

显然她并不领情。

她从床上坐起身，长发散落在肩头，白皙的颈项裸露在外，沐浴露的香气在室内缓缓飘散，轻轻柔柔地撩拨着江少陵的心弦。

“你把公事带到家里，不就是为了能够第一时间看到我吗？”她抓着他的手臂不放，他只能坐在床沿看着她微笑不语，因为她说的是事实。

她不再抱着他的手臂，而是握着他的手直接贴在她的脸庞上轻轻摩挲着，话语更是蛊惑人心：“少陵，你陪我睡一觉。”

江少陵吃她这一套，所以他会被迷惑，内心掀起波澜，感受着掌心下她脸庞的热度，他心不在焉地笑着说：“文昊他们还在楼下等着我。”

伽蓝不以为然，嘟了嘟嘴，继续怂恿他：“试想一下，老板的下属在楼下商谈公事，他们的老板却在楼上翻云覆雨，仅是想想，是不是就很刺激？”

是很刺激。

江少陵笑得眉眼含情，内心深处更是爱意翻涌，情不自禁地把她揽入怀中，抚摸着她刚刚洗过的长发，轻声道：“我以为你还要在国内再住一段时间。”

“我回纽约是为了拉投资。”

伽蓝的笑音里藏匿着诸多小盘算，江少陵笑容加深：明白了，她回纽约主要是为了先给他两颗枣尝尝甜味，然后再好好地剥削他一番……

“我还是先下楼处理公事吧！”他半开玩笑地想要推开她，却被她紧紧地抱着不放。

她先是“哎呀呀”地笑了两声，这才把脸埋在他的衬衫衣领间小声吐槽道：“江先生，你可真小气。”

江少陵莞尔低笑，被人说小气还是第一次，听起来更像是栽赃陷害。

这时手机响了起来，伽蓝紧紧地抱着他，他只好摸索出手机，摁下接听键盘把手机送到了耳边，是宋文昊打来的电话。

宋文昊清了清嗓子，小心翼翼地跟老板打着商量：“江先生，我是这么想的，如果您现在比较忙的话，要不然我们几个先散了，等明天抽个时间再接着往下谈？”

宋文昊那句“如果您现在比较忙”暧昧意味甚浓，显然是思想太过不纯洁。

手机距离伽蓝很近，宋文昊的话她都听到了，她凑到江少陵的耳边吐气如兰道：“快让他们散了吧！我们抓紧时间上床。”

江少陵微笑不减，却极为纵容伽蓝的话，隔着手机对宋文昊说：“嗯，散了吧！”

客厅里，宋文昊听了江先生的话，瞬间咳嗽加倍，惹来几位风险投资家关切地询问他是不是不舒服。

宋文昊不是不舒服，缘于他的脑补画面和想象力，他是尴尬外加脸红。

这天黄昏，江少陵含笑解开伽蓝的睡袍腰带，她后知后觉地开口问他：“少陵，其实你很想上床抱抱我，你只是在故意逗我玩儿，对不对？”

他俯首吻住她的唇，把笑语融进她的唇舌间——

“对。”他说。

伽蓝回到纽约的第二日，杰西卡再次给伽蓝打来了电话。这一次伽蓝不再拒接，电话里杰西卡语气凝重，几乎是寒着声音说：“Sylvia，我强烈要求和你尽快见一面。”

伽蓝短暂沉默。

两天后，杰西卡正好要来纽约出差，她把见面地点定在了纽约，伽蓝没有拒绝。

杰西卡给她打电话的时候，正是晚饭过后，江少陵正在书房里办公，挂断电话，伽蓝敲响了江少陵的书房门：“江先生，烦请移驾媒体室，我有东西要给你看。”

“忙。”

很简洁的一个字，却道尽了他的不为所动，正确地说是警觉心起不上当。

听了他的话，伽蓝干脆走进书房，直接抱住江少陵的手臂，强行拉着他离开座椅：“我只要十分钟，耽误不了你多长时间。”

“十分钟？”江少陵任由她拉着走，却对她所需要的“十分钟”表示很怀疑。

“嗯，我只需要十分钟。”她生怕他会不配合，所以回话格外肯定，以至于没有注意到被她拉着走的男人眼神有一些滚烫，连带嘴角的笑容也有着说不出来的温暖。

3月末的时候，伽蓝曾带着设计好的建筑图纸去见廖鸿涛，当时她对恩师说会请江少陵在S市建一座公益图书馆，这话并非随口一说，而是发自真心。

投资公益建筑物，资金数目庞大，一旦江少陵接受这个项目，提供金钱只是其中一方面，还有很多程序要走，比如说项目建议书、制作可行性研究报告、项目评估、一系列招标和投标、各种各样的许可证，以及施工……

伽蓝正是因为知道，所以才会百般讨好金主。媒体室里演示PPT，看得出来她很用心，中间大型图书馆为主体建筑，旁支共计五座小型图书馆，造型一致却极为独特，墙体均被蓝色玻璃覆盖，内部设有现代高科技设施提升读者查书效率，因为里面迂回连接，所以稍不注意就会迷失其中，营造出一种极其震撼的视觉效果。图书馆虽是公益，但伽蓝考虑到江少陵毕竟是一个商人，所以充分利用内部资源，另设休闲娱乐场所，配有咖啡馆和茶馆，另外还有美食区……

屏幕前，伽蓝演示幻灯片的同时进行着解说，江少陵却有些意兴阑珊，他起身离座："改天再说吧！我今天有些累了。"

"哪累了？你快坐下来，我帮你按摩按摩。"伽蓝怎么可能放任江少陵从她面前离开，连忙抱住他的手臂，再次把他按坐在了一旁的沙发上，为了避免他又拿"累了"做借口，所以第一时间按摩起他的双肩，敲打声噼里啪啦直响，她一边按摩，一边问，"舒服吧？力道怎么样？需要我再重一些，还是轻一些？"

江少陵忍着笑，这般阿谀奉承刻意讨好，倒也难为她了。

既然已经这样了，貌似她不会介意再被难为一次？

江少陵站起身："好了，不要再按了。"

"别啊，我再帮你多按按。"伽蓝踮起脚想要再次把江少陵按坐在沙发上，只可惜功败垂成，转眼间江少陵已大步走出了媒体室。

伽蓝来不及关闭幻灯片，连忙一路小跑追了上去，抱着他的手臂甩来甩去，嘴里反反复复都是这么一句话："少陵，你给我投点钱吧！"

像甩手臂这样的撒娇举动，愣是被伽蓝甩得豪迈至极，江少陵被她甩得脑袋直发晕，只好哭笑不得地看着她："你有心在国内建造公益图书馆，怎么不去找沈先生寻求投资？比起我，他好像更关注公益项目。"

伽蓝把脸贴在江少陵的手臂上，弓着腰跟着他一起走进主卧室，无限深情地对他说："少陵，只有你理解我，也只有你最懂我。"

江少陵忍俊不禁，她又在忽悠他了，不过……他很受用。

"知道什么叫枕边风吗？"他打开浴室门，朝里面走了几步，随后回头看着她，嘴角笑容流露，明明出尘离染，高洁淡雅得仿佛遗世而独立，偏偏说出口的话语却烧得伽蓝血液沸腾——

江少陵薄唇轻启："要进来吗？"

江水墅到了深夜时分，院子里格外静寂，就连狼青似乎也陷入了睡梦中，江少陵坐在媒体室里观看着幻灯片，她虽放弃绘画多年，但在他的心目中，她一直都是最出色的建筑设计师。

如果建造公益图书馆是她的愿望，他一定会不遗余力地帮助她，让她的作品化成实物温暖着万千像她一样勤奋好学的读者。

看到最后几张幻灯片的时候，江少陵忽然间眉头一皱，拿着PPT翻页笔退回去，那一刻他仿佛听到了他的心脏正在发出怦怦怦的急跳声，每一声都带给他前所未有的震动，刹那间万千思绪涌上心头，惊得他坐在沙发上好半天都回不过神来。

那是一张高空俯览图书馆整体外形图，算上中间那座主体图书馆，旁边更是延伸着五座小型图书馆，蓝色玻璃覆盖在六座图书馆的外形轮廓上，建筑与建筑之间的连通框架从上空看，分明就是一个五角星图案。

蓝颜色的星星。

江少陵僵硬地坐在沙发上，深沉的眼睛默默地凝视着那张图片，2005年3月份，他曾送给她一条白金项链，吊坠是一枚蓝色水晶五角星。2005年10月份，她曾对他说天上的星星虽然很亮，却都亮不过他送给她的蓝星星……

他曾经以为，她带着对他的恨意和怨意离开S市，为此不惜狠心烧毁所有画作，又怎会还留着那条白金项链?

他以为那条白金项链被她给扔了，但……不是。

伽蓝不知何时来到了媒体室，她穿着睡袍走到江少陵的身后，抬手轻轻地放在他的肩上，同他一起看向那张幻灯片，目光迷离，似是陷进了久远的回忆里。

“2005年，你曾送给我一条白金项链作为我的18岁成人礼物，白金项链上有一枚水晶吊坠，我清楚地记得那是一颗蓝色五角星，我很喜欢那条项链，就连洗澡的时候也一直戴着，它几乎成为我身体的一部分。后来，我去国外参加比赛，不知道是不是因为我抓着它睡觉，所以才会把它给弄丢了。我回到国内才发现我的项链不见了，我很难过，也很伤心……”

江少陵猝然湿了眼眸，他终于明白了，那条项链丢失在2006年2月份，丢失在天际线比赛过程中……

伽蓝绕过沙发，然后双膝一弯蹲在了江少陵面前，她握着他的手，仰着脸对着他微笑：“少陵，事情都过去了，对于我来说，那条蓝水晶项链虽然离开了我的脖颈，但它一直都存在于我的记忆里，它在我的记忆里闪闪发光，美不胜收。”

江少陵倾身靠近她，伸手捧着她的脸，额头与她相贴时眼眸里水光流动。她是他见过最美好的女子，也是唯一能够刺痛他的人，她就像是阴雨天砸下来的光束，温暖得直扎人心，纵使人到暮年记忆昏沉，他也依然会把有关于她的记忆全都刻在灵魂里，只要灵魂不散，回忆就永远也不会消亡。

肖玟告诉伽蓝，纽约天气最近一直都很好。肖玟说这句话的时候，伽蓝刚从一堆首饰里翻找出她的结婚戒指。

这枚结婚戒指，她只在结婚那天戴了数小时，然后便被她弃置一旁，如今重新戴在无名指上，心里竟传来微微的刺痛感。手指伸到阳光下，仅是欣赏那枚钻戒她就反反复复地看了一个多小时。

那么认真，那么贪恋，那么情深不舍……

肖玟目睹这一幕，内心很欢喜，江水墅上下都知道江先生最近回到家几乎每时每刻都在笑。

他很喜欢他的太太，明眼人都能看得出来。

这天中午江少陵回到家中，用餐在即，他去盥洗室洗手时，伽蓝走过来和他站在一起争抢水流，他扫视一眼她使坏的手指笑了笑，好脾气地把手伸到另一处感应水流那里，水流涌出，冲刷他的手指不到两秒，他猛地醒过神来，一把抓起她湿淋淋的右手，紧紧地盯视着她的无名指，一秒过去了，两秒过去了，五秒过去了……

他忽然间笑了。

他这么一笑，可谓是春风化雨，心中的喜悦几欲将他淹没，虽然什么也没说，但眉眼间和嘴角的笑意却是骗不了人的，他笑容满面地帮伽蓝洗好手，又拿毛巾帮她仔细地擦干净，就连低头亲吻她的婚戒时也是笑容不退。

伽蓝微笑不语，江先生已入魔。

杰西卡抵达纽约那天，伽蓝在后院帮狼青洗完澡才开车去赴约，此次外出她没有叫司机，也没有叫郑睿。

回到纽约之后，伽蓝便不曾外出，郑睿闲着无聊，近几日一直跟着江少陵，而她今日外出会见老同学，此事并未事先告知江少陵。

是在时代广场附近见的面，午后约在咖啡馆，叫上一壶茶，再来几盘甜点，或是一杯热巧克力，都是很不错的选择。

杰西卡比伽蓝早到了七分钟左右，伽蓝走到她的身边跟她行贴面礼的时候，杰西卡很没礼貌地避开了，她在生气。

伽蓝自知理亏，坐在杰西卡对面，见杰西卡已经点了一壶茶，所以只点了几份甜点让侍者送过来。

杰西卡是伽蓝，不，正确地说应该是Sylvia在剑桥医学院的同学，两人同窗多年，虽然Sylvia待人一直不亲不疏，但杰西卡一直深受她吸引，私心里更是视她为至交好友。

其实Sylvia在校期间并不合群，主要是缘于她太有个性，这里所说的个性跟她的孤僻息息相关，她几乎不参加任何社交活动，不入任何社团，就连聚会也很少参加，她唯一的爱好就是和杰西卡偶尔去酒吧里小酌两杯，喝完后醉醺醺地回家，要么睡觉，要么喝大杯的浓茶坐在书房里继续用功读书。

Sylvia是个天才，尽管她在校期间一直都很低调，但她的锋芒却让周遭的同学刮目相看。

她在校期间开创的研究课题，就连教授也称赞不已，甚至成为本科生和硕士生的参考文献之一。像这样的天才型学生，杰西卡和她相处的过程中受益匪浅，在校期间杰西卡但凡有不懂的地方，Sylvia都会不厌其烦地讲解给她听，一遍听不懂，Sylvia就会讲第二遍、第三遍……

她说："杰西卡，没关系，我还有很多时间可以留给你。"

在杰西卡的认知里，Sylvia几乎一直都在学习，英国大学有半年时间都在放假，她在假期期间除了去医院实习，还会到实验室里充当助手，或是做研究。

杰西卡没有攻读博士，硕士毕业后就在伦敦参加工作了，Sylvia就读博士期间偶尔会去伦敦看望她。

2013年12月初，Sylvia前往伦敦参加学术研讨会，其间和杰西卡小聚，当夜留宿杰西卡家中，不过是喝了半瓶酒，她就冲进洗手间干呕不止。

杰西卡蹲在她的身旁，帮她轻轻地拍着背，她一边漱口，一边笑着告诉杰西卡，说她最近一年时常干呕，如果不是压力太大，很有可能就是胃部出了问题。

她说这话时语气不是一般地无所谓，杰西卡皱着眉，忧心忡忡地劝说她："Sylvia，明天你跟我去医院里检查一下身体。"

其实杰西卡心里并不好受，Sylvia如花的年纪，但行事作风却透着暮年的寒凉，仿佛将人世间的悲悲喜喜早已看得十分透彻。

她不希望她的好朋友出任何事。

Sylvia随她一起出入医院很正常，在长达好几年的时间里，但凡Sylvia来伦敦，多是去医院直接找杰西卡，有时停留几分钟就走，有时可能甚至会逗留半天才离去，久而久之跟着Sylvia的保镖渐渐觉得意兴阑珊，每次Sylvia去医院，他们多是在医院外等着她。

2013年12月，Sylvia的保镖是一个叫陆离的中国男人，赶巧那天陆离重感冒，吃了药之后躺在酒店里睡得天昏地暗，Sylvia去医院之前没有叫醒他，那天Sylvia去医院里做了全身检查，后来证实她确实有胃炎的毛病，但最令杰西卡觉得崩溃的是，

Sylvia被检查出患了乳腺癌。

得知结果那天，Sylvia只是低着头沉默了几分钟，然后她笑着对杰西卡说："杰西卡，你是我的恩人，在我做出决定之前，还请你不要告诉给任何人。"

Sylvia属于原位癌，肿块比较小，藏匿在乳房较深处难以发现，乳房并无任何变化，更无任何疼痛迹象……

但这只是2013年12月份的检查结果，乳腺癌一期，未曾发现转移迹象，2014年1月份杰西卡不停催促Sylvia尽快做手术，但Sylvia一直不予配合，杰西卡心急如焚，难免对她没有什么好脸色。

"Sylvia，你也是医生，其中的利害你应该很清楚，越早手术治愈率就越高，现在还好只是一期，如果演变到二期的话就会变得很麻烦，你是我同学，也是我最好的朋友，我不能对你视若无睹。"2014年4月份这天下午，杰西卡握着伽蓝的手，寥寥几句话说完，眼里已经开始有些湿润了。

"像我这样的情况，你是希望我做全切手术对吗？"伽蓝语气很平静，仿佛是在说其他人的故事，而非她自己的事。

杰西卡迟疑地开口："全切手术治愈率很高，说不定你会比我活得还要长，局部切除你很清楚，五年内复发的概率很高。"

伽蓝对她温暖一笑："杰西卡，如果我做全切手术，对于我丈夫又是何其不公平？我想起他心里就会觉得很难受，自从他认识我以后，几乎从未开怀大笑过，我不介意我的乳房会变成什么样子，但我却会为他感到委屈，我的乳房他还没摸过几次，就要被切除一个，我不甘心，我替他不甘心……"

伽蓝说到最后，再次低头笑了笑，但清冷的眼眸却开始发烫、发酸。

"Sylvia，如果你不愿意做全切手术的话，我们可以局部切除，我会请最好的医生保留你的乳房，缩小手术范围，尽量淡化疤痕，即便是手术后乳房不对称，我们大可请整形师重塑你的乳房……"说到这里，杰西卡紧了紧握着伽蓝手臂的手指，郑重地对她说，"Sylvia，你要快快做决定，我求求你不要再拖了，你再拖下去，我只能被迫告诉你父亲，或是你丈夫，让他们替你做决定。"

伽蓝拍了拍杰西卡的手，虽是安抚，但说出口的话却让杰西卡面色一凛，伽蓝询问杰西卡："你猜在纽约，雨天选择自杀的人比较多，还是晴天自杀的人比较多？"

杰西卡非常恼怒地抽出手指，情绪异常激动道："我不猜，谁都可以自杀，就你不行。"

伽蓝无视杰西卡的怒气，笑容不减："我听说，艳阳天会让抑郁的人更加抑郁，他们会忍不住钻进牛角尖不能自拔，为什么别人那么开心，唯独他们无论如何也开心不起来？”

“因为他们心里的阳光太少了。”伽蓝靠着椅背，微笑着看着窗外来来往往的人群和各国游客，眸子虽然迷离，却无比坚定，她静静地宽慰杰西卡，“你放心，我心里装满了阳光，所以我不会自杀，2006年我母亲去世的时候，我都不曾自杀，如今更不会。2014年2月以前，我对生死无常看得很平淡，但2014年2月之后，我不忍心，不忍心我丈夫孤苦一人活在这世上，他已经失去了他的继母，不能再失去我了。”

杰西卡是一个很感性的人，听了伽蓝的话，顿时眼泪缓缓滑落，她绕过桌子坐在伽蓝的身边，然后伸手搂着伽蓝，与伽蓝亲昵地头碰头，又哭又笑道：“Sylvia，你能这么想，我真欣慰。”

伽蓝握着杰西卡的手，笑得很温和，也很洒脱，她还有一些事没有办，等过完4月，也许不用过完4月，她一定会给她的身体一个交代。

她很惜命，她还盼着能够和江先生天长地久呢！

黄昏回去，车流缓慢，伽蓝的手机反复响了好几次，全都是江少陵打来的电话。伽蓝回电话给江少陵，他心里已有怒气，却舍不得对她发脾气，所以声音听起来略显压抑：“在哪儿？我去接你回来。”

“不用，再有五分钟我就能到家。”今日车流太过缓慢，江少陵回家已有半个多小时，打给她的前几通电话她又没听到，难免让人心里有些着急。

他还有话要说，却担心她开车会分神，所以被他强忍住了，只在挂电话之前叮嘱她开车慢一些，不用着急赶回来，安全最重要。

伽蓝微笑，江先生说得对，安全最重要。

车子开进江水墅，伽蓝远远就看到了站在草坪上等着她回来的江少陵和肖玟等人。江少陵脾气不好，见她回来，寒着一张脸转身就往主宅方向走。

伽蓝失笑，停好车解开安全带的时候，心里还在想，他怎么也不等等她呢？

肖玟迎上来，紧张得手上都是汗，见伽蓝无恙，这才暗自松了一口气。

肖玟告诉伽蓝，江先生黄昏回来知道她一个人出去，发了很大一通火，不仅狠狠地训斥了一顿司机班，逮着郑睿又是好一阵迁怒。

伽蓝有些惊讶：“江先生为什么要迁怒郑睿？”

肖玟说：“因为郑睿前几天闲着无聊非要跟着江先生，如果郑睿安分守己一直跟着您，江先生也不至于发这么大的火。”

伽蓝不再说话，只因心里很清楚，那个人是关心则乱。

回到主卧室，伽蓝就听到他在书房里打电话，寥寥数语似乎打算炒了司机班的负责人，伽蓝走过去掐断了座机电话，见他皱眉看着她，她的表情颇为无奈：“其实你最想炒的那个人是我吧？”

“胡说什么？”他拿开她的手，将手中的话筒归位，英俊的脸上却是半分笑容也没有。

伽蓝握着他的手，好言好语道：“不怪司机班，是我自己想开车出去逛一逛，如果你心里有气，发在我身上好了。”

听了她的话，江少陵语气缓和了许多：“我对你没有气。”

他这么说分明是有气了。

伽蓝轻轻地叹了一口气：“少陵，有时候我会很希望自己能够单独呼吸，哪怕只有那么一小会儿。”

江少陵皱着眉，眼神复杂地看着她，沉着声音问：“我给你压力了吗？”

“没有。”伽蓝伸手抱着他的腰，把脸埋在他的怀里，柔声说，“少陵，如果我是一只鸟，我心甘情愿被你关在笼子里，你我之间不过是周瑜打黄盖，一个愿打一个愿挨罢了。”

伽蓝一番话使江少陵心中柔情万千，他紧紧地抱着她，仿佛平生情感全都聚集在了言语里：“蓝蓝，我生怕一不小心就把你给弄丢了。”

伽蓝笑意轻微，伸手拍了拍他的背，她知道，他对她所有的情感，包括所有的思绪，皆是因为爱。

沈家明给伽蓝打电话那天，纽约的天气介于阴晴之间，连带心情也是不好不坏，电话里沈家明让伽蓝回一趟沈家。

基于前车之鉴，伽蓝出门前给江少陵打电话，他当时正坐在办公室里和几位投资顾问，以及会计师商谈收购事宜，接到伽蓝的电话，他示意其他人谈话继续，随后拿着手机来到了窗前。

那是一整面巨大无比的落地玻璃窗，窗外高楼大厦林立，多年来有无数人怀揣着斗志昂扬的美国梦奔波其间，并在一间间办公室里鼓足勇气改变着经济格局，经过默默奋斗和拼搏厮杀，有人走进了天堂，同时也有人跌进了地狱。这座城市有多繁华，就有多残忍。

伽蓝告诉他，她有东西落在了沈家，需要回去一趟。江少陵好奇心不重，没有询问她是什么东西落在了沈家，他关注的焦点是：“让郑睿开车送你过去，不要自己开车。”

“好。”

伽蓝车技很好，关于这一点江少陵是知道的，他只是不放心她独自一人外出，带上郑睿也好，最起码他能安心不少。

抵达沈家，马修带着伽蓝去找沈家明，花园一角有一块色泽浓绿的草坪地，青草茂密，春末夏初是很重要的施肥期，在给草坪施肥前，沈家明正慢条斯理地修剪着草坪。

近几年，他越来越贪恋家居生活，若不经商，其实很适合做一位园艺师，凡事亲力亲为，并能从中获取乐趣。

苏薇在一旁帮忙。

他们看起来像是尘世夫妻，穿深色系家居服，戴着同色棒球帽，两人分工明确，沈家明拿着剪草机弯着腰修剪草坪，苏薇蹲在被他修剪过的草坪处默默地施着肥，膝盖上粘了不少草屑。

苏薇率先看到了伽蓝，青年女子发色醒目，穿着针织毛衣、破洞牛仔裤和短靴，周身透着浓浓的欧美风。

2014年3月，江少陵与沈家明之间的一番谈话让苏薇刻骨铭心地意识到，伽蓝对江少陵的爱可谓是骄傲到了骨子里，不屑与人争辩，不屑敲锣打鼓闹得尽人皆知，它含蓄又浓烈地沉寂在岁月里，埋葬在疼痛里。

江少陵说没有人能比得上伽蓝，因为他的初恋女友起点标准太高，所以万千女人全都在伽蓝面前自矮一截。她当时听了又痛又愤，直到那天晚上她才悲哀地发现，她的爱太过小儿科，也太过冒失可笑，她在伽蓝压抑经年的深情里岂止是自惭形秽？她羞愧难当。

若非嫉妒，相信会有很多人爱上伽蓝，2014年伽蓝的一举一动都韵味十足，就连走路驻足都带着摇曳生姿的美，江少陵喜欢她……他怎能不喜欢这样一个她？

这时沈家明也看到了伽蓝，先是叫了声“薇薇”，也不见他说任何话，只见苏薇站起身，随手拍了几下膝盖上的草屑，一声不吭地离开了小花园。

剪草机还在工作，沈家明对着马修扬声道：“马修，Sylvia的东西在书房里放着，你去帮我拿过来。”

一时之间，花园草坪地只有站着吹风的伽蓝，和正在辛勤工作的沈家明。

伽蓝脚下那块草坪尚未修剪过，沈家明拿着剪草机过来修剪时，伽蓝移到了一旁的花圃里，道出适才心头的感想：“你和苏小姐之间的默契越来越好了。”

“她毕竟跟了我两年。”沈家明低头工作，表情不明，但语气很随和。

伽蓝嘴角微微上扬，颇为好奇道：“我母亲跟了你几年？”

“Sylvia——”沈家明呵斥一声她的名字，虽然没有不悦，也没有皱眉，却力道极重地关了剪草机。

周遭一片寂静。

伽蓝神色无波，漆黑的眸子注视着沈家明，淡淡地陈述着事实：“你对不起我母亲。”

沈家明忽然间疲惫至极，站在草坪上盯视伽蓝数秒，这才低着头开始摘掉已经沾染草青色的白手套，他用最平静的语气对她说：“Sylvia，你越来越大，我也变得越来越老，你不会一直看到我，总有一天我会比你先死，等我见到你母亲，有关于我的罪我会慢慢偿，但对你，我一直希望能够在有生之年弥补你，我知道我不是一个好父亲。你放心，有朝一日若是我离世，你将会是我财富的继承人，你会有很多很多钱……”

刹那间，伽蓝心头怒火蹿升，寒着声音逼问沈家明：“我要那么多的钱做什么？我要的是一个家；我要我幸福无忧的童年；我要一个爸爸，一个妈妈，一个爷爷，一个奶奶；我要我爸爸抱着我骑马，我要我妈妈给我梳头发，我要我爷爷带着我去钓鱼，我要我奶奶做菜给我吃。都是你，是你亲手毁了这一切……”

她说到最后，眼睛已有些发涩，不愿在他面前落泪，她转过脸看着花园一角抿着嘴不吭声。

“你恨我？”不知过了多久，沈家明终于开口说话，话音沉重。

伽蓝摇了摇头，嘴角的笑容却带着苦意：“我不会怨恨我的亲人、我的爱人、我的朋友，无论你们怎么伤我，怎么骂我，即便你们抛弃我，我也不会恨你们，因为你们融入了我的灵魂和血液里，我舍不得。你是我父亲，一辈子都是，谁让血缘亲情不可断呢？2006年3月，我回到了你的身边，我真希望你能抽出时间陪我说说话，或是坐在台阶上陪我晒晒太阳，哪怕一起沉默无声地散散步也好，但你没有，你不是不爱我，你只是爱得太专制、太独裁。你知道我心里深爱着少陵，所以你放纵少陵一步步接近我，破坏我和林宣的婚事；你知道苏薇深爱着少陵，知道她和你上床只是为了报复我，可你还是这么做了，你像上帝一样操纵着所有人的命运，像看笑话一样看着我们在爱恨中痛苦挣扎，你以为这就是你对我的爱，但爱不是这样的，我很难过，你把苏薇带回家比你漠视我还要让我痛心。你一步步强迫我接近幸福，却忘了我在走向幸福的道路上是否会受伤，身心是否会伤痕累累……”

沈家明见她红着眼睛，强忍着不落泪，瞬间心头仿佛有千万只蚂蚁爬过，不多时眼睛也红了，他张了张嘴，想说些什么，余光见马修带着首饰盒走过来，他背转身不再说话。

马修来到草坪上，虽不知道父女两人之间的谈话内容，却感受到了现场气氛很僵，把首饰盒交给伽蓝，马修很有眼色地转身离开，把空间再一次留给了父女两人。

伽蓝拿着首饰盒静静地站了一会儿，直到微风逼回她眼中的湿意，方才自嘲一笑：“爸爸，你以为你无所不能，无所不知，但这世上并非所有事都能被你掌控，比如人生八苦：生、老、病、死、爱别离、怨长久、求不得、放不下。”

他操控不了他的婚姻、他的第二个孩子、他对前妻的愧疚和自责，包括……她的病。

他是沈家明先生，却也不过只是一个凡人。

伽蓝拿着首饰盒离开草坪地，沈家明站在她的身后忽然轻声唤她：“Sylvia——”

声音压抑，隐忍。

伽蓝止步，却没有转身回头，属于沈家明艰涩的声音缓缓飘浮在空气里，他说：“Sylvia，你母亲前些时候给我托梦了，她说她不恨你，也不怨你，她一直深深地爱着你，她这辈子做过最骄傲的事就是把你生下来，并把你养育成才。”

沈家明看不到伽蓝的表情，只知道她的站姿忽然变得很僵硬，沈家明忍着内心的悲痛，对着她的背影温和地笑了笑：“你母亲对我说，她最恨的那个人是我，一直以来都是我，你承担她的爱，我承担她的恨，所以我的傻姑娘，你解脱了。”

4月沈家，伽蓝再也支撑不住，忽然蹲在地上泣不成声。

沈家明心里又悲又痛，走到伽蓝的身后，想要伸手放在她的肩上，但又把手缩了回去，他对她早已心生胆怯。

那天，伽蓝在地上蹲了好一会儿，哭到最后上气不接下气，却攥紧她的首饰盒，慢慢地站了起来，然后拖着沉重的步子渐渐消失在沈家明的视野之内。

沈家明脸色苍白地站在那里，放眼望去沈家很大，但他却觉得空落落的，仿佛有什么珍贵的东西正从他的世界里一点点消失不见，可怕的是他能看到消失的轨迹，却痛得不敢抓。

1991年，他还很年轻，那一年他带着很小的她骑马游园，贴在她的耳边轻声叫她：“我的小宝贝。”

她调皮地伏在马背上笑得很欢喜，嘴巴很甜地对他说：“爸爸，你不知道我有多爱你，我要做你一辈子的小宝贝。”

后来，他把他的宝贝给弄丢了，她认他做父，却不再爱他。

一阵微风吹来，枝叶哗啦啦作响，沈家明低头拍打着白手套，却有眼泪从眼眶中猝然砸落在地……

这天阳光没有出来露面，到了暮色时分，月亮却悄悄地爬出来值班上岗，光华遍布整个纽约街道，仿佛正在做着一场温和缱绻的美梦。

江少陵黄昏回到江水墅，听肖玟说伽蓝在书房里待了一下午，就前去书房找她，步子下意识地放得很轻。她窝在椅子里闭着眼睛，身上盖着一条毛毯，犹在熟睡中。

他没有叫醒她，俯首看了她一会儿，忍不住笑了笑，搬了一把椅子小心翼翼地放在躺椅旁，动手解开西装的纽扣，随后坐在椅子上静静地看着她。

书房光线很暗，没有开灯，她睡得很沉，伴随着呼吸胸口微微起伏，江少陵的目光停驻在她的脖子上，蓝钻的光芒划过眼眸，他突然心里一动，又过了几秒，他的眼眸热了，笑容温了……

伽蓝的手臂悬在躺椅外，江少陵握着她的手帮她放在毛毯下的时候，虽然动作很轻，可还是惊醒了她。

视野内有些黑，但她睁开眼的刹那却在微笑，宛如有一朵洁白的小花安静地绽放在她的唇角。

她躺着不动，却朝他伸出了手臂，他离开椅子半蹲在躺椅旁，然后她环住了他的脖子，而他紧紧地把她抱在了怀里。

她轻声说："少陵，我刚才梦见你了。"

"我在梦里有没有惹你生气？"他的声音同样很轻。

"没有，你看着我一直笑，一直笑……"似是被梦境渲染，她带着笑说，"少陵，我真希望你能一直这么笑下去。"

"会的。"和她在一起之后，他做过最多的一件事就是微笑，只要她在他的身边，只要他能每天看到她，他就能一直笑下去。

4月份，江少陵虽然很忙，却尽量抽出时间陪伴伽蓝。

4月9日清晨，纽约尚在沉睡中，他把她从床上抱起来，说要带她一起看日出。那天清晨，他牵着她的手走在布鲁克林大桥上，一轮火红的太阳调皮地跳跃出地平线，光芒万丈，生机勃勃。

有一对年迈的老夫妻携手走过，伽蓝站在悬索桥上垂眸微笑时，脸颊上突然一热，紧接着有些冰凉的唇被身畔男子的温暖覆盖。

他说："不管是清晨和你一起看日出，还是悬索桥上亲吻你，都可列为人生的大幸事。"

4月10日黄昏，郑睿送伽蓝去未世总部附近，是江少陵的意思，他晚上有意和她在外吃饭。

"不是吃饭，是约会。"

他说这话时，正牵着伽蓝的手在街头散步，街道旁有一个街头音乐家正在拉小提琴，演奏曲目好巧不巧竟然是《梁祝》，中国人叫《梁祝》，有些外国人将这首曲子翻译成《蝴蝶的爱情》。

琴音缠绵悱恻，如泣如诉，吸引了不少游客和市民驻足聆听，江少陵搂着伽蓝听了一会儿，取出钱包给她，她从里面抽出一张钞票放在了敞开的琴盒里。

离开时，伽蓝笑着问江少陵："如果有一天我变成蝴蝶飞走了，你会怎么做？"

他纵容地看着她，嘴角露出一抹笑容："你和我要么同世为人，要么同世为蝶，如果有一天你化蝶飞走，我哪能放任你一人独自快活？我要化成一只蝴蝶，就算飞到天涯海角也要追到你。"

她笑，笑得眼睛湿润。

4月11日上午，他带她去未世总部，温柔地看着她向各位管理层成员问好。中午外出吃饭，她对主食不感兴趣，饭量很小，乘坐他的车离开餐厅后，她忽然间很想吃黑椒牛肉比萨，他让郑睿下车去买。

那天，郑睿把比萨送到后车厢里，弄得车里到处都是黑胡椒牛肉味，她知道他下午还要会客办事，担心气味一时半刻散不去，正要下车却被他含笑阻止："在车里吃，没关系。"

那天，她坐在车里吃着热腾腾的比萨饼，他靠着后座看着她吃，见她唇角粘了些许奶酪，抽出纸巾帮她擦掉……

他笑着说："喜欢吃比萨的话，回头我让厨房做给你吃。"

4月12日下午，她去科尼岛看海，海浪扑打着沙滩，沙滩上零星散落着一些贝壳，她在沙滩一角画了一个男子的肖像，后来发照片给他，他迟迟不回信，却在她黄昏返家时，像抱孩子一样把她抱在怀里，她伏在他的肩头低低地笑，肖玟等人脸红得不敢多看。

那天他带着笑意把她吃干抹净，激情过后，他抱着她，声音格外低沉，也分外动情，他说："沙滩画少了女子画像，改天你教我怎么画画，我们再去一趟科尼岛。"

4月13日中午，他和她一起外出吃饭。那天他是自己开车，吃罢饭她黏着他不放，他开车的时候，她不是抱着他的手臂，就是靠在他的肩上，他嘴里说着不安全，却没有让她松开手。

后来，她大概也觉得不太安全，所以把手松开，坐正身体后长时间看着窗外发呆。

他心里一软，把车停在路旁，随后又将手臂伸到她的面前，对着她无奈一笑："手臂是你的，肩也是你的，是抱还是靠，都随你。"

她依然望着窗外，嘴角却有笑意流露，伸手与他十指交握，但没过多久，却忽然间泪如雨下。

他大吃一惊，一边帮她擦泪，一边紧张地问她怎么了，是不是哪里不舒服。

她抱着他轻轻地摇着头，一边说话，一边破涕为笑："少陵，你对我真好，我感动得直掉泪。"

他暗松一口气，却是哭笑不得，原本想笑斥她"孩子气"，却因为她的泪牵动起丝丝柔情，收拢手臂抱紧她，片刻后似乎又抱紧了一些……

4月14日中午，伽蓝有约，打电话给她的人是陶艾琳，自从1月31日两人"不欢而散"，至今已有两个多月没有联系过彼此了。

陶艾琳打电话给她，是放下身段，也是主动求和，伽蓝正是因为懂得，所以不能不去。

是在桑树街见的面，这一带有很多意大利餐厅，这天阳光很好，很适合坐在温暖的阳光下用餐。

伽蓝比陶艾琳先到，她这天穿着灰色高领毛衣、黑色小腿裤、黑色高跟鞋，黑色毛呢外套搭在椅背上，桌子上放着一杯热茶，陶艾琳朝她走来时，她正悠闲地靠着椅背，左手把玩着手机，右手支着下颌望着街道上的行人思绪漫漫。

陶艾琳不由得想起了2006年4月。同样是4月份，林宣带着伽蓝约她在茶餐厅见面，基于伽蓝先前对心理医生充满了敌意，所以一开始林宣并未道明陶艾琳的身份，他希望陶艾琳能够以他朋友的身份渐渐消除伽蓝的心理防备。

伽蓝对陶艾琳没有任何防备，严格意义上来说，是伽蓝对林宣没有任何防备，所以才会对陶艾琳颇为"友好"。

所谓友好，与态度无关，仅限于伽蓝不攻击陶艾琳。

陶艾琳与伽蓝第一次见面彼此之间几乎没怎么讲话，第二次见面是在林宣的私宅。那天陶艾琳做了一个试验，她在开放式吧台切水果时，忽然"切"到了手指，她捂着手指，当时流了很多"鲜血"，林宣配合她的试验一直忙前忙后，唯有伽蓝只是淡淡地瞥视一眼，不仅无动于衷，甚至不曾去厨房看上一眼。

最让陶艾琳心惊的并非是伽蓝的冷漠，而是伽蓝的心思缜密。吃饭的时候，伽蓝看着她包扎过的手指，似笑非笑道："你没受伤，为什么要包扎手指？"

陶艾琳和林宣面面相觑，几秒后陶艾琳镇定地开口："我切伤了手指，流了很多血，不能不包扎。"

"我没有闻到血腥味。"伽蓝切着盘中的牛排，不紧不慢道，"你是心理医生对不对？你一直想通过你的眼睛读懂我，我在其他心理医生那里见到过。”

陶艾琳心里一惊，抿着唇不说话，她从未见过如此警觉聪明的女孩子。

“Sylvia——”林宣握着伽蓝的手，欲言又止。

伽蓝表情不变，甚至对着林宣平静地微笑：“你知道的，我并不排斥接受心理辅导，但我忌讳他们触碰我的伤痛。没有人能治得了我，除非有一天我自己释然走出来。”

陶艾琳是林宣的朋友，所以伽蓝在治疗期间，虽然被陶艾琳触怒过，却从未伤害过她，顶多只是口出恶言。

有一次，陶艾琳随伽蓝外出，在酒吧外见到一个老外在欺负一个亚洲女孩子，虽然当时已被人制止，但伽蓝的眼神却让陶艾琳心生警觉，那段时间伽蓝正在备考，同时坏情绪波动起伏，陶艾琳怕她伤害别人，所以伴读期间几乎是寸步不离地守着她。

犹记得那天深夜，伽蓝冷冷地盯着陶艾琳，眼神虽然平静无波，却让陶艾琳仿佛看到了一片刀光血影。

陶艾琳屏住呼吸，温声道：“Sylvia，我是为你好，此刻你该做的不是憎恕我，而是感谢我。”

伽蓝笑着点头，她说：“陶艾琳，我感谢你，我感谢你八辈祖宗。”

陶艾琳一度觉得伽蓝没有修养，她是陶艾琳接触过最难缠的患者，语言攻击能力无人能及，陶艾琳不知被她气倒过多少次。

陶艾琳有一次和她争执得特别厉害，陶艾琳把她当病人，原本还不怎么生气，但她在操纵他人情绪方面实在是太厉害了。

那天陶艾琳正在口干舌燥地对她讲着大道理，她突然伸出双手做出下压动作，很无奈地笑着说：“艾琳，有什么话我们可以慢慢说，但请你冷静下来，好吗？”

她一边说，一边笑，气得陶艾琳瞬间失去了理智，冲着她喊：“我冷静？真正需要冷静的那个人是你，你不知道你伤害别人很……”

陶艾琳忽然止住话，疑惑不解地看着伽蓝，只见伽蓝拿起手机正在拨打电话：“你好，我这里可能需要一辆救护车。”

陶艾琳一把夺过她的电话，有一种不好的预感浮上心头，皱着眉问她：“你打电话做什么？谁生病了？”

伽蓝笑容无害，平心静气道：“艾琳，你看起来手脚发抖，好像随时都会中风晕倒，所以请你尽快冷静下来，OK？”

听了她的话，瞬间一股怒火噌噌噌地直往陶艾琳头上冲，拜她的话语所赐，陶艾琳当晚就住进了医院，并在医院里躺了两天才出院。

陶艾琳是心理医生，心理医生却被病人操控情绪，实在是奇耻大辱。

2014年1月31日，伽蓝说："其实我心里很清楚，我的好朋友陶艾琳虽然说我和林宣是良配，但我的心理医生陶艾琳却觉得我太过病态，像我这样的人根本就不配和林宣在一起。"

陶艾琳无法驳斥这番话，因为她确实这么想过，所以她沉默了。

这两个多月以来，她有无数次想打电话给伽蓝，却又不知道接通电话后，她该说些什么。

对，Sylvia心理病态，但她深深地爱着她的这位病人，被Sylvia的魅力、Sylvia的微笑和Sylvia的才华所吸引，她是真心把Sylvia当朋友。

2014年4月14日中午，伽蓝心里有所触动，转眸间撞上陶艾琳的目光，她在无动于衷两秒，还是五秒之后，嘴角习惯性地流露出一抹笑容，跟陶艾琳打招呼，她说："Hi——"

陶艾琳走过来，眼睛里开始有湿意进驻。

伽蓝嗓音温和："最近忙吗？"

"还好。"陶艾琳在她对面坐下，压下心头的波动，轻声问，"你呢？"

她笑："我很闲。"

"真让人羡慕。"陶艾琳嘴角有笑，却伸手搓了一把脸，似是想要把眼泪给搓回去。她没想到Sylvia看穿了她的不堪思绪，再见却能待她如往昔。

她大度得令陶艾琳感到汗颜和惭愧。

伽蓝不看陶艾琳，抬手示意侍者近前，低头翻看菜单，帮陶艾琳点了主食和甜点，却又后知后觉地询问陶艾琳："可以吗？"

"……可以。"陶艾琳这次是真的笑了，伽蓝点的主食和甜点都是她爱吃的，她们是朋友，她们不是八年至交知己又是什么呢？

陶艾琳这么想着，却忍不住低着头落下了一滴泪。

几秒后，陶艾琳搁在餐桌上的手被另一双手轻轻地包裹着，那个坏得惹人爱的青年女子微不可闻地叹了一口气："艾琳，我视你如亲人，我对我的亲人只有爱。对你，除了爱，就只剩下感激了。"

没有埋怨。

陶艾琳笑中带泪，把额头抵在伽蓝的手背上，Sylvia是她见过最美好的女子，即便是性格残缺，却依然被她、被很多人爱之经年。

这天晚上，江水墅路灯重叠，树影婆娑，江少陵和伽蓝吃完饭去院子里散步，伽蓝谈起4月18日，那天是江少陵的生日，与往年不同的是，他不再回避他的生日，却从未想过大操大办，言语间尽是平和："我对生日素来不讲究，那天你陪我吃碗长寿面就行。"

伽蓝微笑不语，随着他走了一会儿路，轻声叹了一口气："我听郑睿说，你在纽约这几年从未度过假？"

"郑睿嘴巴太碎了一些。"他声音未见起伏波动，虽在责备郑睿，却没有斥责的意思。

伽蓝出声劝他："少陵，你平时工作那么忙，如果时间允许的话，应该抽出一段时间找个自己喜欢的地方度度假，机器运转久了还要维修养护，更何况是人呢？"

江少陵失笑，他以前过日子确实枯燥乏味了一些，不是不想放松度假，是他想度假的人不理他，如今……

"今年夏天我挪出半个月时间好好陪陪你，你想去哪里，我们就去哪里。"婚后，他还不曾带她度过蜜月，这么一想他亏欠她的东西实在是太多了。

"今年夏天啊？"伽蓝却不满意他的体贴，迟疑片刻，终是开口道，"少陵，其实我计划明天回国，你过生日那天，我恐怕没办法陪你一起吃长寿面了。"

闻言，江少陵无意识地皱了皱眉，停下脚步看着她，猜测她回国的原因，最后总结出："是我疏忽你了吗？"

伽蓝笑着点头："是啊，你每天都在工作，我在江水墅多少有些无所事事。我这次回纽约，主要是想引诱你给我投资，如今目的达成，我也该回去找老师商量一下后续程序……"

伽蓝止住话，只因江少陵不仅皱着眉，甚至紧抿着唇。江少陵皱眉，不是因为伽蓝寻求投资成功"过河拆桥"，而是因为伽蓝说他工作繁忙，导致她在家里无所事事，这是实话，所以他愧疚、自责。

伽蓝淡淡一笑，慢吞吞地往前走着，略显失落道："少陵，我真盼着你能挪出时间陪陪我，夏天距离现在总归是太长了一些。"

身后无声。

伽蓝适时地转身看着他，通情达理道："说起来，你我还没有一起外出度过假，但你忙，我知道。"

江少陵伫立在原地凝视伽蓝片刻，目光深意难测，伽蓝只知道他的眉缓缓舒展开来，薄唇放松地上扬，然后他迈步走到她的面前，用一双带笑的眼眸温情脉脉地看着她："明天先让郑睿随你一起回去，我安排好工作就回国陪你。"

伽蓝笑了，眼中光芒流动，仿佛被施加了魔力，神情看上去有些懊恼："少陵，我让你为难了吗？”

“是有一些为难，不过还好。”江少陵伸出手臂把她搂在怀里，不让她看到他嘴角满满的笑容，他喜欢她对他耍心机，是真的喜欢。

她拐弯抹角地说了这么多，无非是希望他能够排开工作陪陪她，这是她第一次对他提出“要求”，虽然说得太过突然，此时安排工作也会略显仓促，但都不是什么大问题。

他不愿她失望。

伽蓝离开纽约那天，狼青在后院里一直狂叫不止，好在江少陵已经去未世安排工作，所以未曾听到，如果被他听到，只怕又要甩脸色给她看了。

伽蓝把狗粮放在狗盘里，抬手抚摸着狼青的毛发，她不适合继续养着狼青，狼青的存在意味着她和林宣的过去，江少陵表面上不说什么，心里又怎会不介意？

伽蓝起身前，狼青停止吃食，再次仰视她一声接一声地汪汪大叫。

伽蓝微笑着转身，下次回纽约，或许她该寻机和林宣见一面，纵使不和林宣见面，也该为狼青寻个好去处。

此番回国，江少陵虽没送行，却让陆离开车送她和郑睿去机场。江先生有心，知道她视陆离为朋友，数日前她询问陆离工作怎么样，他当时虽未接她的话，却记在了心上，要不然也不会有今日的会面。

路上，微风袭面，轻轻地撩动着伽蓝的长发，她问陆离：“工作还习惯吗？”

“习惯。”陆离开着车短暂沉默，随后又补充了一句，“我在宋文昊手下做事，江先生很照顾我。”

“如果你在江先生那里受了委屈，记得打电话告诉我，回头我说他。”其实她心里很清楚，她看重引荐的人，江少陵总会厚待几分，宋文昊是江少陵最为倚重的左右手，陆离跟着宋文昊何尝不是栽培和器重？

陆离听出伽蓝是玩笑话，所以什么也没说，透过后视镜见她正在观望窗外的风景，他眸色虽然还藏匿着黯然，但总归释然了许多，唯有关心是永远也不会消散的。

安检前，陆离把郑睿拉到一旁，压低声音叮嘱他：“出行在外，若是遇到人多时，最好能够和太太并肩而行；若是太太有心散步，千万不要距离她太近；如果她对你说话太过直白伤了你，你千万不要生她的气，其实她的内心比谁都温软，你要帮江先生好好照顾她。”

郑睿目光复杂地看着他，良久道出一句话：“太太对你好不是没有原因的，你下了感情，自是对她了解深厚。”

陆离苦笑道：“郑睿，最了解她的人不是我，是江先生。”

郑睿伸手拍了拍他的肩，万千言语尽在不言中，他能想开就好。

这天陆离走出机场，回到车里正欲发动引擎时，手机响了，是郑睿发给他的短信：“兄弟，我虽然时常说她是奇葩，但在我看来，奇葩并非贬义，而是褒奖。‘奇葩’这个词汇在国内百度一栏，专指奇特而美丽的花朵，寓意某人不落世俗，个性十足，我们江太太在我心里一直是非常出众的人物，一直都是……”

陆离垂眸看着手机屏幕，屏幕里的字渐渐模糊不清，他的笑容却很温暖，“奇葩”两个字落入心中，它是美丽和独一无二的代名词，没有丝毫调侃和讽刺，那个天资聪颖的女子，是奇葩，也是奇才。

伽蓝仅在S市停留了半天，匆匆拜访了恩师廖鸿涛，翌日乘机飞往厦门，郑睿将其行踪告诉给江少陵，江少陵在电话里询问郑睿：“太太去厦门做什么？”

“不清楚。”郑睿也是一头雾水。

江少陵给伽蓝打电话，伽蓝说廖鸿涛建议她去鼓浪屿采景，所以她有可能要在厦门多逗留几日。

鼓浪屿素有“建筑博物馆”的美称，江少陵虽没去过，却听说那里具有古今中外各种建筑风格的建筑物，她去那里采景倒也可以理解。

江少陵在纽约安排好公事，乘机飞往厦门，抵达厦门那天正好是4月18日午后。当时伽蓝和郑睿外出还没回来，江少陵坐在大厅候客区等了半个多小时，其间不乏女宾客见到他的容貌议论纷纷，甚至组团在他面前或是周围来回瞎晃悠……

伽蓝回来时，刚好有几个年轻女孩子从她身旁经过，“真帅”“英俊”“酷”等字眼儿传入伽蓝的耳中，她心中一动，还没看到那人，嘴角已有笑意浮动，等她走进候客区撞上一双含笑的眼眸，她方才将嘴角的笑容完全绽放开来，几乎是小跑着冲上前，然后紧紧地抱住了他。

夫妻厦门再见，所有的言语悉数汇聚成了唇角一抹笑，眉眼间一抹情，无须理会周遭是否有人正在好奇地看着他和她，他跋山涉水来看她，她的心中只有说不清道不明的欢喜。

江少陵还没吃饭，回到房间里叫餐给他吃，他吃饭的时候，她坐在对面看着他一直在笑。

他也忍不住笑了起来：“笑什么？”

“少陵，虽然你事先什么也没告诉我，但我知道你今天会来。”她在此静候多日，不过是为了诱他过来，他能来，也不枉她忙活一场。

江少陵薄唇微勾，放下筷子后喝了半杯水，随后拿起餐巾擦了擦嘴，抬手示意她近前。

伽蓝被他拉过来坐在腿上，他搂着她的腰，声音尤为低沉："我不能不来，谁让你吃定我了呢？"

脖颈温热，江先生温饱思欲，温柔地舔吻着伽蓝的脖颈，伽蓝没有避开，笑着问："要不要先洗澡？"

"如果你不嫌弃我满身风尘的话，其实我们可以做完再洗。"江少陵带着笑意吻上她的唇，修长的手指顺势探进了她的衣服下摆里。

伽蓝笑声融进他的气息里，怎么办？江先生被她给带坏了。

岂止是带坏那么简单！寻常人长途飞行早已疲惫不堪，但他触及她的身体却是丝毫不知节制，在床事上没少折腾她，好在花样不多，她回应他的索取，心甘情愿地和他一起烧成燎原大火。

伽蓝说，鼓浪屿的夜景很漂亮，色彩辉映鹭江水面，光束令人眼花缭乱，美不胜收。

江少陵不迷景，他迷恋的是说景的人，既然她说好，那就一起去看看吧！

临近黄昏，江少陵带着伽蓝乘坐出租车到达轮渡码头，又从轮渡上岛，岛上建筑各展其姿，也难怪伽蓝会在此多日流连忘返。

这天厦门多云，鼓浪屿温度宜人，沿途花木点缀入目，漫步幽深小巷，倒也悠闲雅致。

悦耳的音乐回荡在各条道路上，岛上游客很多，风格小店和各种各样的店铺随处可见，在夜间略显嘈杂。江少陵搂着伽蓝走得很慢，伽蓝问他："少陵，你觉得这里怎么样？"

"如果不是过早商业化，带着你蜗居岛上过着清静的日子其实也挺好。"比起喧嚣浮华的都市生活，他更偏爱简单自然的田园之家，他知道，她也喜欢。

岛上本土特色小吃很多，不少餐馆里都坐满了人，伽蓝牵着江少陵的手走进一家特色餐馆里，还有两张空桌子，距离餐馆门口很近，一位中年男人看到伽蓝满脸笑容，再看江少陵容貌格外英俊，递给伽蓝菜单时，笑着问伽蓝："这位是你男朋友吗？长得真帅。"

"叔叔，他是我丈夫。"伽蓝淡笑着解释。

中年男老板恍然大悟，正想夸赞几句江少陵的容貌，但想到有些男子并不喜欢别人太过关注相貌，所以仅是友善地笑笑，不再多言。

伽蓝点了几道菜，临了说今天是她丈夫的生日，所以又加了两碗长寿面。

男老板拿着菜单钻进了后厨，江少陵见伽蓝似是对这里很熟，遂开口问："来这里吃过饭？"

"吃过。"伽蓝握着他的手，许是灯光作祟，目光看起来格外温润，她说，"老板娘不管是做菜还是做面都很好吃，一会儿你尝尝。"

江少陵紧握着她的手不说话，既然她说好吃，想必就算称不上美味，也跟可口沾边儿。

后厨和店面用布帘阻隔，江少陵没有注意到，伽蓝却注意到了，有一位中年女子掀开帘子好奇地望向门口，目光直指伽蓝他们这一桌，当时江少陵正拿着伽蓝的手机，垂眸翻看着近几日她所拍摄的建筑物，中年女子只看了一眼就放下了帘子。

中年女子是这家店的老板娘，烧得一手好菜，虽然眼角爬满了皱纹，但对于中年女人来说，她的相貌依然算得上美丽，可见年轻时一定是一个大美人。

并未久等，最先被男老板端上桌的是一道又一道的家常菜，伽蓝夹了菜送到江少陵的唇边，他面带微笑吃进嘴里，还没咽下那口菜，就听她好奇地询问："好吃吗？"

"好吃。"味道确实很好。

伽蓝看起来很高兴，又夹了菜送到他的唇边，邻桌有几位游客不时地看向他们，江少陵失笑，却很配合地把菜再一次吃进嘴里，见她又要夹菜，微笑着制止："好了，我自己吃。"

她这副模样像是急于向他分享好食物，满满的孩子气。

菜吃到一半，长寿面做好了，不过这次送面出来的却是老板娘，老板娘端着托盘，上面放着两碗热腾腾的长寿面。

江少陵没怎么细看老板娘，伸手帮忙端面时，老板娘刚好也要端那碗面，手指碰到一起，老板娘抱歉一笑："不好意思。"

"……没关系。"江少陵语速很慢，他不再帮老板娘端面，而是极其缓慢地坐在了椅子上。

他看着老板娘，眼神里充满了疑惑和不确定，但几秒过去，他的目光开始变得又深又沉，嘴角的笑容也在不知不觉间消失不见。

伽蓝放下筷子不再进餐，她知道他已经认出了老板娘的身份，但老板娘尚未认出他是谁。

"我们店有规矩，凡是4月18日过生日的男孩子不管吃多少碗长寿面一律免费赠送，祝两位用餐愉快。"老板娘态度温和。

老板娘话音刚落，那边男老板已经为新来的食客写好了菜单，朝着她高喊一声：

“露露，鱼香肉丝，蒜蓉茄子，七号桌。”

“来了。”老板娘连忙应下，拿着托盘匆匆地走向厨房。

江少陵盯着老板娘的背影，脸色逐渐发青、发寒，伽蓝伸手握住他的手，他终于回过神来，却近乎冰冷地看着她，她用拜访廖鸿涛做障眼法，来厦门取景不过只是幌子而已，她吃定他会来厦门找她，所以一步步挖坑，逐渐把他带到这里……

他喜欢她耍心机，但心机不是这么耍的。

对于伽蓝来说，江少陵从未这么看过她，眼神不仅寒光烁烁，还带着震怒和惊痛，她惹恼了他，她知道。

老板娘叫余露，是江少陵的亲生母亲。2月份，她曾让陆离调查余露的下落，得知余露在鼓浪屿，她一直希望能够让江少陵再见一次他的母亲。

有些伤痛一味回避只会成为心里一辈子的伤疤，直击痛苦虽然残忍，至少痛过之后才能学会淡然、释怀。

“蓝蓝，你把玩笑开大了。”他终于开口说话，沉滞的声音压得人喘不过气来。

伽蓝握紧他的手，想要把余露的情况解释给他听：“少陵，她日子过得并不好，当年那个富商带她来到福建，但好景不长，没多久就跟她分手了，她在这里举目无亲，又没脸回去，辗转来到厦门打工，后来结识她现在的丈夫……”

“所以呢？”他粗暴地打断她的话，毫不留情地甩开她的手，压低声音之余咬牙切齿道，“所以我该原谅她，再装作什么事都没有，兴高采烈地叫她一声妈吗？”

伽蓝心里一紧，看着他欲言又止。

“她配吗？”短短三个字道出口，岂止是恨之入骨？他的母亲是从小到大扎在他心头的一根刺，触动一下就会疼得撕心裂肺，而她……他最爱的她怎么能对他这么残忍？

“少陵，今天你过生日，我只想让你吃一次她做的家常菜和长寿面。”她不敢再碰他，开始怀疑自己是否做错了。

听她提起家常菜和长寿面，江少陵瞬间怒火难压，火大地扯了扯衬衫领口，怒声道：“我恶心得直想吐。”

声音有些失控。

食客纷纷看向江少陵，就连男老板也是一脸诧异。

伽蓝预想到他会不高兴，但没想到他的恨意会这么浓。若是年幼不深爱，怎么会有这么深的恨呢？如同她对父亲爱恨不得，却也不过是自我折磨罢了。

“少陵，我只想告诉你，你在这世上并不是孤身一人，除了我，你还有血缘至亲活在这个世界上。”万一哪天她……她这么想着却是心头一阵剧痛，更让她疼痛的是他的话语和愤怒。

“你就是我的血缘至亲，我的血缘至亲也只有你。”他是最温情的丈夫，但发起火来足以令人不寒而栗，这天晚上他在吼出这句话之后，餐馆里顿时噤若寒蝉。

余露听到异常掀开了帘子，江少陵没有看余露，他从钱包里取出几张百元大钞啪的一声拍在桌子上，寒着声音说：“结账——”

男老板醒过神，刚说了一句“给多了”，就见男子猛地站起身：“不用找了。”

江少陵突然这么一起身，伽蓝只来得及抓着他的手臂匆匆地叫了他一声“少陵”，就被他狠狠地甩开了手指。

男子眼眸猩红，被愤怒挤压了理智的他，一刻也不想在这里多待，他甚至忘了伽蓝的存在，也许他不曾忘记，他只是迁怒……

江少陵离开了，伽蓝起身太猛，头有些晕，只觉得眼前一黑，扶着餐桌稳了一下神，这才焦急地追了出去。

餐馆里的几桌食客恢复声音，纷纷议论起刚才那一幕，余露呆呆地站在布帘处，脸色竟是苍白无比。

Shao Ling?

少陵，是少陵吗？

男老板以为妻子吓到了，刚走近她正要安抚，却见她像是得了失心疯一样忽然冲出餐馆。

街道上游客成群，余露心中悲痛万分，她找不到她的儿子，也没脸见他，她连在人群里呼喊一声“少陵”的权利都没有，她只能在万千悔恨里双膝一弯跪倒在地板上失声痛哭。

她错了，她错了……

余露的忏悔声和痛哭声，愤怒的江少陵没有听到，伽蓝也没有听到，不知天堂里的江源是否听到了？

2014年4月18日深夜，鼓浪屿乐器声优美动听，七彩光束投射在鹭江水面上，波光粼粼变幻摇曳，江少陵走得很快，伽蓝在后面亦步亦趋地跟着，她一声接一声地叫着他的名字，但后来她仿佛被人突然掐着嗓子止了话音，江少陵又走了两步，不知为何心里忽然间很难过，身后传来一阵喧哗声和惊叫声，有人大声喊：“快打电话，有人晕倒了——”

他几乎是僵硬地转过身，长街上彩灯闪耀夺目，伽蓝一动不动地躺在地面上，那一刻江少陵的脑子里好像有什么东西砰的一声炸开了，余震惨烈，他在一片七彩灯海里只觉得天昏地暗，头晕目眩……

第九章

离歌：白驹过隙，四海求凰

2013年12月上旬，伽蓝被诊断出患有乳腺癌。

2013年12月28日，伽蓝离职脑研究院。

2014年1月3日，伽蓝前往战火纷飞的叙利亚，是冒险，又何尝不是在生与死之中淡然心境?

2014年2月2日中午，伽蓝万千思绪归于尘埃，在江水墅餐桌上向江少陵提出离婚。

国内时间2014年2月4日，苏瑾瑜因突发性心肌梗塞死在了半路上，伽蓝惊闻噩耗回国奔丧。

2月11日凌晨，伽蓝在江家老宅答应江少陵以后会尝试做一个好妻子，是不舍他孤身无亲，更是心中情爱难舍。

她吃眼镜蛇肉和蟾蜍肉，不是因为心理扭曲变态，而是眼镜蛇肉和蟾蜍肉具有抗乳腺癌作用，还能增强免疫力和防止复发，她不能不吃。

她本不该和江少陵在一起，尤其是她得了乳腺癌之后，她身体健康的时候，他无喜无悲，她不希望她生病后，再一次将他带进地狱里。

她和他之间早已不是谁亏欠谁的问题，她心疼他，比爱自己还要爱他，但恰恰是因为爱，她折磨了自己，同样也折磨了他很多年，浪费了那么多的好时光。

如果不是苏瑾瑜突然离世，她是打定主意要和他离婚的，宁愿他痛苦一时，也不愿他今后为她提心吊胆，但她回到杏花村，看到他的独自强撑和漠然，她突然心如刀割。苏瑾瑜是他的继母，是他在这世上最亲的人，他守着苏瑾瑜的尸体，送苏瑾瑜火葬悲痛欲绝的时候，她在纽约尚且不知，等她知道的时候，他已经心如死灰。

她爱他，从2003年，不，她从2002年第一次看到他就喜欢上了他，整整十二年，她把他放在心上与心中的魔绝望地对抗，她在无数个夜晚被两拨儿力量撕扯得痛不欲生，她用最无情的姿态漠视他，却无法将他从记忆里剜除丢弃。

他早已在长年累月里长在了她的骨血和灵魂里。

两柜子四叶草衬衫每一针每一线都凝聚着愧疚和心疼；每一朵象征完美人生的四叶草都意味着一声声欲说还休的“我爱你”。

她与他形同陌路多年，却从未停止过爱他……

2014年4月19日凌晨，江少陵独自一人站在医院病房外，他的妻子就在病房里躺着，但他眸色猩红地站在门口一动也不动。

他在那里至少站了十几分钟，额头抵着房门，沉痛、自责铺天盖地席卷而来，那么浓烈的情感爆发而出，以至于郑睿站在一旁湿了眼眸。

江少陵痛了。

他痛，是为妻子而痛。她生了病，本该是他哄她开心，但数月以来她一直对他笑脸相迎，说有趣的话给他听，频频逗他发笑，反观他呢？他都做了些什么？他对她发火生气，她身体不舒服还追着他一声声地呼喊着他的名字……

走廊的灯光照在江少陵的脸上，他红通通的眼睛里雾气氤氲，郑睿不敢再看，难过地低下了头。

这一觉，伽蓝睡得有些长，醒来时窗外天色已有些发白，雪白的墙壁和刺鼻的药水味让她一时之间不知身在何处，睁着眼睛看了一会儿天花板，意识才逐渐回来。

她的手被人紧握着，转眸望去，只见江少陵坐在床畔，额头抵着床沿似是睡着了，她动了动手指，明显察觉到正在“睡觉”的人身体一僵，他慢慢地抬起头，原本漆黑的眼睛因为一夜未眠和焦灼忧虑布满了血丝，他掀动薄唇想说些什么，血红的眼睛里却突然蹿起了一抹水光。

他出现这样的表情，显然已经知道了她的身体状况。

伽蓝伸手摸了摸他的脸，看着他微笑：“《好妻子指南》第一条关于沟通：如果江少陵在家，每日精神、心理沟通必不可少，小事可以不说，但大事、伤心事、棘手事一定要告诉江少陵，不能欺骗江少陵。生病这种事可大可小，我没告诉你，你不要生我的气。对你，我有着太多太多不舍……”伽蓝说到这里，见江少陵眼睛里蓄满了泪水，她移开眸子压下眼中的酸涩，这才重新面带微笑地看着他，“少陵，我们回家吧！”

江少陵低着头，隐忍已久的泪水猝然砸落，他很缓慢地点了点头，像个大男孩一样偏着脸在衬衫袖子上蹭了蹭，再抬头看着伽蓝时，眼睛虽然还很红，还很湿，但他却笑着对她说：“好，我们回家。”

从厦门乘坐飞机回S市，尚不足两小时，江少陵几乎一直握着伽蓝的手；抵达S市乘车回家，他更是抱了她一路。

伽蓝靠在他的怀里不吭声，他紧张她，她知道。回到家，他甚至不让她下地，当着刘嫂等人的面抱着她走进主宅，惊住了不少人，还以为她怎么了。

她确实怎么了。

她搂着他，把脸贴在他的颈窝里，既无奈又心疼。

从江少陵获知伽蓝生病的那一刻起，伽蓝瞬间被打回到婴儿时期。回到主卧室，伽蓝拿着睡衣去浴室洗澡，他也紧跟着走了进来，伽蓝见他捋起袖子调水温，明知故问道：“江先生想和我一起洗澡吗？”

生病的人是她，偏偏最无所谓的那个人也是她，江少陵不理会她的戏谑，调好水温，走过来帮她脱衣服，他在解开几颗纽扣之后，终于声音沉郁地道：“蓝蓝，我不能忍受你再一次晕倒在我的面前，我承受不了那样的惊吓。”

伽蓝从他的眼睛里看到了自责和懊恼，靠在他的怀里额头抵着他的胸口轻声安抚：“少陵，我的乳房肿块比较小，藏匿在乳房较深处，我自己都发现不了，更何况是你呢？这跟你摸多少次、亲多少次都没关系，除非你长了一双激光眼，否则不许你埋怨自己。”

江少陵的心情原本很沉重，但她说话向来有惹他哭笑不得的魔力，他伸出手臂紧紧地抱着她，脑海中一直紧绷的弦终于有了松动迹象。

夫妻两人，其实最应该休息的那个是江少陵，从纽约到厦门，又辗转至S市，他在长途飞行过程中虽然补过眠，却不曾放松休息调过时差，再加上昨天晚上一夜未眠，疲惫程度可想而知。

伽蓝自认偶有矫情之处，却并非矜持女子，拉着江少陵一起洗澡，白皙的皮肤在水流冲刷下更添风情，玲珑的身材动人心魄，不仅刺痛着江少陵的神经，撩人的话语更是深深地扎进了他的心里。

她握着他的手放在她的右胸上，嘴角的笑容温和迷人：“少陵，你要不要摸摸它？”

江少陵的手指停驻在她的乳房上，掌下的皮肤白皙滑腻，乳房饱满挺立，他想不通乳腺癌怎么会和他的妻子挂钩呢?

夫妻共洗鸳鸯浴，江少陵手指滑过伽蓝的乳房，场面虽然很养眼，却无关香艳和色欲，不过是夫妻之间的一份体贴和爱护。

浴室里水雾缭绕，江少陵把伽蓝搂在怀里，肌肤相贴，贴合的是身体，交融的却是两颗无须言语就能互通的心脏，抑或是灵魂。

回到S市的第一天，江少陵和伽蓝似乎都有意避开“乳腺癌”不谈，洗完澡她拉着他上床补眠，他翻来覆去地睡不着。

伽蓝知道他心事重，在被窝里朝他的身边挪了挪，他转眸看她一眼，伸出手臂放在她的颈后，让她枕得更舒服一些。

伽蓝有心转移他的忧虑和不安，所以寻找话题诱导他的焦点，她要谈的是余露，江少陵的亲生母亲：“少陵，在你不知情的情况下，没有经过你的同意，我就带你去鼓浪屿见你母亲，我很抱歉。”

江少陵抱紧伽蓝，虽然她行径恶劣，手段惹人怒，但对他毕竟是用了心思，他不怪她，也舍不得怪。

但他必须承认的是，二十五年后再见生母，他自以为坚不可摧的内心依然会传来断裂般的剧痛，过往的回忆涌上心头，仿佛隆冬雪水缓缓地流淌在血液里，身心内外有着难以启齿的寒。

这样的难以启齿，并不包括对他的妻子。他们是夫妻，苏瑾瑜的突然离世，再加上突然获知她的病情，这一切都让他深深地意识到，有些话、有些心事不能一味地藏匿在心里。在她面前，他不愿意隐瞒任何心绪，不管是好的，还是不好的，他都要让她知道。

“6岁那一年，她对我说，她出门办点事，晚上回家给我做好吃的。她是我母亲，我信了她的话，所以我等了她一下午，又等了她一晚上，翌日清晨我父亲醉醺醺地对我说，我以后再也没有妈了，后来我从我爷爷那里获知，她抛弃我和我父亲跟着一个富商去了福建。”

江少陵言语漠然，伽蓝心里却有些发酸，她伸手环住江少陵的腰，靠在他的怀里不说话。

属于江少陵温热的气息轻轻地吹拂在伽蓝的额头上，节奏异常轻柔，就连他的话语也是温润无比：“蓝蓝，你带我去见的那个女人不是我母亲。我6岁那一年，我的亲生母亲就死了，她死在我的记忆里，在这个世界上我只有一个母亲，你也只有一个婆婆，她的名字叫苏瑾瑜，不叫余露。”

讲出这样一番话，江少陵可谓是轻言细语，伽蓝知道他是为了宽她的心，遂抬起眸子看着他："我擅自做主让你和她在鼓浪屿相见，我的行为伤害到了你，对吗？"

"你最伤我的举动不是带我去见她，而是你这么做的幕后动机。知道你生病以后，再联想起这件事，就好像你是在安排后事一样……"他说着，眸色深了些许，看得出来是真的不悦了，要不然也不会抱着她越抱越紧。

适才江少陵宽慰她在前，此刻她也需宽慰江少陵，伽蓝眉眼间不仅充满柔情，还很认真："少陵，我从未把乳腺癌当成是世界末日。宋美龄40岁时被诊断出患有早期乳腺癌，后来做过两次手术，每天坚持排肠毒，一直活到了106岁。我可能没有长寿的命，但陪你一起慢慢变老的心从未动摇过。"

江少陵的焦灼和担忧，终于在伽蓝的话语里有了分裂苗头，他伸手抚摩着她清澈的眉眼，嘴角笑意轻微，她能这么想，那是再好不过了。

此时谈话气氛适中，江少陵短暂犹豫，终于提到了治疗方案："我问过医生，像你这种情况，根治性切除的话治愈率很高……"

伽蓝打断他的话，笑着问："你能忍受你的妻子只有一个乳房吗？"

他皱着眉，是不悦，也是心意落定："我在乎的不是你有几个乳房，是你的命，我要你好好活着，和我一起好好活着，只许我比你先死，不许你比我先走。"

他要比她先死，只因他承受不了失去她的痛苦，她又何尝不是如此？

伽蓝略显迟疑，试探地开口："其实可以局部切除……"

他沉着眸，直接斩断她的想法："你要让我每天为你提心吊胆吗？万一哪天癌症复发，你怎么办？我怎么办？"

伽蓝沉默，不吭声。

上午时分，万籁俱寂，暖暖的阳光被阻隔在厚重的窗帘之外，卧室的光线略显昏暗，封闭的空间里仿佛只剩下他和她，江少陵抚摸着她的脸，先是亲吻了一下她的额头，随后又亲了亲她的唇，柔声劝解："蓝蓝，如果你在乎乳房不完美，等你身体恢复健康，其实到时候可以重建乳房。只有斩断复发隐患，我们才有以后，难道你从来都没有想过我们的以后吗？"

他的怀抱很温暖，他的话更是蛊惑人心，伽蓝只是抱紧他微笑不语。

上午的补眠注定睡不安稳。

她的丈夫江少陵自从知道她生病以后，神经就一直处于紧绷状态，她睡得迷迷糊糊间，察觉他掀被起床，帮她盖好被子，似是站在床前看了她好一会儿才离开。

伽蓝虽然没有睁开眼睛，却微不可闻地叹了一口气。

上午十点左右，江少陵在书房里打了一个多小时越洋电话，后来离开书房，下楼找刘嫂修改三餐的食谱，刘嫂听说食谱里有眼镜蛇，好半天没吭声，还以为男、女主人偏好这一口儿。

临近中午，郑睿把眼镜蛇送到厨房，厨师以前没做过眼镜蛇，一见那东西就发怵，吓得脸色直发白。江少陵见此情形皱着眉，亲自下手处理眼镜蛇，其间因为恶心干呕不止，郑睿在一旁帮忙，忧心忡忡道："江先生，要不您先离开厨房？这里有我。"

江少陵没有离开，眼镜蛇肉炖汤，他仅是看着就觉得反胃，更何况是喝汤吃蛇肉的她？

病在她身，除了照顾她，他还能做些什么呢？他从未这么挫败过。

江少陵在厨房里经历过什么，伽蓝虽然没有看到，但大致能猜得到，只要她一日不康复，他就一日难以心安。

正是因为清楚，所以伽蓝什么也不说。

午饭做好，他上楼叫她用餐，她洗漱换衣的时候，他就亦步亦趋地跟着她，她静默微笑，心里却有些发酸。

因为她，他余惊未了，牵着她下楼，步伐很慢，轻声问她："睡得好吗？"

"好。"其实他起床后，她根本就没睡，反倒是看着天花板和卧室的家具摆设发了两个多小时的呆。

餐厅吃饭，满桌菜色都是增强免疫力、防止复发和抗癌的食物：牡蛎、石花菜、青鱼、玳瑁肉、蛇肉……

伽蓝吃菜的时候很安静，太过沉默，反倒让江少陵隐隐不安起来："蓝蓝，你在想什么？"

"我在想，你有多少个小时没有睡过觉了？"伽蓝笑容调皮，江先生不愿她思虑太多阴暗的东西，她懂。

她的笑容一向能感染他的情绪，江少陵薄唇弧线柔化，夹了石花菜放进她的碗里，轻描淡写道："我不困。"

伽蓝笑容有些沉，怎么会不困？一日接一日不睡觉，他是打算成仙吗？伽蓝用筷子拨了拨碗里的石花菜，然后抬眸看着江少陵，想了想说："少陵，既然你不困的话，下午你陪我一起去一个地方吧！"

"好。"

他回答得很快，甚至不问她要去哪儿，顺着她的意，好像不管她说什么，他都不会拒绝一样。

伽蓝要去的地方是墓园，墓园里埋葬着她的母亲，江少陵曾在2006年至2008年往来多次，他以为她会逢年过节回到S市拜祭亡母，谁知她根本就不曾出现过，不仅她不出现，就连陈莞也因太过悲痛不愿面对冰凉的墓碑，而她每逢母亲忌日那一天，一直瘾症缠身，林宣往返剑桥看她已是分身乏术，又怎么可能飞回S市帮她祭拜亡母？

这天下午，江少陵没想到伽蓝会带他来墓园。2006年伽嘉文去世，她虽没有埋怨过他，但心里毕竟是心存芥蒂，只要她心结难除，就很难把他和伽嘉文放在一起同时相爱。爱一人舍一人，一直是她对抗心魔的方式，如今带他一起来见伽嘉文，是释然过往，还是……

有这种想法时，江少陵正在墓园下方的花店里挑选花朵，伽蓝站在一旁提醒他：“少陵，你岳母喜欢白玫瑰。”

江少陵的手指悬在几束白菊花的上方，“岳母”两个字落入耳中，心里突然一阵撕裂的痛，但他什么也没说，手指落在了白玫瑰花枝上。

此次出门，没有带郑睿，只有江少陵和伽蓝，拜祭母亲，伽蓝只想带着她的丈夫一起过来。

伽蓝心里很清楚，自从他获知2006年母亲死亡的真相后，其实心里并不好受，一直被自责和愧疚压迫，在她面前避之不谈，是情怯，也是担心她会痛上加痛。

踩上墓园的台阶，江少陵牵着她的手，安定而又温暖，有别于2月15日那天每踩一层台阶，心脏的某一处就会隐隐作疼。

暖风和煦，伽蓝轻轻开口打破沉默：“少陵，我母亲去世，我不仅没来墓园送她下葬，多年来甚至不曾回来看过她。2014年2月15日，我没让你一起过来，你别怪我，时隔八年，我第一次来墓园，第一次拜访她的骨灰安放地，我不知道我会不会看到她，不知道自己是否能够承受这份迟来的母女再见，所以我丢下你，自己一个人来了，并非因为过往的事迁怒你，我只是心有千千结，不知道该怎么从一个个死结里逃出来。”

是解释，也是宽慰，她如此善解人意，反倒让江少陵既酸楚又心疼，他握紧伽蓝的手，只沉声说了两个字：“我懂。”

她的思绪，她的纠结，她的痛苦，她的用心，他都懂。对伽嘉文心存愧疚的，除了她，现如今再加上一个他，一切皆因他而起，所以他怎么可能会怪她呢？该被责怪的那个人是他才对。

墓碑上，伽嘉文笑容婉约，静静地注视着江少陵和伽蓝，沉静的眸子里只有情和爱，没有恨和怨。

所谓恨和怨，是伽蓝的心魔所致，也是她的自我惩罚。

这一次，伽蓝竟然没有看到“她”。

江少陵把白玫瑰放在伽嘉文的墓碑前，开始拜祭岳母，他跪在地上磕了三个头，随后抬眸注视着伽嘉文，漆黑的眼眸里光华温润。

“妈，不怪蓝蓝，一切都是我的错。我是你女婿，你不能一直和蓝蓝偷偷见面，偶尔也该让我见见你，我有很多话要对你说，你的女儿真的很好，她很爱你，正是因为太爱，所以才会痛苦挣扎多年。我爱她——”江少陵喉咙一紧，目光已有一些泛潮，察觉肩膀一沉，他抬手盖在伽蓝的手背上，涩声道，“妈，我会像你一样疼爱她，听她说话，照顾她的情绪，陪着她一起承受喜悲，在她犯错时对她说一声没关系……”

江少陵越说越难受，英俊的脸庞被痛苦覆盖，伽蓝半蹲在他的身旁，伸出手臂环着他的肩膀，下巴支在他的肩上，就那么红着眼看着伽嘉文，仿佛过了很久很久，伽蓝才起身走到墓碑前，伸手抚摸着照片里伽嘉文的五官轮廓，手指滑过她平顺的眉、温柔的眸、端庄的鼻、嘴角微微上扬的唇……

伽蓝微笑，声息很轻，似是怕惊扰到伽嘉文一般：“你死后，我不敢开怀大笑，怕我笑得太猖狂，你在天堂看了会寒心。2012年我答应嫁给少陵，虽然是父亲的意思，但在我内心最深处难道就没有一丝一毫想要嫁给少陵的念头吗？你是我母亲，你了解我至深，所以你才会愤恨地看着我对不对？你是住在我心里的魔，曾经一度我会在潜意识里想要杀死你。是不是杀了你，我的头发就会变黑，我就能彻底地解脱出来？你不要怪我，也不要怪少陵，他太苦了，这些年我过得有多难，他过得就有多痛苦。我和他在情感上都是一个自私的人，太过追逐惦念彼此，反而忽略了亲情，以至于到头来我为他去柏林参赛失去了你，他为我定居纽约失去了苏姨。他虽然什么也不说，但我知道他对苏姨满是愧疚，我不想他变成另外一个我。我为了一个男人害死了你，却卑劣地想要和那个男人白头偕老，纵使生病也不愿意放开他的手，你真的不要怪我。下辈子，你做我女儿，我一定会好好地对待你，我把这世间最美好的一切全都送给你，你可以尽情地折腾我，我绝对不会心生不喜，我只会疼你，爱你，把你当宝一样捧在我的手心里……”

说到这里，伽蓝已是泪眼模糊，仿佛又回到了那一年她抵着棺木泣不成声，却再也哭不回来她的母亲。

伽蓝的身体被江少陵带进怀里，她转眸看着他，过了片刻，他和她在泪光闪烁中缓缓微笑，是扶持，也是坚守。

幸福的真谛其实很简单，跨越苦痛，放下过去，将日常的喜悲融入眼泪和笑容中，殊不知笑中带泪最可贵。

墓园一行，江少陵虽然看到了伽蓝想要和他一起白头偕老的决心，但他对于她的事却是半分也不敢松懈，查找乳腺癌相关资料，联系国外知名医院和权威专家咨询治疗方案。处理棘手事件，只要他主意落定，一向行事果决，绝不拖泥带水，讲究速战速决。

是夜，他搂着伽蓝说："蓝蓝，越早治疗治愈率就越高。"

伽蓝微笑着点头，他似乎忘了，她也是学医出身，所以他讲的其中利害，她都懂。

回纽约的时间敲定在4月24日，伽蓝觉得这个时间很好，杜衡的演唱会敲定在4月22日晚上七点半，演唱地点位于S市北三环大型体育馆。

这座大型体育馆正式施工时间是2004年，恩师廖鸿涛担任体育馆总设计师，2005年伽蓝曾多次来到这里参与工作，其间江少陵还曾带着午餐前来探过她的班。犹记得那天中午，她坐在楼板上吃饭，他站在一旁帮她按揉小腿，彼此笑容温润，宛如清辉洒落人间，洁净而又美好。

如今再想，已经是很久远的事情了。

杜衡举办演唱会，事先给慕清、侯延年夫妇和周强夫妇都送去了贵宾席门票，他不知道江少陵和伽蓝回到了S市，更不知道江少陵会带着伽蓝一起去听他的个人演唱会。

杜衡未受之前舆论的影响，据说4月初就开始预售演唱会门票，不到几小时就预售一空，但只要有心，高价买票进场并非难事，伽蓝和江少陵混迹在杜衡的万千粉丝里，只为能够参与杜衡的音乐盛宴。

那天晚上，体育馆里人山人海，粉丝们手里都拿着手机拍照发朋友圈和微博，一个个手里全都挥舞着荧光棒，杜衡斜挎吉他出场时，粉丝们顿时沸腾起来，一个个扯着嗓子尖声高呼他的名字，声音震得伽蓝耳膜发疼，江少陵伸出手捂住她的耳朵，伽蓝在变幻游移的光束里抬眸看着他，他垂眸凝视着她，嘴角的笑容经年如一，未曾消退半分，随着时间的流逝只会越加沉稳平和。

晚上七点半，杜衡的演唱会通过网络进行现场直播，当音乐声响起，现场粉丝跟着杜衡一起哼唱着熟悉的旋律，震撼人心的不仅是音乐，还有前面两排的年轻姑娘们，伽蓝见她们一个个从座位上站起来露着纤细的腰肢，穿着超短裤挥舞着荧光棒，追随着杜衡的音乐有节奏地摇摆着身体，姑娘们臀部虽然挺翘，但超短裤实在是太短了，很容易就春光乍泄，伽蓝伸手捂住了江少陵的眼睛，他低低地笑，笑容融进一波波的尖叫声里，也飘进了伽蓝的心里。

他终于笑了。

演唱会气氛太过震撼，不仅感染了江少陵，也触动了伽蓝，这丝触动来自于粉丝对杜衡的包容和爱护，也来自于杜衡的浴火重生。

一个用灵魂唱歌的歌手，他可以通过歌曲逗人微笑，同时也可以通过歌曲引人潸然泪下，又笑又哭的是真粉，是真正走进杜衡音乐的知己。

这天晚上，杜衡唱完最后一首歌，鞠躬致谢后，并未马上离场，他站在舞台的聚光灯下面，大屏幕上可以清楚地看到他脸上流淌着的汗水和他眼中饱含的热泪，以至于说话过程中他数度哽咽。

“首先，我要感谢大家长久以来对我的包容和鼓励，如果不是你们一直默默地支持我，今天晚上我不可能有勇气站在这里和大家一起分享我的音乐，谢谢大家，谢谢——”

杜衡说着，再次弯腰鞠躬。

不少粉丝当即哭花了脸，此起彼伏地高呼“阿衡加油”“阿衡，我们爱你”。

杜衡直起腰的时候，已是泪流满面，缓了几口气，他才接着说：“我还要感谢我的音乐团队，我最亲最爱的朋友们，在我最苦最难的时候，他们从未放弃过我，反而一直陪着我，安慰我，谢谢——”

大屏幕上出现了杜衡的经纪人、助理，以及工作团队，紧接着镜头一扫，侯延年夫妇、周强夫妇，还有慕清全都逐一出现在大屏幕上，他们有些在擦泪，有些忍着泪对着杜衡做出加油手势。

最后杜衡哽咽道：“其实，我最应该感谢的，是我的另外两位好朋友，他们是夫妻，我和他们相识十几年，他们很出色，也很优秀，他们对于我来说不仅是朋友，也是家人。我的好朋友在生活里是一个寡言少语的人，2月份舆论乍起，他告诉我，事情既然出来了，就必须要有承担的勇气；我的另外一个好朋友，也是他的妻子，对我说：‘曾有智者说过：今日的大事，明日就是小事，来年就是故事。爱也好，恨也罢，你曾不顾全世界的反对爱过一个人，也曾顺应内心结束一段让你痛苦无比的爱情。人生苦短，不管是爱，或是不爱，你都曾亲身经历过，对于你来说已是莫大的幸运。闹市生活，其实每一段爱情都充斥着危险，失去了不过是无缘无分，大可不必将爱情剔除在生命之外，2014年你是讲故事的人，而不是活在故事里的一个悲情小角色。’他们治愈了我，借此机会，我要谢谢他们，谢谢他们鼓励我承担过去，谢谢他们教会我跳出故事，成为讲故事的人，不再被角色所累，谢谢——”

灯光乍亮，万千粉丝纷纷站起来呐喊沸腾，江少陵坐在位子上紧紧地握着伽蓝的手，他并不知道伽蓝对杜衡说过那样一番话，心里多少有一些感动，他在此起彼伏的尖叫声里看着她嘴角淡淡的笑容，浓浓的思绪悉数化为一个缱绻绵长的深吻，伽蓝坐在位子上回应着他的吻。爱情无处不在，重要的是过程，而不是结果。

人活一世，有些人活在记忆里，有些人却要用灵魂去陪伴，用心血去供养。2014年，江少陵的眼睛里装满了星空，江少陵上扬的嘴角化作一朵温情的花朵，伽蓝只盼花开，不愿花落。

逗留S市的最后一日，伽蓝有意去江家和伽家故居看一看，她和江少陵结婚后，他不曾带她回过江家，她也不曾带他回过伽家。4月23日上午，伽蓝再一次走进江家位于老城区的房子，有不少小区住户看到江少陵纷纷围了上来，江少陵搂着伽蓝跟大家打招呼，他说："我妻子，蓝蓝。"

她依偎在他的怀里看着他，他的目光宛如夜空的月光，四目相对，仿佛回到了初恋光景，相识十几年，他从未正儿八经地对她说一声"我爱你"，但他有多爱她，身边的所有人都能看得出来。

苏姨去世后，除了钟点工定期过来打扫卫生，江家完全被一股凄凉深深地包裹着。打开客厅门，江少陵蹲在地上帮伽蓝换好鞋，拿出一双男士拖鞋，正要换穿时，耳边传来了她的声音："少陵，我去主卧室看看。"

江少陵点了点头，叮嘱她："进主卧室之后，先把窗户打开透透气。"

江家的门窗紧闭，室内虽然洁净，但空气不流通，难免有些发闷。

江少陵换好拖鞋，先是把阳台的几扇窗户打开，这才走进主卧室，却在看到伽蓝躺在主卧室床上时脸色遽然一变，几个大步走上前，伸出手臂一把将伽蓝从床上抱坐起来，紧接着强制性带着她远离床畔。

他寒着一张脸，恼声质问她："谁让你睡这张床的？"

伽蓝被他阴沉的表情给吓到了，迟疑地开口："我有点累，所以……"所以就躺了下来。

"累了回我房间睡我的床，不许你睡这张床。"江少陵说这话时，表情格外严肃，话语紧绷，唯有眼神泄露了他的心事。

这张床曾被江源睡过，被苏瑾瑜睡过，再加上2月份苏瑾瑜在床上出事，所以他猝然看到伽蓝躺在这张床上，心里刹那间有着说不出来的恐惧，他知道自己的情绪有些失控了，刚才惊慌失措之下抱着伽蓝下床，以至于她现在赤着脚站在卧室地板上……

他抿着唇，一声不吭地把她抱到他的房间里，放在他的床上，也不嫌脏，伸手帮她拂掉脚上的灰尘……

脚心有些痒，伽蓝靠着床头心里直叹气，现在的他之所以草木皆兵，无非是因为太过在乎她，而且这种草木皆兵式的在乎很有可能会伴随他和她很久很久……

午饭是在江家吃的，叫的外卖，伽蓝胃口不大，吃完饭回到他的房间休息，床铺对面挂着一幅油画，那是她2005年4月18日送给他的生日礼物，背景是图书馆两排书架之间，年轻男子垂眸翻看书籍时，英俊的眉眼间仿佛有星光安眠其中。

江少陵端着一杯水走进卧室，伽蓝正对着那幅油画发呆，江少陵眸色暗敛，把水杯递给她，随后坐在床沿上静静地看着她喝水，停了几秒，这才淡淡地开口："2008年7月，一次很偶然的机会，我后知后觉地发现你在这幅画的背面写了一行字，你还记得是什么字吗？"

2月份，杜衡曾跟伽蓝提过，2008年7月苏瑾瑜帮江少陵打扫房间时，不小心摔破了油画框。一次无心之失却让油画背面的字迹重见天日……

伽蓝拿着水杯，面带微笑："此生，唯母亲孝，唯陵足矣。"有关于他的事，她一辈子都不会忘。

原来她还记得，江少陵温柔地看着她，眸子里星辉如水，低沉的声音里满是愧疚和自责："蓝蓝，我知道得太晚，以至于辜负了你的情，也伤了你的心。"

伽蓝放下水杯，颇为失落地笑了笑："少陵，你和我之间不存在谁辜负了谁，你也没有伤我的心，我画这幅画的时候是2005年，如今九年过去，你英俊如昔，我却白发丛生，也难怪你会嫌弃我了。"

江少陵抿唇沉默数秒，叹声道："我什么时候嫌弃你了？"

她很无奈地耸耸肩："最近几天你都不碰我，不是嫌弃，是什么？"

"……"江少陵哭笑不得，她生着病，他不忍心折腾她，反倒被她歪曲事实，实在是可气。

她靠着床头，笑得一脸洒脱无害："2004年同样是在这间卧室里，那天我睡床，你睡在地上，我记得我失眠了大半宿，后来厚着脸皮躺在你的身边，看似乖巧老实，其实私心里一直想跟你肌肤相亲，最好你我能够翻云覆雨到天亮，只可惜你对我太冷漠了。"

她说着，似是觉得太过遗憾，所以叹气声格外重。

"……"江少陵忍着笑，不说话。

"少陵，你欠我一场云雨之欢。"伽蓝话语很轻，柔柔的光华在明眸善睐的眼睛里缓缓流淌，格外明亮迷人。

江少陵英俊的脸庞上带着笑容，他坐在床沿上静默了几秒钟，然后在伽蓝火热的目光注视下将衬衫的纽扣一颗接一颗地解开。

伽蓝靠着床头欣赏着美男脱衣秀，眸中的柔情融化在笑容里，同时也融化在江少陵的纵容和深情间。

午后做爱，江少陵缱绻地掌控着节奏，偏偏伽蓝热情地缠住他的身体，狡黠含笑的眼睛里带着迷人的美，那是江少陵施展罪恶的源头，以至于他在她活色生香的诱惑里几欲失控。

男女情事相吸相引，他与欲望周旋，她用柳枝般的姿态打开身上的风景，情到癫狂，呻吟和喘息交错响起，犹如桃花绽放，万花吹雪，余香游走全身上下，缔结出她的面色绯红，他的心跳加快……

高潮来临的那一刻，他略施惩戒地堵住了她的唇，适时吞下了她的呻吟声，含混不清地道："下次不许你再引诱我。"

她笑，是的，她不该引诱他，所以她决定稍后在梦中略作忏悔。

时隔八年再回伽家，大门的铁锁已生锈，院子里草木疯长，杂草遍布庭院，墙角斑驳，这里不再是伽蓝记忆中的书香家园，缺失了雅致从容，它在无人打理的岁月里任由万物生灵尽情舒展情绪，以至于放纵它们长成了现如今这副模样。

江少陵顾及伽蓝心里会难过，站在她的身后说："改天我找人过来把院落收拾一下。"

"不用收拾。"

是真的不用收拾，下午阳光洒落在院子里，疯狂蹿长的树木枝杈郁郁葱葱地投落在房顶上和地面上，仰头望去，树枝间仿佛缀满了细碎的星光，地面上更是洒满了小碎银，这些草木生长在院落里，陪着她的回忆安睡其中，虽然触目所见处处都透着沧桑，却在宁静的光阴里装满了故事，她和她母亲的故事。

也就是这天下午，伽蓝再一次看到了她的母亲，母亲站在当年沉睡不起的地面上看着她静静微笑，笑容沉静安详，眼神温暖……

伽蓝在2014年4月23日下午出现了幻听，阳光下母亲温柔地看着她："傻孩子，妈妈从未怪过你。"

伽蓝缓缓一笑，眼睛湿了。

伽家院落，闹市而居，褪去浮华和喧嚣，合该洗尽铅华不被外人打扰。出院，落锁，余生只看这么一次，过去和现实各自相安无恙，如此已是最好的结局。

4月24日乘坐飞机回纽约，第一站是江水墅。回到江水墅当天，江少陵带着伽蓝去医院做了全面检查，最佳治疗方案自然是做手术。

手术定在一周后，伽蓝需提前住院做术前准备，对于做手术这件事，伽蓝从头到尾都没有提出过异议和反对意见，她唯一提出抗拒意见的，是有关于她在医院里的特护。

她患乳腺癌这件事，江水墅里只有江少陵和郑睿知道，包括她的父亲沈家明都被蒙在鼓里，她不让说，也没什么可说的。

关于她生病这件事，越少人知道越好。

江少陵原本想给伽蓝找一个有经验的特护，却被她拒绝了，她的坏脾气在确定手术时间之后，终于有了爆发苗头。

她坐在床上看书，冷着一张脸说：“我不能让人知道我得了乳腺癌，我也不需要什么特护。”

“特护不会乱说话。”江少陵坐在床上安抚她，没有女人会不在乎自己的乳房，手术在即，也难怪她会心烦意乱。

她不回话，翻动手中的书页，声音格外响。

想了想，江少陵好脾气地道：“我毕竟是个男人，总要有女人在你身边照应着，肖玟可以吗？肖玟是自己人……”

不等江少陵把话说完，她啪的一声合上书，想来是不解恨，直接把书狠狠地砸在了卧室一角的家具上，她这么暴躁，不仅惊住了江少陵，也惹来了她自己的眼泪。

伽蓝身体一滑，翻过身，竟当着江少陵的面趴在枕头上哇的一声哭了起来，哭声里有着道不尽的委屈和害怕，江少陵心里一痛，抬手抚着她的背，眼睛也有些红，舒了几口气，俯身凑到她的耳边，轻声哄她：“蓝蓝，我们不找特护，也不找肖玟，我陪着你，不管你做什么，我都陪着你。”

“我不让你陪，我也不让你看到我的伤口，我受不了。”她泣不成声。

江少陵目光沉痛，眼神里雾气萦绕，做手术的是她，残缺的也是她，就算他说一万声“他不在乎”，于她来说也是无关痛痒，因为她在乎。

江少陵也不劝她，她是医生自然什么都懂，只是看不开罢了，他像抱孩子一样把她抱在怀里安抚着，她埋在他的怀里哭了一会儿，渐渐地哭声越来越小，又过了几分钟终于止了哭声。

止了哭声的她，脸上都是眼泪，她干脆把江少陵的衬衫从长裤皮带里抽出来，然后拿着衬衫的一角替代毛巾擦了擦脸……

江少陵又是想笑，又是心疼，擦吧，擦吧，只要她不哭就行。

伽蓝在大哭一场之后，带着哭腔说：“我想让瑞秋过来，我在剑桥被她照顾了很多年，如果你一定要找特护，我只信任她。”

瑞秋吗？

2013年伽蓝回到纽约工作，瑞秋拿着沈家明的薪资一直留守在剑桥，她照顾伽蓝多年，见证过伽蓝太多的阴暗面，却一直保密不说，伽蓝在这个时候只信任瑞秋，跟常年朝夕相处有很大关系。

再无情的主仆，在一起生活久了，终会滋生出几分亲情来。

让瑞秋来纽约，倒也合适。

瑞秋抵达江水墅那天，纽约天气多云，肖玟带着瑞秋来找伽蓝时，伽蓝正坐在偏院一角的台阶上晒太阳。

“Sylvia小姐——”距离伽蓝几步远，瑞秋一扫往年的冷肃，几乎是小跑着奔向伽蓝。

伽蓝站起身，走下台阶和瑞秋拥抱：“好久不见，瑞秋。”

瑞秋紧紧地抱着伽蓝，忍着眼泪不说话。瑞秋陪伴伽蓝在剑桥生活多年，一直站在暗处打量着伽蓝，她年少白发，是因为丧母打击所致，她在剑桥开辟的手术室看起来有些阴森可怖，但往深处想，若不是太过深爱她的母亲，她又何至于像个困兽一样自我折磨走不出来？她恶劣冷漠至极，但瑞秋憎恨她的同时，又会忍不住心疼她，她是瑞秋见过最勤奋好学的孩子，除了往返学校，吃饭，睡觉，她的生活里似乎只剩下书籍和作业，她的世界很寂静，寂静得无欲无求。她的内心世界深不见底，没有人能看透她，也没有人能理解她，所以她孤僻无情，过分理智，常常微笑，却鲜少开怀大笑。

2011年2月，江少陵来剑桥找她，她对江少陵避而不见，那天晚上江少陵在外面站了一夜，她不仅坐在楼梯上陪坐一夜，翌日清晨更是回到浴室自虐一般端起一盆冷水倒在了她自己的头上，她在持续高烧中扯着瑞秋的衣袖，沙哑地笑：“瑞秋，如果我在剑桥病死了，你也就彻底解脱了。”

瑞秋心中一痛，握着她的手，很严肃地对她说：“Sylvia小姐，你不要说胡话，你会长命百岁的。”

2014年4月下旬，瑞秋陪伽蓝一起坐在江水墅的台阶上，伽蓝靠着她的肩，轻声说：“瑞秋，我生病这件事不要告诉我父亲。”

瑞秋心酸地点头。2011年2月，她高烧不退，当时她也曾说过一句类似的话：“我生病这件事不要告诉任何人，尤其是我父亲。”

沈家明是瑞秋的老板，但瑞秋的忠诚在长年累月里逐渐偏向Sylvia，视她如雇主，也是孩子。

伽蓝住院前一天，午后的时光很宁静，伽蓝去后院给狼青喂食，其间拿着手机犹豫片刻，终是把电话打给了林宣。

林宣迟迟才接，接通后电话里好一阵沉寂无声。

伽蓝也在沉默，片刻后终于开启声音：“如果你方便的话，我找人把狼青给你送过去？”

“送给我做什么？睹物思人？Sylvia，不要再招惹我。对你，我避之唯恐不及。”林宣隐忍怒气，话语异常生硬，藏匿着密密匝匝的痛和恨。

他挂断了她的电话，狠狠地挂断，伽蓝拿着手机贴在耳边，过了许久方才放下。傻林宣，她的傻哥哥，她和江少陵结婚将近两年，他若真的恨她，头发怎么可能还坚持漂染成黑白色？

他已习惯接纳她的一切，不管是好的，还是不好的。

这天午后，江少陵和医生敲定好治疗流程，听说伽蓝在后院，他在主宅外的草坪上站了一会儿，这才动身去后院找她。

阳光下，她正在帮狼青洗澡，狼青甩动着毛发，细小的水花弥漫在空气里，水雾朦胧，稍纵即逝。

这时，狼青看到了江少陵，一扫之前的温驯，顿时狂叫不止，伽蓝回头望去：男子容貌英俊，面对狼青的挑衅，他不再冷若冰霜，眉眼间夹杂着前所未有的淡然和柔和。

江少陵不喜她和狼青待在一起，有关于这一点，伽蓝是知道的，遂站起身，轻声道：“少陵，我原本想把狼青给林宣送过去，但是……”

“过来。”他对她微笑。

伽蓝呼吸一顿，迈步走向他，他的眼睛宛如最广袤的黑夜，而她就是镶嵌在里面的一颗星，最亮的一颗星。

“没关系，养着吧。”他伸手抱住她，把她的头按在怀里，帅气的脸庞贴着她的长发，声音很轻，也很平静，似乎想用温情禁锢住她的灵魂。

他如此大度，反而让伽蓝心头钝疼。

这天晚上，伽蓝主动索欢江少陵，面对她的不安分，江少陵无奈之下把她整个人都搂抱在了怀里，不仅是在禁锢她的身体，也是在克制自己汹涌翻腾的欲望，他沙哑着声音说：“蓝蓝，你明天就要住院了，等你身体康复我们再——”

他忽然止话，一滴接一滴湿热的眼泪浸湿了他胸前的睡衣，以至于烫疼了他。

“趁我乳房还在的时候，我想让你再碰碰它、亲亲它。”她情绪有些崩溃。

江少陵受不了她的泪，探手覆盖住她的乳房，然后俯首堵住了她的唇，虽然强势，却又透着温柔和怜惜：“蓝蓝，你失去一个乳房，我回馈整个人生给你。”

闻言，伽蓝泪花浮动，回到江水墅之后，她落泪数次，唯独这一次发自肺腑。

翌日纽约阴云密布，伽蓝正式入住医院，在单人病房里正要换穿病号服，伽蓝后知后觉地发现婚戒不见了，脸色瞬间阴沉无比。

江少陵和瑞秋正在帮她收拾住院用品，瑞秋率先察觉到伽蓝神色异常，悄悄地唤了一声：“江先生？”

江少陵顺着瑞秋的目光望过去，见伽蓝不换病号服了，就那么呆呆地坐在床沿上，心里当即一凛，走过去坐在她的身旁，修长的手指握住她有些冰凉的左手，轻声问：“怎么了？”

伽蓝低着头盯着自己的右手看，过了足足十几秒才开口：“我把戒指忘在家里了。”

原来是戒指……

江少陵心里陡然一松，既无奈，又有些想笑。自从她戴上婚戒后，他发现她习惯在沐浴前摘下婚戒，今天早晨她去过更衣室、梳妆区和浴室，婚戒很有可能是落在了这三个地方。

“少陵，明天我就要做手术了，没有戒指我心不安。”言下之意，他不能陪她一起进手术室，至少她也该戴着婚戒进手术室给自己打打气。

她这几天情绪一直不太好，江少陵不愿她术前胡思乱想，原本想让肖玟把戒指送过来，但如此一来，肖玟势必会知道她生了病，而她在肖玟面前又哪有隐私可言了？

罢了，他还是自己回去一趟吧！

“再过几分钟，护士会过来帮你输液，等你一切安顿好，我再回去帮你取戒指。”好在医院里还有郑睿和瑞秋，回家一趟倒也无妨。

伽蓝病号服还没有换，江少陵帮她脱衣服时，伽蓝一直默默地凝视着江少陵，明亮的眼睛仿佛被清水洗过一般，她微不可闻地叹了一口气：“少陵，我最近是不是有一些无理取闹？”

他忍不住笑了一下：“小女孩偶尔闹闹情绪，只会让人觉得可爱，跟无理取闹没有关系。”

听了他的话，伽蓝终于在隐晦的情绪里打开了她的笑容，月光般的脸庞虽不明丽，唇角的微笑却堪比午夜花朵绽放，因为太过耀眼夺目，所以格外动人心弦。

江少陵见她流露出微笑，心里也有些高兴，他如果知道他说这些话能够逗她微笑，他应该早点说。

这天上午，江少陵帮伽蓝换完病号服没过多久，护士走进来帮伽蓝输液，江少陵询问了一下注意事项，待护士走后，又坐在床边的椅子上陪伽蓝说了一会儿话，谈话内容很家常，不受病痛手术所扰，一言一语很容易就让人联想到“情深”。

输液半小时后，江少陵这才有意回家取戒指。离开病房前，他俯身帮伽蓝拉高被子，见她目光灼热地看着他，于是带着笑意吻了吻她的额头，唇刚离开她的额头，见她又抿嘴微笑着指了指自己的唇，江少陵忍不住失笑，再次俯首亲了亲她的唇。

上午十点左右，江少陵走到病房门口时，缓缓转过身看着伽蓝，她靠着床头看着他静静微笑，仿佛不沾尘世喜悲的精灵，笑得洁净而又美丽。

四目相对，她轻轻地说："少陵，路上开车小心。"

江少陵微笑着点头："我会在中午之前赶到医院，到时候我们一起吃午饭。"

"……好。"

这天上午，江少陵离开医院二十分钟后，瑞秋把郑睿叫到了病房里，伽蓝挂着点滴，对郑睿说她心里很不踏实："少陵自己开车往返医院，我担心他记挂我，路上会开快车。郑睿，你回江水墅接江先生来医院，千万不要让他自己开车过来。"

到目前为止没有几个人知道伽蓝生病，缘于伽蓝的女性尊严，也缘于江少陵的放纵和爱护，所以此次来医院，只有郑睿和瑞秋陪同。

伽蓝担心江先生也在情理之中，郑睿点头答应，瑞秋照顾自家太太多年，况且自家太太病情稳定，所以他离开数小时，应该不会有什么问题。

"瑞秋，你好好照顾太太。"这是郑睿离开前留给瑞秋的最后一句话。

上午十点二十三分，伽蓝靠着床头，唇角的笑意终于石沉大海，瑞秋走过来温柔地抚摸着她的发，她沉沉地闭上了眼睛，出口的言语似笑似叹："瑞秋，接下来有很长的一段时间里你又要为我受苦受累了。"

这天是2014年4月30日，纽约上空天幕阴沉，天气状况：小到中雨。

2014年2月11日凌晨，伽蓝答应江少陵尝试做一个好妻子，其实从那一刻开始，她就有心编织一张情感大网，这张网被她融进微笑和顺从里，寂静得没有任何声音。

逗留S市期间，她很少出门，谢绝会见和拜访任何人，她每天做得最多的一件事就是待在卧室里，说很少的话，做很多的事，疲惫之余，她会长时间躺在床上，或是趴在书桌上闭眼入睡，困守在卧室里的她就像是一个自闭的孩子，没有人知道她在想些什么。

偶尔，她会在想起江少陵的时候，忍不住微笑，微笑过后会惊觉满脸都是温热的眼泪。

只是偶尔。

她用两个多月的时间和他相亲相爱，不是为了存留回忆，而是想用行动和言语告诉他，她爱他，不管她做出什么样的决定，想要和他共度余生、陪他一起白头到老的念头从未改变过。

S市两柜子的四叶草衬衫，应该够他穿几年了，四叶草图案不仅寄托着她对他的深情，也意味着无声的安抚。

如果发现她离开，他会惊慌失措，他会愤怒痛苦，所以她需要安抚他，她需要做很多的事情来安抚他。

她在S市重拾画笔设计公益图书馆，拉他做投资，是为了让他在近几年有事可做，不至于太过孤独寂寞。

4月18日，江少陵获知她生病，从她在医院里醒来的那一刻起，她就深深地意识到，她该离开了。

离开，不是逃避，不是不爱，而是太爱。

对于他来说，她的命远胜于世间一切，但她舍不得她的丈夫拥有一个不健全的自己。他不同意局部切除，是担心她的癌症终有一日还会复发，所以坚持切除她的乳房……那么切除之后呢？他虽然不在乎，但他看到她总会心存疼痛，骄傲如她又怎么可能鼓足勇气当着他的面袒露身体，进一步刺痛他的心？

他一痛，她也跟着痛了。

4月下旬回到纽约，敲定手术时间后，她情绪焦躁是做戏，几次三番恐惧落泪也是做戏。

她用坏情绪和哭泣告诉他，她有多在乎手术后她的不完美，有多忌讳其他人用异样的目光盯视着只剩下一个乳房的她。他在乎她，势必会顾虑她的尊严和情绪，所以除了最初知道真相的郑睿，还有后来加入的瑞秋，为了防止走漏风声，他甚至没有带司机一起过来。

他不带司机出门，她才能以担心他开车不安全为借口，打发郑睿回江水墅接他来医院。

她拒绝特护和肖玟来医院照顾她，只因她们都是他的人，虽然在医院里打发她们离开并非难事，但她离开医院后，身边势必要有人照应着，瑞秋是最合适的人选。

那枚婚戒，其实在瑞秋身上。

4月初回到纽约，她戴上婚戒后，每次洗澡前都会当着他的面摘掉戒指，不过是为了做戏。

他素来警觉，若非她有摘除戒指的“习惯”，他绝不相信她会把戒指遗落在家里，更不可能放松警惕离开医院。

4月30日，伽蓝换上自己的衣服，把病号服整整齐齐地放在病床上，瑞秋重新收拾好行李，忽然开口说：“Sylvia小姐，下雨了。”

伽蓝直起身望着窗外，瑞秋走过去把窗帘全部打开，绵绵细雨在微风的吹拂下扑打在窗户玻璃上，渐渐地汇集成行，原来玻璃也会爬满眼泪。

这时，瑞秋已经收拾好了行李，站在她的身后轻声说：“Sylvia小姐，我们该走了。”

是该走了。

伽蓝从窗外移开视线，最后看一眼她前不久才躺过的病床，转身离开时，忽然间想起了很多往事。那一晚，她急性肠胃炎不舒服，他带着补液盐来看她；那一晚入宿江家，深夜苏瑾瑜突然回来，她和他困守在卫生间里，呼吸暧昧交缠；那一晚，她和他一起躺在地板上，她亲吻他，他没有拒绝；那一晚，他在21点21分给她打来了电话，他在她生日当晚对她说："一米八三和一米六一没有可能在大学校园里共同谱写一段恋情，但一米八五和一米六一却可以在大学校园里共同谱写一段恋情。"

他是江少陵，既英俊又寡言，她认识他十二年，深深地爱了他十二年，她能清楚地记得他对她说过的每一句话；记得他眼神里的每一次情深；记得他和她相拥时每一次的薄唇温度……

"蓝蓝，你失去一个乳房，我回馈整个人生给你。"

再次想起他的话，伽蓝轻轻地笑了，内心一片安宁。决定离开他是早已计划好的事，从患上乳腺癌的那一刻起，她从未消极地对待过她的病，决定放下一切和他从头开始时，更是对生命保持着前所未有的热忱，她很清楚她和江少陵不是永别，而是暂别，来年跨越苦痛，他们终会再见。

4月30日，江少陵回到江水墅之前还在憧憬着他和伽蓝的未来生活，回到江水墅之后，他没有在梳妆台上找到戒指，却看到了一本素描。

他好奇地打开，一张张竟然都是有关于他的素描画，旁边还配着一行行中文小字。

第一张素描是凌晨时分的南方小镇，路灯迷离，万籁俱寂，街道上空荡荡的。

——抱歉，你我相识十二年，直到今天我才走进这座南方小镇，你心里有没有怪过我？

第二张素描是清晨时分的南方小镇，许多商铺尚未开门，街道上行人寥寥，青石板路面大大小小的纹络清晰可见。

——我在小镇里转了一圈，忍不住在想，我走过的路，也许你以前也曾走过很多遍。这么一想，地面上好像铺满了钉子，每走一步就会传来钻心的疼。

第三张素描是有些老旧的镇小学，五星红旗在操场上迎风飘扬，校园里一片肃静。

——来到你曾经就读的镇小学，恨不得时光倒流，哪怕和你成为校友也好。如果成为校友，我一定会厚着脸皮找你说话，就怕你嫌我烦。

第四张素描是镇中学，清晨时分，教学楼各个教室里灯火通明，中学生们正在上早自习，她抓着大铁门与一位穿着制服的老大爷对视，老大爷皱着眉，她唇角带着笑。

——老爷子很凶，误以为我是坏人，一直皱眉瞪着我。我在想，如果他年轻时就在这里工作，如果他看到你，绝对不会凶巴巴地瞪着你，你这么好，有谁会不喜欢你？只有我，一直惹你生气，给你添了太多太多的堵……

第五张素描，背景是杏花村江家墓园，她跪在墓碑前分菊花，却侧眸看着他，他正在跟两位村民讲话。

——作为你媳妇，初次祭拜爷爷、奶奶和爸爸，手中的白菊花不够分，生怕他们聚在天堂里说我太小气。你和挖坟的村民讲话时压抑着悲痛，我知道你心里难过，但我不知道该说些什么话来安慰你，你妻子只会插科打诨，不会安慰人，我觉得很对不起你。

第六张素描，背景是杏花村柳树下，他抱着她吹柳笛，她的表情有些僵硬。

——我听到了你的心跳声，那么我呢？我的心跳声，你听到了吗？

第七张素描是他侧身而眠的照片，因为睡得并不踏实，所以皱着眉，她伸手探向他的眉眼，试图帮他抚平。

——少陵，我的傻少陵……

一张张素描翻下去，江少陵眼里已有雾气飘浮，心里像是被野猫抓过一样，一半慌乱，一半疼痛，以至于一颗心怦怦怦地乱跳不止。

显然他预感到了什么，要不然他不会屏住呼吸，要不然他不会直接把素描本哗啦啦地翻到最后一页，只一眼，他只看了一眼，脑子里顿时嗡嗡直响，只觉得双腿一软，险些栽倒在地。

素描本最后一页夹着一张A4纸，她在《好妻子指南》下方留了一句话给他：“对不起，我没有遵守指南标准，也没有好好地听你的话，抛下丈夫独自离去，我不是一个好妻子。”

素描本最后一页上，她的字迹清晰可见：“如果不遇江少陵，我有可能一辈子也不懂什么才叫爱；如果不遇江少陵，我的百转千回和沧海桑田又该与谁诉？如果不遇江少陵，八年来我不会如此痛不欲生；如果不遇江少陵，我不会想着要逃离，我怕江少陵会心痛，我怕江少陵会难过，我难受尚且可以忍受，如果江少陵因我难受的话，我只会痛上加痛；如果不遇江少陵……我不能不遇江少陵，我爱他，所以我要陪着他一起慢慢变老，我要给他生孩子，我要健健康康地出现在他的面前。江先生，我和你之间不存在永别，只是暂别！”

她要去哪儿？她生着病，她准备去哪儿？

江少陵身子又冷又热，下意识地掏出手机就要给郑睿打电话，却在听到敲门声时，浑身一僵。

“江先生？”是郑睿的声音。

那一刻，江少陵只觉得全身血液逆流，心口突然间剧痛无比，踉踉跄跄地去开门，见到郑睿，他的眼睛猩红得近乎可怕，仿佛丢了魂一样，只是愣愣地问郑睿：“你回来了，太太呢？”

江少陵的精神状况太过异常，郑睿面色大变，忽然意识到了什么，连忙给医院打电话询问伽蓝的下落，护士去查房，这才惊觉江太太不见了……

那天上午，郑睿抬手狠狠地扇了自己一巴掌，眼泪哗哗地流下来，他泣不成声道：“江先生，是我的错，我没看好太太，我把她给弄丢了。”

那天上午，江少陵没有去医院，她已离开医院，他又何必再去？江少陵没有给她打电话，她早已计划好要离开，又怎会还留着她曾经的手机号码？江少陵没有去找她，她那么聪明，如果想要避开他，他又怎么可能找得到她？

江少陵坐在主卧室的床沿上，深锁着眉头一张张地翻看着素描本，他一言不发的模样让郑睿担心不已，郑睿以为他会哭，但他没有，泪水在他的眼眶里打转，却始终没有落下来……

她真是一个坏丫头，就在他对未来抱以期待时，她却无比狠心地撕碎了他的梦。她很固执，固执地爱着伽嘉文，爱着他，所以年纪轻轻就吃尽了苦头。他想起16岁对他表白的她；想起17岁对他循循善诱的她；想起18岁成为他女朋友的她；想起19岁对他笑中含泪的她；想起她叫他“江先生”、她叫他“一米八三”、她叫他“一米八五”、她叫他“少陵”、她叫他“表哥”……

他这么想着，只觉得内心的疼痛铺天盖地，疼得他心魂俱裂，疼得他把脸埋在素描本上竭力不哭出声音，疼得他用力地啃咬着素描本，恨不得把素描本的主人吞到肚子里。她怎么能这么心狠？怎么能这么对待他？

伽蓝，伽蓝——

他把她的名字放在心里，放在唇齿间咬牙切齿地默念着，却再也念不回她的下落。她消失了，如同2006年她决绝地离开他，再一次消失得无影无踪，没有人能够找到她，包括她的父亲沈家明。

2014年5月初，江少陵去找沈家明，沈家明例行询问Sylvia最近可好，他问这句话的时候，唇角还带着笑意，但几分钟后，沈家明脸上的笑容忽然间僵住了，他低着头坐在办公桌后，这个无坚不摧的中年富商，竟像个孩子一样捂着脸哭了，他一边哭，一边念叨着Sylvia的名字。

沈家明痛哭失声的时候，江少陵眸色冷寂地望着窗外，5月温暖宜人，就连微风也带着暖意，过往那些是是非非，仿佛早已被4月吞噬殆尽。

沈家明派了很多人寻找伽蓝，却都没有任何音信。5月中旬他给江少陵打电话，听说江少陵近期会暂住S市，沈家明沉默了许久。

江少陵暂住S市是为了公益图书馆，当初伽蓝拉他进行投资，是为了防止他胡思乱想，公益图书馆项目有她前期的设计稿参与其中，对于他来说，不仅是夫妻共同的事业，从某种程度上还能帮她实现梦想。有时候他会想，只要公益图书馆落成，她也该回来了。

Sylvia离开后，沈家明整个人苍老了许多，就连声音也透着疲惫，他总是反复询问江少陵："Sylvia会接受治疗吗？"

"会。"她从未回避过她的癌症。之所以离开，就像她说的，她不想让他看到被病痛折磨的她，她会接受治疗，为了他，她也会好好地活下去。

沈家明继续问："Sylvia还会回来吗？"

"会。"她说是暂别，不是永别，所以她会回来，一定会回来。

2014年7月末，陈菀和沈家明在商业宴会上碰面，因为一个很小的冲突事件，陈菀借题发挥，当着沈家明的面出言讽刺Sylvia，沈家明沉默许久，最后轻轻地叹了一口气："菀菀，Sylvia其实比我们任何一个人活得都要苦，你别骂她，你一骂她，我做父亲的，心都疼了。"

陈菀咬着唇，心里并不好受。

数日后，沈家明生病住院，林锦鹏瞒着陈菀前去医院探望他。在病房外听到沈家明和苏薇的谈话，意外地得知伽蓝生病消失，林锦鹏站在病房外发了一会儿呆，转身离开的时候眼睛一片模糊。记忆里，有那么一个女孩子不仅叫了他很多年"林伯伯"，同样叫了他好几年"爸爸"，她差点成为他的儿媳妇，林家也曾恨她入骨，但……为什么他会很难过呢?

林宣获知伽蓝生病消失已经是8月上旬了。他忙碌于工作，回避相亲、结婚，已有很久没有和父母坐下来吃过饭了。

那天和父母一起相约去餐厅吃饭，母亲迟疑再三，跟他提起伽蓝的病况，他当时正在喝水，听了母亲的话，他有一些恍惚，然后很淡漠地点点头，放下杯子后开始拿着刀叉吃东西。

他很平静，他告诉自己：林宣，你已经把她视作陌生人了，真好。

那天中午吃完饭，他和父母准备离开餐厅时，迎面有一个中国女孩子挽着一个黑发男孩子走过来，女孩子笑眯眯地对男孩子说："哥，我们中午吃什么？"

哥?

林宣轻轻地笑，但他很快就不笑了，他痛得身体直发抖，又行几步眼泪开始逃命一样地往外蹿，再行几步，他走不动了，他蹲在餐厅里哭得很伤心，仿佛丢失了他珍藏半生的稀世之宝……

尘世很现实，也很残酷，一个人消失了，并不会影响世界大局，众人惊惶一阵，紧接着就像什么事都没发生一样，各自喜悲自定，除了身边最亲近的人，没有人会记得有一个叫伽蓝、叫沈慈或是叫Sylvia的女孩子已经消失很久了。

她现在过得好吗？她身体还好吗？她有没有按时吃饭？瑞秋有没有好好照顾她？

诸如此类的问题，江少陵每天都要在脑海中盘旋很多次。

2014年10月，趁江少陵回到纽约，林宣第一次走进江水墅，他说他要带走狼青。是要，而不是想，狼青原本就是他送给伽蓝的礼物，他有权利收回。

那天，江少陵背对着他，站在落地窗前失神许久，最后江少陵终于点了点头。

林宣没有带走狼青。

那天，林宣牵着狼青正要上车时，江少陵孤零零地站在草坪上，忽然喊了一声狼青的名字。

狼青猝然回头看向江少陵，停了一秒，还是两秒，狼青忽然疯狂地挣动着狗链，林宣手指蓦然用力，但他看到了江少陵嘴角不舍的微笑，听到了狼青汪汪的狂叫声，于是闭上眼的瞬间，手指一松，狼青脱离他的钳制，撒欢地冲向江少陵。

江少陵弯腰抱着狼青，英俊的脸庞贴着狼青的毛发，嘴角有笑，眼睛却有一些湿。他和狼青虽然气场不合，但蓝蓝走后，狼青对蓝蓝的依恋，好像一下子全都转移到了他的身上。

同样是那天，时隔差不多三年后，江少陵对林宣说，如果时光能够重来，他依然会抢走伽蓝，他离不开她，所以只能对不起林宣。

江少陵说这话时，司机已经打开了后车门，林宣扶着车门，背对着江少陵冷冷地说："你能从我身边抢走她，只能说明她爱我，不及我爱她深。"

"你不要怪蓝蓝，我做过的事情我自己担，与她无关。"这是2014年江少陵对林宣说的最后一句话。

就在江少陵说完这句话之后，林宣摇上车窗，吩咐司机开车，察觉脸上有些痒，他抬手摸去，指尖上竟然都是泪。

2015年2月份，江少陵回杏花村拜祭爷爷、奶奶、父亲和苏姨，村里不时有人问起伽蓝，他微笑着解释："蓝蓝工作比较忙，所以没有跟我一起回来。"

没有在老家多做逗留，回到S市，他挑选了一束白玫瑰去墓园拜祭伽嘉文，那天他也不知道自己是怎么了，忽然跪在伽嘉文的墓碑前无声恸哭，他说："妈，如果你见到蓝蓝，可不可以告诉她，我很想她，如果她担心我看到她的身体会心痛，我可以不看她的身体，我只要她回来。”

伽嘉文不可能回复他的话，她只会温暖地看着他，笑容亲切，夹杂着淡淡的慈悲。

这一年春节，沈家明亲自给江少陵打电话，他让江少陵去沈家过年：“少陵，不要一个人在家过年，你来，我们聚一聚，说说话。”

江少陵谢绝了沈家明的好意，春节期间他在忙碌公事的间隙，会花费大量时间和狼青待在一起。碰上天气晴好的日子，他坐在台阶上晒太阳，狼青蹲在他的脚旁打盹儿，偶尔他会笑着对狼青说：“她这么冷落你，等她回来了，你可千万不要理她，我也不愿再理她。”

他这么想着，很快又摇了摇头：“还是要理她的，万一她一气之下再离开，我可能……”

他忽然止了话音，低着头微笑不语。如果重逢后再来一次消失不见，他可能会崩溃，他觉得自己会崩溃……

2015年3月，伽蓝生日那一天，他去先前那家餐厅用餐，经理见到他很热情，其间询问他妻子怎么没有跟他一起过来。

“她忙。”他微笑着回应，这是他对外界的一贯说辞，简洁、果断。

经理犹豫片刻，终是对他开口道：“江先生，您可能不知道，去年您和江太太在我们餐厅用餐，当时江太太捂着您的耳朵对您说了一句情话。”

“什么话？”他的心脏仿佛被什么东西给撞了一下。

去年的今天，蓝蓝坐在他的身边，然后调皮地捂住了他的耳朵，他当时还笑着问她为什么捂他的耳朵，她说：“江先生辛苦一中午，我想道谢，又怕你听了会不高兴，所以道谢时专门捂住了你的耳朵。”

她再一次骗了他。

去年过生日，她捂着他的耳朵轻声说：“少陵，你可能不知道我有多爱你！”

时隔一年，餐厅经理复述她的话给他听，他很平静地笑了笑，垂眸用餐时却觉得如鲠在喉，以至于眼里泪光闪烁。

2015年7月，他戴着安全帽去工地视察图书馆进度，回纽约之前，把视察任务交给了陆离。

陆离一直在宋文昊手下做事，成长速度很快，得知伽蓝离开后，陆离私底下找过他好几次，每次都是反反复复一句话：“江先生，我想去找太太，您放心，我一定会帮您把她给找回来。”

他批阅文件，抿着唇不说话，没有人能找到蓝蓝，除非她自己愿意回来。

那天，他让陆离留在国内跟进图书馆施工状况，陆离的态度并不积极：“江先生，我怕自己做不好。”

他只丢了一句话给陆离，陆离咬了咬唇，然后一声不吭地去了施工地。

他对陆离说：“图书馆设计图出自蓝蓝之手，她那么器重你，你不要让她失望。”

2015年9月，伽蓝小时候很喜欢的一匹老马生了一场大病，那匹马活了30年，一场大病将它折腾得瘦骨嶙峋，沈家明一天二十四小时几乎一直守着那匹马，不知请了多少医生前来帮老马诊治，却都没有什么疗效。

10月末，那匹马在凌晨时分死在了马厩里。翌日清晨，马修把消息告诉给沈家明，沈家明顾不上穿鞋，赤着脚就往马厩里面跑，据说那天沈家明守着老马的尸体频频落泪，嘴里一直呢喃着：“没了，全都没了。”

什么没了？是他和他女儿Sylvia的回忆没了？还是老马的死，让他恐惧起他女儿的安危？

马修和苏薇只知道，就在老马死去当日，沈家明又砸下重金请人继续寻找伽蓝。他对马修说：“我有钱，还怕找不到我女儿吗？”

他说出这样的话，既猖狂又坚定，偏偏眼神微微收缩，仿佛在害怕什么、恐惧什么。

这个10月发生了很多事，小到沈家的老马病逝，大到国家政乱。10月4日，恐怖分子炸毁了叙利亚凯旋门，犹记得去年Sylvia曾在那里和林宣短暂会面，但仅仅过了21个月，凯旋门竟毁于一旦，道不尽的人世沧桑和变幻无常。

沈家明害怕他再也见不到他的女儿。Sylvia消失后，他才深深地意识到，他有多么亏欠她，就有多么害怕失去她……

2015年12月，江少陵去沈家探望沈家明，他从未见过那么颓废的沈家明，他的鬓旁不知何时长出了许多白头发，就连他最喜欢的网球运动，也都无心参与了，只是坐在一旁看着苏薇和马修他们对打网球，偶尔嘴角会流露出一丝笑容，疲惫而又温和。

那天沈家明对江少陵说了很多话，几乎一直在谈Sylvia，他只有在谈起Sylvia时才会笑得格外开心，他说：“我女儿很聪明，但她的脾气实在是太倔了，这一点很像我，其实我们心里都有彼此，我们只是不知道该怎么做才是真正为对方好。”

沈家明说：“我伤害了她，她心里恨透了我，我知道。她竟然不要我的遗产，那些遗产足够她挥霍十几辈子，但她不要，我总要给她的，她是我女儿，我不给她还能给谁呢？等她回来，我一定要好好地跟她说说话，她不愿意跟我说话也没关系，只要能够看到她，我也就心安了。”

沈家明的话语有一些凌乱，他再也不是那个运筹帷幄、雷厉风行的超级富商了，他老了。

那天，沈家明送江少陵离开，江少陵走了几步，忽然听到沈家明在身后叫他的名字：“少陵——”

江少陵转身看着他。

寒风吹乱了沈家明的头发，他的身体有些摇摇欲坠，他在短短一年多的时间里蜕变成了一个最平和的老人，他说：“少陵，空闲的话常回来陪我坐坐。”

江少陵站在草地上伫立了好一会儿，然后对着沈家明点了点头。这位老人拥有很多财富，但他在爱情和亲情上，其实一直都是一个失败者。

有这种想法时，江少陵自嘲一笑，其实他自己也好不到哪里去。

2016年1月中旬，江少陵飞往厦门，再次登上鼓浪屿，十几分钟后却在巷口止步，他最终没有走进小巷看一眼他的母亲。

他转身离开时，有几个孩童从身旁跑过，笑声无忧无虑，他听了嘴角笑意微露。就这样吧！他曾经爱过母亲，他也相信母亲曾经深深地爱过他，只不过后来他们不爱了，骨血亲情犹在，所以他说不出残忍的话，既然这样倒不如各自相忘于天涯，善自珍重。

2016年2月份，苏薇在纽约陪沈家明过完春节，乘机回到国内探望双亲。是夜，全家聚餐，母亲劝苏薇离开沈家明：“薇薇，你还年轻，难道你打算一辈子都跟着沈家明吗？”

苏薇笑容有些僵，沉默许久才说：“妈，最初我和沈先生相互不依赖，后来变成了我依赖他，现如今我和他彼此依赖，我已离不开他，跟他有多少钱没关系。”

苏母还想说话，却被苏父眼神制止，苏母重重地叹了一口气，夹了菜放进女儿的碗里：“既然回来了，就在家里多住几天，正好可以陪妈妈说说话。”

听了母亲的话，再见父亲微笑地看着她，苏薇吃菜时重重点头，双眼蓄满了泪水，这菜真好吃，就是有点催泪。

2016年3月，邓飞飞为侯延年生了一个儿子，4月份侯延年为孩子办满月酒，那天江少陵也在，一起出席满月宴的还有慕清、杜衡和周强夫妇。

慕清吃胖了，席间悄声告诉江少陵，她闪婚了，对方是一位电影导演，目前还没有曝光的打算。

江少陵微笑，人与人之间的缘分向来是百转千回，指不定什么时候就能缔结出一段佳缘，他为慕清感到高兴。

据说周强的妻子也怀孕了，席间周强一直替妻子挡酒，喝完酒坐下时，周妻不是忙着给周强夹菜，就是忙着给他倒水喝。

杜衡轻声问江少陵：“这次蓝蓝又没回国吗？我已经接近两年没有见过她了。”

江少陵短暂沉默，但很快就淡淡地笑了一下，英俊的脸庞上清风雅致，既沉稳又帅气，吸引了邻桌不少女宾争相偷瞄。

“她忙。”说这话时，江少陵有些恍惚，已经两年了，这样的借口他也说了两年，难道他还要再说上两年吗？他这么一想，只觉得未来渺茫，身与心有着说不出的无望。

杜衡坐在一旁忍不住嘟囔道：“她再这么忙下去，最好祈祷她老公不会被一群如饥似渴的女人给拐跑。”

江少陵微笑不语，除了她，他早已没有爱人的能力，她是不是笃定了这一点，所以才会迟迟不出现？

这时，侯延年抱着儿子走了过来，直接把儿子塞到了江少陵的怀里，嘴里念念有词道：“儿子，爸爸为你找了一个有钱的干爹，等你长大后一定要好好孝顺他，说不定你干爹一高兴，财产继承还能分你一份。”

杜衡撇撇嘴，直接吐出来三个字：“不要脸。”

周强搂着周妻凑热闹，对着江少陵笑嘻嘻道：“少陵，俗话说好事成双，既然你认了益寿的儿子做干儿子，干脆把我的孩子也给认了吧！喜上加喜多好。”

慕清在一旁笑着说：“你们这些当爹的可真出息，别说少陵还没同意，就算少陵同意，也要问一问蓝蓝的意思，认干爹干妈这种事，可不是儿戏。”

听慕清提起伽蓝，侯延年不再有玩笑心态，好奇地看着江少陵：“少陵，你和蓝蓝没计划什么时候要孩子吗？”

江少陵抱着身穿连体服的小婴儿，嘴角光彩温润，声音低沉：“是否要孩子，一切遵从蓝蓝的意思。”

其实……

江少陵在心里苦笑一声，妻子都不见了，又哪来的孩子？

他却不知，他这么一开口，侯妻和周妻顿时眼睛发光地看着他，心里艳羡伽蓝之余，均是恶狠狠地瞟了各自的丈夫一眼。侯延年和周强心里直叹气，论情圣指数，有谁能比得上江少陵？拿他们跟江少陵比，那不是自取其辱吗？

2016年6月下旬，公益图书馆，又名“伽蓝馆”正式完工，真正投入使用还需一段时间。

同月末，杜衡交了一个圈内女朋友，邀请江少陵一起吃饭时，被狗仔队偷拍到了。翌日江少陵上了娱乐新闻热搜榜第一，当天被人挖出显赫身家，甚至被爆出他在S市投资公益图书馆，根据建筑规模和藏书量，至少在十个亿以上。

华裔富商回国做公益，却又如此低调，顿时造成了轰动效应，就连美国那边也在刊登此事。

公益图书馆设计师的名字叫伽蓝，很快有人挖出伽蓝曾经是一位天才画家，和江少陵更是同校恋人，再加上公益图书馆以“伽蓝馆”命名，有些媒体断章取义，顿时好评转为恶评，斥责江少陵和初恋女友旧情复燃，私底下婚内出轨，难怪会做好事不敢留名。

杜衡气得肝火暴涨，原本想发声明为好友鸣不平，谁知事情又有了转机。江少陵的岳父沈家明在纽约接受媒体采访，直接道出沈慈幼时随母定居国内，后来随母姓伽，其实伽蓝就是沈慈，也是Sylvia。

沈家明这么一说，先前斥责江少陵的媒体立马见风使舵再次歌功颂德起来，变脸速度极快，令人叹为观止。

因为此事，S市闹腾了一个多月，江少陵出行在外一直被跟拍。媒体几次跟拍他的照片里，他虽穿着不同颜色的衬衫，但领口始终都绣着一朵四叶草，帅哥穿衣不仅有品，还有型，顿时四叶草衬衫成为热销品，老婆给老公买，女朋友给男朋友买，单身女孩儿给家里兄长和父亲买，火爆程度持续攀升。

这还不是重点，重点是媒体不仅深入S大挖掘江少陵和伽蓝的初恋情史，还对江少陵和伽蓝的婚姻历程寻踪觅迹……

2016年9月，江少陵不堪其扰，留陆离善后“伽蓝馆”，乘机飞回了纽约。就在他回去几天后，沈家明打了一通电话给他，沈家明在电话里异常兴奋：“少陵，终于有Sylvia的消息了。”

江少陵的呼吸停止了，就连心脏也停止了跳动，却有一簇簇野火从灰烬中蹿升而出，它们撕破黑暗，并在内心深处卷起了前所未有的烫人浪潮……

2014年5月，伽蓝消失后，沈家明通过伽蓝弃之不用的手机号找到了她和杰西卡的通话记录。比较可惜的是，伽蓝消失后一直没有联系过杰西卡，直到2015年11月份，杰西卡作为无国界医生组织一员，在叙利亚进行人道主义救援时竟意外地遇到了Sylvia和瑞秋……

杰西卡说：“2014年，Sylvia为了保留乳房，虽然只是做了局部切除手术，但效果并不比全乳切除术差，成功地将复发隐患全部摘除，我见到她的时候，她很健康，而且比以前快乐了许多，同样作为无国界医生组织一员，Sylvia很早之前就去了战火纷飞的叙利亚，并在那里帮助了很多人，也救了很多人，我以前一直觉得她心性冷漠，直到和她共处了大半年，我才发现我的老同学其实比任何人都具有人道主义情怀。”

闻言，沈家明转瞬间红了眼眸，江少陵更是心急如焚、坐立不安。

对于很多国家的人来说，不管是2015年，还是2016年，日子一如既往生活得很安逸，虽然有些小病小痛，好在没有过不去的大灾大难，但对叙利亚来说，那里的人们却在战火中饱受苦难，医疗资源更是极度匮乏。

去年，有一个名叫Aylan Kurdi的3岁叙利亚小难民，面朝下溺亡在海边沙滩上，照片一经曝光，瞬间轰动了全世界。

叙利亚战火危机长达五年之久，据报道死亡人数高达几十万，难民不计其数，百分之五十的人口流亡在外。人道主义危机如此严峻，身为医生，也难怪Sylvia和杰西卡等人会先后加入其中。

沈家明的眼睛之所以发红，是因为他的女儿Sylvia虽然是一个反社会人格患者，但她的所作所为很多时候更像是一个古代侠士，不容于现代生活之中，所以才会看起来有些异类，其实在她的内心最深处，她比任何人都心存大爱。

江少陵之所以心急如焚，是因为2016年2月15日，前往叙利亚援助难民的无国界医生组织遭受两轮军事轰炸，造成数名医护人员失踪……

他虽焦急担忧，但毕竟还保留着几分理智，杰西卡是2015年11月份见到伽蓝的，两人又同处大半年，很显然杰西卡回国之前，伽蓝一直都没事。

江少陵难免有些提心吊胆，压抑着声音询问杰西卡：“你是什么时候回国的？”

杰西卡虽然以前看过江少陵的照片，但见真人还是第一次，也难怪Sylvia会对她丈夫一往情深了。

长得实在是太帅了。

杰西卡怕自己会脸红，清了清嗓子，这才笑着说：“我9月初才离开叙利亚，临走时有几位病人需要转往大医院救治，当时随同医护人员里有Sylvia，还有一直与她形影不离的瑞秋。”

犹记得临别前最后一晚，杰西卡与Sylvia交谈了大半夜，其间她曾试探Sylvia打算什么时候回纽约，Sylvia当时半开玩笑地道：“我很想江先生，就是不知道江先生是否想念我？年少谈恋爱是我追的他，所以总盼着他也能追我一次。”

杰西卡回国当天收拾行李，竟发现Sylvia给她留了一样东西，正确地说东西不是给她留的，不过是借她当枪使罢了。

杰西卡后知后觉地意识到，临别那晚Sylvia对她说出那番玩笑话，无非是在诱导她回国后透露行踪给沈家明和江少陵。

她的老同学心眼一直都很坏，也很多，简直是防不胜防。

杰西卡无奈一笑，从手提包里取出一张照片递给江少陵。

江少陵屏着呼吸，目光专注地看着照片里的她：她穿着白衬衫坐在台阶上咧着嘴微笑，眼神漆黑聪慧，好像比以前瘦了一些……

江少陵似是发现了什么异常，将照片再往眼前送近几分，他在目不转睛地盯视了两秒钟之后，竟是猝然一笑。

沈家明的喜悦之情难以抑制，好奇地凑过去——

照片里，她剪了短发，发色却不再是黑白两色掺杂，而是漆黑无比，像是一个漂亮的小男孩。

阳光偷偷溜进书房里，照片背后似有字迹显现，江少陵翻过照片，只见背面写着一行中文字，熟悉的潦草字，却让江少陵湿了眼眸，沈家明笑弯了眉眼。

——表哥，你送我两年好光阴，我回馈整个余生给你。

杰西卡离开沈家时，沈家明正心急地要跟江少陵一起前往叙利亚，江少陵耐心地劝阻他在家里等着……

青年男子真的很英俊，他同岳父说话时虽然语气镇定，但任谁都能听得出来他言语间的轻快和欢喜。

杰西卡没有打扰他们，悄悄示意马修带她出门。9月份，沈家庄园鸟语花香，道不尽的风光无限好，杰西卡忍不住笑了，那位江先生和Sylvia在一起，虽然要时刻警惕Sylvia的小心机，但有妻如此，有夫如此，江先生和Sylvia在婚姻路途中势必会一步一惊喜，一步一生花。

2016年9月上旬，叙利亚境内，设备齐全的大型医院里，有一位怀胎数月的孕妇突发脑出血被紧急送往医院抢救。

经诊断，孕妇颅内血肿巨大，十分凶险地压迫着脑组织，必须尽快动手术，否则母亲和孩子全都性命堪忧。

孕妇的丈夫数月前已经去世，孕妇的家人又在连年的战乱中全部死亡，手术方案无法告知孕妇，只能由主刀医生果断决定。

谁都不能保证手术过程中是否会出现那个“万一”，如果出现万一，究竟是该保大人，还是已经足月的孩子？

“母亲和孩子缺一不可。产科医生、麻醉师随我进手术室，神经外科医生配合我做开颅手术。”

术前准备区里忽然传来了一道清冷的女子声，那是一位留着黑色短发的亚洲女子，英文声略显清冷，话语出口却有着安定人心的魔力。

几位医生面面相觑，其中一位医生皱眉道：“万一情况危急的话……”

“没有万一，”亚洲女子做好术前准备，微微侧身看向几名医生淡淡一笑，适时补充一句，“在我这里，没有万一。”

真猖狂。

有医生心里这么想，却都一个个不吭声，这个亚洲女子来这里虽然只有几天，但她已经接手了十几个手术，在脑科造诣上水平确实很高超，不佩服都不行。

9月9日下午，手术室的门关闭，亚洲女子开颅主刀，产科人员适时待命接生，医护人员齐力抢救重症产妇，历时十三个小时，母亲和孩子终于逃脱死亡线，迎来了新生命的洗礼，也迎来了重生。

凌晨三点，手术室的门开启，医护人员率先推着孕妇和孩子送往监护室继续跟进治疗，主刀医生们拖着疲惫的身体有说有笑地鱼贯走出手术室。

中年女佣守护在外，见亚洲女子戴着口罩走出来，顿时满怀喜悦地冲上前，就连跟她说话也是难掩喜气："Sylvia小姐，您快看看是谁来了！"

亚洲女子转眸望去，医院走廊里伫立着一个身材挺拔的英俊男人，医护人员许是没见过长相这么帅气的男人，所以纷纷朝他望去。

有位神经外科医生询问男子："先生，您找谁？"

"我找我表妹。"男子目光落定在手术室门口，深黑色的眼睛异常明亮，仿佛被烈火焚烧过一般，灼热得让人不敢逼视。

那位神经外科医生顺着英俊男子的目光望过去，随即恍然大悟，笑着喊："Sylvia，你表哥在找你——"

2016年9月10日凌晨三点，手术室内侧门口光线有些昏暗，亚洲女子穿着手术服背对着光静静地伫立在那里。

她迎视着英俊男子的目光一步步地走出黑暗，四目相对，静默痴缠，她的身影渐渐脱离黑暗，当明亮的走廊灯光打在她的身上时，那一刻她仿佛被前所未有的光明包裹，周身光华四射，圣洁得令人睁不开眼睛。

灯光照耀下，她唯一裸露在外的眼睛里溢满了笑容，缓缓抬手摘掉口罩，只见素净的脸庞上早已是笑花绽放，花开的瞬间，在场的所有人仿佛都看到了爱情的模样。

伽蓝："少陵，我在你的眼睛里看到了彼岸。"

江少陵："从此以后，我要把你带在身边，走到哪儿带到哪儿，再也不许你离开我的视野半步。"